D1645925

LA PART
DES TÉNÈBRES

OUVRAGES DE LA COLLECTION « TERREUR »

IAIN BANKS
Le seigneur des guêpes

CLIVE BARKER
Secret Show (avril 93)

WILLIAM P. BLATTY
L'Exorciste : la suite

ROBERT BLOCH
L'écharpe
Lori
Psychose
Psychose 2
Psychose 13

RANDALL BOYLL
Froid devant (mai 93)
Monsstre
Territoires du crépuscule

RAMSEY CAMPBELL
Envoûtement
La secte sans nom

MATTHEW J. COSTELLO
Cauchemars d'une nuit d'été

MARTIN CRUZ-SMITH
Le vol noir

JOHN FARRIS
L'ange des ténèbres
Le fils de la nuit éternelle

RAYMOND FEIST
Faërie

RAY GARTON
Crucifax
Extase sanglante

LINDA C. GRAY
Médium

WILLIAM HALLAHAN
Les renaissances de Joseph Tully

THOMAS HARRIS
Dragon rouge
Le silence des agneaux

JAMES HERBERT
Dis-moi qui tu hantes
Fluke
Fog
La lance
Les rats
Le repaire des rats
L'empire des rats (avril 93)
Le survivant

SHIRLEY JACKSON
Maison hantée (mars 93)

STEPHEN KING
La part des ténèbres
Salem

DEAN R. KOONTZ
Le masque de l'oubli
Miroirs de sang
La mort à la traîne
La nuit des cafards
La nuit du forain
La peste grise
Une porte sur l'hiver
La voix des ténèbres
Les yeux des ténèbres

STEVEN LAWS
Train fantôme

CHARLES DE LINT
Mulengro

GRAHAM MASTERTON
Démences
Le démon des morts
Le djinn
Le jour J du jugement
Manitou
Le miroir de Satan
La nuit des salamandres (juin 93)
Le portrait du mal
Les puits de l'enfer
Rituels de chair
Transe de mort (février 93)
La vengeance de Manitou

ROBERT McCAMMON
L'heure du loup
La malédiction de Bethany
Scorpion

MICHAEL McDOWELL
Les brumes de Babylone
Cauchemars de sable

ANDREW NEIDERMAN
L'avocat du diable (mars 93)

ANNE RICE
Lestat le vampire
Entretien avec un vampire
La reine des damnés
La momie

FRED SABERHAGEN
Un vieil ami de la famille

JOHN SAUL
Cassie
Hantises
Créature (juillet 93)

PETER STRAUB
Ghost Story
Julia
Koko
Mystery

MICHAEL TALBOT
La tourbière du diable

SHERI S. TEPPER
Ossements

THOMAS TESSIER
L'antre du cauchemar

THOMAS TRYON
L'autre
La fête du maïs

JACK VANCE
Méchant garçon

LAWRENCE WATT-EVANS
La horde du cauchemar (février 93)

CHET WILLIAMSON
La forêt maudite

DOUGLAS E. WINTER
13 histoires diaboliques

BARI WOOD
Amy girl

BARI WOOD/JACK GEASLAND
Faux-semblants

T.M. WRIGHT
L'antichambre
Manhattan Ghost Story
L'autre pays (juin 93)

STEPHEN KING

LA PART
DES TÉNÈBRES

ALBIN MICHEL

Titre original de l'ouvrage
The dark half

Traduit de l'américain par
William Olivier Desmond

© Stephen King, 1989
© Éditions Albin Michel S.A., 1990
ISBN : 2-266-04745-0

*Je dédie ce livre à Shirley Sonderegger,
qui m'a aidé à m'occuper de mes
affaires, et à son mari, Peter.*

Note de l'auteur

J'exprime toute ma reconnaissance à feu Richard Bach-
man pour son aide et la source d'inspiration qu'il fut
pour moi. Jamais ce roman n'aurait vu le jour sans lui.

Prologue

« Surine-le, dit Machine. Surine-le pendant que je reste ici à regarder. Et ne m'oblige pas à te le dire deux fois. »

Machine's way
GEORGE STARK

La vie des gens — leur vie réelle, par contraste avec leur simple existence physique — commence à des moments différents. La vie réelle de Thad Beaumont, un jeune garçon né et élevé dans le quartier de Ridgeway à Bergenfield (New Jersey), débuta en 1960. Deux choses lui arrivèrent cette année-là. La première donna forme à sa vie ; la seconde faillit bien y mettre un terme. En cette année 1960, Thad Beaumont avait onze ans.

En janvier, il envoya une nouvelle de sa main au concours de jeunes écrivains organisé par le magazine *American Teen*. En juin, il reçut une lettre du comité de rédaction lui disant qu'on lui avait décerné une Mention Honorable dans la catégorie fiction du concours. On y ajoutait qu'il aurait reçu le Deuxième Prix si les juges ne s'étaient aperçus qu'il lui manquait encore deux ans pour faire partie du groupe des « treize - dix-neuf ans » auquel était réservé le concours. Et on terminait en remarquant que son histoire *Outside of Marty's House*, travail d'une exceptionnelle maturité, méritait toutes les félicitations.

Deux semaines plus tard, arrivait un Certificat de Mérite d'*American Teen*. Par lettre recommandée et assurée. Son nom s'y trouvait inscrit en vieil anglais, avec des lettres tellement chargées de fioritures que c'est à peine s'il pouvait le lire, au-dessus d'un sceau en or frappé du logo d'*American Teen* — les silhouettes d'un garçon aux cheveux en brosse et d'une fille à queue-de-cheval en train de danser le boogie.

Sa mère enleva dans ses bras et couvrit de baisers ce garçon tranquille et sérieux, à qui tous les objets semblaient échapper et qui trébuchait tout le temps sur ses propres pieds trop grands.

Son père ne fut nullement impressionné.

« Si c'était si fichtrement bien que ça », grommela-t-il du fond de son fauteuil, « pourquoi qu'ils lui ont pas donné du fric?

— Glen...

— Laisse tomber. Peut-être que Monsieur Hemingway pourra être assez bon pour aller me chercher une bière, quand t'auras fini de le tripoter. »

Sa mère ne répondit pas... mais elle fit encadrer la lettre et le certificat, avec son propre argent de poche, et les suspendit au-dessus du lit de son fils. Quand des parents ou des visiteurs venaient, elle les conduisait dans sa chambre pour les leur montrer. Thad, déclarait-elle alors, deviendrait un jour un grand écrivain. Elle avait toujours su qu'il était destiné à de grandes choses, et les premières preuves étaient sous leurs yeux. Thad se sentait affreusement gêné, mais il aimait beaucoup trop sa maman pour le lui dire.

Gêné ou non, Thad décida cependant que sa mère avait au moins en partie raison. Il ignorait s'il avait en lui ce qu'il fallait pour devenir un *grand* écrivain, mais il deviendrait écrivain, d'une manière ou d'une autre. Et pourquoi pas? Il s'en sortait très bien. Plus important, il prenait son pied en écrivant. Quand les mots venaient bien, il prenait même un pied monumental. Et on ne pourrait éviter longtemps d'avoir à le payer pour de vagues motifs techniques : il n'aurait pas éternellement onze ans.

Les premiers signes de la seconde chose importante qui lui arriva en 1960 se manifestèrent en août. Lorsqu'il commença à souffrir de maux de tête. Ils n'étaient pas très graves, au début, mais le temps qu'arrive la rentrée des classes, en septembre, les élancements sourds et fluctuants s'étaient transformés en monstrueux marathons de souffrance et d'angoisse. Il ne pouvait rien faire, quand il était pris de ces maux de tête, sinon rester allongé dans sa chambre, sans lumière, et attendre la mort. A la fin de septembre, il en vint même à espérer mourir. Et au milieu d'octobre, la douleur avait progressé au point qu'il se mit à craindre de ne pas en claquer.

Le signe avant-coureur de ses crises était en général un bruit fantôme que lui seul pouvait entendre : on aurait dit les pépiements lointains de mille petits oiseaux. Il avait parfois l'impression de presque pouvoir les voir, et il se mit à y penser comme à des moineaux se regroupant par douzaines sur les lignes téléphoniques et les toits des maisons, comme au printemps et à l'automne.

Sa mère le conduisit chez le Dr Seward.

Le médecin lui regarda le fond des yeux avec un ophtalmoscope et secoua la tête. Puis il tira les rideaux, éteignit la lumière et dit à Thad d'observer l'un des murs blancs de la salle d'examen. A l'aide d'une lampe de poche, il lança des éclairs lumineux successifs, le plus rapidement possible, pendant que Thad regardait.

« Est-ce que ça te fait une impression marrante, fiston ? »

Thad secoua la tête négativement.

« Tu ne te sens pas un peu drôle ? Comme si tu allais t'évanouir ? »

De nouveau, Thad secoua la tête.

« Tu ne sens rien ? Comme une odeur de fruits pourris ou de chiffons qui brûleraient ?

— Non.

— Et tes oiseaux ? Les as-tu entendus pendant que je faisais des éclairs ?

— Non », répondit Thad, dérouté.

« C'est les nerfs », déclara plus tard son père, lorsque Thad se retrouva dans la salle d'attente. « Ce foutu môme est une boule de nerfs.

— Je crois que c'est de la migraine », leur dit le Dr Seward. « C'est rare à cet âge, mais on en trouve cependant des cas. Et il donne une impression de... de grande intensité.

— C'est vrai », répondit Shayla Beaumont, une note d'approbation dans la voix.

« On trouvera peut-être un jour un traitement, mais pour le moment, j'ai bien peur qu'il soit obligé de la supporter.

— Ouais, et nous avec », commenta Glen Beaumont.

Mais il ne s'agissait ni des nerfs, ni de la migraine, et ce n'était pas fini.

Quatre jours avant la fête de Halloween, Shayla Beaumont entendit l'un des enfants avec qui Thad attendait le bus scolaire chaque matin se mettre à hurler. Elle regarda par la fenêtre de la cuisine et vit son fils qui gisait dans l'allée de la maison, secoué de convulsions. Le contenu de sa boîte à lunch, fruits et sandwichs, s'était répandu sur le sol goudronné à côté de lui. Elle courut dehors, chassa les autres gosses, et resta paralysée, impuissante, n'osant pas le toucher.

Si le gros autobus jaune au volant duquel se trouvait M. Reed était arrivé avec le moindre retard, Thad aurait pu mourir là, juste au bout de l'allée. Mais M. Reed avait fait partie du corps paramédical pendant la guerre de Corée. Il réussit à renverser la tête du garçon en arrière et à dégager un passage pour l'air avant qu'il ne s'étouffât à mort avec sa propre langue. On amena Thad à l'hôpital du comté de Bergenfield en ambulance, et le hasard voulut qu'un médecin du nom de Hugh Pritchard fût justement de permanence, buvant son café et échangeant des mensonges de golfeur avec un ami, au moment où on poussait le chariot de Thad en salle de réa. Or Hugh Pritchard était le meilleur neurologue de tout l'État du New Jersey.

Il fit faire des radiographies et les interpréta : il les montra aux Beaumont, leur demandant de bien examiner une ombre assez vague qu'il avait encerclée au crayon gras.

« Ça, dit-il, qu'est-ce que c'est ?

— Comment diable qu'on le saurait ? rétorqua Glen Beaumont. C'est vous le toubib, non ?

— Exactement, fit sèchement Pritchard.

— La bonne femme dit qu'il a piqué une crise, ajouta Glen.

— Si vous voulez parler d'une attaque, oui, il en a eu une. Si vous voulez parler d'une crise *d'épilepsie*, alors là, je suis prêt à parier que ce n'était pas ça. Une crise aussi spectaculaire que celle de votre fils aurait été ce que nous appelons du *grand mal*, or Thad n'a pas montré la moindre réaction au test de lumière de Litton. En fait, si Thad souffrait de la forme *grand mal* d'épilepsie, vous n'auriez pas eu besoin d'un médecin pour vous en rendre compte. Il vous aurait fait la danse de guerre watusi sur le tapis du salon à chaque fois que l'image de la télé se serait mise à débloquer.

— Alors... qu'est-ce que c'est ? » demanda timidement Shayla.

Pritchard se tourna vers la radiographie, toujours plaquée contre la vitre lumineuse.

« Qu'est-ce que c'est que *ça* ? fit-il en tapotant de nouveau la zone entourée d'un cercle. La brusque apparition de migraines sans qu'il y ait eu des crises préalables me fait dire que votre fils a probablement une tumeur au cerveau, sans doute encore petite et, espérons-le, bénigne. »

Glen Beaumont regarda le médecin, l'œil rond, inexpressif, tandis qu'à côté de lui sa femme commençait à pleurer dans son mouchoir. Elle ne faisait pas le moindre bruit. Ces sanglots silencieux étaient le résultat d'années d'entraînement matrimonial. Les poings de Glen cognaient vite et fort, sans presque jamais laisser de marques, et après douze ans de chagrins muets, elle aurait été incapable de sangloter bruyamment, l'eût-elle voulu.

« Est-ce que ça veut dire que vous allez lui couper un bout de cervelle ? » demanda Glen avec son tact et sa délicatesse habituels.

« Ce n'est pas exactement ainsi que je dirais les choses, monsieur Beaumont, mais je crois qu'une opération de chirurgie exploratoire s'impose, oui. » Pendant ce temps il pensait : *S'il existe réellement un Dieu, et s'Il nous a réellement conçus à Son image, je préfère ne pas trop m'attarder sur le fait qu'on trouve autant de tordus dans ce genre, avec le destin d'autres personnes entre leurs mains.*

Glen resta silencieux pendant un long moment, tête baissée, le front plissé par l'effort de réflexion. Finalement il releva les yeux vers le médecin et posa la question qui le troublait plus que toute autre :

« Dites-moi la vérité, Doc. Combien ça va me coûter, tout ça ? »

C'est l'infirmière assistante de la salle d'op qui vit la chose la première.

Son cri strident eut quelque chose de sacrilège dans la salle où, depuis un quart d'heure, on n'entendait que les ordres donnés dans un murmure par le Dr Pritchard, le sifflement doux de la volumineuse machinerie d'assistance et les courts jappements suraigus de la scie Negli.

Elle chancela en arrière, heurta un plateau roulant Ross sur lequel étaient soigneusement rangés près de deux douzaines d'instruments et le renversa. Il heurta le sol carrelé avec un clang ! retentissant, suivi par toute une gamme de tintements moins forts.

« Hilary ! » vociféra l'infirmière-chef d'une voix à la fois stupéfaite et scandalisée.

Elle s'oublia elle-même au point de faire un pas en direction de la jeune femme qui reculait dans l'envol des pans de sa blouse verte. Le Dr Albertson, l'assistant de Pritchard, donna un coup léger au mollet de l'infirmière du bout de son chausson. « N'oubliez pas où vous vous trouvez, s'il vous plaît.

— Oui, docteur. »

Elle se retourna aussitôt, sans même regarder la porte de la salle d'opération qui cogna bruyamment lorsque Hilary fit sa sortie de scène, hurlant comme une sirène bloquée.

« Mettez-moi toute cette quincaillerie au stérilisateur, reprit Albertson. Tout de suite.

— Oui, docteur. »

L'infirmière-chef commença à rassembler les instruments, respirant fort, manifestement encore sous le choc, mais se contrôlant néanmoins.

Le Dr Pritchard paraissait ne rien avoir remarqué de toute cette agitation. Il regardait, avec une attention qui confinait à l'extase, l'ouverture qui venait d'être pratiquée dans le crâne de Thad Beaumont.

« Incroyable, murmurait-il. Tout simplement incroyable. En voilà une qui va rester dans les annales. Si je ne voyais pas ça de mes propres yeux… »

Le sifflement du stérilisateur parut le tirer de sa transe et il tourna les yeux vers le Dr Albertson.

« Aspiration ! » ordonna-t-il d'un ton sec. Il regarda l'infirmière. « Et vous, qu'est-ce que vous fabriquez, bon sang ? Les mots croisés du *Sunday Times* ? Bougez un peu votre cul avec ces trucs ! »

Elle se précipita, alignant les instruments sur un nouveau plateau.

« Branchez-moi l'aspiration, Lester », ordonna Pritchard à Albertson. « Tout de suite. Et je vais vous montrer quelque chose qu'on ne voit pas souvent, même dans les foires aux monstres. »

Albertson fit rouler l'appareil de pompage, ignorant l'infirmière-chef qui recula vivement pour se sortir de son chemin, tout en gardant, adroite, les instruments en équilibre.

Pritchard regarda l'anesthésiste.

« Donnez-moi un bon pouls, mon vieux. Un pouls régulier, c'est tout ce que je demande.

— Un poil au-dessus de soixante-huit, docteur. Régulier comme une horloge.

— D'après sa mère, c'est le prochain William Shakespeare que nous avons là, mon vieux, alors garde-le-moi comme ça. Aspirez, aspirez, Lester — et n'allez pas le chatouiller avec votre foutu bidule ! »

Albertson appliqua l'embout d'aspiration et évacua le sang. Des appareils de contrôle, derrière eux, provenaient des bip-bip réguliers, monotones et rassurants. Puis ce fut sa propre respiration que ravala soudain le chirurgien-assistant. Impression brutale d'avoir reçu un bon coup de poing à l'estomac.

« Oh, mon Dieu ! Oh, Seigneur Jésus ! » s'exclamat-il, reculant tout d'abord pour se rapprocher de nouveau, l'instant suivant. Au-dessus de son masque, derrière ses lunettes à monture d'écaille, la curiosité faisait briller ses yeux, ronds de stupéfaction. « Mais qu'est-ce que c'est que ça ?

— Il me semble que ça se voit, non ? répondit Pritchard. Simplement, il faut une ou deux secondes pour s'y habituer. J'avais lu ça dans la littérature, mais je n'aurais jamais pensé en voir une moi-même. »

La cervelle de Thad Beaumont était de la couleur d'une conque, côté extérieur : un gris moyen très légèrement teinté de rose.

En saillie sur la surface lisse de la dure-mère, on voyait un œil humain unique, aveugle et malformé. Le cerveau pulsait légèrement et l'œil avec. On aurait dit qu'il essayait de cligner vers eux. C'était ce détail — cette impression de clignement d'œil — qui avait fait fuir l'infirmière-assistante de la salle d'op.

« Seigneur Jésus, mais qu'est-ce que c'est ? » répéta Albertson comme s'il n'avait pas entendu Pritchard.

« Rien, répondit ce dernier. Il a pu faire à un moment donné partie d'un être humain vivant et respirant. Mais maintenant, ce n'est rien. Sinon un bel emmerdement. Un emmerdement dont on peut venir à bout, cependant. »

Le Dr Loring, l'anesthésiste, demanda :

« Je peux regarder, docteur Pritchard ?

— Toujours régulier ?

— Oui.

— Alors venez. Vous aurez quelque chose à raconter à vos petits-enfants plus tard. Mais faites vite. »

Pendant que Loring regardait, Pritchard se tourna vers Albertson.

« Il me faut la Negli. Je vais ouvrir encore un peu. Ensuite nous sonderons. Je ne sais pas si je pourrai tout sortir, mais je sortirai tout ce que je pourrai, en tout cas. »

Lester Albertson, tenant maintenant le rôle de l'infirmière-assistante, fit tomber la sonde fraîchement stérilisée dans la main gantée de Pritchard, lorsque celui-ci la lui demanda. Le chirurgien — qui fredonnait doucement le thème de *Bonanza* au rythme de sa respiration — travailla rapidement sur la plaie et presque sans effort, sans se servir ou presque du petit miroir type dentiste monté sur l'instrument. Il avançait essentiellement au toucher. Albertson déclara plus tard n'avoir jamais assisté à un numéro aussi stupéfiant de chirurgie « à l'instinct » de toute sa vie.

Outre l'œil, ils trouvèrent une partie de narine, trois ongles et deux dents. L'une des dents comportait une petite carie. L'œil continua de pulser et d'essayer de cligner jusqu'à l'instant où Pritchard, à l'aide du scalpel-aiguille, le creva avant de l'exciser. Toute l'opération, du premier sondage à l'excision finale, prit seulement vingt-sept minutes. Cinq morceaux de tissus humains étaient tombés avec un bruit humide dans le récipient en acier Inox, sur le plateau Ross, à côté du crâne rasé de Thad.

« Je pense que c'est bon », dit finalement Pritchard. « On dirait bien que tous les tissus étrangers étaient reliés par des ganglions rudimentaires. Même s'il en reste, j'estime que nous avons de bonnes chances de les avoir tués.

— Mais… comment est-ce possible, puisque le gamin est encore vivant ? Je veux dire… tout ça fait partie de lui, non ? » demanda Loring, stupéfait.

Le chirurgien lui indiqua le plateau.

« Nous avons trouvé un œil, quelques dents et une poignée d'ongles dans la tête de ce gosse, et vous croyez que ça fait partie de lui ? Manquerait-il des ongles à ses doigts par hasard ? Vous voulez vérifier ?

— Mais même un cancer est juste une partie des propres tissus du…

— Il ne s'agit pas d'un cancer », répondit patiemment Pritchard. Ses mains continuaient à aller et venir tandis qu'il parlait. « Dans bien des accouchements où la mère ne donne naissance qu'à un seul enfant, celui-ci a en fait commencé par avoir un jumeau, mon vieux. Ça concerne peut-être jusqu'à dix pour cent des naissances. Qu'arrive-t-il à l'autre fœtus ? Le plus fort absorbe le plus faible.

— Absorbe ? Vous voulez dire qu'il *le mange* ? » demanda Loring, soudain légèrement verdâtre. « Êtes-vous en train de nous parler de cannibalisme *in utero* ?

— Appelez cela comme vous voulez. Ça se produit relativement souvent. Si jamais ils arrivent à mettre au point ce système de sonargramme dont ils n'arrêtent pas de nous bassiner aux conférences médicales, on pourra peut-être connaître la fréquence exacte. Mais peu importe cette fréquence exacte : ce que nous avons vu aujourd'hui est infiniment plus rare. Une partie du jumeau de ce garçon n'a pas été absorbée. Elle a fini par se retrouver dans le lobe préfrontal. Elle aurait tout aussi bien pu atterrir dans les intestins, la rate, la moelle épinière, n'importe où. D'habitude, les seuls médecins qui voient ce genre de trucs sont les anatomo-pathologistes — au cours des autopsies —, et je ne connais aucun cas où les tissus étrangers étaient la cause de la mort.

— Mais alors, qu'est-ce qui s'est passé ici ? demanda Albertson.

— Quelque chose a réactivé cette masse de tissus, dont la taille devait être microscopique il y a encore un an. L'horloge de croissance du jumeau absorbé, qui aurait dû s'arrêter pour toujours au moins un mois avant l'accouchement de Mme Beaumont, s'est remise en route pour une raison ou une autre... et la foutue machine était bougrement bien remontée. Il n'y a aucun mystère sur ce qui s'est passé. La pression intracrânienne suffit à elle seule à expliquer les maux de tête du gamin et ses convulsions.

— Oui », dit doucement Loring. « Mais *pourquoi* l'horloge s'est-elle remise en route ? »

Pritchard secoua la tête.

« Si je suis encore en train de faire des choses un peu plus compliquées que mon entraînement au golf dans trente ans, alors reposez-moi la question. J'aurai peut-être la réponse. Tout ce que je sais, pour le moment, c'est que je viens de localiser et d'exciser une variété très rare et très spéciale de tumeur. Une tumeur *bénigne*. Et, si nous n'avons pas de complications, je crois que c'est tout ce que les parents doivent savoir. A côté du père de ce gosse, l'homme de Néanderthal a l'air du Prince Charmant. Je me vois mal en train de lui expliquer que j'ai pratiqué un avortement sur son fiston de onze ans. Bon. On ferme, maintenant, Lester. »

Et, comme une pensée qui lui revenait après coup, il ajouta d'un ton badin, à l'intention de l'infirmière-chef :

« Je veux que cette stupide conne qui s'est tirée tout à l'heure soit virée. N'oubliez pas de faire une note, s'il vous plaît.

— Oui, docteur. »

Thad Beaumont quitta l'hôpital neuf jours après l'intervention. Le côté gauche de son corps resta d'une déprimante faiblesse pendant encore presque six mois et de temps en temps, quand il était très fatigué, il lui arrivait de voir des éclairs briller devant ses yeux, selon des motifs réguliers.

Sa mère lui avait acheté une machine à écrire, une vieille Remington 32, comme cadeau de convalescence, et ces éclairs se produisaient le plus souvent quand il restait courbé dessus avant d'aller se coucher, se bagarrant pour trouver la bonne manière d'exprimer quelque chose, ou pour imaginer ce qui allait arriver dans la suite de l'histoire qu'il écrivait. Mais finalement, cela disparut aussi.

Les surnaturels pépiements d'oiseaux fantômes — le bruit de bataillons de moineaux prenant leur vol — ne se reproduisirent plus après l'opération.

Il continua d'écrire, prenant confiance en lui et affinant son style encore incertain ; il vendit sa première histoire — à *American Teen* — six ans après le début de sa vie réelle. Après cela, il ne regarda plus jamais derrière lui.

Ses parents comme lui-même savaient simplement qu'on lui avait retiré une petite tumeur bénigne du lobe frontal, au cours de l'automne de ses onze ans. Quand il y pensait (ce qui lui arrivait de plus en plus rarement au fur et à mesure que passaient les années), il se disait qu'il avait eu beaucoup de chance de s'en tirer.

On ne pouvait en dire autant de tous les patients qui subissaient une intervention chirurgicale au cerveau, en ces temps primitifs.

I

Farce de cinglé

Lentement, Machine redressa les attache-trombones, de ses doigts longs et vigoureux. « Tiens-lui la tête, Jack », dit-il à l'homme derrière Halstead. « Tiens-la-lui bien, mon vieux. »

Halstead comprit ce que Machine voulait faire et commença à hurler lorsque Jack Rangely appuya ses grosses paluches contre les côtés de son crâne, l'immobilisant. L'écho de ses cris se répercutait dans l'entrepôt abandonné. Le vaste espace jouait le rôle d'un amplificateur naturel, et Halstead faisait penser à un chanteur d'opéra qui se chauffe la voix avant d'entrer en scène.

« Je suis de retour », dit Machine. Halstead ferma les yeux de toutes ses forces, mais ça n'y changea rien. La fine tige métallique transperça sans effort la paupière gauche et creva le globe oculaire, dessous, avec un léger bruit d'éclatement. Un liquide poisseux et gélatineux se mit à dégouliner. « De retour d'entre les morts et tu n'as pas l'air content de me voir, espèce de fils de pute ingrat ! »

Riding to Babylon
GEORGE STARK

I

Les Gens Parleront

1

Le numéro du 23 mai du magazine *People* était tout à fait typique.

La couverture s'ornait de la Célébrité Décédée de la semaine, une star du rock and roll qui s'était pendue dans la cellule où on l'avait jetée pour détention de cocaïne et autres drogues du même genre. A l'intérieur, on trouvait le cocktail habituel : six meurtres avec viol (non résolus) dans la partie occidentale et désertique du Nebraska ; un gourou de l'alimentation macrobiotique arrêté pour pornographie enfantine ; une ménagère du Maryland ayant fait pousser dans son jardin une citrouille qui ressemblait vaguement à un buste de Jésus-Christ — en la regardant les yeux mi-clos dans une pièce plongée dans la pénombre, cela allait de soi ; une charmante jeune paraplégique qui s'entraînait pour le marathon en fauteuil roulant de New York - la Grosse Pomme ; un divorce hollywoodien ; un mariage chic à New York ; un catcheur se remettant d'une crise cardiaque ; un comédien avec sur les bras un procès pour une pension alimentaire.

On trouvait également un article sur un fabricant de l'Utah qui proposait une nouvelle poupée appelée Yo Mamma ! Yo Mamma ! était supposée « ressembler à votre belle-mère favorite (?) ». Elle cachait un magnétophone qui éructait des fragments de dialogue du genre : « Jamais je n'ai servi un repas froid tant qu'il a grandi *à la maison*, ma chère », ou encore : « Ton *frère*, au moins, ne se

27

comporte pas comme si j'étais une crotte de chien lorsque je viens passer une ou deux semaines chez lui. » Mais le grand truc était que pour la faire parler, il fallait non pas appuyer sur un bouton dissimulé dans le dos de Yo Mamma ! mais taper sur l'immonde chose de toutes ses forces. « Yo Mamma ! est bien rembourrée, garantie très résistante, et n'abîmera ni les murs ni le mobilier quand on la jettera dessus », ajoutait fièrement son inventeur, M. Gaspard Wilmot (lequel, mentionnait l'article en passant, impliqué dans une affaire d'évasion fiscale, avait bénéficié d'un non-lieu).

Et à la page trente-trois de ce numéro amusant et instructif du premier des magazines amusants et instructifs américains, on trouvait un gros titre tout à fait typique du style *People* : agressif, concis et délétère. BIO.

« Chez *People* », déclara Thad Beaumont à sa femme Liz, assise à ses côtés à la table de la cuisine, et qui lisait avec lui l'article pour la deuxième fois, « on aime bien aller droit au fait. BIO. Si les biographies ne t'intéressent pas, tu peux toujours retourner aux pages des faits divers et lire l'histoire des malheureuses qui se sont fait suriner dans le Nebraska profond.

— Ça n'a rien de drôle quand on y pense », répondit Liz Beaumont — qui gâcha sa repartie d'un éclat de rire rentré, derrière son poing.

« D'accord, pas de quoi se marrer, mais en tout cas un peu particulier », remarqua Thad en revenant de nouveau à l'article.

Il frotta machinalement la petite cicatrice blanche que l'on voyait à son front, tout en lisant. Comme la plupart des biographies de *People*, c'était le seul article du magazine où le texte prenait plus de place que les photos.

« Regrettes-tu de l'avoir fait ? » demanda Liz.

Elle gardait l'oreille tendue, à cause des jumeaux, mais jusqu'ici ils avaient été parfaits, dormant comme des agneaux.

« En premier lieu, c'est *nous* qui l'avons fait ensemble, et non pas *moi* tout seul. Un pour deux et deux pour un, tu te souviens ? »

Il tapota une photo, sur la deuxième page de l'article, où l'on voyait sa tendre épouse tendant un plat de petits gâteaux au chocolat à Thad, assis à sa machine à écrire, une feuille engagée. Après tout pourquoi pas, puisque de toute façon, c'était pour la galerie ? Écrire avait toujours été un processus laborieux pour lui, une activité à laquelle il n'aimait pas se livrer en public — en particulier si quelqu'un, dans ce public, était le photographe du magazine *People*. Les choses avaient été beaucoup plus faciles pour George, mais pour Thad Beaumont, c'était bougrement dur. Liz ne l'approchait pas lorsqu'il se lançait dans ses tentatives — réussies quelquefois. Elle ne lui apportait pas de télégrammes, et encore moins des petits gâteaux au chocolat.

« Oui, mais...

— En second lieu... »

Il regarda la photo sur laquelle Liz lui tendait les gâteaux et où lui-même la regardait. Tous deux souriaient. Ces sourires avaient quelque chose de très curieux, sur les visages (pourtant avenants) de ces deux personnes qui ne distribuaient qu'avec la plus grande parcimonie cette chose pourtant si ordinaire. Il se souvint de l'époque où il avait travaillé comme guide sur le chemin de grande randonnée qui parcourt les Appalaches du Maine au Vermont et au New Hampshire. Il avait possédé un raton laveur apprivoisé, en ces temps lointains, auquel il avait donné le nom de John Wesley Harding. Il n'avait fait aucun effort particulier pour domestiquer l'animal ; JWH lui était en quelque sorte échu. Elle ne détestait pas boire la goutte, la bestiole, par les soirées un peu fraîches, et parfois, quand elle en était à sa deuxième ou troisième tournée, elle souriait ainsi.

« Et en second lieu quoi ? »

En second lieu, il y a quelque chose de rigolo à voir un type nommé pour le Prix national du Livre et sa femme se sourire comme un couple de ratons laveurs ivres, pensa-t-il, incapable de retenir plus longtemps un éclat de rire, qui explosa tout d'un coup.

« Tu vas réveiller les jumeaux, Thad ! »

Il essaya, sans grand succès, d'étouffer le bruit.

« En second lieu, nous avons l'air d'une paire d'imbéciles et je m'en fiche complètement », répondit-il en l'attirant à lui et en l'embrassant dans le creux du cou.

Dans l'autre pièce, William commença à pleurer, aussitôt imité par Wendy.

Liz essaya de lui adresser un regard chargé de reproche, sans y parvenir. C'était trop bon de l'entendre rire. D'autant meilleur, peut-être, que ça ne lui arrivait pas très souvent. Ses éclats de rire avaient pour elle un charme étrange et exotique. Thad Beaumont n'avait jamais été un grand rieur.

« C'est ma faute, dit-il. Je vais m'en occuper. »

Il commença à se lever, heurta la table et faillit la renverser. C'était un homme doux, mais étrangement maladroit ; cet aspect de l'enfant qu'il avait été demeurait toujours.

Liz rattrapa le vase de fleurs qu'elle avait mis au milieu de la table, juste avant qu'il ne passât par-dessus bord.

« Vraiment, Thad ! » protesta-t-elle sans pouvoir s'empêcher de se mettre à rire.

Il se rassit un instant. Il ne lui prit pas tout à fait la main, mais la lui caressa doucement entre les siennes.

« Écoute, ma chérie, est-ce que ça t'embête ?

— Non », répondit-elle.

Elle eut un instant envie de répondre, *Ça me met mal à l'aise, cependant. Non pas parce qu'on a l'air légèrement timbrés, mais parce que... eh bien, je ne sais pas pourquoi, au juste. Ça me met mal à l'aise, c'est tout.*

Elle le pensa, mais ne le dit pas. C'était simplement trop bon de l'entendre rire. Elle s'empara de l'une de ses mains et l'étreignit brièvement.

« Non, répéta-t-elle, ça m'est égal. Je trouve que ç'est marrant. Et si la publicité vient donner un coup de main à *The Golden Dog* lorsque tu te décideras enfin sérieusement à le terminer, c'est encore mieux. »

Elle se leva et l'enfonça dans son siège en lui appuyant sur les épaules lorsqu'il fit mine de se lever.

« Tu t'en occuperas la prochaine fois, dit-elle. Je veux que tu restes assis ici jusqu'à ce que passe ton désir inconscient de réduire mon vase en miettes.

— D'accord, répondit-il avec un sourire. Je t'aime, Liz.

— Moi aussi, je t'aime. »

Elle alla s'occuper des jumeaux, et Thad se mit de nouveau à feuilleter sa BIO.

Contrairement à la majorité des articles de *People*, la BIO de Thaddeus Beaumont ne s'ouvrait pas sur une photographie en pleine page; un quart de page suffisait à celle qui avait été choisie. Elle n'en accrochait pas moins le regard, car un maquettiste sensible à l'aspect inhabituel des choses avait eu l'idée de border de noir le cliché sur lequel on voyait Thad et Liz, en deuil, dans un cimetière. Le texte, en dessous, faisait un contraste presque brutal.

Sur la photographie, Thad tenait une pelle et Liz un pic. Sur le côté, on voyait une brouette chargée d'autres outils de fossoyeur. On avait disposé sur la pierre tombale elle-même plusieurs bouquets, de manière, cependant, à ne pas en masquer l'inscription, qui se lisait très bien.

GEORGE STARK
1975-1988
Un Type pas très Sympa

Formant un contraste presque violent avec le lieu et la scène (l'enterrement récent, apparemment, de quelqu'un qui aurait dû être un garçon d'à peine plus de dix ans), ces deux fossoyeurs bidon échangeaient une poignée de main au-dessus de la terre fraîchement retournée, l'air de trouver la chose du plus haut comique.

Il s'agissait évidemment d'un canular. Toutes les photos accompagnant l'article — l'enterrement du garçon, les gâteaux au chocolat, de même que le cliché où l'on voyait Thad marcher, seul comme un nuage au Sahara, sur un chemin forestier désert des bois de Ludlow, supposé « réfléchir » — étaient de la même farine : de la pose. Marrant. Liz avait pris l'habitude d'acheter *People* au supermarché, depuis environ cinq ans, et chacun à son tour s'en amusait, soit en le feuilletant pendant le îner, soit dans les goguenots quand il n'y avait rien de mieux à portée de la main. Ils s'étaient parfois interrogés sur le succès de la revue, se demandant si c'était sa passion pour les petits côtés des célébrités qui la rendait si étrangement intéressante, ou simplement la manière dont elle était conçue, avec toutes ces grandes photos en noir et blanc et leurs légendes en caractères gras, de simples phrases affirmatives pour la plupart. Mais il ne lui était jamais venu à l'esprit que les photos avaient pu être mise en scène.

La photographe, une femme, s'appelait Phyllis Myers. Elle raconta à Liz et à Thad qu'elle avait toute une collection de photos d'ours en peluche dans des cercueils de taille appropriée, habillés de vêtements d'enfants. Elle espérait vendre l'ouvrage à un grand éditeur de New York. Ce n'est que bien plus tard le deuxième jour que Thad comprit : la jeune femme le sondait pour savoir s'il n'accepterait pas d'en écrire le commentaire. *La Mort et les Ours en peluche*, lui expliqua-t-elle, constituerait « l'ultime et parfait commentaire sur la vision américaine de la mort, vous ne croyez pas, Thad ? ».

Il se dit, à la lumière de cette manifestation de goût assez macabre, qu'il n'y avait rien de bien étonnant à ce que Myers eût commandé la pierre tombale de George Stark et l'eût amenée avec elle de New York — une tombe en carton-pâte.

« Ça ne vous ennuie pas de vous serrer la main au-dessus ? » leur avait-elle demandé avec un sourire qui était à la fois enjôleur et suffisant. « La photo va être *terrible*. »

Liz avait adressé à Thad un regard interrogateur et un peu horrifié. Puis ils avaient ensemble baissé les yeux sur la fausse pierre tombale venue de New York City (domicile des gens de *People* trois cent soixante-cinq jours par an) jusqu'à Castle Rock, dans le Maine (lieu de villégiature estivale de Thad et Liz Beaumont), avec un mélange de stupéfaction et d'amusement. C'était surtout l'inscription qui attirait l'œil de Thad :

Un Type pas très Sympa

Réduite à ses éléments essentiels, l'histoire que *People* voulait faire avaler aux consommateurs américains de célébrités, tous bouche bée, était assez simple. Thad Beaumont était un écrivain de réputation dont le premier roman, *The Sudden Dancers*, lui avait valu d'être classé sur la liste des postulants au prix du National Book Award, en 1972. C'était le genre de chose qui en imposait aux critiques mais les dévoreurs de célébrités (bouche bée) se fichaient comme d'une guigne de Thad Beaumont qui, depuis, avait publié un deuxième roman sous son nom. L'homme qui les intéressait *vraiment* n'avait en fait aucune existence réelle. Thad avait écrit sous un pseudonyme un best-seller retentissant, suivi de trois romans mettant en scène le même personnage et ayant connu également un grand succès. Et ce pseudonyme était bien entendu George Stark.

Jerry Harkavay, qui constituait à lui seul toute l'équipe d'Associated Press de Waterville, avait été le premier à faire éclater au grand jour l'histoire de George Stark, après que l'agent de Thad, Rick Cowley, l'eut fait connaître à Louise Booker de l'hebdomadaire professionnel *Publishers Weekley*, avec l'autorisation de Thad. Ni Harkavay ni Booker n'avaient connaissance de tous les détails de l'histoire — ne serait-ce que parce que Thad refusait de la manière la plus catégorique de seulement mentionner le nom de cette petite ordure de Frederick Clawson : c'était lui le salopard qui les avait obligés à dévoiler l'identité réelle de George Stark.

Au cours de sa première interview, Jerry lui avait demandé quel genre de type était George Stark. « George, avait répondu Thad, n'était pas un type très sympa. » La réplique s'était retrouvée en chapeau à l'article de Jerry, et c'était elle qui avait donné à la mère Myers l'idée de faire fabriquer une fausse pierre tombale avec ces mots dessus. Un monde bizarre. Un monde vraiment bizarre.

Tout d'un coup, Thad éclata encore une fois de rire.

2

Il y avait deux lignes en lettres blanches dans le cadre noir, en dessous de la photo de Thad et Liz prise dans le plus beau boulevard des Allongés de Castle Rock.

LE CHER DISPARU ÉTAIT EXTRÊMEMENT PROCHE DE CES DEUX PERSONNES, disait la première.

ALORS POURQUOI RIENT-ELLES ? disait la seconde.

« Parce que le monde est un endroit foutrement bizar-roïde », fit Thad Beaumont en reniflant dans sa main.

Liz Beaumont n'était pas la seule à se sentir vaguement mal à l'aise devant cette étrange manifestation de publicité. Thad éprouvait la même gêne. Ce qui ne l'empêchait pas d'avoir des difficultés à s'arrêter de rire ; il s'interrompait quelques secondes, ses yeux retombaient sur le texte de la pierre tombale — Un Type pas très Sympa — et il repartait de plus belle. Vouloir se calmer revenait à vouloir boucher les fuites d'un barrage en terre mal construit : dès qu'un trou était comblé, un nouveau s'ouvrait ailleurs.

Thad soupçonnait qu'il y avait quelque chose de légèrement malsain à cette crise de fou rire — une sorte de manifestation hystérique. Il savait que l'humour avait rarement à voir avec de tels accès — à vrai dire, à peu près jamais. La cause, à vrai dire, avait toutes les chances d'être le contraire de comique.

A chercher plutôt du côté de ce qui faisait peur, peut-être.

Tu aurais peur d'un foutu article de ce canard ? C'est vraiment ce que tu penses ? Stupide. Peur d'être gêné, peur que tes collègues du département d'anglais voient ces photos et se disent que tu as perdu le peu de bon sens qui te restait ?

Non. Il n'avait rien à redouter de ses collègues, pas même de la part de ceux qui étaient au collège depuis l'époque où les dinosaures patrouillaient sur la planète. Il avait fini par obtenir sa titularisation, et disposait d'assez d'argent pour envisager — sonnez trompettes, roulez tambours ! — de devenir écrivain à plein temps s'il le désirait (il ne savait trop s'il le souhaitait ; les aspects bureaucratiques et administratifs de la vie universitaire le barbaient, mais il aimait l'enseignement). Par ailleurs, il ne s'était jamais beaucoup soucié de ce que ses collègues pouvaient penser jusqu'ici. Ce que pensaient *ses amis*, oui, et dans certains cas ses amis, ou ceux de Liz, ou ceux qu'ils avaient en commun, se trouvaient être aussi des collègues · mais ceux-ci, à son avis, ne verraient dans toute cette histoire qu'une simple blague.

Si quelque chose devait lui faire peur, c'était...

Arrête ça, lui ordonna son esprit du ton sec et sévère qui avait le don de faire pâlir et de réduire au silence même les plus turbulents de ses étudiants. *Arrête-moi tout de suite ces conneries.*

Pas terrible. S'il obtenait un effet immédiat avec ses étudiants, sa voix était impuissante sur lui-même.

Il regarda de nouveau la photo, et cette fois-ci son œil ne s'arrêta pas à leurs deux visages, tandis qu'ils jouaient aux clowns impertinents comme deux gamins triomphants, après une épreuve de bizutage.

GEORGE STARK
1975-1988
Un Type pas très Sympa

C'était *cela* qui le mettait mal à l'aise.

Cette pierre tombale. Ce nom. Ces dates. Et plus que tout, cette épitaphe acerbe qui le faisait hurler de rire mais n'avait, pour quelque raison mystérieuse, absolument rien de comique si l'on grattait un peu.

Ce nom.

Cette épitaphe.

« Peu importe, grommela Thad. Cet enfant de salaud est mort, maintenant. »

Mais l'impression de malaise persistait.

Lorsque Liz revint, un jumeau changé de frais dans chaque bras, Thad était encore plongé dans l'article.

« Est-ce que je l'ai assassiné ? »

Thaddeus Beaumont, salué naguère comme le romancier le plus prometteur des États-Unis et nommé parmi les candidats au National Book Award en 1972 pour *The

Sudden Dancers*, s'attarde à cette question, songeur. Il semble légèrement amusé. « Assassiné », répète-t-il, doucement, comme si le mot ne lui était jamais venu à l'esprit... même si l'assassinat était l'obsession quasi permanente de sa « part des ténèbres », comme Beaumont appelle George Stark.

Dans le gros pot en céramique posé à côté de sa vieille Remington démodée, il prend un crayon : un Berol Black Beauty (les seuls avec lesquels Stark peut écrire, d'après Beaumont) qu'il commence à mâchonner délicatement. A voir l'aspect de la douzaine d'autres crayons du pot, ce geste lui est habituel.

« Non », dit-il finalement en laissant retomber le crayon dans le pot, « je ne l'ai pas assassiné. » Il lève les yeux et sourit. Beaumont a trente-neuf ans, mais lorsqu'il sourit ainsi, on pourrait facilement le prendre pour l'un de ses étudiants. « George est mort de mort naturelle. »

Beaumont prétend que c'est à sa femme qu'il doit l'idée de George Stark. Elizabeth Stephens Beaumont, une blonde ravissante et un peu distante, refuse d'assumer seule cette « paternité ». « Je n'ai fait que lui suggérer d'écrire un roman sous un nom d'emprunt, explique-t-elle, pour voir ce qui se passerait. Thad souffrait d'un blocage sérieux devant la page blanche, et avait besoin d'une secousse pour être tiré de sa paralysie. Et en fait, ajoute-t-elle en riant, George Stark était déjà présent depuis un bon moment. J'en ai vu des traces dans les brouillons que Thad n'achevait pas. Il s'agissait simplement de lever le lièvre. »

D'après certains de ses contemporains, cependant, les problèmes de Beaumont étaient beaucoup plus graves qu'un simple blocage devant la page blanche. Au moins deux auteurs bien connus (qui refusent d'être cités nommément) prétendent avoir craint pour la raison de Beaumont, au cours de la période cruciale entre son premier et son deuxième livre. L'un d'eux dit croire qu'il aurait tenté de se suicider après la publication de *The Sudden Dancers*, qui lui a valu davantage de critiques flatteuses que de droits d'auteur.

A la question de savoir s'il a jamais songé au suicide,

Beaumont m'a répondu : « C'est une idée stupide ; le vrai problème n'était pas la reconnaissance par le public, mais un blocage d'écrivain. Et pour un écrivain mort, tout espoir de guérison de ce blocage est exclu. »

En attendant, Liz Beaumont continuait de « le harceler » (d'après Beaumont) avec l'idée d'un pseudonyme. « Elle disait que je pourrais m'en donner à cœur joie pour une fois, si je voulais. Écrire n'importe quel foutu truc qui me plairait sans avoir la critique du *New York Times Book Review* constamment en train de regarder par-dessus mon épaule. Un bouquin d'aventures, un western, un bouquin de science-fiction. Ou même un polar bien sanglant. »

Thad Beaumont sourit.

« Je crois qu'elle a fait exprès de mettre ça en dernier sur sa liste. Elle savait que j'avais caressé un moment l'idée d'une histoire criminelle, mais que je n'avais pas su comment l'aborder.

L'idée d'un pseudonyme avait un côté amusant et attirant. Je me sentais *libre*, d'une certaine manière. Comme si j'avais disposé d'une issue secrète, si vous voyez ce que je veux dire.

Mais il y avait aussi autre chose. Quelque chose de très difficile à expliquer. »

Beaumont tend la main vers les crayons impeccablement aiguisés du pot de céramique, puis la retire. Ses yeux se portent vers la baie vitrée qui, au fond de son bureau, donne sur un spectaculaire paysage d'arbres verdoyants.

« Écrire sous un pseudonyme, c'était comme devenir invisible », ajoute-t-il finalement, une pointe d'hésitation dans la voix. « Plus je jouais avec cette idée, plus je... plus j'avais l'impression... que je me réinventerais moi-même. »

De nouveau sa main s'envole et réussit, cette fois, à subtiliser l'un des crayons du pot, tandis qu'il a l'esprit ailleurs.

Thad tourna la page, puis leva les yeux vers les jumeaux, assis dans leur double chaise haute. Les jumeaux de sexe différent ont toujours un comportement fraternel... ou fraterno-sororal, pour ne pas se faire reprocher une discrimination langagière machiste. Wendy et William étaient cependant aussi identiques qu'il est possible de l'être sans l'être totalement.

William sourit à Thad sans lâcher son biberon.

Wendy lui sourit aussi sans cesser de téter son propre

biberon, mais elle exhibait un accessoire que son frère ne possédait pas, une unique dent sur le devant, qui venait de percer la gencive aussi silencieusement qu'un périscope de sous-marin crève la surface de l'océan.

Wendy détacha l'une de ses mains potelées du biberon de plastique. Elle l'ouvrit, lui montrant sa paume propre et rose. La referma. L'ouvrit. Le bonjour de Wendy.

Sans la regarder, William détacha à son tour l'une des mains de son biberon, l'ouvrit, la ferma, l'ouvrit. Le bonjour de William.

Thad leva solennellement l'une de ses mains, l'ouvrit la ferma, l'ouvrit.

Les jumeaux sourirent — sans lâcher leur tétine.

Il revint une fois de plus à la revue. Ah, *People*, songea-t-il, où serions-nous et que ferions-nous sans toi ? Voici l'ère des vedettes américaines, les mecs !

L'auteur de l'article avait déballé tout le linge sale qu'il avait pu trouver, évidemment — en particulier les quatre longues et difficiles années après l'échec final à la course au prix du NBA —, mais il fallait s'y attendre : au fond, ce déballage ne l'ennuyait pas. Tout d'abord parce que si linge il y avait, il n'était pas tellement sale, mais aussi parce qu'il avait toujours éprouvé le sentiment qu'il était plus facile de vivre avec la vérité qu'avec le mensonge. A long terme, en tout cas.

Ce qui bien entendu soulevait la question de savoir si la revue *People* et « le long terme » avaient quelque chose à voir.

Et flûte, trop tard, maintenant.

Le nom de l'auteur de l'article était Mike — mais Mike comment, déjà ? A moins d'être un duc et pair médisant de majestés ou une star de cinéma médisant d'autres stars de cinéma, votre nom, si vous écrivez dans *People*, n'apparaît qu'à la fin de l'article. Thad dut sauter quatre pages (dont deux entièrement consacrées à de la publicité) pour trouver le nom. Mike Donaldson. Il était resté à bavarder tard avec ce type, et lorsque Thad lui avait demandé si le fait qu'il ait écrit d'autres livres sous un pseudonyme pouvait intéresser vraiment quelqu'un, la réplique de Donaldson l'avait fait bien rire : « Nos enquêtes montrent que la plupart des lecteurs de *People* ont des narines extrêmement étroites, ce qui les rend difficiles à curer. Alors ils curent le plus possible celles des autres. Ils voudront tout savoir à propos de votre ami George.

— Il n'est pas de mes amis », avait répondu Thad, toujours riant.

« Veux-tu un coup de main ? » demanda-t-il à Liz, qui se tenait maintenant devant la cuisinière.

« Merci, ça va, répondit-elle. Je prépare simplement une purée de légumes pour les mômes. Tu n'en as pas encore assez de t'admirer ?

— Non, pas encore », répliqua Thad sans vergogne, retournant à l'article.

« Le plus dur, en fin de compte, fut de trouver le nom », continue Beaumont, grignotant légèrement son crayon. « Mais c'était important. Je savais que ça pouvait marcher. Je savais que je pouvais surmonter mon blocage... si j'arrivais à me créer une identité. La *bonne* identité, une identité sans rapport avec la mienne. »

Comment avait-il choisi George Stark ?

« Il y a un auteur de polars du nom de Donald E. Westlake, m'explique Beaumont. Et sous son vrai nom, Westlake a écrit des comédies policières très amusantes sur la vie et les mœurs américaines.

Mais à partir du début des années soixante jusque vers le milieu des années soixante-dix, il a écrit une série de romans sous le nom de Richard Stark, des romans très différents. Leur héros est un certain Parker, un cambrioleur professionnel. Il est sans passé, sans avenir et dans les meilleurs de ses livres, une seule chose l'intéresse : voler.

Bref, pour des raisons qu'il faudrait demander à Westlake en personne de vous expliquer, il a arrêté d'écrire des histoires mettant Parker en scène, mais je n'ai jamais oublié ce qu'il a déclaré au moment où l'affaire fut rendue publique. Il a dit que *lui* écrivait lorsqu'il faisait beau et que Stark prenait la plume quand il pleuvait. J'aime cette idée, car ce fut une période pluvieuse pour moi, entre 1973 et le début de 1975.

Dans ses meilleurs livres, Parker devient un véritable robot tueur plus qu'un homme. Le thème du voleur volé est une constante dans presque tous les bouquins de cette série. Et Parker tombe sur les méchants — les *autres* méchants, évidemment — exactement comme un robot qui aurait été programmé dans un seul but. "Je veux mon fric", voilà ce qu'il leur dit — et c'est à peu près tout. "Je veux mon fric, je veux mon fric." Ça ne vous rappelle pas quelqu'un ? »

J'acquiesce, Beaumont est en train de me décrire Alexis Machine, le personnage principal de tous les romans de Georges Stark.

« Si *Machine's Way* s'était achevé comme il avait commencé, ajoute Beaumont, je l'aurais fichu au fond d'un tiroir pour toujours. On m'aurait à juste titre accusé de plagiat, si je l'avais publié ainsi. Mais au bout du premier quart, le livre a trouvé son propre rythme, et tout s'est mis en place. »

Je demande alors à Beaumont s'il veut dire qu'au bout d'un moment, George Stark s'était réveillé et avait commencé à s'exprimer.

« Oui, répondit-il. C'est assez bien vu. »

Thad leva les yeux et dut se retenir pour ne pas se remettre à rire. Les jumeaux le virent sourire et l'imitèrent, leurs lèvres s'écartant sur un magma vert — la purée de pois cassés que Liz leur donnait à la cuiller. Autant qu'il s'en souvenait, il avait répondu au journaliste : « Bon Dieu, mais c'est du mélo, votre truc ! A vous entendre, on se croirait au moment du film, dans *Frankenstein*, où la foudre tombe sur le château et met le monstre en marche ! »

Liz interrompit sa rêverie.

« Je ne vais jamais arriver à les faire manger si tu continues comme ça », dit-elle.

Elle avait une minuscule tache verte sur le bout du nez, et Thad éprouva le besoin absurde de la lui enlever d'un baiser.

« Si je continue quoi ?

— A sourire. Tu souris, ils sourient. Comment faire manger un bébé qui sourit, Thad ?

— Désolé », répondit-il humblement, avec un clin d'œil pour les jumeaux.

Leur sourire identiquement bordé de vert s'élargit un instant. Il baissa alors les yeux et continua à lire.

« J'ai commencé *Machine's Way* le soir même, en 1975, où j'ai trouvé le nom, mais il y avait autre chose. J'ai glissé une feuille de papier dans la machine lorsque j'ai été prêt à attaquer... puis je l'ai sortie. J'ai tapé tout mes livres, mais apparemment, George Stark n'aimait pas les machines à écrire.

[Le sourire revient encore fugitivement.]

« Peut-être parce qu'ils ne possèdent pas de machines à écrire dans les hôtels aux fenêtres étroites où il passe le plus clair de son temps. »

Beaumont se réfère ici à la pseudo-biographie de George Stark, que l'on trouve sur la jaquette de ses livres : l'auteur aurait trente-neuf ans et il aurait purgé des peines de prison dans trois établissements différents, pour incendies volontaires, agression à main armée, et agression avec intention de tuer. Mais l'histoire de la couverture n'est qu'un résumé ; Beaumont a également composé, pour Darwin Press, une biographie de son alter ego qui entre dans les plus petits détails — de ceux que seul un bon romancier pouvait inventer de bout en bout. De sa naissance à Manchester, dans le New Hampshire, jusqu'à sa dernière résidence à Oxford, dans le Mississippi, tout s'y trouve, mis à part l'enterrement, il y a six semaines, au cimetière Homeland de Castle Rock (Maine).

« Il y avait un vieux carnet de notes dans un de mes tiroirs, et je me suis servi de ces trucs. » Il me montre le pot de crayons, et paraît légèrement surpris de constater qu'il se sert de l'un d'eux dans son geste. » J'ai donc commencé à écrire, et je me suis réveillé lorsque Liz m'a fait remarquer qu'il était minuit et m'a demandé si j'envisageais ou non de me coucher. »

Liz Beaumont se souvient aussi très bien de ce soir-là. Sa version : « Je me suis réveillée à minuit moins le quart ; j'ai vu qu'il n'était pas dans le lit, et je me suis dit qu'il devait travailler. Mais je n'entendais pas la machine à écrire, et j'ai eu un peu peur. »

A voir son visage, on pourrait penser qu'elle a eu plus qu'un peu peur.

« Quand je suis arrivée en bas et que je l'ai trouvé qui griffonnait dans ce carnet, j'en suis restée baba. (Elle rit.) Son nez touchait presque le papier. »

Je lui demande si elle s'était sentie soulagée.

« Oui, très soulagée », me répond Liz Beaumont d'une voix douce et réfléchie.

« J'ai regardé ce que j'avais fait et je me suis rendu compte que j'avais écrit seize pages, sans une seule rature, reprend Beaumont. Et j'avais transformé les trois quarts d'un crayon neuf en copeaux dans le taille-crayon. » L'écrivain regarde le pot avec une expression qui hésite entre la mélancolie et l'humour voilé. « Je me dis que je devrais jeter tous ces crayons, maintenant que George est mort. Je ne m'en sers pas moi-même. J'ai essayé, mais ça ne marche pas. Moi, je suis incapable de travailler sans machine à écrire. Ma main se fatigue et fait n'importe quoi.

Celle de George, jamais. »

Il lève alors les yeux et m'adresse un clin d'œil sibyllin.

« Chérie ? »

Il se tourne vers sa femme, concentrée sur l'introduction d'une dernière cuillerée de pois cassés dans la bouche de William. Le bambin en avait enduit tout son biberon.

« Quoi ?

— Regarde par ici une seconde. »

Elle le regarda.

Thad cligna de l'œil.

« Est-ce que c'était sibyllin ?

— Pas du tout.

— C'est bien ce que je pensais. »

Le reste de l'histoire constitue un chapitre ironique

dans l'ensemble plus vaste de ce que Thad Beaumont appelle « un roman de cinglé ».

Un petit éditeur, Darwin Press, publia *Machine's Way* en juin 1976 (le vrai Beaumont étant publié chez Dutton) et devint le succès-surprise de l'année, restant plusieurs semaines numéro un sur la liste des best-sellers, d'une côte à l'autre du pays. On en tira un film qui connut le même succès.

« J'ai longtemps attendu que quelqu'un découvre que j'étais George ou que George était moi, m'explique Beaumont. Les droits étaient bien enregistrés sous le nom de George Stark, mais mon agent était au courant, ainsi que sa femme — enfin, son ex-femme, à l'heure actuelle, restée cependant son associée en affaires — et, bien entendu, tous les responsables de Darwin Press, dont le chef comptable. Il fallait bien que la comptabilité soit au courant, car si George pouvait écrire des nouvelles à la main, il avait en revanche un petit problème pour endosser les chèques. Et bien entendu, le percepteur devait aussi être au courant. Liz et moi avons donc passé un an et demi à attendre que quelqu'un dévoile la supercherie. Rien n'est arrivé. Je crois que c'est un simple hasard, qui ne prouve rien sinon que les gens savent parfois assez bien tenir leur langue. »

Ils continuèrent de la tenir pendant les dix années suivantes, tandis que le mystérieux M. Stark, écrivain infiniment plus prolifique que son autre moitié, publiait trois nouveaux romans. Aucun d'eux ne connut le succès phénoménal de *Machine's Way*, mais tous figurèrent tout de même sur les listes de best-sellers.

Après un long silence songeur, Beaumont se met à parler des raisons qui l'ont finalement décidé à lever ce profitable masque. « Il faut vous souvenir qu'après tout, George Stark n'a qu'une existence livresque. J'ai longtemps pris plaisir à sa compagnie et, il faut bien le dire, l'animal faisait du fric. Je l'appelais mon f... fric. Le seul fait de savoir que je pouvais abandonner l'enseignement, si je voulais, et continuer tout de même à rembourser l'emprunt de la maison a eu un fabuleux effet libérateur sur moi.

Mais je voulais écrire de nouveau mes propres

livres, et Stark commençait à ne plus avoir grand-chose à dire. C'était aussi simple que ça. Je le savais. Liz le savait, mon agent le savait... Je pense que même le conseiller littéraire de George, chez Darwin Press, le savait. Mais si j'avais gardé le secret, la tentation d'écrire un autre George Stark aurait fini par être trop forte. Je suis aussi vulnérable au chant des sirènes argentées que n'importe qui. La solution ? Lui enfoncer un pieu dans le cœur une fois pour toutes.

En d'autres termes, dévoiler le mystère. Ce que j'ai fait. Ce que nous faisons en ce moment, à la vérité. »

Thad, un petit sourire aux lèvres, leva les yeux de l'article. Tout d'un coup, sa stupéfaction amusée devant la mise en scène des photos de *People* lui parut elle-même un peu hypocrite, un peu artificielle. Car les photographes de revue ne sont pas les seuls à arranger les choses de manière à donner aux lecteurs ce qu'ils veulent et attendent. La plupart des personnes interviewées devaient en faire autant, à un plus ou moins grand degré. Il songea qu'il s'était peut-être montré meilleur qu'un autre, dans son numéro ; après tout, il était romancier... et qu'est-ce qu'un romancier, sinon un type payé pour vous raconter des mensonges ? Plus ils sont énormes, mieux il est payé.

Stark commençait à ne plus avoir grand-chose à dire.
Comme c'était direct !
Convaincant !
Et bidon...
« Chérie ?
— Hummm ? »
Elle essayait de débarbouiller Wendy, que cette perspective n'enthousiasmait pas du tout. Le bébé ne cessait de détourner son petit visage avec des gazouillis indignés, tandis que Liz la poursuivait de son gant de toilette. Thad songea que sa femme finirait par la coincer, mais qu'il y avait toujours une chance pour qu'elle se lassât la première — ce que semblait aussi penser Wendy.

« D'après toi, avons-nous eu tort de mentir à propos du rôle de Clawson dans tout ça ?

— Nous n'avons pas menti, Thad. Nous n'avons tout simplement pas mentionné son nom.

— Et c'était un parfait salopard, non ?

— Non, cher et tendre.

— Non ?

— Non », répéta Liz d'un ton serein. Elle avait eu Wendy et débarbouillait maintenant la figure de William. « C'était une sale petite Orduroïde. »

Thad pouffa.

« Une Orduroïde ?

— Exactement, une Orduroïde.

— Je crois bien que c'est la première fois que j'entends ce terme.

— C'est le titre d'une cassette vidéo que j'ai vue au magasin du coin, l'autre jour, lorsque je cherchais quelque chose à louer. Un film d'horreur qui s'appelait *Les Orduroïdes*. Et je me suis dit : Superbe ! Quelqu'un a eu l'idée de faire un film sur Frederick Clawson et sa famille. Il faut que je raconte ça à Thad. Et puis ça m'est sorti de la tête.

— Alors tu es tout à fait d'accord sur ce point ?

— On ne peut plus d'accord. » Elle pointa la main qui tenait le gant de toilette vers Thad, puis vers la revue ouverte sur la table. « Tu as eu ce que tu voulais dans cette histoire, Thad, et les gens de *People* aussi. Quant au sieur Clawson, il lui reste toujours ses yeux pour pleurer, et il ne méritait pas mieux.

— Merci », dit-il.

Elle haussa les épaules.

« Y' a pas de quoi. Parfois, tu es vraiment trop bon, Thad.

— C'est un problème ?

— Le *seul* problème — William, voyons ! Thad, si tu voulais me donner un petit coup de main... »

Thad referma la revue, prit William dans ses bras et suivit Liz, qui portait Wendy, dans la chambre des enfants. Le bébé joufflu était chaud et agréablement pesant ; il avait par hasard les bras autour du cou de son père et ouvrait de grands yeux intéressés, comme d'habitude, à tout ce qu'il voyait. Liz coucha Wendy sur l'une des tables de change, Thad posa William sur l'autre. Liz allait légèrement plus vite pour enlever les couches humides et en mettre des propres.

« Bon, d'accord, dit Thad, nous avons eu droit à un

article dans *People*. Pas la peine d'en faire tout un plat, non ?

— Pas la peine », dit-elle avec un sourire.

Quelque chose clochait dans ce sourire de Liz, mais Thad se souvint de sa propre crise bizarre de fou rire, et il préféra ne pas approfondir. Parfois, il n'était pas très sûr des choses — analogie psychologique, en quelque sorte, à sa maladresse physique — et il persécutait Liz. Elle le lui reprochait rarement, mais il lui arrivait de voir une expression fatiguée s'insinuer dans son regard lorsqu'il insistait trop. Qu'avait-elle dit ? Qu'il était *trop bon.*

Il referma l'épingle de la couche de William, l'avant-bras en travers du ventre du bébé qui ne cessait de gigoter, pour lui éviter de rouler de la table, comme il semblait bien déterminé à le faire.

« *Bagayagah!* cria William.

— Ouais, fit Thad.

— *Divilili!* gazouilla Wendy.

— Très juste aussi, acquiesça Thad avec un hochement de tête.

— Je suis bien contente qu'il soit mort », déclara soudain Liz.

Thad leva brusquement les yeux ; il l'observa quelques instants, et acquiesça. Nul besoin de préciser de quel *il* il s'agissait.

« Ouais.

— Je ne l'aimais pas beaucoup. »

Agréable façon de parler de son mari! faillit-il lui répliquer, s'arrêtant à temps. Sa réflexion n'était pas si bizarre, parce que ce n'était pas de Thad qu'elle parlait. La manière d'écrire de George Stark n'était pas la seule différence qui existait entre eux deux.

« Moi non plus, répondit-il. Qu'est-ce qu'on mange, ce soir ? »

II

Désordre Dans Le Ménage

1

Cette nuit-là, Thad fit un cauchemar. Il s'éveilla presque en larmes, tremblant comme un chiot surpris par un orage. Il était avec George Stark, dans son rêve, un George Stark agent immobilier et non plus écrivain, se tenant toujours derrière Thad, si bien qu'il n'était qu'une voix et qu'une ombre.

2

La biographie que Thad avait écrite pour Darwin Press juste avant de commencer *Oxford Blues*, le deuxième roman de George Stark, précisait que Stark conduisait une camionnette pick-up GMC de 1967 que seules « les prières et la peinture empêchaient de tomber en morceaux ». Dans le rêve, cependant, ils roulaient dans une Toronado toute noire, et Thad comprit qu'il s'était fourvoyé avec sa vieille camionnette. La Toronado *était* le bolide que conduisait Stark.

Un bolide à l'arrière relevé, qui n'avait pas du tout l'allure d'une voiture d'agent immobilier. Plutôt le genre d'engin dans lequel un voyou de troisième classe se promènerait. Thad regarda par-dessus son épaule tandis qu'ils se dirigeaient vers la maison que Stark, pour quelque obscure raison, voulait lui faire visiter. Il pensait qu'il allait le voir, et une pointe glacée de terreur vint étreindre son cœur. Stark, cependant, se tenait maintenant derrière son autre épaule (bien que Thad ne pût comprendre comment il s'était déplacé aussi vivement et silencieusement), et il ne vit que la voiture, tarentule d'acier brillant au soleil. Un autocollant ornait le pare-chocs arrière surélevé. SALOPARD DE FRIMEUR, pouvait-on lire. Les mots étaient flanqués de deux têtes de mort avec tibias.

La maison où Stark l'avait conduit était en fait celle de Thad et Liz — non pas leur domicile d'hiver de Ludlow, pas très loin de l'université, mais leur villa d'été, à Castle Rock. La pointe nord de la baie de Castle Rock commençait derrière la maison, et Thad entendait le bruit étouffé des vagues qui venaient mourir sur la plage. Il y avait un panneau À VENDRE planté au milieu de la petite pelouse, à côté de l'allée.

Jolie maison, n'est-ce pas? susurra Stark derrière son épaule. Sa voix était rauque mais caressante, comme la langue d'un matou qui vous lèche.

C'est *ma* maison, répondit Thad.

Vous avez tout faux. Son propriétaire est mort. Il a tué sa femme et ses enfants, après quoi il s'est suicidé. Il a tout débranché. Bim, bam, et salut la compagnie. Il avait cette tendance au fond de lui. C'était d'ailleurs assez facile à voir, pourvu que l'on soit un peu observateur, mon tuteur.

Est-ce que je suis supposé trouver ça drôle? eut-il l'intention de lui demander — il lui paraissait très important de montrer à Stark qu'il n'avait pas peur de lui. Très important, parce qu'il était terrifié au dernier degré. Avant d'avoir pu former les mots, cependant, une grande main qui paraissait n'avoir aucune ligne, aucun pli (mais c'était difficile à dire car les doigts repliés jetaient une ombre irrégulière sur la paume), passant par-dessus son épaule, vint agiter un trousseau de clés devant son nez.

Non, pas simplement agiter. Sinon, il aurait pu tout de même parler, il aurait même pu repousser les clés afin de montrer à quel point il redoutait peu le redoutable personnage qui tenait tant à rester dans son dos. Mais la main dirigeait les clés *vers* son visage. Thad dut les attraper avant qu'elles ne vinssent s'écraser sur son nez.

Il glissa l'une d'elles dans la serrure de la porte de devant, un grand pan de chêne lisse avec pour uniques reliefs la poignée et un marteau de cuivre qui évoquait un petit oiseau. La clé tourna facilement, et c'était bizarre car il ne s'agissait nullement d'une clé classique mais d'une barre de machine à écrire — une « clé », comme on dit aussi parfois — à la tige d'acier anormalement longue. Toutes les autres clés du trousseau étaient en fait des passes, comme en possèdent les cambrioleurs.

Il saisit la poignée et la tourna. Ce faisant, les planches de la porte, sur leurs ferrures, se mirent à se plisser et à rétrécir avec une série de détonations aussi fortes que des pétards. De la lumière apparut entre les fentes qui venaient de s'ouvrir. De la poussière en tomba. Il y eut un claquement sec et l'un des éléments décoratifs des ferrures se détacha de la porte et heurta le seuil aux pieds de Thad.

Il entra.

Il n'en avait aucune envie ; il voulait rester sur le pas de la porte et discuter avec Stark. Non, plus que ça ! Le sermonner, lui demander au nom du ciel pourquoi il faisait ça, car pénétrer dans la maison était encore plus effrayant que d'avoir Stark dans le dos. Mais ce n'était qu'un rêve, un mauvais rêve, et il lui semblait que l'essence des mauvais rêves était d'être incontrôlables. Impression de se tenir sur la crête d'une énorme vague, susceptible de le jeter à tout instant contre une falaise sur laquelle il s'écraserait aussi ignoblement qu'une mouche sur une tapette.

Le couloir familier était devenu étrange, presque hostile, du seul fait de l'absence du tapis usé qui courait en son milieu et que Liz menaçait régulièrement de jeter à la poubelle… et alors que ce détail lui était apparu comme tel dans le rêve, ce fut pourtant sur lui que, plus tard, il ne cessa de revenir, peut-être parce qu'il était authentiquement terrifiant — terrifiant hors du contexte de ce rêve. Comment se sentir en sécurité dans la vie, si la disparition de quelque chose d'aussi insignifiant qu'un vieux tapis peut provoquer des sentiments aussi puissants de décalage, de désorientation, de tristesse et d'appréhension ?

Il n'aimait pas l'écho de ses pas sur le plancher, et pas seulement parce qu'il semblait donner raison à ce qu'avait dit le méchant qui se tenait derrière lui — qu'il n'y avait personne dans la maison, qu'elle était encore pleine du douloureux silence de l'absence. Il n'aimait pas leur bruit, car ses pas résonnaient avec une intensité funèbre, horrible à entendre.

Il aurait voulu faire demi-tour et s'enfuir, mais il ne le pouvait pas. Car Stark était derrière lui, et il savait (ignorant comment) que celui-ci tenait maintenant à la main le rasoir à manche de nacre d'Alexis Machine, celui que sa maîtresse avait utilisé à la fin de *Machine's Way* pour entailler la figure de ce salopard.

S'il se tournait, George Stark allait procéder à un petit affûtage à sa manière.

La maison était peut-être bien vide de gens, mais, à part le tapis et la moquette saumon du séjour, tout le mobilier se trouvait encore là. Au bout du couloir, sur la table en bois blanc, trônait un vase de fleurs ; de là, on pouvait soit passer directement dans le séjour avec son haut plafond et sa grande baie vitrée donnant sur le lac, soit tourner à droite vers la cuisine. Thad toucha le vase qui explosa et se réduisit en miettes, dans un nuage de poudre de céramique à l'odeur âcre. L'eau croupie dégoulina, et la demi-douzaine de roses qui s'y épanouissaient fanèrent et tournèrent au gris sombre avant même de tomber dans la flaque d'eau puante restée sur la table. Il toucha la table elle-même. Le bois émit un crissement sec et le meuble se fendit, donnant l'impression de s'évanouir plutôt que de tomber, comme il le fit, en deux morceaux sur le plancher nu.

Qu'as-tu fait à ma maison ? cria-t-il à l'homme derrière lui... mais sans se retourner. Il n'avait pas *besoin* de se retourner pour vérifier la présence du coupe-chou que, avant que Nonie Griffiths ne l'employât sur Machine lui-même, le laissant avec un œil désorbité et un morceau de joue lui pendant sur la mâchoire, Machine en personne utilisait pour raccourcir le nez de ses « concurrents » en affaires.

50

Rien, répondit Stark, et Thad n'avait pas besoin de le regarder pour voir le sourire qui avait accompagné ce seul mot. C'est *toi* qui fais quelque chose, vieille carne.

Puis ils se retrouvèrent dans la cuisine.

Thad toucha la cuisinière, laquelle se fendit en deux avec un bruit sourd, comme celui d'une grosse cloche emmitouflée dans de la boue. Les plaques chauffantes, des résistances enroulées sur elles-mêmes, sautèrent en l'air de travers, pareilles à des bouchons, faisant penser à des chapeaux à spirale de carnaval pris dans une rafale de vent. Une puanteur infecte monta du trou sombre au milieu de la cuisinière; Thad regarda dedans et vit une dinde. Elle était en putréfaction. Un liquide noir dans lequel surnageaient d'innombrables fragments de chair s'écoulait des flancs béants de l'animal.

Par ici, on appelle ça de la farce de cinglé, remarqua Stark derrière lui.

Qu'est-ce que tu veux dire? demanda Thad. Qu'est-ce que ça veut dire, *par ici*?

Terminusville, dit calmement Stark. Le patelin où tout le trafic aboutit. Plus de lignes après.

Il ajouta autre chose, mais Thad ne le comprit pas. Il trébucha sur un objet : le sac à main de Liz. Lorsqu'il voulut s'appuyer sur la table de la cuisine pour se retenir, celle-ci s'effondra, tout en éclats de bois et en sciure, sur le linoléum. Un clou brillant alla voler dans un coin avec un petit crépitement métallique.

Arrête ça tout de suite! hurla Thad. Je veux me réveiller! J'ai *horreur* de casser les choses!

C'est toujours toi qui as été le plus maladroit, vieille carne, dit Stark. Il parlait comme si Thad avait eu de nombreux frères et sœurs, tous gracieux comme des gazelles.

Ce n'est pas une fatalité, l'informa Thad avec tellement d'anxiété dans la voix qu'il s'en étranglait presque. Je ne suis pas *toujours* maladroit. Je n'ai pas *besoin* de tout casser. Quand je fais attention, tout se passe bien.

Ouais… dommage que t'aies arrêté de faire attention, fit Stark sur ce ton souriant je-fais-juste-que-constater-les-choses.

Ils étaient maintenant dans l'entrée donnant sur

l'arrière. Là, il y avait Liz, assise par terre dans le coin, près de la porte du bûcher, jambes écartées, un pied chaussé, l'autre non. Elle portait des bas nylon et une maille avait filé sur l'un d'eux. Elle se tenait la tête baissée, et ses cheveux blond-roux assez fournis lui retombaient sur les yeux. De même qu'il n'avait eu besoin de voir ni le rasoir ni le sourire en lame de rasoir de Stark pour en deviner la présence, il n'avait nul besoin de voir le visage de Liz pour savoir qu'elle n'était ni endormie ni inconsciente, mais morte.

Mets la lumière, tu verras mieux, dit Stark de la même voix souriante je-fais-juste-que-passer-le-temps-avec-toi-mon-vieux. Sa main apparut au-dessus de l'épaule de Thad, montrant l'éclairage que Thad avait lui-même installé. Il était électrique, évidemment, mais paraissait tout à fait authentique : deux lampes tempêtes montées sur un rouet de bois et contrôlées par un interrupteur à rhéostat sur le mur. Quand il le toucha, un éclair électrique bleuâtre jaillit entre ses doigts, indolore, et si dense qu'on aurait davantage dit de la gelée que de la lumière. Le bouton rond couleur ivoire de l'interrupteur devint charbonneux et sauta du mur avant de se mettre à zigzaguer dans la pièce comme une soucoupe volante miniature. Il brisa la petite fenêtre, sur le mur en face, et disparut dans la lumière du jour qui avait pris une étrange nuance verte, évoquant du cuivre oxydé.

Les lampes tempêtes répandaient une clarté brillante, surnaturelle, et le rouet se mit à tourner, enroulant sur elles-mêmes les chaînes sur lesquelles il était monté, tandis qu'un tourbillon d'ombres se mettait à danser sur les murs comme un carrousel fantastique. L'un après l'autre, les verres de lampe explosèrent, projetant une pluie d'éclats sur Thad.

Sans réfléchir davantage il bondit, saisit le corps inerte de sa femme pour la sortir de là avant que la chaîne ne se brisât et ne laissât tomber sur elle la lourde suspension. Impulsion tellement forte qu'elle surmonta tout, y compris le fait que ça n'avait aucune importance, puisqu'elle était morte et qu'il le savait, et que Stark aurait pu tout aussi bien lui renverser tout l'Empire State Building sur la tête sans que ça ait la moindre importance. Pas pour elle, en tout cas. Plus pour elle.

Au moment où il passait les bras derrière elle et où ses mains se rejoignaient entre ses omoplates, le corps glissa en avant et sa tête se renversa en arrière. La peau de son visage se craquelait comme le vernis d'un vieux vase Ming. Ses yeux vitreux explosèrent soudain. Une infecte gelée verte, d'une écœurante tiédeur, gicla au visage de Thad. La bouche de Liz s'entrouvrit et une bourrasque chassa ses dents comme des flocons. Il sentit les petites pointes dures mais arrondies lui picoter les joues et le front. Du sang à demi coagulé gicla des gencives perforées. Sa langue se mit à pendre entre ses lèvres, puis se détacha pour aller tomber dans sa jupe, tendue entre ses cuisses, semblable à un fragment sanguinolent de serpent.

Thad commença à hurler — dans le rêve mais non en réalité, grâce à Dieu, sans quoi il aurait terrifié Liz.

J'en ai pas terminé avec toi, enfoiré, dit doucement George Stark derrière lui. Le sourire avait disparu de sa voix. Le timbre en était aussi glacial que le lac Castle en novembre. N'oublie pas ça. N'essaie pas de jouer au con avec moi. Parce que si tu joues au con avec moi...

3

Thad se réveilla en sursaut, le visage trempé. Son oreiller, qu'il serrait convulsivement contre son visage, était également mouillé. Humidité qui pouvait tout aussi bien être de la sueur que des larmes.

« ... tu joues au con avec le meilleur », acheva-t-il de dire dans l'oreiller.

Il resta ainsi, pantelant, genoux remontés sur la poitrine, traversé de violents frissons.

« Thad ? » grommela Liz d'une voix endormie, qui avait du mal à franchir l'épaisseur de ses propres rêves. « Les jumeaux vont bien ?

— Très bien », réussit-il à coasser. « Je... rien. Rendors-toi.

— Ouais, tout est... »

Elle dit encore autre chose, qu'il ne saisit pas plus que

ce qu'avait dit Stark après avoir expliqué que la maison de Castle Rock était Terminusville… l'endroit où s'arrêtaient toutes les voies de chemin de fer.

Thad resta dans son bain de transpiration, relâchant lentement l'oreiller. Il se frotta le visage de son bras nu, et attendit la fin des frissons et que le rêve s'estompât en lui. Le processus prit un temps fou. Au moins avait-il évité de réveiller Liz.

Il gardait les yeux grands ouverts dans l'obscurité, sans penser à rien, sans chercher à donner un sens au cauchemar, ne désirant qu'une chose, *qu'il s'en allât*, et au bout d'un temps qui lui parut interminable, Wendy se réveilla dans l'autre pièce et se mit à pleurer pour être changée. Bien entendu, William se joignit au concert quelques instants plus tard, décidant que *lui aussi* avait besoin d'être changé (alors que lorsque Thad lui enleva ses couches, il les trouva parfaitement sèches).

Liz s'éveilla sur-le-champ et se dirigea d'un pas de somnambule vers la nursery. Thad l'accompagna, infiniment mieux réveillé et pour une fois plein de reconnaissance pour les jumeaux qui les tiraient du lit au milieu de la nuit. Au milieu de cette nuit-ci, en tout cas. Il changea William pendant que Liz changeait Wendy, ni l'un ni l'autre ne parlant beaucoup, et lorsqu'ils retournèrent se coucher, Thad constata avec gratitude que le sommeil le gagnait de nouveau. Il avait cru ne pouvoir se rendormir de la nuit ; et quand il s'était éveillé, avec l'image de la décomposition explosive du visage de Liz encore toute fraîche dans son souvenir, il avait cru ne plus pouvoir se rendormir jusqu'à la fin de ses jours.

L'impression aura disparu demain matin, comme toujours avec les rêves.

Ce fut sa dernière pensée consciente ; mais lorsqu'il se réveilla, le lendemain matin, il se rappela le cauchemar dans ses moindres détails (bien que l'écho funèbre de ses pas dans le corridor nu fût le seul élément ayant conservé toute sa coloration affective), et il ne s'estompa pas au cours de la journée, comme le font d'ordinaire les rêves.

Ce fut l'un de ceux, rares, dont il conserva le souvenir, aussi vivace que celui d'un événement vécu. Avec la clé qui était une barre de machine à écrire, la paume de la main sans lignes, et la voix sèche et presque totalement dénuée d'inflexions de George Stark, lui disant de derrière son épaule qu'il n'en avait pas terminé avec lui et que quand on jouait au con avec ce salopard de frimeur, on jouait au con avec le meilleur.

III

Cimetière Blues

1

Le chef de l'équipe des fossoyeurs de Castle Rock —
trois hommes — était un certain Steven Holt que, bien
entendu, tout le monde, dans le patelin, appelait Digger
(Le Creuseur). C'est un surnom que des milliers de
fossoyeurs, dans des milliers de patelins de Nouvelle-
Angleterre, portent en commun. Et comme la plupart de
ses confrères, Holt avait la responsabilité de bien des
travaux, si l'on songe à la taille réduite de son équipe. La
ville s'enorgueillissait de deux terrains de sport qu'il
fallait bien entretenir, l'un près du pont de chemin de
fer, entre Castle Rock et Harlow, l'autre à Castle View ;
il y avait une pelouse communale qu'il fallait ressemer au
printemps, tondre tout l'été et débarrasser de ses feuilles
à l'automne (sans parler des arbres qu'ils devaient émon-
der, parfois couper, ni de l'entretien du kiosque à
musique et des sièges qui l'entouraient) ; il y avait en
outre deux parcs, celui de Castle Stream, près du vieux
moulin, et celui de Castle Falls — où avaient été conçus,
depuis des temps immémoriaux, un nombre incalculable
d'enfants de l'amour.

Il aurait pu rester le responsable de tout cela, rester ce
bon vieux Steve Holt jusqu'à la fin de sa vie, mais Castle
Rock possédait également trois cimetières, et le trio en
avait également la charge. Planter les clients est encore
ce qui prend le moins de temps dans l'entretien d'un
cimetière : il fallait aussi semer, ratisser, remplacer le

gazon défectueux, faire la chasse aux détritus. Se débarrasser des fleurs fanées et des drapeaux décolorés après les fêtes — le Memorial Day était la journée qui laissait le plus gros tas derrière elle, mais le 4 Juillet, la fête des mères et la fête des pères n'étaient pas mal non plus. Sans compter les commentaires sacrilèges que de petits vauriens gribouillaient sur les tombes et qu'il devait nettoyer.

De tout cela, la ville se moquait bien ; c'était la plantation des clients qui valait leur surnom à des types comme Holt. Sa mère avait eu beau le baptiser Steven, Digger Holt il était depuis qu'il avait pris ce boulot, en 1964, et Digger Holt il resterait jusqu'à sa mort, même s'il changeait de métier entre-temps — ce dont on pouvait douter, vu qu'il était âgé de soixante et un ans.

A sept heures du matin, le mercredi 1er juin, par une superbe journée annonciatrice de l'été, Digger arrêta sa camionnette devant le cimetière Homeland pour en ouvrir les grilles. Elles comportaient un verrou, mais celui-ci ne servait que deux fois par an, le soir de la remise des diplômes, au collège, et pendant la nuit de Halloween. Puis il engagea lentement son véhicule dans l'allée centrale.

Il s'agissait, ce matin, d'une simple tournée d'inspection. Il avait un carnet à côté de lui pour relever les secteurs du cimetière sur lesquels il faudrait travailler d'ici à la fête des pères. Une fois terminée l'inspection de Homeland, il se rendrait au cimetière de Graceland, de l'autre côté de la ville, puis à l'ossuaire de Stackpole, au carrefour de Stackpole Road et de la Route n° 3. Et l'après-midi, il s'attellerait au boulot avec ses gars, quel que fût ce boulot. Ça ne devrait pas être trop dur ; les gros travaux avaient eu lieu en avril, la période du « grand nettoyage de printemps », comme disait Digger.

Pendant ces deux semaines, aidé par Dave Phillips et Deke Bradford, responsable du département Travaux publics de la ville, Digger avait fait des journées de dix heures, comme chaque printemps, curant les puisards bouchés, remettant de la terre là où le ravinement avait emporté l'humus, redressant les croix sur les tombes et les monuments renversés par des mouvements de terrain. Au printemps, il y avait mille corvées, grandes et petites, et Digger rentrait chez lui à peine capable de se préparer un petit repas et de vider une bière avant de se coucher. Le grand nettoyage de printemps se terminait toujours le même jour : celui où il avait l'impression que son mal de dos allait le rendre complètement fou.

La remise à neuf de juin n'avait rien à voir, mais était tout de même importante. Car la fin juin voyait débarquer les bataillons habituels de vacanciers, parmi lesquels d'anciens résidents (et leurs enfants) ayant émigré vers des climats plus cléments ou des régions plus agréables du pays, mais qui avaient conservé une propriété sur place. Ceux-là étaient aux yeux de Digger les pires des casse-pieds, du genre à ameuter les foules s'il manquait une seule aube à la roue du vieux moulin au fil de l'eau, ou si la croix qui surmontait la pierre tombale de l'oncle Reginald s'était effondrée sur son épitaphe.

De toute façon, l'hiver approche, songea-t-il. C'était ce qu'il avait l'habitude de se dire pour s'encourager en toute saison, y compris au printemps, quand l'hiver semblait aussi lointain qu'un rêve.

Homeland était le plus grand et le plus coquet des boulevards des Allongés de la ville. Son allée centrale était presque aussi large qu'une rue normale ; elle était traversée par quatre contre-allées plus étroites, de simples layons entre lesquels poussait du gazon. Digger remonta donc l'allée centrale, franchit le premier croisement, le deuxième, atteignit le troisième... et écrasa le frein.

« Oh, bordel de merde ! » s'exclama-t-il, coupant le moteur avant de descendre de la camionnette. Il s'avança dans la contre-allée de droite et parcourut la vingtaine de mètres qui le séparait d'un trou déchiqueté qui s'ouvrait dans l'herbe. Des mottes brunes et des éclaboussures boueuses constellaient les alentours, comme après l'explosion d'une mine. « Foutus salopiots de morveux ! »

Il se planta devant le trou, mains sur la ceinture de son pantalon vert délavé en toile. Un beau gâchis. Lui et ses coéquipiers avaient dû plus d'une fois faire le ménage, après qu'une bande de galopins, ayant pris une cuite ou s'étant mutuellement excités, avait décidé de se lancer dans des travaux de terrassement nocturnes — en général un bizutage d'initiation, ou juste une poignée d'ados légèrement fêlés, excités par la pleine lune. A la connaissance de Digger Holt, jamais aucun d'eux n'avait déterré un cercueil ou pis — Dieu me pardonne ! —, l'un des clients payants ; aussi saouls que fussent ces joyeux drilles, ils ne creusaient d'ordinaire pas plus de cinquante ou soixante centimètres, au bout desquels, gagnés par la fatigue, ils abandonnaient la partie et disparaissaient. Et si creuser des trous dans l'un des boulevards des Allongés du cru était très mal vu (sauf lorsqu'on s'appelait Digger et qu'on était payé et dûment autorisé à planter les clients, bien sûr), les dégâts n'étaient en général pas bien méchants. En général.

Car aujourd'hui, c'était l'exception qui confirmait la règle.

Ce trou était informe. Une espèce de cuvette cabossée. Il ne ressemblait absolument pas à une fosse, avec ses quatre coins taillés à angles bien droits et sa forme rectangulaire. Il était plus profond que ceux que les ivrognes et les écoliers des grandes classes creusaient, la plupart du temps, mais sa profondeur n'était pas uniforme ; il partait vaguement en pointe, comme un cône inversé, et lorsque Digger réalisa à quoi il ressemblait exactement, un désagréable frisson lui parcourut le dos.

On aurait dit la tombe de quelqu'un ayant été enterré vivant et qui se serait creusé un chemin vers l'air libre à l'aide de ses mains nues.

« Oh, arrête ça, grommela-t-il. La foutue blague ! Les foutus mômes ! »

Fallait bien. Car il n'y avait aucun cercueil là au fond, aucune pierre tombale déplacée, et pour une excellente raison : jamais personne n'avait été enterré ici. Nul besoin de retourner à la cabane à outils, où se trouvait, punaisé au mur, le plan détaillé du cimetière, pour le savoir. Cet emplacement faisait partie d'un lot de six, appartenant au premier conseiller municipal du patelin, Danforth Keeton dit « Buster ». Et les seuls lots occupés contenaient les restes de son père et de son oncle. Ils se trouvaient un peu plus loin sur la droite, et les deux pierres tombales étaient bien droites à leur place, intactes.

Digger avait d'autres raisons de bien se souvenir de cet emplacement. C'était précisément là que tous ces gens de New York avaient posé leur fausse pierre tombale lorsqu'ils avaient fabriqué cette histoire sur Thad Beaumont. Beaumont et sa femme avaient leur maison d'été, sur le bord du lac Castle, dans l'agglomération. Dave Phillips était chargé de l'entretien de leur résidence, et Digger lui-même avait donné un coup de main à Dave lorsqu'il avait goudronné l'allée du garage, à l'automne dernier, juste avant la chute des feuilles et la reprise du boulot. Puis, au printemps, un peu gêné, Beaumont lui avait demandé s'il ne serait pas possible de placer une fausse tombe dans le cimetière, pour qu'un photographe prît quelques photos pour ce qu'il avait appelé « un canular ».

« Si ça pose le moindre problème, dites-le », avait ajouté Beaumont, l'air plus que jamais embarrassé. « Ce n'est pas très important.

— Oh, allez-y, allez-y », lui avait gentiment répondu Digger. « C'est pour *People*, vous dites ? »

Thad acquiesça.

« Eh ben dites donc, c'est quelque chose, tout de même ! Quelqu'un du coin dans *People* ! Va falloir que j'achète ce numéro, c'est sûr !

— Pas sûr que je l'achèterai, moi, répondit Beaumont. Merci, monsieur Holt. »

Digger aimait bien Beaumont, même si celui-ci était un écrivain. Digger n'avait pas dépassé la huitième année — et encore, il lui avait fallu s'y prendre à deux fois pour décrocher celle-là — et tout le monde, en ville, ne lui donnait pas du « monsieur ».

« J' parie que les types de ce foutu magazine ne demanderaient qu'à vous prendre à poil en train de baiser une chèvre s'ils pouvaient, non ? »

Beaumont éclata de rire — une rareté chez lui. « Ouais, c'est exactement ce qui leur plairait, je crois », avait-il répondu, donnant une claque sur l'épaule de Digger.

60

Le photographe était en réalité une photographe, du genre de celles que Digger appelait Une Conne de la Ville de Première Classe. La ville en question étant en l'occurrence New York. Elle marchait comme si elle avait ses volumes montés sur roulements à billes, chacun ayant la liberté de tourner comme bon lui semblait. Elle avait choisi, chez l'un des loueurs de voitures de l'aéroport de Portland, un gros break qui débordait tellement de matériel photographique qu'on se demandait comment elle et son assistant pouvaient encore avoir de la place. Si jamais le véhicule se retrouvait trop bourré et qu'elle eût à choisir entre son matériel photo et son assistant, Digger était sûr qu'il y aurait un pédé de la Grosse Pomme qui essaierait de se faire payer le voyage retour à l'aéroport dans sa vieille guimbarde.

Les Beaumont, qui suivaient dans leur propre voiture et se garèrent derrière le break, avaient eu l'air à la fois gênés et amusés. Étant donné qu'ils paraissaient ne se trouver avec la Conne de Première Classe que parce qu'ils le voulaient bien, Digger supposa qu'ils étaient plus amusés que gênés. Il s'était cependant penché à la portière pour s'en assurer, ignorant la Conne de Première Classe et ses grands airs.

« Tout va bien, monsieur B. ? avait-il demandé.

— Bon Dieu, non, mais on va faire aller », avait-il répondu avec un clin d'œil à l'adresse de Digger.

Digger avait réagi par un clin d'œil aussi.

Une fois qu'il fut clair, dans son esprit, que les Beaumont étaient bien déterminés à aller jusqu'au bout, Digger s'était installé un peu plus loin pour regarder : comme tout un chacun, il n'avait rien contre un spectacle gratuit. Dans tout le bazar qui encombrait la grosse voiture de la bonne femme, se trouvait une fausse pierre tombale, du genre démodé avec le haut arrondi. On aurait davantage dit celles des dessins humoristiques de Charles Addams qu'aucune de celles que Digger avait mises en place ces dernières années. La Conne n'arrêtait pas de faire des chichis avec, obligeant son assistant à la déplacer ici et là. Digger s'était avancé une fois pour lui proposer son aide, mais elle lui avait répondu non merci avec ses grands airs de New-Yorkaise, et Digger n'avait pas insisté.

Finalement la pierre tombale fut disposée comme elle le souhaitait et cette fois-ci c'est avec les lumières qu'elle se mit à embêter son assistant. Cela lui prit encore une bonne demi-heure. Et pendant tout ce temps, M. Beaumont restait là à regarder la scène, frottant de temps en temps la petite cicatrice qu'il avait au front d'un geste curieux et caractéristique. Ses yeux fascinaient Digger.

Il est en train de prendre ses propres photos, songea le fossoyeur. *Des photos sans doute meilleures que celles de la Conne et qui dureront plus longtemps, je parie. Il engrange ça et elle avec pour les mettre un jour dans un livre et elle ne s'en rend même pas compte.*

Finalement, la femme fut prête à tirer les premières photos. Elle fit se serrer la main aux Beaumont une douzaine de fois, au bas mot, au-dessus de la fausse tombe, et elle n'y mettait pas les formes, non plus. Elle n'arrêtait pas de leur ordonner de bouger ici et de faire ça du même ton qu'elle avait employé avec son freluquet d'assistant. Entre les glapissements de sa voix new-yorkaise et ses ordres répétés de recommencer parce que la lumière n'était pas comme il faut, ou que leur tête n'était pas comme il faut ou peut-être parce que son foutu troufignon n'était pas comme il faut, Digger s'était attendu que M. Beaumont — lequel n'avait pas exactement la réputation, d'après ce qu'il avait entendu dire, de quelqu'un de très patient — finît par exploser. Mais M. Beaumont comme sa femme paraissaient plus amusés qu'agacés, et ils faisaient ce que la Conne de la Ville de Première Classe leur demandait de faire, même si le temps était plutôt frisquet ce jour-là, Digger se disait que, si ç'avait été lui, il ne lui aurait pas fallu très longtemps pour envoyer chier la dame. Dans les quinze secondes, environ.

Et c'était au même endroit, exactement là où ils avaient posé leur foutue pierre tombale bidon, que se trouvait cette saloperie de trou. Et s'il avait eu besoin de preuves supplémentaires, on voyait encore, dans la terre molle, les traces de talons hauts laissées par la Conne de Première Classe. Bon d'accord, elle était de New York ; et il n'y avait qu'une gonzesse de New York pour rappliquer après une saison de flotte et faire le pas de l'oie dans un cimetière pour prendre des photos. Si ce n'était pas -

Le cours de ses pensées s'interrompit soudainement, et une nouvelle vague de froid l'envahit brusquement. En cherchant des yeux les marques des talons hauts qui commençaient à s'estomper, son regard était tombé sur d'autres empreintes que celles des chaussures de la photographe. Des empreintes plus récentes.

2

Ces marques faisaient une piste? Vraiment?

Bien sûr que non. C'est juste que cet emmerdeur qui a creusé le trou a balancé quelques pelletées de terre un peu plus loin que les autres. Un point c'est tout.

Sauf que ce n'était pas tout, et que Digger le savait parfaitement bien. Avant même d'avoir atteint la première motte de terre sur le gazon vert, il vit la profonde empreinte laissée par une chaussure sur le tas de terre qui entourait le trou.

Bon d'accord, y a des empreintes de pas, et alors? Est-ce que tu t'imagines que le type qui a fait ça flottait en l'air, sa pelle à la main, comme Casper, le Gentil Fantôme?

Il y a, de par le monde, des gens très forts pour ce qui est de se mentir à soi-même. Digger n'en faisait pas partie. Cette voix nerveuse et railleuse dans sa tête ne pouvait changer ce que ses yeux voyaient. Chasseur depuis toujours, il avait traqué bien des bêtes sauvages, et ces signes n'étaient que trop faciles à déchiffrer. Il aurait infiniment préféré qu'ils ne le fussent pas.

Là, dans le tas de terre proche de la tombe, ne se trouvait pas seulement une empreinte de pas mais, juste à sa gauche, une dépression circulaire de la taille d'une assiette. Et, de chaque côté de l'empreinte et de la dépression circulaire, mais plus en arrière, on voyait des sillons — exactement comme ceux que laisseraient des doigts ayant un peu glissé dans la terre molle avant de trouver une prise.

Il regarda au-delà de la première empreinte et en vit une deuxième. Plus loin encore, sur l'herbe, il reconnut la moitié d'une troisième, formée par une poignée de terre qui avait dû se détacher de la chaussure, tout en gardant l'empreinte de la semelle, grâce à l'humidité… exactement comme l'avaient fait les trois ou quatre premières qui avaient attiré son regard. S'il n'était pas venu à une heure aussi matinale, alors que la rosée mouillait encore l'herbe, le soleil aurait séché la terre et celle-ci se serait émiettée en petits tas sans signification.

Il regrettait de ne pas être venu plus tard, de ne pas avoir commencé par le cimetière de Graceland, comme il en avait tout d'abord eu l'intention.

Mais il avait changé d'avis au dernier moment, et il n'y pouvait plus rien.

Les traces de pas disparaissaient à environ quatre mètres de la

(Tombe)

fosse creusée dans le sol. Digger songea que l'herbe humide de rosée, un peu plus loin, devait avoir conservé des empreintes, et il se dit qu'il fallait le vérifier, bien qu'il n'en eût guère envie. Pour l'instant, il se contenta d'étudier de nouveau les empreintes les plus claires, celles du tas de terre au bord du trou.

Des sillons creusés par des doigts ; une dépression circulaire un peu devant eux ; une empreinte de pas juste à côté du creux rond. Quelle histoire racontait cette disposition ?

Digger n'eut pas besoin de se poser bien longtemps la question : la réponse lui tomba dessus comme le message secret dans le vieux film de Groucho Marx *You Bet Your Life*. Il la déchiffra aussi clairement que s'il avait été présent au moment des faits, et c'était précisément pour cette raison qu'il aurait bien voulu ne rien avoir affaire avec. Ça lui foutait trop les boules.

Parce que, regardez bien : vous avez là un type qui se tient dans un trou fraîchement creusé dans le sol.

Oui, mais comment y est-il arrivé ?

Oui, mais est-ce que c'est lui qui a fait le trou, ou quelqu'un d'autre ?

Oui, mais comment se fait-il que les petites racines aient l'air tordues, effilochées, arrachées, comme si la terre avait été séparée en mottes à mains nues, au lieu d'être entaillée nettement par la lame d'une pelle ?

Laisse tomber les « mais ». Laisse complètement tomber. Il était peut-être plus prudent de ne pas s'y appesantir. S'en tenir au bonhomme debout dans le trou, un trou juste un peu trop profond pour qu'on puisse en sortir d'un bond. Alors qu'est-ce qu'il fait ? Il pose les mains sur le tas de terre le plus proche du bord et se hisse à l'extérieur. Rien d'extraordinaire, si l'on a affaire à un homme adulte et pas à un enfant. Digger étudia quelques-unes des empreintes les plus complètes et nettes pour conclure, *Si c'était un môme, il avait de foutus grands panards. C'est au moins du quarante-cinq, cette pointure.*

Bon. Les mains sur la terre. On hisse son corps. Pendant l'effort, l'une des mains glisse un peu dans la terre molle, et on enfonce le doigt, d'où les courts sillons. Une fois dehors, on déplace son poids sur un genou, ce qui crée la dépression circulaire. On pose l'autre pied à côté du genou, on déplace de nouveau le poids du corps vers ce pied, on se lève et on s'en va. Simple comme bonjour.

Alors comme ça, un type s'est creusé une sortie de ce trou et s'est tout simplement tiré, on est bien d'accord ? Peut-être avait-il une petite faim là en bas et a-t-il décidé d'aller se taper un cheeseburger au casse-graine du coin, chez Nan's Luncheonette, par exemple ?

« Bon Dieu de bon Dieu, c'est pas une *tombe*, c'est juste un foutu trou dans le sol ! » dit-il à voix haute, sursautant lorsqu'un moineau protesta.

D'accord, rien qu'un trou dans le sol — c'est bien ce qu'il avait lui-même dit, non ? Mais comment se faisait-il qu'il n'y eût aucune marque comme celles que laissent des pelles et des pics ? Comment se faisait-il qu'il n'y eût qu'une seule série d'empreintes de pas s'éloignant du trou, et aucune autour, aucune dans la direction du trou, comme il aurait dû y en avoir, si un type avait creusé, marchant dans la terre qu'il venait de retirer, comme c'est inévitable lorsque l'on creuse un trou ?

Digger se demanda alors ce qu'il allait faire. « Que je sois pendu si je le sais », murmura-t-il. Il supposait que, techniquement, il y avait délit ; mais on ne pouvait accuser l'auteur du délit d'avoir profané une tombe, puisqu'il avait creusé à un endroit où aucun corps n'avait été enterré. On pouvait tout au plus l'accuser de vandalisme, et s'il y avait autre chose là derrière, Digger Holt n'était pas très sûr d'avoir envie de s'y intéresser.

Valait peut-être mieux se contenter de reboucher le trou, remettre en place les mottes de terre qui pouvaient l'être, rapetasser les trous restants avec du terreau, puis oublier toute cette histoire.

Après tout, se dit-il pour la troisième fois, *ce n'est pas comme si quelqu'un avait été enterré là-dessous.*

Dans son souvenir, la journée pluvieuse de printemps scintilla momentanément. Bon sang, elle avait eu l'air bien réelle, cette pierre tombale ! Quand on voyait le freluquet d'assistant la trimballer, on comprenait tout de suite qu'elle était fausse ; mais une fois en place, avec les fausses fleurs et tout le bazar, on aurait juré qu'elle était vraie et qu'il y avait vraiment quelqu'un...

Des contractions se mirent à agiter les muscles de ses bras.

« Bon, maintenant tu laisses tomber ! » se tança-t-il lui-même d'un ton rude ; et quand le moineau protesta de nouveau, Digger entendit avec plaisir son pépiement parfaitement désagréable mais aussi parfaitement réel et ordinaire. « Tu peux continuer, mon pote », dit-il en marchant sur le dernier fragment d'empreinte.

De l'avis de Digger Holt, les gens capables de faire des trucs comme ça n'étaient pas du genre avec lesquels on avait envie de faire le mariolle, à moins d'avoir de sacrées bonnes raisons pour cela.

Traversant le cimetière en diagonale, voilà comment il était parti, comme s'il avait voulu gagner le mur bas qui séparait le cimetière de la route principale. Du pas d'un type qui sait où il va et ce qu'il va y faire.

Digger avait beau ne pas avoir plus de talent pour imaginer les choses que pour se raconter des histoires (les deux choses, après tout, sont plutôt complémentaires), il n'en *vit* pas moins cet homme, pendant un instant ; le *vit* littéralement : un grand gaillard avec de grands pieds, allongeant la foulée dans cette banlieue silencieuse et noire du boulevard des Allongés, se déplaçant d'un pas sûr et régulier sur ses grands pieds, renversant au passage une corbeille de fleurs sans même ralentir sa marche. Il n'éprouvait aucune peur — non, pas *cet* homme. Parce que s'il y avait encore ici, comme certains le croyaient, des choses vivantes, c'étaient elles qui auraient eu peur de lui et non le contraire. Il avançait à grands pas énergiques, et Dieu vienne en aide au malheureux ou à la malheureuse qui se trouverait sur son chemin.

L'oiseau pépia.

Digger sursauta.

Oublie tout ça, mon vieux, se répéta-t-il. Remplis le foutu trou et ne cherche pas à en savoir davantage !

Il le combla, effectivement, bien décidé à l'oublier, mais tard dans l'après-midi, Deke Bradford le retrouva au travail sur Stackpole Road et lui apprit ce qui était arrivé à Homer Gamache, que l'on avait retrouvé ce matin à un kilomètre environ du cimetière sur la Route 35. Depuis le matin, la ville bruissait des rumeurs les plus diverses.

Alors, à contrecœur, Digger Holt alla parler au shérif Pangborn. Il ignorait si le trou et les empreintes avaient le moindre rapport avec le meurtre de Homer Gamache, mais il estimait devoir dire ce qu'il savait, et laisser ceux qui étaient payés pour faire ce boulot régler la question.

IV

Mort Au Village

1

Au cours des dernières années, au moins, Castle Rock avait joué de malchance.

Comme pour prouver que cette vieille scie sur les éclairs qui ne tombent jamais deux fois au même endroit ne se vérifiait pas toujours, un certain nombre d'événements pénibles s'étaient abattus sur l'agglomération au cours des huit ou dix dernières années — événements assez spectaculaires pour faire les manchettes de la presse nationale. George Bannerman était shérif lors de ceux-ci, mais le Gros George, comme on l'appelait alors amicalement, n'allait pas avoir à s'occuper de Homer Gamache : le gros George était mort entre-temps. Il avait survécu au premier événement pénible, une série de viols suivis d'étranglements commis par l'un de ses propres policiers, pour mourir l'année suivante sous les morsures d'un chien enragé du côté de la Route n° 3 — un chien qui non seulement l'avait mordu à mort, mais déchiqueté et mis en morceaux. Ces deux affaires comportaient des aspects extrêmement étranges — néanmoins, le monde est un endroit étrange. Et dur. Où, parfois, on manque de chance.

Le nouveau shérif (cela faisait en fait huit ans qu'il occupait le poste, mais Alan Pangborn avait décidé qu'il serait le « nouveau shérif » jusqu'à l'an 2000, bien convaincu, comme il l'avait expliqué à sa femme, qu'il serait réélu jusqu'à cette date) ne se trouvait pas à Castle

Rock à l'époque ; jusqu'en 1980, il avait eu la responsabilité d'une patrouille routière, dans une petite-ville-presque-moyenne au nord de l'État de New York, près de Syracuse.

À la vue du corps en piteux état de Homer Gamache gisant dans un fossé en bordure de la Route 35, il se mit à regretter ses anciennes fonctions. La malédiction qui pesait sur Castle Rock, aurait-on dit, n'était pas morte avec le gros George Bannerman.

Oh, arrête ça — tu n'as aucune envie de te trouver ailleurs sur la terre du bon Dieu. Ne viens pas me raconter un truc comme ça, ou bien la malchance va te tomber sur le dos pour un bout de temps. Le coin est parfait pour Annie et les enfants, il a aussi été fichtrement parfait pour toi. Alors pourquoi tu laisses pas tomber ?

Excellent conseil. La tête, avait découvert Pangborn, donne *toujours* aux nerfs d'excellents conseils qu'ils ne peuvent suivre. Ils répondent *Oui, m'sieur, maintenant que vous le dites, je vois bien que rien n'est plus vrai.* Sur quoi ils se mettent à faire une sarabande infernale.

Mais il fallait bien qu'un truc comme ça lui arrive un jour ou l'autre, non ? Depuis qu'il était shérif, il avait dû faire enlever les restes de près de quarante accidentés de la route, avait mis un terme à un nombre incalculable de bagarres et traité quelque chose comme une centaine d'affaires de sévices, sexuels ou non, à l'encontre d'épouses ou d'enfants — et ce n'était que celles faisant l'objet d'une enquête officielle. Mais les choses avaient une manière de se tasser ; pour une ville qui avait pu s'enorgueillir d'un Jack l'Éventreur il n'y avait pas si longtemps, il avait connu une période inhabituellement tranquille, côté meurtres. Quatre seulement. Un seul tueur avait réussi à lui échapper : Joe Rodway, après avoir abattu sa femme à bout portant. Pangborn, qui avait connu la dame en question, se sentit presque désolé pour Rodway lorsqu'un télex de la police de Kingston (Rhode Island) lui apprit qu'on avait mis la main sur ce dernier.

Des trois autres affaires, l'une mettait en cause un chauffard ayant écrasé quelqu'un ; seules les deux dernières étaient de véritables affaires de meurtres, l'un à coups de couteau, l'autre à coups de poing nu — ce dernier étant un cas de sévices corporels ayant simplement été un peu trop loin, à un tout petit détail près, à savoir que la femme battue avait frappé son mari à mort pendant qu'il était ivre mort, lui rendant en un instant la monnaie d'une pièce qu'il lui escomptait depuis vingt ans. La dernière fournée de bleus de la femme était encore d'un beau jaune bien vif lorsqu'on l'avait mise sous les verrous. Et Pangborn ne s'était nullement senti désolé lorsque le juge lui avait collé six mois de centre de redressement pour femmes suivis de six ans de liberté sur parole. Sans doute le juge avait-il pris cette décision en songeant qu'il aurait été peu politique de lui donner ce qu'elle méritait, à savoir une médaille.

Dans la vie réelle, avait découvert le shérif, les meurtres, dans les petites villes, ne présentent que bien rarement une ressemblance quelconque avec ceux que l'on trouve dans les romans d'Agatha Christie, où sept personnes décident la même nuit de poignarder le vieux colonel Gibbeux de La Bosse dans sa maison de campagne de Patouillis-les-Marais, au cours d'une violente tempête hivernale. Dans la vie, comme le savait Pangborn, on trouve la plupart du temps le criminel sur les lieux du crime, regardant le carnage, hébété, et se demandant ce qui a bien pu se passer, nom d'un foutre, et comment tout a pu exploser hors de contrôle à une vitesse aussi mortelle. Et lorsque le coupable prenait la poudre d'escampette, il n'était en général jamais très loin, sans compter qu'on trouvait toujours deux ou trois témoins oculaires pour raconter ce qui s'était exactement passé, qui avait fait quoi, et vers où était parti votre homme. La réponse à la dernière question était en général « au bistrot du coin ». En règle générale, donc, les meurtres campagnards (ceux de la réalité) étaient simples, brutaux et stupides.

En règle générale.

Mais les règles souffrent des exceptions. Il arrive que la foudre tombe deux fois au même endroit et certains meurtres campagnards se présentent parfois comme des énigmes... celui de Homer Gamache, par exemple.

Pangborn aurait pu attendre.

Le policier Norris Ridgewick revint de son véhicule de patrouille, rangé derrière celui de Pangborn. On entendait le crépitement des échanges radio sur la bande de la police dans l'air tiède de la fin du printemps.

« Ray va-t-il venir? » demanda Pangborn.

Il s'agissait de Ray Van Allen, médecin légiste, et coroner du comté de Castle.

« Ouaip, répondit Norris.

— Et la femme d'Homer? Quelqu'un a-t-il été la prévenir? »

Tout en parlant, Pangborn chassait les mouches qui tourbillonnaient au-dessus du visage de Gamache, tourné vers le ciel. Visage où, en dehors du nez proéminent en bec d'aigle, il ne restait plus grand-chose. S'il n'y avait eu la prothèse qui lui tenait lieu de bras gauche et les dents en or qui ornaient autrefois le sourire du défunt (à l'heure actuelle répandues en fragments sur son cou meurtri et le devant de sa chemise), même sa propre mère, pensa Pangborn, ne l'aurait pas reconnu.

Norris Ridgewick, qui ressemblait vaguement à Barney Fife, le flic de la vieille série télévisée *Andy Griffith Show*, se mit à examiner le bout de ses chaussures, comme si elles s'étaient mises à présenter un intérêt soudain. « C'est-à-dire... John est en patrouille du côté de View, et Andy Clutterbuck est au tribunal d'Auburn... »

Pangborn soupira et se redressa. Gamache avait soixante ans. Il vivait avec sa femme dans une petite maison impeccable non loin du dépôt de chemin de fer, à environ deux kilomètres de là. Leurs enfants, des adultes, les avaient quittés depuis un bon moment. Mme Gamache avait appelé le bureau du shérif tôt ce matin, presque en larmes, disant qu'en se levant à sept heures, elle avait découvert que Homer, qui dormait parfois dans l'une des anciennes chambres des enfants parce qu'il ronflait, n'était pas rentré de la nuit. Il était parti la veille au soir pour son club de bowling, comme d'habitude, et aurait dû être de retour vers minuit, minuit et demi au plus tard, mais tous les lits étaient vides et sa camionnette ne se trouvait ni dans le garage, ni devant la porte.

La standardiste de service, Sheila Brigham, avait relayé cet appel au shérif Pangborn, lequel avait utilisé le téléphone à pièces de la station-service Sunoco de Sonny Jackett où il faisait le plein, pour rappeler Mme Gamache.

Elle lui avait donné les informations nécessaires sur le véhicule — une Chevrolet pick-up de 1971 blanche, avec du minium marron sur les taches de rouille et un râtelier pour un fusil de chasse dans la cabine, immatriculée dans le Maine, 96529Q. Il avait transmis le tout par radio à ses hommes sur le terrain (ils n'étaient que trois, Clutt étant à Auburn pour témoigner), et dit à Mme Gamache qu'il la rappellerait dès qu'il aurait quelque chose. Il n'avait pas été particulièrement inquiet. Gamache aimait bien descendre quelques bières, en particulier les soirs où il allait au bowling ; mais il n'était pas complètement fou. Sans doute avait-il craint de ne pas être en état de conduire et choisi de dormir sur le canapé de l'un de ses copains du club.

Une question se posait, cependant. Si Homer avait décidé de coucher chez un ami, pourquoi ne pas avoir appelé sa femme pour l'avertir ? Ne savait-il pas qu'elle allait s'inquiéter ? Oui, mais il était tard, et peut-être n'avait-il pas voulu la déranger. C'était la seule possibilité. A moins (ce qui était encore mieux) qu'il ne l'eût appelée, mais que, dormant comme une souche, la sonnerie du téléphone ne l'eût pas réveillée, de l'autre côté d'une ou deux portes fermées. Il y avait fort à parier qu'elle devait elle aussi ronfler comme un « gros cul » lancé à cent dix sur l'autoroute.

Pangborn avait dit au revoir à la femme éplorée et raccroché, se disant que son mari allait rappliquer vers onze heures, l'air pas très fier, avec un mal aux cheveux carabiné. Il aurait droit à un savon à la paille de fer de la part d'Ellen. Pangborn complimenterait Homer — gentiment — d'avoir eu le bon sens de ne pas faire les quarante-cinq kilomètres qui séparent South Paris de Castle Rock en état d'ébriété.

Mais au bout d'une demi-heure, il se rendit compte

que quelque chose ne tenait pas debout dans sa première analyse de la situation. Si Gamache avait dormi chez un de ses copains du club de bowling, d'après ce que savait Alan, c'était bien la première fois. Sans quoi, sa femme y aurait aussitôt pensé et attendu un peu plus longtemps avant d'appeler la police. Sur quoi Pangborn se dit que Gamache était un peu trop vieux pour changer tout d'un coup d'habitudes. S'il avait dormi ailleurs que chez lui la nuit dernière, *il aurait dû* l'avoir déjà fait auparavant ; or le coup de téléphone affolé de sa femme laissait supposer que ce n'était jamais arrivé. Et s'il avait l'habitude de rentrer chez lui un coup dans l'aile, c'est ce qu'il aurait dû faire aussi... mais qu'il n'avait pas fait.

C'est que le vieux chien a appris un nouveau tour, en fin de compte, pensa-t-il. *Ce sont des choses qui se voient. Ou peut-être qu'il avait bu un peu plus que d'habitude. Bon sang, il a même peut-être descendu le même nombre de bières et s'est senti plus saoul que d'habitude. Ça aussi, ça arrive.*

Il avait essayé d'oublier Homer Gamache, au moins pour le moment. Il avait de la paperasserie à faire, mais il restait assis à son bureau, jouant avec un crayon, et songeant à ce vieux chnoque qui devait bien se trouver quelque part dans sa Chevrolet, ce vieux chnoque avec ses cheveux blancs taillés en brosse et son bras artificiel à la place du vrai qu'il avait perdu dans un coin du nom de Pusan, au cours d'une guerre que personne n'avait déclarée ayant eu lieu à l'époque où la fournée actuelle des vétérans du Viêt-nam faisaient encore du caca jaune dans leurs langes... Évidemment, rien de tout ça ne faisait beaucoup diminuer la pile de papiers sur son bureau, sans pour autant lui faire retrouver Gamache.

Mais au bout d'un moment, il s'était rendu dans le petit recoin où opérait Sheila Brigham, avec l'intention de lui demander de joindre Norris, au cas où... lorsque Norris lui-même appela. Et ce que Norris lui raconta ne fit que transformer le petit filet d'inquiétude en un courant plus fort et régulier qui lui parcourut les tripes et lui donna une légère sensation d'engourdissement.

Il se gaussait de ces histoires de télépathie et de précognition qui font les beaux jours de certaines émissions de radio (celles où les gens téléphonent), se moquait des gens pour qui les indices et les pressentiments faisaient tellement partie de leur vie qu'ils étaient à peine capables de les identifier lorsqu'ils s'en servaient. Mais si on lui avait demandé ce qu'il croyait au moment de l'appel de Norris, Alan aurait sans doute répondu, *Eh bien... c'est à ce moment-là que j'ai commencé à me dire que le vieux bonhomme devait être mort ou en piteux état. Et plus probablement mort qu'en piteux état.*

3

Par hasard, Norris s'était arrêté chez les Arsenault, sur la Route 35, à environ un kilomètre et demi au sud du cimetière Homeland. Il ne pensait même pas à Homer Gamache, à ce moment-là, même si la ferme des Arsenault n'était qu'à cinq kilomètres de la maison des Gamache et si la route logique pour rentrer chez lui passait devant cette ferme. Il était peu vraisemblable que les Arsenault eussent aperçu Homer, cette nuit-là : sans quoi, le vieil invalide serait arrivé chez lui sain et sauf dix minutes plus tard.

Non, Norris s'était arrêté à la ferme des Arsenault parce qu'ils vendaient les meilleurs légumes frais de la région, dans leur baraque au bord de la route. Le policier faisait partie de ces rares célibataires qui aiment à cuisiner, et il s'était pris d'une passion phénoménale pour les pois gourmands frais ; il voulait simplement savoir quand les Arsenault en auraient à vendre. Et ce n'est qu'après coup qu'il avait demandé à Dolly Arsenault si elle n'aurait pas vu la camionnette de Gamache, la veille.

« Figurez-vous que c'est curieux que vous m'en parliez, répondit-elle, parce que justement je l'ai vue. Tard dans la nuit... Ou plutôt, très tôt ce matin, parce que l'émission de Johnny Carson était presque finie. Je voulais prendre une autre crème glacée et regarder un peu le show de David Letterman avant d'aller me coucher. Je ne dors pas très bien, tous ces temps-ci, et le type, de l'autre côté de la route, m'avait rendue nerveuse.

— Quel type, madame Arsenault? » demanda Norris, soudain intéressé.

« Je ne sais pas. Un homme. Son allure ne m'a pas plu. C'est à peine si je pouvais le voir, et pourtant son allure ne m'a pas plu, curieux, non? C'est pas très charitable à dire, mais l'asile d'aliénés de Juniper Hill ne se trouve pas si loin que ça d'ici, et lorsque vous voyez un homme seul sur une route secondaire à presque une heure du matin, ça suffit à rendre n'importe qui nerveux, même s'il porte un costume.

— Quel genre de costume? Est-ce...? »

Mais c'était inutile; Mme Arsenault était une conteuse campagnarde comme on n'en fait plus, et elle submergea Norris Ridgewick de son flot de paroles, grandiose et implacable comme l'Amazone. Il décida de patienter et de glaner ce qu'il pourrait au passage, et sortit son carnet.

« D'une certaine manière, continua Mme Arsenault, le costume n'a fait que me rendre encore plus nerveuse. Il y avait quelque chose qui clochait, de voir cet homme en costume à cette heure-là, si vous voyez ce que je veux dire. Mais vous ne voyez probablement pas, vous vous dites que je ne suis sans doute qu'une vieille idiote et il est bien possible que je ne sois qu'une vieille idiote, en effet; pourtant, pendant une minute ou deux, avant qu'arrive Homer, j'ai eu l'impression qu'il voulait venir à la maison, et je me suis même levée pour vérifier que le verrou était mis. Vous comprenez, il regardait par ici, je l'ai vu faire. Je me suis dit qu'il regardait parce que la fenêtre était encore éclairée, en dépit de l'heure. Probablement qu'il pouvait même me voir, *moi*, parce que les rideaux ne sont qu'un simple voilage. Je n'arrivais pas à vraiment distinguer son visage — il n'y avait pas de lune, la nuit dernière, et c'est pas la peine de compter qu'ils nous éclairent la route, comme en ville, quant au câble pour la télé, pas la peine d'y penser — mais je l'ai vu qui tournait la tête. Alors il a *commencé* à traverser la route. En tout cas, j'ai cru que c'était ce qu'il faisait, ou pensait faire, si vous voyez ce que je veux dire, et qu'il allait venir frapper à la porte, me raconter qu'il était tombé en panne et me demander d'utiliser le téléphone. Et moi, je me disais, qu'est-ce que je vais faire si jamais il vient justement passer un coup de téléphone? Est-ce que je vais aller répondre à la porte? Sans doute je ne suis qu'une vieille idiote, car je me suis mise à penser à ce film de la série *Alfred Hitchcock présente* où un cinglé qui serait capable de séduire une bonne sœur a en réalité débité quelqu'un en morceaux à coups de hache, et puis il a mis les morceaux dans le coffre de sa voiture, et ils ne l'ont pris que parce que l'un de ses feux arrière était cassé, ou quelque chose comme ça. Mais d'un autre côté -

— J'aimerais vous demander, madame Arsenault, si…

— … je me disais que je ne voulais pas être comme les Philistins ou les Sarrasins ou les gens de Gomorrhe, ou je sais plus qui, qui sont passés de l'autre côté de la route, continua Mme Arsenault. Vous savez, dans l'histoire du bon Samaritain. Je me sentais un peu prise entre deux feux. Mais je me suis dit… »

A ce moment-là, Norris avait oublié depuis un moment les pois gourmands. Il réussit finalement à interrompre le flot amazonien en lui disant que l'homme qu'elle avait vu pourrait peut-être constituer « un témoin important dans le cadre d'une enquête en cours ». Il la ramena au début et lui demanda de raconter tout ce qu'elle avait vu, en laissant de côté, si possible, les *Alfred Hitchcock présente* et la parabole du bon Samaritain.

L'histoire, telle qu'il la rapporta par radio au shérif Alan Pangborn, se résumait en fait à ceci : elle avait commencé à regarder le *Tonight Show* toute seule, son mari et ses fils ayant été se coucher. Son fauteuil était installé près de la fenêtre qui donnait sur la Route 35. Les stores étaient relevés. Vers minuit trente ou quarante, elle avait levé les yeux et vu un homme debout, de l'autre côté de la route, autrement dit, du côté du cimetière Homeland.

Venait-il de cette direction ou, au contraire, de l'autre?

Mme Arsenault ne pouvait être certaine. Il lui semblait qu'il venait plutôt de la direction du cimetière, ce qui aurait signifié qu'il s'éloignait de la ville, mais elle ne pouvait préciser ce qui lui avait donné cette impression, car elle avait regardé la route une première fois par la fenêtre, n'avait rien vu, puis regardé encore avant d'aller chercher sa crème glacée, et il était juste là. Debout, immobile, regardant vers la fenêtre — probablement *la* regardant. Elle avait pensé qu'il allait traverser la route ou qu'il avait commencé à la traverser (il n'avait sans doute pas bougé, pensa Alan ; le reste, c'est dû à la nervosité de la vieille dame), lorsque des phares apparurent au sommet de la colline. Et quand l'homme en costume les avait aperçus, il avait levé le pouce du geste éternel et universel des auto-stoppeurs.

« C'était le camion d'Homer, absolument, et Homer était au volant », avait dit Mme Arsenault à Norris Ridgewick. « J'ai tout d'abord cru qu'il allait passer comme ça, comme n'importe quelle personne normale rencontrant un auto-stoppeur en pleine nuit, puis les lumières des freins se sont mises à briller, l'homme a couru jusqu'à la porte du passager et est monté dans la camionnette. »

Mme Arsenault, qui en réalité n'avait que quarante-six ans mais en paraissait vingt de plus, secoua sa tête blanche.

« Homer devait être un peu rond pour ramasser un auto-stoppeur à cette heure, continua-t-elle. Rond ou idiot. Mais je connais Homer depuis près de trente-cinq ans, et il n'est pas idiot. »

Elle se tut, songeuse.

« Enfin… pas vraiment idiot. »

Norris essaya d'obtenir plus de détails, notamment sur le costume que portait l'homme, mais sans succès. Il trouva bien regrettable que les lampadaires municipaux n'allassent pas plus loin que le cimetière Homeland, mais les petites villes comme Castle Rock ont des moyens limités.

Il s'agissait cependant bien d'un costume, elle en était sûre, pas d'une veste de sport ni d'un simple veston, et il n'était pas noir — ce qui laissait l'embarras du choix quant à la couleur. Mme Arsenault ne pensait pas non plus qu'il fût blanc, mais elle était prête à jurer qu'il n'était pas noir.

« Je ne vous demande pas de témoigner sous serment, madame Arsenault, lui dit Norris.

— Quand on parle à un représentant de la loi qui enquête sur une affaire », répondit-elle d'un air pincé, croisant les bras, « cela revient au même. »

Ce qu'elle savait, en fin de compte, se réduisait à ceci : elle avait vu Homer Gamache ramasser un auto-stoppeur à environ une heure moins le quart du matin. Pas de quoi appeler le FBI, avait-on envie de dire. Son geste devenait inquiétant, néanmoins, si l'on songeait qu'il se trouvait à ce moment-là à cinq kilomètres de chez lui... et qu'il n'y était jamais arrivé.

Mme Arsenault n'avait pas tort, non plus, en ce qui concernait le costume. Voir un auto-stoppeur perdu en plein bled, au milieu de la nuit, était déjà assez bizarre en soi — n'importe quel vagabond aurait déjà trouvé depuis longtemps refuge, à une heure pareille, dans une grange abandonnée ou dans l'écurie d'une ferme — mais si l'on y ajoutait le fait qu'il portait un costume et une cravate (« De couleur sombre, avait ajouté Mme A., mais ne me demandez pas de jurer de quelle couleur sombre, je ne peux pas, je ne le ferai pas »), cela devenait encore plus bizarre.

« Qu'est-ce que je fais maintenant ? » demanda Norris lorsqu'il eut terminé son rapport par radio.

« Reste où tu es. Racontez-vous des histoires de *Alfred Hitchcock présente*, tous les deux, jusqu'à ce que j'arrive. Moi aussi j'aimais bien les *Hitchcock* », avait répondu Alan Pangborn.

Mais il n'avait pas parcouru un kilomètre que leur lieu de rendez-vous avait déjà changé : non plus la ferme Arsenault, mais un coin à environ un kilomètre et demi à l'ouest. Un jeune garçon du nom de Frank Gavineaux, revenant à la maison après une expédition de pêche matinale au Strimmer's Brook, avait aperçu une paire de jambes dépassant des herbes, sur le bas-côté sud de la Route 35. Il courut à la maison le dire à sa mère. Celle-ci avait appelé le bureau du shérif. Et Sheila avait relayé l'information à Alan Pangborn et Norris Ridgewick. Sheila s'en tint à la procédure et ne mentionna aucun nom par radio — beaucoup trop de petits malins, dans leurs grosses Cobra ou leurs Bearcat, restaient branchés sur les fréquences de police — mais sa voix bouleversée disait assez à Alan qu'elle avait son idée sur le propriétaire de ces jambes.

De toute la matinée, il n'y eut qu'une seule chose de positive : Norris avait fini de vider son estomac avant que Pangborn n'arrivât sur place, et manifesté assez de sang-froid pour aller dégobiller du côté nord de la route, loin du corps et des éventuels indices qui pouvaient se trouver autour.

« Et maintenant ? » demanda Norris, interrompant la réflexion de son chef.

Alan poussa un lourd soupir et arrêta de chasser les mouches des restes d'Homer. C'était une bataille perdue d'avance.

« Maintenant, je remonte dans ma tire et je vais raconter à Ellen Gamache que la machine à faire des veuves a encore frappé, très tôt ce matin. Reste auprès du corps. Et essaie d'en chasser les mouches.

— Mais bon Dieu, shérif, pourquoi ? Y en a une foultitude. Et il est...

— Mort, oui. Je le vois bien. Pourquoi ? Je n'en sais rien. Parce que c'est la seule chose juste à faire, pour le moment, sans doute. On ne peut pas lui recoller son fichu bras en place, mais on peut empêcher les mouches de chier sur ce qui lui reste de nez.

— D'accord », répondit humblement Norris, « d'accord, shérif.

— Dis, Norris... tu ne crois pas que tu pourrais m'appeler Alan, si tu faisais un effort ? En t'entraînant tous les jours ?

— Bien sûr, shérif, je pourrais. »

Alan poussa un grognement et se tourna pour jeter un dernier coup d'œil circulaire à ce coin de fossé autour duquel on n'allait pas tarder, très vraisemblablement, à dévider, sur des piquets, une bande de plastique d'un jaune éclatant avec la mention LIEU DU CRIME. NE PAS APPROCHER écrite dessus. A son retour, le colonel du comté serait là. Henry Payton, de l'antenne de la police d'État basée à Oxford, serait là. Le photographe et les techniciens de la division des crimes de sang du parquet ne seraient sans doute pas encore arrivés — à moins que deux ou trois d'entre eux ne fussent dans les parages dans le cadre d'une autre affaire — mais ne tarderaient pas. Vers une heure de l'après-midi, le laboratoire mobile de la police d'État débarquerait à son tour, avec son contingent d'experts en médecine légale et un type dont le boulot consistait à préparer du plâtre pour prendre les moulages des empreintes de pneus que Norris aurait eu la chance ou la bonne idée de ne pas écraser en roulant dessus avec sa voiture de patrouille (Alan, à contrecœur, admit en son for intérieur que ce serait de la chance).

Tout cela, pour en arriver à quoi ? Eh bien, juste à ça : un vieil homme un peu ivre s'était arrêté pour rendre service à un étranger (*Monte là-dedans, mon gars, je n'ai plus que cinq bornes à faire, mais ce sera toujours ça de pris*, avait dû dire Homer ; Alan l'entendait presque) ; et l'étranger avait réagi en battant le vieil homme à mort et en lui volant sa camionnette.

Sans doute l'homme en costard trois-pièces avait-il dû demander à Homer de s'arrêter un instant — prétextant un besoin urgent — et une fois le véhicule à l'arrêt, il avait fait descendre le vieux de force, puis...

Ah, c'est là que les choses ont mal tourné. Abominablement mal tourné.

Alan regarda une dernière fois dans le fossé, où Norris Ridgewick, accroupi à côté d'un tas de chairs sanguinolentes qui étaient la veille même encore un homme, chassait patiemment les mouches de ce qui avait été le visage d'Homer à l'aide de la planchette où il accrochait normalement ses feuilles de compte rendu, sentant son estomac jouer de nouveau au yo-yo.

C'était juste un pauvre vieux, espèce de fils de putasse, un pauvre vieux qui avait déjà un pied dans la tombe et plus qu'un bras pour se débrouiller dans la vie, un pauvre vieux à qui il ne restait plus qu'un seul petit plaisir, sa soirée de bowling. Alors pourquoi ne pas te contenter de le virer de derrière son volant et de le laisser sur le bord

de la route? La nuit était douce, et même s'il avait fait un
peu frais, il s'en serait sans doute tiré. Je suis prêt à parier
ma montre qu'il doit avoir encore une bonne dose d'anti-
gel dans le circuit. Alors pourquoi l'avoir assassiné et
t'être acharné sur lui? Mec, j'espère bien avoir l'occasion
de t'interroger là-dessus.

Mais la raison de ce geste importait-elle? Sans aucun
doute, elle n'importait pas à Homer Gamache. Et elle ne
lui importerait jamais plus. Plus rien ne lui importerait, à
l'avenir. Car après l'avoir assommé dans la cabine,
l'auto-stoppeur l'avait traîné dans le fossé, probablement en le tirant sous les bras. Alan n'avait pas besoin
des types du parquet pour interpréter les traces laissées
par les talons des chaussures d'Homer. En chemin,
l'auto-stoppeur avait découvert l'infirmité de Gamache.
Et une fois au fond du fossé, il avait arraché le bras
artificiel de l'épaule du vieil homme et s'en était servi
comme d'une arme pour le battre à mort.

V

96529Q

« Ne bouge pas, ne bouge pas », dit à voix haute, alors qu'il était seul dans le véhicule de patrouille, le policier Warren Hamilton, de la police d'État du Connecticut. On était le 2 juin au soir, quelque trente-cinq heures après la découverte du corps de Homer Gamache dans un patelin du Maine dont le policier Hamilton n'avait jamais entendu parler.

Il se trouvait dans le parking du McDonald's de Westport, en bordure de la 1-95, direction sud. Il avait pris l'habitude de faire un tour dans les parkings des stations avec garage, restaurant et boutique, quand il patrouillait sur la nationale ; il suffisait d'arriver tout doucement, tous feux éteints, au fond du parking, pour parfois réussir de bons coups. Mieux que bons. Hallucinants. Lorsqu'il se rendait compte qu'il venait peut-être de tomber sur une telle occasion, il se parlait souvent à lui-même. Ces soliloques commençaient en général par *bouge pas, bouge pas*, se poursuivaient par quelque chose comme *voyons voir ce qu'il a dans le ventre, ce tordu*, ou encore, *demande à Maman si elle va croire ça*. Le policier Hamilton tenait beaucoup à demander à Maman si elle allait croire ça lorsqu'il était sur la piste d'un coup fumant.

« Voyons un peu ce qui traîne par là », murmura-t-il cette fois, enclenchant la marche arrière. Il passa devant une Camaro, puis devant une Toyota qui ressemblait à un tas de crottin de cheval en train de se dessécher, dans l'éclat de cuivre martelé des lampes à vapeur de sodium… Et… dans le mille ! Un vieux pick-up GMC qui paraissait orange dans la lumière, ce qui signifiait qu'il était — ou avait été — blanc ou gris clair.

Hamilton brancha le projecteur et le balada sur la plaque d'immatriculation. Ces plaques, de l'humble avis du policier, allaient en s'améliorant. Les uns après les autres, les États les ornaient de petites images, ce qui rendait leur identification plus facile, de nuit, lorsque les conditions variables d'éclairage transforment les véritables couleurs en toutes sortes de nuances fantaisistes. Et les pires conditions d'éclairage étaient ces foutues lampes à vapeur de sodium orange. Il ignorait si elles avaient un effet dissuasif sur les violeurs et les voleurs à la tire, effet qu'elles étaient supposées avoir, mais elles avaient fait commettre d'innombrables erreurs d'identification de plaques volées à des malheureux flics bossant dur comme lui.

Les petites images faisaient beaucoup pour améliorer la situation. Une statue de la Liberté restait la statue de la Liberté, que ce soit en plein soleil ou dans cette saloperie de lumière orange aveuglante. Et peu importait la couleur : dame Liberté était synonyme de l'État de New York.

De même que la foutue écrevisse qu'éclairait maintenant son projecteur était synonyme de Maine. Pas besoin d'écarquiller les yeux pour déchiffrer VACATION-LAND, le pays des vacances, ou d'essayer d'imaginer si ce qui paraissait rose, ou orange, ou bleu électrique n'était pas tout simplement blanc. Y avait juste qu'à regarder la foutue écrevisse. C'était en fait un homard, Hamilton le savait bien, mais une foutue écrevisse restait une foutue écrevisse, quel que soit son nom, et il aurait bouffé de la merde au cul d'un cochon plutôt que de foutre l'une de ces saloperies d'écrevisses dans sa bouche — n'empêche, il était content de la voir là.

En particulier quand il était en manque de plaques portant l'image d'une écrevisse, comme ce soir.

« Demande à Maman si elle va croire ça », murmurat-il en passant au point mort. Il prit la planchette qu'un plot magnétique maintenait sur le tableau de bord, juste au-dessus de la bosse du changement de vitesses, souleva la feuille de compte rendu vierge dont tous les flics protègent celles qui portent des renseignements confidentiels (inutile que les pékins puissent lorgner sur les numéros de véhicules intéressant particulièrement la police, pendant que le flic à qui appartenait la planchette se tapait un hamburger ou coulait un bronze vite fait dans une station d'essence), et fit courir son doigt le long de la liste.

Bingo, il y était ! 96529Q ; État du Maine ; paradis des foutues écrevisses.

A son premier passage, Hamilton n'avait vu personne dans la cabine de la camionnette. Il y avait un râtelier pour un fusil de chasse, mais il était vide. Il était possible — pas vraisemblable, mais possible — qu'il y eût quelqu'un à l'arrière de la camionnette, sur le plateau. Possible aussi que le quelqu'un planqué à l'arrière tînt à la main le fusil du râtelier. Plus probablement, le conducteur avait filé depuis longtemps ou se trouvait au restaurant, en train de descendre un hamburger. Mais néanmoins...

« Les vieux flics, ça existe, les flics téméraires aussi — mais pas les *vieux flics téméraires* », murmura Hamilton. Il repartit tout doucement et ralluma par deux fois son projecteur, sans cependant se soucier de lire les numéros qu'il éclairait. Il y avait toujours la possibilité que M. 96529Q eût vu le manège de Hamilton en revenant du restaurant ou des goguenots dudit restau ; voyant le policier vérifier d'autres numéros, il ne s'envolerait peut-être pas.

« Sécurité d'abord, quand on pleure c'est trop tard, je veux rien savoir d'autre, que le grand Cric me croque ! » s'exclama Hamilton. C'était une autre de ses citations favorites, pas autant que de demander à Maman si elle allait croi e ça, mais pas loin derrière.

Il se gara sur un emplacement d'où il pouvait surveiller le pick-up. Il appela son poste, qui n'était qu'à six kilomètres de là, et déclara avoir découvert le pick-up GMC du Maine recherché dans une affaire de meurtre. Il demanda un renfort, qu'on lui promit pour dans peu de temps.

Hamilton ne vit personne s'approcher du véhicule

suspect, et conclut au bout d'un moment qu'il n'y aurait rien de bien téméraire à s'en approcher — avec précaution. En fait, il aurait l'air d'une lavette, si on le trouvait assis dans l'obscurité de sa voiture de patrouille quand les renforts arriveraient.

Il sortit de la voiture, dégagea la crosse de son revolver mais ne le dégaina pas. Il ne l'avait dégainé que deux fois en service, sans jamais tirer. Il n'avait d'ailleurs aucune envie de dégainer et de tirer, pour le moment. Il s'avança vers le pick-up GMC de manière à bien voir et le véhicule — l'arrière, en particulier — et la perspective du McDo. Il s'immobilisa lorsqu'un couple sortit de l'établissement pour gagner une berline Ford, garée plus près de la sortie, puis reprit sa progression lorsque leur voiture s'engagea dans la bretelle d'accès.

La main droite sur la crosse de son arme de service, Hamilton porta la gauche à hauteur de la hanche. Les ceintures de police, de l'avis de Hamilton, s'amélioraient aussi nettement. Depuis l'enfance, il était un grand fana de Batman, le Croisé masqué ; il soupçonnait d'ailleurs que sa passion pour Batman faisait partie des raisons qui l'avaient poussé à entrer dans la police (détail qu'il n'avait pas éprouvé le besoin de signaler dans sa demande officielle). Et de tous les accessoires de Batman, celui qu'il préférait n'était ni la Batpole ni le Batarang, ni même la Batmobile elle-même, mais la ceinture à tout faire du Croisé masqué. Cette petite merveille était comme un magasin de rêve : elle avait toujours le petit truc qu'il fallait pour toutes les occasions, que ce soit une corde, des lunettes de vision nocturne, des capsules de gaz étourdissant. Sa ceinture de service n'était certes pas aussi bien équipée, mais comportait, du côté gauche, trois mousquetons auxquels étaient accrochés des appareils très utiles. Le premier était un cylindre alimenté par piles qui s'appelait *Couché, Médor !* Lorsque l'on appuyait sur le bouton rouge, en haut, *Couché, Médor !* émettait un sifflement d'ultrasons qui transformait le plus enragé des bouledogues en un plat de spaghettis trop cuits. A côté, se trouvaient une bombe pressurisée de Mace (la version policière du gaz étourdissant de Batman) et enfin une puissante lampe torche à quatre piles.

Hamilton détacha la lampe torche, l'alluma, puis porta la main gauche à hauteur du projecteur pour le masquer partiellement — tout cela, sans que sa main droite quittât la crosse du revolver. Vieux flics, oui, flics téméraires, oui, vieux flics téméraires, non.

Il projeta le rayon de lumière sur le plateau de la camionnette. Il ne vit rien d'autre qu'un morceau de bâche. L'arrière du pick-up était aussi vide que la cabine.

Hamilton était resté à distance prudente du pick-up aux plaques ornées d'écrevisses pendant tout ce temps — une attitude devenue si automatique chez lui qu'il n'avait pas besoin d'y penser. Il se pencha alors, et éclaira le *dessous* de la Chevrolet, le dernier endroit où quelqu'un qui lui aurait voulu du mal pouvait avoir l'idée de se tapir. Invraisemblable, certes, mais le jour où il passerait l'arme à gauche, il ne voulait pas que le prêtre commence son éloge funèbre en disant : « Mes chers frères, nous sommes réunis ici pour partager l'affliction de la famille qui vient de perdre, de manière invraisemblable, le policier Warren Hamilton. » Voilà qui serait *très*[*] minable.

Le rayon de lumière balaya rapidement le sol de gauche à droite et il ne vit rien de particulier, sinon un pot d'échappement rouillé sur le point de prendre le large — mais avec les trous qu'il comportait, le chauffeur n'aurait guère de chance de remarquer la différence.

« Je crois bien que nous sommes seul, mon vieux », dit le policier Hamilton. Il examina une dernière fois les alentours du véhicule, en particulier dans la direction du restaurant. Il ne vit personne l'observant, et se dirigea donc vers la portière côté passager. Par la fenêtre, il éclaira l'intérieur de la cabine.

« Sainte merde, murmura Hamilton. Demande à Maman si elle va jamais croire qu'un tel merdier soit possible. » Il se sentit soudain fort satisfait de l'éclat orange des lampes à vapeur de sodium dont la lumière brutale éclairait le parking et l'intérieur du véhicule, car

---

[*]. Les astérisques désignent les mots et expressions en français dans le texte. (*N.d.T.*)

elles transformaient ce qui devait être du marron en une couleur pratiquement noire, si bien que le sang avait l'air d'être de l'encre. « Il a conduit comme ça ? Seigneur Jésus, il est venu du Maine avec une bagnole dans cet état ? Demande à Maman... »

Il inclina le rayon de la lampe vers le bas. Siège et plancher du GMC étaient une porcherie. Il vit des canettes de bière et de soda, des sacs de chips et de lard grillé à moitié vides, des cartons ayant contenu des hamburgers, Big Mac ou Whoppers. Une boulette de ce qui paraissait être du chewing-gum était collée, écrasée, sur le tableau de bord, au-dessus du trou qui avait autrefois abrité une radio. Des mégots de cigarettes sans filtre débordaient du cendrier.

Mais surtout, il y avait du sang partout.

Des filets de sang et des ronds de sang tapissaient le siège. Du sang maculait le volant. L'emblème de Chevrolet au milieu du volant disparaissait sous une éclaboussure de sang. Du sang sur la poignée de la porte côté chauffeur, du sang sur le rétroviseur — un petit cercle qui cherchait à s'ovaliser —, et Hamilton se dit que M. 96529Q avait peut-être laissé une empreinte digitale parfaite, avec le sang de sa victime, lorsqu'il avait ajusté son rétroviseur. Du sang avait aussi giclé sur les emballages de hamburger. On aurait même dit, là, qu'il y avait des cheveux collés avec.

« Qu'est-ce qu'il a pu raconter à la fille du restau ? murmura Hamilton. Qu'il s'était coupé en se rasant ? »

De derrière son dos, lui parvint un bruit de frottement. Hamilton fit volte-face, avec l'impression d'être dix fois trop lent, d'avoir fait preuve, en dépit de toutes les précautions de routine prises, d'une témérité trop grande pour avoir le temps de devenir vieux, car il n'y avait rien de routinier là-dedans, non m'sieur, le type était passé dans son dos et bientôt il y aurait encore plus de sang dans l'habitacle de la vieille Chevrolet, *son* sang, car un type capable de conduire un abattoir ambulant comme celui-ci du Maine jusque dans l'État de New York ou presque ne pouvait être qu'archicinglé, un type du genre à tuer un policier aussi tranquillement qu'il achèterait une pinte de lait.

Pour la troisième fois de sa carrière, Hamilton dégaina son revolver, repoussa du pouce le chien en arrière et faillit bien appuyer sur la détente (une fois, sinon deux ou même trois fois) ; il était dans un état de tension maximum. Mais il ne vit personne.

Il abaissa l'arme de quelques degrés, tandis que les artères cognaient à ses tempes.

Une petite rafale de vent agitait la nuit. Le bruit de frottement se reproduisit. Il vit alors, sur le sol goudronné, un emballage de filets de poisson — provenant de toute évidence du McDo, vraiment très brillants, Holmes, n'en parlez pas Watson, élémentaire, voyons — glisser sur deux ou trois mètres et s'arrêter lorsque la brise se calma.

Hamilton laissa échapper un long soupir tremblotant et fit délicatement retomber le chien de son revolver. « T'as bien failli te coller la corvée. Holmes », dit-il d'une voix encore loin d'être assurée. « T'as bien failli avoir à te farcir un CR-14. » Un CR-14 était un imprimé qu'il fallait remplir aux (moindres) coup(s) de feu tirés.

Il songea à remettre l'arme dans son étui, maintenant qu'il était clair qu'il n'y avait rien sur quoi tirer, sinon un emballage de filets de poisson vide, mais décida finalement de la garder à la main jusqu'à l'arrivée de renforts. Sa présence avait quelque chose de rassurant, de réconfortant. Car ce n'était pas seulement le sang, ni le fait qu'un type recherché pour meurtre par les flics du Maine eût parcouru six cents kilomètres dans une telle poubelle. Le véhicule dégageait une puanteur qui faisait un peu penser à celle d'un endroit où une voiture, sur une route de campagne, a écrasé une mouffette. Il ne savait pas si les types en renfort la remarqueraient ou si c'était simplement lui, mais cela ne lui importait guère. Ce n'était pas seulement une odeur de sang, ou d'aliments putréfiés, ou de dessous de bras mal lavés. Non. Ça sentait mauvais comme le mal. Comme le mal absolu. Tellement mauvais qu'il ne voulait pas rengainer son arme alors qu'il était pratiquement sûr que le dispensateur de ces relents était parti, sans doute depuis des heures — il n'entendait pas les petits cliquetis d'un moteur qui refroidit. Peu importait. Cela ne changeait rien à ce qu'il savait : pendant un certain temps, ce véhicule avait servi de tanière à quelque animal terrible, et il ne prendrait pas le risque, pas un instant, d'être surpris par le retour inopiné de l'animal en question. Et Maman pouvait compter là-dessus.

Il resta planté là, le revolver à la main, les cheveux dressés sur la nuque, et il eut l'impression que l'équipe de renfort mettait un temps fou à venir.

VI

Meurtres En Ville

Dodie Eberhart était en pétard, et quand Dodie Eberhart était en pétard, s'il y avait bien une nana avec laquelle vous n'auriez pas eu envie de faire l'andouille dans la capitale de la nation, c'était bien elle. Elle grimpa les marches de l'immeuble de rapport de L Street avec le flegme (et quasiment la masse) d'un rhinocéros traversant un territoire dégagé. Sa robe bleu marine se tendait et se détendait tour à tour sur une poitrine nettement trop vaste pour être qualifiée simplement de grosse. Ses bras aux proportions jambonnesques se balançaient comme deux pendules.

Bon nombre d'années auparavant, cette femme avait été l'une des plus stupéfiantes call-girls de tout Washington. A cette époque sa taille — un mètre quatre-vingt-neuf — et sa silhouette sculpturale avaient fait d'elle autre chose qu'une simple poulette extrêmement délurée ; elle était tellement recherchée qu'une nuit avec elle équivalait presque à un trophée de gros gibier pour un chasseur, et si l'on regardait attentivement les reportages photographiques des différentes *fêtes et soirées** données à Washington sous la deuxième administration Johnson et la première administration Nixon, on repérait Dodie Eberhart sur beaucoup d'entre eux, en général au bras d'un homme dont le nom apparaissait fréquemment dans les articles et les essais musclés de politique. Sa taille, d'ailleurs, suffisait déjà à la faire remarquer.

Dodie était une pute avec un cœur de caissier de

banque et une âme de cafard cumulard. Deux de ses clients habituels, un sénateur démocrate et un représentant républicain d'un âge assez avancé, avaient payé ses services suffisamment cher pour lui permettre de se retirer des affaires. La raison de leur générosité n'était pas seulement leur bon cœur. Dodie avait tout à fait conscience que le risque d'attraper des maladies était loin d'aller en diminuant (et les personnages les plus haut placés d'un gouvernement sont aussi vulnérables au Sida et aux affections vénériennes moins graves — mais néanmoins fort embarrassantes — que n'importe qui). Son âge non plus n'allait pas en diminuant. Et elle ne faisait pas entièrement confiance à ces deux messieurs, qui avaient pourtant l'un et l'autre promis de lui laisser quelque chose par testament. Désolée, leur avait-elle déclaré, mais je ne crois plus au Père Noël et à la bonne fée, vous comprenez. La Petite Dodie doit se débrouiller toute seule dans la vie.

Avec l'argent, la Petite Dodie s'acheta trois immeubles de rapport. Les années passèrent. Les soixante-treize kilos de chair ferme qui avaient jeté tant d'hommes puissants à ses genoux (alors, en général, qu'elle se tenait nue devant eux) avaient crû et multiplié : elle en pesait maintenant près de cent vingt. Les investissements qu'elle avait faits dans le milieu des années soixante-dix avaient perdu de leur valeur pendant les années quatre-vingt, à l'époque où ceux qui jouaient en Bourse paraissaient s'en tirer mieux que tout le monde. Elle avait eu deux excellents agents de change sur son carnet d'adresses jusqu'à la fin de sa carrière active ; par moments, elle regrettait de ne pas avoir conservé des relations avec eux lorsqu'elle avait pris sa retraite.

Il lui avait fallu vendre un premier immeuble en 84, puis un deuxième en 86, à la suite d'une désastreuse enquête du service des impôts. Elle s'était accrochée à celui de L Street aussi farouchement qu'un joueur en train de perdre dans une partie acharnée de Monopoly s'accroche à sa rue de la Paix, convaincu que son bien se trouvait dans un quartier qui allait connaître un essor rapide. Mais l'essor en question se faisait toujours attendre, et rien n'indiquait qu'il se produirait avant un ou deux ans... s'il se produisait jamais. Que les prix flambent suffisamment, néanmoins, et elle pliait bagage illico pour Aruba. En attendant, la proprio qui avait été autrefois le coup à tirer le plus recherché de la capitale devait s'accrocher ferme.

Ce qu'elle avait toujours fait.

Ce qu'elle avait l'intention de continuer à faire.

Et Dieu prenne en pitié quiconque se mettrait en travers de son chemin.

Comme par exemple cette soi-disant grosse légume de Clawson.

Elle atteignit le palier du premier. Un groupe de rock hurlait depuis l'appartement des Shulman.

« BAISSEZ-MOI CETTE PUTAIN DE STÉRÉO ! » hurlat-elle à pleins poumons... et lorsque Dodie Eberhart poussait la voix à son niveau maximum de décibels, les vitres se fendaient, les tympans des petits enfants éclataient et les chiens tombaient raides morts.

La musique passa immédiatement du braillement au murmure. Elle voyait presque les Shulman frissonnant, serrés l'un contre l'autre comme deux chiots sous l'orage, et priant de ne pas être le but de la visite que la Méchante Sorcière faisait aujourd'hui à L Street. Ils la redoutaient. Ils avaient bien raison. Shulman était avocat d'affaires dans une société très puissante, mais il se trouvait encore à deux ulcères d'un poste assez puissant pour faire hésiter Dodie. Qu'il la mette en colère à ce stade de sa jeune carrière, et elle se ferait des jarretières avec ses tripes. Il ne l'ignorait pas, et c'était très satisfaisant ainsi.

Lorsque vos comptes bancaires sont dans le rouge et que votre portefeuille d'actions dégringole vers les abysses, on prend ses satisfactions où on les trouve.

Dodie tourna sur le palier sans ralentir et s'engagea dans l'escalier menant au deuxième étage, là où Clawson, M. « Grosse Légume », vivait dans une splendide solitude. Elle marchait de ce même pas rhino-dans-la-savane, tête droite, nullement essoufflée en dépit de son poids, tandis que l'escalier tremblait malgré sa solidité.

Il lui tardait de tomber sur Clawson.

Clawson, qui n'était même pas sur l'échelon le plus bas d'une carrière quelconque. Qui pour l'instant n'avait même pas d'échelle en vue. Comme tous les étudiants en droit qu'elle avait rencontrés (la plupart en tant que locataires ; elle n'en avait jamais baisé un seul dans son « autre vie », pour employer l'image sous laquelle elle se la représentait), c'était un alliage de très hautes aspirations et de fonds très bas, le tout flottant sur un généreux matelas de foutaises et de bobards. Par principe, Dodie ne confondait pas ces éléments. Se laisser avoir aux boniments d'un étudiant en droit était, dans son esprit, aussi stupide que de se faire tirer gratis. Autant se les faire couper que mettre le doigt dans cet engrenage.

Ce qui était évidemment une manière de parler.

M. « Grosse Légume » Clawson avait cependant écorné légèrement ses défenses. Il avait payé son loyer quatre fois de suite avec du retard, ce qu'elle avait toléré car il avait réussi à la convaincre que dans son cas, l'argument éculé traditionnel qu'il lui avait sorti était vrai : il allait incessamment recevoir de l'argent.

Il n'y serait jamais arrivé s'il avait prétendu que Sidney Sheldon était en réalité Robert Ludlum, ou que Victoria Holt était le nom de plume de Rosemary Rogers, car elle n'avait rien à foutre de ces gens-là et de leurs millions de prête-noms. Elle n'aimait qu'une chose, les polars, et plus ils étaient sanglants, plus ils lui plaisaient. Elle se doutait bien qu'il y avait des tas de gens qui en pinçaient pour des conneries d'histoires d'amour ou d'espionnage, s'il fallait en croire la liste des meilleures ventes du *Post* du dimanche ; mais elle avait lu Elmore Leonard bien avant qu'il y soit classé, et elle gardait une véritable passion pour des gens comme Jim Thompson, David Goodis, Horace McCoy, Charles Willerford et des types de ce genre. Bref, Dodie adorait les romans où des hommes braquaient des banques, s'entre-tuaient et manifestaient leurs tendres sentiments vis-à-vis de leur femme à l'aide de solides raclées.

A son avis, George Stark était — ou avait été — le meilleur de tous. Elle s'était enthousiasmée pour *Machine's Way*, puis pour *Oxford Blues* et enfin pour *Riding to Babylon*, lequel serait apparemment le dernier de la série.

M. « Grosse Légume » du deuxième était entouré de notes de cours et des œuvres de George Stark la première fois qu'elle était venue le relancer pour le loyer (trois jours de retard seulement cette fois, mais donnez-leur le doigt, tout le bras y passe), et après le sermon d'usage et qu'il lui eut promis un chèque pour le lendemain à midi tapant, elle lui demanda si l'étude des œuvres de George Stark était indispensable pour envisager une carrière dans le barreau.

« Non », lui avait répondu Clawson avec un grand sourire joyeux — et excessivement carnassier. « Non, mais elles pourraient bien en *financer* une. »

Plus que tout, c'était ce sourire qui l'avait accrochée et lui avait fait prêter une oreille complaisante, là où d'habitude elle se montrait brutalement ferme. Un sourire qu'elle avait très souvent vu, dans son propre miroir. Elle avait toujours considéré qu'on ne pouvait simuler un tel sourire et, soit dit en passant, elle le croyait toujours. Clawson avait réellement tenu le sort de Thad Beaumont entre ses mains ; il avait simplement commis l'erreur d'imaginer, naïf, que l'écrivain souscrirait aux plans d'un M. « Grosse Légume » comme Clawson. Erreur qu'avait commise aussi Dodie.

Elle avait lu l'un des deux romans de Beaumont — *Purple Haze* — à la suite des explications que Clawson lui avait données de sa découverte, et trouvé que c'était un bouquin délicieusement stupide. En dépit de la correspondance et des photocopies que lui avait montrées M. « Grosse Légume », elle aurait trouvé difficile, sinon impossible, que les deux auteurs fussent un seul et même homme. Sauf... sauf que vers les trois quarts du livre, alors qu'elle était sur le point de le jeter au fond de la pièce tant il la barbait, il y avait une scène dans laquelle un fermier tuait un cheval. La bête avait deux pattes cassées et il n'y avait certes rien d'autre à faire, mais l'histoire présentait ceci de particulier que ce vieux paysan de John y avait pris *plaisir*. En fait, il avait posé le canon de son revolver sur la tête du cheval et s'était branlé — tirant au moment de l'éjaculation.

On aurait dit que Beaumont, à cet instant précis, avait été se faire une tasse de café... et que George Stark était venu s'installer à sa place pour écrire la scène. C'était bien la seule pièce d'or dans ce tas de foin.

Cela n'avait plus d'importance maintenant, de toute façon. Cela prouvait seulement que personne n'était immunisé à vie contre les foutaises et les bobards. « Grosse Légume » lui avait fait faire un tour de manège, mais un tour très court. Et elle venait de descendre.

Dodie Eberhart atteignit le palier du deuxième, repliant déjà la main en poing pour cogner comme elle le faisait à chaque fois que les petits coups polis n'étaient plus de mise. Elle vit alors qu'elle n'aurait pas besoin de tambouriner sur la porte de « Grosse Légume » : elle était entrouverte.

« Doux Jésus ! » grommela Dodie, retroussant les lèvres. Ce n'était pas un quartier de drogués, mais lorsqu'il s'agissait de piller l'appartement de quelque crétin, ceux-ci ne demandaient pas mieux que de franchir les frontières. Ce type était encore plus stupide qu'elle ne l'avait cru.

De son index replié, elle frappa à la porte qui s'ouvrit en grand. « Clawson ! » lança-t-elle d'une voix lourde de promesses d'apocalypse et de damnation.

Pas de réponse. Au-delà du petit couloir, elle vit que les stores de la salle de séjour étaient baissés et que l'éclairage central était allumé. Un poste de radio diffusait une musique discrète.

« Je veux vous parler, Clawson ! »

Elle s'avança dans le couloir... et fit halte.

L'un des coussins du canapé gisait sur le sol.

C'était tout. Aucun indice qu'un drogué aurait transformé l'appartement en décharge publique, mais son instinct lui disait que quelque chose n'allait pas, et la frousse commença à la gagner. Elle sentait vaguement une odeur. Presque imperceptible, mais bien présente. Comme de la nourriture qui a commencé à se gâter sans être complètement putréfiée. Ce n'était pas tout à fait cela, mais ce qui y ressemblait le plus. Avait-elle déjà senti cette odeur ? Il lui semblait.

Et il y avait d'autres effluves. Étrange : elle n'avait pas l'impression de les détecter avec son nez. Elle comprit cela tout de suite. Le policier Hamilton du Connecticut et elle seraient tombés immédiatement d'accord : ça empestait le mal.

Elle resta à l'extérieur du séjour, les yeux sur le coussin à terre, l'oreille tendue vers la radio. Ce que l'ascension de deux étages n'avait pas réussi à faire, cet innocent coussin y était parvenu — son cœur battait la chamade sous son gigantesque téton gauche et elle ne respirait plus qu'à petits coups, du haut des poumons. Quelque chose clochait ici. Clochait très sérieusement. Toute la question était de savoir si elle allait on non se trouver dans le coup en faisant un pas de plus.

Son bon sens lui disait de filer, de s'esquiver tant qu'il lui restait une chance, et elle avait beaucoup de bon sens. La curiosité lui disait de son côté de rester et de jeter un coup d'œil... et fut la plus forte.

Elle avança la tête dans le séjour et regarda d'abord à droite où, en dehors de la fausse cheminée encadrée des deux fenêtres donnant sur L Street, il n'y avait pas grand-chose. Puis à gauche. Sa tête s'arrêta soudain de pivoter. Elle paraissait comme bloquée dans sa position actuelle. Ses yeux s'agrandirent.

Ce regard pétrifié ne se prolongea pas plus de trois secondes, mais il lui parut s'éterniser. Elle vit tout, jusque dans le moindre détail ; dans son esprit se grava une photographie mentale de la scène aussi parfaitement piquée que celle que les professionnels de la police n'allaient pas tarder à prendre.

Elle vit les deux bouteilles de bière Amstel sur la table basse, l'une vide, l'autre à moitié pleine, avec encore de la mousse prise dans le goulot. Elle vit le cendrier avec l'inscription CHICAGOLAND ! qui courait sur la partie incurvée. Elle vit les deux mégots de cigarettes sans filtre écrasés au milieu du cendrier d'un blanc impeccable alors que « Grosse Légume » ne fumait pas — pas de cigarettes, en tout cas. Elle vit la petite boîte en plastique de punaises renversée entre les bouteilles et le cendrier. La plupart des punaises, dont « Grosse Légume » se servait pour accrocher des trucs au tableau de la cuisine, étaient éparpillées sur le dessus de verre de la table basse. Elle en vit quelques-unes qui avaient roulé jusqu'à un exemplaire de la revue *People*, celle où figurait l'histoire de Thad Beaumont/George Stark. D'où elle se tenait elle apercevait, à l'envers, les Beaumont qui se serraient la main au-dessus de la tombe de Stark. L'histoire qui, selon Clawson, ne serait jamais publiée. Et qui, au lieu de cela, ferait de lui un homme un peu plus à l'aise. Là-dessus, il s'était lourdement trompé, en fait, on aurait bien dit qu'il s'était fichu dedans sur toute la ligne.

Elle voyait Frederick Clawson, passé de l'état de « Grosse Légume » à celui de légume mouliné, assis sur l'un des deux fauteuils du séjour. Il était nu. On avait jeté ses vêtements en boule sous la table basse. Elle voyait le trou sanguinolent dans son entrejambe. Ses testicules se trouvaient toujours à leur place ; mais on lui avait fourré le pénis dans la bouche. La place ne lui manquait pas, car l'assassin avait également coupé la langue à M. « Grosse Légume ». Elle était punaisée au mur. Il avait fallu enfoncer si profondément la punaise dans la chair rose qu'on n'en devinait que le souriant croissant doré de la tête — et son cerveau photographia implacablement cela aussi. Du sang avait coulé sur le papier peint, dessinant un éventail de rigoles sinueuses.

A l'aide d'une autre punaise, à tête d'un vert brillant celle-là, le meurtrier avait accroché la deuxième page de l'article de *People* sur la poitrine nue de M. « Ex-Grosse Légume ». Dodie ne distinguait pas le visage de Liz, obscurci par une coulée du sang de Clawson, mais elle voyait sa main, celle qui tendait à un Thad souriant le plat de petits gâteaux au chocolat. Elle se souvenait que cette photo avait eu le don d'irriter tout particulièrement Clawson. *Vous parlez d'une mise en scène !* s'était-il exclamé. *Elle a horreur de faire la cuisine. Elle l'a dit elle-même, dans une interview, juste après la publication du premier roman de Beaumont.*

Écrit du bout du doigt, avec du sang, au-dessus de la langue coupée punaisée au mur, figuraient ces cinq mots :

LES MOINEAUX VOLENT DE NOUVEAU.

Seigneur Jésus, pensa-t-elle au fond de quelque recoin

de son esprit. *C'est exactement comme dans un bouquin de George Stark... On dirait tout à fait un truc qu'aurait pu faire Alexis Machine.*

De derrière elle parvint un bruit de choc amorti.

Dodie Eberhart poussa un hurlement et fit volte-face. Machine se jeta sur elle avec son terrible coupe-chou, dont l'éclat d'acier était maintenant terni du sang de Frederick Clawson. Son visage n'était plus que le masque couturé de cicatrices que lui avait taillé Nonie Griffiths à la fin de *Machine's Way*, et -

Et il n'y avait personne.

La porte s'était refermée toute seule, un point c'est tout, comme le font parfois les portes.

Ah oui ? demanda le recoin lointain de son esprit... un peu moins lointain, maintenant, toutefois, et élevant une voix que la peur rendait plus fébrile. *Elle était entrouverte et ne bougeait pas quand je suis arrivée en haut des marches. Pas grande ouverte, mais pas fermée, en tout cas.*

Ses yeux revinrent sur les bouteilles. L'une vide. L'autre à moitié pleine, de l'écume encore prisonnière du goulot.

Le tueur s'était trouvé derrière la porte quand elle était entrée. Si elle avait tourné la tête, elle l'aurait certainement vu... et elle serait morte aussi, à l'heure actuelle.

Et pendant qu'elle restait plantée là, hypnotisée par les restes hauts en couleur de M. « Grosse Légume » Clawson, il était sorti tranquillement et avait refermé la porte derrière lui.

Ses jambes devinrent soudain de coton et elle tomba à genoux avec une étrange sorte de grâce, l'air d'une fillette sur le point de communier. Son esprit revenait constamment à la même pensée, comme un écureuil courant dans sa roue : *Oh ! je n'aurais pas dû hurler, il va revenir, oh ! je n'aurais pas dû hurler, il va revenir, oh ! je n'aurais pas dû hurler, il va...*

C'est alors qu'elle l'entendit. Entendit le bruit sourd de ses grands pieds sur le tapis du couloir. Elle finit plus tard par se convaincre que ces enfoirés de Shulman avaient dû remonter le son de leur stéréo et qu'elle avait pris le rythme régulier de la basse pour un bruit de pas ; mais sur le moment, elle fut convaincue que c'était Alexis Machine et qu'il revenait... un homme dont la vocation était l'assassinat au point que même la mort ne pouvait l'arrêter.

Pour la première fois de sa vie, Dodie Eberhart s'évanouit.

Elle reprit connaissance moins de trois minutes plus tard. Ses jambes refusaient encore de la porter, et elle se mit donc à ramper en direction de l'entrée du petit appartement, les cheveux lui retombant devant les yeux. Elle voulut ouvrir la porte et regarder sur le palier, mais fut incapable de se décider. Au lieu de quoi elle mit le verrou et glissa la chaîne dans son sillon métallique. Cela fait, elle s'assit contre la porte, haletante, le monde réduit à un brouillard gris autour d'elle. Elle se rendait vaguement compte qu'elle venait de s'enfermer avec un cadavre mutilé, mais ce n'était pas si catastrophique que cela. Pas catastrophique du tout même si l'on considérait l'autre option.

Elle retrouva peu à peu ses forces et fut bientôt capable de se remettre sur pied. Elle alla au fond du couloir pour gagner la cuisine, où se trouvait le téléphone. Elle se garda, ce faisant, de diriger les yeux vers les restes de M. « Grosse Légume ». Mais c'était un effort inutile : elle verrait cette photographie mentale dans toute sa hideuse précision pendant encore très longtemps.

Elle appela la police, mais refusa de les laisser rentrer tant que l'un d'eux n'eut pas glissé sa plaque d'identification sous la porte.

« Quel est le nom de votre femme ? » demanda-t-elle au flic que le badge de plastique laminé identifiait comme étant Charles F. Toomey Junior. Elle parlait d'une voix haut perchée et tremblotante, tout à fait différente de celle qu'elle avait d'habitude. Un ami proche (si elle en avait eu un) aurait eu de la peine à la reconnaître :

« Stephanie, Ma'am », répondit patiemment une voix d'homme, de l'autre côté de la porte.

Elle hurla presque :

« Je peux appeler le poste et le vérifier, vous savez !

— Je le sais, madame Eberhart », fit la voix masculine. « Mais vous seriez plus en sécurité si vous nous laissiez entrer, vous ne croyez pas ? »

Et comme elle reconnaissait une Voix de Flic aussi facilement qu'elle avait reconnu l'Odeur du Mal, elle déverrouilla la porte et laissa entrer Toomey et son acolyte. Une fois qu'ils furent à l'intérieur, Dodie se laissa aller à quelque chose d'autre qu'elle n'avait jamais fait auparavant : elle piqua une crise de nerfs.

VII

Boulot De Flic

1

Thad travaillait dans son bureau, au premier, lorsque la police arriva.

Liz lisait un livre dans le salon, non loin de William et Wendy qui faisaient les idiots dans le parc surdimensionné qu'ils partageaient. Elle alla jusqu'à la porte et regarda par l'étroite vitre ornementale qui la flanquait avant d'ouvrir. C'était une habitude qu'elle avait prise depuis ce qu'elle appelait, en manière de plaisanterie, les « débuts » de Thad dans le magazine *People*. Les visiteurs — de vagues relations pour la plupart, parmi lesquelles un bon échantillon d'habitants de la ville et même quelques parfaits inconnus (ces derniers étant tous des inconditionnels de Stark) — avaient pris l'habitude de venir faire un tour. Thad appela « syndrome de la visite au crocodile vivant » ce phénomène et déclara que les choses se tasseraient d'elles-mêmes dans une semaine ou deux. Liz espérait qu'il avait raison. En attendant, elle craignait que l'un des visiteurs ne fût un chasseur de crocodiles dans le style de celui qui avait abattu John Lennon, et commença donc par regarder par la vitre latérale. Elle ignorait si elle serait capable de reconnaître un authentique cinglé au premier coup d'œil, mais elle pouvait au moins éviter au train de pensées de Thad de dérailler, pendant les deux heures matinales qu'il consacrait à l'écriture. Après quoi il allait lui-même à la porte, en lui jetant d'ordinaire un regard

101

de petit garçon coupable qu'elle ne savait comment interpréter.

Les trois hommes qui se tenaient sur les marches du perron, ce samedi matin-là, n'étaient des inconditionnels ni de Beaumont ni de Stark, crut-elle comprendre, ni des cinglés... à moins qu'il n'y en eût une nouvelle variété, se déplaçant en voiture de police. Elle ouvrit la porte, ressentant la petite pointe d'angoisse que même les gens qui n'ont rien à se reprocher éprouvent à voir débarquer des flics qu'ils n'ont pas appelés. Elle se dit que si elle avait eu des enfants plus grands partis se balader par cette matinée pluvieuse, elle se serait aussitôt demandé ce qu'il leur était arrivé.

« Oui ?

— Êtes-vous madame Elizabeth Beaumont ? » demanda l'un d'eux.

« En effet. Puis-je vous aider ?

— Votre mari est-il à la maison, madame Beaumont ? » demanda un deuxième flic.

Ces deux-là portaient des cirés gris identiques et les casquettes de la police d'État.

Non, c'est le fantôme de Ernest Hemingway qui tape à la machine au premier, eut-elle envie de répondre — ce qu'elle ne fit évidemment pas. Après la peur du quelqu'un-a-eu-un-accident, venait une culpabilité fantôme qui poussait à lancer quelque chose de cinglant ou de sarcastique, n'importe quoi qui pût sous-entendre, *Allez-vous-en. Votre présence n'est pas souhaitée ici. Nous n'avons rien fait de mal. Allez chercher votre coupable ailleurs.*

« Puis-je vous demander pourquoi vous désirez le voir ? »

Le troisième homme était Alan Pangborn.

« Boulot de flic, madame Beaumont. Pouvons-nous lui parler, s'il vous plaît ? »

2

Thad Beaumont ne tenait rien qui ressemblât à un journal intime régulier ; mais il lui arrivait de prendre des notes sur les événements de sa propre vie qu'il trouvait intéressants, amusants ou effrayants. Il les rédigeait dans un grand cahier relié, et sa femme se sentait très réservée à leur égard. Elles lui fichaient la frousse, en réalité, même si elle n'en avait jamais parlé à Thad. La plupart de ces notes étaient étrangement dépourvues de passion, presque comme si une partie de lui-même, l'observant de l'extérieur, avait rendu compte de sa vie de l'œil, presque dénué d'intérêt, d'un témoin neutre. A la suite de la visite de la police, au matin du 4 juin, il rédigea un texte assez long qu'électrisait inhabituellement un fort courant d'émotion.

« Je comprends un peu mieux *Le Procès* de Kafka et *1984* d'Orwell, maintenant. N'y voir que des charges politiques et rien de plus est une grave erreur. Je suppose que la dépression que j'ai connue après avoir terminé *Dancers* et découvert que rien n'attendait derrière — mis à part la fausse couche de Liz, bien entendu — compte parmi les expériences psychologiques les plus abominables de notre couple, mais ce qui arrive aujourd'hui me paraît pire encore. Je me dis que c'est parce que ça vient juste de se produire, mais je soupçonne qu'il y a autre chose. Je me dis que si ma période dans les ténèbres et la perte des deux premiers jumeaux sont des blessures qui ont fini par guérir, laissant derrière elles de simples cicatrices pour marquer leur emplacement, celle-ci guérira aussi à son tour... Mais je ne crois pas que le temps réussira à l'effacer complètement. Elle laissera aussi sa cicatrice, moins large, mais plus profonde — comme le souvenir, qui va s'estompant, d'un brutal coup de couteau.

« Je suis sûr que les policiers se comportent conformément au serment qu'ils ont prêté (s'ils prêtent toujours serment, mais je crois que oui). J'ai cependant ressenti la menace — et je la ressens encore — d'être jeté dans quelque énorme machine bureaucratique sans visage ; non pas d'avoir affaire à des hommes mais à une *machine* qui irait méthodiquement jusqu'au bout de sa logique jusqu'à ce que j'en ressorte broyé, en lambeaux... parce que mettre les gens en lambeaux est le travail de la machine. Mes cris n'auraient rien fait pour accélérer ou ralentir les implacables mâchoires.

« J'ai bien vu que Liz était nerveuse lorsqu'elle est montée me dire que la police voulait me parler sans lui avoir expliqué de quoi il s'agissait. Elle savait seulement que l'un d'eux était Alan Pangborn, le shérif du comté de Castle Rock. Je l'ai peut-être rencontré une ou deux fois, mais je ne l'ai vraiment reconnu que parce que j'avais vu de temps en temps sa photo dans le journal local de Castle Rock.

« Ma curiosité était éveillée, et j'étais content de cette interruption dans mon travail : depuis une semaine, mes personnages ont tous l'air de vouloir faire des choses que je n'ai pas envie qu'ils fassent. Si j'ai pensé à quelque chose, ce fut qu'il y avait peut-être un rapport avec Frederick Clawson, ou avec des retombées de l'article de *People*.

« Je ne sais pas si je pourrai jamais rendre correctement l'ambiance de ce qui a suivi. J'ignore même si c'est important, bien qu'il me paraisse important d'essayer. Ils se tenaient dans l'entrée, au pied de l'escalier, trois armoires à glace (pas étonnant qu'on les surnomme des taureaux), des gouttes d'eau tombant de leur ciré sur la moquette.

« "Êtes-vous Thaddeus Beaumont ?" demanda l'un d'eux — le shérif Pangborn —, et c'est à cet instant que commença à se produire le changement d'atmosphère que je voudrais décrire (ou au moins faire un peu comprendre). A la curiosité, au plaisir d'être arraché, même brièvement, à la machine à écrire, se joignirent de la perplexité et un peu d'inquiétude. Il m'avait appelé par mes nom et prénom, mais sans me donner du "Monsieur". Comme un juge s'adressant à un accusé auquel il est sur le point de lire sa condamnation.

« "Oui, c'est bien moi, répondis-je, et vous êtes le shérif Pangborn. Je le sais, parce que nous avons une maison à Castle Lake." Sur quoi je lui tendis la main, geste automatique de tout adulte mâle américain bien élevé.

« Il se contenta de la regarder, et une expression se forma sur son visage ; comme s'il venait d'ouvrir la porte de son réfrigérateur et de découvrir que le poisson acheté pour son dîner s'était gâté. "Je n'ai aucune intention de vous serrer la main, dit-il, alors vous pouvez la remettre dans votre poche et nous épargner de prolonger ce moment gênant." C'était une chose bougrement bizarre à déclarer, une chose carrément *grossière*, mais la manière dont il la dit me fit un plus sale effet encore. Il paraissait croire que j'avais perdu l'esprit.

« Ce fut tout. Et pourtant je me sentis terrifié. Même maintenant, j'ai du mal à admettre avec quelle rapidité, avec quelle foutue rapidité, mes émotions passèrent de la curiosité-plaisir-d'être-dérangé-perplexité à l'autre bout du spectre, à un sentiment de peur brutale. En ce bref instant, j'avais compris qu'ils n'étaient pas seulement ici pour me parler de quelque chose mais parce qu'ils étaient convaincus que j'avais *fait* quelque chose, et en cette courte seconde d'horreur — "Je n'ai aucune intention de vous serrer la main" — je fus sûr, moi aussi, d'avoir fait quelque chose.

« Voilà ce qu'il me fallait tenter d'exprimer. Dans les instants d'un silence de mort qui suivirent le refus de Pangborn de me serrer la main, j'eus l'impression, en fait, d'avoir commis tout ce qu'il dirait que j'avais commis... et que je ne pourrais faire autrement qu'avouer ma culpabilité. »

3

Thad abaissa lentement la main. Du coin de l'œil, il vit les mains de Liz, articulations blanchies, serrées en boule entre ses seins. Il se sentit soudain pris d'une terrible colère contre ce flic, invité à entrer librement chez lui et qui refusait de lui serrer la main. Ce flic dont le salaire était assuré, au moins pour une petite part, grâce aux impôts locaux que les Beaumont payaient pour leur maison de Castle Rock. Ce flic qui terrifiait Liz. Ce flic qui le terrifiait, *lui*.

« Très bien, dit Thad d'un ton calme. Si vous refusez de me serrer la main, vous me direz au moins pour quelles raisons vous êtes ici ? »

Contrairement aux deux policiers de l'État, Pangborn

était habillé non pas d'un ciré long, mais d'une veste imperméable qui lui arrivait à la taille. Il porta la main à la poche-revolver de son pantalon et en tira une carte qu'il commença à lire. Il fallut quelques instants à Thad pour se rendre compte qu'il entendait une variation sur l'avertissement *Miranda* — les droits de l'accusé.

« Comme vous l'avez dit, mon nom est en effet Alan Pangborn, monsieur Beaumont. Je suis le shérif du comté de Castle, dans le Maine. Je suis ici pour vous interroger dans le cadre d'une enquête sur un crime capital. Je vous poserai mes questions à la caserne de la police d'État d'Orono. Vous avez le droit de garder le silence…

— Oh, Seigneur Jésus, mais qu'est-ce que ça veut dire ? » s'exclama Liz, tandis que Thad s'entendait lui-même dire au même instant : « Attendez une minute, attendez une minute. »

Il avait eu l'intention de *vociférer* cela, mais même si son cerveau ordonnait à ses poumons de tourner le volume à fond, genre « silence-au-fond-de-la-salle ! », tout ce qui sortit de sa bouche fut une protestation balbutiée que Pangborn n'eut aucun mal à ignorer.

« … et de demander l'assistance d'un avocat. Si vous n'avez pas les moyens d'en prendre un, vous pouvez demander l'assistance judiciaire légale, qui vous sera accordée. »

Il replaça la carte dans sa poche.

« Thad ? »

Liz se serrait contre lui comme un petit enfant effrayé par l'orage. Elle ouvrait sur Pangborn de grands yeux stupéfaits qui, de temps à autre, se tournaient brièvement vers les deux autres policiers, si baraqués qu'ils auraient pu jouer en défense dans une équipe de football américain professionnelle ; mais ils s'attachaient surtout à Pangborn.

« Je n'irai nulle part avec vous », répondit Thad. Sa voix tremblait, montait et descendait, et changeait de registre comme celle d'un jeune ado qui mue. Il s'efforçait toujours d'avoir l'air furieux. « Je ne crois pas que vous pouvez m'y obliger. »

L'un des policiers d'État s'éclaircit la gorge.

« L'autre solution, c'est que nous allions chercher un mandat d'amener, monsieur Beaumont. Étant donné les informations que nous possédons, nous n'aurions aucun mal à l'obtenir. »

Le policier jeta un coup d'œil à Pangborn.

« Pour être tout à fait honnête, il faut ajouter que le shérif Pangborn tenait beaucoup à ce que nous en apportions un avec nous. Il s'est montré très insistant et je crois que nous aurions cédé si vous n'étiez pas... disons... un personnage public, en quelque sorte. »

Pangborn paraissait écœuré, soit par le fait lui-même, soit parce que le policier informait Thad de ce fait, soit, plus vraisemblablement, par les deux.

Le policier vit son expression, se dandina sur place dans ses chaussures mouillées, comme s'il était un peu gêné, mais poursuivit néanmoins :

« La situation étant ce qu'elle est, ce n'est pas un problème pour moi que vous soyez au courant. »

Il jeta un coup d'œil à son partenaire, qui acquiesça. Pangborn conserva son air écœuré. Et en colère. *On dirait*, se dit Thad, *qu'il n'a qu'une envie, m'éventrer avec ses ongles et m'étrangler avec mes intestins.*

« Tout ça fait vraiment pro », répondit Thad. Il était soulagé de se rendre compte qu'il respirait de nouveau à peu près normalement et que sa voix s'était raffermie. Il avait envie d'être en colère parce que la colère permettait de contrer la peur, mais il n'arrivait à manifester rien de mieux que de la stupéfaction. Il se sentait complètement pris au débotté. « Ce que le shérif Pangborn ignore, en revanche, c'est que je n'ai pas la moindre idée de ce qu'est cette foutue situation dont vous parlez.

— Si c'était notre opinion, monsieur Beaumont, nous ne serions pas ici », rétorqua Pangborn.

L'expression de mépris, sur le visage du shérif, finit par obtenir l'effet désiré : la colère submergea brusquement Thad.

« Je me fous de votre opinion ! rugit Thad. Je vous ai dit que je savais qui vous étiez, shérif Pangborn. Que ma femme et moi possédons une maison à Castle Rock depuis 1973 — une époque où vous n'aviez encore jamais entendu parler du coin. Et je ne sais pas ce que vous fabriquez ici, à une centaine de kilomètres de votre territoire, ni pourquoi vous me regardez comme une merde d'oiseau sur le toit de votre nouvelle décapotable, mais je peux vous dire une chose, je n'irai nulle part sans que je sache pourquoi je dois y aller. Et s'il faut un mandat d'amener pour ça, vous irez en chercher un. Et je vais vous dire encore autre chose : si jamais vous faites ça, vous allez vous retrouver dans une marmite de merde bouillante, et moi dessous pour attiser le feu. Parce que je n'ai rien à me reprocher. C'est un scandale monstrueux... absolument... monstrueux ! »

Sa voix avait atteint maintenant son volume maximum et les deux policiers paraissaient un peu interloqués. Pangborn, non, il continuait de regarder Thad avec la même expression dérangeante.

Dans l'autre pièce, l'un des jumeaux se mit à pleurer.

« Oh, Seigneur, gémit Liz, mais qu'est-ce que c'est que cette histoire ? Parlez, à la fin !

— Va t'occuper des enfants, mon chou », dit Thad, sans détacher les yeux de ceux de Pangborn.

« Mais -

— S'il te plaît », ajouta-t-il. Maintenant, les deux bébés pleuraient. « Ça va aller. »

Elle lui jeta un dernier regard implorant, un regard qui disait, *Tu me promets ?* et passa dans le séjour.

« Nous voulons vous interroger dans le cadre de l'enquête sur le meurtre de Homer Gamache », dit le deuxième policier.

Thad cessa de foudroyer le shérif du regard et se tourna vers l'homme.

« *Qui* ?

— Homer Gamache, répéta Pangborn. Vous n'allez pas nous raconter que ce nom ne signifie rien pour vous, monsieur Beaumont ?

— Bien sûr que non », répondit Thad, stupéfait. « Homer porte nos poubelles à la décharge quand nous sommes à Castle Rock. Il fait de petites réparations dans la maison. Il a perdu un bras en Corée. On lui a donné l'Étoile d'Argent -

— De Bronze, le corrigea Pangborn, glacial.

— Homer est mort ? Mais qui l'a tué ? »

Les deux policiers échangèrent un regard surpris. Après le chagrin, l'étonnement est peut-être l'émotion humaine la plus difficile à simuler de manière convaincante.

D'une voix soudain étrangement douce, le premier policier répondit :

« Nous avons toutes les raisons de croire que c'est *vous*, monsieur Beaumont. C'est pour cette raison que nous sommes ici. »

4

Thad le regarda pendant quelques instants, une expression de complet ahurissement sur le visage, puis éclata de rire.

« Bon Dieu... Bon Dieu de bon Dieu... c'est du délire !

— Voulez-vous prendre un imper, monsieur Beaumont ? » demanda le deuxième policier. « Il tombe des cordes.

— Je ne vais nulle part avec vous », répéta-t-il d'un air absent et sans prêter la moindre attention à la soudaine expression exaspérée de Pangborn.

Thad réfléchissait.

« J'ai bien peur que si, dit Pangborn. D'une manière ou d'une autre.

— Eh bien, ce sera l'autre », répondit Thad, comme s'il revenait à lui-même. « Quand est-ce arrivé ?

— Monsieur Beaumont », commença Pangborn en prenant bien soin de parler lentement et d'articuler — comme s'il s'adressait à un enfant de quatre ans, et pas même un surdoué. « Nous ne sommes pas ici pour *vous* donner des informations. »

Liz revint dans l'entrée, un bébé sur chaque bras. Elle avait perdu toutes ses couleurs et son front avait l'éclat d'une lampe.

« C'est insensé », dit-elle en regardant tour à tour le shérif et les policiers, pour revenir sur Pangborn ; « Insensé. Ça ne tient pas debout.

— Écoutez », dit Thad, qui alla se placer à côté de Liz

et passa un bras autour de ses épaules. « Je n'ai pas tué Homer, shérif Pangborn, mais je comprends maintenant pourquoi vous êtes dans un tel état. Montons dans mon bureau, asseyons-nous et voyons si nous ne pouvons pas nous expliquer -

— Je veux que vous preniez un manteau, quelque chose », dit Pangborn. Il jeta un coup d'œil à Liz. « Passez-moi l'expression, mais j'ai déjà entendu le maximum de ce que je peux encaisser de conneries pour un samedi matin pluvieux. Vous êtes coincé. »

Thad s'adressa au plus âgé des deux policiers :

« Ne pouvez-vous pas faire entendre raison à cet homme ? Expliquez-lui qu'il peut s'éviter des tonnes d'ennuis et d'embêtements en me disant simplement quand Homer a été tué... (il réfléchit un instant). Et où. Si c'est à Castle Rock, et je ne vois pas ce qu'il aurait été faire ailleurs, je vous signale que je n'ai pas quitté Ludlow, sauf pour aller à l'université, au cours des deux derniers mois et demi. »

Il regarda Liz, qui acquiesça.

Le policier réfléchit à son tour, puis répondit :

« Excusez-nous un moment. »

Les trois représentants de l'ordre s'éloignèrent vers la porte d'entrée, le policier le plus âgé ayant presque l'air d'entraîner Pangborn. Dès que le battant se fut refermé sur eux, Liz se lança dans un interrogatoire confus. Thad la connaissait assez pour se douter que sa terreur était à l'origine de sa colère — de sa fureur, même — contre les flics, si elle ne venait pas aussi d'avoir appris la mort de Homer Gamache. A ce stade, elle était au bord des larmes.

« Tout va s'arranger », lui dit-il, l'embrassant sur la joue. Avec un temps de retard, il embrassa aussi William et Wendy, qui commençaient à avoir l'air sérieusement inquiet. « Je crois que le policier a déjà compris que je disais la vérité. Pangborn... Tu comprends, il connaissait Homer. Toi aussi. Il est simplement écœuré à mort. » *Et à le voir et à l'entendre, il doit disposer de ce qu'il considère comme une preuve irréfutable de ma culpabilité*, pensa-t-il sans l'ajouter.

Il se rendit jusqu'à la porte d'entrée et regarda par la

fenêtre latérale, comme Liz un moment auparavant. Dans une autre situation, ce qu'il vit lui aurait paru comique. Les trois hommes se tenaient sous le porche étroit, pas complètement à l'abri de la pluie battante, et conféraient. Thad entendait le son de leur voix, sans distinguer les paroles. Ils ressemblaient à une équipe de volleyeurs discutant de leur stratégie avant un point décisif. Les deux policiers s'adressaient à Pangborn, lequel secouait la tête et leur répondait avec vivacité.

Thad revint vers le séjour.

« Qu'est-ce qu'ils fabriquent ? » lui demanda Liz.

« Je ne sais pas, mais je crois que la police d'État essaie de persuader Pangborn de me dire pour quelles raisons il est si convaincu que j'ai tué Homer Gamache. Ou au moins une partie de ces raisons.

— Pauvre Homer, balbutia-t-elle. On dirait un mauvais rêve. »

Il lui prit William des bras et lui répéta que tout allait s'arranger.

5

Les deux policiers et le shérif se représentèrent deux minutes plus tard. Le visage de Pangborn avait tout de l'altocumulus qui précède l'orage. Thad soupçonna que les deux flics lui avaient dit ce que lui-même savait déjà mais ne voulait pas reconnaître : que l'écrivain ne manifestait aucun des symptômes, tics et réflexes associés d'habitude à la culpabilité.

« Très bien », commença Pangborn.

Il s'efforce d'éviter un ton trop rude, songea Thad, et y arrive assez bien. Pas complètement, mais assez bien, si l'on considère qu'il se trouve en présence de son suspect numéro un dans le meurtre d'un pauvre vieux manchot.

« Ces messieurs voudraient que je vous pose au moins une question ici, monsieur Beaumont, et c'est ce que je vais faire. Êtes-vous en mesure de justifier votre emploi du temps pour la période qui va de onze heures du soir le 31 mai jusqu'au 1er juin à quatre heures du matin ? »

Les Beaumont échangèrent un regard. Thad eut l'impression que le poids énorme qui pesait sur sa poitrine commençait soudain à diminuer sa pression. Il ne l'avait pas encore complètement lâché, mais c'était comme si les attaches qui le maintenaient en place venaient de sauter. Il suffisait maintenant de donner une bonne poussée.

« C'est bien ça? » murmura-t-il à l'intention de Liz.

C'était son sentiment, mais cela semblait juste un peu trop parfait pour être vrai.

« J'en suis sûre », répondit-elle aussitôt. « Vous avez bien dit le 31? »

Elle regardait Pangborn, rayonnante d'espoir.

Le shérif réagit par un regard soupçonneux.

« Oui, Ma'am'. Mais j'ai bien peur que votre seule parole ne... »

Elle l'ignorait, comptant sur ses doigts. Et soudain elle se mit à sourire comme une enfant.

« Mardi! Le 31, c'était mardi! » cria-t-elle à son mari. « C'est bien ça! Dieu soit loué! »

Pangborn paraissait interloqué et plus soupçonneux que jamais. Les deux policiers échangèrent un regard puis se tournèrent vers Liz.

« Pouvez-vous vous expliquer plus clairement, madame Beaumont? » demanda le plus jeune.

« On avait une soirée à la maison à cette date-là. Le mardi 31! » répliqua-t-elle, jetant au shérif un regard où le triomphe le disputait au mépris le plus complet. « La maison était pleine de monde! N'est-ce pas, Thad?

— Pleine de monde, en effet.

— Dans un cas comme ça, un bon alibi peut aussi bien renforcer les soupçons », remarqua Pangborn, qui paraissait cependant un peu moins sûr de lui.

« Oh, vous, espèce de prétentieux et d'imbécile! » s'écria Liz. Les couleurs, plus vives que jamais, étaient revenues à ses joues. La peur s'estompait et laissait place à la colère. Elle regarda les deux policiers. « Alors comme ça, si mon mari n'a pas d'alibi pour le meurtre qu'il aurait soi-disant commis, vous le mettez en prison! Et s'il en a un, ce type, là, prétend que ça veut justement dire qu'il l'a fait, de toute façon! Qu'est-ce qui vous arrive, vous avez peur de la vérité ? Qu'est-ce que vous fichez ici ?

— Arrête, Liz, arrête », dit Thad d'un ton calme. « Ils ont sûrement de très bonnes raisons d'être ici. Si le shérif Pangborn était parti à la chasse au canard sauvage, ou s'il n'avait que de vagues présomptions, il serait venu tout seul. »

Pangborn lui jeta un regard chargé d'amertume et soupira.

« Parlez-nous de cette soirée, monsieur Beaumont.

— Nous l'avions organisée en l'honneur de Tom Carroll, répondit Thad. Tom a fait partie du département d'anglais de l'université pendant dix-neuf ans ; il en était le doyen depuis cinq ans. Il a pris sa retraite le 27 mai, à la fin de l'année académique officielle. Il a toujours été extrêmement populaire dans le département et nous le connaissons tous, nous les vieux profs blanchis sous le harnois, sous le surnom de Gonzo Tom à cause de sa passion pour les essais de Hunter Thompson. Nous avons donc décidé d'organiser une soirée pour lui et pour sa femme à cette occasion.

— Et à quelle heure s'est-elle terminée ? »

Thad sourit.

« Eh bien, c'était avant quatre heures du matin, mais tard tout de même. Rassemblez une douzaine de professeurs d'anglais avec des réserves illimitées de carburant, et vous risquez d'en avoir pour tout le week-end. Les invités ont commencé d'arriver vers huit heures, et... Qui est parti en dernier, chérie ?

— Rawlie DeLesseps et cette affreuse bonne femme du département d'histoire avec laquelle il sort depuis une éternité, répondit-elle. Celle qui n'arrête pas de claironner tout le temps : "Appelez-moi Billie, comme tout le monde."

— Exact, confirma Thad. La Méchante Sorcière de l'Est. »

Dans le regard de Pangborn, on pouvait lire un message très clair : Vous mentez et nous le savons tous les deux.

« Et à quelle heure ces deux amis sont-ils partis ?

— Des amis ? Rawlie, oui. Mais cette femme, sûrement pas.

— Deux heures », dit Liz.

Thad acquiesça.

« Il devait être au moins deux heures quand nous les avons raccompagnés. On les a presque fichus à la porte. Comme je l'ai dit, il neigera en enfer avant que je m'inscrive au fan-club de Wilhelmina Burks, mais j'aurais insisté pour qu'ils restent à la maison s'ils avaient eu plus de cinq kilomètres à faire, ou s'il avait été plus tôt. De toute façon, il n'y a plus un chat sur la route à cette heure, un mardi soir — pardon, un mercredi matin. Si l'on ne tient pas compte de deux ou trois daims venus piller les jardins. »

Il se tut brusquement. Dans son soulagement, il était sur le point de se mettre à raconter n'importe quoi. Il y eut quelques instants de silence. Les deux représentants de la police d'État contemplaient maintenant le sol. Pangborn arborait une expression indéchiffrable, une expression que Thad avait l'impression de voir pour la première fois de sa vie. Non, pas de contrariété, même si la contrariété n'en était pas absente.

Mais quel était le fond de cette foutue histoire ?

« Certes, tout ça tombe à pic, monsieur Beaumont, finit par dire Pangborn, mais ce n'est pas encore l'alibi en béton armé que vous avez l'air de croire. Nous n'avons que votre parole et celle de votre femme — une simple estimation, en plus — sur l'heure à laquelle ce dernier couple est parti. S'ils étaient aussi allumés que vous avez l'air de le dire, ils auront beaucoup de mal à corroborer vos dires, *eux*. Et si ce DeLesseps est de vos amis, il risque de dire... eh bien, qui sait ? »

En dépit de ses réserves, on voyait bien que Pangborn perdait de son assurance. Thad s'en rendit compte et constata qu'il en allait de même pour les deux policiers. Et pourtant, le shérif n'avait pas du tout l'air de vouloir laisser tomber. La peur, puis la colère qu'avait éprouvées Thad se transformaient en fascination et curiosité. Il songea qu'il n'avait jamais vu incertitude et conviction livrer une telle bataille chez quelqu'un. La réalité de cette soirée — et l'événement était trop facile à vérifier pour ne pas l'accepter — l'avait ébranlé, mais sans le convaincre. Les deux policiers, d'ailleurs, n'étaient pas entièrement convaincus non plus. La seule différence tenait à ce qu'ils n'étaient pas impliqués aussi personnellement dans l'affaire ; ils n'avaient pas connu Homer Gamache, et n'avaient donc aucun intérêt personnel dans le drame. Tout le contraire d'Alan Pangborn.

Moi aussi je le connaissais, se dit Thad. *J'y ai donc peut-être moi aussi un intérêt personnel.*

« Écoutez », reprit-il patiemment, sans lâcher le shérif des yeux, et s'efforçant de ne pas lui renvoyer l'hostilité qu'il y lisait. « Allons droit au fait, comme aiment à le dire mes étudiants. Vous m'avez demandé si je pouvais justifier notre emploi du temps pour cette soirée...

— Le vôtre seulement, monsieur Beaumont.

— D'accord, le mien. Cinq heures qui n'ont rien d'évident ; cinq heures pendant lesquelles les gens sont au lit, la plupart du temps. Grâce au plus pur des hasards, nous ou je — si vous préférez — suis en mesure de justifier au moins trois heures sur les cinq. Rawlie et son odieuse bonne femme ont peut-être quitté la maison à deux heures, peut-être à une heure trente ou deux heures quinze. De toutes les façons, il était *très tard*. Cela, ils vous le confirmeront, et la mère Burks ne me mentirait pas un alibi, en supposant que Rawlie le fasse. Je pense que si Billie Burks me voyait noyé sur la plage, elle me jetterait un seau d'eau à la figure. »

Liz lui adressa un étrange petit sourire grimaçant en lui reprenant William, qui commençait à s'agiter. Tout d'abord il ne comprit pas ce sourire, puis la lumière se fit. C'était cette phrase, évidemment : *me mentir un alibi*. La phrase qu'Alexis Machine, l'archétype de l'affreux dans les romans de George Stark, utilisait de temps en temps. C'était d'une certaine manière bizarre ; il ne se souvenait pas d'avoir jamais employé une expression à la Stark dans sa conversation. Par ailleurs, il n'avait jamais été accusé de meurtre jusqu'à ce jour, non plus, et un meurtre était une situation tout à fait à la George Stark.

« Même en supposant que nous nous trompions d'une heure et que le dernier invité soit parti à une heure du matin, continua-t-il, et en supposant également que j'aie

115

bondi dans mon auto dans la minute — que dis-je, *la seconde* — qui a suivi la disparition de ses feux rouges, en supposant toujours que j'aie roulé comme un cinglé jusqu'à Castle Rock, je n'aurais pas pu y arriver avant quatre heures et demie, cinq heures du matin. Pas d'autoroute en direction de l'ouest, comme vous le savez. »

L'un des policiers commença :

« Et la femme Arsenault dit qu'il était environ une heure et quart lorsque...

— Nous n'avons pas besoin d'aborder ça pour le moment », le coupa vivement Pangborn.

Liz émit un son grossier d'exaspération et Wendy la regarda en roulant comiquement de grands yeux. Dans le creux de son autre bras, William arrêta de gigoter, soudain fasciné par ce qu'avaient de merveilleux les mouvements de ses propres doigts. Liz s'adressa à son mari :

« Il y avait encore des tas de gens ici à une heure, des tas. »

Sur quoi elle tomba sur Pangborn — lui tomba réellement dessus cette fois :

« Qu'est-ce qui cloche chez vous, shérif ? Qu'est-ce qui vous fait tant tenir à coller cette affaire sur le dos de mon mari ? Êtes-vous un imbécile ? Un paresseux ? Un méchant ? Vous n'avez pourtant pas l'air d'être tout ça, mais votre comportement fait que je me pose des questions. Que je me pose de sacrées questions. Je me dis que ce doit être une loterie. C'est cela, non ? Je vois ça d'ici : vous avez tiré son nom de votre foutu chapeau ! »

Alan eut un léger mouvement de recul, manifestement surpris — et quelque peu déconfit — devant tant de férocité.

« Madame Beaumont -

— C'est moi qui ai l'avantage, je le crains, shérif, intervint Thad. Vous *croyez* que j'ai tué Homer Gamache -

— Monsieur Beaumont, vous n'avez pas encore été accusé de...

— Non, mais vous le pensez tout de même, hein ? »

Une rougeur, dense et tuilée — non pas de gêne,

pensa Thad, mais de frustration —, montait progressivement aux joues de Pangborn comme le mercure dans un thermomètre.

« Oui, m'sieur, je le crois, rétorqua-t-il. En dépit de tout ce que vous et votre épouse avez dit. »

Cette réponse emplit Thad de stupéfaction. Au nom du ciel, qu'avait-il pu se produire pour que cet homme (qui, comme Liz l'avait remarqué à juste titre, n'avait pas l'air d'un imbécile) puisse être aussi sûr de lui ? Aussi viscéralement sûr ?

Il sentit un frisson lui parcourir l'échine... puis quelque chose de très bizarre se produisit. Un son fantôme lui remplit l'esprit — pas la tête, mais l'*esprit* — pendant un instant. C'était un son qui entraînait une douloureuse sensation de *déjà-vu**, car il y avait presque trente ans qu'il l'avait entendu pour la dernière fois. C'étaient les pépiements fantômes de centaines, voire de milliers de petits oiseaux.

Il porta la main à la tête et effleura la petite cicatrice, et fut pris d'un nouveau frisson, plus fort cette fois, qui se tordit dans sa chair comme un câble. *Mens-moi un alibi, George*, pensa-t-il. *Suis un peu dans le pétrin, vieux, alors mens-moi un alibi.*

« Thad ? demanda Liz. Ça va ?

— Hein ? »

Il se tourna vers elle.

« Tu es tout pâle.

— Ça va bien », répondit-il.

Il ne mentait pas. Le bruit avait disparu. S'il avait jamais été là. Il se tourna vers Pangborn.

« Comme je le disais, shérif, je dispose d'un certain avantage sur vous dans cette affaire. Vous, vous pensez que j'ai tué Homer. Moi, en revanche, *je sais* que je ne l'ai pas tué. Sauf dans mes livres, je n'ai jamais tué personne.

— Monsieur Beaumont...

— Je comprends votre indignation. C'était un sympathique vieux monsieur, avec une épouse autoritaire, un sens de l'humour assez abrupt et seulement un bras. Je suis moi aussi indigné, et je ferai tout ce qui est en mon pouvoir pour vous aider ; mais pour cela, il faut laisser tomber ces histoires de secret de l'enquête et me dire pour quelle raison vous êtes ici. Pourquoi, au nom du ciel, êtes-vous venu directement chez moi ? J'en reste abasourdi. »

Alan le regarda pendant un moment qui parut s'éterniser, puis répondit :

« Toutes les fibres de mon corps me crient que vous dites la vérité.

— Grâce à Dieu ! intervint Liz. Il retrouve son bon sens !

— Si cela s'avère », reprit Alan, sans détacher les yeux de Thad, « j'irai personnellement trouver le type de l'ASR & I qui a salopé cette identification pour lui peler l'oignon.

— C'est quoi, ça, l'AS truc-chose ?

— Armed Services Records and Identification. Les fichiers confondus du FBI et de l'armée. Washington », répondit l'un des flics.

« Je n'ai jamais entendu dire qu'ils s'étaient plantés », poursuivit Alan, du même débit ralenti. « On dit qu'il y a une première fois pour tout, mais... s'ils ne se sont pas plantés et si cette histoire de soirée se confirme, moi aussi, je vais être bougrement abasourdi.

— Pouvez-vous nous dire de quoi il s'agit ? demanda Thad.

— Pourquoi pas, au point où nous en sommes ? A la vérité, le dernier invité à avoir quitté la soirée n'a pas beaucoup d'importance. Si vous étiez encore ici à minuit, s'il y a des témoins qui peuvent jurer que vous y étiez...

— Au moins vingt-cinq », le coupa Liz.

« Alors vous n'êtes pour rien dans l'affaire. Si l'on additionne le témoignage dont a parlé le policier et les résultats de l'autopsie, il est pratiquement certain que Homer a été tué entre une heure et trois heures du matin, le 1er juin. Battu à mort avec la prothèse qui lui servait de bras.

— Doux Jésus, balbutia Liz. Et vous avez pu penser que Thad...

— On a retrouvé le camion de Homer il y a deux jours, dans le parking d'un restauroute sur la 1-95, dans le Connecticut, aux limites de l'État de New York. (Alan se tut un instant.) Il était couvert d'empreintes digitales, monsieur Beaumont. La plupart appartenaient à Homer, mais un bon paquet venaient de l'auteur du crime, et plusieurs étaient excellentes. L'une d'elles était un véritable moulage, laissé par un pouce dans une boule de chewing-gum écrasée sur le tableau de bord. Elle a durci sur place. Mais la meilleure de toutes reste celle du rétroviseur : d'une qualité de pro, comme lorsqu'on prend les empreintes pour une arrestation, dans nos bureaux. Sauf que celle du rétroviseur avait été laissée par du sang et non par de l'encre.

— Mais alors pourquoi Thad ? » se récria Liz, indignée. « Soirée ou pas, comment avez-vous pu penser que Thad... »

Alan la regarda un instant et répondit :

« Lorsque les types de l'ASR & I ont introduit les tirages dans leur ordinateur, c'est le dossier militaire de votre mari qui est sorti. Ou plus exactement, les *empreintes digitales* de votre mari, dans le dossier en question. »

Pendant un moment, Thad et Liz ne purent que se regarder, réduits au silence par la stupéfaction. Puis Liz se réveilla la première.

« Alors, c'est une erreur. Les gens qui font ces vérifications doivent bien faire des erreurs, de temps en temps.

— Oui, mais rarement des erreurs de cette taille. L'identification des empreintes digitales reste souvent approximative. Les pékins qui ne connaissent que les séries comme *Kojak* ou *Le Flic de Beverly Hill* s'imaginent que le déchiffrage des empreintes digitales est une science exacte, mais c'est faux. La comparaison par ordinateur permet de la rendre déjà beaucoup moins approximative cependant, et on dispose dans cette affaire d'empreintes absolument parfaites. Quand je dis qu'il s'agit de celles de votre mari, madame Beaumont, ce ne sont pas des paroles en l'air. J'ai vu les épreuves de l'ordinateur, et j'ai vu les calques des empreintes relevées. Elles ne se superposent pas approximativement. »

Il se tourna alors vers Thad, et le regarda de ses yeux bleu clair.

« Elles se superposent parfaitement. »

Liz ouvrit de grands yeux, bouche bée, et dans ses bras, William se mit à pleurer, bientôt imité par Wendy.

VIII

Une Petite Visite De Pangborn

1

Lorsque le carillon de l'entrée retentit de nouveau à sept heures et quart, le soir même, ce fut encore Liz qui alla répondre : elle avait fini de préparer William pour la nuit alors que Thad n'avait même pas terminé d'ajuster la couche de Wendy. Tous les livres vous racontent qu'il n'y a rien d'inné dans l'art de s'occuper des enfants, que c'est quelque chose qui s'apprend, quel que soit votre sexe, mais Liz éprouvait des doutes. Thad participait et se faisait même un scrupule d'en faire autant qu'elle, mais il était *lent*. Il se montrait capable de faire le tour complet du supermarché pendant qu'elle parcourait laborieusement une allée, mais lorsqu'il s'agissait de préparer les jumeaux avant de les coucher, eh bien...

William était baigné, changé, tout propre dans son pyjama vert, et jouait, assis dans son parc, alors que Thad se débattait encore avec la couche-culotte de Wendy (et il n'avait pas rincé tout le savon de ses cheveux, s'aperçut-elle, mais au vu de la journée qu'ils venaient de passer, elle jugea qu'il valait mieux ne rien dire et essuyer plus tard le bébé avec une serviette).

Liz traversa le salon et alla regarder par la fenêtre latérale de la porte d'entrée. Elle vit la silhouette du shérif Pangborn. Il était seul, cette fois, mais cette constatation ne lui apporta aucun soulagement.

Elle tourna la tête et lança à travers le séjour, jusqu'à la salle de bains du rez-de-chaussée (bébés-station-service) : « Il est de retour ! » On distinguait clairement une note d'inquiétude dans sa voix.

Il y eut un silence, puis Thad s'encadra dans la porte, à l'autre bout du séjour, pieds nus, en jean et T-shirt blanc. « Qui ça ? » demanda-t-il d'une étrange voix traînante.

« Pangborn. Ça ne va pas, Thad ? »

Wendy était dans ses bras, toujours sans son pyjama, les mains jouant avec les reliefs du visage de son père... Liz en voyait cependant assez pour se rendre compte que quelque chose clochait.

« Ça va, ça va. Fais-le entrer. Je vais l'habiller, en attendant. »

Liz ouvrit la bouche, mais il tourna brusquement les talons.

Alan Pangborn, pendant ce temps, patientait sous le porche. Il avait aperçu Liz derrière la vitre, et ne ressonna pas. Il avait l'air d'un homme qui aurait aimé avoir un chapeau pour le tenir à la main, en le tripotant légèrement, au besoin.

Lentement, sans l'esquisse d'un sourire de bienvenue sur le visage, elle détacha la chaîne et le fit entrer.

2

Wendy se tortillait et s'amusait beaucoup, ce qui rendait le travail difficile. Thad réussit à faire passer ses pieds dans le pyjama, puis ses bras, et enfin, non sans mal, à faire surgir les deux menottes des poignets. Immédiatement elle tendit une main et lui saisit vigoureusement le nez. Il eut un mouvement de recul au lieu de rire, comme il faisait d'habitude, et Wendy, allongée sur la table de change, le regarda avec une expression légèrement étonnée. Il tendit deux doigts vers la glissière de la fermeture — qui allait de la jambe gauche à la gorge — puis arrêta brusquement son mouvement et se mit à étudier ses mains. Elles tremblaient. Un tremblement léger, certes, mais indéniable.

Mais bon Dieu, de quoi as-tu donc la frousse ? Ou alors tu te sens encore coupable ?

Non, il ne se sentait pas coupable. Il aurait presque préféré. Il n'en était pas moins vrai que cela faisait une frousse de plus pour une journée déjà bien remplie, dans le genre.

Tout d'abord la police qui débarque avec son accusation bizarre, débordant d'une conviction qui l'est encore davantage. Puis cet étrange bruit de pépiements fantomatiques ; un bruit qu'il avait déjà entendu, mais qu'il n'arrivait pas à resituer.

Et qui s'était reproduit après le dîner.

Il était monté dans son bureau pour vérifier ce qu'il avait fait ce jour-là sur son nouveau manuscrit, *The Golden Dog*. Et brutalement, tandis qu'il se penchait sur une page pour y porter une correction mineure, le bruit lui avait de nouveau rempli la tête. Des milliers d'oiseaux, pépiant et gazouillant en même temps ; mais cette fois-ci, une image lui était venue à l'esprit avec le son.

Des moineaux.

Des moineaux par milliers, alignés sur les pignons des toits ou se bousculant pour trouver une place sur les lignes téléphoniques, comme ils le font au début du printemps, lorsque les dernières neiges de mars fondent en petits tas sales et granuleux sur le sol.

Oh ! le mal de tête vient, pensa-t-il avec effroi ; et la voix avec laquelle s'exprima cette pensée — voix d'un jeune garçon effrayé — fut ce qui réveilla les souvenirs et lui donna une impression de familiarité. La terreur le saisit à la gorge, lui étreignit les tempes comme dans un étau.

Est-ce que c'est la tumeur ? Est-ce qu'elle revient ? Va-t-elle être maligne, cette fois ?

Le bruit fantôme — les cris d'oiseaux — se fit soudain plus fort, presque assourdissant. Un froufrou d'ailes, feutré et ténébreux, l'accompagna. Il les voyait maintenant s'envoler, tous en même temps, des milliers de petits oiseaux assombrissant un ciel lessivé de printemps.

« Vont se tirer vers le nord, vieille noix », s'entendit-il dire d'une voix basse et gutturale qui n'était pas la sienne.

Puis, soudain, son et image s'évanouirent ; on était en

1988, plus en 1960, et il se trouvait dans son bureau, devant sa machine à écrire Remington. Adulte, marié, deux enfants.

Il avait pris une longue et profonde inspiration. Aucune crise de migraine ne s'en était suivie. Ni sur le moment, ni par la suite. Il se sentait bien. Sauf que...

Sauf qu'en regardant la feuille sur laquelle il travaillait, il vit qu'il avait écrit quelque chose dessus. De grandes lettres capitales lacéraient le texte tapé à la machine.

Les moineaux volent de nouveau, lisait-on.

Il avait échangé la pointe Scripto contre un crayon Berol, mais ne se souvenait pas de son geste. Des crayons dont il ne se servait même plus. Les Berol appartenaient à un âge révolu... une période sombre. Il rejeta le crayon dans le pot en grès et le tout au fond d'un tiroir, d'une main loin d'être assurée.

Puis Liz l'avait appelé afin de l'aider à préparer les jumeaux pour la nuit, et il était descendu. Il avait eu envie de lui raconter ce qui venait de lui arriver, mais pour s'apercevoir que la pure terreur — terreur que la tumeur de son enfance eût fait sa réapparition, terreur qu'elle fût maintenant maligne — lui avait scellé les lèvres. Peut-être aurait-il néanmoins fini par parler, mais on avait sonné à la porte à ce moment-là. Liz était allée répondre — et elle avait dit exactement ce qu'il ne fallait pas et du ton qu'il ne fallait pas.

Il est de retour! s'était-elle écriée, d'un ton à la fois consterné et irrité parfaitement compréhensible ; et un vent de terreur, une rafale froide et sèche, l'avait balayé. La terreur, et un nom : *Stark*. Pendant la fraction de seconde que mit la réalité à s'imposer, il fut convaincu que c'était ce qu'elle avait voulu dire. George Stark. Les oiseaux s'envolaient et Stark était de retour. Il était mort, on l'avait enterré publiquement et en sus il n'avait jamais eu d'existence réelle, mais c'était sans importance ; réel ou pas, il n'en était pas moins de retour.

Arrête ça, se dit-il. *Tu n'es pas un type nerveux, et tu ne vas tout de même pas te laisser impressionner par cette situation bizarre. Le bruit que tu as entendu — les pépiements d'oiseaux — est un phénomène psychologique simple qui relève de la persistance de la mémoire. Il est provoqué par le stress et la pression. Alors reprends ton sang-froid.*

Mais une partie de la sensation de terreur persistait. Non seulement les pépiements d'oiseaux lui avaient donné une impression de *déjà-vu**, c'est-à-dire d'avoir fait la même expérience par le passé, mais aussi de *presque-vu**.

Presque-vu : sentiment de faire l'expérience de quelque chose qui ne s'est pas encore produit mais qui va se produire. Pas exactement de la précognition, mais un souvenir déplacé.

Foutaises déplacées, tu ferais mieux de dire.

Il leva ses deux mains et les examina. Le tremblement devint presque imperceptible, puis disparut tout à fait. Lorsqu'il fut sûr qu'il ne risquait pas de pincer la peau de Wendy, toute rose après le bain, il remonta la fermeture à glissière. Puis il prit le bébé dans ses bras et alla le déposer dans le parc du séjour, à côté de son frère, avant de gagner le hall d'entrée où Liz l'attendait avec Alan Pangborn. Si le shérif n'avait pas été seul, il se serait cru revenu quelques heures en arrière.

C'est le moment ou jamais d'éprouver une petite impression de déjà-vu*, se dit-il, mais cela n'avait rien de drôle. L'autre impression était trop forte en lui... comme le souvenir des moineaux. « Que puis-je faire pour vous, shérif ? » demanda-t-il sans sourire.

Ah si, tout de même ! Une différence : Pangborn tenait un carton de six bières à la main. Il le souleva.

« Je me demandais si on ne pourrait pas en boire une bien fraîche, et discuter un peu le coup. »

3

Liz et Alan Pangborn prirent une bière tandis que Thad sortait un Pepsi du frigo pour lui. Tout en parlant, ils surveillaient les jumeaux qui jouaient ensemble, de leur manière étrangement solennelle.

« Je n'ai officiellement rien à faire ici, commença

Alan. Je passe un moment avec un homme qui est maintenant le principal suspect non pas d'un meurtre mais de deux.

— De deux ! s'exclama Liz.

— J'y viens. En fait je viens à cela comme au reste. Je crois bien que je vais tout vous sortir. En premier lieu, je suis sûr que votre mari dispose également d'un alibi pour ce deuxième meurtre. La police d'État pense comme moi. Ils tournent discrètement en rond dans les parages.

— Qui a été... tué, cette fois ? demanda Thad.

— Un jeune homme du nom de Frederick Clawson, à Washington, DC. » Liz sursauta et se renversa même un peu de bière sur la main. « Je vois que ce nom vous est familier, madame Beaumont », ajouta-t-il, sans trace d'ironie dans la voix.

« Mais qu'est-ce qui se passe ? » balbutia-t-elle d'une voix ténue.

« Ce qui se passe ? Je n'en ai pas la moindre idée. Je deviens cinglé à force de me creuser la cervelle. Je ne suis ici ni pour vous arrêter ni pour vous harceler, monsieur Beaumont, même si je n'arrive pas à me figurer qui, en dehors de vous, a pu commettre ces deux assassinats. Je suis ici pour vous demander votre aide.

— Alors, appelez-moi Thad. »

Alan changea de position sur son siège, un peu gêné.

« Je pense que je me sentirai plus à l'aise en vous disant monsieur Beaumont, pour le moment. »

Thad acquiesça.

« Comme vous voudrez. Ainsi donc, Clawson est mort. » Il garda les yeux baissés quelques instants, méditatif, puis les releva sur Alan. « A-t-on trouvé mes empreintes digitales sur les lieux du crime, là aussi ?

— En effet. Et plus d'une, croyez-moi. Vous avez récemment eu droit à un article dans *People*, n'est-ce pas ?

— Il y a deux semaines.

— On a trouvé la revue dans l'appartement de Clawson. L'une des pages de cet article semble avoir joué un important rôle symbolique dans ce qui semble être un meurtre hautement ritualisé.

— Seigneur », dit Liz, d'un ton à la fois fatigué et horrifié.

« Êtes-vous d'accord pour me dire ce que ce Clawson était pour vous ? » demanda Pangborn.

Thad acquiesça.

« Je n'ai aucune raison de ne pas le faire. Auriez-vous lu cet article, par hasard, shérif ?

— Ma femme ramène *People* du supermarché, mais je dois vous avouer que je ne regarde en général que les photos. J'ai bien l'intention de m'intéresser au texte dès que possible.

— Vous n'avez pas manqué grand-chose, répondit Thad. Mais Frederick Clawson est la cause indirecte de la publication de cet article. Voyez-vous... »

Alan leva une main.

« Nous allons y venir, mais je voudrais que nous parlions tout d'abord de Homer Gamache. Nous avons fait une deuxième vérification auprès du bureau de l'ASR & I. Les empreintes de la camionnette de Gamache — ainsi que les empreintes de l'appartement de Clawson, même si elles ne sont pas aussi parfaites que celles laissées dans le chewing-gum et sur le rétroviseur — paraissent correspondre exactement aux vôtres. Ce qui signifie que si vous n'avez pas commis ces deux assassinats, nous nous trouvons avec deux personnes ayant exactement les mêmes empreintes digitales, et je peux vous dire que c'est un truc qui vaut une place d'honneur dans *Le Grand Livre des records*. »

Il regarda en direction de William et Wendy qui essayaient de se taper mutuellement dans les mains en mesure, mais semblaient surtout sur le point de s'éborgner l'un l'autre.

« Sont-ils identiques ? demanda le policier.

— Non, répondit Liz. Ils ont l'air de l'être, mais ils sont frère et sœur, et seuls les jumeaux du même sexe peuvent être identiques. »

Alan acquiesça.

« Et même des jumeaux identiques n'ont pas d'empreintes digitales identiques. » Il se tut un instant et ajouta, d'un ton de voix dégagé qui parut totalement artificiel à Thad : « Vous n'auriez pas un frère jumeau, par hasard, monsieur Beaumont ? »

Thad secoua lentement la tête.

« Non. J'étais enfant unique, et mes parents sont morts tous les deux. William et Wendy sont mes seuls parents par le sang. (Il sourit aux enfants, puis revint sur Pangborn.) Liz a fait une fausse couche en 1974, ajouta-t-il. Ces... ceux-là aussi étaient des jumeaux, mais je suppose qu'il n'y a aucun moyen de savoir s'ils auraient été identiques, la fausse couche ayant eu lieu à trois mois. De toute façon, même s'il y avait moyen de le savoir, où serait l'intérêt ? »

Alan haussa les épaules, l'air un peu embarrassé.

« Elle faisait des courses dans un grand magasin, à Boston. Quelqu'un l'a bousculée. Elle est tombée dans un escalier roulant. Elle a eu un bras profondément coupé — si un agent de sécurité ne lui avait pas posé un tourniquet tout de suite, elle y passait aussi — et elle a perdu les jumeaux.

— Cela figurait-il dans l'article de *People* ? » demanda Alan.

Liz eut un sourire sans joie et secoua la tête.

« Nous nous sommes réservé le droit de garder pour nous un certain nombre de choses de notre vie, lorsque nous avons accepté de faire cet article, shérif Pangborn. Nous n'en avons même pas parlé à Mike Donaldson, le journaliste qui nous a interviewés.

— Vous avait-on poussée délibérément ?

— Impossible à dire », répondit Liz. Ses yeux se posèrent sur William et Wendy... et elle resta quelques instants songeuse. « Pour un heurt accidentel, il était fichtrement brutal, pourtant. J'ai littéralement volé dans l'escalier roulant ; quand je l'ai touché, j'en avais déjà parcouru la moitié ! Malgré cela, j'ai essayé de me convaincre que ce n'était qu'un accident. C'est plus supportable que de se dire que quelqu'un a poussé une femme dans un escalier roulant, juste pour voir ce qui allait se passer... Une idée qui a de quoi vous enlever toute envie de dormir pendant bien des nuits. »

Alan approuva de la tête.

« Les médecins que nous avons consultés nous ont tous dit que Liz n'aurait probablement jamais d'autre enfant, reprit Thad. Et quand elle est tombée enceinte de William et Wendy, ils nous ont dit cette fois qu'elle ne mènerait probablement jamais sa grossesse à terme. Mais elle s'est accrochée, et elle y est arrivée. Puis, au bout de dix ans, j'ai finalement réussi à me mettre au travail sur un nouveau livre, sous mon vrai nom cette fois. Ce sera mon troisième. Vous voyez, les choses ont finalement bien tourné pour tous les deux.

— Vous avez écrit vos autres livres sous le nom de George Stark. »

Thad acquiesça.

« Mais c'est fini, maintenant. Et je peux vous dater précisément le début de la fin : lorsque Liz en était à son huitième mois de grossesse et que tout se passait pour le mieux. J'ai décidé que puisque j'allais être père de nouveau, je devrais en profiter pour être aussi de nouveau moi-même. »

4

Il y eut comme une brève suspension de la conversation — pas vraiment un silence. Puis Thad dit :

« Allez, avouez tout, shérif Pangborn. »

Alan souleva les sourcils :

« Pardon ? »

Une esquisse de sourire souleva le coin des lèvres de Thad.

« Je ne dirais pas que vous aviez peaufiné le scénario dans les moindres détails, mais je suis prêt à parier que vous l'aviez esquissé dans ses grandes lignes. Si jamais j'avais eu un jumeau identique, il aurait très bien pu me remplacer comme hôte lors de la soirée. De cette manière, j'aurais pu me rendre à Castle Rock, assassiner Homer Gamache et couvrir la cabine du véhicule d'empreintes. Mais dans ce cas-là, ce n'était pas fini, n'est-ce pas ? Mon jumeau aurait dû dormir avec ma femme et remplir à ma place les tâches de mon emploi du temps, pendant que je conduisais la guimbarde de Homer jusqu'au Restauroute du Connecticut : là, je volais une autre voiture, roulais jusqu'à New York, me débarrassais du deuxième véhicule devenu suspect, et prenais l'avion pour Washington. Dans la capitale, j'expédiais Clawson et me dépêchais de revenir à Ludlow, renvoyais mon jumeau dans ses pénates, et tous deux nous reprenions notre vie habituelle. Ou plutôt tous les trois, dans la mesure où Liz devait faire partie de la machination. »

Liz le regarda quelques instants, l'œil rond, puis éclata de rire. Pas longtemps, mais bruyamment. C'était un rire qui n'avait rien de forcé, mais qui venait à contre-cœur, comme si elle avait été surprise.

Alan regardait Thad, l'air sincèrement éberlué. Les jumeaux rirent un moment de leur mère — ou avec elle — puis se remirent à faire rouler lentement une grosse balle jaune dans leur parc.

« Mais c'est horrible, Thad ! » s'exclama-t-elle lorsqu'elle eut repris le contrôle d'elle-même.

« Peut-être. Si c'est le cas, je suis désolé.

— C'est… c'est assez tordu », commenta Pangborn.

Thad leur sourit.

« Vous n'êtes pas un grand admirateur de feu George Stark, je parie.

— Franchement, non. Mais j'ai un de mes hommes, le sergent Norris Ridgewick, qui est un vrai fana. C'est d'ailleurs lui qui m'a expliqué toute cette embrouille.

— Eh bien, voyez-vous, Stark s'en prend à quelques-unes des conventions du roman noir. Rien de plus agatha-christien que le scénario que je vous ai suggéré, mais ça ne signifie pas que je ne suis pas capable de vous en sortir un, si je m'y mets. Allons, shérif, est-ce que cette idée ne vous avait pas traversé l'esprit ? Sinon, je dois présenter toutes mes excuses à ma femme. »

Alan garda le silence pendant un moment ; il souriait un peu et réfléchissait manifestement beaucoup. Il répondit finalement :

« J'ai peut-être pensé quelque chose de ce genre. Pas sérieusement, et pas sous la même forme, mais vous n'avez pas à vous excuser auprès de votre charmante épouse. Depuis ce matin, je n'arrête pas de me sur-prendre en train d'envisager les scénarios les plus invrai-semblables.

— Étant donné la situation.

— Oui, étant donné la situation. »

Souriant à son tour, Thad dit :

« Je suis né dans le New Jersey, à Bergenfield, shérif. Vous n'êtes pas obligé de vous fier à ma seule parole puisque vous pouvez vérifier, dans les registres de l'état civil, l'existence ou non d'un frère jumeau que j'aurais — comment dire — oublié. »

Alan secoua la tête et prit une gorgée de bière.

« Idée délirante, je suis d'accord, et je me sens un peu cornichon, mais elle n'est pas complètement nouvelle. C'est ce que je me dis depuis ce matin, depuis le moment où vous nous avez sorti votre histoire de soirée, donnée juste ce jour-là. Au fait, nous avons vérifié auprès de vos hôtes. Alibi confirmé.

— Évidemment, répliqua Liz avec une pointe d'agressivité.

— Et étant donné que vous n'avez pas de frère jumeau, la question me paraît définitivement réglée.

— Supposons cependant une seconde, dit Thad, juste pour les besoins de la cause, que les choses se soient passées de la manière que j'ai décrite. C'est déjà une sacrée histoire, mais il y a tout de même quelque chose qui cloche dedans.

— Et quoi ? demanda Alan.

— Les empreintes digitales. Pourquoi se donner autant de mal pour se constituer un alibi *ici*, avec un type qui est mon sosie, puis tout gâcher en laissant une flopée d'empreintes sur la scène du meurtre ?

— Je parie que vous allez vérifier son état civil, intervint Liz. N'est-ce pas, shérif ? »

Gardant tout son flegme, Pangborn répondit :

« C'est le fondement de toute procédure de police. *Tout* vérifier. Mais je sais déjà ce que je vais trouver. » Il hésita, puis ajouta : « Ce n'est pas simplement l'alibi de la soirée, monsieur Beaumont. Vous m'êtes apparu comme un homme qui dit la vérité. J'ai une certaine expérience pour ce qui est de faire la différence entre un menteur et un témoin sincère. Et cette longue expérience dans la police me permet d'affirmer ceci : il existe très peu d'excellents menteurs dans le monde. On en voit peut-être parfois faire leur numéro dans ces romans criminels dont vous parliez, mais dans la vie, ils sont bougrement rares.

— Mais alors, pourquoi ces empreintes digitales? reprit Thad. C'est cela qui m'intéresse. Est-ce simplement un amateur qui possède les mêmes empreintes digitales que moi que vous recherchez? J'en doute. Ne vous est-il pas venu à l'esprit que la qualité exceptionnelle de ces empreintes était en soi suspecte? Vous avez parlé vous-même d'incertitude et de flou, en matière d'empreintes digitales. Ce sont des choses que je connais un peu, à cause des recherches que j'ai dû effectuer pour écrire les George Stark, même si je suis gagné par une irrésistible paresse quand il faut entrer dans tous les détails; c'est tellement plus facile de s'asseoir derrière sa machine à écrire et de sortir de bons gros mensonges! Mais n'existe-t-il pas un certain nombre de points de comparaison avant que l'on puisse considérer qu'une empreinte est une preuve valable?

— Dans le Maine, il nous en faut six, répondit Alan. Six points de comparaison parfaits sont nécessaires pour qu'une empreinte soit admise comme preuve.

— Et n'est-il pas vrai que dans la plupart des cas, les empreintes ne sont que des moitiés ou des quarts d'empreintes, quand ce ne sont pas des taches embrouillées avec juste quelques boucles et quelques sillons?

— Ouais. Dans la réalité, c'est rarement à cause de leurs empreintes digitales que les criminels vont en prison.

— Et cependant, vous vous retrouvez ici avec celle du rétroviseur, aussi bonne que si elle avait été prise par la police elle-même d'après votre propre description, et celle moulée dans du chewing-gum. C'est d'ailleurs celle-ci qui me chiffonne le plus. On dirait qu'elle a été faite pour que vous la trouviez.

— Cela nous a aussi traversé l'esprit. »

En réalité, ce détail avait fait bien plus que simplement traverser l'esprit des policiers. A leurs yeux, c'était là l'un des éléments les plus sérieux de l'affaire. Le meurtre de Clawson avait tout de la mise à mort d'un indic par une bande : la langue coupée, le pénis dans la bouche de la victime, du sang partout, de terribles souffrances — sans que personne, dans l'immeuble, eût entendu quoi que ce fût. Mais alors, s'il s'agissait d'un boulot de professionnel, comment se faisait-il que les empreintes de Beaumont fussent partout dans l'appartement? Quelque chose qui ressemblait autant à un coup monté pouvait-il être autre chose qu'un coup monté? A moins que quelqu'un ne se fût servi d'un truc entièrement nouveau. En attendant, le vieil adage, pour Pangborn, restait valable : ça marche comme un canard, ça nage comme un canard, ça cancane comme un canard, c'est probablement un canard.

« Est-ce que l'on peut fabriquer de fausses empreintes? demanda Thad.

— Est-ce que vous liriez aussi bien dans l'esprit que vous écrivez de bons livres, monsieur Beaumont?

— Je lis dans les esprits, j'écris de bons livres, mais mon chou, je ne fais pas les vitres. »

Alan, qui venait de prendre une gorgée de bière, faillit tout recracher dans un éclat de rire, tant cette repartie le prit par surprise. Il réussit cependant à déglutir, mais une partie du liquide fit fausse route, et il se mit à tousser. Liz se leva et le tapota énergiquement dans le dos. Une réaction bizarre, peut-être, mais qui ne lui parut pas telle ; vivre avec deux bébés l'avait conditionnée. William et Wendy l'observaient depuis leur parc, la grosse balle immobilisée entre eux. William commença à rire, et Wendy l'imita aussitôt.

Pour quelque obscure raison, cela ne fit que faire s'esclaffer Alan un peu plus.

Thad éclata de rire à son tour, et Liz, tapotant toujours le shérif dans le dos, se joignit aux autres.

« Ça va très bien », dit Pangborn sans cesser de tousser et de rire à la fois. « Très bien. »

Liz lui donna une dernière claque. Un petit geyser de bière jaillit par le goulot de la bouteille, que le policier n'avait pas lâchée, et vint auréoler son pantalon à hauteur de la braguette.

« Vous inquiétez pas, lui dit Thad, ce ne sont pas les couches-culottes qui manquent. »

Ils recommencèrent à rire de plus belle et, à un moment donné, entre l'instant où Pangborn avait commencé à tousser et celui où il réussit finalement à s'arrêter de s'esclaffer, tous trois étaient devenus amis, au moins temporairement.

5

« Pour autant que je le sache, on ne sait pas fabriquer de fausses empreintes », dit Alan, reprenant le fil de la conversation quelques instants plus tard. Ils en étaient maintenant à la deuxième tournée, et la tache à la braguette commençait à s'estomper. Les jumeaux s'étaient endormis dans leur parc et Liz venait de s'éclipser vers la salle de bains. « Bien entendu, nous vérifions tout de même, car jusqu'à ce matin, nous n'avions aucune raison de soupçonner un élément de ce genre dans notre affaire. Je *sais* que l'on a essayé ; il y a des années, dans une affaire de rapt, le kidnappeur prit les empreintes digitales de sa victime avant de la tuer, en fit des sortes de moulages dont il estampa un film plastique fin. Il mit le résultat sur le bout de ses propres doigts et tenta de laisser ces fausses empreintes un peu partout dans le chalet de montagne où il avait gardé l'autre prisonnier. Son but était de faire croire à la police que le prétendu enlèvement était en fait une mystification afin de s'en tirer.

— Et ça n'a pas marché ?

— Les flics ont relevé de magnifiques empreintes. Celles du kidnappeur. Les sécrétions naturelles, sur les doigts du type, avaient aplati les fausses empreintes, et comme le plastique était fin et avait tendance à se conformer aux reliefs les plus délicats, il avait reproduit ses propres empreintes.

— Mais peut-être qu'avec un matériau différent...

— Oui, c'est toujours possible. Cette histoire remonte au milieu des années cinquante : depuis ce sont des centaines de nouveaux polymères que l'on a inventés. D'accord, c'est possible. Tout ce que l'on peut dire pour le moment c'est que personne, en médecine légale ou en criminologie, n'a eu vent d'un cas de ce genre, et à mon sens la situation a peu de chances de changer. »

Liz revint dans le séjour et s'assit, repliant ses jambes sous elle comme un chat, en tirant sa jupe par-dessus ses mollets. Thad admira son geste, qui lui parut empreint d'une grâce sans âge, éternelle.

« En attendant, il y a d'autres choses à prendre en ligne de compte, Thad. »

En entendant Alan l'appeler par son prénom, les Beaumont échangèrent un coup d'œil si bref que le policier ne le remarqua pas. Il venait de tirer un carnet de notes défraîchi de sa poche-revolver et consultait l'une des pages.

« Fumez-vous ? » demanda-t-il, levant les yeux.

« Non.

— Il a arrêté il y a sept ans, intervint Liz. Ç'a été très dur pour lui, mais il s'est accroché.

— D'après certains critiques, le monde serait un endroit plus agréable à vivre s'il n'y avait pas de fumeurs, mais je les méprise. Au fait, pourquoi cette question ?

— Vous avez donc été fumeur ?

— Oui.

— Pall Mall ? »

Thad, qui approchait la canette de soda de ses lèvres, arrêta son geste.

« Comment l'avez-vous su ?

— Votre groupe sanguin est A négatif ?

— Je commence à comprendre pourquoi vous êtes venu si décidé à m'arrêter, ce matin, répondit Thad. Si je n'avais pas eu un alibi aussi solide, je serais sous les verrous à l'heure actuelle, non ?

— Bien deviné.

— Vous auriez pu avoir son groupe sanguin par le dossier militaire, dit Liz. Je suppose, puisque c'est de là que vous teniez ses empreintes digitales.

— Mais pas le fait que j'aie fumé des Pall Mall pendant quinze ans, remarqua Thad. Pour autant que je sache, l'armée ne recueille pas ce genre de renseignements.

— Ce sont des informations qui datent de ce matin, leur dit Alan. Le cendrier, dans le pick-up de Gamache, débordait de mégots de Pall Mall. Le vieux bonhomme ne fumait qu'une pipe, de temps en temps. On a trouvé deux ou trois mégots de Pall Mall dans l'un des cendriers de l'appartement de Clawson. Or le jeune Clawson ne fumait pas, sinon un joint de temps en temps, d'après sa propriétaire. Nous avons le groupe sanguin de notre meurtrier par la salive laissée sur ces mégots. Le rapport du sérologiste nous a également donné quantité d'autres informations. Mieux que des empreintes digitales. »

Thad ne souriait plus.

« Je n'y comprends rien. Je n'y comprends plus rien du tout.

— Il n'y a qu'une chose qui ne corresponde pas, reprit Pangborn. Des cheveux blonds. Nous en avons trouvé une demi-douzaine dans le véhicule de Gamache, et un autre sur le dossier de la chaise utilisée par le tueur dans la salle de séjour de Clawson. Vos cheveux sont noirs et, je ne sais pas pourquoi, il me semble que vous ne portez pas de perruque.

— Thad n'en porte pas », observa Liz sans conviction, « mais le tueur en a peut-être une.

— Possible aussi, admit Alan. Dans ce cas, elle était faite de cheveux humains. Et pourquoi prendre la peine de changer la couleur de ses cheveux, si c'est pour laisser traîner partout empreintes digitales et mégots de cigarettes? Soit ce type est un vrai crétin, soit il essaie délibérément de vous impliquer. Dans un cas comme dans l'autre, les cheveux blonds ne cadrent pas.

— Peut-être qu'il voulait simplement ne pas être reconnu, proposa Liz. N'oublie pas que l'article de *People* date à peine de quinze jours, Thad. Qu'on l'a lu partout aux États-Unis.

— Ouais, c'est une possibilité. Bien que si ce type *ressemble* en plus à votre mari, madame Beaumont -

— Liz.

— D'accord, Liz. S'il ressemble à votre mari, il doit ressembler à Thad Beaumont teint en blond, non? »

Liz regarda fixement Thad pendant quelques instants et commença à pouffer.

« Qu'est-ce qu'il y a de si amusant? demanda Thad.

— J'essaie de t'imaginer en blond », répondit-elle sans cesser de pouffer. « Tu aurais tout à fait l'air d'un David Bowie dépravé.

« — Vous trouvez ça drôle, vous ? » lança Thad à l'adresse d'Alan. « Moi pas.

— Eh bien... », hésita Alan avec un sourire.

« Peu importe. Pour ce que nous en savons, ce type pouvait tout aussi bien porter des lunettes de soleil et un bleu de chauffe comme une perruque blonde.

— Pas si le tueur était le même type que celui que Mme Arsenault a vu monter dans la camionnette de Homer, à une heure et quart du matin, le 1er juin », dit Alan.

Thad se pencha en avant.

« Me ressemblait-il ?

— Elle ne nous a pas répondu bien nettement : d'après elle, il portait un costume. A tout hasard, j'ai demandé à Norris Ridgewick, l'un de mes hommes, de lui montrer votre photo aujourd'hui. Elle a déclaré qu'elle *pensait* que ce n'était pas vous, mais qu'elle ne pouvait être affirmative. Il lui *semble* que l'homme qui est monté dans le pick-up d'Homer était plus grand. C'est une dame qui ne voudrait surtout pas faire un faux témoignage », ajouta-t-il, pince-sans-rire.

« Elle a pu dire la différence à partir d'une photo ? » demanda Liz, dubitative.

« Elle avait aperçu Thad en ville, l'été. De toute façon, elle a déclaré qu'elle n'était pas *sûre*. »

Liz acquiesça.

« Évidemment, qu'elle nous connaît ! Et tous les deux, même. Nous lui achetons tout le temps des légumes frais. Qu'est-ce que nous sommes idiots ! Excusez-nous.

— Oh, il n'y a pas de quoi s'excuser », dit Alan. Il termina sa bière et vérifia discrètement l'état de sa braguette. Sèche. Bon. Il restait bien une trace légère, mais à part sa femme, personne ne la remarquerait. « Toujours est-il que cela nous conduit à notre dernier point... ou aspect... ou élément du dossier, comme vous voudrez. Je n'en attends pas de grandes révélations, mais vérifier ne coûte rien. Quelle est votre pointure, monsieur Beaumont ? »

Thad jeta un coup d'œil à Liz, qui haussa les épaules.

« J'ai de bien petits panards pour un type qui mesure un mètre quatre-vingt-quatre, je crois. En général, je

137

prends du quarante-trois, mais une demi-taille de plus ou de moins...

— L'empreinte de pas qui nous a été signalée est probablement plus grande que cela ; mais de toute façon, on peut laisser de fausses empreintes. Suffit de prendre deux pointures de plus, trois même, de bourrer le bout de la chaussure de papier journal, et le tour est joué.

— De quelles empreintes de pas s'agit-il ? demanda Thad.

— C'est sans importance », répondit le shérif, secouant la tête. « Nous n'avons même pas de photos. Par ailleurs je vous ai presque tout mis sur la table, Thad : vos empreintes digitales, votre groupe sanguin, votre marque de cigarettes -

— Il a arrêté de... »

Pangborn leva une main conciliatrice.

« Son ancienne marque de cigarettes. Je me dis qu'il faut être fou pour vous exposer tout cela — d'ailleurs, quelque chose au fond de moi-même prétend que je le suis — mais dans la mesure où nous en sommes là où nous en sommes, il serait absurde d'ignorer la forêt pendant que nous examinons quelques arbres. Il y a autre chose qui vous associe à cette histoire ; Castle Rock est votre résidence légale tout autant que Ludlow, étant donné que vous payez des impôts dans les deux endroits. Homer Gamache était davantage qu'une simple relation. Il faisait pour vous... disons... des petits travaux, n'est-ce pas ?

— En effet, répondit Liz. Il a pris sa retraite de gardien à plein temps l'année où nous avons acheté la maison — Dave Phillips et Charlie Fortin se partagent maintenant le travail — mais il aimait bien venir bricoler.

— Si l'on part du principe que l'auto-stoppeur aperçu par Mme Arsenault est l'assassin d'Homer — et nous en partons — une question se pose : est-ce que l'auto-stoppeur l'a tué parce que Homer a été le premier à se présenter et à être assez bête — ou suffisamment ivre — pour le ramasser, ou bien parce qu'il s'agissait de Homer Gamache, quelqu'un que Thad Beaumont connaissait ?

— Comment aurait-il pu savoir que Homer allait passer ? demanda Liz.

— Parce que c'était la soirée de son bowling heb-domadaire, et Homer est — était — un homme d'habitudes. Comme un vieux cheval, Liz ; il rentrait toujours à l'écurie par la même route.

— Dans une de vos hypothèses, intervint Thad, Homer se serait arrêté non pas parce qu'il était ivre, mais parce qu'il aurait reconnu l'auto-stoppeur. Un étranger qui aurait voulu tuer Homer n'aurait jamais envisagé la tactique de l'auto-stop. Il l'aurait jugée bien trop aléatoire, pour ne pas dire totalement irréaliste.

— En effet. »

Quand Liz parla, elle dut faire des efforts pour empêcher sa voix de trembler.

« Thad… la police a pensé qu'il s'était arrêté parce qu'il t'aurait reconnu… c'est bien cela, non ?

— Oui », dit Thad. Il tendit la main pour prendre celle de sa femme. « Ils ont supposé que seulement quelqu'un comme moi, c'est-à-dire quelqu'un qui le connaissait, pouvait envisager cette tactique. Même le costume cadre. Que porte d'autre l'écrivain raffiné quand il envisage de commettre un meurtre en pleine campagne, à une heure du matin ? Le bon vieux tweed, bien entendu…. du genre avec des empiècements de cuir aux coudes. C'est absolument *de rigueur** dans tous les romans policiers anglais. »

Il regarda Alan.

« C'est foutrement bizarre, non, tout ce truc ? »

Pangborn approuva :

« Bizarre, le mot est faible. Mme Arsenault a cru un instant qu'il allait traverser la route, ou qu'il avait même commencé à la traverser, lorsque Homer s'est pointé avec son vieux tacot. Mais le fait que vous connaissiez ce type de Washington rend de plus en plus vraisemblable l'idée que Homer a été tué parce qu'il était Homer, pas seulement parce qu'il était assez saoul pour s'arrêter. Alors, parlons maintenant de Frederick Clawson, Thad. Racontez-moi ce que vous savez de lui. »

Thad et Liz échangèrent un regard.

« Je crois, dit Thad, que ma femme pourrait se montrer plus concise et rapide que moi. Elle jurera aussi sans doute moins, ça ne fait aucun doute.

— Tu veux vraiment que ce soit moi…? » demanda-t-elle.

Thad acquiesça. Liz commença à parler, lentement tout d'abord, puis son débit s'anima. Thad l'interrompit une ou deux fois au début, puis s'enfonça dans son siège, se contentant d'écouter. Il ne dit pratiquement rien pendant la demi-heure suivante. Alan Pangborn prit son carnet et jeta quelques notes dessus, mais après quelques questions initiales, il n'intervint pratiquement plus.

IX

L'invasion
De L'Orduroïde

1

« Je l'ai surnommé l'Orduroïde, commença Liz. Je suis désolée qu'il soit mort, mais ça n'empêche que c'était une belle ordure. J'ignore si on est une Orduroïde authentique de naissance ou si on le devient, mais vu qu'une Orduroïde emploie toujours les mêmes moyens ignobles pour arriver à ses fins gluantes, je me dis que c'est sans importance. Frederick Clawson se trouvait à Washington, comme par hasard dans le plus grand panier de crabes de la planète, afin d'y étudier le droit.

Les mômes commencent à s'agiter, Thad. Tu veux bien leur donner le biberon ? Quant à moi, je prendrais bien une autre bière, s'il te plaît. »

Il alla chercher la bière, puis retourna dans la cuisine faire chauffer les biberons, laissant la porte ouverte afin de suivre la conversation. Il se cogna les genoux dans l'opération, chose qui lui était arrivée tellement souvent que c'est à peine s'il y fit attention.

Les moineaux volent de nouveau, pensa-t-il, tandis que sa main caressait machinalement la cicatrice de son front. Il remplit une casserole d'eau chaude et la mit sur le feu. *Si seulement je savais ce que cela veut dire.*

« Nous tenons l'essentiel de l'histoire de Clawson lui-même, avait repris Liz, mais son point de vue était naturellement un peu gauchi — Thad aime à dire que nous sommes tous les héros de notre propre vie, et Clawson se voyait davantage dans le rôle de l'Eckerman de Goethe ou du Boswell de Ben Johnson que dans celui d'une Orduroïde. »

Le shérif la regarda l'œil rond, et Liz s'expliqua :

« Le confident d'un grand homme, si vous préférez. Mais nous avons pu mettre au point une version plus réaliste grâce à des éléments venus de Darwin Press, l'éditeur de Thad quand il écrivait sous le nom de George Stark, ainsi qu'aux renseignements de Rick Cowley.

— Qui est Rick Cowley?

— L'agent littéraire qui s'occupe des affaires de Thad, sous ses deux noms.

— Et qu'est-ce que voulait votre Orduroïde de Clawson?

— De l'argent », répondit abruptement Liz.

Dans la cuisine, Thad prit dans le frigo les deux biberons pour la nuit (seulement à moitié pleins, afin d'éviter l'inconvénient des changes en pleine nuit) et les mit dans la casserole d'eau. La réponse de Liz au shérif était juste mais incomplète. Clawson voulait bien plus que de l'argent.

On aurait dit qu'elle venait de lire dans son esprit.

« L'argent n'était pas uniquement ce qu'il désirait, ajouta-t-elle, et je ne suis même pas sûre que c'était l'essentiel. Il voulait aussi être connu comme l'homme ayant réussi à percer l'identité du véritable George Stark.

— Un peu comme s'il avait démasqué celle de l'Incroyable Homme-Araignée?

— Exactement. »

Thad mit un doigt dans l'eau pour en vérifier la température, puis s'adossa à la cuisinière, bras croisés, tendant l'oreille. Il se rendit compte qu'il avait envie d'une cigarette. Pour la première fois depuis des années, il était saisi du besoin de fumer.

Il frissonna.

2

« Un concours de circonstances incroyable l'avait servi, disait Liz. Non seulement il était étudiant en droit, mais aussi employé de librairie à temps partiel, et un mordu des romans de George Stark. Il était peut-être enfin le seul fana de George Stark de tout le pays ayant aussi lu les deux romans de Thad Beaumont. »

Dans la cuisine, Thad sourit — non sans quelque amertume — et éprouva de nouveau la température de l'eau.

« J'ai l'impression qu'il voulait faire quelque chose de spectaculaire à partir de ses soupçons, poursuivit Liz. A la manière dont les choses se présentaient, il lui fallait se bouger le cul, s'il voulait se hisser au-dessus de la masse. Une fois qu'il eut conclu que Stark était en fait Beaumont et vice versa, il appela Darwin Press.

— L'éditeur des Stark.

— Exact. Il eut Ellie Golden en ligne. Ellie est la directrice littéraire qui s'occupait des Stark. Il lui posa directement la question — pouvez-vous me dire, s'il vous plaît, si George Stark n'est pas en réalité Thad Beaumont ? Ellie lui répondit que c'était une idée ridicule. Clawson lui parla alors de la photo de l'auteur, au dos de la couverture des livres. Il lui demanda l'adresse de l'homme de la photo. Ellie lui rappela qu'en tant qu'éditeur elle n'avait pas le droit de communiquer l'adresse d'un auteur.

Clawson lui a dit : "Je ne veux pas l'adresse de *Stark*, je veux celle de l'homme sur la photo. L'homme qui joue le rôle de Stark." Ellie lui répliqua qu'il devenait franchement ridicule, que la photo était bien celle de George Stark.

— Mais avant cela », demanda Alan, l'air sincèrement intrigué, « jamais l'éditeur ne s'était douté qu'il s'agissait d'un nom de plume ? Ils ont toujours cru que l'homme existait ?

— Oh oui ! Thad y tenait beaucoup. »

Oui, pensa-t-il, tandis qu'il sortait les biberons de la casserole et vérifiait la température du lait contre son poignet. *Thad y tenait beaucoup. Rétrospectivement, il ne savait plus très bien au juste pour quelle raison il y avait tant tenu, il l'ignorait même complètement — mais il y avait tenu mordicus.*

Évitant de justesse d'entrer en collision avec la table de la cuisine, il ramena les biberons dans le séjour et en donna un à chacun des jumeaux. Ils les prirent solennellement, endormis, et commencèrent à téter. Thad se rassit. Écoutant Liz, il se dit qu'une cigarette était bien la dernière chose dont il avait envie.

« Toujours est-il que Clawson voulait poser d'autres questions — il en avait un plein camion, j'en suis sûre — mais Ellie refusa de jouer à ce petit jeu. Elle lui dit de s'adresser à Rick Cowley et raccrocha. Clawson appela alors le cabinet de Cowley et eut Miriam au bout du fil. Miriam est l'ex-femme de Rick, et son associée dans l'agence. C'est un arrangement un peu bizarre, mais ça marche très bien.

Clawson lui posa la même question — est-ce que George Stark n'est pas Thad Beaumont ? Miriam lui aurait répondu que oui, et qu'elle-même était Marilyn Monroe, qu'elle avait simulé son suicide pour retrouver l'homme de sa vie, mais qu'elle allait divorcer une quatrième fois, que Thad allait divorcer de Liz, et qu'ils allaient ensuite se marier tous les deux. Sur quoi elle a raccroché. Puis elle s'est précipitée dans le bureau de Rick pour lui dire qu'un type de Washington était sur le point d'éventer la véritable identité de George Stark. Après quoi, les appels de Clawson à l'agence Cowley ne lui valurent plus que de se faire raccrocher le téléphone au nez. »

Liz prit une gorgée de bière.

« Il ne renonça pas pour autant. Je soupçonne que les véritables Orduroïdes ne renoncent jamais. Il était arrivé à la conclusion que la méthode courtoise n'allait pas suffire.

— Et il n'a jamais appelé Thad ? demanda Alan.

— Pas tout de suite.

— Vous êtes sur la liste rouge, je suppose. »

Thad intervint alors, et apporta l'une de ses rares contributions à l'histoire :

« Mon nom n'est pas dans l'annuaire, mais le numéro de téléphone de Ludlow apparaît dans le répertoire de l'université. C'est indispensable. Je suis professeur, et j'ai des étudiants.

— Et pourtant, ce type n'est pas allé directement à vous, s'étonna Alan.

— Il a pris contact plus tard… par lettre, dit Liz. Mais c'est mettre la charrue avant les bœufs. Dois-je continuer ?

— Je vous en prie, répondit Alan. C'est une histoire fascinante en elle-même.

— Eh bien, reprit Liz, il n'a fallu à notre Orduroïde que trois semaines et probablement moins de cinq cents dollars pour avoir la preuve de ce dont il était sûr depuis le début — à savoir que George Stark et Thad Beaumont ne formaient qu'un seul et même homme.

Il a continué en épluchant le *Literary Market Place*, que le monde de l'édition appelle simplement le *LMP*. C'est un sommaire de noms, d'adresses et de numéros de téléphone de tout ce qui compte dans le domaine : écrivains, éditeurs, directeurs littéraires, agents. A l'aide de ça et du *Publishers Weekly*, il réussit à repérer une demi-douzaine d'employés de Darwin Press ayant quitté l'entreprise entre l'été 1986 et l'été 1987.

L'un d'eux détenait l'information et ne demandait pas mieux que de la lâcher. Ellie Golden est à peu près certaine qu'il s'agit de la femme qui fut responsable du secrétariat pendant huit mois, en 85 et en 86. Ellie la traitait de pute diplômée à nez de fouine. »

Alan éclata de rire.

« Thad n'en a pas une meilleure opinion, car la pièce à conviction se révéla n'être rien de moins que la photocopie d'un relevé de droits d'auteur au nom de George Stark. Il venait directement du bureau de Roland Burrets.

— Le chef comptable de Darwin Press », expliqua Thad.

Il observait les jumeaux tout en suivant la conversation. Allongés sur le dos, s'appuyant amicalement des pieds l'un contre l'autre, ils tenaient leur biberon pointé vers le plafond, le regard éteint et distant. Ils n'allaient pas tarder à s'endormir pour la nuit… exactement au même moment. *Ils font tout ensemble*, songea Thad. *Les bébés s'endorment et les moineaux s'envolent*. De nouveau, il effleura sa cicatrice.

« Le nom de Thad ne figurait pas sur ces photocopies, dit Liz. Les relevés de droits d'auteur se transforment parfois en chèques, mais ce ne sont pas eux-mêmes des chèques ; donc la présence de son véritable nom n'était pas obligatoire. Jusque-là vous me suivez ? »

Alan acquiesça.

« L'adresse, cependant, lui disait l'essentiel de ce qu'il voulait savoir : M. George Stark, boîte postale 1642, Brewer, Maine, 04412. C'est à bonne distance du Mississippi, l'État dans lequel Stark était supposé vivre. Un coup d'œil à la carte du Maine suffisait à lui montrer que la ville de Brewer est la première au sud de Ludlow, et il savait quel écrivain honorablement connu, sinon célèbre, demeurait par là. Thaddeus Beaumont. Quelle coïncidence, n'est-ce pas ?

Ni Thad ni moi ne l'avons jamais vu, mais lui a vu Thad. Il savait, grâce à la photocopie, vers quelle date Darwin Press lui adressait ses relevés trimestriels. La plupart des chèques de droits d'auteur vont tout d'abord chez l'agent, lequel en émet un nouveau, amputé de sa commission. Mais dans le cas de Stark, le comptable envoyait directement les chèques dans la boîte postale du bureau de poste de Brewer.

— Mais la commission de l'agent ? demanda Alan.

— Déduite par la comptabilité de Darwin Press et envoyée directement à Rick, par chèque séparé, répondit Liz. Autre indice très clair pour Clawson que George Stark n'était pas celui qu'il prétendait être... sauf qu'à ce moment-là, Clawson n'avait plus besoin d'indices. Mais de preuves formelles. Et il s'est mis en demeure de les obtenir.

Au moment de l'envoi du chèque, Clawson est venu ici en avion ; il passait ses nuits au Holiday Inn et ses journées à surveiller le bureau de poste de Brewer. C'est lui-même qui nous l'a raconté dans la lettre qu'il a écrite par la suite à Thad. Il avait monté une vraie planque et se jouait un vrai *film noir**. Mais c'était une enquête au rabais, néanmoins. Si "Stark" ne s'était pas montré au quatrième jour, il aurait dû replier sa tente et disparaître dans la nuit. Pourtant, je ne crois pas qu'il en serait resté là. Lorsqu'une authentique Orduroïde vous a planté ses crocs quelque part, elle ne vous lâche qu'en emportant le morceau le plus gros possible.

— A moins que vous ne lui cassiez les dents », grommela Thad.

Alan se tourna vers lui, sourcils levés, et fit la grimace. Malheureux choix de mots. Apparemment, c'était comme par hasard ce que l'on avait fait à l'Orduroïde de Liz, sinon pire.

On peut toujours en discuter, de toute façon », reprit Liz, vers qui Alan se tourna de nouveau. « Car ça n'a pas traîné. Au bout du troisième jour, alors qu'il "planquait" depuis un banc, dans le parc en face du bureau de poste, il vit la voiture de Thad s'arrêter sur l'un des parkings, juste à côté. »

Liz prit une autre gorgée de bière et essuya la mousse restée sur sa lèvre supérieure. Quand sa bouche reparut, elle souriait :

Voici maintenant ma partie préférée. C'est absolument *d-délicieux*, comme dit l'autre dans *La Cage aux folles*. Clawson avait un appareil photo. Du genre minuscule que l'on peut dissimuler dans la paume de la main. Lorsqu'on est prêt à faire une prise, il suffit d'écarter les doigts pour laisser apparaître un instant l'objectif et bingo! Le tour est joué. »

Elle pouffa un peu, secouant la tête à cette idée.

Il a dit dans sa lettre qu'il l'avait trouvé dans un catalogue de matériel d'espionnage — des trucs pour écouter les conversations téléphoniques, une espèce de colle qui rend les enveloppes transparentes pendant dix ou quinze minutes, des porte-documents autodestructeurs, des bidules comme ça. L'agent secret X-9 Clawson au rapport! Je parie qu'il se serait procuré une fausse dent creuse remplie de cyanure s'il y en avait eu en vente libre. Une vraie caricature, ce type.

Bref, il a tiré une douzaine de photos à peu près passables. Rien d'artistique, mais on reconnaissait la personne et on comprenait ce qu'elle faisait. Sur un cliché, on voyait Thad s'approcher des boîtes postales; sur un autre, il mettait sa clé dans la boîte 1642, sur un troisième, il en retirait une enveloppe.

— Il vous a envoyé des épreuves ? » demanda Alan.

Elle avait dit qu'il voulait de l'argent, et Alan se doutait bien que la petite dame savait de quoi elle parlait. Le scénario n'avait pas qu'une légère odeur de chantage ; il empestait littéralement.

« Et comment ! Et un agrandissement de la dernière. On peut très bien déchiffrer une partie de l'adresse de l'expéditeur — les lettres DARW, et l'on voit parfaitement le symbole de Darwin Press, au-dessus.

— X-9 avait encore frappé, dit Alan.

— Oui, X-9 avait encore frappé. Il fit développer les photos et retourna à Washington. A peine quelques jours plus tard, nous recevions la lettre. Une lettre vraiment merveilleuse. Il y patinait artistiquement aux limites de la menace ouverte, sans jamais franchir la frontière.

— C'était un étudiant *en droit*, rappela Thad.

— Oui. Il savait exactement jusqu'où il pouvait aller, semble-t-il. Thad peut aller vous chercher cette lettre, mais je suis capable de vous la résumer. Il commence par dire combien il admire les deux moitiés de ce qu'il appelle "l'esprit divisé" de Thad ; il raconte ensuite comment il a découvert le pot aux roses et la méthode qu'il a employée. Puis il en vient aux choses sérieuses. Lui-même aspirant écrivain, il ne dispose pas de beaucoup de temps pour écrire, à cause de ses études de droit, mais ce n'est pas tout. Le vrai problème, c'est qu'il est obligé de travailler à mi-temps dans une librairie pour payer son inscription et ses autres frais. Il disait qu'il aimerait montrer à Thad ses propres essais, et que si Thad les trouvait prometteurs, il se sentirait peut-être poussé à lui donner un coup de main pour ses études. Une bourse d'assistance.

— Une bourse d'assistance ? » fit Alan, amusé. « C'est comme ça qu'on appelle cette méthode, de nos jours ? »

Thad renversa la tête en arrière et éclata de rire.

« En tout cas c'est l'expression employée par Clawson. Je crois que je suis capable de vous citer les dernières lignes par cœur. "Je sais que cela peut vous sembler une requête un peu cavalière, au premier abord, mais je suis convaincu que si vous preniez la peine de vous pencher sur mes travaux, vous comprendriez que cet arrangement pourrait avoir des avantages pour tous les deux."

Thad et moi nous avons piqué une colère monumentale pendant au moins dix minutes, puis nous nous sommes mis à rire avant de recommencer à être furieux.

— Ouais, commenta Thad. Je ne suis pas sûr que nous ayons vraiment ri, mais pour que ce qui est de piquer une colère, je n'ai pas oublié.

— Finalement, nous avons pu commencer à en parler avec sang-froid. La discussion a duré presque jusqu'à minuit. Nous avions parfaitement bien compris ce que signifiaient la lettre et les photos de Clawson, et la colère de Thad une fois calmée -

— Elle ne l'est pas encore complètement, observa Thad, même si le type est mort.

— En tout cas, une fois le calme revenu, Thad se sentit presque soulagé. Cela faisait un bon moment qu'il voulait larguer Stark, et il avait déjà commencé à travailler sur un long et sérieux bouquin, sous son propre nom. Sur lequel il est encore, d'ailleurs. *The Golden Dog*. J'ai lu les premières deux cents pages, c'est magnifique. Bien mieux que les deux dernières moutures des aventures de George Stark. Alors Thad a décidé…

— *Nous* avons décidé », la coupa Thad.

« D'accord, *nous* avons décidé que l'intervention de Clawson était une bénédiction. Thad ne craignait qu'une chose, une réaction négative de la part de Rick Cowley, car George Stark lui rapportait de loin beaucoup plus d'argent que Thad Beaumont. Mais il a été absolument sensationnel. En fait, il a dit que cela ferait une publicité gratuite, aussi bien pour les *back-lists* de Stark que pour celles de Beaumont -

— Soit deux livres en tout et pour tout pour ce dernier », fit Thad avec un sourire.

« Excusez-moi, qu'est-ce qu'une *back-list*? » demanda Alan.

Avec un sourire, Thad répondit :

« Les ouvrages relativement anciens que l'on ne met plus dans ces présentoirs destinés à racoler les clients dans les librairies des grandes surfaces.

— Et c'est pourquoi vous avez vendu la mèche.

— Exactement, dit Liz. En commençant par l'agence de presse du Maine, puis par *Publishers Weekly*, mais la nouvelle fut reprise sur le plan national; après tout, Stark était un auteur de best-sellers, et le fait qu'il n'ait jamais existé valait bien une ou deux colonnes de remplissage pour les dernières pages. C'est alors que la revue *People* nous a contactés.

Nous eûmes droit à une lettre furieuse de la part de Clawson, un vrai cochon qu'on égorge; il nous expliquait à quel point nous étions mauvais, ignobles et sans cœur. Il avait l'air de penser que nous n'avions aucun droit de le mettre hors jeu d'une manière aussi radicale, car c'était lui qui avait fait tout le travail alors que Thad s'était contenté d'écrire quelques livres. Après cela, il a laissé tomber.

— Et maintenant il a définitivement laissé tomber, ajouta Thad.

— Non, fit Alan. Quelqu'un l'a obligé à laisser définitivement tomber... et ça fait une sacrée différence. »

Il y eut un nouveau silence. Il ne dura que quelques secondes... mais fut lourd, très lourd.

3

Alan réfléchit longuement. Thad et Liz ne le dérangèrent pas. Finalement, le policier releva la tête et dit :

« Bon, d'accord. Pourquoi? Pourquoi avoir recours à un assassinat dans une affaire comme celle-là? En particulier lorsque le secret a déjà été dévoilé? »

Thad secoua la tête.

« S'il existe un rapport avec moi, ou avec les livres que j'ai écrits sous le nom de George Stark, je ne connais ni le *qui* ni le *pourquoi*.

— Et tout ça pour une histoire de nom de plume », fit Alan, d'un ton songeur. « Je ne voudrais pas être blessant, Thad, mais enfin il ne s'agissait pas d'une histoire classée secret défense ou des plans de la dernière superfusée intercontinentale.

— Il n'y a pas de mal, répondit Thad. En fait je ne pourrais être davantage d'accord.

— Stark avait beaucoup d'admirateurs, reprit Liz.

Certains d'entre eux se sont montrés furieux d'apprendre que Thad n'allait plus écrire de romans sous le nom de Stark. *People* a reçu un certain nombre de lettres après l'article, et Thad en a un paquet. Une dame est allée jusqu'à dire que Alexis Machine devrait reprendre du service pour venir lui cuire le troufignon.

— Qui est Alexis Machine ? » demanda Alan en ouvrant de nouveau son carnet de notes.

Thad sourit.

« Tout doux, tout doux, mon bon inspecteur. Machine est simplement l'un des personnages dans deux des romans de George. Le premier et le dernier.

— Personnage fictif d'un écrivain fictif », fit Alan en reposant le carnet de notes. « Génial. »

Thad prit une expression légèrement étonnée.

« Personnage fictif d'un écrivain fictif, répéta-t-il, pas mal, pas mal du tout.

— Moi, voilà ce que j'en pense, intervint Liz : Clawson avait peut-être un ami — en supposant que les Orduroïdes puissent en avoir — qui était un fou passionné de Stark. Peut-être savait-il le rôle que Clawson avait joué dans la révélation du secret et est-il devenu encore plus fou en apprenant qu'il n'y aurait plus de romans de Stark, et... »

Elle poussa un soupir, contempla un instant sa bouteille de bière, puis releva la tête.

« Assez lamentable, n'est-ce pas ?

— J'en ai bien peur », répondit gentiment Alan, avant de se tourner vers Thad. « Vous devriez être à genoux en train de remercier Dieu pour votre alibi, en ce moment, si vous ne l'avez pas encore fait. Ne vous rendez-vous pas compte que tout ça fait de vous un suspect encore plus présentable ?

— Oui, d'une certaine manière, admit Thad. Thaddeus Beaumont a écrit deux romans qu'à peu près personne n'a lus. Le second, publié il y a onze ans, ne lui a même pas valu quelques éloges de la critique. Les avances ridicules qu'il avait reçues n'ont fait aucun petit, et ce serait un prodige qu'on le publie encore, les affaires étant ce qu'elles sont. Stark, en revanche, reçoit des droits d'auteur substantiels. Ce n'est certes pas le pactole, mais ces livres me rapportent bon an mal an quatre fois ce que je gagne comme professeur. Et voilà que ce type, Clawson, se pointe avec sa lettre de chantage si soigneusement rédigée. Je refuse de plier, avec pour seule ressource de dévoiler moi-même la véritable identité de George Stark. Peu après, Clawson est assassiné. Cela fait apparemment un motif en béton, mais en fait, non. Tuer un aspirant maître chanteur après avoir révélé soi-même le secret sur lequel il s'appuyait serait stupide.

— Certes... Reste tout de même la vengeance.

— Je suppose — jusqu'à ce que l'on examine certains détails. Tout ce que Liz vous a dit est parfaitement vrai. Stark était déjà fin prêt pour passer à la trappe, de toute façon. Peut-être y aurait-il eu un livre de plus, mais c'est tout. D'ailleurs, si Rick Cowley s'est montré aussi compréhensif, comme l'a dit Liz, c'est parce qu'il le savait bien. Et quant à la publicité, il avait raison. L'article de *People* a beau être idiot, il a fait des miracles, commercialement parlant. Rick m'a dit que *Riding to Babylon* était revenu sur les listes des meilleures ventes, et que tous les Stark se vendaient comme des petits pains. Dutton's envisage même de faire un nouveau tirage de *The Sudden Dancers* et de *Purple Haze*. De ce point de vue, Clawson m'a fait une fleur.

— Et où en sommes-nous, avec tout ça? demanda Alan.

— J'veux bien être pendu si je le sais! » répliqua Thad.

Dans le silence qui suivit, Liz déclara, d'une petite voix :

« C'est un chasseur de crocodiles. J'y pensais justement ce matin. C'est un chasseur de crocodiles et il est aussi cinglé qu'on peut l'être.

— Un chasseur de crocodiles? » Alan se tourna vers elle.

Liz lui expliqua alors le syndrome de la visite au crocodile vivant.

« On ne peut exclure l'hypothèse d'un fan cinglé, ajouta-t-elle. Ce n'est pas une explication si lamentable que cela, pas quand on pense au type qui a descendu John Lennon, ou à celui qui a essayé d'abattre Ronald

Reagan pour impressionner Jodie Foster. Ils sont en liberté, tous ces gens. Et si quelqu'un a découvert le secret de Thad, quelqu'un d'autre a pu découvrir celui de Clawson.

— Mais pour quelles raisons un type comme ça essaierait-il de m'impliquer, s'il aime tellement mes livres ? demanda Thad.

— Parce qu'il ne les aime pas ! » répondit-elle avec véhémence. « C'est le personnage de *Stark* qu'aime le chasseur de crocodiles. Il te hait probablement presque autant qu'il hait Clawson — ou plutôt qu'il le haïssait. Tu as déclaré que tu ne regrettais pas la mort de Stark. Ce pourrait être une raison suffisante.

— Je ne suis toujours pas acheteur, intervint Alan. Les empreintes digitales...

— Vous affirmez que l'on n'a jamais réussi à falsifier ou à copier des empreintes digitales, Alan, mais étant donné qu'on les a trouvées dans les deux endroits, il doit bien exister un moyen. C'est la seule explication qui tienne debout. »

Thad s'entendit dire :

« Non, tu te trompes, Liz. Si un tel type existe, il n'aime pas seulement Stark. »

Il baissa les yeux sur ses avant-bras et vit qu'il avait la chair de poule.

« Non ? » demanda Pangborn.

Thad les regarda tous deux.

« Ne vous est-il pas venu à l'esprit que l'homme qui avait tué Homer Gamache et Frederick Clawson pouvait se prendre pour George Stark en personne ? »

4

Sur le perron, Alan dit : « Je vous tiendrai au courant, Thad. » Il tenait à la main les photocopies, faites sur l'appareil du bureau de Thad, des deux lettres de Frederick Clawson. Le fait que le policier eût accepté aussi facilement des doubles (au moins pour le moment), plutôt que d'insister pour avoir les originaux comme pièces à conviction, songea l'écrivain, était le signe le plus manifeste qu'il ne croyait pratiquement plus à sa culpabilité.

« Et vous viendrez m'arrêter si vous trouvez un point faible dans mon alibi ? » demanda Thad avec un sourire.

« Voilà qui me paraît bien improbable. La seule chose que je vous demande est de me tenir au courant, *moi*.

— S'il se passe quelque chose, c'est ce que vous voulez dire ?

— Oui, c'est ce que je veux dire.

— Désolée de n'avoir pu être plus utile », lui dit Liz.

Alan sourit à son tour.

« Au contraire, vous m'avez beaucoup aidé. Je n'arrivais pas à décider si je devais prolonger mon séjour, ce qui m'aurait valu encore une nuit dans un cube de béton au Ramada Inn, ou rentrer à Castle Rock. Grâce à ce que vous m'avez dit, j'ai choisi de prendre le chemin du retour. Je pars tout de suite. Content de rentrer. Ma femme, Annie, ne se sentait pas très bien ces derniers temps.

— Rien de sérieux, j'espère, dit Liz.

— Migraines », répondit laconiquement Alan. Il descendit une ou deux marches, puis se retourna. « Ah, il y a encore autre chose. »

Thad roula des yeux vers Liz.

« Regarde-moi ça ! Le coup du faux départ à la Colombo… manque que l'imper froissé !

— Non, c'est pas du tout ça, protesta Pangborn. Mais les flics de Washington ont gardé pour eux un élément, un détail matériel, dans l'affaire Clawson. C'est une pratique courante ; ça aide à se débarrasser des cinglés qui adorent avouer des crimes qu'ils n'ont pas commis. Il y avait quelque chose d'écrit sur le mur de l'appartement de Clawson. » Le shérif s'interrompit, puis reprit, presque sur un ton d'excuse : « Avec le propre sang de la victime. Si je vous dis ce que c'était, ai-je votre parole que vous garderez cela pour vous ? »

Ils acquiescèrent.

« La phrase disait : "Les moineaux volent de nouveau." Est-ce que cela signifie quelque chose pour l'un d'entre vous ?

154

— Non, dit Liz.

— Non », répondit Thad d'un ton neutre, après une brève hésitation.

Le regard d'Alan scruta le visage de Thad pendant quelques instants.

« Vous en êtes bien sûr ?

— Tout à fait. »

Pangborn poussa un soupir.

« Je ne me faisais pas trop d'illusions, mais je me suis dit que cela valait la peine d'essayer. Il y a tellement d'autres rapports bizarres dans cette affaire que j'ai pensé que là encore... Bonsoir, Thad, bonsoir, Liz. Et surtout, appelez-moi s'il se produit quoi que ce soit.

— C'est entendu, dit Liz.

— Comptez sur nous », ajouta Thad.

Quelques instants plus tard, ils se retrouvaient tous deux à l'intérieur, après avoir refermé la porte sur Pangborn — et sur la nuit au sein de laquelle il avait une longue route à parcourir pour rentrer chez lui.

X

Plus Tard, La Même Nuit

1

Ils emportèrent les jumeaux endormis à l'étage, puis commencèrent à se préparer eux-mêmes pour la nuit. Thad garda ses sous-vêtements — sa version personnelle du pyjama — et se rendit dans la salle de bains. Il se brossait les dents lorsque la nausée frappa. Il laissa tomber la brosse à dents, recracha la mousse dans le lavabo et tituba jusqu'aux toilettes sur des jambes aussi dépourvues de sensations que des échasses de bois.

Il eut un premier hoquet — un pitoyable raclement sec — mais rien ne vint. Son estomac parut vouloir reprendre sa place — du moins pour le moment.

Lorsqu'il se retourna, Liz se tenait dans l'encadrement de la porte, habillée d'une nuisette bleue qui s'arrêtait à plus de quinze centimètres au nord de ses genoux. Elle le regardait, le visage sans expression.

« Tu me caches quelque chose, Thad. Ce n'est pas bien. Ça n'a jamais été bien. »

Il eut un soupir rauque et tendit les mains devant lui, doigts écartés. Elles tremblaient encore.

« Depuis combien de temps le sais-tu ?

— Quelque chose s'est mis à clocher dans ton attitude dès que le shérif est arrivé, ce soir. Et lorsqu'il nous a posé cette dernière question... à propos de ce qu'il y avait d'écrit sur le mur, chez Clawson... Tu aurais pu tout aussi bien avoir une enseigne au néon sur le front.

— Pangborn n'a rien vu. »

— Le shérif Pangborn ne te connaît pas aussi bien que moi. Mais si tu n'as pas remarqué le coup d'œil qu'il t'a jeté, c'est que tu pensais vraiment à autre chose. Même *lui* s'est rendu compte que *quelque chose* clochait. C'est la manière qu'il a eue de te regarder qui me fait dire ça. »

Les coins de sa bouche s'abaissèrent légèrement, accentuant les rides qui s'étaient depuis longtemps creusées dans son visage, celles qu'il avait aperçues pour la première fois après l'accident de Boston et sa fausse couche, celles dont il avait suivi la progression tandis qu'elle l'observait, se battant avec de plus en plus de difficultés pour tirer de l'eau d'un puits qui paraissait à sec.

C'est à peu près à cette époque qu'il avait commencé à boire plus que de raison. Toutes ces choses, l'accident de Liz, son avortement, l'échec financier et critique de *Purple Haze* après le succès insensé de *Machine's Way* sous le nom de Stark, son recours à la boisson, tout s'était combiné pour créer en lui un profond état dépressif. Il avait jugé cet état d'esprit comme égoïste et égocentrique, mais d'en avoir conscience ne l'avait pas aidé. Il avait finalement avalé une poignée de pilules avec une demi-bouteille de bourbon pour les faire passer. Une tentative de suicide sans enthousiasme... Mais une tentative de suicide, néanmoins. Tous ces événements s'étaient produits sur une période de trois ans. A l'époque, cela lui avait paru beaucoup plus long. A l'époque, il avait cru que ça ne finirait jamais.

Et bien entendu, il n'en avait pratiquement pas été question dans l'article de *People*.

Il voyait maintenant Liz le regarder comme pendant cette période. Il avait cela en horreur. L'inquiétude était néfaste, mais le manque de confiance pire encore. Il songea que de la haine déclarée serait plus facile à supporter que ce regard étrange et sur ses gardes.

« Je déteste que tu me mentes », dit-elle simplement.

« Je ne t'ai pas menti, Liz, pour l'amour du ciel!

— On ment parfois par omission, en se taisant.

— De toute façon, j'allais t'en parler. J'essayais simplement de trouver comment. »

Mais était-ce vrai? Était-il sincère? Il l'ignorait.

D'accord, il s'agissait du truc le plus bizarrement merdeux, le plus fou qui fût, mais ce n'était pas pour cette raison qu'il avait menti par omission. Il avait éprouvé le besoin de garder le silence comme un homme qui a observé du sang dans ses selles ou senti une grosseur dans son bas-ventre peut éprouver le besoin de garder le silence. Dans de tels cas, se taire est irrationnel... mais la peur aussi est irrationnelle.

En outre, il y avait autre chose : il était écrivain et, comme tel, doué d'une certaine imagination. Il n'avait jamais rencontré quiconque — lui-même y compris — ayant un peu mieux que la plus vague idée des *véritables raisons* poussant à faire quelque chose. Il en arrivait à croire parfois que son besoin compulsif d'écrire n'était rien d'autre qu'un rempart contre la confusion d'esprit, peut-être même contre la folie. Tentative désespérée pour imposer de l'ordre par des gens incapables de trouver cette précieuse denrée ailleurs que dans leur esprit... car ils ne la découvraient jamais dans leur cœur.

A l'intérieur de lui, une voix murmura pour la première fois : *Qui donc es-tu quand tu écris, Thad ? Qui donc es-tu ?*

Il n'avait rien à répondre.

« Eh bien ? » demanda Liz d'une voix tendue, frisant la colère.

Il leva les yeux, brusquement tiré de ses pensées.

« Pardon ?

— As-tu trouvé comment ? Peu importe le comment !

— Écoute, rétorqua-t-il, je ne comprends pas pourquoi tu prends un air aussi outragé, Liz !

— Parce que j'ai la frousse ! cria-t-elle avec colère... », mais il aperçut des larmes dans le coin de ses yeux. « Parce que tu n'as rien dit au shérif, et que je me demande si tu ne vas pas en faire autant avec moi ! Si je n'avais pas vu cette expression sur ton visage -

— Oh ? (C'était lui maintenant qui se sentait en colère.) Et qu'est-ce qu'elle avait, cette expression ? Quelle impression te faisait-elle donc ?

— Tu avais l'air coupable, répliqua-t-elle. Le même air que lorsque tu disais aux gens que tu avais arrêté de boire et que c'était faux. Quand - » Elle s'interrompit soudain. Il ignorait ce qu'elle avait lu sur son visage (et n'était pas sûr de vouloir le savoir), mais sa colère était tombée d'un coup, laissant la place à une expression accablée. « Je suis désolée. C'était injuste.

— Injuste ? » dit-il, morose. « C'était vrai. Au moins pendant un moment. »

Il retourna jusqu'au lavabo et se servit d'un bain de bouche pour se débarrasser de ce qui restait de dentifrice dans sa bouche. Un bain de bouche sans alcool. Comme son médicament anti-toux. Et l'ersatz de vanille, dans le placard de la cuisine. Il n'avait pas bu un seul verre depuis l'achèvement du dernier roman sous le nom de Stark.

Liz posa une main légère sur son épaule.

« On s'est mis en colère tous les deux, Thad... Ça nous fait aussi mal à l'un qu'à l'autre sans rien régler de ce qui ne va pas. Quoi que ce soit qui n'aille pas. Tu as dit qu'il y avait peut-être un type dans la nature — un psychotique — qui se prenait pour George Stark. Il a tué deux personnes que nous connaissions. L'une d'elles était en partie responsable de la découverte du pseudonyme. Tu ne peux pas ne pas avoir pensé que tu te trouvais peut-être en bonne place sur la liste des ennemis de cet homme. Et pourtant, tu caches quelque chose. Quelle était cette phrase ?

— Les moineaux volent de nouveau », répondit Thad.

Il se mit à examiner son reflet dans le miroir du lavabo, à la dure lumière blanche des lampes fluo. La même vieille tête. Un peu d'ombre sous les paupières peut-être, mais toujours la même vieille tête. Il se sentit content. Pas la trombine d'une star du cinéma, mais la sienne.

« Oui. Elle signifie quelque chose pour toi. Qu'est-ce que c'est ? »

Il éteignit la lumière de la salle de bains et passa un bras par-dessus les épaules de Liz. Ils gagnèrent ainsi le lit et s'allongèrent.

« A onze ans, dit-il, on m'a opéré d'une petite tumeur dans le lobe frontal — je *crois* que c'était le lobe frontal — du cerveau. Je t'en ai parlé.

— Oui. »

Elle l'observait, l'air intrigué.

« Je t'ai aussi dit que j'avais eu des migraines épouvantables, avant qu'on ait fait le diagnostic, non ?

— En effet. »

Il commença à lui caresser la cuisse, machinalement. Elle avait des jambes longues et ravissantes, et la nuisette était vraiment très courte.

« Et les bruits ? T'ai-je parlé des bruits ?

— Les bruits ? » répéta-t-elle, toujours aussi intriguée.

« Il me semblait bien... mais comprends-tu, ça ne m'a jamais semblé bien important. Et c'est de l'histoire tellement ancienne ! Les tumeurs au cerveau s'accompagnent souvent de maux de tête, parfois de crises de nerfs, l'un n'empêchant pas l'autre. Très souvent, ces symptômes sont précédés de signes précurseurs ; des signes précurseurs dits "sensoriels". Les plus fréquents sont des odeurs — rognures de taille-crayon, oignon fraîchement coupé, fruits avariés. Mes signes précurseurs étaient auditifs. C'étaient des oiseaux. »

Il la regarda, l'expression neutre. Leurs nez se touchaient presque. Une mèche égarée des cheveux de Liz lui chatouillait le front.

« Des moineaux, pour être précis. »

Il s'assit pour ne pas voir son expression — celle de quelqu'un qui vient de recevoir un choc soudain. Il lui prit la main.

« Viens, dit-il.

— Où ça, Thad ?

— Dans mon bureau, je veux te montrer quelque chose. »

2

Un énorme bureau de chêne trônait au milieu de la pièce. Ni antiquité élégante, ni objet moderne chic, il s'agissait simplement d'un assemblage de bois de vastes

160

proportions, extrêmement pratique. Ce dinosaure était placé sous une suspension à trois globes de verre ; leur lumière combinée, sur le plan de travail, faisait presque mal aux yeux. A vrai dire, on ne voyait à peu près rien de ce plan. Partout s'empilaient les manuscrits, les tas de lettres, les livres et les jeux d'épreuves qu'on lui envoyait pour correction. Sur le mur blanc, derrière le bureau, un grand poster représentait l'édifice que Thad préférait à tout autre au monde, celui du Flatiron Building, à New York. Son improbable forme en coin lui procurait d'inépuisables délices.

A côté de la machine à écrire se trouvait le manuscrit de son nouveau roman, *The Golden Dog*. Et sur la machine elle-même, était posée sa production de la journée. Six pages. C'était sa moyenne habituelle... quand il travaillait sous son nom propre, du moins. Sous celui de Stark, il en rédigeait en général huit, parfois dix.

« J'étais en train de musarder avec ça avant que Pangborn ne revienne », dit-il en prenant la petite pile qu'il lui tendit. « Puis le bruit s'est produit — le bruit des moineaux. Pour la deuxième fois de la journée, mais en beaucoup plus intense. Vois-tu ce qui est écrit en travers de la première page ? »

Longtemps elle regarda. Il ne voyait que ses cheveux et sa tête. Lorsqu'elle se tourna vers lui, son visage avait perdu toute couleur et ses lèvres, serrées l'une contre l'autre, se réduisaient à une ligne étroite et grise.

« C'est la même chose, murmura-t-elle. Exactement la même chose. Oh, Thad, qu'est-ce qui se passe ? Que... »

Elle oscilla sur elle-même et il se précipita, la croyant un instant sur le point de s'évanouir. Il la saisit aux épaules mais se prit une cheville dans le pied en X de son fauteuil de travail, et ils manquèrent de peu de s'étaler ensemble sur le bureau.

« Tu te sens bien ? demanda-t-il.

— Non », répondit-elle d'une voix blanche. « Et toi ?

— Pas vraiment. Je suis désolé. Toujours ce vieux maladroit de Beaumont. Dans le genre chevalier en armure brillante, je suis tout juste bon pour monter la garde à l'entrée du château.

— Tu as écrit ça avant l'arrivée de Pangborn », dit-elle comme si elle trouvait impossible de saisir la chose. « Avant, répéta-t-elle.

— Oui, avant.

— Mais qu'est-ce que ça veut dire ? »

Elle le regardait avec une intensité qui avait quelque chose de frénétique, les pupilles agrandies et sombres en dépit de la puissante lumière.

« Je ne sais pas. J'espérais que tu aurais peut-être une idée. »

Elle secoua la tête et reposa les pages sur le bureau. Puis elle s'essuya les mains sur le pan de nylon de sa courte nuisette, comme si elle venait de toucher quelque chose de dégoûtant. Thad pensa qu'elle ne se rendait pas compte de son geste et ne le lui fit pas remarquer.

« Comprends-tu, maintenant, pourquoi je n'ai rien dit ? demanda-t-il.

— Oui... je crois.

— Quelle réaction aurait-il eue ? Notre shérif du plus petit comté du Maine, avec son sens pratique, sa foi dans les ordinateurs du ASR & I et dans les témoignages oculaires ? Notre shérif qui avait l'air de trouver plus plausible l'existence d'un frère jumeau caché que l'invention d'une méthode pour reproduire les empreintes digitales ? Qu'est-ce qu'il aurait dit devant *ça* ?

— Je... je ne sais pas. » Elle luttait pour reprendre possession d'elle-même, pour absorber l'onde de choc. Il l'avait déjà vue dans cette situation, mais son admiration n'en était pas diminuée pour autant. « Je ne sais pas ce qu'il aurait dit, Thad.

— Moi non plus. Dans le pire des cas, à mon avis, il aurait estimé que je savais d'avance que le crime allait avoir lieu. Plus vraisemblablement, il croira, si on le lui dit, que je suis monté écrire cette phrase tout de suite après son départ, ce soir.

— Mais pourquoi ferais-tu une chose pareille ? Pourquoi ?

— Sa première hypothèse, à mon avis, serait la démence », répondit Thad d'un ton ironique. « Un flic comme Pangborn est bien plus prêt à croire à la folie

162

qu'à accepter un événement qui semble n'avoir aucune explication autre que paranormale. Mais si tu penses que j'ai tort de ne pas en parler tant que je n'ai pas trouvé moi-même un début d'explication, dis-le franchement. Nous pouvons appeler le bureau du shérif à Castle Rock et lui laisser un message. »

Elle secoua la tête.

« Je ne sais que dire... J'ai entendu parler, dans des émissions de télé, je crois, d'histoires de liens psychiques et de choses comme ça...

— Y crois-tu?

— Je n'ai jamais eu de raisons de me faire une opinion dans un sens ou dans un autre. Aujourd'hui, je dirais que j'y crois. (Elle tendit la main et reprit la feuille sur laquelle était griffonnée la phrase.) Tu l'as écrite avec un des crayons de George, remarqua-t-elle.

— La première chose qui m'est tombée sous la main. » Il avait répondu avec irritation. Il pensa un instant à la pointe Scripto, puis chassa cette image. « En plus, il ne s'agit pas des crayons de *George*. Il ne s'est jamais agi des crayons de George! Ils sont à moi. Je commence à être sérieusement fatigué de parler de lui à la troisième personne. Le peu de charme qu'il a pu avoir comme être séparé s'est bel et bien évanoui.

— Et cependant, tu as utilisé l'une de ses phrases, encore aujourd'hui — "Mens-moi un alibi". Jamais je ne t'avais entendu la prononcer. Tu ne t'en servais que dans les livres. Était-ce juste une coïncidence? »

Il commença par rétorquer que oui, c'en était une, évidemment — puis s'arrêta court. Une coïncidence? *Probablement*. Mais à la lumière de ce qu'il avait écrit sur la feuille de papier, comment se montrer aussi affirmatif?

« Je ne sais pas.

— Étais-tu en transe, Thad? Étais-tu dans un autre état que ton état normal, lorsque tu l'as écrite? »

Lentement, à contrecœur, il répondit :

« Oui, je crois que j'étais... dans une sorte de transe.

— Est-ce tout ce qui est arrivé, ou y a-t-il eu autre chose?

— Je n'arrive pas à m'en souvenir. » Il y eut un

silence, puis, encore plus à contrecœur, il ajouta : « Je crois avoir bien pu dire quelque chose, mais vraiment, je ne me rappelle pas quoi. »

Elle le regarda longtemps avant de dire :

« Retournons nous coucher.

— Crois-tu que nous dormirons, Liz ? »

Elle eut un rire sans joie.

3.

Vingt minutes plus tard, cependant, il était en train de sombrer dans le sommeil lorsque la voix de Liz le ramena à lui :

« Il faut que tu ailles voir un médecin. Dès lundi.

— Il n'y a pas de maux de tête, cette fois, protesta-t-il. Juste le bruit des oiseaux. Et ce truc *dément* que j'ai écrit. » Il se tut un instant puis ajouta, une note d'espoir dans la voix : « Tu crois pas que ça pourrait être une coïncidence ?

— J'ignore de quoi il s'agit, mais je dois te l'avouer, Thad : comme explication, la coïncidence arrive plutôt tout au bas de ma liste. »

Pour quelque raison obscure, ils trouvèrent tous deux cette image comique et se mirent à pouffer, aussi doucement que possible pour ne pas réveiller les bébés, se tenant dans les bras l'un de l'autre. La confiance était revenue entre eux — de toute façon, il n'y avait pas grand-chose dont Thad pouvait être sûr pour le moment, mais c'était déjà ça. Ils étaient d'accord. La tempête était passée. La porte du placard s'était refermée sur le cadavre, au moins pour un temps.

« Je prendrai rendez-vous », dit-elle lorsqu'ils furent calmés.

« Non, je le ferai moi-même.

— Sans te laisser aller à quelque oubli créatif ?

— Non. C'est la première chose que je ferai, lundi matin. Croix de bois, croix de fer !

— Très bien, dans ce cas. (Elle soupira.) Ce sera un sacré miracle si j'arrive à dormir. »

Mais cinq minutes plus tard sa respiration était devenue lente et régulière et Thad, un moment plus tard,
s'endormait à son tour.

4

Et refit son rêve.

Identique (du moins lui sembla-t-il) presque jusqu'à la
fin. Stark le conduisait dans la maison désertée, restant
constamment derrière lui ; il lui disait qu'il se trompait
lorsque Thad voulait à tout prix, d'une voix tremblante
et pleine de détresse, reconnaître sa propre maison. Tu
as tout faux, disait Stark derrière son épaule droite (ou
était-ce la gauche ? Mais quelle importance ?). Le propriétaire de cette maison est mort, rappelait-il à Thad. Il
se trouve actuellement en cet endroit où aboutissent
toutes les voies de chemin de fer. Cet endroit que tous
appellent, ici en bas (quel que soit cet *ici en bas*),
Terminusville. Tout était identique, jusqu'au moment
où ils arrivèrent dans le hall, à l'arrière de la maison. Liz
n'était plus seule. Frederick Clawson l'avait rejointe. Il
était nu, sous un absurde manteau de cuir. Et tout aussi
mort que Liz.

Dans son dos, Stark déclara, d'un ton songeur : « Ici
en bas, c'est ce qui arrive aux indics et aux moutons. On
en fait de la chair à pâté — de la farce de cinglé. Son
compte est réglé, à celui-là. Je vais tous leur régler leur
compte, les uns après les autres. Arrange-toi simplement
pour que je n'aie pas besoin de te régler le tien. Les
moineaux volent de nouveau, Thad, souviens-toi de
cela. Les moineaux se sont envolés. »

C'est alors qu'il les entendit, à l'extérieur de la maison : pas des milliers, mais des millions d'oiseaux, peut-
être même des milliards ; le ciel s'obscurcit lorsque le vol
gigantesque passa devant le soleil, le faisant complètement disparaître.

« *Je ne vois plus rien !* » hurla-t-il, et derrière lui
George Stark murmura :

« Ils volent de nouveau, vieille noix. N'oublie pas. *Et
ne te mets pas en travers de mon chemin.* »

Il se réveilla, tremblant, glacé des pieds à la tête, et cette fois-ci il eut du mal à se rendormir. Il resta étendu dans l'obscurité à se répéter combien était absurde l'idée qui lui était venue à l'esprit à la suite de ce rêve — idée qui l'avait peut-être effleuré la première fois, mais qui s'était manifestée beaucoup plus clairement aujourd'hui. Combien elle était totalement absurde. Le fait qu'il se fût toujours représenté Stark et Alexis Machine avec le même physique (et pourquoi pas, dans la mesure où les deux étaient nés en même temps, avec *Machine's Way*), tous deux grands, les épaules larges, des hommes qui semblaient non pas avoir grandi, mais avoir été taillés dans des blocs d'un matériau indestructible — et tous deux blonds... ce fait n'y changeait rien : c'était absurde. Les pseudonymes ne prennent pas vie pour aller assassiner les gens. Il en parlerait à Liz au petit déjeuner, et ils en riraient ensemble... euh, peut-être qu'ils ne riraient pas réellement, mais au moins partageraient-ils un pitoyable sourire.

J'appellerai ça mon complexe à la William Wilson, pensa-t-il avant de sombrer de nouveau dans le sommeil. Mais lorsque arriva le matin, il trouva qu'il ne valait pas la peine de parler du rêve. Pas après tout le reste. Il s'abstint donc... mais, tandis que la journée s'écoulait, il ne cessa d'y revenir et de l'étudier, comme quelque diamant noir.

XI

Terminusville

1

Tôt le lundi matin, avant même que Liz eût le temps de le harceler là-dessus, Thad prit rendez-vous avec le Dr Hume. L'ablation de la tumeur de 1960 figurait dans son dossier médical. Il expliqua au médecin qu'il avait subi récemment, par deux fois, la réapparition des mêmes bruits d'oiseaux qui précédaient ses maux de tête, pendant la période qui s'était finalement terminée par le diagnostic et l'intervention chirurgicale. Le Dr Hume voulut savoir si les maux de tête eux-mêmes s'étaient manifestés, et Thad lui répondit que non.

Il ne dit rien de ses états de transe, ni de ce qu'il avait écrit dans cet état, pas plus que de ce qu'on avait trouvé griffonné sur le mur dans l'appartement d'un homme assassiné à Washington. Cela lui semblait maintenant aussi lointain que le rêve de la nuit précédente. En fait, il s'aperçut qu'il essayait de tourner toute cette histoire en ridicule.

Le Dr Hume, pour sa part, la prit au sérieux. Très au sérieux. Il exigea de Thad qu'il se rendît l'après-midi même au centre médical du Maine-Est ; il voulait à la fois une série de radiographies du crâne et un scanner.

Thad obtempéra. Il s'assit pour les radios, puis il mit la tête dans une machine qui ressemblait à un sèche-linge industriel. Elle cliqueta et ronronna pendant un quart d'heure, et il retrouva la liberté... momentanément, du moins. Il téléphona à Liz, lui dit qu'on aurait les résultats vers la fin de la semaine et qu'il allait passer à son bureau de l'université avant de rentrer.

« As-tu envisagé d'appeler le shérif Pangborn ? lui demanda-t-elle.

— Attendons le résultat des examens. Une fois que nous serons fixés, nous verrons ce qu'il faut faire. »

2

Il était dans son bureau, occupé à débarrasser un bon semestre de « bois mort » de ses étagères et de sa table, lorsque les oiseaux se remirent à se manifester dans sa tête. Cela commença par quelques pépiements isolés, bientôt repris par d'autres, pour se transformer rapidement en un chœur assourdissant.

Un ciel lessivé — vision d'un ciel blanc rompu par des silhouettes, contours des maisons, lignes téléphoniques. Et partout, des moineaux. Alignés sur tous les toits, en grappes sur chaque poteau, n'attendant qu'un ordre de l'esprit du groupe. Alors ils exploseraient vers le ciel avec un bruissement de milliers de feuilles agitées par un vent soutenu.

Thad se dirigea à l'aveuglette vers son bureau, trouva la chaise d'une main tâtonnante et s'effondra dessus.

Des moineaux.

Des moineaux et un ciel blanc de fin de printemps.

Le tintamarre lui remplissait la tête, énorme cacophonie, et lorsqu'il tira à lui une feuille de papier et se mit à écrire, ce fut sans avoir conscience de ce qu'il faisait. Il avait la tête qui oscillait sur ses épaules, et son regard qui ne voyait rien contemplait le plafond. La plume allait et venait à droite, à gauche, en haut, en bas, comme animée d'une vie propre.

Dans sa tête, les oiseaux prirent leur envol et leur nuage noir obscurcit le ciel blanc de mars, dans le quartier Ridgeway de Bergenfield, dans le New Jersey.

3

Il revint à lui moins de cinq minutes après les premières manifestations de pépiements sous son crâne. Il transpirait abondamment et son pouls battait fort à son poignet, mais il ne souffrait d'aucun mal de tête. Il abaissa les yeux, vit le papier sur son bureau — le dos d'un bon de commande pour un manuel de littérature américaine offert par l'éditeur — et contempla d'un œil hébété ce qui était écrit dessus.

Frangine cats Fous volent de nouveau
maintenant
téléph MiR pour toujours Fous
TERMINUSVILLE Frangine
ROUT DU ROUT FRANGINE
CATS RASDIR ici
LES ENTAILLES EN BAS
MOINEAUX MIR FRANG
ET POUR TOUJOURS FRANG
FRANGINE MAINTENANT ET POUR TOUJOURS
MIRCHTS BOURRAGE FRANGE
MOINEAUX

« Ça n'a aucun sens », balbutia-t-il.

Il se frottait les tempes du bout des doigts, attendant les premiers élancements du mal de tête, ou qu'une signification reliât les mots griffonnés sur le papier.

Il redoutait autant les deux éventualités... mais aucune ne se produisit. Les mots n'étaient que des mots, répétés sans fin. Certains provenaient manifestement de son rêve ; les autres n'étaient qu'un charabia sans queue ni tête.

Et pas le moindre mal de tête.

Je ne vais pas en parler à Liz, cette fois. Pas question de lui en parler ! Et pas seulement parce que j'ai peur... même si j'ai peur. C'est parfaitement simple. Tous les secrets ne sont pas forcément de mauvais secrets. Certains sont de bons secrets. Et celui-là est l'un et l'autre.

169

Il ignorait ce que valait réellement ce raisonnement, mais découvrit quelque chose qui eut un merveilleux effet libérateur : il s'en fichait. Il était très fatigué de réfléchir, réfléchir, sans avancer d'un pouce. Il en avait également assez d'avoir peur, comme un homme entré dans une grotte pour blaguer, et qui commencerait à soupçonner qu'il s'est perdu.

Alors arrête d'y penser. C'est la seule solution.

Peut-être, au fond, était-ce la solution. Il ignorait s'il y arriverait ou non... mais il avait bien l'intention d'essayer. D'un geste très lent il tendit la main, prit le bon de commande et commença à le déchirer en morceaux. Le magma de mots se tortillant dans tous les sens commença à disparaître. Il redéchira les bandes de papier dans le sens de la longueur, puis dans celui de la largeur et les jeta dans la corbeille à papier, où les fragments se déposèrent comme des confettis sur ce qu'il y avait mis précédemment. Il resta assis, contemplant fixement ces débris pendant près de deux minutes, s'attendant presque à les voir reprendre forme et revenir sur son bureau, reconstitués, comme un film passé à l'envers.

Finalement il prit la corbeille à papier et se rendit jusqu'au bout du couloir ; près de l'ascenseur, un panneau en acier Inox s'ouvrait dans le mur. On lisait en dessous :

INCINÉRATEUR

Il ouvrit le panneau et lança le contenu de la corbeille dans la gueule noire.

« Voilà », dit-il à mi-voix dans l'étrange silence estival qui, à ce moment, régnait dans le bâtiment math/anglais. « Disparu. »

Ici en bas, on appelle ça de la farce de cinglé.

« Ici en haut, on appelle ça de la merde en branche », grommela-t-il, repartant vers son bureau, la corbeille à papier sous le bras.

Disparu. Dans la gueule noire de l'incinérateur et dans l'oubli. Et tant qu'il n'aurait pas le résultat de ses examens médicaux — ou tant qu'il n'y aurait pas d'autre black-out, transe ou fugue, peu importait le nom — son intention était de ne rien dire. Rien du tout. Plus que vraisemblablement, les mots griffonnés sur le papier venaient de son propre esprit, comme le rêve où il circulait dans la maison vide avec Stark dans le dos, et tout ça n'avait rien à voir avec le meurtre de Homer Gamache ou celui de Frederick Clawson.

Ici en bas à Terminusville, là où aboutissent toutes les lignes de chemin de fer.

« Ça ne veut strictement rien dire », maugréa Thad d'une voix plate et emphatique... mais lorsqu'il quitta l'université ce jour-là, il fuyait presque.

XII

Frangine

Elle comprit que quelque chose n'allait pas lorsque au moment où elle voulut déverrouiller la grosse serrure Kreig de la porte de son appartement, la clé, au lieu de glisser dans le barillet et de produire sa cascade familière et rassurante de cliquetis, poussa le battant vers l'intérieur. Pas un seul instant, elle ne se traita d'idiote d'être partie au travail en laissant la porte de l'appartement ouverte derrière elle — bon sang, Miriam, pourquoi tant que tu y es ne pas coller un papier dessus disant : JE PLANQUE UN PEU DE FRIC DANS LE WOK CHINOIS SUR L'ÉTAGÈRE DU HAUT DANS LA CUISINE ?

Non, cette idée ne lui vint même pas à l'esprit, car après avoir vécu six mois à New York, voire quatre, ce sont des choses que l'on n'oublie plus. Peut-être ne verrouille-t-on sa porte qu'une fois l'an lorsqu'on habite dans la cambrousse, peut-être oublie-t-on de le faire une fois de temps en temps avant de partir au travail quand on vit dans des petites villes comme Fargo, dans le Dakota du Nord, ou Ames, dans l'Iowa, mais au bout de très peu de temps passé dans la Grande Pomme véreuse, on ferme à double tour, même pour aller emprunter du sucre au voisin de palier. Oublier de tourner sa clé est aussi inimaginable qu'oublier de respirer. Certes, la ville regorge de musées et de galeries, mais elle regorge aussi de drogués et de cinglés, et il ne faut y prendre aucun risque. A moins d'être d'une incurable stupidité, ce qui n'était pas le cas de Miriam. Un peu bébête, à la rigueur, mais sûrement pas stupide.

172

Elle comprit donc que quelque chose clochait, et si Miriam était persuadée que ses cambrioleurs étaient probablement repartis depuis deux ou trois heures en emportant tout ce qui avait la moindre chance d'être fourgué (sans parler des quatre-vingts dollars et quelques dans le wok... et peut-être même la poêle chinoise avec — pourquoi un wok en état de marche ne serait-il pas fourguable?), restait le risque qu'ils fussent encore sur place. Du moins était-ce ce qu'il fallait se dire, de toute façon, comme on enseigne avant toute chose aux jeunes gens, le jour où on leur offre leur premier fusil, à partir du principe qu'une arme est toujours chargée, que même lorsqu'on la sort de l'emballage du fabricant, elle l'est déjà.

Elle commença par s'éloigner de la porte. Elle le fit presque immédiatement, avant même que le battant eût achevé son court déplacement vers l'intérieur, mais il était déjà trop tard. Une main surgit de l'obscurité, jaillissant comme une flèche dans l'entrebâillement, pour venir s'agripper à son poignet. Elle laissa tomber ses clés sur le tapis du palier.

Miriam Cowley ouvrit la bouche pour crier. Le grand blond s'était tenu juste de l'autre côté de la porte, où il l'avait patiemment attendue pendant un peu plus de quatre heures, sans boire un café, sans fumer une cigarette. Il aurait bien pris une cigarette, et il n'allait pas tarder à en allumer une, quand tout ceci serait terminé, mais l'odeur aurait pu la mettre en garde. Les New-Yorkais sont comme ces petits animaux qui se terrent sous les buissons, les sens constamment en alerte, même quand ils pensent prendre du bon temps.

La tenant fermement au poignet de la main droite, il appuya la paume de la gauche contre l'intérieur du battant et tira la femme en avant aussi brutalement qu'il le put. La porte paraissait en bois, mais elle était bien entendu en métal, comme toutes les bonnes portes d'appartement dans la vieille Grosse Pomme véreuse. Le côté de son visage vint heurter le bord avec un bruit sourd. Deux de ses dents se cassèrent au ras de la gencive et lui entaillèrent la bouche. Sous le choc elle desserra les lèvres, et du sang se mit à couler sur son menton. Quelques gouttes tombèrent sur le sol. L'os de la joue cassa avec un craquement de petite branche.

Elle s'affaissa, à demi inconsciente. L'homme aux cheveux blonds la relâcha. Elle s'effondra sur la moquette. Il fallait faire très vite. A en croire le folklore new-yorkais, tout le monde, dans la Grosse Pomme, se fout complètement de ce qui dégringole à droite et à gauche, tant que ce n'est pas sur sa propre tête. Toujours d'après ce folklore, un cinglé pourrait donner vingt ou quarante coups de couteau devant la vitrine d'un barbier ayant autant de fauteuils, en plein midi, sur la Septième Avenue, sans que personne dise autre chose que : *Un peu plus dégagé au-dessus des oreilles, Tom*, ou bien : *Pas d'eau de Cologne aujourd'hui, Joe*. Inexact, comme le savait le grand blond. Pour les petits animaux pour-chassés, la curiosité fait partie du matériel de survie. Gaffe à ta peau, oui, c'était la règle du jeu, mais l'animal sans curiosité ne tardait pas à être un animal mort. L'essentiel était dans la rapidité.

Il ouvrit la porte, saisit Miriam aux cheveux, et tira violemment.

Un instant plus tard à peine, il entendit le claquement d'un verrou qu'on tournait et le grincement d'une porte qu'on ouvrait, ailleurs sur le palier. Il n'eut aucun besoin de jeter un coup d'œil pour voir le museau qui s'avançait dans l'entrebâillement, petite tête de lapin sans poils — tout juste si son nez ne tressaillait pas.

« Tu n'as rien cassé au moins, Miriam ? » demanda-t-il d'une voix forte. Il changea de registre, prenant presque une voix de fausset, les mains devant la bouche pour donner un son plus étouffé. « Je ne crois pas. Sois gentil, viens m'aider à le ramasser. » Il retira ses mains et reprit sa voix normale. « Juste une seconde, j'arrive. »

Il referma la porte et regarda par l'œilleton. L'image déformée par l'objectif grand-angle lui donnait une bonne vue du palier, et il aperçut exactement ce qu'il s'était attendu à voir : un visage blanc dans l'entrebâille-ment d'une porte, de l'autre côté du palier — un lapin jetant un coup d'œil hors de son terrier.

Le visage s'effaça.

La porte se referma.

Elle ne claqua pas : elle se remit simplement en place. Cette idiote de Miriam avait fait tomber quelque chose. L'homme qui l'accompagnait — un petit ami ? son ex ? — l'aidait à le ramasser. Rien d'inquiétant. Tout baigne, petits lapins.

Miriam gémissait, revenant à elle.

Le grand blond mit la main à sa poche, en sortit le rasoir et l'ouvrit d'un coup de poignet. La lame luisait faiblement à la lumière de la seule lampe qu'il eût laissé allumée dans la pièce de séjour.

Miriam ouvrit les yeux et les leva vers lui ; elle le vit en contre-plongée, tandis qu'il se penchait sur elle. Elle avait la bouche barbouillée de rouge, comme si elle venait de manger des fraises.

Il lui montra le coupe-chou. Le regard de la jeune femme, encore hébété et embrumé, s'anima aussitôt ; elle écarquilla les yeux, sa bouche ensanglantée s'ouvrit.

« Fais le moindre bruit et j' te coupe, frangine. »

Elle referma la bouche.

Entortillant la main dans ses cheveux, il la tira ainsi jusque dans le séjour. Sa jupe bruissait contre le plancher en bois poli. Ses fesses accrochèrent le bord d'un tapis qui se mit en chasse-neige sous elle. Elle poussa un gémissement de douleur.

« Ferme ça, j' t'ai déjà dit. »

La pièce de séjour était petite, mais agréable. Douillette. Impressionnistes sur les murs. Poster encadré de l'affiche de *Cats* : MAINTENANT ET POUR TOUJOURS, lisait-on. Des fleurs séchées. Un petit canapé en éléments, recouvert d'un tissu blanc de neige grumeleux. Une bibliothèque. Sur une étagère on voyait les deux livres de Beaumont, sur une autre, les quatre Stark. Ceux de Beaumont étaient sur l'étagère du haut. Une erreur, évidemment, mais parce que cette salope n'était qu'une gourde.

Il lui lâcha les cheveux.

« Assieds-toi sur le canapé, frangine. Sur ce bout-là », dit-il en lui indiquant l'angle qui se trouvait près de la petite table avec le téléphone et le répondeur.

« Je vous en supplie », murmura-t-elle, sans faire le moindre mouvement pour se lever. Sa bouche et sa joue commençaient à enfler et c'est une bouillie de sons qui sortit de ses lèvres : *vous enchupli.* « Tout ce que vous voulez. Tout. Le fric est dans le wok. » *eu fiic est dans eu wok.*

« Assieds-toi là. »

Cette fois-ci, il avança la lame du rasoir vers son visage, tout en indiquant le canapé de l'autre main.

Elle s'y précipita et s'y recroquevilla, s'incrustant aussi loin que possible dans les coussins, ses yeux sombres démesurément agrandis. Elle s'essuya la bouche de la main et regarda pendant quelques instants le sang sur sa paume, incrédule, avant de lever de nouveau les yeux sur lui.

« Qu'est-ce que vous voulez? » *Kèc vous vou-è?*

On aurait dit qu'elle parlait la bouche pleine.

« Que tu donnes un coup de fil, frangine. C'est tout. »

Il souleva le combiné et se servit de la main tenant le rasoir, juste le temps d'appuyer sur la touche ANNONCE du répondeur. Puis il tendit le téléphone. C'était l'un de ces appareils démodés dont les fourches ressemblent à des haltères ramollis. Bien plus lourds que les modèles modernes. Il le savait, et vit, à la légère tension de son corps lorsqu'elle le prit, qu'elle le savait aussi. Il esquissa un sourire qui souleva la commissure de ses lèvres. Il n'apparut nulle part ailleurs sur son visage; seulement sur ses lèvres. Rien d'estival dans ce sourire.

« Tu t'imagines que tu peux me casser la tête avec ce machin, peut-être? demanda-t-il. Alors laisse-moi te dire un truc. Ce n'est pas une bonne idée, ça. Et tu sais ce qui arrive aux gens qui perdent leurs bonnes idées, évidemment? » Comme elle ne répondait pas, il reprit : « Ils dégringolent du ciel. C'est vrai. Je l'ai vu une fois dans un dessin animé. Alors tu gardes ce téléphone sur les genoux et tu te concentres pour faire revenir tes bonnes idées. »

Elle le regardait, les yeux lui dévorant le visage. Du sang coulait lentement sur son menton. Une goutte tomba sur son corsage. Jamais tu ne la détacheras, frangine, pensa l'homme blond. On dit qu'on y arrive en rinçant tout de suite à l'eau froide, mais c'est pas vrai. Ils ont des appareils. Des spectroscopes. Des chromatographes à gaz. Des ultraviolets. Lady Macbeth avait raison.

« Si jamais cette mauvaise idée te revient, je le verrai dans tes yeux, frangine. Ils sont si grands, si noirs. Tu ne voudrais pas que l'un d'eux se mette à te dégouliner sur la joue, n'est-ce pas ? »

Elle secoua la tête si énergiquement que ses cheveux tourbillonnèrent autour de son visage. Et tant qu'elle secoua la tête, les beaux yeux noirs ne quittèrent pas un instant le visage de l'homme blond, qui sentit quelque chose se réveiller le long de sa jambe. Dites, M'sieur, avez-vous un mètre pliant dans la poche ou êtes-vous simplement content de me voir ?

Cette fois-ci, son sourire atteignit aussi les yeux, et il pensa qu'elle se détendait — très, très peu.

« Penche-toi et fais le numéro de Thad Beaumont. »

Elle continua de le fixer, d'un regard que l'état de choc faisait briller anormalement.

« Beaumont », dit-il patiemment. « L'écrivain. Fais-le tout de suite, frangine. Le temps s'enfuit comme les pieds ailés de Mercure.

— Mon répertoire », demanda-t-elle.

Elle avait maintenant la bouche trop enflée pour pouvoir la refermer sans peine, et il devenait de plus en plus difficile de la comprendre. Ça donnait à peu près, *Mon é-oi-eu.*

« É-oi-eu ? Ça existe, ça, un é-oi-eu ? J' comprends pas de quoi tu parles, frangine. Sois plus claire. »

Avec soin, douloureusement, elle articula :

« Mon répertoire. Mon carnet d'adresses. Je ne connais pas son numéro par cœur. »

Le rasoir fendit l'air vers elle, avec un bruit, semblat-il, de soupir humain. Simple effet de l'imagination. Elle se recroquevilla encore plus dans les coussins couleur de lait, et ses lèvres gonflées grimacèrent. Il fit bouger le rasoir de manière que la lame reflétât la lumière atténuée de la lampe. La lueur courut le long de l'acier comme aurait coulé de l'eau. Puis il la regarda, comme s'il aurait fallu être fou pour ne pas admirer un si beau spectacle.

« Ne me prends pas pour un con, frangine. » Il y avait

maintenant dans sa voix une pointe de l'accent traînant du Sud. « C'est l'erreur à ne pas faire, pas avec un type comme moi, vu ? Et maintenant, fais ce foutu con de numéro. »

Elle ne connaissait peut-être pas le numéro de *Beaumont* par cœur, parce que les affaires n'allaient pas très fort avec cet auteur-là, mais elle connaissait en revanche celui de *Stark*. Dans l'édition, Stark était le pilier de sa boîte, et le hasard voulait que le numéro fût le même pour les deux hommes.

Des larmes commencèrent à emplir ses yeux.

« Je m'en souviens pas », gémit-elle. *Eu m'en sou-in pas*.

Le grand blond fut sur le point de la suriner — pas parce qu'il était en colère contre elle, mais parce que lorsqu'on laisse une bonne femme comme ça vous faire avaler un premier bobard, le deuxième ne tarde pas à suivre — puis il se reprit. Après tout, il était tout à fait possible qu'elle eût momentanément oublié ce genre de détail, un numéro de téléphone, même si c'était celui d'un client aussi important que Beaumont/ Stark. Elle était en état de choc. S'il lui avait demandé de former le numéro de sa propre agence, elle aurait pu être tout autant paralysée.

Mais puisque c'était de Thad Beaumont et non de Rick Cowley qu'il était question, il pouvait l'aider.

« D'accord, d'accord, frangine. T'es bouleversée. Je comprends ça. Crois-moi ou pas, mais je compatis, même. Et tu as de la chance, parce qu'il se trouve que ce numéro, je le connais. Aussi bien que si c'était le mien, pourrait-on dire. Et tu sais quoi ? Je ne vais même pas attendre que tu l'aies fait, en partie parce que je ne tiens pas à poireauter ici jusqu'à ce que l'enfer se transforme en banquise, le temps que tu le fasses sans te gourer, et en partie parce que je compatis vraiment. C'est moi qui vais me pencher et qui vais le faire. Tu sais ce que ça veut dire ? »

Miriam Cowley secoua la tête. Son visage semblait maintenant se réduire à deux yeux immenses.

« Ça veut dire que je vais te faire confiance. Mais juste pour ça, et c'est tout, ma grande. Tu m'écoutes ? T'as bien pigé tout ça ? »

178

Miriam acquiesça frénétiquement, mèches volant en tous sens. Bon Dieu, comme il aimait les femmes à crinière !

« Bien, très bien. Pendant que je fais le numéro, frangine, surtout ne quitte pas cette lame de l'œil. Ça va t'aider à maintenir en ordre tes bonnes idées. »

Il se pencha et commença à former le numéro sur le vieux cadran rotatif. Des clics amplifiés montaient en même temps du répondeur. On aurait dit une roue de fortune, dans une foire, sur le point de s'arrêter. Miriam Cowley restait assise, l'appareil sur les genoux, regardant tour à tour le rasoir et les traits brutaux, taillés à la hache, du visage horrible de l'étranger.

« C'est toi qui vas lui parler », dit l'homme blond. « Si c'est sa femme qui répond, dis-lui que tu es Miriam, que tu appelles de New York et que tu veux parler à son mari. Je sais que tu as la lèvre enflée, mais débrouille-toi pour que celui qui te répondra sache que c'est toi. Fais ça pour moi, frangine. Si tu veux pas que ta figure finisse par ressembler à un Picasso, fais ça pour moi sans te tromper. »

La prononciation traînante revint sur les deux derniers mots.

« Qu'est-ce que... qu'est-ce que je dois dire ? »

Le grand blond sourit. C'était un beau brin de fille, tout de même. Bougrement sexy. Tous ces cheveux ! Des fourmillements plus intenses montèrent de la région en dessous de sa ceinture. Ça commençait à s'agiter sérieusement, par là.

Le téléphone sonna. Tous deux l'entendaient grâce au répondeur.

« Tu trouveras certainement, frangine. »

Il y eut un cliquetis et on décrocha l'appareil à l'autre bout de la ligne. Le blond attendit le moment où la voix de Beaumont dit « Allô » et, à la vitesse d'un serpent qui se détend pour frapper, porta un coup de rasoir à la joue gauche de Miriam Cowley, l'entaillant profondément. Le sang se mit à couler, et Miriam poussa un hurlement.

« Allô ! » aboya la voix de Beaumont. « Allô ! Qui est à l'appareil ? Nom de Dieu, c'est toi ? »

Oui c'est moi, exactement, espèce de fils de pute,

pensa le grand blond. C'est moi et tu le sais parfaitement, non ?

« Dis-lui qui tu es et ce qui se passe ici ! » rugit-il à l'intention de Miriam. « Allez, vas-y ! ne m'oblige pas à me répéter ! »

« *Qui est-ce ?* brailla Beaumont. *Qu'est-ce qui se passe ? Qui est là ?* »

Miriam poussa un deuxième hurlement. Du sang gicla sur les coussins immaculés. Ce n'était plus seulement quelques gouttes qui salissaient son corsage, maintenant : il était détrempé.

« *Fais ce que je te dis ou j'te coupe ta foutue tronche avec ce machin-là !* »

« *Y a un homme ici, Thad !* » hurla-t-elle dans le téléphone. La terreur et la souffrance lui avaient fait retrouver une élocution normale. « Y a un méchant homme ici ! Thad, un *HOMME TRÈS MÉCHANT ! IL* -

— *DIS TON NOM !* » rugit le grand blond, avec un mouvement du rasoir qui fendit l'air à quelques centimètres des yeux de Miriam.

Elle se recroquevilla encore, avec un gémissement.

« *Mais qui est là ? Qui* -

— *MIRIAM !* vociféra-t-elle. *OH THAD EMPÊCHE-LE DE ME COUPER ENCORE NE LAISSE PAS CE MÉCHANT TYPE ME COUPER ENCORE* - »

D'un coup de rasoir, George Stark sectionna le cordon entortillé du téléphone. Le répondeur émit un aboiement coléreux et se tut.

Pas mal. Aurait pu être mieux, mais pas mal. Il aurait bien voulu se la faire ; elle lui faisait vraiment très envie. Cela faisait longtemps qu'il n'avait pas désiré une femme, mais celle-là, il se la serait bien faite, oui. Pas question, pourtant : il y avait eu trop de cris. Les lapins allaient pointer le museau hors de leur trou, et renifler l'air pour repérer le grand prédateur qui patrouillait quelque part dans la jungle, juste au-delà de la pitoyable lueur que jetait leur ridicule feu de camp électrique.

Elle hurlait toujours.

Il était manifeste qu'elle avait renoncé à toutes ses bonnes idées.

Alors Stark la prit de nouveau par les cheveux, lui

pencha la tête en arrière jusqu'à ce qu'elle contemplât le plafond, criât vers le plafond, et lui coupa la gorge.

Le silence retomba dans la pièce.

« Voilà, frangine », dit-il avec tendresse.

Il replia le rasoir et le glissa dans sa poche. Puis de sa main gauche ensanglantée, il lui ferma les yeux. La manchette de sa chemise s'imprégna immédiatement d'un sang tiède, à cause de la jugulaire qui continuait à débiter le raisiné, mais il fallait faire ce qui convenait. Quand c'était une femme, on lui fermait les yeux. Peu importait qu'elle eût été plus mauvaise que la peste, une pute droguée qui aurait vendu ses miches pour de la came : on lui fermait les yeux.

Et ce n'était qu'un petit élément de l'ensemble. Rick Cowley, c'était un autre élément de l'histoire.

Comme l'homme qui avait écrit l'article de la revue.

Comme la salope qui avait pris les photos, en particulier celle avec la pierre tombale. Une salope, oui, une parfaite salope, mais il lui fermerait néanmoins les yeux, à elle aussi.

Et une fois qu'il aurait disposé de toute la bande, ce serait le moment de s'expliquer avec Thad lui-même. Sans intermédiaire, un *mano a mano*. Le moment de faire entendre raison à Thad. Après ce qu'il leur aurait fait, il n'avait aucun doute que Thad serait prêt à entendre raison. Sinon, il existait des moyens de le convaincre.

Cet homme, après tout, avait une épouse — une femme absolument ravissante, une véritable reine des airs et des ténèbres.

Il avait des mômes, aussi.

Il plongea l'index dans le sang tiède qui jaillissait encore du cou de Miriam et commença à écrire rapidement sur le mur en lettres-bâtons. Il dut revenir deux fois s'imbiber le doigt pour en avoir assez mais le message était là, au-dessus de la tête renversée de la femme. Elle aurait pu le déchiffrer à l'envers, si elle avait eu les yeux ouverts.

Et, bien entendu, si elle avait encore été en vie.

Il se pencha vers le corps et embrassa Miriam sur la joue. « Bonne nuit, franginette », dit-il. Puis il quitta l'appartement.

L'homme, de l'autre côté du palier, regardait encore par l'entrebâillement de sa porte.

Lorsqu'il vit le grand blond barbouillé de sang émerger de l'appartement de Miriam, il claqua violemment le battant et tourna le verrou.

Très sage, songea George Stark, fonçant à grandes enjambées vers l'ascenseur. Foutrement sage.

En attendant, il fallait se bouger. Il n'avait pas de temps à perdre.

Il avait une autre affaire à régler dans la soirée.

XIII

Pure Panique

1

Pendant un bon moment — il n'aurait su dire combien de temps — Thad fut pris d'une panique si complète et si absolue qu'il fut littéralement incapable de fonctionner, d'une manière ou d'une autre. En réalité, il était stupéfiant qu'il fût encore capable de respirer. Il pensa plus tard que la seule fois de sa vie où il avait ressenti quelque chose ressemblant à cela — mais de très loin — remontait à l'année de ses dix ans lorsque, avec deux copains, il avait décidé d'aller nager. On était à la mi-mai, et en avance d'au moins trois semaines sur la date habituelle de la première baignade, mais l'idée leur avait tout de même paru bonne ; il faisait beau et très chaud pour un mois de mai dans le New Jersey, et la température dépassait les vingt-cinq degrés. Le trio s'était rendu jusqu'au lac Davis, le surnom de dérision qu'ils donnaient au petit étang situé à un kilomètre et demi de la maison de Thad, à Bergenfield. Il fut le premier à se déshabiller et à se retrouver en maillot de bain : le premier à l'eau, également. Il y déboula au triple galop depuis la rive. Il se disait encore qu'il avait bien failli mourir ce jour-là. A quel point exactement il avait frôlé la mort, il préférait ne pas le savoir. Car si *l'air* était estival, *l'eau* faisait penser aux premiers jours de l'hiver, juste avant qu'elle prît en glace. Son système nerveux disjoncta temporairement. Sa respiration s'arrêta au point mort dans ses poumons, son cœur s'arrêta de battre et, lorsqu'il creva à nouveau la surface de l'eau, il se retrouva comme une voiture dont la batterie, à plat, avait besoin d'un coup de fouet, et vite — mais il n'avait aucune idée de la façon de s'y prendre. Il se souvenait de la lumière resplendissante du soleil, se reflétant en mille scintillements dorés sur la surface bleu-noir de l'eau, il se souvenait de Habby Black et Randy Wister, debout sur la rive, Harry remontant son maillot de bain, sur ses volumineuses fesses, Randy nu, son slip à la main, lui criant, *Elle est bonne, Thad ?* au moment où il refaisait surface. Et il n'avait été capable de penser qu'une chose : *Je vais mourir, je vais mourir juste ici sous le soleil avec mes deux amis et l'école est finie et j'ai mes devoirs à faire et l'émission de ce soir c'est justement* Mr Blanding Builds His Dream House *et m'man a dit que je pourrais pour une fois manger devant la télé mais je ne la verrai jamais parce que je vais mourir.* Ce qui était, un instant auparavant, une gorge respirant avec facilité, largement, était maintenant un conduit obturé comme par une épaisse chaussette mouillée qu'il ne pouvait ni repousser ni avaler. Dans sa poitrine, son cœur était comme une petite pierre froide. Puis il avait explosé : il prit une immense respiration qui s'engouffra avec un sifflement dans ses poumons, son corps se couvrit d'un milliard de pointes de chair de poule, et il répondit à Randy, avec cette joie malicieuse et irréfléchie qui est le territoire propre aux garçons de dix ans : *Elle est super !* Pas trop froide ! Allez-y ! Ce n'est que des années plus tard qu'il y songea : il aurait pu provoquer la mort de l'un ou l'autre, ou des deux, comme lui-même avait failli se tuer.

Il en allait de même maintenant : il se trouvait dans le même état de paralysie, de blocage corporel. On avait un nom à l'armée pour désigner ça : un *cluster fuck*. Ouais. Une enfoirure. Une trouvaille, ce nom. Assis sur sa chaise — pas adossé, mais sur le bout des fesses, penché en avant, le téléphone toujours à la main, l'œil fixe, perdu sur l'orbite vide de la télé, il eut conscience de Liz qui arrivait dans l'entrée et qui lui demandait tout d'abord qui c'était, puis qu'est-ce qui n'allait pas, et ce fut comme le jour du lac Davis, exactement comme ce jour-là, sa respiration filtrée par une chaussette sale en coton mouillé qu'il ne pouvait ni déglutir ni expulser, toutes les lignes de communication entre son cerveau et son cœur brutalement en rideau, nous sommes désolés pour cette interruption de nos services, ils reprendront dès que possible, ou peut-être que l'interruption était définitive, mais d'une manière ou d'une autre, je vous en prie, profitez de votre séjour à Terminusville, le centre, surtout, très beau, l'endroit où s'interrompent tous les services ferroviaires.

Puis la paralysie disparut soudain, comme la première fois, et il prit une grande inspiration hoquetante. Son cœur s'offrit deux ou trois extrasystoles dans sa poitrine avant de reprendre ses battements réguliers... réguliers mais tout de même rapides, beaucoup trop rapides.

Ce hurlement. Seigneur Jésus, ce hurlement !

Liz traversait maintenant la pièce en courant ; il ne se rendit compte qu'elle lui avait arraché le téléphone des mains que lorsqu'il la vit qui criait : « *Allô ?* et *qui est à l'appareil ?* » à plusieurs reprises. Puis elle entendit la tonalité de la communication coupée et raccrocha.

« Miriam », réussit-il à proférer lorsque Liz se tourna vers lui. « C'était Miriam, et elle hurlait. »

Sauf dans mes livres, je n'ai jamais tué personne.

Les moineaux volent.

Ici en bas, on appelle ça de la chair à pâté — de la farce de cinglé.

Ici en bas, on dit Terminusville.

Vais me tirer vers le Nord, vieille noix. Faut me mentir un alibi, pasque je vais me tirer vers le Nord. Vais me tailler quelques steaks.

« Miriam ? Miriam qui hurlait ? Miriam Cowley ? Mais qu'est-ce qui se passe, Thad ?

— C'est lui. Je le savais. Je crois que je l'ai su dès la première fois, et aujourd'hui... cet après-midi... j'en ai eu une autre.

— Une autre *quoi ?* » Elle se serrait violemment le cou tout en l'interrogeant. « Une autre crise ? Une autre transe ?

— Les deux. Tout d'abord les moineaux, encore une fois. J'ai écrit tout un tas de conneries sur un papier pendant que j'étais dans les vapes. Je l'ai jeté, mais *son nom* était sur la feuille, Liz, le nom de Miriam se trouvait au milieu de ce que j'ai gribouillé quand j'étais... et... »

Il se tut. Ses yeux s'agrandissaient, s'agrandissaient.

« Quoi ? Qu'est-ce qu'il y a, Thad ? » Elle le prit par les bras et le secoua. « *Qu'est-ce qu'il y a ?*

— Elle a un poster dans son séjour », répondit-il. Sa voix lui faisait l'effet d'appartenir à quelqu'un d'autre, de venir de très loin. Comme au travers d'un intercom, par exemple. « L'affiche d'une comédie musicale de Broadway. *Cats*, MAINTENANT ET POUR TOUJOURS. Je l'ai vue la dernière fois que j'y suis passé. J'ai aussi écrit ça. Je l'ai écrit parce qu'il était *là*, et donc moi j'étais *là* aussi, une partie de moi s'y trouvait, une partie de moi qui voyait avec ses yeux... »

Il la regarda. Il la regarda avec ses yeux qui s'agrandissaient.

« Ce n'est pas une tumeur, Liz. En tout cas pas une tumeur à l'intérieur de mon corps.

— *Je ne comprends pas de quoi tu parles !* » hurlat-elle presque.

« Il faut que j'appelle Rick », balbutia-t-il.

Une partie de son esprit paraissait avoir décollé, se déplacer avec adresse et se parler en images et symboles d'une éclatante brutalité. C'était dans cet état d'esprit qu'il écrivait, parfois, mais il ne se rappelait pas s'être jamais senti ainsi dans la vie — écrire serait-il la vraie vie ? se demanda-t-il soudain. Il ne le croyait pas. Plutôt un entracte.

« Thad, je t'en prie !

— Il faut que j'avertisse Rick. Il est peut-être en danger.

— Mais enfin, Thad, ça n'a aucun sens ! »

Aucun sens ? Bien sûr, ça n'avait aucun sens. Mais s'il arrêtait ses explications, ça en aurait encore moins... et tandis qu'il prenait le temps de confier ses peurs à sa femme (avec sans doute pour unique résultat de lui faire se demander combien de temps il faut pour obtenir les certificats d'internement), George Stark traversait peutêtre les neuf coins de rue de Manhattan qui séparaient l'appartement de Miriam de celui de Rick. Assis au fond d'un taxi, ou au volant d'une voiture volée, bon Dieu, non, au volant de la Toronado noire de son rêve, après tout pourquoi pas ? Quand on est rendu aussi loin sur le chemin de la folie, pourquoi ne pas dire : rien à foutre, et continuer ? Dans la Toronado, donc, fumant une Pall Mall et s'apprêtant à tuer Rick comme il avait tué Miriam -

Mais l'avait-il tuée ?

Peut-être l'avait-il juste effrayée et laissée en pleurs, en état de choc. Ou bien lui avait-il fait seulement mal — en y repensant, c'était probable. Qu'avait-elle dit ? *Empêche-le de me couper encore, ne laisse pas ce méchant type me couper encore.* Et sur le papier, il y avait écrit *entailles.* Mais n'y avait-il pas aussi *le bout du roul* - le bout du rouleau ?

Oui. Oui, il y avait ça. Mais c'était en rapport avec le rêve, non ? En rapport avec Terminusville, l'endroit où s'interrompent tous les services de chemin de fer. Mais oui.

Il pria pour qu'il en fût ainsi.

Il fallait lui trouver de l'aide, essayer au moins, et il devait avertir Rick. Mais s'il appelait juste Rick comme ça pour lui dire tout de go d'être sur ses gardes, l'agent littéraire voudrait savoir pour quelles raisons.

Qu'est-ce qui ne va pas, Thad ? Qu'est-ce qui s'est passé ?

Et s'il mentionnait seulement le nom de Miriam, Rick partirait comme un boulet de canon jusqu'à l'appartement de son ex-femme, car il tenait encore beaucoup à elle. Il y tenait même énormément. Et ce serait lui qui la trouverait... peut-être en morceaux (une partie de son esprit tentait de fuir cette pensée, cette *image*, mais le reste, implacable, l'obligeait à se représenter de quoi aurait l'air Miriam, débitée comme sur l'étal d'un boucher).

Et qui sait si ce n'était pas justement là-dessus que comptait Stark ? Cet idiot de Thad, qui envoie directement Rick dans le piège. Cet idiot de Thad, faisant le boulot pour lui.

Mais est-ce que je n'ai pas fait le boulot pour lui dès le début ? N'était-ce pas précisément le rôle du nom de plume, bon sang ?

Il sentit son esprit qui s'embrouillait de nouveau, se refermant doucement sur lui-même en un nœud comme une crampe, une enfoirure de blocage — or il ne pouvait s'autoriser cela, ce n'était vraiment pas le moment !

« Thad, je t'en supplie ! Dis-moi ce qui se passe ! »

Il prit une profonde inspiration et saisit les avant-bras glacés de Liz dans ses mains tout aussi froides.

« C'était le type… le même que celui qui a tué Homer Gamache et Frederick Clawson. Il était chez Miriam. Il… il la menaçait. J'espère que c'est tout ce qu'il a fait. Je ne sais pas. Elle hurlait. Puis la ligne a été coupée.

— Oh, Thad, mon Dieu !

— Nous n'avons pas le temps de nous payer une crise de nerfs », répondit-il, non sans se dire : *Et Dieu sait pourtant si ce n'est pas l'envie qui me manque.* « Monte prendre ton carnet d'adresses au premier. Je n'ai pas celle de Miriam dans le mien, ni son numéro de téléphone ; je crois que c'est toi qui les as.

— Qu'as-tu voulu dire, que tu le savais depuis le début ?

— On n'a pas le temps de s'occuper de ça, Liz. Va chercher ton carnet d'adresses, et vite ! D'accord ? »

Elle hésita un instant encore.

« Elle est sûrement blessée ! Fonce ! »

Elle fit demi-tour et courut. Il entendit ses pas précipités dans l'escalier, et essaya de réfléchir posément de nouveau.

N'appelle pas Rick. S'il s'agit d'un piège, appeler Rick serait la plus mauvaise idée.

D'accord, tu l'as déjà dit. Ce n'est pas grand-chose, mais c'est un début. Dans ce cas, qui ?

La police de New York ? Non. Ils perdraient un temps précieux à me bombarder de questions — à commencer par vouloir savoir comment il se faisait qu'un type, au fin fond du Maine, soit au courant d'un meurtre en train de se commettre à New York. Non, pas la police de la Grosse Pomme véreuse. Encore une très mauvaise idée.

Pangborn.

Son esprit bondit. Il allait commencer par appeler Pangborn. Il allait devoir faire attention à ce qu'il dirait, du moins pour le moment. On verrait plus tard pour le reste — les transes, les bruits d'oiseaux, George. La priorité, pour l'instant, c'était Miriam. Si Miriam était blessée mais encore en vie, inutile d'injecter dans le tableau de la situation tout élément qui pourrait ralentir Pangborn. C'était lui qui allait appeler les flics de New York. Ils agiraient plus vite et poseraient moins de questions si c'était l'un des leurs qui refilait le tuyau, même si le cher confrère appelait du fin fond du Maine.

Mais d'abord, Miriam. Dieu fasse qu'elle réponde au téléphone.

Liz redescendit l'escalier quatre à quatre avec le carnet. Elle était aussi pâle que le jour où elle avait finalement réussi à mettre William et Wendy au monde. « Tiens », dit-elle. Elle respirait vite, haletait presque.

Ça va aller, ça va aller très bien, envisagea-t-il de lui dire, sans le faire. Il se refusait à déclarer quoi que ce fût qui pût si facilement se révéler faux... et la façon dont avait hurlé Miriam suggérait des choses qui n'allaient pas du tout, vraiment pas du tout. Que pour Miriam, par exemple, plus rien n'irait jamais bien.

Y a un méchant homme ici ! Un homme très méchant.

Thad évoqua George Stark et fut pris d'un frisson. C'était un homme très méchant, pour reprendre l'expression enfantine qu'elle avait employée, d'accord. Thad le savait mieux que personne, puisque c'était lui qui avait créé ce personnage à partir du néant... non ?

« Nous, ça va », dit-il à Liz. Cela, au moins, était vrai. *Jusqu'à maintenant*, tint à ajouter son esprit dans un murmure. « Garde ton calme si possible, chérie. S'hyperventiler et s'évanouir n'aideront pas Miriam. »

Elle s'assit, raide comme un manche à balai, et le regarda tout en se mordillant impitoyablement la lèvre inférieure. Il commença à former le numéro de Miriam. Ses doigts tremblaient légèrement et heurtèrent deux fois le second chiffre. *Tu es très fort pour ce qui est de dire aux autres de garder leur sang-froid.* Il prit une profonde inspiration, la retint, coupa la ligne pour récupérer la tonalité et recommença, s'obligeant à procéder lentement. Il enfonça la dernière touche et entendit les cliquetis des relais se mettre en place.

Mon Dieu, faites qu'elle aille bien, et si elle n'est pas

tout à fait bien, faites qu'elle puisse au moins répondre au téléphone. Je vous en supplie.

Mais la sonnerie ne retentit pas. A la place, il n'y eut que les bip-bip insistants signalant une ligne occupée. Peut-être était-elle réellement occupée ; peut-être appelait-elle Rick, ou l'hôpital. A moins que le téléphone ne fût décroché.

Restait une autre possibilité, songea-t-il en récupérant la tonalité. Stark avait pu défaire la prise du téléphone. Ou bien -

(Ne laisse pas ce méchant type me couper encore !)

Il l'avait coupée.

Comme il avait coupé Miriam.

Rasoir, pensa Thad ; un frisson sinueux lui parcourut le dos. Encore un des mots du magma verbal qu'il avait écrit cet après-midi. *Rasoir*.

2

La demi-heure suivante fut placée sous le signe du même surréalisme lourd de menaces qui avait régné lorsque Pangborn et les deux flics de la police d'État s'étaient présentés à sa porte, afin de l'arrêter comme auteur présumé d'un meurtre dont il n'avait même pas entendu parler. Il n'éprouvait nullement l'impression d'être personnellement en danger — pas immédiatement, en tout cas — mais celle, en revanche, d'avancer dans une salle obscure remplie de délicates toiles d'araignées lui frôlant le visage, dont le contact commençait par chatouiller, et finissait par rendre fou ; des toiles d'araignées qui ne collaient pas mais s'éloignaient en froufroutant avant qu'on eût pu les saisir.

Il refit le numéro de Miriam ; il était toujours occupé. Et lorsqu'il appuya une fois de plus sur le bouton pour reprendre la tonalité, il hésita un bref instant, déchiré entre deux envies : appeler Pangborn ou les dérangements de New York pour vérifier le téléphone de Miriam. N'existait-il pas de moyens de faire la différence entre une ligne sur laquelle quelqu'un parlait et une autre rendue inutilisable pour une raison ou une autre ? Il lui semblait bien, mais ce qui comptait le plus était le fait que sa communication avec Miriam avait été brutalement interrompue, et qu'il n'était plus possible de la joindre. Cependant, il aurait pu savoir — Liz aurait pu savoir —, si seulement ils avaient eu deux lignes au lieu d'une. Pourquoi n'en avaient-ils qu'une ? C'était stupide de n'avoir qu'une ligne, non ?

Si ces pensées ne l'occupèrent que deux secondes, tout au plus, elles lui semblèrent s'éterniser et il se reprocha de jouer les Hamlet pendant que Miriam Cowley était peut-être en train de se vider de son sang dans son appartement. Les personnages de ses livres — du moins de ceux de Stark — n'avaient jamais ce genre de faiblesses : ils ne s'arrêtaient pas pour se poser des questions ridicules comme de savoir pour quelle raison ils n'avaient pas une deuxième ligne de téléphone, au cas où une femme, dans un autre État, serait en train de perdre tout son sang. Dans les livres, les héros n'avaient jamais de temps à perdre, ne restaient jamais prisonniers d'hésitations de ce genre.

Le monde fonctionnerait avec bien plus d'efficacité, songea-t-il, si les personnages étaient tous des héros de romans populaires. Dans les romans populaires, les protagonistes se débrouillent pour garder leurs réflexions dans le droit fil de l'histoire, tandis qu'ils passent en douceur d'un chapitre à un autre.

Il fit le numéro de l'assistance à l'annuaire, et lorsque la standardiste lui demanda, « Quelle ville, monsieur ? » il resta paralysé pendant un moment parce que Castle Rock n'était pas à proprement parler une ville, mais plutôt un gros bourg, même s'il s'agissait d'un chef-lieu de comté. *Tu paniques, Thad, c'est de la pure panique. Du sang-froid, mon vieux, du sang-froid. Faut pas laisser Miriam mourir parce que tu auras paniqué.* Et il eut même le temps, lui sembla-t-il, de se demander pourquoi il n'y arrivait pas : il était après tout le seul personnage réel sur lequel il exerçait un certain contrôle, et la panique ne faisait tout simplement pas partie du personnage. Du moins, tel qu'il le voyait.

Ici en bas on appelle ça des conneries, Thad. Ici en bas on appelle ça...

191

« Monsieur ? fit l'opératrice. Quelle ville ? »

D'accord. On se contrôle.

Il prit une profonde inspiration, rangea ses billes et dit : « Castle City. » *Nom de Dieu.* Il ferma les yeux. Et les gardant fermés il reprit, lentement et clairement : « Castle *Rock*. Je voudrais le numéro du bureau du shérif. »

Il y eut un instant de silence, puis une voix robotisée commença à lui dévider le numéro. Thad se rendit compte qu'il n'avait rien pour écrire. Le robot répéta le numéro, et il fit des efforts surhumains pour le mémoriser ; mais les chiffres s'imprimèrent dans son esprit aussi brièvement qu'un éclair, avant de disparaître dans les ténèbres sans laisser la moindre trace.

« Si vous avez besoin d'autres renseignements, continua la voix du robot, restez en ligne, s'il vous plaît, et une opératrice…

— Liz ? Tu n'as pas un crayon ? Quelque chose pour écrire ? »

Il y avait une pointe Bic glissée dans son carnet d'adresses. Elle la lui tendit. L'opératrice, avec sa voix humaine, revint en ligne. Thad lui avoua qu'il n'avait pas eu le temps de noter le numéro. De nouveau la voix heurtée et vaguement féminine du robot. Thad griffonna sur la couverture du carnet, faillit raccrocher, puis décida de vérifier en écoutant la répétition programmée. Il avait inversé deux chiffres. Oh, il frôlait la panique, c'était de plus en plus clair.

Il appuya sur le bouton de tonalité. Il sentait son corps se couvrir d'une légère transpiration.

« Calme-toi, Thad.

— Ça se voit que tu ne l'as pas entendue », répondit-il d'un ton sinistre en faisant le numéro du bureau du shérif.

La sonnerie retentit quatre fois, et une voix ennuyée à l'accent yankee répondit :

« Bureau du shérif de Castle Rock, sergent Ridgewick, j'écoute.

— Je suis Thad Beaumont. J'appelle de Ludlow.

— Ah ? »

Inconnu au bataillon, semblait-il. Ce qui signifiait

192

donner des explications. Des toiles d'araignées. Le nom de Ridgewick lui disait quelque chose. Bien sûr — le policier qui avait interrogé Mme Arsenault et trouvé le corps de Gamache. Bon Dieu de bon Dieu, comment pouvait-il avoir trouvé l'homme que Thad était supposé avoir assassiné et ne pas savoir qui il était ?

« Le shérif Pangborn est venu ici pour… m'interroger sur le meurtre de Homer Gamache, sergent Ridgewick. J'ai de nouvelles informations à lui transmettre, et il faut que je lui parle tout de suite.

« Le shérif n'est pas là », répondit Ridgewick, avec dans le ton une indifférence monumentale pour ce qu'il y avait de pressant dans la requête de Thad.

— Et où se trouve-t-il ?

— Chez lui.

— Donnez-moi son numéro, je vous prie. »

Incroyable :

« Oh, je ne sais pas si je dois, monsieur Bowman. Le shérif n'a pas eu une minute à lui, ces temps derniers, et sa femme n'est pas très bien. Elle a des maux de tête.

— Mais *il faut* que je lui parle !

— D'accord, il est très clair que vous le croyez. Peut-être même faut-il que vous lui parliez, vraiment. Mais je vais vous dire quelque chose, monsieur Bowman. Pourquoi ne pas me parler, à moi, tout s -

— Il est venu ici pour *m'arrêter* pour le meurtre de Homer Gamache, sergent, et quelque chose d'autre est arrivé depuis, et si vous ne me donnez pas son numéro *TOUT DE SUITE*…

— Oh, sainte merde ! » s'écria Ridgewick. Thad entendit un léger bruit assourdi et imagina Ridgewick remettant les pieds par terre, sous son bureau — ou plutôt sous celui de Pangborn — et se redressant sur son siège. « Beaumont, pas Bowman !

— Oui, et…

— Oh, nom de Dieu ! Alan m'a dit que si vous appeliez je devais tout de suite vous le passer !

— Bon, alors maintenant…

— Sacré nom de Dieu, quel imbécile je fais ! »

Thad, qui ne pouvait qu'être parfaitement d'accord, se contenta de répondre :

« Donnez-moi son numéro, s'il vous plaît. »

Faisant sans doute appel à des réserves de maîtrise de soi qu'il ignorait posséder, il réussit à ne pas hurler.

« Bien sûr, juste une seconde. Euh... »

Un silence atroce s'ensuivit. Seulement de quelques secondes, bien entendu, mais Thad eut l'impression qu'on aurait pu construire les pyramides pendant ce silence. Les bâtir et les démanteler. Et pendant ce temps, la vie de Miriam fuyait peut-être avec son sang qui coulait sur le tapis de son appartement, à huit cents kilomètres de là. Je l'ai peut-être tuée, se dit-il, simplement en décidant d'appeler Pangborn et en tombant sur ce crétin patenté au lieu de commencer par alerter la police de New York. Ou de faire le 911. C'est ce que j'aurais dû faire, le 911, et leur balancer tout le pataquès.

Sauf que cette option ne semblait pas réaliste, même maintenant. A cause de la transe, supposa-t-il, et des mots qu'il avait écrits dans cet état. Il ne pensait pas avoir anticipé l'agression de Miriam... mais il avait, d'une manière obscure, assisté aux *préparatifs* de Stark en vue de cette agression. Les pépiements fantomatiques de ces milliers d'oiseaux semblaient le rendre responsable de toute cette histoire insensée.

Mais si jamais Miriam mourait parce qu'il avait été trop paniqué pour faire le 911, pourrait-il jamais regarder de nouveau Rick en face ?

Et merde ! Comment pourrait-il seulement se regarder lui-même dans une glace ?

Ridgewick, l'Idiot-Yankee-Bien-de-Chez-Nous, était de retour. Il donna à Thad le numéro du shérif, articulant les chiffres au point qu'un retardé mental n'aurait pas eu de peine à les noter... Mais Thad les lui fit néanmoins répéter, en dépit de l'envie de se dépêcher qui le tenaillait et le brûlait. Il était encore sous le coup de l'erreur qu'il avait commise en relevant le numéro du bureau et ne voulait pas recommencer.

« D'accord, dit-il, merci.

— Euh, monsieur Beaumont ? J'apprécierais si vous n'insistiez pas trop sur la façon dont je... »

Thad lui raccrocha au nez sans le moindre remords et composa immédiatement le numéro que le sergent venait de lui donner. Naturellement, ce n'était pas Pangborn lui-même qui allait répondre, ce serait trop beau, dans cette nuit des toiles d'araignées. Et celui ou celle qui lui répondrait, après les inévitables palabres de-qui de-quoi, lui dirait que justement, le shérif était sorti acheter du pain ou un gallon de lait. A Laconia, dans le New Hampshire, probablement, même s'il ne fallait pas exclure *a priori* Phoenix, en Arizona.

Il éclata d'un rire canin sauvage et bref, et Liz le regarda, étonnée.

« Thad ? Tu te sens bien, Thad ? »

Il était sur le point de répondre, mais au lieu de cela agita la main pour lui montrer qu'à l'autre bout, on décrochait. Ce n'était pas Pangborn. Là-dessus, au moins, il avait eu raison. Mais un petit garçon d'une dizaine d'années.

« Allô, ici Todd Pangborn », fit-il d'une petite voix flûtée.

« Salut », répondit Thad. Il avait vaguement conscience qu'il serrait le combiné beaucoup trop fort entre ses doigts, et voulut les décrisper un peu. Ils craquèrent mais ne bougèrent pas. « Je m'appelle Thad... » Il faillit ajouter *Pangborn*, oh Seigneur, il manquait plus que ça, c'est vraiment le bouquet, Thad, t'aurais dû être contrôleur du trafic aérien « ... Beaumont », finit-il après sa correction de trajectoire. « Le shérif est-il là ? »

Non, il vient de partir pour Lodi, en Californie, acheter de la bière et des cigarettes.

Au lieu de cela, la voix du garçon s'éloigna du téléphone et claironna : « *PAPA ! TÉLÉPHONE !* » L'interpellation fut suivie d'un claquement bruyant qui lui fit mal à l'oreille.

Un instant plus tard — bénis soient le Seigneur et tous ses saints ! — la voix d'Alan Pangborn disait : « Allô ? »

Au son de cette voix, la fièvre mentale qui le survoltait se calma.

« C'est Thad Beaumont, shérif Pangborn. Il y a une femme à New York qui a sans doute le plus grand besoin d'une aide urgente. C'est en rapport avec ce dont nous avons parlé samedi soir.

— Allez-y », dit Alan d'un ton décidé — rien de plus,

mais quel soulagement, bon sang! Thad se sentait comme une image floue retrouvant son piqué.

« Il s'agit de Miriam Cowley, l'ex-femme de mon agent littéraire. »

Thad eut le temps de se dire qu'une minute auparavant, il aurait été capable de dire l'agent de mon ex-femme...

« Elle vient d'appeler. Elle pleurait, elle était dans un état terrible. Sur le coup, je n'ai même pas reconnu sa voix. Puis j'ai entendu une voix d'homme, un peu en arrière. Il lui ordonnait de me dire qui elle était et ce qui se passait. Elle m'a alors dit qu'il y avait un homme dans l'appartement et qu'il menaçait de lui faire mal. De... » Thad déglutit « ... de la couper. J'avais déjà reconnu sa voix à ce moment-là, mais l'homme cria et lui dit que si elle ne s'identifiait pas il allait lui couper sa foutue tronche. Alors elle m'a dit qu'elle était Miriam et m'a supplié... » De nouveau, il déglutit, et sa gorge émit un cliquetis aussi net que la lettre E envoyée en morse. « Elle m'a supplié de ne pas laisser ce méchant homme lui faire ça. La couper encore. »

Devant lui, Liz devenait de plus en plus blême. *Qu'elle ne s'évanouisse pas*, pria (ou souhaita) Thad. *S'il vous plaît, qu'elle ne s'évanouisse pas maintenant*.

« Elle hurlait. Puis la communication a brusquement été coupée. Je crois que le type a tranché le fil ou arraché la prise. » Sauf que tout ça, c'étaient des foutaises. Ce n'est pas : « je crois » qu'il aurait dû dire, mais « je sais ». La ligne a été tranchée, d'un coup de lame de rasoir. « J'ai essayé de rappeler mais -

— Quelle est son adresse? »

La voix de Pangborn était toujours décidée, toujours agréable, toujours calme. Elle comportait bien une note autoritaire et pressante, mais sinon on aurait pu croire qu'il bavardait à bâtons rompus avec un vieil ami. *J'ai eu raison de l'appeler*, pensa Thad. *Dieu soit béni pour les gens qui savent ce qu'ils ont à faire, ou du moins croient le savoir. Dieu soit loué pour les gens qui se comportent comme des personnages de romans populaires. Si j'avais affaire à un type genre Saul Bellow en ce moment, je crois que je deviendrais cinglé.*

Thad baissa les yeux sur le carnet d'adresses de Liz.

« Chérie, est-ce que c'est un trois ou un huit, ici ?

— Huit », répondit-elle d'une voix lointaine.

« Bien. Assieds-toi. Pose la tête sur tes genoux.

— Monsieur Beaumont ? Thad ?

— Désolé. Ma femme est bouleversée. Elle a l'air sur le point de s'évanouir.

— Ça ne m'étonne pas. Vous êtes bouleversés tous les deux. C'est une situation qui bouleverserait n'importe qui. Tenez le coup, Thad, tenez.

— Oui. »

Il pensa avec horreur que si jamais Liz s'évanouissait, il devrait la laisser allongée par terre jusqu'à ce qu'il ait donné à Pangborn les informations indispensables pour pouvoir faire quelque chose. *Je t'en prie, ne t'évanouis pas*, répéta-t-il mentalement, revenant au carnet d'adresses.

« 109 Ouest, 84ᵉ Rue.

— Téléphone ?

— Je vous l'ai dit, son...

— J'en ai tout de même besoin, Thad.

— Oui, bien sûr. (Pourquoi ? Il n'en avait pas la moindre idée.) Je suis désolé. »

Il énuméra les chiffres.

« Il y a combien de temps, ce coup de fil ? »

Des heures, pensa-t-il, avec un coup d'œil vers l'horloge, sur le manteau de la cheminée. Sa première réaction fut de la croire arrêtée. Oui, elle devait être arrêtée.

« Thad ?

— Je suis toujours ici », fit-il d'une voix calme qui semblait appartenir à quelqu'un d'autre. « Environ six minutes. Le moment où la communication a été interrompue. Coupée.

— D'accord, pas trop de temps de perdu. Si vous aviez appelé la police de New York, ils vous auraient tenu la jambe pendant trois fois plus de temps. Je vous rappelle dès que possible, Thad.

— Et Rick », ajouta précipitamment Thad. « Dites-leur que son ex-mari ne peut pas encore être au courant. Si le type... s'il a fait quelque chose à Miriam, Rick est sûrement le prochain sur la liste.

— Vous êtes convaincu qu'il s'agit du même type que celui qui s'est occupé de Gamache et Clawson, non ?

— Absolument. » Et ses paroles s'envolèrent le long des fils du téléphone avant même qu'il sût s'il voulait ou non les prononcer. « Je pense savoir de qui il s'agit. »

Après la plus courte des hésitations, Pangborn répondit :

« Très bien. Restez près du téléphone. Je veux pouvoir vous en parler dès que j'aurai un moment. »

Il raccrocha.

Thad tourna alors les yeux vers Liz ; elle était affaissée sur sa chaise, penchée d'un côté, les yeux agrandis, mais le regard vitreux. Il se leva et s'approcha rapidement d'elle, la redressa et lui tapota les joues.

« Lequel est-ce ? » demanda-t-elle d'une voix pâteuse, du fond de son hébétude à demi consciente. « Stark ou Alexis Machine ? Lequel, Thad ? »

Ce n'est qu'au bout d'un très long moment qu'il répondit :

« Je ne crois pas qu'il y ait la moindre différence. Je vais faire du thé, Liz. »

3

Il était sûr qu'ils allaient en parler. Comment l'éviter ? Mais ils n'en firent rien. Longtemps ils se contentèrent de rester assis, échangeant des regards par-dessus le bord de leur bol, dans l'attente du coup de téléphone d'Alan. Et au fur et à mesure que défilaient les minutes, il semblait de plus en plus normal à Thad de ne rien dire — en tout cas pas tant que le shérif n'aurait pas rappelé pour leur dire si Miriam était encore en vie ou non.

Supposons, pensa-t-il, la regardant porter le bol de thé à deux mains jusqu'à sa bouche, tandis que lui-même prenait de petites gorgées dans le sien, supposons que nous soyons assis ici un soir, un livre à la main (nous aurions l'air de lire, pour un étranger, mais en fait nous savourerions le silence comme si c'était quelque vin particulièrement fin, comme seuls des parents de très jeunes enfants peuvent le savourer, si rares sont ces moments), et supposons encore que tout d'un coup, une météorite traverse le toit et vienne s'écraser, toute brûlante et fumante, sur le plancher du séjour. L'un de nous deux irait-il dans la cuisine remplir un seau d'eau qu'il jetterait sur le tapis pour l'empêcher de prendre feu, avant de reprendre tranquillement sa lecture ? Non, on en parlerait. *Il faudrait* en parler. Comme il nous faut parler de cela.

Peut-être s'y mettraient-ils après le coup de fil d'Alan. Peut-être même parleraient-ils par son intermédiaire, Liz écoutant attentivement pendant que Pangborn poserait ses questions et que Thad y répondrait. Oui, c'était ainsi que la conversation, entre eux, pourrait commencer. Car Thad avait l'impression que le shérif jouait un rôle de catalyseur. Bizarrement, il lui semblait que c'était Alan qui avait tout déclenché, alors que le shérif n'avait fait que réagir aux actes de Stark.

Ils restaient assis et attendaient.

Il éprouva le besoin de refaire le numéro de Miriam mais n'osa pas : Alan pouvait rappeler à n'importe quel moment, et trouverait le numéro des Beaumont occupé. Il se reprit à regretter, toujours aussi inutilement, de ne pas disposer d'une deuxième ligne. On souhaite d'une main, songea-t-il, et on se crache dans l'autre.

Tout son côté rationnel lui disait qu'il était impossible que Stark soit là dehors, dans la nature, rôdant comme quelque cancer dément à forme humaine et tuant des gens. Comme se plaisait à le répéter le cul-terreux dans *She Stoops to Conquer* de Oliver Goldsmith, c'était parfaitement impossible. Diggory.

Et pourtant, Thad savait, et Liz savait aussi, que c'était possible. Il se demanda si Alan partagerait leur conviction, lorsqu'il lui expliquerait. Probablement non ; il fallait s'attendre qu'il se contente d'envoyer ces charmants jeunes gens musclés en blouse blanche impeccable. Car George Stark n'avait aucune réalité, pas plus que Alexis Machine — ce personnage fictif d'un auteur fictif. Aucun des deux n'avait jamais existé, pas plus que Stendhal, ou George Eliot, ou Mark Twain, ou Lautréamont, ou Lewis Carroll. Les pseudonymes ne sont qu'une forme plus haute de personnages de fiction.

Thad trouvait cependant difficile de se figurer que Alan Pangborn ne le croirait pas, même s'il commençait par s'y refuser. Thad lui-même ne voulait pas y croire, et se trouvait cependant incapable de faire autre chose. C'était, si l'on peut se passer l'expression, inexorablement plausible.

« Pourquoi n'appelle-t-il pas ? s'impatienta Liz.

— Cela ne fait que cinq minutes, mon chou.

— Plus près de dix. »

Il résista à l'envie de lui répliquer qu'on n'était pas à un jeu télévisé, que Alan ne recevrait ni points supplémentaires ni cadeaux de valeur s'il appelait avant neuf heures.

Stark *n'existe pas*, continuait à le tenailler son esprit ; c'était la voix de la raison qui parlait, mais elle était étrangement dépourvue de pouvoir et semblait répéter ce credo non pas par réelle conviction, mais mécaniquement, comme un perroquet à qui on apprend à dire : *Il est joli Coco*, ou : *Coco veut un gâteau !* C'était pourtant vrai, non ? Devait-il croire que Stark était revenu D'OUTRE-TOMBE, comme le monstre dans les films d'horreur ? Voilà qui serait un sacré tour de force, dans la mesure où cet homme — ce non-homme — n'avait jamais été enterré, et où sa tombe s'était réduite à une fausse pierre en carton-pâte, posée dans un cimetière, certes, mais sur un emplacement vide de toute dépouille, une pierre tombale aussi imaginaire que le reste...

Toujours est-il que cela nous conduit à notre dernier point... ou aspect... ou élément du dossier, comme vous voudrez... Quelle est votre pointure, monsieur Beaumont ?

Thad se tenait vautré sur sa chaise, sur le point de somnoler — aussi invraisemblable que cela parût —, en dépit de tout. Il se redressa si brusquement qu'il faillit renverser son thé. Des empreintes de pas. Pangborn lui avait parlé d'empreintes de pas.

De quelles empreintes s'agissait-il ?

C'est sans importance, nous n'avons même pas de photos. Par ailleurs je vous ai presque tout mis sur la table...

« Qu'est-ce qu'il y a, Thad ? » demanda Liz.

Mais quelles empreintes ? Où ? A Castle Rock, de toute évidence, sans quoi Alan n'aurait pas été au courant. Ne les aurait-on pas relevées dans le cimetière Homeland, là où la photographe neurasthénique avait tiré les photos que lui et Liz avaient trouvées si amusantes ?

« Un type pas très sympa, grommela-t-il.

— *Thad ?* »

Sur quoi le téléphone sonna, et tous deux renversèrent leur thé.

4

La main de Thad plongea vers le combiné... puis s'immobilisa un instant, flottant juste au-dessus.

Et si ce n'était pas lui ?

J'en ai pas fini avec toi, Thad. T'avise pas de faire le con avec moi, Thad. Parce que lorsque tu fais le con avec moi, c'est avec le meilleur que tu joues.

Il laissa sa main s'abaisser, se refermer sur le combiné et le porter à son oreille.

« Allô ?

— Thad. »

C'était la voix de Pangborn. Soudain il se sentit très faible, comme si l'on venait de retirer brusquement les petits fils raides qui, jusqu'ici, auraient donné sa cohésion à son corps.

« Oui », répondit-il. Il avait parlé d'une voix sibilante, presque un soupir. Il prit une nouvelle inspiration. « Miriam va bien ?

— Je n'en sais rien. J'ai donné son adresse à la police de New York. On devrait avoir rapidement de ses nouvelles, même si je dois vous avertir qu'un quart d'heure ou une demi-heure risquent de vous paraître durer interminablement, à vous et votre femme, ce soir.

— Non. Ça ira.

— Miriam va bien ? » demanda Liz à son tour.

Thad couvrit le micro de la main, le temps de lui dire que Pangborn ne le savait pas encore. Liz acquiesça et se renfonça dans son siège, encore trop pâle, mais paraissant plus calme et maîtresse d'elle-même qu'avant. Au moins, il y avait des gens qui faisaient quelque chose, en ce moment, et l'affaire n'était plus de la seule responsabilité des Beaumont.

« Ils ont aussi trouvé l'adresse de M. Cowley par les renseignements -

— Hé! Ils ne vont tout de même pas -

— Non, ils ne feront rien tant qu'ils ne sauront pas dans quel état se trouve son ex-femme, Thad. Dans le tableau que je leur ai fait de la situation. J'ai simplement dit qu'un déséquilibré était peut-être aux trousses d'une ou de plusieurs personnes citées dans la revue *People*, dans le cadre d'un article sur l'homme qui se cachait derrière le nom de plume de George Stark, et j'ai expliqué quels étaient vos rapports avec les Cowley. J'espère que je ne me suis pas trompé. Je ne sais pas grand-chose sur les écrivains, et encore moins sur leurs agents. Mais ils ont parfaitement bien compris qu'il valait mieux éviter que l'ex-mari de cette dame se précipite là-bas avant leur arrivée.

— Merci. Merci pour tout, Alan.

— Pour l'instant, la police de New York est trop occupée pour vouloir plus d'explications, Thad, mais elle va vous les demander. Moi aussi, je vais vous les demander. Pour vous, c'est qui, ce type?

— Voilà quelque chose dont je ne veux pas parler au téléphone. J'irais bien vous rejoindre, Alan, mais je me refuse à laisser ma femme et mes enfants en ce moment. Je crois que vous devez le comprendre. Il faudra que vous veniez ici.

— Impossible, répondit Alan patiemment. J'ai mon boulot à faire, et...

— Votre femme est-elle malade, Alan?

— Ça va beaucoup mieux, ce soir. Mais l'un de mes hommes s'est fait porter pâle, et je dois le remplacer. Procédure habituelle, dans une petite ville. Je me préparais juste à repartir. Ce que je veux dire, c'est que le moment est bien mal choisi pour jouer les timides, Thad. Racontez-moi. »

Il réfléchit. Il avait curieusement l'impression que Pangborn le croirait. Mais peut-être pas au téléphone.

« Pourriez-vous venir demain matin?

— Nous devrons certainement nous voir demain », répondit Alan. Sans hausser le ton, il restait tout de même extrêmement insistant. « Mais c'est dès maintenant que j'ai besoin d'être mis au courant de tout ce que vous savez. Le fait que les flics de New York vont vouloir une explication est secondaire en ce qui me concerne. J'ai ma propre cour à balayer. Il y a un tas de gens ici qui aimeraient bien que l'arrestation du meurtrier d'Homer Gamache ne traîne pas. Moi le premier. Alors ne m'obligez pas à vous reposer la question. Il n'est pas tard au point que je ne puisse joindre le juge d'instruction du comté de Penobscot par téléphone, et lui demander de vous faire coffrer comme témoin important dans l'affaire du meurtre de Castle County. Il sait déjà, grâce à la police d'État, que vous êtes suspect, alibi ou pas.

— Vous feriez ça? » demanda Thad, à la fois amusé et fasciné.

« Oui, si vous m'y obligiez. Ce que vous ne ferez pas, à mon avis. »

Thad avait l'impression que sa tête s'était éclaircie; ses pensées semblaient se diriger quelque part. Quelle importance, au fond, aussi bien pour la police de New York que pour Pangborn, qu'ils soient aux trousses d'un malade mental se prenant pour Stark, ou à celles de Stark lui-même? Aucune, il n'en voyait aucune. Et il ne croyait pas non plus qu'ils l'attraperaient, d'une manière ou d'une autre.

« Je suis convaincu que c'est un psychotique, comme l'a dit ma femme », dit-il finalement à Alan. Il regarda Liz dans les yeux, s'efforçant de lui faire passer un message. Sans doute dut-il réussir plus ou moins, parce qu'elle hocha légèrement la tête. « Un peu bizarre, mais ça tient debout. Vous m'avez bien parlé d'empreintes de pas, n'est-ce pas?

— Oui.

— C'est dans le cimetière de Homeland que vous les avez trouvées, non? »

En face de lui, Liz ouvrit de grands yeux.

« Comment le savez-vous? » fit Pangborn d'une voix

qui montrait que, pour une fois, il était pris par surprise.
« Je n'avais rien mentionné.

— Avez-vous eu le temps de lire l'article ? Celui paru dans *People* ?

— Oui.

— C'est là que la photographe a fait mettre la fausse tombe. C'est là que George Stark a été enterré. »

Silence à l'autre bout de la ligne. Puis :

« Oh, merde.

— Vous me suivez ?

— Je crois, répondit Alan. Si ce type se prend pour Stark et s'il est cinglé, il y a une certaine logique, si je puis dire, à partir de la tombe de Stark, non ? Cette photographe est-elle de New York ? »

Thad tressaillit.

« En effet.

— Alors elle est peut-être en danger. Qu'en pensez-vous ?

— Oui, je... Eh bien, je n'y avais pas pensé, mais je suppose que oui.

— Nom ? Adresse ?

— Je n'ai pas son adresse personnelle. » Il se souvenait qu'elle lui avait donné sa carte de visite professionnelle — en pensant probablement au livre pour lequel elle espérait une préface de lui — mais il l'avait jetée. *Merde*. Il ne pouvait lui donner que son nom. « Phyllis Myers.

— Et le type qui a écrit l'article ?

— Mike Donaldson.

— De New York, lui aussi ? »

Thad se rendit soudain compte qu'il ne le savait pas, en tout cas pas avec certitude, et fit un peu marche arrière.

« C'est-à-dire... j'ai pris pour acquis que tous les deux étaient de...

— C'est une hypothèse assez raisonnable. Si les bureaux de la revue sont à New York, ils ne doivent pas crécher bien loin, non ?

— Peut-être, mais si jamais l'un d'eux est un simple pigiste...

— Revenons à cette photo truquée. Le cimetière

n'était pas spécifiquement identifié, que ce soit dans la légende de la photo ou dans le texte. Ça, j'en suis sûr. J'aurais dû le reconnaître, à cause de l'arrière-plan, mais j'étais plus attentif aux détails.

— Non, confirma Thad, il n'était pas identifié.

— Le conseiller municipal responsable, Dan Keeton, a sûrement dû exiger que Homeland ne soit pas spécifié. C'était certainement une condition impérative. C'est le genre de type très prudent. Un emmerdeur, pour tout dire. Je le vois à la rigueur donnant la permission pour les photos, mais censurer toute allusion à l'endroit exact, par peur du vandalisme... de gens voulant à tout prix retrouver la pierre tombale, des choses de ce genre. »

Thad acquiesça. C'était logique.

« Soit votre cinglé vous connaît, autrement dit, soit il vient de là », poursuivit Alan.

Thad était parti d'une hypothèse dont il se repentait maintenant sincèrement : que le shérif d'un petit comté du Maine ne pouvait être qu'un crétin. Mais celui-ci était loin d'en être un ; il rendait même des points à ce champion du monde des romanciers de Thad Beaumont.

« Nous devons travailler à partir de ça, du moins pour le moment, étant donné qu'il paraît détenir des informations privées.

— Autrement dit, ces empreintes étaient bien dans le cimetière Homeland ?

— Exactement », répondit Pangborn d'un ton presque absent. « Qu'est-ce que vous me cachez, Thad ?

— Que voulez-vous dire ? » répondit-il, sur ses gardes.

« Ne finassez pas, d'accord ? Il faut que j'appelle New York avec deux noms, et vous, vous allez mettre en route votre machine à penser pour voir s'il n'y en aurait pas d'autres à ajouter à la liste. Des éditeurs... des directeurs de collection... je ne sais pas, moi. En attendant, vous me dites que le type que nous recherchons pense réellement qu'il est George Stark. Nous avons brodé sur ce thème samedi soir, simple hypothèse de travail, et maintenant vous me racontez que c'est aussi sûr que deux et deux font quatre. Ensuite, pour enfoncer le clou, vous m'envoyez cette histoire d'empreintes.

Soit vous avez accompli des prodiges de déduction fondés sur les faits que nous connaissons tous les deux, soit vous savez quelque chose que j'ignore. Naturellement, je préfère la seconde solution. Alors, aboulez. »

Mais qu'avait-il à lui donner ? Fallait-il lui parler des transes que précédait l'irruption de milliers de moineaux pépiant à l'unisson ? Des mots qu'il aurait griffonnés sur un manuscrit *après* que Pangborn lui avait dit les avoir vus écrits sur le mur du séjour de Frederick Clawson ? D'autres mots, jetés sur un papier qui avait ensuite été réduit en miettes avant d'être balancé dans l'incinérateur du bâtiment anglais/maths de l'université ? Des rêves, dans lesquels un homme effrayant, toujours invisible, le conduisait dans sa maison de Castle Rock, et où tout ce qu'il touchait, y compris sa propre femme, s'autodétruisait ? Je pourrais arguer d'une intime conviction venue du cœur au lieu d'une intuition de l'esprit, se dit-il, mais quelle ombre de preuve avancer ? Les empreintes digitales et la salive suggèrent quelque chose d'extrêmement étrange — et comment ! — mais étrange *à ce point* ?

Thad n'arrivait pas à y croire.

« Alan, dit-il, vous allez rire. Non — je le retire. Je vous connais mieux que ça, maintenant. Vous n'allez pas rire. Je doute cependant au plus haut point que vous me croyiez. J'ai pesé le pour et le contre, et c'est ce qu'il en ressort : je suis convaincu que vous n'allez pas me croire. »

Alan répondit sur-le-champ, d'un ton urgent et impérieux auquel il était difficile de résister :

« Essayez toujours. »

Thad hésita, regarda Liz, secoua la tête.

« Non. Demain. Quand nous pourrons nous regarder en face. Alors je le ferai. Pour ce soir, il faudra vous contenter de ceci : je suis persuadé que c'est sans importance, que je vous ai dit tout ce que je pouvais vous dire ayant une valeur pratique.

— Ce que je vous ai dit, moi, c'est que je pouvais vous faire coffrer comme témoin important, Thad...

— Si vous devez le faire, allez-y. Je ne vous en voudrai pas. Mais je n'ajouterai pas un mot de plus tant que nous ne serons pas face à face, indépendamment de ce que vous déciderez. »

Du côté de Pangborn, silence. Puis un soupir.

« D'accord.

— Par contre je peux vous donner une description sommaire de l'homme que la police recherche. Je ne suis pas absolument sûr qu'elle soit exacte, mais ça ne devrait pas tomber trop loin. Assez près, en tout cas, pour qu'elle mérite d'être transmise aux flics de New York. Vous avez un crayon ?

— Oui. Allez-y. »

Thad ferma les yeux que Dieu lui avait mis au visage et ouvrit celui qu'Il lui avait mis dans l'esprit — cet œil qui s'entêtait à voir même les choses qu'il préférait ne pas regarder. Lorsque les gens qui avaient lu ses livres le rencontraient pour la première fois, ils étaient invariablement déçus. Ils essayaient bien de cacher leur réaction, mais n'y parvenaient jamais tout à fait. Il ne leur en voulait pas, parce qu'il comprenait ce qu'ils ressentaient... du moins un peu. S'ils aimaient ses histoires (certains prétendaient même les adorer), ils s'imaginaient l'auteur comme le cousin germain de Dieu le Père. Mais au lieu de cela, ils voyaient un type d'un mètre quatre-vingts et des poussières, affublé de lunettes, commençant à perdre ses cheveux, avec une certaine tendance à trébucher sur les choses. Un homme dont la peau du crâne présentait des pellicules et dont le nez arborait deux trous, exactement comme le leur.

Ce qu'ils ne voyaient pas était ce troisième œil dans sa tête. Cet œil, lueur dans sa moitié ténébreuse, celle qui demeurait constamment dans l'obscurité... *cela*, c'était comme un dieu, et il était content qu'on ne pût le voir. Sinon, ils auraient été nombreux à vouloir le lui voler. Oui, même si cela avait signifié creuser dans sa chair pour l'en arracher avec une lame ébréchée.

Plongeant dans les ténèbres, il évoqua donc son image personnelle de George Stark — du véritable George Stark, qui n'avait rien à voir avec la personne ayant posé pour la photo de couverture du livre. Il chercha l'homme qui s'était agrégé sans bruit au cours des années, le trouva, et entreprit de le montrer à Alan Pangborn.

« Il est de belle taille, commença-t-il. Plus grand que moi, en tout cas. Un mètre quatre-vingt-dix/quatre-vingt-douze, selon les chaussures. Cheveux blonds, cou-pés court, impeccables. Yeux bleus. Vue excellente. Il y a environ cinq ans, a commencé à porter des lunettes pour voir de près ; surtout pour lire et écrire.

Ce n'est pas tant pour sa taille qu'on le remarque que pour sa carrure. Il n'est pas gros, mais exceptionnelle-ment *large*. Son tour de cou peut atteindre quarante-cinq à quarante-huit centimètres. Il a mon âge, Alan, mais il ne s'avachit pas comme moi et ne s'est pas mis à prendre de poids. Il est costaud, dans le genre de Schwar-zenegger, maintenant que Schwarzenegger a commencé à fondre un peu. Il fait des haltères. Il est capable de contracter un biceps suffisamment fort pour faire sauter l'ourlet de sa chemise, mais ce n'est pas un maniaque de culturisme.

Il est né dans le New Hampshire, mais à la suite du divorce de ses parents, il a suivi sa mère jusqu'à Oxford, dans le Mississippi, où il a grandi. C'est là qu'il a passé l'essentiel de son existence. Plus jeune, il avait un accent tellement fort qu'on aurait dit qu'il débarquait de Tri-fouilly-les-Oies. On se moquait de cet accent au collège — pas devant lui, car on ne se paie pas ouvertement la tête d'un type comme ça — et il s'est bagarré avec opiniâtreté pour s'en débarrasser. Son accent lui revient maintenant un peu lorsqu'il est en colère, je crois ; mais j'ai bien peur que les gens qui le mettent en colère ne soient plus là ensuite pour en témoigner. Il est très soupe au lait. Violent. Dangereux. En fait, c'est un psycho-tique pratiquant.

— Mais com... », commença Pangborn, sans pouvoir interrompre Thad.

« Il a la peau très bronzée, et comme il est rare que les blonds bronzent aussi bien, c'est sans doute un bon moyen d'identification. De grands pieds, de grandes mains, une encolure de taureau et des épaules de débar-deur. Son visage ? Comme si un sculpteur de talent un peu pressé l'avait taillé dans du granit.

Dernier point : il se peut qu'il conduise une Toronado noire. Je ne sais pas de quelle année, mais une des anciennes, de celles qui ont un moteur d'avion sous le capot. Toute noire. Les plaques d'immatriculation pourraient être du Mississippi, mais il les a probablement changées. » Il se tut un instant, puis ajouta : « Oh, et il y a un autocollant sur le pare-chocs arrière. On lit : SALO-PARD DE FRIMEUR. »

Il ouvrit les yeux.

Liz le regardait fixement, le visage plus pâle que jamais.

Il y eut un long silence à l'autre bout de la ligne.

« Alan ? Êtes-vous...

— Une seconde, j'écris. » Il y eut un deuxième silence, plus court. « Bon, dit-il enfin. J'ai bien compris. Vous pouvez me dire tout cela mais pas qui est ce type, ni les rapports qu'il a avec vous, ni comment il se fait que vous le connaissiez, c'est bien ça ?

— Je ne sais pas si je le pourrai, mais j'essaierai. Demain. Savoir son nom ne sera d'aucun secours pour personne ce soir, parce qu'il se sert d'un pseudonyme.

— George Stark.

— Oh, il pourrait être assez cinglé pour se faire appeler Alexis Machine, mais j'en doute. Je le vois mieux prendre le nom de Stark, ouais. »

Il essaya d'adresser un clin d'œil à Liz. Il ne croyait pas vraiment pouvoir alléger l'atmosphère par un clin d'œil ou quoi que ce fût, mais il essaya tout de même. Il ne réussit qu'à cligner des yeux, comme un hibou endormi.

« Je n'ai aucune chance de vous persuader d'en dire davantage ce soir, n'est-ce pas ?

— Non, aucune. Je suis désolé, aucune.

— Très bien. Je vous rappelle dès que possible. »

Et il raccrocha comme ça, sans dire ni merci ni au revoir. En y pensant, Thad songea qu'il ne méritait peut-être pas vraiment de remerciements.

Il raccrocha à son tour et alla jusqu'à sa femme qui le regardait toujours aussi fixement, comme si elle avait été changée en statue. Il lui prit les mains — elles étaient glacées — et dit :

« Ça va s'arranger, Liz. Je te jure que ça va s'arranger.

— Est-ce que tu vas lui parler des transes, demain ? Du pépiement des oiseaux ? Comment tu les entendais quand tu étais petit, et ce qu'ils signifiaient pour toi ? Des choses que tu as écrites ?

— Je vais tout lui dire. Quant à ce qu'il répétera aux autres autorités... » il haussa les épaules, « c'est son affaire.

— Tant de choses », fit-elle d'une petite voix sans force. Elle le regardait toujours avec la même fixité, comme si elle ne pouvait détacher les yeux de ceux de Thad. « Tu sais tant de choses sur lui. Mais comment est-ce possible, Thad ? »

Il ne put que s'agenouiller devant elle, sans lâcher ses mains glacées. Oui, comment était-ce possible d'en savoir autant ? On le lui demandait tout le temps. Avec des mots différents pour l'exprimer — comment avez-vous inventé ceci ? comment avez-vous pu exprimer cela ? comment vous êtes-vous souvenu de ça, comment l'avez-vous vu ? — mais au fond, cela revenait toujours au même : comment savait-il ?

Il ignorait comment il savait.

Il savait, un point c'est tout.

« Tant de choses », répéta-t-elle, du ton d'une personne endormie aux prises avec un rêve angoissant.

Puis ils se turent tous deux. Thad s'attendait que les jumeaux sentissent à quel point leurs parents étaient bouleversés et se missent à pleurer, mais on n'entendait que le tic-tac régulier de l'horloge. Il prit une position plus confortable sur le sol, près du siège de Liz, et continua de lui tenir les mains avec l'espoir de les réchauffer. Quinze minutes après le coup de téléphone, elles étaient encore aussi froides.

5

Alan Pangborn ne prit pas de gants. Rick Cowley était sain et sauf dans son appartement, et placé sous la protection de la police. Il n'allait pas tarder à partir reconnaître le corps de son ex-femme, qui allait maintenant le rester pour toujours ; jamais n'aurait lieu la réconciliation dont ils avaient parlé de temps en temps l'un et l'autre, avec une dose considérable de nostalgie. Miriam était morte. Rick avait à remplir les formalités d'identification à la morgue de Manhattan, sur la Première Avenue, Thad ne devait pas s'attendre à recevoir un coup de fil de lui ce soir, ni essayer de l'appeler lui-même ; le rapport qui existait entre Thad et le meurtre de Miriam Cowley n'avait pas été expliqué à Rick « dans le cadre de la poursuite de l'enquête ». On avait repéré Phyllis Myers, qui était aussi sous la protection de la police. Michael Donaldson leur donnait davantage de fil à retordre, mais la police espérait l'avoir retrouvé et mis sous sa protection vers minuit.

« Comment a-t-elle été tuée ? » demanda Thad, qui connaissait parfaitement bien la réponse.

Mais parfois il fallait poser la question. Dieu seul savait pourquoi.

« La gorge tranchée », répondit Alan, d'un ton que Thad soupçonna d'être intentionnellement brutal. Puis il ajouta l'instant suivant : « Toujours sûr que vous n'avez rien de plus à me dire ?

— Demain matin. Lorsque nous serons l'un en face de l'autre.

— Bon, d'accord. Il n'y avait pas de mal à demander, non ?

— Aucun.

— La police de New York détient un mandat d'amener contre un certain George Stark, suivant votre description.

— Bien. »

Oui, sans doute était-ce bien, même si tout lui disait que c'était sans doute inutile. Ils n'avaient guère de chances de trouver Stark s'il ne voulait pas l'être, et si quelqu'un lui mettait la main dessus, ce quelqu'un-là, songeait Thad, le regretterait amèrement.

« Demain neuf heures, dit Pangborn. Arrangez-vous pour être chez vous, Thad.

— J'y serai, soyez sans crainte. »

6

Liz prit un tranquillisant et finit par s'endormir. Thad louvoyait aux limites de la somnolence et de la veille et se leva à trois heures et quart pour aller aux toilettes.

Tandis qu'il se tenait debout face à la cuvette dans laquelle il urinait, il crut entendre les moineaux. Il se raidit, tendit l'oreille ; son jet s'interrompit instantanément. Le bruit n'augmenta pas ni ne diminua, et il se rendit compte au bout de quelques instants qu'il s'agissait seulement des grillons.

Il regarda par la fenêtre et vit un véhicule de patrouille de la police d'État garé de l'autre côté de la route, sombre et silencieux. Il aurait pu le croire inoccupé, s'il n'avait vu les brefs rougeoiements d'une cigarette. Liz, les jumeaux et lui-même étaient aussi sous la protection de la police.

Ou gardés par la police, pensa-t-il en retournant se coucher.

L'un ou l'autre : toujours est-il que cette idée l'apaisa un peu. Il s'endormit pour se réveiller à huit heures, sans se souvenir d'avoir fait de mauvais rêves. Mais bien entendu, le *véritable* mauvais rêve rôdait toujours là dehors. Quelque part.

XIV

Chair A Saucisses

1

Le type, avec sa stupide petite moustache en agace-chatte, était beaucoup plus rapide que Stark ne l'aurait cru.

Il avait attendu Donaldson dans le couloir du neuvième étage de l'immeuble où le journaliste avait son appartement, dans l'angle le plus proche de sa porte. Tout aurait été beaucoup plus facile si Stark avait pu s'introduire dans la crèche, comme il avait fait avec la salope, mais un seul coup d'œil à la serrure lui avait suffi pour se convaincre qu'elle n'avait pas été posée par un amateur, comme l'autre. Les choses auraient tout de même dû se passer sans trop de problèmes. Il était tard, et tous les petits lapins, dans leur terrier, devaient dormir comme des souches en rêvant à des carottes. Donaldson lui-même aurait dû être ralenti et un peu rond — quand on rentre chez soi sur le coup d'une heure du matin, on n'arrive pas directement de la bibliothèque municipale.

Donaldson avait bien *l'air* un peu pompette, mais il n'était pas le moins du monde ralenti.

Lorsque Stark bondit de son coin et balança son rasoir, alors que Donaldson se débattait avec son trousseau de clés, il s'attendait à aveugler l'homme avec rapidité et efficacité. Puis, avant même qu'il ait pu amorcer seulement un cri, il lui aurait ouvert la gorge, lui coupant les cordes vocales en même temps que la plomberie.

Stark ne chercha pas à s'avancer en silence. Il voulait que Donaldson l'entendît, il voulait que Donaldson eût le temps de le voir. Les choses n'en seraient que plus faciles.

Le journaliste commença par faire ce que Stark avait prévu. Stark frappa d'un mouvement court en arc, comme un dur coup de fouet. Mais Donaldson réussit à s'effacer un peu — pas beaucoup, mais trop, cependant : au lieu d'atteindre les yeux, le rasoir entailla le front jusqu'à l'os. Un morceau de peau retomba sur le sourcil de Donaldson comme du papier qui se décolle.

« *AU SECOURS!* » bêla Donaldson d'une étrange voix étranglée — fini la tranquillité.

Et merde.

Stark s'avança, tenant le coupe-chou devant ses propres yeux, la lame légèrement tournée vers le haut, semblable à un matador saluant le taureau avant la mise à mort. Bon, d'accord, ça ne se passe pas toujours comme dans le Petit Stark Illustré. Il n'avait pas aveuglé ce sale mouchard, mais on aurait dit que des litres de sang lui coulaient du front, et tout ce qu'il voyait devait être englué dans un brouillard rouge poisseux.

Stark frappa à la gorge de Donaldson, mais ce fumier recula la tête presque aussi vite qu'un serpent à sonnette qui évite un coup — à une vitesse *stupéfiante* en vérité, et Stark sentit une pointe d'admiration pour le bonhomme, petite moustache ridicule en agace-chatte ou non.

La lame entailla seulement l'air, à quelques millimètres de la gorge du journaliste, qui hurla de nouveau à l'aide. Les lapins — lesquels, en réalité, ne dorment jamais bien profondément dans cette ville, dans cette vieille Grosse Pomme véreuse — allaient finir par se réveiller. Stark changea de direction et relança la lame, se soulevant en même temps sur la pointe des pieds avec un élan en avant de tout le corps. Un vrai mouvement de danseur étoile qui aurait dû régler définitivement la question. Mais Donaldson se débrouilla pour placer une main devant sa gorge ; au lieu de le tuer, Stark ne réussit qu'à lui administrer une série de longues blessures peu profondes que le médecin légiste allait appeler des coupures défensives. Donaldson avait levé la main paume tournée vers l'extérieur, et le rasoir passa à la base des quatre doigts. Il portait une lourde chevalière à l'annulaire, si bien que ce doigt-là y échappa. Il y eut un minuscule tintement métallique sec — *brinnk!* — au moment où la lame la heurta, laissant une infime entaille dans l'alliage. Le rasoir coupa plus profondément les trois autres doigts et s'enfonça dans les chairs sans plus d'effort qu'un couteau chaud dans du beurre. Tendons tranchés, les doigts s'affaissèrent comme de petites marionnettes endormies, seul l'annulaire restant dressé : on aurait dit que, dans l'horreur et la confusion, Donaldson avait oublié quel était le doigt que l'on soulevait pour traiter quelqu'un d'enculé.

Cette fois-ci, lorsque le journaliste ouvrit la bouche, ce fut un véritable hurlement animal qu'il poussa, et Stark sut qu'il fallait renoncer à s'en tirer en passant inaperçu. C'était pourtant exactement ce qu'il aurait préféré, étant donné qu'il ne voulait pas garder Donaldson en vie assez longtemps pour lui faire passer un coup de téléphone, mais c'était raté. Il n'avait pas non plus l'intention de laisser le petit homme en vie. Une fois qu'on a commencé la boucherie, on ne s'arrête que lorsqu'on a terminé. Ou qu'on s'est fait avoir.

Stark fonça. Ils s'étaient déplacés dans le couloir presque jusqu'à la hauteur de la porte de l'appartement suivant. Il secoua la lame d'un geste machinal, et une fine averse de gouttelettes s'éparpilla sur le mur crème.

Un peu plus loin, une porte s'ouvrit et un homme en veste de pyjama bleu, les cheveux tire-bouchonnés par le sommeil, passa la tête et les épaules par l'entrebâillement.

« Qu'est-ce qui se passe ici? » aboya-t-il d'un ton de voix rageur qui proclamait que même si c'était le pape en personne, la soirée était finie, fi-nie.

« Assassinat », répondit Stark sur le ton de la conversation. Un bref instant, ses yeux quittèrent le journaliste couvert de sang et ululant, pour se porter sur l'homme en pyjama. Plus tard, celui-ci déclarerait à la police que l'intrus avait des yeux bleus. D'un bleu éclatant. Les yeux d'un mec totalement cinglé. « T'attends ton tour? »

La porte se referma si vite que ce fut comme si elle n'avait jamais été ouverte.

Au comble de la panique comme il devait l'être, blessé comme il l'était sans aucun doute, Donaldson n'en aperçut pas moins une occasion à saisir lorsque les yeux de Stark le quittèrent, même si ce n'était là qu'une diversion fugitive. Ce sale petit bâtard était vraiment rapide. Stark sentit son admiration s'accroître. Sa vitesse d'action et son sens de l'autoprotection suffisaient presque à contrebalancer ce qu'avait de désagréable sa résistance inattendue.

Aurait-il bondi en avant pour lutter avec Stark que de désagréable, sa réaction serait sans doute passée au stade du léger problème. Mais au lieu de cela, Donaldson tourna les talons.

Parfaitement compréhensible, certes, mais une erreur.

Stark s'élança à ses trousses, chaussures couinant sur la moquette, et porta un coup de rasoir à la nuque de l'homme, sûr cette fois d'en terminer.

Mais à l'instant même où la lame allait l'atteindre, le journaliste réussit simultanément à plonger la tête en avant tout en la rentrant dans les épaules, comme une tortue rentre la sienne sous sa carapace. Stark commençait à se dire que le type devait avoir des dons de télépathe. Le coup destiné à tuer ne fit qu'entailler le cuir chevelu à la hauteur de la proéminence osseuse qui surplombe la nuque. Une blessure bien saignante, mais loin d'être fatale.

Cela devenait irritant, énervant... et commençait même à flirter avec les limites du grotesque.

Donaldson bondissait en zigzag dans le couloir, se cognant même parfois contre les murs comme une bille de billard électrique qui heurte les plots lumineux — lesquels font gagner au joueur cent mille points, ou une partie gratuite, ou une connerie dans le genre. Il hurlait dans sa course vers le palier; la traînée de sang qu'il laissait reflétait fidèlement le parcours sinueux de sa course vers le palier; il apposait de temps en temps, de la main, une empreinte sanglante de son passage sur les murs, dans sa course vers le palier; mais il ne mourait toujours pas, dans sa course vers le palier.

Aucune autre porte ne s'ouvrit, mais Stark savait bien qu'à cet instant même, dans au moins une demi-douzaine d'appartements, une demi-douzaine de doigts tapaient fiévreusement (si ce n'était déjà fait) le 911, sur une demi-douzaine de téléphones.

Donaldson trébuchait et tanguait, mais s'entêtait néanmoins à courir vers les ascenseurs.

Ni en colère ni effrayé, simplement au comble de l'exaspération, Stark allongea le pas derrière lui. Soudain, il rugit. « *Mais enfin, vas-tu t'arrêter et te tenir tranquille ?* »

Le cri continu que poussait Donaldson pour appeler à l'aide s'étrangla dans sa gorge, comme sous l'effet d'un choc. Il voulut regarder derrière lui, mais ses pieds se prirent l'un dans l'autre et il s'étala à trois mètres de l'endroit ou le couloir s'ouvrait sur le petit palier des ascenseurs. Même le type le plus agile, découvrit Stark, finit par être à court de bonnes idées, si on lui découpe un ou deux morceaux.

Le journaliste se redressa sur les genoux. Il paraissait avoir l'intention de gagner le palier en rampant, maintenant que ses pieds l'avaient trahi. Il regarda autour de lui, avec la négation de visage qu'était devenue sa tête ensanglantée, pour voir où se trouvait son agresseur ; alors, Stark lança un coup de pied à l'arête de son nez, qui dépassait d'une coulée vermeille. Il portait des chaussures de sport marron et il frappa le foutu emmerdeur de toute sa force, mains écartées et buste légèrement en arrière pour conserver l'équilibre ; son pied gauche toucha sa cible et continua sa trajectoire courbe, presque jusqu'à la hauteur de son propre front. Quiconque a assisté à une partie de football aurait inévitablement pensé à un tir au but canon.

Donaldson valsa en arrière, alla heurter le mur si violemment qu'il creusa une légère dépression dans le plâtre et rebondit.

« J'ai fini par te les foutre à plat, tes batteries, hein ? » grommela Stark, qui entendit une porte s'ouvrir derrière lui.

Il se tourna et découvrit une femme aux cheveux emmêlés et aux grands yeux noirs qui le regardait, depuis la porte de son appartement, presque à l'autre bout du couloir. « *RENTRE CHEZ TOI, SALOPE, ET PLUS VITE QUE ÇA !* » hurla-t-il. La porte claqua comme si elle était montée sur un ressort.

Il se pencha, empoigna l'horrible chevelure poisseuse du journaliste, et lui donna un mouvement de torsion pour offrir le cou à la lame du rasoir. Il le trancha d'un coup. Il se dit que Donaldson était probablement mort avant que sa tête ne touchât le mur, et très certainement après, mais on ne sait jamais. Et de toute façon, quand on commence à couper, on coupe jusqu'au bout.

Il recula vivement, mais aucun jet de sang ne jaillit du cou de l'homme, contrairement à la femme. Sa pompe était déjà arrêtée, ou tout comme. Stark partit rapidement vers les ascenseurs tout en repliant le rasoir qu'il glissa dans sa poche.

Un léger tintement annonça l'arrivée d'une cabine à l'étage.

Il pouvait s'agir d'un locataire ; une heure du matin, ce n'est pas très tard dans une grande ville, même un lundi soir. Stark trouva cependant plus prudent de battre en retraite vers une haute plante en pot qui ornait un coin du palier, soutenue dans cette tâche par une peinture non figurative n'ayant pas la moindre utilité. Il se glissa derrière la plante. Tous ses radars sonnaient l'alerte maximale. D'accord, il s'agissait *peut-être* de quelqu'un relevant tout juste d'un accès prolongé de fièvre du samedi soir, ou d'un type rentrant d'un dîner d'affaires copieusement arrosé, mais il ne le croyait pas. Il avait la conviction que c'était la police. En fait, il le savait.

Une voiture de patrouille qui passait par hasard dans le secteur de l'immeuble, lorsque l'un des résidents avait appelé pour dire qu'un assassinat était en train de se perpétrer dans le couloir ? Possible, mais Stark en doutait. Plus vraisemblablement, Beaumont avait porté le pet, on avait découvert Frangine, et c'était la protection de Donaldson qui se pointait. Mieux vaut tard que jamais.

Dos au mur, il se laissa glisser lentement ; sa veste de sport tachée de sang produisit un chuintement enroué. On aurait dit non pas qu'il se dissimulait, mais qu'il s'immergeait comme un sous-marin qui ne laisse plus dépasser que son périscope ; cependant, l'abri que lui procurait la plante en pot était au mieux minimal. S'ils tournaient la tête, ils le verraient. Stark, pourtant, pariait que toute leur attention se concentrerait sur la Pièce à Conviction nº 1, gisant au début du couloir. Au moins pendant quelques instants — ce qui lui suffirait.

Les larges feuilles entrecroisées de la plante projetaient des ombres en dents de scie sur sa figure. On aurait dit un tigre aux yeux bleus guettant sa proie.

Les portes de la cabine s'ouvrirent. Il y eut une exclamation étouffée, un nom de Dieu de quelque chose quelconque, et deux flics en uniforme se précipitèrent, suivis par un Noir en jean délavé et chaussé de vieilles pompes de jogging à fermeture Velcro. Il portait aussi un T-shirt aux manches coupées, avec écrit devant : PROPERTY OF THE N.Y. YANKEES. Et il arborait même une paire de lunettes de soleil enveloppantes de mac : s'il n'était pas inspecteur, alors Stark était George le Roi de la Foutue Jungle. Quand ils se mettaient en civil, ils en rajoutaient toujours... et ne se comportaient pas naturellement. Comme s'ils savaient qu'ils en rajoutaient, sans pouvoir cependant faire autrement. Il s'agissait donc bien de la protection de Donaldson. De ce qui aurait dû l'être, du moins. Il n'y aurait pas eu d'inspecteur en civil dans une simple voiture de patrouille. Le type avait accompagné les gardes-chiourme pour cuisiner un peu Donaldson avant de lui laisser les baby-sitters.

Désolé, les mecs, songea Stark. Ce bébé-là n'aura plus jamais besoin d'être gardé.

Du talon, il poussa pour se redresser, puis fit le tour de la plante en pot. Pas une feuille ne bougea. Ses pieds ne faisaient pas le moindre bruit sur la moquette. Il passa à moins d'un mètre derrière le policier, lequel était plié en avant et tirait un calibre 32 de son étui de jambe. Stark aurait pu lui botter magistralement le cul s'il l'avait voulu.

Il se glissa dans la cabine une fraction de seconde avant la fermeture des portes. L'un des flics en uniforme penchés sur le cadavre avait vu du coin de l'œil quelque chose bouger — les portes, ou peut-être Stark lui-même, peu importait — et redressa la tête.

« Hé, là ! »

Stark leva la main d'un air solennel et agita les doigts. Salut, les gars ! Puis les portes lui coupèrent la perspective du couloir.

Le hall d'entrée était désert, si l'on ne tenait pas compte du gardien qui gisait derrière son comptoir, comateux. Stark sortit, tourna au premier coin de rue, monta dans la voiture volée et s'éloigna.

2

Phyllis Myers vivait dans l'un de ces nouveaux immeubles locatifs du côté ouest de Manhattan. Son équipe de protection policière (accompagnée d'un inspecteur en civil portant des pantalons de jogging Nike, un sweat-shirt des New York Islanders aux manches coupées et des lunettes enveloppantes de maquereau) était arrivée à dix heures et demie du soir le 6 juin, et l'avait trouvée en train de fulminer : elle s'était fait poser un lapin. Tout d'abord hargneuse, elle se montra nettement plus conciliante lorsqu'elle apprit que quelqu'un qui se prenait pour George Stark pourrait avoir la fantaisie de vouloir l'assassiner. Elle répondit aux questions de l'inspecteur relatives à l'interview de Thad Beaumont — dont elle parlait en disant la « séance Beaumont » — tout en chargeant trois appareils photo de pellicules vierges et en tripotant deux bonnes douzaines d'objectifs. Lorsque l'inspecteur finit par lui demander ce qu'elle faisait, elle lui adressa un clin d'œil.

« Moi, je crois à la devise des scouts. Qui sait si quelque chose ne va pas réellement arriver ? »

Après l'entretien, devant la porte de l'appartement, l'un des hommes en uniforme demanda à l'inspecteur :

« Elle était sérieuse ?

— Et comment ! Son problème est qu'elle croit que rien d'autre ne l'est. Pour elle, l'univers tout entier se réduit à une photo qui n'attend que d'être prise. Vous savez ce qu'il y a derrière cette porte ? Une petite conne qui s'imagine sans rire qu'elle sera toujours du bon côté de son objectif. »

Il était trois heures et demie du matin, ce 7 juin, et l'inspecteur était parti depuis longtemps. Environ deux heures auparavant, les deux hommes assignés à la protection de Phyllis Myers avaient appris l'assassinat de Donaldson sur la fréquence de la police, grâce au récepteur portatif de leur ceinture. On leur conseilla de se montrer extrêmement prudents et extrêmement vigilants, car le cinglé auquel on avait affaire venait de donner la preuve qu'il était extrêmement sanguinaire et extrêmement intelligent.

« Prudent, c'est mon deuxième petit nom, dit Flic-un.

— Quelle coïncidence, répondit Flic-deux. Extrêmement est le mien. »

Ils faisaient équipe depuis un an, et s'entendaient bien. Ils s'adressèrent mutuellement un sourire, et pourquoi pas ? N'étaient-ils pas deux membres armés et en uniforme de la plus fut-fut des polices, celle de la Grosse Pomme véreuse, bien plantés sur leurs pieds dans un couloir éclairé a giorno au vingt-sixième étage d'un immeuble locatif flambant neuf ? Un de ces trucs qu'on appelait un condo-quelque-chose ou un foutu mot comme ça — quand les sergents Prudent et Extrêmement étaient mômes, c'était le genre de mot qu'un type à l'élocution embarrassée évitait de prononcer — et personne n'allait les prendre par surprise, leur tomber dessus du plafond ou les arroser avec un Uzi magique qui ne s'enrayait jamais et ne tombait jamais à court de munitions. On était dans la réalité, pas dans un roman de gare ou dans un film de Rambo ; et la réalité, cette nuit, c'était un petit service spécial bougrement plus peinard que de patrouiller en bagnole pour arrêter les bagarres dans les bars jusqu'à l'heure de fermeture avant d'avoir à les arrêter, jusqu'aux petites heures du matin, dans d'étroites contre-allées merdeuses où maris ivres et épouses hagardes étaient tombés d'accord, pour une fois, mais pour se foutre sur la gueule. La réalité aurait toujours dû consister à se retrouver Prudent et Extrêmement dans un couloir à air conditionné, les soirs où il faisait trop chaud en ville. Du moins était-ce ce qu'ils croyaient fermement.

Ils en étaient à ce point de leurs réflexions lorsque les

portes de l'ascenseur s'ouvrirent et que l'aveugle blessé en sortit d'un pas titubant.

Grand, les épaules larges, on lui donnait une quarantaine d'années. Il portait une veste de sport déchirée et un pantalon qui ne lui était pas assorti, mais qui au moins la complétait. Plus ou moins. Flic-un, Prudent, eut le temps de penser que la personne voyante qui choisissait les vêtements de l'aveugle devait avoir joliment bon goût. L'homme portait également une paire de grosses lunettes noires, de travers sur son nez à cause d'une branche manquante. Aucun effort d'imagination n'aurait permis d'y voir des lunettes de mac; on aurait plutôt dit celles que Claude Rains arborait dans *L'Homme invisible*.

L'aveugle avait les deux mains tendues devant lui. La gauche était vide et voltigeait au hasard. Dans la droite, il tenait une canne blanche salie, dont le pommeau était emmailloté d'adhésif pour guidon de bicyclette. Du sang séchait sur ses deux mains et des traces sanglantes, virant au marron, maculaient sa veste et sa chemise. Si les deux flics assignés à la garde de Phyllis Myers avaient réellement été extrêmement prudents, ce tableau aurait dû leur paraître bizarre. L'aveugle vociférait à propos de quelque chose qui, semblait-il, venait juste de lui arriver; à voir son allure, il était évident que *quelque chose* lui était arrivé, et un *quelque chose* de pas très agréable, mais curieux, tout de même, que le sang se soit si vite coagulé… Ou alors, c'était du sang versé depuis un certain temps, détail qui aurait pu frapper deux policiers profondément attachés au concept d'extrême prudence, comme étant légèrement décalé. Qui aurait même pu déclencher l'alerte rouge dans leur esprit.

Et pourtant non, probablement. Les événements se déroulaient trop vite, et quand les événements se déroulent trop vite, peu importe que vous soyez extrêmement prudent ou extrêmement téméraire, il faut suivre le mouvement.

A un moment donné, ils se tenaient devant la porte de la femme Myers, heureux comme deux mômes n'ayant pas école parce que la chaudière du chauffage central est en rideau; le moment d'après cet aveugle ensanglanté se trouvait devant eux, agitant sa canne blanche crasseuse. Pas le temps de penser, encore moins de faire des déductions.

« Po-liiiice ! » commença à crier l'aveugle avant même que fussent complètement ouvertes les portes de l'ascenseur. « Le portier m'a dit qu'il y avait la police au vingt-sixième ! Po-liiice ! Vous êtes là ? »

Il s'avança en zigzaguant dans le corridor, avec de grands moulinets de canne qui la faisaient aller d'un bord à l'autre — et *WHOCK !* elle cogne le mur à droite, et *fuiiiishshsh*, elle repart dans l'autre sens, et *WHOCK !* elle cogne le mur de gauche. Si certains habitants de l'étage dormaient encore, ce n'était pas pour longtemps.

Extrêmement et Prudent regardaient avancer l'aveugle, l'œil rond.

« *Po-liiiice ! Po...*

— Monsieur ! aboya Extrêmement. Attention ! Vous allez tomber... »

L'aveugle tourna brusquement la tête dans la direction de la voix mais ne s'arrêta pas. Il plongea en avant, agitant sa main vide comme celle qui tenait la canne blanche crasseuse ; on aurait vaguement dit Leonard Bernstein essayant de diriger l'Orchestre philharmonique de New York après avoir descendu deux ou trois lignes de cocaïne. « *Po-liiice !* Ils ont tué mon chien ! Ils ont tué Daisy ! *POLIIICE !*

— Monsieur ! »

Prudent fit un mouvement vers l'aveugle en perdition. L'aveugle en perdition porta sa main libre dans la poche gauche de sa veste. Quand il la ressortit, il ne tenait pas deux billets pour la soirée de gala en faveur des handicapés de la vue, mais un revolver calibre 45. Il le pointa sur Prudent et appuya deux fois sur la détente. Les détonations produisirent un bruit assourdissant et sans timbre dans l'espace clos du couloir. Il y eut beaucoup de fumée bleue. L'aveugle avait pratiquement tiré à bout touchant ; Prudent s'effondra, la poitrine ravagée comme un panier de pêches écrasé, la tunique roussie et cramée.

L'œil encore plus rond et agrandi, Extrêmement regarda l'aveugle qui pointait le 45 sur lui.

« Non, Jésus-Christ, non ! » piaula-t-il d'une toute petite voix.

On aurait dit qu'il n'avait plus d'air dans les poumons. L'aveugle tira encore par deux fois. Il y eut un nouveau nuage de fumée bleue. Pour un aveugle, il tirait rudement bien. Extrêmement sauta en arrière, loin de la fumée bleue, heurta la moquette du couloir avec ses omoplates, fut pris d'un spasme qui le secoua d'un violent et bref frisson, et s'immobilisa.

3

A Ludlow, à près de huit cents kilomètres de là, Thad Beaumont s'agitait dans son lit. « Fumée bleue, balbutia-t-il, fumée bleue. »

Devant la fenêtre de la chambre, neuf moineaux s'étaient posés sur le fil du téléphone. Six autres les rejoignirent. Les oiseaux restaient perchés, silencieux et invisibles, au-dessus du véhicule de la police d'État.

« Je n'en ai plus besoin », dit Thad dans son sommeil. Il eut un mouvement de la main à hauteur de son visage, comme s'il chassait une mouche, et fit le geste de jeter quelque chose de l'autre.

« Thad ? » fit Liz, se mettant sur son séant. « Ça va bien, Thad ? »

Il répondit quelque chose d'incompréhensible dans son sommeil.

Liz regarda ses propres bras ; la chair de poule les hérissait.

« Thad ? Ce sont encore les oiseaux ? Est-ce que tu as entendu les oiseaux ? »

Thad ne répondit rien. A l'extérieur, les moineaux s'envolèrent tous ensemble et disparurent dans la nuit, alors que ce n'était pas leur heure de s'égailler.

Ni Liz, ni les deux policiers du véhicule de patrouille ne les remarquèrent.

4

Stark jeta les lunettes et la canne. L'odeur âcre de la cordite emplissait le corridor. Il avait tiré quatre balles de .45, qu'il avait lui-même transformées en dum-dum.

Deux d'entre elles avaient traversé le corps des flics et fait des trous de la taille d'une assiette plate dans le mur. Il s'avança jusqu'à la porte de Phyllis Myers. Il était prêt à la baratiner pour l'attirer au-dehors s'il le fallait, mais elle se tenait déjà de l'autre côté du battant ; rien qu'à l'écouter, il sut que ce ne serait pas bien difficile.

« Qu'est-ce qui se passe, cria-t-elle. Qu'est-ce qui est arrivé ?

— On l'a eu, madame Myers », fit Stark d'une voix joyeuse. « Si vous voulez faire la photo, grouillez-vous, et surtout, n'oubliez pas ensuite que je ne vous ai jamais autorisée à en prendre une. »

Elle laissa la chaîne sur la porte en l'entrouvrant, mais c'était parfait. Lorsqu'elle glissa un grand œil brun dans l'étroit entrebâillement, il y logea une balle.

Lui fermer les yeux — ou du moins lui fermer l'œil restant — n'étant pas possible, il tourna les talons et partit en direction des ascenseurs. Il ne s'attarda pas, mais il ne se précipita pas non plus. La porte d'un appartement s'entrouvrit — tout le monde semblait ouvrir sa porte à son passage, cette nuit — et Stark pointa le revolver sur le lapin à l'œil rond dont il vit le museau. La porte claqua instantanément.

Il appuya sur le bouton de l'ascenseur. La porte de la cabine qui l'avait transporté, après qu'il eut assommé son deuxième gardien d'immeuble de la soirée (à l'aide de la canne volée à l'aveugle de la 60e Rue), s'ouvrit aussitôt, comme il s'y était attendu : à cette heure de la nuit, les trois ascenseurs n'étaient guère sollicités. Il jeta le revolver par-dessus son épaule. L'arme retomba avec un bruit sourd sur la moquette.

« *Là*, ça s'est bien passé », remarqua-t-il. Il entra dans la cabine et regagna le hall d'entrée.

5

Un premier rayon de soleil faisait son apparition dans le séjour de Rick Cowley lorsque le téléphone sonna. Il avait cinquante ans et pour le moment, hagard, les yeux rouges, il cuvait une demi-ivresse. Il saisit le téléphone d'une main qui tremblait de manière inquiétante. Il savait à peine où il se trouvait et son esprit fatigué et douloureux continuait à vouloir à tout prix que tout cela ne fût qu'un rêve. S'était-il vraiment rendu, moins de trois heures auparavant, à la morgue de la Première Avenue pour y identifier le cadavre mutilé de son ex-femme, à moins d'un bloc du petit restaurant français si chic où ils n'amenaient que les clients qui étaient aussi des amis ? Les flics étaient-ils réellement derrière la porte, parce que l'homme qui avait tué Miriam risquait aussi de vouloir le tuer ? Ces choses-là étaient-elles vraies ? Sûrement pas. Il ne pouvait s'agir que d'un cauchemar... et le téléphone n'était pas le téléphone, mais son réveille-matin. D'une manière générale, il avait cette saloperie en horreur... et il l'avait balancé à l'autre bout de la pièce plus d'une fois. Ce matin, toutefois, il l'aurait bien embrassé. Il l'aurait même embrassé sur la bouche, s'il en avait eu une.

Mais il ne se réveilla pas. Au lieu de cela il décrocha et répondit.

« Allô ?

— Je suis le type qui a coupé la gorge de votre femme », fit la voix dans son oreille — et cette fois, Rick fut complètement réveillé.

Le mince et dernier espoir que tout cela ne fût qu'un rêve s'évanouit. C'était le genre de voix que l'on ne devrait entendre que dans ses cauchemars... mais ce n'était jamais là qu'on l'entendait.

« Qui êtes-vous ? » s'entendit-il demander d'une petite voix sans force.

« Demandez donc à Thad Beaumont qui je suis, répondit l'homme. Il est parfaitement au courant. Racontez-lui que je vous ai dit que vous n'étiez plus qu'un cadavre ambulant. Et que je n'ai pas encore fini de fabriquer de la farce de cinglé. »

Il y eut un cliquetis, un bref silence, puis la tonalité d'une ligne libre.

Rick reposa le combiné sur sa fourche, le regarda, et éclata en sanglots.

226

A neuf heures ce matin-là, Rick appela le bureau et dit à Frieda qu'elle et John pouvaient rentrer chez eux — la journée serait chômée, comme le reste de la semaine. Frieda voulut savoir pour quelle raison, et Rick se surprit à être sur le point de lui mentir, comme s'il avait été arrêté pour quelque crime odieux, genre sévices sexuels sur un enfant, et incapable de l'admettre tant que l'effet du choc restait aussi fort.

« Miriam est morte », dit-il à Frieda. « On l'a tuée la nuit dernière dans son appartement. »

Frieda émit un sifflement étouffé — la brusque bouffée d'air qu'elle avait aspirée.

« Nom d'un chien, Rick ! C'est pas des blagues à faire ! Faut jamais dire des trucs pareils, ça finit par arriver !!

— C'est arrivé, Frieda », répondit-il, une fois de plus au bord des larmes.

Et ces larmes-ci — après celles versées à la morgue, celles versées dans la voiture, au retour, celles versées quand ce cinglé avait appelé, celles qu'il essayait de retenir maintenant — n'étaient que les premières. Penser aux torrents de larmes qu'il allait verser à l'avenir lui faisait éprouver une intense sensation de fatigue. Miriam s'était conduite comme une salope, mais elle avait été, à sa manière, une délicieuse, une adorable salope, et il l'avait aimée. Rick ferma les yeux. Quand il les rouvrit, un homme le regardait par la fenêtre, alors qu'il habitait au quatorzième étage. Il sursauta, puis reconnut l'uniforme. Le laveur de vitres. L'homme lui fit bonjour de la main, depuis son échafaudage mobile. Rick leva la main, dans une esquisse de salut. Elle semblait peser dans les cent kilos et il la laissa retomber sur sa cuisse alors qu'il n'avait pas encore achevé son geste.

Frieda lui redisait de ne pas plaisanter et il se sentit plus fatigué que jamais. Les larmes, comprit-il, n'étaient que le commencement. « Un instant, Frieda », dit-il, posant le combiné sur la tablette. Il alla jusqu'à la fenêtre et tira les rideaux. Pleurer au téléphone avec Frieda en ligne était déjà assez pénible ; il n'avait pas besoin, en sus, de cet enfoiré de laveur de vitres comme spectateur.

Comme il atteignait la fenêtre, l'homme sur l'échafaudage porta la main à la poche de son bleu de travail et en tira quelque chose. Rick ressentit une vague impression de malaise. *Racontez-lui que je vous ai dit que vous n'étiez plus qu'un cadavre ambulant.*

(*Seigneur…*)

Le laveur de vitres en sortit un petit carton, jaune avec des lettres noires. Le message était flanqué de ces stupides têtes rondes et souriantes qu'on met partout. BONNE JOURNÉE ! lisait-on.

Rick hocha laborieusement la tête. Une bonne journée. Et comment ! Il tira les rideaux et retourna au téléphone.

7

Lorsqu'il finit par convaincre Frieda qu'il ne plaisantait pas, la secrétaire éclata en larmes — de gros sanglots tout à fait authentiques. Tout le monde, au bureau comme parmi les clients, et même le fichu *putz* Hollinger, auteur de mauvais romans de science-fiction et dont la grande vocation semblait être de dégrafer tous les soutiens-gorge du monde occidental, tout le monde adorait Miriam. Et bien entendu, Rick pleura avec elle jusqu'au moment où il réussit à raccrocher. Au moins, pensa-t-il, les rideaux étaient-ils tirés.

Un quart d'heure plus tard, alors qu'il se faisait du café, le coup de fil du cinglé lui revint brusquement en mémoire. Il y avait deux flics de l'autre côté de sa porte, et il ne leur avait rien dit. Il ne tournait vraiment pas rond.

Tiens, pensa-t-il, mon ex-femme est morte, et quand je l'ai vue à la morgue, on aurait dit qu'elle avait une deuxième bouche ouverte quelques centimètres sous le menton. Voilà peut-être pourquoi je ne tourne pas très rond.

Demandez donc à Thad Beaumont qui je suis. Il est parfaitement au courant.

Il avait évidemment eu l'intention d'appeler Thad.

Mais il avait toujours la tête en chute libre — les choses venaient d'acquérir de nouvelles proportions qu'il ne se sentait pas capable, du moins pour le moment, de prendre en compte. Eh bien, il allait appeler Thad. Dès qu'il aurait averti la police.

Il leur raconta le coup de fil, et ils parurent extrêmement intéressés. L'un d'eux contacta par radio leur quartier général. Lorsqu'il eut rapporté l'information, il dit à Rick que le commissaire lui demandait de venir dans les locaux de la police pour lui parler de l'appel qu'il venait de recevoir. Pendant ce temps-là, un type viendrait dans son appartement et brancherait un enregistreur et un appareil permettant de détecter l'origine des appels. Au cas où il y aurait d'autres coups de fil du même genre.

« Il y en aura probablement », ajouta le deuxième flic. « Tous ces cinglés sont amoureux de leur propre voix.

— Il faut que j'appelle tout d'abord Thad Beaumont, objecta Rick. Il risque peut-être d'avoir des ennuis lui aussi. C'est l'impression que ça m'a fait.

— M. Beaumont est déjà sous la protection de la police dans le Maine, monsieur Cowley. Allons-y, d'accord ?

— C'est-à-dire que je...

— Vous pourrez peut-être l'appeler depuis le commissariat. N'avez-vous pas une veste, quelque chose ? »

Et c'est ainsi que Rick, en pleine confusion et se demandant si tout cela était bien réel, se laissa conduire.

8

Lorsqu'ils revinrent, deux heures plus tard, l'un des hommes qui escortaient Rick fronça les sourcils devant la porte de son appartement et dit :

« Mais, il n'y a personne là-dedans

— Et alors ? » demanda Rick, avec un sourire blafard.

Il se *sentait* blafard, blafard comme le sont ces vitrages laiteux à travers lesquels on distingue mal. On l'avait bombardé de multiples questions, auxquelles il avait répondu avec la meilleure volonté — tâche d'autant plus difficile que la plupart d'entre elles lui semblaient absurdes.

« Si les types des communications avaient fini avant notre retour, ils devaient en principe nous attendre. C'est la procédure habituelle. »

Rick prit son trousseau de clés, le manipula un moment avant de trouver la bonne qu'il glissa dans la serrure. Les problèmes de procédure que pouvaient avoir ces deux types avec leurs collègues ne le concernaient pas le moins du monde, grâce au ciel. En matière de problèmes, il avait largement ce qu'il fallait, ce matin.

« Il faut tout d'abord que j'appelle Thad », soupira-t-il, avec une tentative de sourire. « Il n'est même pas midi, et j'ai l'impression que cette journée ne finira jamais.

— Ne faites pas ça ! » s'écria soudain l'un des deux flics, bondissant en avant.

« Faire qu... », voulut demander Rick, qui tourna en même temps la clé.

La porte explosa dans un éclair aveuglant — détonation assourdissante, fumée. Les proches du flic dont l'intuition s'était déclenchée un dixième de seconde trop tard purent identifier à peu près ses restes. Quant à Rick Cowley, il se trouva quasiment vaporisé. L'autre policier, qui se tenait un peu en arrière et s'était instinctivement protégé la figure lorsque son collègue avait crié, dut être traité pour brûlures, état de choc, hémorragies internes. Par le plus grand des hasards, presque un miracle, les éclats de la porte et du mur s'étaient dispersés en nuage autour de lui sans seulement l'effleurer. Néanmoins, il ne travaillerait plus jamais pour la police de New York : en un instant la déflagration l'avait rendu sourd comme un pot.

A l'intérieur de l'appartement de Rick, les deux techniciens venus poser le mouchard sur le téléphone gisaient sur le tapis du séjour, raides morts. Punaisée sur le front de l'un d'eux il y avait cette note :

LES MOINEAUX VOLENT DE NOUVEAU

et punaisé sur celui de l'autre, un deuxième message :

ENCORE UN PEU DE FARCE DE CINGLÉ. LE DIRE À THAD.

II

Stark prend les commandes

« N'importe quel cinglé un peu rapide peut attraper un tigre par les couilles », dit Machine à Jack Halstead. « Tu savais ça, toi ? »

Jack commença à rire. Le regard que lui adressa Machine lui fit se demander s'il ne faisait pas fausse route.

« Arrête de sourire comme un imbécile et écoute-moi, reprit Machine. Ce sont des conseils que je te donne en ce moment. Alors, tu fais attention, un peu ?

— Oui, monsieur Machine.

— Alors écoute bien, et n'oublie jamais. N'importe quel cinglé peut attraper un tigre par les couilles, mais seul un héros est capable de continuer à serrer. Je vais te dire autre chose, tant que j'y suis : seuls les héros et les lâcheurs se tirent, Jack. Personne d'autre. Et je ne suis pas un lâcheur. »

Machine's Way
GEORGE STARK

XV

Stark Incrédule

1

Thad et Liz restaient assis, paralysés, dans un tel état de choc qu'ils étaient comme pris dans un bloc de glace en écoutant Alan Pangborn leur raconter ce qui s'était passé aux petites heures du matin dans la belle ville de New York. Mike Donaldson, gorge tranchée et battu à mort dans le couloir de son immeuble ; Phyllis Myers et deux policiers abattus au 45 dans un immeuble locatif de Manhattan-Ouest. Le portier de l'immeuble de Myers, frappé avec un objet contondant, souffrait d'une fracture du crâne. Les médecins disaient qu'il avait un petit peu plus d'une chance sur deux de se réveiller de ce côté-ci du paradis. Le portier de l'immeuble de Donaldson, en revanche, était mort. Dans tous les cas, le dessoudage s'était déroulé dans le style voyou, le tueur se contentant de s'approcher de ses victimes en les regardant droit dans les yeux.

Pangborn ne cessait de se référer à l'assassin en l'appelant « Stark ».

Il l'appelle par son véritable nom sans même s'en rendre compte, songea Thad. Puis il secoua la tête, s'en voulant un peu de cette réflexion. Il fallait bien lui donner un nom, et Stark était peut-être un peu mieux que « le suspect » ou « M. X... ». Ce serait une erreur de s'imaginer que Pangborn employait ce nom autrement que par commodité.

« Et Rick ? » demanda-t-il lorsque Alan eut terminé et qu'il fut enfin capable de faire bouger sa langue.

« M. Cowley est vivant et sous la protection de la police. »

Il était dix heures moins le quart du matin ; l'explosion qui allait tuer Rick n'aurait lieu que dans un peu plus de deux heures.

« Phyllis Myers aussi était sous la protection de la police », remarqua Liz.

Dans leur parc surdimensionné, Wendy dormait à poings fermés, et William commençait à s'assoupir. Sa tête tombait lentement vers sa poitrine, ses yeux se fermaient... puis il sursautait et la relevait. Il rappelait comiquement à Alan une sentinelle s'efforçant de ne pas dormir pendant son tour de garde. Observant les jumeaux, le carnet de notes maintenant refermé sur les genoux, le shérif remarqua un détail intéressant : à chaque fois que William sursautait pour rester éveillé, Wendy tressaillait dans son sommeil.

Les parents ont-ils remarqué cela ? se demanda-t-il, ajoutant pour lui-même, *Oui, bien sûr.*

« C'est vrai, Liz. Il les a surpris. Un policier peut être pris par surprise comme n'importe qui, vous savez. On attend simplement d'eux qu'ils réagissent mieux. A l'étage où vivait Phyllis Myers, plusieurs personnes ont ouvert leur porte palière après les coups de feu pour voir ce qui se passait, et on a une idée assez précise de ce qui est arrivé grâce à leurs témoignages et aux indices recueillis sur place par les services techniques. Stark a fait semblant d'être un aveugle. Il ne s'était pas changé après le meurtre de Miriam Cowley et Michael Donaldson, qui ont été... je vous prie de m'excuser tous les deux... une vraie boucherie. Il est sorti de l'ascenseur, portant des lunettes noires, sans doute achetées à Times Square ou à un vendeur à la sauvette, en agitant une canne blanche couverte de sang. Dieu seul sait où il a pu pêcher cette canne, mais les flics de New York pensent que c'est avec elle qu'il a assommé le gardien de l'immeuble.

— Il l'a tout simplement volée à un véritable aveugle », dit Thad avec calme. « Ce type-là n'est pas Merlin l'Enchanteur, tout de même, Alan.

— Manifestement pas. Il devait sans doute hurler

236

qu'il venait de se faire attaquer dans la rue, ou qu'il avait surpris des voleurs dans son appartement. Toujours est-il qu'il a déboulé sur eux si vite qu'ils n'ont pas eu le temps de réagir. Après tout, il ne s'agissait que de deux flics habitués à faire des patrouilles en voiture et qu'on avait plantés devant la porte de cette femme sans trop les avertir.

— Ils savaient pourtant que Donaldson venait d'être assassiné, non ? protesta Liz. S'il y a bien quelque chose qui aurait dû leur faire comprendre que l'homme était dangereux...

— Ils savaient aussi que la protection de Donaldson était arrivée *après* son assassinat, objecta Thad. Ils avaient trop confiance en eux.

— Peut-être un peu trop, concéda Alan. Je n'ai aucun moyen de le savoir. Mais les types qui sont avec Cowley savent maintenant que ce type est aussi audacieux et intelligent qu'il est dangereux. Ils ont les yeux ouverts. Non, Thad. Votre agent est en sécurité. Vous pouvez compter là-dessus.

— Vous avez dit qu'il y avait des témoins oculaires, lui rappela Thad.

— Oh, en effet. Des tas de témoins. Ceux de l'immeuble de Miriam Cowley, ceux de chez Donaldson, ceux de chez Myers. Il paraissait s'en branler complètement. » Il regarda vers Liz et ajouta : « Excusez-moi. »

Elle eut un bref sourire.

« J'ai déjà entendu cette expression une ou deux fois, Alan. »

Il acquiesça, sourit aussi et se tourna vers Thad qui venait de lui demander :

« Et la description que je vous ai donnée ?

— Elle correspond exactement. Il est grand, blond, très bronzé. Alors, il faut me dire qui c'est, Thad. Donnez-moi un nom. Ce n'est plus seulement le meurtre de Homer Gamache qui me pose un problème, maintenant. J'ai un foutu commissaire de la police de la Ville de New York qui me casse les pieds et Sheila Brigham — c'est ma standardiste — a beau penser que si je vais devenir une vedette des médias, c'est tout de même le meurtre de Gamache que je veux éclaircir en premier lieu. Encore plus que celui des deux officiers de police qui essayaient de protéger Phyllis Myers. Alors donnez-moi un nom.

— Vous l'avez déjà », dit Thad.

Il y eut un long silence, qui se prolongea peut-être dix secondes. Puis, très doucement, Alan demanda :

« Quoi ?

— Il s'appelle George Stark. »

Thad fut étonné du calme avec lequel il avait répondu, et encore plus de découvrir qu'il *se sentait* calme… à moins qu'un profond état de choc n'induisît les mêmes impressions. Mais le soulagement de pouvoir faire enfin cette réponse — *Vous l'avez déjà, il s'appelle George Stark* — était inexprimable.

— Je ne crois pas vous comprendre », dit Alan après un nouveau et long silence.

« Bien sûr que si, vous comprenez », intervint Liz. Thad la regarda, surpris par le ton sec et sans réplique de sa voix. « Mon mari est en train de vous dire que son pseudonyme, d'une manière ou d'une autre, est devenu un être vivant… ce qu'il y avait de marqué sur la fausse pierre tombale, et qui aurait dû être quelques pieuses paroles ou des vers, était quelque chose que Thad avait déclaré au premier journaliste à avoir révélé l'histoire. UN TYPE PAS TRÈS SYMPA. Vous vous en souvenez ?

— Oui, mais voyons, Liz… »

Il les regardait avec une expression de surprise impuissante, comme s'il prenait pour la première fois conscience d'avoir poursuivi une conversation avec des gens ayant perdu l'esprit.

« Épargnez-vous les "mais" et les "si", Alan », reprit-elle du même ton vif. Vous aurez tout le temps de présenter vos objections. Vous et tout le monde. Pour le moment, contentez-vous de m'écouter. Thad ne blaguait pas quand il disait que George Stark n'était pas un type très sympa. Il a peut-être *cru* qu'il blaguait, mais il était très sérieux. Non seulement George Stark n'est pas un type très sympa, mais c'est en fait un personnage épouvantable. Il me rendait de plus en plus nerveuse à chaque livre, et lorsque Thad a finalement décidé de le tuer, je suis allée dans notre chambre pour pleurer. De soulagement. » Elle regarda Thad qui ne l'avait pas quittée des yeux et prolongea ce contact avant de hocher la tête. « C'est exact. J'ai pleuré. J'ai vraiment pleuré. Ce M. Clawson de Washington était peut-être une Orduroïde, mais il nous a rendu un service, peut-être le plus grand service de toute notre vie conjugale, et, ne serait-ce que pour cela, je suis désolée qu'il soit mort.

— Liz, je n'arrive pas à croire que vous veuillez dire...

— N'ergotez pas sur ce que je veux dire ou ne pas dire ! »

Alan cligna des yeux. Liz avait parlé en élevant un peu la voix, mais pas au point de réveiller Wendy ; William redressa une dernière fois la tête avant de s'allonger sur le côté et de s'endormir à côté de sa sœur. Alan eut l'impression, cependant, qu'il aurait eu droit à une protestation plus virulente s'il n'y avait pas eu les enfants. Voire même au volume poussé à fond.

« Thad a maintenant des choses à vous dire. Il va falloir l'écouter très attentivement, Alan. Et vous efforcer de le croire. Parce que si vous ne lui faites pas confiance, on peut redouter que cet homme — quel qu'il soit ou quoi que ce soit — continue le massacre jusqu'à ce qu'il n'y ait plus un nom sur sa liste de commissions. J'ai des raisons très personnelles de ne pas vouloir voir cela arriver. Quelque chose me dit, voyez-vous, que Thad, les enfants et moi sommes peut-être bien sur la liste en question.

— Très bien. »

Il avait répondu d'un ton conciliant, mais ses pensées défilaient à toute vitesse. Il dut faire un effort très conscient pour repousser frustration, colère et même stupéfaction de côté, et envisager cette idée insensée avec autant de clarté que possible. La question n'était pas de se demander si elle était vraie ou fausse — il n'était même pas imaginable, évidemment, qu'elle fût vraie — mais pour quelle raison ils prenaient tant de peine à raconter de telles élucubrations. Avaient-elles pour but de dissimuler quelque complicité imaginaire dans les meurtres ? Ou une complicité réelle ? Était-il possible qu'eux-mêmes y crussent sincèrement ? Il paraissait impossible qu'un couple de personnes ayant leur éducation et — du moins jusqu'ici — un comportement rationnel pût croire une chose pareille ; néanmoins, il retrouvait l'impression qu'il avait ressentie le jour où il était venu arrêter Thad pour le meurtre de Homer Gamache : aucun de ces effluves indubitables qui émanent d'ordinaire des gens qui mentent ne lui parvenait. Des gens qui mentent *consciemment*, en tout cas, se corrigea-t-il.

« Je vous écoute, Thad.

— Très bien. »

Thad s'éclaircit nerveusement la gorge et se leva. Sa main se porta à sa poche de poitrine et il se rendit compte avec un amusement tempéré d'amertume de ce qu'il faisait : le geste de prendre un paquet de cigarettes qui n'y était plus depuis des années. Il fourra les mains dans ses poches et regarda Alan Pangborn comme il aurait regardé un étudiant en plein désarroi, venu s'échouer sur la côte hospitalière du bureau de Thad.

« Il se passe quelque chose de très étrange, ici. Non — c'est plus qu'étrange. C'est terrible et inexplicable, mais n'empêche que ça se passe. Et tout a commencé, me semble-t-il, l'année de mes onze ans. »

2

Thad lui raconta tout : les maux de tête de son enfance, les cris aigus et les visions troubles des moineaux qui annonçaient l'arrivée de ces migraines, le retour des moineaux. Il montra à Alan la page de son tapuscrit avec LES MOINEAUX VOLENT DE NOUVEAU griffonné en travers, à grands coups de crayon noir. Il lui parla aussi de l'état second dans lequel il s'était trouvé dans son bureau la veille, et de ce qu'il avait écrit (dans la mesure où il s'en souvenait) au dos d'un bon de commande. Il ne lui cacha pas ce qui était arrivé ensuite à ce bon de commande, et tenta d'exprimer la peur et l'affolement qui l'avaient saisi et poussé à détruire le document.

Le visage d'Alan restait impassible.

« En outre, conclut Thad, je *sais* qu'il s'agit de Stark. Ici. »

Du poing, il se frappa légèrement la poitrine.

Le shérif garda le silence pendant encore quelques instants. Il s'était mis à faire tourner son alliance, à l'annulaire de sa main gauche, et cette opération paraissait capter toute son attention.

« Vous avez perdu du poids depuis votre mariage, Alan », dit Liz d'un ton calme. « Si vous ne faites pas rétrécir cette alliance, vous risquez de la perdre un jour.

— Je suppose. » Il leva la tête et la regarda. Lorsqu'il parla, ce fut comme si Thad était parti faire quelque chose et qu'ils n'étaient que tous les deux dans la pièce. « Votre mari vous a fait monter dans son bureau du premier pour vous montrer ce premier message du monde des esprits après mon départ... C'est bien cela ?

— En fait de monde des esprits je ne connais que du monde qui a de l'esprit », répondit Liz du ton le plus calme, mais il m'a en effet montré ce message après votre départ.

« *Juste* après mon départ ?

— Non. Nous avons commencé par mettre les jumeaux au lit. Ensuite, au moment où nous-mêmes nous sommes couchés, j'ai demandé à Thad ce qu'il me cachait.

— Entre l'instant où je suis parti et celui où il vous a parlé des états de transe et des pépiements d'oiseaux, y a-t-il eu des moments où il s'est trouvé hors de votre vue ? Assez longtemps pour avoir le temps de monter au premier et d'écrire la phrase que je vous avais mentionnée ?

— Je ne peux pas vous l'affirmer avec certitude, répondit Liz. *Il me semble* que nous ne nous sommes pas quittés pendant tout ce temps, mais je ne pourrais le jurer. De toute façon, même si je vous le jurais, ça n'aurait aucune importance, n'est-ce pas ?

— Que voulez-vous dire, Liz ?

— Que vous en concluriez que moi aussi, je mens. »

Alan poussa un profond soupir. C'était la seule réponse qui pouvait réellement leur convenir.

« Thad ne ment pas. »

Le shérif hocha la tête.

« J'apprécie votre honnêteté. Mais étant donné que

vous ne pouvez jurer qu'il ne vous a pas quittée pendant une ou deux minutes, je n'ai pas besoin de vous accuser de mentir. J'aime autant ça. Vous admettrez que cela reste une possibilité, de même que vous admettrez que l'autre possibilité est plutôt délirante. »

Thad s'appuya contre la cheminée, ses yeux allant de l'un à l'autre comme ceux d'un spectateur d'un match de tennis. Il avait prévu absolument toutes les objections de Pangborn, lequel relevait les points faibles de son histoire avec beaucoup plus de courtoisie que lui-même n'en aurait fait preuve dans les mêmes circonstances. Il ne pouvait cependant s'empêcher de se sentir amèrement déçu… presque malade. L'impression que Alan le croirait — qu'il le croirait instinctivement — se révélait aussi bidon que ces panacées de charlatan supposées tout guérir.

« Oui, je l'admets », dit Liz, toujours aussi calmement.

« Quant à ce que Thad rapporte de ce qu'il lui serait arrivé à son bureau… il n'y a aucun témoin de la transe, pas plus que de ce qu'il prétend avoir écrit. En fait, il ne vous a mentionné l'incident qu'après le coup de téléphone de Mme Cowley, n'est-ce pas ?

— En effet.

— Dans ce cas… »

Il haussa les épaules.

« Je voudrais vous poser une question, Alan.

— Allez-y.

— Pourquoi Thad mentirait-il ? Dans quel but ?

— Je l'ignore », répondit le shérif avec une expression de parfaite candeur. « Il l'ignore peut-être lui-même. » Il jeta un bref coup d'œil à Thad et revint à Liz. « Il ne se rend peut-être même pas compte qu'il ment. Ce que je veux dire est l'évidence même : ce n'est pas le genre de chose qu'un officier de police peut accepter sans de solides preuves. Or il n'y en a pas la moindre.

— Pourtant, Thad dit bien la vérité. Je comprends tout à fait ce que vous sous-entendez, mais je souhaite ardemment que vous aussi croyiez qu'il dit la vérité. Pas ardemment, désespérément. Voyez-vous, j'ai vécu avec George Stark. Et je sais ce qu'a ressenti Thad au fur et à mesure que le temps passait. Je vais vous dire quelque chose qui ne figurait pas dans l'article de *People*. Thad a commencé à songer à se débarrasser de Stark deux livres avant le dernier -

— Non, trois », intervint Thad depuis la cheminée contre laquelle il était toujours appuyé. Son envie d'une cigarette le tenaillait plus que jamais. « J'ai commencé à en parler dès après le premier.

— D'accord, trois. D'après l'article, en tout cas, ç'avait l'air très récent, mais c'était faux. C'est simplement ce que je veux dire. Si Frederick Clawson n'était pas venu lui forcer la main, je pense que Thad serait encore en train de parler de s'en débarrasser, comme un alcoolique ou un drogué qui raconte à sa famille et à ses amis que demain, il arrête... demain ou après-demain... ou bientôt.

— Non », la reprit Thad. « Pas exactement ainsi. C'est la bonne église, mais le mauvais banc. »

Il se tut, sourcils froncés, faisant plus que penser. *Se concentrant*. A contrecœur, Alan dut renoncer à l'idée qu'ils mentaient, ou qu'ils se payaient sa tête pour quelque raison insensée. Les efforts qu'ils déployaient n'avaient pas pour but de le convaincre, ni même de se convaincre, mais seulement de donner une cohérence à ce qui s'était passé... à la façon dont on pourrait tenter de décrire un incendie longtemps après qu'il a été maîtrisé.

« Écoutez », reprit finalement Thad. « Laissons tomber pour le moment la question des transes, des moineaux et des visions prophétiques — si c'est bien de ça qu'il s'agit. Si vous avez l'impression que cela peut être utile, vous pouvez parler avec mon médecin, le Dr Hume, des symptômes physiques. Peut-être les encéphalogrammes que nous avons faits hier montreront-ils quelque chose de bizarre, mais même s'il n'y a rien, le chirurgien qui m'a opéré quand j'étais gamin a encore des chances d'être en vie ; il pourrait vous parler de mon cas ; il pourrait savoir quelque chose qui jetterait un peu de lumière dans cette histoire de fous. Je n'ai pas son nom en tête, mais je suis sûr qu'il figure dans mon dossier médical. Toujours est-il que pour le moment, toutes ces conneries psychiques sont des pistes secondaires. »

Cette dernière remarque frappa Alan : très étrange de la part de Thad de dire cela... si du moins la phrase prophétique était un faux, et s'il avait menti à propos de l'autre. Quelqu'un d'assez cinglé pour faire des choses pareilles — et assez cinglé pour oublier l'avoir fait, pour croire sincèrement que ces cas d'écriture automatique seraient d'authentiques manifestations de phénomènes psychiques — ne voudrait parler de rien d'autre. Évident, non ? Il commençait à avoir mal à la tête.

« Très bien », dit-il sans s'énerver. « Si ces conneries psychiques, comme vous dites, sont des pistes secondaires, quelle est la piste principale ?

— George Stark, voilà la piste principale », répondit Thad qui pensa en lui-même, *La piste qui aboutit à Terminusville, là où s'arrêtent toutes les lignes*. « Imaginez qu'un étranger s'introduise dans votre maison. Quelqu'un dont vous avez toujours eu un peu peur, comme le petit Jim Hawkins avait un peu peur du vieux loup de mer à l'auberge de l'amiral Benbow — avez-vous lu *L'Ile au trésor*, Alan ? »

Le shérif acquiesça.

« Alors vous comprenez le genre d'impression que j'essaie d'exprimer. Ce type vous fiche la trouille, il ne vous plaît pas du tout, mais vous le laissez s'installer. Vous ne tenez pas une auberge, comme dans *L'Ile au trésor*, mais vous croyez qu'il s'agit d'un parent vaguement éloigné de votre femme, ou quelque chose comme ça. Vous me suivez ? »

De nouveau, Pangborn acquiesça.

« Et puis finalement un jour, après que cet hôte indésirable a fait quelque chose comme jeter la salière contre le mur parce qu'elle était bouchée, vous dites à votre femme : "Au fait, il va encore rester longtemps ici, ton imbécile de cousin à la mode de Bretagne ?" Et voici qu'elle vous regarde, et dit : "Mon cousin ? Et moi qui croyais que c'était *ton* cousin !" »

Alan ne put retenir un rire rentré.

« Flanquez-vous le type à la porte pour autant ? continua Thad. Eh non ! En premier lieu, cela fait déjà un moment qu'il est installé, et aussi grotesque que cela puisse paraître vu de l'extérieur, il détient une sorte de droit... un droit de squatter, quelque chose dans ce genre. Mais là n'est pas l'important. »

Liz avait aussi acquiescé. Elle avait dans le regard cette expression excitée et pleine de gratitude de quelqu'un à qui l'on vient juste de dire le mot qu'il avait sur le bout de la langue depuis le matin.

« L'important, c'est qu'il vous flanque sacrément la frousse, enchaîna-t-elle. La frousse de ce qu'il pourrait vous faire si vous lui disiez carrément de prendre ses cliques et ses claques et de ficher le camp.

— Et voilà où vous en êtes, continua Thad. Vous voulez vous montrer courageux et lui dire de partir, et pas seulement parce que vous craignez qu'il ne soit dangereux... Cela devient une question de respect de soi-même. Cependant... Vous ne cessez de remettre la chose au lendemain. Vous vous trouvez de *bonnes raisons* de le faire. Parce qu'il pleut, par exemple, et qu'il fera moins d'histoires si vous lui dites son fait par une journée ensoleillée. Ou parce que vous avez tous bien dormi. Vous trouvez mille raisons de repousser la décision. Si vous les estimez suffisamment bonnes, vous pouvez conserver au moins un minimum de respect pour vous-même, et ce minimum vaut mieux que rien du tout. Il vaut même mieux qu'un maximum, si cela signifie terminer à l'hôpital ou mort.

— Et peut-être pas seulement vous. »

Liz mit de nouveau son grain de sel, du ton étudié et agréable d'une femme qui s'adresserait à un club de jardinières amateurs — où planter ses petits pois, par exemple, ou bien à quel moment doit-on cueillir les tomates. « C'était un homme horrible et dangereux lorsque... lorsqu'il vivait avec nous... et c'est un homme horrible et dangereux maintenant. Tout laisse à penser que s'il a changé, il n'a fait qu'empirer. Il est cinglé, évidemment, mais de son point de vue, son comportement est parfaitement logique : rechercher tous ceux qui ont conspiré pour l'abattre et les descendre, les uns après les autres.

— Terminé ? »

Liz regarda Alan, surprise, comme si sa voix la tirait d'une profonde rêverie intime dans laquelle elle aurait été plongée.

« Quoi ?

— Je demande si vous en avez terminé. Vous vouliez pouvoir vous exprimer, et je veux être sûr que vous l'avez fait. »

Sur-le-champ, elle perdit sa belle façade de calme. Elle poussa un profond soupir et passa une main distraite dans ses cheveux.

« Vous ne croyez pas un traître mot de ce que nous avons dit, c'est ça ?

— Écoutez, Liz, c'est... c'est une histoire à dormir debout. Je suis désolé d'avoir à employer cette expression, mais étant donné les circonstances, je dirais que c'est la plus atténuée que l'on puisse trouver. D'autres flics vont débarquer ici, et dans pas longtemps. Le FBI, vraisemblablement — on peut considérer cet homme comme un fugitif ayant franchi les frontières de l'État, maintenant, et le Bureau entrera dans la danse. Si vous leur racontez cette histoire de transes et d'écriture automatique, on va vous répondre des choses beaucoup plus déplaisantes que ça. Je ne vous croirais pas non plus si vous me disiez que tous ces gens ont été assassinés par un fantôme. » Thad fit un mouvement, mais Pangborn leva la main, et l'écrivain n'insista pas — du moins pour l'instant. « Et pourtant, j'aurais plus facilement cru une histoire de fantôme que ça. Parce que ce n'est pas d'un fantôme que nous parlons, mais de quelqu'un qui n'a jamais existé.

— Dans ce cas, comment expliquez-vous ma description ? » demanda brusquement Thad. « Ce que je vous ai donné était la représentation personnelle que je me fais de George Stark. De ce dont il avait l'air. De ce dont il a *encore* l'air. Vous en trouverez une partie dans la quatrième de couverture des George Stark, sur la biographie de l'auteur. Le reste était juste dans ma tête. Je ne me suis jamais pris le crâne pour me dire, voyons, il est comment, ce type ? Il s'agit simplement d'une image mentale qui s'est constituée au cours des années, de même qu'on se forme une image mentale du journaliste que l'on écoute tous les matins débiter les nouvelles à la radio, en allant au boulot. Mais si par hasard vous le rencontrez, vous vous rendez compte que vous aviez tout faux, dans la plupart des cas. Il semblerait qu'au contraire, j'aie eu presque tout juste. Cela, vous l'expliquez comment ?

— Je ne l'explique pas, répondit Alan. Sauf, bien entendu, si vous mentez sur l'origine de la description.

— Vous savez bien que non.

— Ne prenez pas ça pour acquis », répliqua Alan. Il se leva, alla s'accroupir devant la cheminée et se mit à tisonner nerveusement les bûches de bouleau qui s'y trouvaient. « Tous les mensonges ne sont pas faits consciemment. Si quelqu'un est persuadé de dire la vérité, il peut même franchir victorieusement l'épreuve du détecteur de mensonges. Ted Bundy l'a bien fait.

— Allons voyons ! grinça Thad. Arrêtez donc de vous contorsionner comme ça. C'est exactement comme dans l'histoire des empreintes digitales. La seule différence, c'est que cette fois je n'ai rien à vous offrir pour corroborer mes dires. Et au fait, ces empreintes digitales, qu'en faites-vous ? Quand on ajoute cet élément, est-ce que ce n'est pas au moins un indice que nous disons la vérité ? »

Pangborn se retourna. Il se sentit soudain en colère contre Thad... contre tous les deux. Il avait l'impression d'être toujours repoussé dans le même coin, et ils n'avaient fichtrement aucun droit, aucun, de le mettre dans cette situation. Il se sentait comme le seul type à croire que la terre est ronde lors d'une réunion des défenseurs de la théorie de la terre plate.

— Je ne peux rien expliquer... pour le moment, dit-il. Mais en attendant, vous pourriez peut-être envisager de me dire d'où sort ce type, Thad. Je veux parler du type *réel*. Est-ce que vous en avez, euh, accouché une nuit ? Est-il sorti comme ça d'un œuf de moineau ? Est-ce que vous lui ressembliez quand vous écriviez les livres qui paraissaient sous son nom ? Comment ça s'est passé, exactement ?

— J'ignore comment il est venu à l'existence », répondit Thad d'un ton fatigué. « Croyez-vous que je ne vous le dirais pas, si j'en avais la moindre idée ? Pour autant que je le sache, ou qu'il m'en souvienne, c'est moi qui ai écrit *Machine's Way*, *Oxford Blues*, *Sharkmeat Pie* et *Riding to Babylon*. Je n'ai pas la moindre idée du moment où il est devenu un... une personne séparée. Il me paraissait réel quand j'écrivais sous son nom, mais seulement de la manière dont toutes les histoires que je raconte me semblent réelles pendant que je les écris. Autrement dit, je les prends au sérieux, mais je ne les crois pas... sauf qu'au fond... alors... »

Il se tut, et partit d'un petit rire dément, comme un aboiement.

« Quand je pense au nombre de fois où j'ai parlé de ce que c'était, l'écriture, reprit-il. Des centaines de conférences, des milliers d'heures de cours, et je ne crois pas avoir jamais prononcé un seul mot sur la manière dont l'auteur de fiction appréhendait la réalité jumelle qui existe pour lui — celle du monde véritable et celle du monde de son manuscrit. Et je me rends compte maintenant... eh bien... il ne me semble même pas savoir *comment* la penser.

— C'est sans importance, intervint Liz. Il n'avait pas besoin d'exister en tant que personne séparée tant que Thad n'avait pas essayé de le tuer. »

Alan se tourna vers elle.

« Écoutez, Liz, vous connaissez Thad mieux que personne. Docteur Beaumont devenait-il Mister Stark quand il écrivait ses romans noirs ? Vous fichait-il des raclées ? Menaçait-il les gens avec des rasoirs dans les soirées ?

— Les sarcasmes ne vont pas rendre la discussion plus facile », répliqua-t-elle sans le quitter des yeux.

Il leva les mains dans un geste d'exaspération, sans toutefois être sûr si c'était eux, lui-même ou cette conversation qui l'exaspérait.

« Ce ne sont pas des sarcasmes ! J'essaie simplement un petit traitement de choc verbal pour vous faire comprendre à quel point vous paraissez cinglés, tous les deux ! *Vous êtes en train de me parler d'un pseudonyme qui devient vivant !* Je ne sais pas si vous vous en rendez compte, mais racontez-en seulement la moitié au FBI, et vous êtes internés d'office !

— La réponse à votre question est non, dit Liz. Il ne me battait pas, il ne brandissait pas de rasoir dans les soirées. Mais lorsqu'il écrivait sous le nom de George Stark, et en particulier quand il était question d'Alexis Machine, Thad n'était pas le même. Lorsqu'il... lorsqu'il, disons, ouvrait la porte et invitait Stark à entrer, il devenait distant. Pas froid, non, simplement distant. Il avait moins envie de sortir, de voir des gens. Il lui arrivait de ne pas se rendre à des réunions de profs, à la fac, de sauter des rendez-vous avec des étudiants... même si c'était assez rare. Il se couchait plus tard, et parfois il se tournait pendant une heure dans le lit avant de s'endormir. Pendant son sommeil, il s'agitait beaucoup, grommelait constamment et faisait de mauvais rêves. Je lui ai posé plusieurs fois la question, et il m'a répondu qu'il avait mal à la tête et se sentait mal reposé, mais que s'il avait eu des cauchemars, il n'arrivait pas à s'en souvenir.

Ce n'était pas un bien grand changement de personnalité... cependant, il n'était pas le même. Mon mari a arrêté de boire il y a quelque temps, Alan. Il n'a pas été chez les Alcooliques anonymes et n'a pas subi de cure, mais il a arrêté. A une exception près. Quand l'un des romans de Stark était terminé, il se saoulait. On aurait dit qu'il s'en débarrassait d'un seul coup, comme s'il se disait : "Ça y est, ce salopard s'est enfin tiré. Je ne l'ai plus dans les pattes, au moins pour un moment. George est retourné dans sa ferme du Mississippi. Hourra."

— C'est tout à fait ça, confirma Thad. Hourra... exactement ce que je ressentais. Permettez-moi de résumer ce que nous savons, sans tenir compte pour l'instant des transes ni de l'écriture automatique. L'homme que vous cherchez tue des personnes que je connais, des personnes qui, à l'exception de Homer Gamache, ont une responsabilité dans "l'exécution" de George Stark... après avoir conspiré cette exécution avec moi, bien entendu. Il partage mon groupe sanguin, qui n'est pas rarissime, mais qui n'est tout de même celui que de six pour cent de la population. Il est conforme à la description que je vous en ai donnée, laquelle était le filtrage de l'image que je me faisais de George Stark, s'il avait existé. Il fume les cigarettes que je fumais autrefois. Enfin, et ce n'est pas le moins intéressant, il semble posséder des empreintes digitales identiques aux miennes. On trouve peut-être six types sur cent avec un groupe sanguin A rhésus négatif, mais pour autant que je sache, personne d'autre, sur la planète, ne possède les mêmes empreintes digitales que moi. En dépit de tout cela, vous refusez de seulement envisager que George Stark, comme je l'affirme, puisse être d'une certaine façon en vie. Alors maintenant, shérif Pangborn, c'est à vous de me dire : qui patauge dans le brouillard, si je puis dire ? »

Alan sentit ce qu'il avait cru depuis toujours être une assise solide se dérober sous lui. Ce n'était tout de même pas *possible*, non ? Mais... s'il ne faisait rien d'autre aujourd'hui, il allait lui falloir parler au médecin de Thad et commencer à remonter son passé médical. Il lui vint à l'esprit qu'il serait merveilleux de découvrir qu'il n'avait jamais eu de tumeur au cerveau, que Thad avait menti ou inconsciemment fabulé. S'il pouvait prouver que l'écrivain était psychopathe, il se sentirait un peu plus rassuré. Peut-être...

Peut-être mon cul, oui. Il n'y avait pas de George Stark, il n'y en avait jamais eu. Il n'était peut-être pas l'un des cracks du FBI, mais il n'allait tout de même pas avaler une histoire pareille, il y a des limites ! Ils avaient une chance de cravater ce salopard de cinglé à New York, quand il voudrait s'en prendre à Cowley, c'était même probable, en fait ; mais sinon, le dingue pourrait décider de venir passer ses vacances dans le Maine pour l'été. Si jamais il revenait, Alan ne demandait pas mieux que de se charger de lui. Il ne croyait pas que gober toutes ces conneries style *Retour des morts-vivants* l'aiderait beaucoup si l'occasion se présentait. Et il ne voulait pas perdre davantage de temps à en discuter pour l'instant.

« Le moment venu, ça deviendra plus clair, je suppose », dit-il vaguement. « Pour l'heure, je vous conseille à tous les deux de vous en tenir à la version que vous m'avez présentée hier au soir : il s'agit d'un type qui *se prend* pour George Stark, et il est assez cinglé pour avoir commencé à l'endroit logique — enfin, logique pour un cinglé — où Stark a été officiellement enterré.

— Si vous n'accordez pas au moins un peu de place à l'idée dans un coin de votre esprit, Alan, vous allez vous retrouver dans la merde jusqu'au cou, dit Thad. Ce type... impossible de raisonner avec lui. Impossible de plaider. Vous pourriez le supplier de se montrer clément, s'il vous en donnait le temps, ça n'y changerait rien. Si jamais vous vous approchez de lui la garde tant soit peu baissée, il vous transformera en pâté de requin le temps de le dire.

— Je vais aller vérifier chez votre toubib », répondit le shérif. « Et chez le chirurgien qui vous a opéré lorsque vous étiez enfant. Je ne sais pas ce que j'en tirerai, ni si cela pourra jeter la moindre lumière sur ce qui se passe, mais je vais le faire. Par ailleurs, il me semble que je dois prendre mes risques dans cette affaire. »

Thad sourit, mais sans la moindre trace d'humour.

« De mon point de vue, c'est là qu'est le problème. Ma femme, mes gosses et moi-même devrons prendre exactement les mêmes risques. »

3

Un quart d'heure plus tard une camionnette blanc et bleu impeccable vint se garer dans l'allée privée des Beaumont, derrière la voiture d'Alan. On aurait dit un véhicule des services du téléphone, et c'était bien le cas, même si les mots *Maine State Police* étaient inscrits sur le côté, en petits caractères discrets.

Deux techniciens sonnèrent à la porte, se présentèrent, s'excusèrent d'avoir mis si longtemps à venir (excuses inutiles pour Thad et Liz qui ignoraient que ces types devaient passer) et demandèrent à Thad s'il voyait un problème à signer le formulaire que l'un des deux lui présenta, fixé sur une planchette. Il le parcourut rapidement et vit qu'il les autorisait à placer un système d'écoute et de recherche de numéro d'appel sur son téléphone. Il ne leur donnait pas d'avance l'autorisation d'utiliser ces écoutes téléphoniques en justice.

Thad griffonna sa signature sous les yeux d'Alan Pangborn et de l'autre technicien. (Thad nota avec amusement qu'il portait un téléphone de contrôle accroché d'un côté de sa ceinture et un calibre 45 de l'autre.)

« Ce système de recherche est-il vraiment efficace ? » demanda Thad quelques minutes plus tard, après le départ du shérif pour le quartier général de la police du comté d'Orono.

Il lui semblait important de dire quelque chose ; une fois le formulaire dûment rempli, les techniciens avaient gardé le silence.

« Ouais », répondit l'un. Il avait sorti le combiné de téléphone du salon de sa fourche, et entrepris de le déshabiller. « On peut remonter un appel jusqu'à son point d'origine partout dans le monde. C'est pas comme dans les vieux films, où il fallait faire parler le type à l'autre bout du fil le plus longtemps possible. Tant que personne ne raccroche ici (il agita le combiné qui ressemblait maintenant un peu à un androïde qui aurait essuyé une décharge de rayons laser dans une histoire de science-fiction), nous pouvons remonter jusqu'au point d'appel. Qui se trouve être la plupart du temps une cabine téléphonique dans un centre commercial.

— Tout juste », confirma son partenaire. Ce dernier était en train de bricoler la prise qu'il avait dégagée du socle mural. « Vous avez un autre poste, à l'étage ?

— Deux autres », dit Thad. Il commençait à se sentir comme si quelqu'un l'avait brutalement poussé dans le trou de lapin d'Alice. « Un dans mon bureau, un dans la chambre.

— Ce sont des lignes séparées ?

— Nous, nous n'en avons qu'une. Où allez-vous placer l'enregistreur ?

— Probablement à la cave », répondit le premier d'un air absent.

Il faisait passer des fils du combiné étripé jusque dans un boîtier tout hérissé de contacteurs à ressort, et il y avait une note du genre ça-ne-vous-gênerait-pas-de-nous-laisser-faire-notre-boulot dans sa voix.

Thad passa un bras autour de la taille de Liz et l'entraîna, se demandant s'il existait une seule personne au monde capable de comprendre, ou de seulement essayer de comprendre, que ce n'était pas avec des écoutes téléphoniques et des détecteurs d'appel dernier cri que l'on arrêterait George Stark. Stark était quelque part dans la nature, en train de se reposer, peut-être, ou déjà en chemin.

Mais si personne ne voulait le croire, que diable allait-il faire lui-même ? Comment était-il supposé protéger sa famille ? Existait-il seulement un moyen ? Il se creusa la tête et comme il n'en sortit rien, se contenta de rester à l'écoute de lui-même. Parfois — pas toujours, mais de temps en temps — la réponse se présentait de cette manière, et d'aucune autre.

Mais pas aujourd'hui. En fait, amusé et stupéfait, il se sentit pris d'une érection soudaine et désespérée. Il songea à entraîner Liz à l'étage — puis il se souvint que les techniciens de la police d'État n'allaient pas tarder à y monter aussi pour faire encore des choses mystérieuses à son téléphone démodé à une seule ligne.

On peut même pas tirer son coup, se dit-il. Bon, qu'est-ce que nous faisons ?

La réponse était pourtant élémentaire. Attendre, voilà ce qu'ils avaient à faire.

Ils n'eurent d'ailleurs pas à patienter bien longtemps pour avoir le morceau de choix suivant : Stark avait fini par avoir Cowley — piégeant sa porte à l'explosif après avoir pris par surprise les techniciens occupés à faire la même chose au téléphone de Rick que les hommes dans le séjour faisaient au téléphone des Beaumont. Lorsque Rick avait tourné la clé dans la serrure, la porte avait tout simplement explosé.

C'est Alan qui leur apporta la nouvelle. Il n'avait pas parcouru cinq kilomètres qu'il l'apprenait par la radio, et il avait immédiatement fait demi-tour.

« Vous nous aviez dit que Rick était en sécurité », lui reprocha Liz. Elle avait la voix et le regard mornes. Même sa chevelure paraissait avoir perdu de son lustre. « Vous nous l'aviez pratiquement garanti.

— Je me trompais. Je suis désolé. »

Alan se sentait aussi déstabilisé que Liz avait l'air de l'être elle-même, mais il essayait, de toutes ses forces, de ne pas le montrer. Il jeta un coup d'œil à Thad, qui lui rendit son regard avec une sorte de calme pétillant dans les yeux. Un petit sourire sans humour rôdait aux commissures de ses lèvres.

Il sait exactement ce que je pense. C'était l'impression, probablement fausse, que ressentait Alan. *Bon... peut-être pas TOUT ce que je pense, mais au moins une partie. Une bonne partie, même, qui sait ? Je me démerde peut-être comme un manche pour ce qui est de dissimuler, mais je ne crois pas que ce soit ça. C'est lui. Je crois qu'il voit trop de choses.*

« Vous avez affirmé quelque chose qui s'est révélé faux, c'est tout, dit Thad. Ça arrive aux meilleurs d'entre nous. Vous devriez peut-être revenir après avoir réfléchi un peu plus à George Stark. Qu'est-ce que vous en dites, Alan ?

— Vous pourriez bien avoir raison », admit le shérif, se disant qu'il ne cherchait qu'à leur passer un peu de pommade.

Mais la figure de George Stark, qu'il n'avait vue jusqu'ici qu'au travers de la description de Thad Beaumont, commençait à se pencher sur son épaule. Il ne pouvait encore la distinguer, mais il la sentait là, qui regardait.

« Je voudrais parler avec ce Dr Hurd...

— Hume, le reprit Thad. George Hume.

— Merci. Je voudrais lui parler ; je reste donc dans le secteur. Si jamais le FBI vient faire un tour, aimeriez-vous que je passe vous voir ensuite ?

— Je ne veux pas parler pour Thad, mais pour moi, j'aimerais beaucoup. »

Thad acquiesça.

Alan reprit :

« Je suis désolé pour toute cette histoire, mais ce qui me désole le plus, c'est de vous avoir promis qu'une chose irait bien alors qu'elle a très mal tourné.

— Dans une situation comme celle-ci, je pense qu'il est facile de sous-estimer les risques, dit Thad. Je vous ai dit la vérité — en tout cas, ce que je crois être la vérité —

pour une raison très simple. S'il s'agit bien de Stark, je crois que pas mal de gens vont le sous-estimer avant que tout ça ne soit fini. »

Alan regarda Thad et Liz tour à tour, longuement. On n'entendait que les deux policiers de garde devant la porte d'entrée (une autre patrouille se tenait derrière la maison) qui bavardaient calmement. Puis le shérif répondit finalement :

« L'os, dans cette affaire, c'est que vous y croyez réellement tous les deux, hein ? »

Thad hocha la tête.

« Oui, j'y crois.

— Je n'y crois pas, moi », lança Liz. Les deux hommes la regardèrent, surpris. « Je n'ai pas besoin d'y croire : je le sais. »

Pangborn poussa un soupir et fourra les mains dans ses poches.

« Il y a une chose que j'aimerais bien savoir. Si c'est bien comme vous dites... je n'y crois pas, je ne peux pas y croire... mais faisons cette hypothèse. Qu'est-ce qu'il peut bien vouloir, ce type ? Juste se venger ?

— Pas du tout, dit Thad. Il veut exactement ce que vous ou moi voudrions si nous nous trouvions dans la même situation. Il ne veut plus être mort. C'est tout ce qu'il veut. Ne plus être mort. Je suis le seul qui soit capable de faire cela pour lui, et si je n'y arrive pas, ou si je ne peux pas... eh bien... il peut au moins faire en sorte de ne pas être le seul.

XVI

George Stark
Au Bout Du Fil

1

Alan était parti rencontrer le Dr Hume et les agents du FBI bouclaient leur interrogatoire — si l'on peut employer ce terme pour quelque chose d'aussi bizarrement vide et qui tenait aussi peu debout — lorsque George Stark appela, moins de cinq minutes après que les techniciens de la police se furent déclarés satisfaits des accessoires qu'ils avaient branchés sur le téléphone des Beaumont.

Ils avaient été dégoûtés mais apparemment pas très surpris de découvrir que, derrière le matériel dernier cri des Beaumont, se cachait, dans le central téléphonique de la ville de Ludlow, le bon vieux système archaïque du cadran rotatif.

« Bon sang, faut le voir pour le croire », dit le technicien dont le prénom était Wes, d'un ton de voix qui suggérait qu'il n'y avait rien d'autre à attendre d'un bled pareil.

Son collègue, Dave, sortit d'un pas pesant pour aller chercher dans la camionnette les équipements nécessaires pour mettre le téléphone de leurs clients à la hauteur du matériel qu'utilisait la police, en cette fin de vingtième siècle. Wes roula des yeux et regarda ensuite Thad comme si ce dernier aurait dû l'informer avant toute chose qu'en matière de téléphone, il en était encore à l'ère des pionniers.

Aucun des deux techniciens ne gaspilla un seul coup

d'œil pour les hommes du FBI arrivés de leur bureau de Boston à Bangor en avion, et qui avaient traversé ensuite en voiture, héroïquement, les terres désolées infestées de loups et d'ours qui séparent Bangor de Ludlow. On aurait dit que les super-flics vivaient dans un spectre lumineux entièrement différent que les techniciens de la police d'État ne pouvaient pas davantage voir que les infrarouges ou les rayons X.

« Tous les téléphones de la ville fonctionnent comme ça », expliqua humblement Thad.

Il sentait monter dans son estomac une belle crise d'hyperacidité. En temps ordinaire, cela l'aurait rendu grincheux et pénible à supporter pour les autres. Aujourd'hui, cependant, il se sentait seulement fatigué, vulnérable et terriblement triste.

Ses pensées ne cessaient de revenir au père de Rick, qui vivait à Tucson, et aux parents de Miriam, installés à San Luis Obispo. A quoi songeait le vieux M. Cowley en ce moment ? A quoi songeaient les Pennington ? Comment ces trois personnes, souvent mentionnées au cours de conversations, mais jamais rencontrées, allaient-elles réagir ? Comment faisait-on face non pas seulement à la mort d'un enfant, mais à la disparition brutale d'un enfant adulte ? Comment faisait-on face à ce qu'avait de banal et d'irrationnel leur assassinat ?

Thad se rendit compte qu'il pensait aux survivants au lieu des victimes pour une raison bien simple et triste : il se sentait responsable de tout. Et pourquoi pas ? A qui pouvait-on reprocher l'invention de George Stark, sinon à lui ? Le fait que l'antique système rotatif encore utilisé ici rendait son téléphone plus difficile à mettre sur écoute n'était qu'une raison de plus, pour lui, de se sentir coupable.

« Je crois que c'est tout, monsieur Beaumont », déclara l'un des hommes du FBI.

Il venait de relire ses notes, ignorant Dave et Wes, apparemment, tout autant que ceux-ci l'ignoraient. L'agent, dont le nom était Malone, referma sèchement le carnet. Un carnet relié en cuir, avec ses initiales discrètement apposées en lettres d'argent dans le coin en bas à gauche. Il portait un costume gris de coupe classique et la raie qui partageait ses cheveux était tirée au cordeau.

« Vois-tu autre chose, Bill? »

Bill, autrement dit l'agent Prebble, referma son propre carnet — également relié en cuir mais sans initiales — d'un geste sec et secoua la tête.

« Non. Je crois qu'on a tout ce qu'il faut. » L'agent Prebble portait un costume de coupe classique, mais brun. « Nous aurons peut-être d'autres questions à vous poser plus tard, au cours de l'enquête, mais nous disposons de ce dont nous avons besoin pour le moment. Je tiens à vous remercier tous les deux pour votre collaboration. »

Il leur adressa un grand sourire découvrant des dents qui étaient soit refaites, soit tellement parfaites qu'elles en paraissaient surnaturelles, et Thad pensa : *Un peu plus, il nous donnerait un bon point à ramener à Maman après l'école.*

« C'est bien naturel », répondit Liz avec lenteur, d'un ton distrait.

Elle se massait doucement la tempe gauche du bout des doigts, comme si elle sentait monter les premiers signes d'une migraine particulièrement pénible.

C'est probablement ce qui lui arrive, pensa Thad.

Il jeta un coup d'œil à la pendule, sur la cheminée, et vit qu'il n'était que deux heures et demie passées de quelques minutes. N'était-ce pas le plus long après-midi de sa vie qui commençait? Il n'aimait pas émettre ce genre de jugements précipités, mais il soupçonnait que la réponse était oui.

Liz se leva.

« Je crois que je vais aller m'allonger un moment, si vous n'y voyez pas d'inconvénient. Je ne me sens pas très en forme. »

Il était sur le point de répondre que c'était une bonne idée, mais le téléphone sonna.

Tout le monde regarda l'appareil, et Thad sentit une artère se mettre à tripler la cadence dans son cou. Une nouvelle bulle d'acidité, brûlante, s'éleva lentement dans sa poitrine et lui donna l'impression d'étendre ses pseudopodes jusqu'au fond de sa gorge.

258

« Excellent », s'exclama Wes avec satisfaction. « Il n'y aura même pas besoin de faire un appel de vérification. »

Thad éprouva brusquement la sensation d'être enveloppé dans un cocon d'air glacé, qui se déplaça avec lui quand il alla jusqu'au téléphone. A côté de lui, sur la table, il y avait un gadget, sorte de cube de Lucite, avec des témoins lumineux sur un côté. L'un d'eux clignotait, synchronisé à la sonnerie du téléphone.

Où sont les oiseaux? Je devrais entendre les oiseaux. Mais il n'y en avait pas un seul ; l'unique pépiement était celui de l'appareil à la sonnerie mélodieuse et impérative.

Wes se trouvait agenouillé près de la cheminée, occupé à remettre ses outils dans un coffre noir qui, avec ses grosses fermetures chromées, ressemblait à une gamelle hypertrophiée d'ouvrier du bâtiment. Dave s'appuyait au chambranle de la porte qui séparait le séjour de la salle à manger. Il avait demandé à Liz s'il pouvait prendre une banane dans la coupe de fruits et la pelait, méditatif, s'arrêtant de temps en temps pour examiner son travail de l'œil critique d'un artiste dans les affres de la création.

« Tu devrais prendre le contrôleur de circuit, dit-il à Wes. Si on a besoin de déparasiter, on peut le faire tant qu'on est là. Comme ça, pas besoin de revenir.

— Bonne idée », répondit Wes, qui prit un objet avec une poignée comme celle d'un pistolet dans la gamelle géante.

Dans l'expectative, les deux techniciens ne paraissaient que légèrement intéressés. Malone et Prebble rangeaient leur carnet, redressaient le pli impeccable de leur pantalon et confirmaient par leur attitude l'opinion que Thad se faisait déjà d'eux à leur arrivée : ces hommes avaient davantage l'air de conseillers juridiques ou d'inspecteurs des finances que de défouraillers. Ils paraissaient ne même pas se rendre compte que le téléphone sonnait.

Eh les mecs, qu'est-ce qui vous arrive? eut soudain envie de hurler Thad. *Pourquoi diable avoir mis en place tout ce matériel, si c'est tout l'effet que ça vous fait?*

Injuste, bien entendu. Que l'homme aux trousses duquel ils étaient lancés soit la première personne à appeler les Beaumont cinq minutes après la mise en place du système d'écoute était tout simplement trop improbable... du moins était-ce ce qu'ils auraient répondu si quelqu'un s'était soucié de leur poser la question. Les choses ne se passent pas ainsi dans le monde merveilleux de la police tel qu'il existe en cette fin de millénaire — voilà ce qu'ils auraient dit. C'est encore un écrivain qui vous appelle pour vous raconter le super-scénario qu'il vient de concocter, ou bien un voisin qui veut vous emprunter votre tondeuse à gazon. Mais le type qui se prend pour votre alter ego ? Faut pas rêver, Dédé. Ce serait trop beau.

Sauf que c'était bien Stark. Son odeur lui emplissait les narines. Un coup d'œil à sa femme suffit à lui apprendre qu'elle le savait, elle aussi.

Wes le regardait, maintenant, se demandant certainement pour quelle raison Thad ne décrochait pas le combiné.

Ne vous inquiétez pas, pensa Thad. *Ne vous inquiétez pas, il attendra. Il sait que nous sommes à la maison, voyez-vous.*

« Heu, je crois que nous allons nous éclipser, madame Beau... », commença Prebble, mais Liz le coupa, disant, d'une voix calme mais terriblement douloureuse :

« Je crois qu'il vaut mieux que vous attendiez. »

Thad décrocha enfin et cria :

« Qu'est-ce que tu veux, espèce de salopard ? Qu'est-ce que tu veux, à la fin, bordel ? »

Wes sursauta. Dave se pétrifia à l'instant même où il allait mordre pour la première fois dans sa banane. Les deux agents fédéraux tournèrent brusquement la tête. Thad se prit à souhaiter, avec une lamentable intensité, que Alan Pangborn fût ici au lieu d'être à Orono, chez le Dr Hume. Alan ne croyait pas à Stark, du moins pas encore, mais au moins était-il *humain*. Thad supposait que les autres pouvaient l'être, mais eux-mêmes, savaient-ils que les Beaumont étaient aussi humains ? Il éprouvait de sérieux doutes là-dessus.

« C'est lui, c'est lui ! dit Liz à Prebble.

— Oh, Seigneur ! » s'exclama l'agent.

Lui et l'autre impavide recors de justice échangèrent un regard où se lisait le plus extrême embarras : *Et maintenant, qu'est-ce qu'on fout ?*

Thad entendit tout, vit tout, mais de loin ; même de Liz il se sentait séparé. Il n'y avait plus que George Stark et lui, maintenant. De nouveau réunis pour la première fois, comme on disait autrefois pour annoncer certaines comédies.

« Calme-toi, Thad », dit George Stark, une note d'amusement dans la voix. « Inutile de faire dans tes pantalons. »

C'était exactement la voix à laquelle il s'était attendu. Exactement. Dans chaque nuance, jusqu'à la manière traînante de prononcer certains mots.

Les deux techniciens se consultèrent rapidement à voix basse, et Dave fila jusqu'à la camionnette, tenant toujours sa banane à la main. Wes se précipita vers l'escalier de la cave pour vérifier si le magnétophone s'était bien déclenché au son de la voix.

Les impavides justiciers du Effe Bi Aïe se tenaient au milieu du séjour, l'œil rond. On aurait cru qu'ils étaient sur le point de se serrer dans les bras l'un de l'autre pour se rassurer, comme des enfants perdus dans les bois.

« Qu'est-ce que tu veux ? » répéta Thad, d'une voix plus calme.

« Moi ? Simplement te dire que c'est terminé, vieux, répondit Stark. J'ai eu la dernière à midi — tu sais, cette petite conne qui travaillait autrefois à la comptabilité de Darwin Press ? »

Une pointe de cet accent, encore.

« C'est elle qui avait filé son premier tuyau à ce crétin de Clawson, reprit Stark. Les flics n'auront pas de mal à la dégoter ; elle habitait quelque part vers le bas de la Deuxième Avenue. Ils en trouveront une partie sur le plancher, et le reste sur la table de la cuisine. » Il éclata de rire. « Ça a été une semaine chargée, Thad. J'ai sauté aussi vite qu'un unijambiste dans un concours de pieds au cul. J'appelle simplement pour te mettre l'esprit en repos.

— Je ne me sens pas très reposé, dit Thad.

— Prends ton temps, vieille noix, prends ton temps. Je crois que je vais partir vers le sud, pour aller pêcher à la ligne. La vie en ville me fatigue. »

Il éclata de nouveau de rire, un rire si monstrueusement joyeux que Thad en eut la chair de poule.

Il mentait.

Thad le savait avec la même certitude qu'il savait que Stark avait attendu la fin de la mise en place de l'équipement d'écoute pour appeler. Mais pouvait-on *savoir* des choses comme celle-là? La réponse était oui. Stark pouvait bien appeler de quelque part à New York, mais ils étaient tous les deux reliés par le même lien invisible qui existe entre deux jumeaux. Ils *étaient* des jumeaux, les deux moitiés d'un même tout, et Thad éprouva la sensation terrifiante de glisser hors de son corps, de glisser le long de la ligne téléphonique, mais pas jusqu'à New York, non : jusqu'à mi-chemin. Il rencontra le monstre au centre de gravitation du système qu'ils constituaient, c'est-à-dire au milieu du Massachusetts, probablement, il le rencontra et se confondit avec lui, comme il l'avait rencontré et s'était confondu avec lui chaque fois qu'il avait encapuchonné sa machine à écrire et pris l'un de ces foutus crayons, les Berol Black Beauty.

« Tu me racontes des conneries, oui! » cria-t-il.

Les deux agents du FBI sursautèrent comme si on leur avait pincé les fesses.

« Voyons, Thad, c'est pas très gentil, tout ça », protesta Stark d'un ton blessé. « Crois-tu que je veuille te faire du mal? Bon Dieu, non! Je t'ai vengé, mon vieux! Je savais bien que c'était à moi de le faire. Que veux-tu, tu es une poule mouillée, mais je t'en veux pas pour ça; il faut de tout pour faire un monde, comme on dit. Pourquoi diable irais-je m'embêter à te venger si ensuite tu ne peux pas en profiter? »

La main de Thad s'était portée jusqu'à la petite cicatrice blanche de son front qu'elle frottait, rudement, au point de faire rougir la peau. Il se retrouva s'efforçant avec désespoir, le mot n'est pas trop fort, de s'accrocher, de garder son intégrité. De conserver ce qui était sa propre réalité fondamentale.

Il ment, et je sais pourquoi, et il sait que je sais, et il sait que c'est sans importance, car personne ne me croira. Il sait à quel point tout cela paraît insensé aux autres, il sait qu'ils écoutent, il sait ce qu'ils pensent... mais aussi comment ils pensent, et du coup il se sent en sécurité. Ils croient qu'il ne serait qu'un cinglé se prenant pour George Stark, car ils ne peuvent pas concevoir ça autrement. Concevoir autre chose irait à l'encontre de tout ce qu'ils ont appris, de tout ce qu'ils sont. Toutes les empreintes digitales du monde n'y changeront rien. Il sait que s'il laisse entendre qu'il n'est pas George Stark, qu'en fin de compte il a tout inventé, ils vont relâcher leur attention. On ne va pas lever tout de suite la protection policière... mais il peut faire accélérer le mouvement.

« Tu sais très bien de qui venait l'idée de t'enterrer. Elle était de moi.

— Mais non, mais non ! » répondit Stark sans se fâcher, sa voix traînant sur les non : nooon. « Tu as été induit en erreur, c'est tout. Quand ce faux cul de Clawson s'est pointé, tu t'es senti coincé, voilà la vérité. Et quand tu as appelé ce singe savant qui se prenait pour un agent littéraire, il ne t'a donné que de mauvais conseils. Exactement comme si on était venu foutre un gros colombin sur la table de ta salle à manger et que tu aies appelé quelqu'un en qui tu avais confiance pour lui demander quoi faire, et que le type t'ait répondu : "C'est pas un problème, t'as juste qu'à mettre un peu de ketchup dessus. Par les nuits froides, de la merde avec du ketchup, c'est pas si mauvais que ça." Jamais tu n'aurais fait ça tout seul. Je le sais, vieille noix.

— *C'est un foutu mensonge et tu le sais bien.* »

Et soudain, il comprit à quel point de perfection Stark atteignait, à quel point l'homme comprenait les gens auxquels lui avait affaire. *Ça y est, il va nous le sortir, et dans pas longtemps encore. Il va nous sortir qu'il n'est pas George Stark et ils vont le croire. Ils vont écouter l'enregistrement en train de se faire dans le sous-sol en ce moment même, et ils vont croire ce qu'il dira, Alan comme les autres. Parce que ce n'est pas seulement ce qu'ils veulent croire : c'est ce qu'ils croient déjà.*

« Non, je ne le sais absolument pas », répondit Stark

d'une voix calme, presque aimable. « Je ne vais pas t'embêter davantage, Thad, mais permets-moi de te donner un petit conseil avant de raccrocher. Il te sera peut-être profitable. Ne t'imagine pas que je suis George Stark. C'est l'erreur que j'ai commise, moi. Il a fallu que j'aille tuer une flopée de gens rien que pour me remettre la tête sur les épaules. »

Thad écoutait, foudroyé. Il aurait fallu répondre, mais il semblait incapable de surmonter cette étrange sensation d'être déconnecté de son propre corps, pas plus que sa stupéfaction devant un aussi parfait culot.

Il repensa à la futile conversation qu'il avait eue avec Alan Pangborn, et se demanda une fois de plus qui il était lorsqu'il avait conçu Stark, lequel avait commencé par n'être qu'une nouvelle histoire pour lui. Où exactement passait la ligne de partage de la crédulité ? Avait-il créé ce monstre en la perdant de vue, ou existait-il quelque autre facteur, un élément X qu'il ne pouvait voir, mais qu'il entendait au travers des pépiements de ces oiseaux fantômes ?

« Je ne sais pas », disait George Stark avec un rire décontracté, « peut-être suis-je en réalité aussi fou qu'ils le disaient quand j'étais là-bas. »

Bon, excellent ! Envoie-les donc vérifier dans tous les hôpitaux psychiatriques du Sud, s'ils n'auraient pas eu par hasard un pensionnaire de grande taille, carré d'épaules, aux cheveux blonds. Ça ne va pas les occuper tous, mais ce sera pas mal, pour un commencement, non ?

Thad étreignait le téléphone, tandis qu'une rage impuissante pulsait dans son cerveau.

« Mais je ne regrette pas de l'avoir fait, parce que j'ai vraiment adoré ces livres, Thad. Quand j'étais… là-bas… dans cet asile de fous… je crois que ce sont les seules choses qui m'aient permis de tenir. Et tu sais, je me sens beaucoup mieux, maintenant. Je sais vraiment qui je suis, et crois-moi, c'est quelque chose. Il me semble qu'on pourrait parler de thérapie pour ce que j'ai fait, mais à mon avis, ce n'est pas une méthode d'avenir. Qu'est-ce que tu en penses ?

— *Arrête de raconter des craques, nom de Dieu !* hurla Thad.

264

— Oh, on pourrait aussi en discuter, répondit Stark. On pourrait s'y étendre jusqu'à l'enfer et retour, mais ça nous prendrait du temps. Je parie qu'ils t'ont demandé de me tenir le plus longtemps possible en ligne, hein ? »

Non. Ils n'ont pas besoin de t'avoir en ligne, et tu le sais fort bien.

« Toutes mes amitiés à ta délicieuse femme », reprit Stark, avec quelque chose qui était presque du respect dans la voix. « Prends soin des bébés. Et ne t'en fais pas pour toi, Thad. Je ne vais pas t'ennuyer davantage. C'est…

— Et les oiseaux ? » lui demanda brusquement Thad. « Est-ce que tu entends les oiseaux, George ? »

Il y eut un brusque silence sur la ligne. Thad crut y sentir comme de la surprise… pour la première fois depuis le début de cette conversation, on aurait dit que les choses ne se déroulaient plus selon le scénario soigneusement élaboré de George Stark. Il ne savait pas exactement pour quelle raison, mais c'était comme si ses terminaisons nerveuses possédaient une forme de compréhension à laquelle il n'accédait pas consciemment lui-même. Il éprouva une sauvage bouffée de triomphe, du genre de ce que pourrait éprouver un boxeur amateur qui aurait trompé la garde de Mike Tyson et momentanément ébranlé le champion d'un bon crochet.

« Est-ce que tu entends les oiseaux, George ? » répéta-t-il.

Le seul bruit, dans la pièce, était le tic-tac de la pendule, sur la cheminée. Liz et les agents du FBI avaient les yeux fixés sur lui.

« Je ne sais pas de quoi tu parles, vieille noix », répondit lentement Stark. « Il se pourrait que tu…

— Non », le coupa Thad, éclatant d'un rire hystérique. Ses doigts continuaient de frotter la petite cicatrice blanche de son front, laquelle affectait vaguement une forme de point d'interrogation. « Non, tu ignores complètement de quoi je parle, n'est-ce pas ? Eh bien, tu vas m'écouter une minute, George. Moi, j'entends les oiseaux. Je ne sais pas encore ce qu'ils signifient, mais je vais le trouver. Et lorsque j'aurai trouvé… »

Mais il s'arrêta court. Qu'est-ce qui se passerait, lorsqu'il aurait trouvé ? Il l'ignorait.

A l'autre bout du fil, la voix déclara lentement, avec un ton d'insistance marqué :

« Quoi que ce soit dont tu veuilles parler, Thad, ça n'a pas d'importance. *Parce que c'est terminé, maintenant.* »

Il y eut un clic. Stark avait raccroché. Thad éprouva la quasi-sensation d'être violemment ramené en arrière depuis leur point mythique de rencontre en milieu de ligne, dans le Massachusetts, arraché de là non point à la vitesse du son ou à celle de la lumière, mais à celle de la pensée, et rejeté sans douceur dans son propre corps, soudain destarkisé.

Bon Dieu.

Il laissa retomber le combiné qui heurta la fourche, sans s'y caler. Sans se donner la peine de le remettre correctement en place, il fit demi-tour sur deux jambes comme des bouts de bois.

Dave se précipita dans la pièce, venant d'une direction ; Wes fit irruption d'une autre.

« Ça a marché impec ! » s'écria ce dernier.

Les agents du FBI sursautèrent une fois de plus, Malone émit un « iiiiih ! » étranglé comme les femmes des bandes dessinées qui aperçoivent une souris. Thad essaya d'imaginer de quoi ces deux-là auraient eu l'air, face à une bande de terroristes ou de braqueurs de banque armés de fusils à canon scié, mais n'y arriva pas. *Je suis peut-être trop fatigué,* se dit-il.

Les deux techniciens esquissèrent deux pas de danse maladroits en se donnant des claques dans le dos, puis se précipitèrent vers leur camionnette.

« C'était lui », murmura Thad à Liz. « Il a dit que non, mais c'était lui. LUI. »

Elle s'approcha de son mari et fit ce qu'il désirait le plus ardemment, le serrer dans ses bras. Il ne s'était pas douté un instant à quel point il en avait besoin.

« Je sais », répondit-elle à son oreille sur le même ton.

Il enfonça le visage dans sa chevelure et ferma les yeux.

Les éclats de voix avaient réveillé les jumeaux qui, à leur tour, donnaient du poumon à l'étage. Liz alla les chercher. Thad commença par la suivre, puis revint mettre le téléphone en place sur sa fourche. L'appareil se remit aussitôt à sonner. C'était Alan Pangborn. Il était passé par les locaux de la police d'Orono prendre une tasse de café avant d'aller à son rendez-vous avec le Dr Hume, et s'était trouvé là lorsque le technicien avait communiqué par radio l'appel de Stark, pour donner les premiers résultats sur le repérage de son origine. Alan paraissait très excité.

« On ne sait pas encore exactement d'où il appelait, mais c'était en tout cas de New York, dans la zone de code 212, dit-il. Dans cinq minutes, on connaîtra l'endroit précis.

— C'était lui, répéta Thad. C'était Stark. Il l'a nié, mais c'était pourtant bien lui. Il faut que quelqu'un aille vérifier, pour la fille dont il a parlé. Il s'agit probablement de Darla Gates.

— La pute diplômée à nez de fouine ?

— Exactement. Mais je doute qu'elle ait du souci à se faire pour son nez, à l'heure actuelle. »

Il se sentait intensément fatigué.

« Je vais transmettre le nom à la police de New York. Vous tenez le coup, Thad ?

— Ça va.

— Et Liz ?

— Laissez tomber les bonnes manières pour le moment, d'accord ? Avez-vous entendu ce que j'ai dit ? C'était lui. Peu importe ce qu'il a raconté, c'était lui.

— Eh bien... on va peut-être attendre le résultat du repérage, hein ? »

Il y avait une nuance nouvelle dans la voix du shérif, quelque chose que Thad n'avait encore jamais entendu. Non pas l'espèce de prudente incrédulité dont il s'était débarrassé, la première fois qu'il avait pris conscience que les Beaumont parlaient de George Stark comme d'un type existant vraiment, mais une gêne authentique. Thad se serait bien épargné de le relever, mais c'était tout simplement trop évident au ton de Pangborn. De la gêne, et une gêne d'un genre très particulier : de celle que l'on ressent pour quelqu'un de trop affolé, ou de trop stupide, voire de trop insensible à soi pour la ressentir lui-même. Cette idée lui valut une fugitive et amère bouffée d'amusement.

« D'accord, attendons et voyons, comme disent les Anglais. Et pendant que nous attendons et voyons, j'espère que vous prendrez la peine de rendre visite à mon médecin. »

Pangborn répondit évasivement qu'il avait un autre coup de fil à donner auparavant, mais Thad se rendit brusquement compte que cela lui était égal. L'acidité recommençait à mijoter dans son estomac, une vraie coulée de lave cette fois-ci. Ce renard de George, pensa-t-il. Ils pensent voir dans son jeu. Mais c'est ce que *lui* veut qu'ils pensent. Il les *observe* à travers moi, et lorsqu'ils seront loin, suffisamment loin, ce vieux renard de George rappliquera dans sa Toronado. Et qu'est-ce que je vais faire pour l'arrêter ?

Il n'en avait pas la moindre idée.

Il raccrocha, coupant la voix de Pangborn au milieu d'une phrase, et se rendit au premier aider Liz à changer les jumeaux et à les habiller pour l'après-midi.

Sans pouvoir cesser de penser à ce qu'il avait ressenti, à l'impression qu'il avait eue de se retrouver piégé dans la ligne de téléphone qui courait dans le paysage du Massachusetts, prisonnier dans le noir avec ce renard de George Stark. L'impression de se trouver à Terminus-ville.

3

Dix minutes plus tard, le téléphone retentissait à nouveau. Il s'arrêta au milieu de la deuxième sonnerie, et Wes, le technicien, appela Thad. Celui-ci descendit au rez-de-chaussée prendre la communication.

« Où sont les agents du FBI ? » demanda-t-il à Wes.

Pendant un moment, il s'attendit réellement que

l'autre lui répondît, *Les agents du FBI ? Je n'ai vu aucun agent du FBI.*

« Eux ? ils sont partis. » Wes eut un haussement d'épaules appuyé, comme pour demander à Thad s'il fallait s'attendre à autre chose. « Vous comprenez, ils ont tous ces ordinateurs et si quelqu'un n'est pas toujours en train de pianoter dessus, je parie qu'il y aura un autre quelqu'un pour s'interroger sur leur sous-emploi — et bonjour les coupures dans le budget, l'année suivante.

— Mais font-ils au moins *quelque chose ?*

— Non, rien, répondit simplement Wes. Pas dans des affaires comme celle-ci. Ou alors, c'est que je n'étais pas dans le secteur quand c'est arrivé. Ils écrivent des trucs, ça, oui. Puis ils engrangent le tout dans un ordinateur, comme je disais.

— Je vois. »

Wes regarda sa montre.

« Dave et moi on va aussi se tirer. Le matériel tourne tout seul. Vous n'aurez même pas une facture pour ça.

— Très bien », dit Thad en se dirigeant vers le téléphone. « Et merci.

— Mais de rien. Monsieur Beaumont ? »

Thad se retourna.

« Si je devais lire l'un de vos livres, à votre avis, est-ce que je dois commencer par l'un de ceux que vous avez écrits sous votre propre nom, ou par un des autres ?

— Essayez donc les autres », répondit Thad, le combiné à la main. « Plus d'action. »

Wes hocha la tête, esquissa un salut et sortit.

« Allô ? » dit Thad.

Il n'allait pas tarder à devoir se faire greffer un téléphone sur le côté de la tête. Quelle économie de temps et d'ennuis ! Et bien entendu, avec un système complet d'enregistrement et de recherche du correspondant. Il le porterait dans un sac à dos.

« Salut, Thad. C'est Alan. Je suis toujours à la police d'Orono. Les nouvelles ne sont pas trop bonnes ; votre ami a appelé d'une cabine téléphonique de gare. Penn Station. »

Thad se souvint de ce que l'autre technicien, Dave, lui

avait dit sur la manie qu'on avait d'installer des systèmes sophistiqués et coûteux, tout ça pour apprendre que votre bonhomme appelait d'une cabine dans un centre commercial.

« Êtes-vous surpris ?

— Non, mais un peu déçu. On espérait un faux pas et, croyez-le ou non, ils finissent tous par en faire un, tôt ou tard. J'aimerais passer ce soir. D'accord ?

— D'accord. Pourquoi pas, au fond ? Si on commence à s'ennuyer, on pourra toujours faire un bridge.

— Nous espérons avoir les empreintes vocales dès ce soir.

— Et même si vous l'avez, son empreinte vocale.

— Non, *vos* empreintes vocales.

— Je ne vois pas…

— Une empreinte vocale est un graphique produit par un ordinateur, qui représente avec précision les qualités vocales d'une personne, expliqua Pangborn. En fait, ça n'a rien à voir avec la parole, pour être précis ; nous ne nous intéressons ni aux accents, ni aux défauts de prononciation. L'ordinateur synthétise la tessiture et le ton — ce que les experts appellent la voix de tête — et le timbre et la résonance —, ce qu'ils appellent la voix de poitrine. C'est le même principe que les empreintes digitales et comme elles, on n'en a jamais trouvé deux parfaitement identiques. Il paraît même que la différence dans les empreintes vocales de deux jumeaux identiques est bien plus grande que celle de leurs empreintes digitales. »

Il marqua un silence.

« Nous avons envoyé une copie en haute résolution de l'enregistrement au FOLE, à Washington. Nous aurons une comparaison de votre empreinte vocale et de la sienne. Les types de la police, ici, avaient envie de me dire que j'étais cinglé. Je le voyais bien à leur tête, mais après l'histoire des empreintes digitales et de votre alibi, pas un n'a eu le toupet de venir me le dire en face. »

Thad ouvrit la bouche, essaya de parler, n'y arriva pas, se mouilla les lèvres, essaya de nouveau et n'y arriva toujours pas.

« Thad ? Vous allez encore me raccrocher au nez ?

— Non », piaula-t-il, comme s'il avait soudain eu un grillon au fond de la gorge. « Merci, Alan.

— Non, ne me remerciez pas. Je sais pourquoi vous le faites, et je ne veux pas vous induire en erreur. Je me contente de suivre le manuel de procédure d'une enquête. Elle est un peu bizarre dans ce cas, d'accord, car les circonstances le sont aussi. Ce qui ne signifie pas que vous deviez en tirer des conclusions trop hâtives. Vous me suivez ?

— Oui. C'est quoi, le FOLE ?

— Le F-? Oh ! Federal Office of Law Enforcement. Peut-être la seule bonne chose que Nixon ait jamais faite pendant tout le temps qu'il a passé à la Maison-Blanche. Il s'agit avant tout d'une banque de données sur ordinateurs qui sert à déblayer le terrain pour les organismes de police locaux... et des bouffeurs de programmes qui gèrent le bidule, bien entendu. Nous pouvons avoir accès aux empreintes de pratiquement tous ceux qui ont commis un crime ou un délit depuis environ 1969, aux États-Unis. Le FOLE se charge aussi des rapports balistiques, pour les comparaisons, de donner les groupes sanguins des criminels, leurs empreintes vocales et les portraits-robots de suspects.

— Vous allez donc voir si ma voix et la sienne... ?

— Oui. Nous devrions avoir le résultat vers sept heures. Huit heures si les lignes sont trop encombrées. »

Thad secoua la tête.

« Nous n'avons pas du tout la même voix.

— Je le sais bien : j'ai entendu l'enregistrement, répondit Pangborn. Mais je vous le répète, une empreinte vocale n'a rien à voir avec la parole. Voix de tête, voix de poitrine, Thad. Il y a une grande différence.

— Mais -

— Dites-moi, est-ce que Elmer Fudd et Daffy Duck ont la même voix pour votre oreille ? »

Thad cligna des yeux.

« Les personnages de dessins animés ? Heu... non.

— Pour la mienne non plus. Et pourtant c'est le même type, Mel Blanc, qui les fait toutes les deux... sans parler de celles de Bugs Bunny, de Tweetie Bird, de Foghorn Leghorn et Dieu sait combien d'autres encore. Faut que j'y aille. On se voit ce soir, d'accord ?

— Entendu.

— Entre sept heures et demie et neuf heures, ça vous va ?

— On vous attendra, Alan.

— Bien. Quoi qu'il arrive, je rentre à Castle Rock demain. Et sauf retournement imprévu de situation dans l'affaire, j'y resterai.

— La main, ayant écrit, continue d'avancer, c'est ça ? » répondit Thad qui pensa en lui-même : *Après tout c'est là-dessus qu'il compte.*

« Qui a dit ça ?

— Omar Khayyam. Un poète persan.

— Oui... j'ai un tas d'autres poissons à faire griller. Pas aussi gros que celui-ci, mais les gens du comté de Castle me paient pour les griller. Vous voyez ce que je veux dire ? »

Thad crut comprendre qu'il s'agissait d'une question sérieuse et non pas d'une simple réplique de circonstance.

« Oui, je vois. » *Nous le voyons tous les deux. Moi... et ce renard de George.*

« Je partirai, mais vous aurez une voiture de patrouille garée en face de votre maison vingt-quatre heures sur vingt-quatre tant que ça ne sera pas fini. Ces types de la police d'État sont des coriaces, Thad. Et si les flics de New York ont un peu baissé leur garde, les gorilles chargés de vous protéger ne feront pas la même erreur. Plus personne ne va sous-estimer ce revenant, maintenant. Personne ne va vous oublier, ni vous laisser, vous et votre famille, vous débrouiller tout seuls avec lui. Des gens vont travailler sur cette enquête, et pendant ce temps, d'autres personnes monteront la garde autour de vous et des vôtres. Vous comprenez cela, n'est-ce pas ?

— Oui, je comprends. » Et il pensa : *Aujourd'hui. Demain. La semaine prochaine. Peut-être le mois prochain. Mais l'année prochaine ? Sûrement pas. Je le sais. Et lui aussi. Pour l'instant, ils ne croient pas trop à ce qu'il a raconté. Qu'il aurait retrouvé ses esprits et laisserait tomber. Mais dans quelque temps, ils y viendront... au fur et à mesure que passeront les semaines sans que rien se produise, il deviendra plus politique pour eux de le* croire ; plus économique, aussi. Car George et moi savons comment va le monde, de même que nous savons que, dès que tout le monde sera occupé à faire griller ces autres petits poissons, George viendra jeter son filet sur moi. Sur NOUS. Pour nous griller à sa manière.

4

Un quart d'heure plus tard, Pangborn était toujours pendu au téléphone dans le bâtiment de la police d'Orono, attendant patiemment. Il y eut un cliquetis sur la ligne. Une jeune femme lui parla, d'un ton qui s'excusait un peu.

« Pouvez-vous rester encore un peu en ligne, chef Pangborn ? L'ordinateur n'est pas dans ses bons jours. »

Alan envisagea de lui dire qu'il était shérif, et non pas chef, puis y renonça. Tout le monde faisait la même erreur.

« Bien sûr », répondit-il.

Clic.

Il était revenu en attente — version téléphonique vingtième siècle des limbes.

Il était coincé dans un petit bureau étriqué tout à l'arrière du bâtiment ; un mètre plus loin, il se serait retrouvé dans les pâquerettes pour travailler. La pièce débordait de dossiers poussiéreux. L'unique bureau était un réfugié du lycée, avec un plateau en pente monté sur charnières et le trou de l'encrier. A l'aide de ses genoux, Alan le faisait se balancer paresseusement tout en ne cessant de tripoter une feuille de papier. Dessus, de sa petite écriture nette, figuraient deux informations. *Hugh Pritchard* et *Hôpital du comté de Bergenfield, New Jersey.*

Il repensa à sa dernière conversation avec Thad, une demi-heure auparavant. Celle dans laquelle il lui avait promis que les courageux policiers de l'État, alias les « Troopers », allaient les protéger, lui et sa famille, de ce fou dangereux qui se prenait pour George Stark, si jamais le fou dangereux se montrait. Pangborn se

273

demandait si Thad l'avait cru. Il en doutait ; il soupçonnait qu'un homme écrivant des récits de fiction
devait avoir le nez fin, en matière de contes de fées.

Bon, ils *essaieraient* de les protéger, qu'il leur accorde
au moins cela. Mais Alan ne pouvait s'empêcher de se
souvenir de ce qui s'était passé à Bangor, en 1985.

Une femme avait demandé et obtenu la protection de
la police après s'être brouillée avec son mari ; celui-ci
l'avait battue sauvagement et avait menacé de revenir la
tuer si elle persistait dans son projet de divorcer. Pendant deux semaines, l'homme n'avait pas bougé. La
police de Bangor était sur le point de supprimer la
protection lorsque le mari était arrivé, au volant d'un
véhicule de teinturier, habillé d'une salopette verte portant le nom de l'établissement dans le dos. Il s'avança
jusqu'à la porte, portant un sac de linge. Les policiers
auraient peut-être reconnu l'individu, même en uniforme, s'il était venu plus tôt, au début de la garde — on
peut certes en discuter. Toujours est-il qu'ils ne le
reconnurent pas quand il se présenta. Il frappa à la
porte. Quand sa femme ouvrit, il prit un revolver dans la
poche de sa salopette et l'abattit, la tuant sur le coup.
Avant même que les flics eussent le temps de
comprendre exactement ce qui venait d'arriver, et
encore moins de descendre de voiture, l'homme se tenait
face à eux sous le porche, mains levées, après avoir jeté
l'arme dans un buisson de roses. « Ne tirez pas, leur
lança-t-il. C'est fini pour moi. » L'enquête révéla qu'il
avait emprunté le véhicule et l'uniforme à un vieux
copain de bar, qui ne savait même pas que l'homme avait
fichu une raclée à sa femme.

La morale était simple : pour peu que quelqu'un
veuille réellement vous avoir, et que ce quelqu'un ait un
peu de chance, il vous aura. Voyez Lee Oswald, voyez
Chapman ; voyez ce que ce type, Stark, avait réussi à
faire comme carnage à New York.

Clic.

« Toujours en ligne, chef ? » demanda vivement la
voix féminine en provenance de l'hôpital de Bergenfield.

— Oui, répondit-il, toujours en ligne.

— J'ai l'information que vous recherchez. Le

Dr Hugh Pritchard a pris sa retraite en 1978. J'ai une adresse et un numéro de téléphone à son nom à Fort Laramie, dans le Wyoming.

— Pouvez-vous me les communiquer, s'il vous plaît ? »

Elle lui donna le tout. Alan la remercia, raccrocha et fit immédiatement le numéro. Il y eut une demi-sonnerie, puis le répondeur s'enclencha et commença à dérouler son message.

« Hello, vous êtes bien chez Hugh Pritchard », fit une voix rocailleuse. *Au moins*, se dit Pangborn, *le gaillard n'a pas cassé sa pipe, c'est déjà quelque chose*. « Helga et moi sommes absents pour le moment. Je joue sans doute au golf ; quant à Helga, Dieu seul sait ce qu'elle fabrique. » Rire rouillé d'homme âgé. « Si vous voulez laisser un message, attendez le bip sonore. Vous disposez d'environ trente secondes. »

Bi-ip !

« Docteur Pritchard, ici le shérif Alan Pangborn. Je suis un représentant de la loi dans le Maine. J'ai besoin de vous parler d'un homme du nom de Thad Beaumont. Vous l'avez opéré d'une tumeur au cerveau en 1960, quand il avait onze ans. Veuillez me rappeler au département de la police d'État à Orono, 207-866-2121. Merci. »

Il se sentit pris d'une légère transpiration. Parler à un répondeur lui donnait toujours l'impression d'être dans un de ces jeux télévisés où le chronomètre est tout.

Pourquoi s'empoisonner la vie avec tout ça ?

La réponse qu'il avait donnée à Thad était simple : la procédure. Alan lui-même ne pouvait se satisfaire d'une explication aussi facile ; il savait bien que ce n'était pas une question de procédure. Si Pritchard avait opéré l'individu qui se faisait appeler George Stark, on aurait pu alors parler de procédure

(Sauf qu'il n'est plus Stark maintenant qu'il dit savoir qui il est vraiment)

mais ce n'était pas le cas. Son intervention avait concerné *Beaumont*, et de toute façon, elle datait de vingt-huit ans.

Dans ce cas, pourquoi ?

Parce que tout clochait dans cette affaire, voilà pourquoi. Les empreintes digitales clochaient, pour commencer ; le groupe sanguin obtenu par les mégots de cigarettes clochait, la combinaison d'ingéniosité et de rage homicide dont l'homme avait fait preuve clochait, la manière dont Thad et Liz tenaient à ce que le pseudonyme fût réel clochait. Cela, surtout. Seuls des fous pouvaient faire une telle affirmation. Et il y avait maintenant un autre élément qui clochait : la police paraissait accepter sans broncher ce que l'homme avait dit : qu'il savait maintenant qui il était. Pour Alan, cela avait l'air aussi authentique qu'un billet de banque de treize dollars. Ça empestait la mystification, la ruse, le coup tordu.

Alan pensait que le type n'en avait pas terminé.

C'est bien joli, mais ça ne répond pas à la question, lui susurra son esprit. *Pourquoi t'embêter avec tout ça ? Pourquoi appeler Fort Laramie, dans le Wyoming, et te mettre aux trousses d'un vieux toubib qui ne se souvient probablement pas davantage de Thad Beaumont que de sa première chemise ?*

Parce que je n'ai rien de mieux à faire, se répondit-il à lui-même, irrité. *Parce que j'appelle d'ici sans avoir le conseiller municipal chargé des finances faisant la gueule à cause des coups de téléphone longue distance. Et parce que EUX le croient — Thad et Liz. D'accord, c'est complètement fou, mais ils paraissent par ailleurs tout à fait sains d'esprit... et nom de Dieu, ils y croient ! Ce qui ne veut pas dire que j'y croie.*

D'ailleurs, il n'y croyait pas.

Non ?

La journée s'écoulait lentement. Le Dr Pritchard ne rappela pas. Mais les empreintes vocales arrivèrent peu après huit heures. Elles étaient stupéfiantes.

5

Pas du tout ce à quoi Thad s'attendait.

Il s'était attendu à voir Alan étaler un graphique sur papier millimétré, avec des crêtes et des vallées, que le shérif s'efforcerait de leur expliquer. Lui et Liz hocheraient du chef d'un air convaincu, comme lorsqu'on vous explique quelque chose qui vous passe à cent coudées au-dessus de la tête, et qu'on sait que les explications qui suivraient toute question que l'on poserait seraient sans doute encore plus incompréhensibles.

Au lieu de cela, Alan leur montra deux feuilles de papier blanc ordinaire. Une unique ligne parcourait l'une et l'autre. Il y avait quelques regroupements de crêtes, toujours par deux ou trois, mais pour l'essentiel il s'agissait de lignes sinusoïdales, irrégulières, certes, mais paisibles. Et il suffisait de les comparer à l'œil nu pour s'apercevoir qu'elles étaient identiques, ou presque.

« C'est tout ? demanda Liz.

— Attendez, répondit Alan. Regardez. »

Il posa une feuille sur l'autre, avec l'air d'un prestidigitateur préparant un tour particulièrement subtil. Puis il plaça les feuilles devant la lumière. Thad et Liz se penchèrent.

« Elles sont vraiment pareilles », dit Liz d'une voix douce, mais d'un ton abasourdi. « Exactement pareilles.

— En fait, pas tout à fait », dit Alan. Il leur indiqua trois points où l'empreinte vocale de la feuille placée dessous dépassait imperceptiblement. L'un au-dessus, les deux autres au-dessous. Dans les trois cas, à des endroits où le graphique faisait une crête. Les deux graphiques, sinon, paraissaient se superposer parfaitement. « Les différences proviennent du graphique de Thad, et ne se présentent qu'en des moments d'accentuation. » Alan les énuméra. « Tenez, ici : "Qu'est-ce que tu veux, espèce de salopard ?" et là : "C'est un foutu mensonge et tu le sais bien !" et encore là : "Arrête de raconter des craques, nom de Dieu !" A l'heure actuelle ils sont tous à s'exciter sur ces trois petites différences, parce qu'ils veulent absolument rester convaincus que deux empreintes vocales ne peuvent jamais être identiques. Mais le fait est qu'on ne trouve aucun moment d'accentuation dans la partie du dialogue de Stark. Ce salopard est resté calme, froid et maître de lui tout le temps.

— Ouais », dit Thad. L'air de boire du petit-lait.

Alan reposa les graphiques sur une tablette.

« Personne, à la police d'État, ne croit vraiment qu'il s'agit de deux empreintes vocales différentes, même avec ces minuscules différences, reprit-il. Washington nous a transmis très rapidement ces graphiques. Si je viens si tard, c'est que les experts d'Augusta, en les voyant, ont voulu une copie de l'enregistrement. On en a envoyé une par le vol de Bangor et ils l'ont fait passer dans un appareil amplificateur spécial, qui permet de dire s'il s'agit de paroles réellement prononcées, ou d'un enregistrement que l'on a repassé.

— En direct ou en différé, autrement dit », murmura Thad.

Il était assis près de la cheminée, un soda à la main.

Liz était retournée près du parc après avoir examiné les graphiques. Assise en tailleur sur le sol, elle essayait d'empêcher William et Wendy de se cogner la tête tandis qu'ils s'examinaient mutuellement les orteils.

« Mais pourquoi ont-ils fait ça ? »

Alan tourna un pouce vers Thad, qui affichait un sourire amer.

« Votre mari le sait. »

Thad demanda alors à Alan :

« Avec les petites différences dans les crêtes, ils peuvent au moins se faire croire que deux voix différentes ont parlé, même si au fond d'eux-mêmes ils savent que ce n'est pas vrai — c'est bien ce que vous voulez dire ?

— En effet. Pourtant, je n'ai jamais entendu parler d'empreintes vocales se ressemblant à ce point — ni même se ressemblant un peu. » Il haussa les épaules. « D'accord, je n'ai pas autant d'expérience que les gens du FOLE qui passent leur temps à les étudier, ou même que ces types d'Augusta qui sont en quelque sorte des généralistes de l'empreinte : empreintes digitales, empreintes de voix, de pieds, de pneus. Mais je lis ce qui s'écrit sur le sujet, et j'étais là quand les résultats sont revenus, Thad. Ils essaient de se convaincre, mais sans conviction, si je puis dire.

— Autrement dit, ils disposent de trois petites différences, mais elles ne suffisent pas. Le problème est que j'ai crié et Stark, non. Ils se sont alors rabattus sur l'amplificateur avec l'espoir de retomber sur leurs pattes. Avec l'espoir que la partie de conversation tenue par Stark se révélerait n'être qu'un enregistrement fait d'avance. Par moi. » Il leva un sourcil en direction de Pangborn. « Ai-je gagné le lot de consolation ?

— Non, mieux que ça, six verres en demi-cristal et un voyage au bord de la mer.

— C'est la chose la plus délirante que j'aie jamais entendue », dit Liz, sérieuse.

Thad eut un petit rire sans joie.

« Toute l'affaire est délirante. Ils ont pensé que j'avais pu changer ma voix, comme Little Richard... ou Mel Blanc. Que j'avais fait un enregistrement en adoptant la voix de George Stark, laissant des silences pour que j'aie le temps de répondre, en face d'un témoin, avec ma propre voix. Bien entendu, après avoir acheté un gadget me permettant de brancher le magnétophone dans une cabine téléphonique publique. Ça doit bien exister, des trucs pareils, Alan, non ?

— Vous parlez. En vente libre dans toutes les bonnes maisons de matériel électronique, ou bien formez le numéro qui va apparaître sur votre écran, un conseiller vous répondra sur-le-champ.

— Bien. Évidemment, il me faut également un complice. Quelqu'un en qui j'aie confiance, qui serait allé à la gare en question, aurait fixé le magnétophone à l'un des téléphones comme s'il était en train de le réparer, et qui aurait fait le numéro de la maison au bon moment. Alors... » Il s'interrompit : « Comment l'appel a-t-il été payé ? J'ai oublié.

— On a utilisé votre numéro de carte de crédit, dit Alan. Que vous aviez évidemment donné à votre complice.

— Ouais, évidemment. Je n'avais que deux choses à faire, le canular une fois lancé. L'une était de m'arranger pour répondre moi-même au téléphone. L'autre de bien me souvenir de mes répliques et de les balancer pendant les silences. Je m'en suis rudement bien sorti, vous ne trouvez pas, Alan ?

— Ouais. Fabuleux.

— Mon complice a raccroché le téléphone lorsque le scénario précisait qu'il devait le faire. Il a débranché le magnétophone, se l'est mis sous le bras -

— Vous n'y pensez pas. Il l'a glissé dans sa poche, le coupa Alan. Ils ont un matériel miniaturisé tellement bon que même la CIA l'achète au magasin du coin.

— D'accord, il le glisse dans sa poche et s'en va, tranquille. Le résultat est une conversation dans laquelle j'ai l'air de parler, devant témoins, à un type qui se trouve à huit cents kilomètres, un homme dont la voix paraît différente — avec sa légère pointe d'accent du Sud — mais qui a les mêmes empreintes vocales que moi. C'est l'histoire des empreintes digitales qui recommence, mais en mieux. »

Il regarda Alan, attendant sa confirmation.

« En y repensant, dit le shérif, ça vaut bien un voyage tous frais payés pour deux jusqu'à Portsmouth.

— Merci.

— De rien.

— Ce n'est pas seulement délirant, intervint Liz. C'est incroyable au sens le plus fort du mot. Je me dis que tous ces gens doivent avoir la tête comme... »

Son attention un instant détournée, les jumeaux en profitèrent pour se cogner la tête l'un contre l'autre et se mirent à brailler de bon cœur. Liz prit William, tandis que Thad récupérait Wendy.

La crise passée, Alan reprit :

« D'accord, c'est incroyable. Vous le savez, je le sais, et eux aussi le savent. Mais Conan Doyle fait dire à Sherlock Holmes quelque chose qui est encore vrai aujourd'hui quand on enquête sur un crime ; une fois éliminées toutes les explications impossibles, tout ce qui vous reste est la réponse... aussi improbable qu'elle soit.

— Je crois que la version originale était plus élégante », remarqua Thad.

Alan lui adressa un sourire tout en dents.

« Allez vous faire foutre.

— Vous avez l'air de trouver ça drôle tous les deux, mais moi pas, intervint Liz. Il faudrait que Thad soit complètement fou pour faire une chose pareille. Évidemment, la police peut toujours se dire que nous sommes tous les deux cinglés.

— Ce n'est pas du tout ce qu'ils disent », lui répondit Alan d'un ton grave. « Du moins pas pour le moment ; et ils n'envisageront pas cette hypothèse tant que vous garderez votre invraisemblable version personnelle des faits pour vous.

— Oui, mais vous, Alan, vous ? demanda Thad. Nous vous avons confié cette invraisemblable version des faits, sans rien vous cacher. Que pensez-vous ?

— Pas que vous êtes cinglés. Les choses seraient d'ailleurs infiniment plus simples si je le croyais. Je ne sais pas ce qui se passe, c'est tout.

— Qu'est-ce que vous a dit le Dr Hume ? voulut savoir Liz.

— Il m'a donné le nom du chirurgien qui a opéré Thad quand il était enfant. Hugh Pritchard — ça ne vous rappelle rien, Thad ? »

L'écrivain fronça les sourcils et réfléchit. Puis il déclara :

« Je crois que si... mais je peux aussi bien me raconter des histoires. Cela fait si longtemps... »

Liz se pencha en avant, l'œil brillant. De l'abri sûr des genoux de sa mère, William tourna un œil rond vers le shérif.

« Et qu'est-ce que Pritchard vous a appris ? demanda-t-elle.

— Rien. J'ai eu droit à son répondeur automatique — ce qui m'a permis de déduire qu'il était au moins encore en vie — et c'est tout. J'ai laissé un message. »

Liz se laissa retomber contre le dossier de son siège, manifestement déçue.

« Et mes examens, au fait ? demanda Thad. J'allais presque oublier. Hume avait les résultats ? Vous en a-t-il parlé ?

— Il m'a dit que lorsqu'il les aurait, vous seriez le premier informé », dit Alan avec un sourire. « Ce médecin semblait scandalisé à la seule idée de révéler quoi que ce soit à un shérif de comté.

— Ça, c'est bien du George Hume », fit Thad, souriant lui aussi. « Très chatouilleux sur la déontologie. »

Alan changea de position sur sa chaise.

« Voudriez-vous boire quelque chose ? lui demanda Liz. Une bière, un Pepsi ?

— Non merci. Revenons à ce que la police d'État croit et ne croit pas. Ils ne croient pas non plus que vous êtes l'un et l'autre impliqués, mais ils se gardent le droit de changer d'avis là-dessus. Ils savent qu'ils ne peuvent pas vous coller sur le dos ce qui est arrivé hier au soir et ce matin, Thad. Un complice, peut-être. Le même, dans cette hypothèse, que l'homme avec lequel vous auriez manigancé le gag du coup de téléphone. Mais pas vous. Vous étiez ici.

— Et Darla Gates ? » demanda Thad calmement. « La fille qui travaillait à la comptabilité ?

— Morte. Sauvagement mutilée, comme il l'avait laissé entendre, mais abattue auparavant d'un coup de feu en pleine tête. Elle n'a pas souffert.

— Vous mentez. »

Alan cligna des yeux.

« Il ne l'a pas laissée s'en tirer à si bon compte. Pas après ce qu'il a fait à Clawson. Après tout, c'est elle qui est à l'origine de la fuite, non ? Clawson a fait miroiter un peu d'argent sous son nez. Sans doute pas grand-chose, étant donné l'état de ses finances. Et elle, bonne fille, a vendu la mèche. Alors ne venez pas me raconter qu'il l'a tuée avant de la découper en morceaux sans l'avoir fait souffrir.

— Très bien, dit Pangborn. Ça ne s'est pas passé ainsi, en effet. Tenez-vous à connaître les détails ?

— Non », répondit immédiatement Liz.

Il y eut un moment de silence pesant dans la pièce. Même les jumeaux paraissaient le ressentir ; ils se regardaient avec ce qui semblait être une grande solennité. Ce fut finalement Thad qui reprit la parole.

« Permettez-moi d'insister. Qu'en pensez-vous personnellement, Alan ? En ce moment même ?

— Je n'ai aucune théorie. Je sais que vous n'avez pas préenregistré la partie de Stark dans le coup de fil, parce que l'amplificateur n'a détecté aucun souffle trahissant un enregistrement ; en outre, quand on monte le volume, on entend en arrière-fond les haut-parleurs de la gare annonçant que le train pour Boston, le *Pilgrim*, est au quai numéro trois cet après-midi. L'embarquement des passagers a commencé à quatorze heure trente-six, exactement la période du coup de téléphone. Mais je n'avais même pas besoin de cela. Si les répliques de Stark avaient été préenregistrées, soit Liz soit vous m'auriez demandé ce qu'avait montré le processus d'amplification, dès que je vous en ai parlé. Aucun de vous deux ne l'a fait.

— Et en dépit de tout cela, vous n'y croyez toujours pas, c'est bien ça ? lui demanda Thad. Je veux dire que vous vous sentez bousculé dans tous les sens, au point d'essayer vraiment de joindre le Dr Pritchard, mais vous n'arrivez tout de même pas à faire le bout de chemin restant, je me trompe ? »

Lui-même se rendait compte de la note de frustration dans sa voix, celle de quelqu'un de harcelé.

« Le type lui-même a admis qu'il n'était pas Stark.

— Oh, oui ! Et vous ne mettez pas en doute sa sincérité.

— Vous vous êtes comporté comme si vous n'étiez pas surpris.

— Mais je ne l'étais pas. Vous l'étiez, vous ?

— Franchement, oui. Il y a de quoi. Après avoir pris tant de peine à prouver que lui et vous partagiez les mêmes empreintes digitales, les mêmes empreintes vocales -

— Arrêtez un instant, Alan », le coupa Thad.

Le shérif se tut, le regard interrogatif.

« Je vous ai expliqué ce matin que je croyais George Stark l'auteur de tous ces crimes. Non pas quelqu'un qui serait mon complice, ni un cinglé qui aurait trouvé le moyen de porter les mêmes empreintes digitales qu'une autre personne — entre ses accès meurtriers et ses pertes d'identité, évidemment — et vous ne m'avez pas cru. Mais maintenant ?

— Non, Thad. J'aimerais pouvoir vous répondre autrement, mais le plus loin que je puisse aller est de vous dire : je crois que vous le croyez. » Son regard se porta sur Liz. « Tous les deux.

— Je vais m'en tenir à la vérité, étant donné que le moindre glissement peut se révéler très vraisemblablement mortel, dit Thad, aussi bien pour moi que pour ma famille. A ce stade, ça me fait du bien de vous entendre dire que vous n'avez pas la moindre hypothèse à avancer. Ce n'est pas grand-chose, mais c'est un premier pas. Ce que je tente de vous montrer, c'est que les empreintes, digitales ou vocales, n'y changent rien, et que Stark le sait. Vous pouvez bien parler tant que vous voudrez de rejeter l'impossible et d'accepter ce qui reste, aussi improbable que soit ce reste, ce n'est pas comme ça que ça marche. Vous n'acceptez pas le fait *Stark* ; or il ne reste que *lui* lorsque vous avez éliminé le reste. Laissez-moi vous présenter les choses différemment, Alan. Si vous aviez autant de preuves de la présence d'une tumeur dans votre cerveau, vous iriez à l'hôpital vous la faire enlever, même si vous aviez plus de chances d'y rester que d'en sortir. »

Alan ouvrit la bouche, secoua la tête, referma la bouche. En dehors du tic-tac de l'horloge et du doux gazouillis des bébés, un silence absolu régnait dans la salle de séjour, où Thad commençait à se dire qu'il aurait passé l'essentiel de sa vie adulte.

« D'un côté, vous disposez de toutes les preuves matérielles dont vous avez besoin pour convaincre un jury de cour criminelle », reprit doucement Thad. « De l'autre, l'affirmation non corroborée d'une voix au téléphone qui prétend avoir retrouvé ses billes et savoir "qui il est maintenant". Néanmoins, vous voulez ignorer la preuve formelle au profit de l'affirmation gratuite.

— Non, Thad. Ce n'est pas vrai. Je n'accepte aucune affirmation pour le moment ; ni les vôtres, ni celles de votre femme, et encore moins celles faites par l'homme qui a téléphoné. Toutes les options restent ouvertes, à mes yeux. »

Du pouce, Thad indiqua la fenêtre, par-dessus son épaule. Au-delà des rideaux qui ondulaient doucement, on apercevait le véhicule de la police d'État, d'où les Troopers surveillaient la maison des Beaumont.

« Et eux ? Est-ce qu'ils gardent ouvertes toutes les options ? Vous ne pouvez savoir à quel point je souhaite que vous restiez ici, Alan. Entre vous et un bataillon de ces flics, c'est vous que je choisirais, parce que vous, au moins, vous avez un œil à demi ouvert. Les leurs sont fermés, collés.

— Thad...

— Laissez tomber. C'est vrai. Vous le savez... et *lui aussi le sait*. Il attendra. Et quand tout le monde en sera arrivé à la conclusion que c'est terminé et que les Beaumont ne risquent plus rien, quand tous les policiers auront replié leur tente et regagné leurs pénates, George Stark viendra ici. »

Il se tut, sombre, l'air plongé dans une méditation compliquée. Alan vit des regrets, de la détermination et de la peur jouer sur son visage.

« Je vais vous dire quelque chose, maintenant. A toi aussi, Liz. Je sais exactement ce qu'il veut. Il veut que j'écrive un autre roman sous le nom de Stark. Probablement une nouvelle aventure d'Alexis Machine. J'ignore si je pourrai y arriver, mais si cela pouvait arranger les choses, ne serait-ce qu'un peu, j'essaierais. Je laisserais tomber *The Golden Dog* et je m'y mettrais dès ce soir.

— Non, Thad ! s'écria Liz.

— Ne t'inquiète pas. Ça me tuerait. Ne me demande pas comment je le sais. Je le sais, un point c'est tout. Mais si ma mort pouvait y mettre un terme, j'essaierais peut-être encore. Je ne crois pas que cela suffirait, pourtant. Parce qu'à mon avis, nous n'avons pas affaire à un être humain. »

Alan garda le silence.

« Bien ! » reprit Thad du ton dont on met un terme à une importante conversation. « Voilà donc où nous en sommes. Je ne peux pas, je ne veux pas, je ne dois pas. Ce qui signifie qu'il va venir. Et lorsqu'il viendra, Dieu seul sait ce qui arrivera.

— Thad », dit le shérif, mal à l'aise, « vous avez besoin de prendre un peu de recul, c'est tout. Et quand ce sera fait, tout ça... s'évanouira. Se dispersera comme une fleur de pissenlit au vent. Comme un mauvais rêve au matin.

— Ce n'est pas de recul que nous avons besoin », dit Liz. Les deux hommes la regardèrent et virent qu'elle pleurait en silence. Pas beaucoup, mais des larmes tremblaient à ses paupières. « Ce dont nous avons besoin... c'est que quelqu'un l'arrête. Le débranche. »

Alan retourna à Castle Rock de bonne heure, le lendemain matin, et arriva chez lui peu avant deux heures. Il
pénétra dans la maison en faisant le moins de bruit
possible, non sans relever qu'une fois de plus, Annie
avait oublié de brancher l'alarme. Il n'aimait pas l'embêter avec ça — ses migraines étaient devenues plus fré-
quentes, depuis quelque temps — mais il craignait de
devoir le faire un jour ou l'autre.

Il commença à monter l'escalier, les chaussures à la
main, se déplaçant avec une telle fluidité qu'il donnait
l'impression de flotter. Son corps possédait une grâce
naturelle, le contraire exact de la maladresse qui affli-
geait celui de Thad Beaumont, grâce qu'il ne laissait se
manifester que rarement. Son organisme semblait rece-
ler quelque mystérieux secret sur l'art de se mouvoir que
son esprit trouvait gênant. Dans le silence de la nuit, nul
besoin de la cacher : il se déplaçait avec une aisance
spectrale qui frôlait le macabre.

Mais arrivé à la moitié de l'escalier, il s'arrêta... et
revint sur ses pas. Il avait un petit coin à lui, donnant sur
la salle de séjour, un espace à peine plus grand qu'un
placard à balai, meublé d'un bureau et de quelques
étagères, mais qui suffisait à ses besoins. Il s'efforçait de
ne pas amener de travail à la maison. Il n'y arrivait pas
toujours, mais ce n'était pas faute d'essayer.

Il ferma la porte, alluma et regarda le téléphone.

Tu ne vas quand même pas faire un truc pareil, non ? se
demanda-t-il. *Tu te rends compte, il est presque minuit,
dans les Rocheuses, et ce type n'est pas seulement un
médecin à la retraite, mais un NEUROCHIRURGIEN à la
retraite ! Réveille-le, et il sera capable de te refaire un trou
du cul.*

Puis Alan revit les yeux de Liz Beaumont — sombres,
pleins de frayeur — et décida qu'il allait le faire. Peut-
être même cela n'était-il pas sans avantage ; un appel au
milieu de la nuit serait la meilleure preuve qu'il s'agissait
de quelque chose de sérieux et pousserait le Dr Pritchard à réfléchir. Ensuite, Alan le rappellerait à une
heure plus raisonnable.

Qui sait, pensa-t-il sans trop y croire lui-même, mais avec une pointe d'humour, *qui sait si, au fond, les appels en pleine nuit ne lui manquent pas?*

Alan prit le bout de papier dans la poche de son uniforme et composa le numéro de Hugh Pritchard, à Fort Laramie. Resté debout, il se raidissait contre les imprécations probables de la voix rocailleuse. Inquiétude inutile : le répondeur automatique se déclencha dès le milieu de la première sonnerie, délivrant le même message.

Il raccrocha, songeur, et s'assit derrière son bureau. La lampe en col de cygne projetait son cercle de lumière sur le dessus du meuble, et Alan commença à former des animaux en ombres chinoises — lapin, chien, faucon, et même un kangourou acceptable. Ses mains possédaient cette même grâce naturelle que son corps — pourvu qu'il fût seul et au repos; ses doigts à la souplesse surnaturelle paraissaient faire défiler une véritable parade animale sous le rond lumineux de la modeste lampe encapuchonnée, une bête suivant aussitôt l'autre. Ce petit jeu ne manquait jamais de fasciner et amuser ses enfants, mais l'aidait aussi à retrouver la paix de l'esprit quand il était agité.

Cette nuit-là, ça ne marchait pas.

Le Dr Hugh Pritchard est mort. Stark l'a eu, lui aussi.

C'était bien entendu impossible; à la rigueur pouvait-il avaler l'idée d'un fantôme si on lui mettait un revolver contre la tempe, mais pas celle d'un abominable Superman-fantôme capable de franchir d'un bond les deux tiers d'un continent. On pouvait avoir toutes sortes de raisons de brancher son répondeur automatique pour la nuit. Et la moindre n'était pas de tenir en échec les appels trop tardifs d'étrangers, comme justement le shérif Alan Pangborn de Castle Rock, dans le Maine.

Ouais, mais il est mort. Lui, et sa femme aussi. Comment s'appelle-t-elle, déjà? Ah oui. Helga. Quant à Helga, Dieu seul sait ce qu'elle fabrique. Mais je sais ce que Helga fabrique : je sais ce que vous fabriquez tous les deux. Vous pissez le sang, la gorge ouverte, voilà ce que vous faites, et il y a un message écrit sur le mur de votre salle de séjour, dans le Pays des Vastes Espaces : LES MOINEAUX VOLENT DE NOUVEAU.

Alan Pangborn frissonna. C'était dément, mais il n'en frissonna pas moins. Comme si un ressort se tordait en lui.

Il composa le numéro d'assistance à l'annuaire du Wyoming, et obtint celui du bureau du shérif de Fort Laramie, qu'il fit aussitôt. L'homme de permanence qui lui répondit paraissait dormir à moitié. Alan s'identifia, lui dit qui il avait tenté de contacter, et lui demanda si par hasard le Dr Pritchard et sa femme ne seraient pas sur la liste des gens partis en vacances. Si le médecin et sa femme étaient en voyage — pour des retraités, c'était la bonne saison — ils en auraient probablement informé la police locale pour qu'elle jetât de temps en temps un coup d'œil sur la maison vide.

« Bon, répondit l'homme, donnez-moi votre numéro. Je vous rappelle pour vous donner l'information. »

Alan poussa un soupir. Le policier ne faisait que suivre le règlement. Encore des conneries, pour dire les choses crûment. Le type voulait être sûr que Alan était bien qui il disait être.

« Non, dit-il. J'appelle de chez moi et on est en pleine nuit...

— Il n'est pas exactement midi ici non plus, shérif Pangborn », remarqua l'autre laconiquement.

Alan poussa un nouveau soupir.

« Je n'en doute pas, dit-il, et je suis sûr aussi que votre femme et vos gosses ne sont pas en train de dormir au premier. Alors faites ça pour moi, mon vieux : téléphonez au quartier général de la police d'État du Maine à Oxford — je vais vous donner le numéro — et vérifiez mon identité. Ils vous donneront même mon numéro matricule. Je vous rappelle dans environ dix minutes, et nous échangerons ce numéro comme mot de passe, d'accord ?

— Je vous écoute », répondit l'homme d'une voix qui marquait quelque déplaisir.

Alan se disait qu'il l'avait dérangé pendant une série palpitante à la télé, ou tiré de la lecture du dernier numéro de *Penthouse*.

« Et de quoi s'agit-il ? » demanda l'homme après avoir relu le numéro de téléphone.

« Enquête sur un meurtre, répondit Alan. Une sale affaire. Je ne vous appelle pas pour m'amuser, l'ami. »

Et il raccrocha.

Il resta assis derrière son bureau à faire des ombres chinoises, attendant que l'aiguille des minutes eût parcouru dix fois le cadran de l'horloge. Elle paraissait prendre un temps fou. Elle n'avait fait que cinq tours lorsque la porte du bureau s'ouvrit sur Annie. Elle portait sa robe de chambre rose et avait quelque chose de fantomatique ; il sentit le ressort du frisson tenté de se détendre à nouveau, comme s'il venait d'apercevoir l'avenir et que cette vision eût été peu rassurante. Horrible, même.

Qu'est-ce que je ressentirais si c'était après moi qu'il en avait ? se demanda-t-il soudain. *Après moi, Annie, Tobby et Todd ? Qu'est-ce que je ressentirais, si je savais qui il était... sans que personne veuille me croire ?*

« Alan ? Qu'est-ce que tu fais, encore debout à une heure pareille ? »

Il lui sourit, se leva et l'embrassa tranquillement.

« J'attends juste que l'effet des drogues se dissipe, répondit-il.

— Non, sérieusement. Toujours l'affaire Beaumont ?

— Ouais. J'essaie de retrouver un médecin qui sait peut-être quelque chose d'utile. Je n'arrête pas de tomber sur son répondeur et j'ai donc contacté le bureau du shérif pour savoir s'il ne serait pas en vacances. Le type que j'ai eu au bout du fil vérifie mon identité. » Il la regarda avec une pointe de tendre inquiétude. « Comment te sens-tu, ma chérie ? Encore la migraine, cette nuit ?

— Non, mais je t'ai entendu arriver. » Elle sourit. « Tu es plus silencieux qu'un Indien quand tu veux, Alan, mais tu ne peux rien faire contre le moteur de la voiture. »

Il la prit dans ses bras.

« Veux-tu une tasse de thé ? demanda-t-elle.

— Surtout pas. Non, un verre de lait, si tu veux bien. »

Elle revint une minute plus tard avec le verre de lait.

« Comment est-il, ce M. Beaumont ? demanda-t-elle.

Je l'ai aperçu en ville, et sa femme est venue une ou deux fois à la boutique, mais je ne lui ai jamais parlé. »

La boutique en question vendait des nouveautés, et appartenait à une certaine Polly Chalmers ; Annie y travaillait à temps partiel depuis quatre ans.

Alan réfléchit.

« Il me plaît bien, maintenant », finit-il par dire. « Pas au début. Il me faisait l'impression d'un pisse-froid. Mais je le voyais dans des circonstances difficiles. Il est simplement... un peu distant. Peut-être à cause de ce qu'il fait.

— J'ai beaucoup aimé ses deux livres. »

Alan haussa les sourcils.

« Je ne savais pas que tu les avais lus.

— Tu ne me l'as jamais demandé, Alan. Ensuite, après la divulgation de son pseudonyme, j'ai essayé de lire l'un des autres. »

Son nez se pinça de dégoût.

« Mauvais ?

— Non, terrible. Effrayant. Je ne l'ai pas fini. Je n'aurais jamais imaginé que c'était le même homme qui les avait écrits. »

Tu veux que je te dise, mon chou ? pensa Alan. *Il ne le croit pas lui non plus.*

« Tu devrais retourner te coucher, dit-il. Sinon tu vas encore te réveiller avec un marteau te tapant sur le crâne. »

Elle secoua la tête.

« J'ai l'impression que l'orage à migraine est passé. Pour un moment, en tout cas. » Elle lui jeta un regard coulé, sous ses paupières baissées. « Je serai encore réveillée quand tu viendras te coucher... si tu ne mets pas trop longtemps, bien sûr. »

Il posa la main sur un de ses seins et baisa ses lèvres qui s'écartaient.

« J'arrive tout de suite. »

Elle le laissa, et Alan se rendit compte que le délai de dix minutes était passé. Il rappela le Wyoming et retomba sur l'Endormi.

« Je croyais que vous m'aviez oublié, mon vieux.

— Pas du tout, répondit Alan.

— Vous pouvez me donner votre matricule, shérif ?

290

— 109-44-205-ME.

— Je pense que vous êtes bien la bonne marchandise. Désolé de vous avoir fait poireauter à une heure pareille, shérif Pangborn, mais je suppose que vous comprenez.

— Je comprends. Que pouvez-vous me dire sur le Dr Pritchard ?

— Eh bien, lui et sa femme sont effectivement en vacances, répondit l'Endormi. Ils font du camping dans Yellowstone Park, jusqu'à la fin du mois. »

Tu vois bien, se dit Alan. *Tu es là à sursauter pour une ombre qui passe, au milieu de la nuit. Pas de gorge coupée. Pas de message écrit sur les murs. Rien que deux vieux encore verts qui font du camping.*

Il se rendit compte, cependant, qu'il n'était guère soulagé. Il n'allait pas être facile de mettre la main sur le Dr Pritchard, au moins dans les deux semaines à venir.

« Croyez-vous qu'il serait possible de lui faire parvenir un message ? demanda Alan.

— A mon avis, oui, répondit l'Endormi. En appelant le service du parc national de Yellowstone. Normalement, ils doivent savoir où il se trouve. Je l'ai rencontré deux ou trois fois. Il donne l'impression d'un vieux sacrément sympa.

— Ça fait plaisir à entendre. Merci de m'avoir consacré votre temps.

— Mais je suis là pour ça, shérif. »

Alan entendit un faible bruit de pages que l'on tournait et imagina son correspondant sans visage qui reprenait son numéro de *Penthouse*, de l'autre côté ou presque du continent.

« Bonne nuit, dit-il.

— Bonne nuit, shérif. »

Alan raccrocha et resta quelques instants assis, regardant dans la nuit par la petite fenêtre de sa tanière.

Il est là, dehors. Quelque part. Et il vient.

De nouveau, il se demanda ce qu'il éprouverait si sa vie — la sienne et celle de sa famille — était en jeu. Ce qu'il éprouverait s'il savait cela, et que personne ne voulût croire ce que lui savait.

C'est dans ta tête que tu ramènes du boulot à la maison, entendit-il dire Annie.

Et c'était vrai. Il y a un quart d'heure de cela, il avait été convaincu, viscéralement convaincu, en tout cas, que Hugh et Helga Pritchard gisaient dans une mare de sang. Faux ; ils dormaient paisiblement sous les étoiles du Yellowstone Park, cette nuit. Voilà ce que valent les intuitions ; aussi vite parties qu'elles sont venues.

C'est ce que Thad va ressentir lorsque nous trouverons ce qui se passe vraiment. Lorsque nous trouverons l'explication, aussi bizarre qu'elle puisse être, mais une explication conforme aux lois de la nature.

Y croyait-il réellement ?

Oui, décida-t-il, il y croyait. Intellectuellement, en tout cas. Viscéralement, il ne savait pas trop.

Il finit son verre de lait, éteignit la lampe de bureau et monta à l'étage. Annie était toujours réveillée, dans toute la gloire de sa nudité. Elle le prit dans ses bras, et Alan s'autorisa à oublier tout le reste.

7

Stark rappela deux jours plus tard. Thad Beaumont faisait des courses à ce moment-là au Dave's Market.

Le magasin se trouvait à environ deux kilomètres de chez les Beaumont. Le genre d'épicerie où on allait se dépanner quand ça vous cassait trop les pieds de pousser jusqu'au supermarché de Brewer.

Thad s'y rendit le vendredi soir pour acheter des Pepsi, des chips et des sauces toutes prêtes. L'un des Troopers qui montaient la garde l'accompagna. On était le 10 juin, à dix-huit heures trente, et il faisait encore grand jour. L'été, cette superbe catin verdoyante, avait de nouveau envahi le Maine.

Le flic resta assis dans la voiture pendant que Thad faisait ses courses. Il prit son pack de six de Pepsi et inspectait la débauche de paquets de sauce (base aux fruits de mer, et si vous n'aimiez pas, base à l'oignon, en gros), lorsque le téléphone sonna.

Il leva aussitôt la tête et pensa : *Oh ! Okay.*

Derrière son comptoir, Rosalie décrocha, dit allô,

écouta, puis lui tendit le combiné, comme il avait su qu'elle ferait. Il était de nouveau presque submergé par cette impression onirique de *presque-vu**.

« Téléphone, monsieur Beaumont. »

Il se sentait parfaitement calme. Son cœur avait battu un coup de trop, mais un seulement ; puis il avait repris son bonhomme de chemin habituel. Il ne transpirait pas.

Et il n'y avait pas d'oiseaux.

Il ne ressentait rien de la peur ni de la rage qui l'avaient secoué trois jours auparavant. Il ne demanda même pas à Rosalie si c'était sa femme qui voulait une douzaine d'œufs ou un carton de lait pendant qu'il était là. Il savait qui était au bout du fil.

Il se tenait à côté de l'écran vidéo vert brillant du Megabucks, qui annonçait qu'il n'y avait eu aucun gagnant la semaine dernière et que le gros lot de la loterie, cette semaine, serait de quatre millions de dollars. Il prit le combiné des mains de Rosalie et dit :

« Salut, George.

— Salut, Thad. »

La pointe d'accent du Sud était toujours présente, mais débarrassée de son épaisseur cul-terreuse — Thad sentit avec quelle force et en même temps quelle subtilité Stark s'était arrangé pour lui faire comprendre que s'il n'était pas très brillant, il avait tout de même réussi quelques progrès, pas vrai les p'tits gars ?

Mais ce n'est plus une histoire de p'tits gars, pensa Thad. *Juste deux romanciers qui discutent le coup, boudiou !*

« Qu'est-ce que tu veux ?

— Tu le sais bien. Pas la peine de jouer à ce petit jeu entre nous, non ? C'est un peu tard pour ça.

— J'ai peut-être tout simplement envie de te l'entendre dire à voix haute. »

L'impression était revenue, l'étrange impression d'être aspiré de son corps et entraîné le long de la ligne de téléphone jusqu'à un endroit situé à égale distance entre eux deux.

Rosalie s'était éloignée à l'autre bout du comptoir, où elle vidait des cartouches de cigarettes pour disposer les paquets dans le grand distributeur. Elle faisait ostensiblement celle qui n'écoutait pas, d'une manière qui était presque comique. Personne à Ludlow, et certainement pas de ce côté de l'agglomération, n'ignorait que Thad était sous la protection de la police, ou gardé par la police, ou avait quelque chose à voir avec la police, et les rumeurs n'avaient pas besoin de parvenir à son oreille : il savait qu'elles commençaient déjà à aller bon train. Si ce n'était pas pour trafic de drogue, c'était pour abus sexuel sur des mineurs ou pour avoir battu sa femme qu'il allait être arrêté. La pauvre vieille Rosalie déployait de grands efforts pour avoir l'air naturel, et Thad lui en était absurdement reconnaissant. Il avait aussi l'impression de l'apercevoir par le mauvais bout d'un puissant télescope. Il était tout au fond de la ligne de téléphone, tout au fond de son terrier de lapin, où il n'y avait cependant aucun lapin, mais seulement ce vieux renard de George, l'homme qui ne pouvait pas exister et s'y trouver, mais s'y trouvait tout de même, d'une manière ou d'une autre.

Ce vieux renard de George... et là en bas, à Terminusville, les moineaux volaient de nouveau.

Il lutta contre cette impression, de toutes ses forces.

« Vas-y, George », fit-il, un peu surpris par la pointe de fureur que laissait passer sa voix. Il était comme sonné, prisonnier d'un puissant courant souterrain qui l'entraînait loin dans l'irréalité... mais, bon Dieu, qu'il donnait bien l'impression d'être réveillé et conscient ! « Vas-y, dis-le à voix haute, George, pourquoi pas ?

— Si tu insistes.

— J'insiste.

— Le moment est venu de commencer un nouveau livre. Un nouveau roman de Stark.

— Je ne crois pas.

— Je t'interdis de dire ça ! » Il y avait, dans l'intonation de George, comme le claquement d'un fouet dont les lanières seraient lestées de chevrotines. « Je t'ai esquissé le scénario, Thad. Je l'ai esquissé pour ton bénéfice. Ne m'oblige pas à le corriger sur toi.

— Tu es mort, George. Tu es simplement trop obtus pour ne pas te coucher un bon coup. »

Rosalie tourna légèrement la tête ; Thad eut le temps

d'apercevoir un œil exorbité avant que le visage de la vendeuse ne revînt précipitamment au distributeur de cigarettes.

« *Ferais mieux de faire gaffe à ce que tu dis!* »

De la vraie fureur, maintenant. Mais n'y avait-il pas autre chose, derrière? De la peur? De la souffrance? Les deux? Ou bien se racontait-il des histoires?

« Qu'est-ce qui ne va pas, George? » ricana-t-il soudain. « Perdrais-tu quelques-unes de tes bonnes idées? »

Il y eut un silence. Thad l'avait pris par surprise et désarçonné, au moins temporairement. Il en était sûr. Mais pour quelle raison? Qu'avait-il dit de particulier?

« Écoute-moi un peu, mon pote », finit par répondre Stark. « Je te donne une semaine pour commencer. Et ne t'imagine pas que tu peux me couillonner. C'est impossible. »

Sauf que l'accent était revenu sur « impossible ». Oui, George était dans tous ses états. Il pouvait en coûter cher à Thad avant que tout cela ne soit terminé, mais pour le moment, il n'éprouvait qu'une joie sauvage. Il avait surmonté un premier obstacle. Il avait l'impression qu'il n'était plus le seul à se sentir impuissant, pris dans le vertige onirique d'une irrésistible vulnérabilité pendant ces cauchemardesques conversations intimes; il avait fait mal à Stark, et trouvait ça absolument délicieux.

Thad répondit :

« Tout à fait vrai. Impossible de se couillonner mutuellement. Quoi qu'il se passe entre nous, il n'y a rien de tel.

— Tu as une idée, dit Stark. Tu l'avais avant même que cet enfant de salaud pense à te faire chanter. Tu sais, l'histoire du mariage et du véhicule blindé.

— J'ai jeté mes notes. J'en ai terminé avec toi.

— Non, ce sont *mes* notes que tu as jetées, mais c'est sans importance. Tu n'en as pas besoin. Ce sera un bon livre.

— Tu ne comprends vraiment pas. George Stark est mort. Mort!

— C'est *toi* qui ne comprends pas », répliqua Stark d'une voix douce et emphatique, mais chargée d'une menace mortelle. « Tu disposes d'une semaine. Et si tu n'as pas fait au moins trente pages de manuscrit, je viendrai m'occuper de toi, vieille noix. Sauf que ce n'est pas par toi que je commencerai, ce serait trop facile. Mais par les gosses. Je les ferai mourir lentement. T'inquiète pas, j'y mettrai le plus grand soin. Je sais comment m'y prendre. Ils ne comprendront rien à ce qui leur arrivera sauf qu'ils crèveront de douleur. Mais toi tu le sauras, je le saurai et ta femme aussi. Je m'occuperai d'elle ensuite... mais avant, je lui ferai un peu sa fête — tu vois ce que je veux dire, vieille noix. Et quand j'en aurai fini avec elle, ce sera ton tour, Thad, et tu mourras comme aucun homme sur terre n'est mort avant toi. »

Il se tut. Thad l'entendait qui haletait, la voix rauque, comme un chien par une journée de chaleur.

« Tu ignorais l'histoire des oiseaux », fit doucement Thad. « Cela au moins est vrai, n'est-ce pas ?

— Thad, arrête de faire l'idiot. Si tu ne t'y mets pas très vite, des tas de gens vont souffrir. Le temps te manque.

— Oh, je ne fais pas l'idiot, rassure-toi. Ce que je me demandais, c'est comment tu as pu écrire ce que tu as écrit sur le mur de Clawson et sur celui de Miriam, et ne pas t'en souvenir.

— Tu ferais mieux d'arrêter de raconter des conneries et de t'y mettre sérieusement, mon pote », dit Stark. Sous le ton uni de cette voix, il détectait une stupéfaction inquiète, une peur élémentaire, même. « Il n'y avait rien d'écrit sur les murs.

— Oh, que si ! Que si ! Il y avait quelque chose d'écrit. Et tu sais quoi, George ? La raison pour laquelle tu ne le sais pas, à mon avis, c'est que c'est moi qui l'ai écrit. Je pense qu'une partie de moi-même était là-bas. Quelque chose de moi se trouvait là-bas avec toi, et te regardait. Je crois que je suis le seul à être au courant pour les moineaux, George. Et peut-être bien que je l'ai écrit, oui. Faut que tu réfléchisses à ça... que tu y réfléchisses sérieusement... avant de te mettre à me bousculer.

— Écoute-moi », dit Stark avec une force contenue dans la voix. « Écoute-moi bien pour une fois. Tout d'abord, les mômes... ensuite, ta femme... et toi après.

Attaque un nouveau roman, Thad. C'est le meilleur conseil que je puisse te donner. Le meilleur conseil que tu auras reçu de toute ta foutue vie. Attaque un nouveau livre. Je ne suis pas mort. »

Long silence. Puis avec douceur, d'un ton délibéré :

« Et je ne veux pas être mort. Alors tu retournes chez toi, tu tailles tes crayons, et si tu as besoin de la moindre inspiration pense à la tête de tes charmants bébés quand je leur aurai cassé un verre sur la figure.

Tes foutus oiseaux, c'est une pure invention. Oublie ça, et commence donc à écrire. »

Il y eut un cliquetis.

« Va te faire enculer », murmura Thad dans le vide avant de raccrocher lentement le combiné.

XVII

Wendy Prend Un Gadin

1

La situation se serait dénouée d'elle-même, d'une manière ou d'une autre, indépendamment de ce qui était arrivé — Thad en était sûr. George Stark n'allait pas simplement s'évanouir. Mais l'écrivain en venait à penser, et non sans quelque raison, que la chute de Wendy dans l'escalier, deux jours après l'appel de Stark dans l'épicerie, mettait définitivement la situation sur orbite, quelle que soit celle-ci.

Le résultat le plus important fut qu'en fin de compte, il en tira un plan d'action. Il venait de passer ces deux journées dans une sorte d'accalmie étouffante. Il trouvait difficile de suivre même le programme de télé le plus débile ; il n'arrivait pas à lire, et l'idée d'écrire lui paraissait aussi réaliste que celle de voyager à des vitesses supérieures à celle de la lumière. Il passait son temps à errer d'une pièce à l'autre, s'asseyant pendant quelques instants, puis reprenant ses allées et venues. Il marchait sur les pieds de Liz et lui tapait sur les nerfs. Elle ne protestait qu'avec modération, mais il se doutait qu'elle avait dû se mordre la langue à plusieurs reprises pour ne pas lui balancer l'équivalent verbal d'un coup de couteau.

Par deux fois, il fut sur le point de lui parler du deuxième coup de fil de George Stark, celui pendant lequel le vieux renard lui avait avoué ce qu'il avait exactement à l'esprit, sûr que la ligne n'était pas sur écoute et qu'ils parlaient en privé. Et les deux fois il y avait renoncé, conscient que le seul résultat serait de la bouleverser encore plus.

Et par deux fois il s'était retrouvé dans son bureau, tenant entre les doigts l'un de ces foutus crayons Berol qu'il s'était promis de ne jamais réutiliser, les yeux sur une pile toute neuve de ces carnets de notes dont Stark s'était servi pour écrire ses romans.

Tu as une idée... Tu sais, l'histoire du mariage et du véhicule blindé.

Et c'était vrai. Il avait même un titre, et un bon : *Steel Machine*. Quelque chose d'autre aussi était vrai : une partie de lui-même avait envie de l'écrire. Ça le démangeait, comme cette zone du dos que l'on n'arrive pas tout à fait à atteindre pour se gratter.

George te la gratterait volontiers.

Oh oui ! George ne serait que trop heureux de la lui gratter. Mais alors, quelque chose lui arriverait, car la situation avait changé, à l'heure actuelle, non ? Et quelle était cette *chose* qui risquait de lui arriver ? Il l'ignorait, peut-être même ne pouvait-il pas le savoir, mais une image effrayante ne cessait de lui revenir à l'esprit. Elle provenait de ce charmant conte raciste pour enfants de jadis, *Little Black Sambo*. Black Sambo se réfugiait dans un arbre où les tigres ne pouvaient pas l'atteindre ; ils devinrent tellement en colère qu'ils se mordirent mutuellement la queue en courant de plus en plus vite autour de l'arbre, jusqu'à ce qu'ils se transforment en beurre. Sambo mettait le beurre dans un pot et le ramenait à sa maman.

George l'alchimiste, avait songé Thad, assis devant son bureau et tapotant un Berol Beauty non encore taillé contre le bord du meuble. *La paille en or. Les tigres en beurre. Les livres en best-sellers. Et Thad en... en quoi ?*

Il l'ignorait. Il redoutait de le savoir. Mais il disparaîtrait, il n'y aurait plus de Thad ; de cela il était sûr. Il pourrait y avoir quelqu'un ici qui lui ressemblerait, mais derrière le visage de Thad Beaumont il y aurait un autre esprit. Un esprit brillant, mais dément.

Il pensa que le nouveau Thad Beaumont serait bien moins maladroit... et bien plus dangereux.

Liz et les bébés ?

Stark les laisserait-il tranquilles s'il prenait la place du passager ? La place du mort ?

Pas lui.

Il avait envisagé de fuir. Embarquer avec Liz et les enfants dans la voiture et disparaître. Mais quel bien en ressortirait-il ? Quel bien, alors que ce vieux renard de George pouvait tout surveiller par les yeux de ce vieux balourd de Thad ? Ils pouvaient bien courir jusqu'au bout de la terre ; une fois arrivés, ils regarderaient autour d'eux et qui verraient-ils ? George Stark à leurs trousses derrière les chiens de son traîneau, un coupe-chou à la main. Il envisagea un instant de téléphoner à Alan Pangborn, mais rejeta rapidement et définitivement l'idée. Alan leur avait dit où se trouvait le Dr Pritchard, et avait décidé de ne pas faire passer de message au chirurgien, mais d'attendre son retour de vacances : cela avait suffi à Thad pour délimiter ce que Alan croyait… et, plus important, ce qu'il ne croyait pas. Même si Rosalie confirmait le fait qu'il avait reçu un coup de fil de *quelqu'un* dans le magasin, Alan resterait incrédule. Lui et tous les autres officiers de police qui s'étaient invités à cette soirée un peu particulière avaient tout intérêt à rester incrédules.

Les jours passèrent donc lentement, et ce fut une sorte de temps suspendu. Juste après midi, le deuxième jour, Thad avait écrit dans son journal : *L'impression de me trouver dans une forme mentale de Pot au Noir.* C'était la seule note qu'il avait prise de la semaine, et il commença à se demander s'il en prendrait jamais une autre. Son nouveau roman, *The Golden Dog*, était au point mort. Cela, de son point de vue, allait presque sans dire. Il est très dur de confectionner des histoires lorsque l'on redoute qu'un homme très méchant — abominablement méchant — arrive d'un moment à l'autre pour massacrer toute votre famille avant de s'en prendre à vous.

Il ne se souvenait que d'une fois où il s'était senti dans un état de confusion semblable : au cours des semaines qui avaient suivi sa décision d'arrêter de boire. Il avait enlevé la bonde du bain de gnôle dans lequel il se vautrait depuis la fausse couche de Liz, et avant l'apparition de Stark. Alors comme maintenant, il avait ressenti l'impression d'avoir un problème, mais un problème aussi impossible à approcher que ces mirages qui nous font voir des flaques d'eau sur les autoroutes, par temps très chaud. Plus il y courait sus, voulant l'attaquer à bras-le-corps, le réduire en miettes, le détruire, plus le problème s'éloignait de lui, jusqu'à ce qu'il se trouvât haletant, hors d'haleine, l'ondoiement de la flaque le narguant toujours depuis l'horizon.

Il dormit mal, au cours de ces nuits-là et rêva que Stark l'entraînait dans sa propre maison désertée, une maison où les objets explosaient dès qu'il les touchait et où l'attendaient, dans la dernière pièce, les cadavres de sa femme et de Frederick Clawson. A l'instant précis où il arrivait là, tous les oiseaux prenaient leur vol depuis les arbres, les lignes électriques et téléphoniques dans un grand éclatement qui les projetait vers le ciel, par milliers, par millions, si nombreux qu'ils cachaient le soleil.

Jusqu'à ce que Wendy tombât dans l'escalier, il se sentit tout à fait comme de la farce de cinglé lui-même, à attendre que l'énigmatique meurtrier arrivât, nouât une serviette autour du cou, prît sa fourchette et commençât à manger.

2

Cela faisait déjà quelque temps que les jumeaux se promenaient à quatre pattes ; depuis une semaine ou deux, ils arrivaient même à prendre la station debout, à l'aide du premier objet stable (et parfois instable) venu — un pied de chaise et la table étaient parfaits, un carton d'emballage faisait l'affaire, du moins tant qu'il ne s'écrasait pas sous leur poids ou ne les transformait pas en tortues. Les bébés sont capables de se mettre dans un divin pétrin à n'importe quel âge, mais à huit mois, lorsque les joies de la marche à quatre pattes commencent à s'épuiser et que celles de la station debout sont encore à venir, ils sont indéniablement dans l'âge d'or de la catastrophe à répétition.

Liz les avait installés par terre pour qu'ils jouent dans un rayon de soleil, vers cinq heures de l'après-midi. Après quelque dix minutes de marche à quatre pattes (assurée) et de station debout (branlante, et accompagnée de vigoureux croassements de victoire destinés à l'un à l'autre et à leurs parents), William se mit sur ses deux jambes en s'appuyant sur la table basse. Il regarda autour de lui et fit plusieurs mouvements impérieux du bras droit. Ces gestes rappelèrent d'anciennes actualités à Thad : celles dans lesquelles on voit *le Duce* s'adressant aux foules depuis son balcon. Puis William s'empara de la tasse de thé de sa mère et réussit à en renverser le fond sur lui avant de retomber en arrière, sur le derrière. Le reste de thé était heureusement froid, mais William n'avait pas lâché la tasse ; il la porta assez brutalement à la bouche pour se faire un peu saigner de la lèvre inférieure. Il commença à pleurer. Wendy ne tarda pas à se joindre à lui.

Liz le releva, l'examina, roula des yeux vers Thad et emporta le bébé au premier pour le consoler et le nettoyer.

« Surveille la Princesse », dit-elle en montant.

« Ne t'inquiète pas », répondit-il.

Mais il allait découvrir et redécouvrir que, à l'âge d'or des catastrophes à répétition, de telles promesses sont assez vaines. William s'était arrangé pour subtiliser la tasse de Liz pratiquement sous son nez, et Thad vit que Wendy allait dégringoler de la troisième marche un instant trop tard pour empêcher la chute.

Il avait commencé par feuilleter un hebdomadaire — sans le lire vraiment, le parcourant paresseusement, s'arrêtant ici et là sur une photo ou un commentaire. Quand il l'eut terminé, il alla jusqu'au vaste panier à tricot qui faisait office de porte-revues pour le remettre et en prendre un autre. Wendy se promenait à quatre pattes sur le plancher, ayant déjà oublié les larmes qui n'avaient pas encore séché sur ses joues rebondies. Elle émettait un petit *rom-rom-rom* avec sa respiration, bruit qu'ils faisaient l'un et l'autre quand ils marchaient à quatre pattes, et dont Thad se demandait s'ils l'associaient aux véhicules qu'ils voyaient à la télé. Il s'accroupit, posa l'hebdomadaire et commença à éplucher la pile des autres journaux pour finir par choisir, sans raison particulière, un *Harper's* vieux d'un mois. Il lui vint à l'esprit qu'il se comportait un peu comme quelqu'un qui attend de se faire arracher une dent, dans la salle d'attente d'un dentiste.

Il se retourna. Wendy était déjà dans l'escalier. Elle avait rampé jusqu'à la troisième marche et se redressait maintenant sur ses deux pieds, branlante, se tenant à l'un des minces barreaux qui reliaient l'escalier à la rampe. Elle s'aperçut qu'il la regardait et lui adressa un sourire ainsi qu'un grand geste impérial. Le mouvement de son bras fit osciller son corps potelé au-dessus du vide.

« Bon Dieu ! » fit Thad entre ses dents. Il bondit sur ses pieds, dans un craquement d'articulations, au moment où il la vit faire un pas en avant et lâcher le barreau : « *Non, Wendy, pas ça !* »

Il tenta de bondir à travers la pièce et y réussit presque. Mais il était maladroit, et il accrocha un pied du fauteuil au passage. Le fauteuil se renversa et Thad s'étala par terre. Wendy bascula en avant, côté descente, avec un petit couinement surpris. Son corps tourna légèrement sur lui-même dans sa chute. A genoux, Stark tendit les bras pour la rattraper, mais il lui manquait presque un mètre. La jambe droite du bébé heurta la première marche, et sa tête alla heurter la moquette qui couvrait le sol du séjour avec un bruit sourd.

Elle poussa un hurlement et il eut le temps de se dire, pendant qu'il la prenait dans ses bras, qu'il n'y avait rien de plus terrifiant qu'un cri de douleur de bébé.

D'en haut, Liz lança un « Thad ? » interrogatif d'une voix inquiète, et il entendit le tap-tap précipité de ses pantoufles sur le palier.

Wendy essayait de crier. Son premier hurlement avait chassé tout l'air de ses poumons ou presque ; venait maintenant cet interminable moment de paralysie pendant lequel elle se débattait pour dénouer les muscles qui contractaient ses poumons, et aspirer une nouvelle bouffée d'air. Son prochain braillement allait lui vriller les tympans quand il se produirait.

S'il se produisait.

Il la tenait, regardant avec anxiété son visage déformé et empourpré. Il prenait une couleur qui tournait de plus en plus à l'aubergine, mis à part la marque rouge, comme une grosse virgule, qu'elle avait au front. *Mon Dieu, et si elle allait mourir comme ça ? Si elle s'étouffait complètement, incapable de reprendre sa respiration et de pousser le cri enfermé dans ses petits poumons aplatis ?*

« Gueule, nom de Dieu ! » lui cria-t-il. Bon sang, ce visage tout rouge ! Ces yeux exorbités ! « Mais gueule donc ! »

« Thad ! » Liz avait maintenant un ton de voix affolé, mais elle lui paraissait aussi très loin. Dans ces quelques secondes qui s'éternisaient, et pendant lesquelles Wendy se débattit pour arracher son second cri et se remettre à respirer, George Stark disparut complètement de l'esprit de Thad pour la première fois depuis huit jours. Le bébé prit enfin une grande et convulsive bouffée d'air et se mit à brailler. Thad, tremblant de soulagement, la serra contre son épaule et commença à lui caresser doucement le dos avec des murmures apaisants.

Liz descendit vivement l'escalier, un William gigotant serré contre elle comme un sac de farine.

« Qu'est-ce qui s'est passé, Thad ? Elle va bien ?

— Rien de grave, rien de grave. Elle a pris un gadin depuis la troisième marche. Ça va maintenant. Tout d'abord on aurait dit... qu'elle était complètement bloquée. »

Il eut un rire chevrotant et échangea Wendy contre William — lequel, par sympathie pour sa sœur, se mettait à hurler à son tour de bon cœur.

« Mais tu ne la surveillais pas ? » lui demanda Liz d'un ton de reproche.

Elle faisait rouler machinalement ses hanches pour bercer Wendy et essayer de la calmer.

« Si, bien sûr — enfin, non. J'ai été prendre un magazine. Le temps de le dire, elle était dans l'escalier. Comme William avec la tasse. Ce sont de vrais... de vraies anguilles. Tu crois que sa tête n'a rien ? Elle est tombée sur la moquette, mais le choc a été violent.

— Je pense que ça va aller. Elle aura une bosse

pendant un jour ou deux, c'est tout. Heureusement qu'il y a la moquette! Je ne voulais pas t'agresser, Thad. Je sais bien qu'ils sont rapides. Simplement... j'ai l'impression d'être sur le point d'avoir mes règles. Sauf que c'est une impression que j'ai tout le temps, en ce moment. »

Les sanglots de Wendy diminuèrent pour atteindre le stade de reniflements atténués. William suivit le mouvement. Il tendit un petit bras potelé et attrapa le T-shirt de coton blanc de sa sœur. Elle se tourna vers lui. Il poussa un roucoulement et se mit à lui babiller quelque chose. Thad avait toujours trouvé un peu surnaturel ce babil : comme une langue étrangère qu'on ferait passer à vitesse accélérée, juste assez pour être méconnaissable et, bien entendu, incompréhensible. Wendy sourit à son frère à travers les grosses larmes qui débordaient encore de ses yeux et inondaient ses joues. Elle lui répondit par un gazouillis. Pendant quelques instants, on aurait dit qu'ils poursuivaient une conversation dans leur univers privé, l'univers de deux jumeaux.

Wendy tendit la main et vint caresser l'épaule de son frère; ils se regardaient tous les deux et poursuivaient leur babil.

Tu vas bien, ma biche?

Oui : je me suis fait mal, mon cher William, mais rien de grave.

Préfères-tu rester à la maison, plutôt que d'aller à cette soirée chez les Stadley?

Je pense qu'il vaut mieux y aller, mais c'est très gentil à toi d'avoir posé la question.

Tu en es bien sûre, ma chère Wendy?

Oui, William chéri, le bobo n'est pas bien méchant, même si j'ai bien peur d'avoir fait dans mes couches.

Oh, mon cœur, comme c'est ennuyeux!

Thad esquissa un sourire, puis regarda la jambe de Wendy.

« Elle va avoir un bleu, dit-il. En fait, on dirait même que ça a commencé. »

Liz lui rendit son sourire.

« Il guérira... et ce ne sera pas le dernier. »

Thad se pencha et vint embrasser Wendy sur le bout du nez, songeant à quelle vitesse et avec quelle fureur se levaient ces tempêtes — il l'avait crue sur le point de mourir par manque d'oxygène moins de trois minutes auparavant — mais aussi à quelle vitesse elles se calmaient.

« Non, acquiesça-t-il. Si Dieu le veut, ce ne sera pas le dernier. »

3

Le temps que les jumeaux terminent leur sieste, vers sept heures, la marque, sur la cuisse de Wendy, avait pris une nuance violacée, et une forme bizarre et très nette de champignon.

« Thad ? » fit Liz depuis la table où elle changeait William. « Viens voir ça. »

Thad avait retiré à Wendy une couche qui était légèrement humide, mais non mouillée, et l'avait jetée dans le seau à couches usagées marqué ELLE. Il prit sa fille nue dans ses bras et alla avec elle voir ce que Liz voulait lui montrer. Il regarda William et ses yeux s'agrandirent.

« Qu'est-ce que tu en penses ? » demanda-t-elle d'un ton calme. « Ce n'est pas un peu bizarre, tout de même ? »

Thad contempla un bon moment le corps de son fils.

« Ouais », finit-il par répondre. « C'est bougrement bizarre. »

Une main sur la petite poitrine, elle maintenait William contre la table. Elle se tourna vers Thad, le regard aigu.

« Ça va ?

— Oui. »

Il était surpris par son propre calme. C'était comme si une grande lumière blanche avait flamboyé un instant, non pas devant ses yeux, comme un coup d'arme à feu, mais derrière. Soudain il crut comprendre — un peu — la raison d'être des oiseaux, et ce que serait la prochaine étape. Il lui avait suffi de regarder son fils et de voir sur sa cuisse un bleu identique par la forme, la couleur et l'emplacement à celui de Wendy pour le comprendre.

Lorsque William s'était emparé de la tasse de thé de Liz et se l'était renversée dessus, il était brutalement tombé sur les fesses, sans cependant rien se faire à la cuisse, pour autant qu'il le sût. Et pourtant il était là — un bleu d'empathie sur le haut de sa cuisse droite, un bleu qui avait presque une forme de champignon.

« Tu es sûr que ça va? insista Liz.

— Ils partagent aussi leurs bleus », dit-il en regardant toujours la jambe de William.

« Thad?

— Je vais bien », répondit-il. Des lèvres, il effleura la joue de sa femme. « Et si on habillait Psycho et Somato, hein? »

Liz éclata de rire.

« Tu es vraiment cinglé, Thad. »

Il lui sourit. D'un sourire un peu particulier, un peu distant.

« Ouais, dit-il, cinglé comme un renard. »

Il ramena Wendy à sa table de change et entreprit de lui mettre une couche propre.

XVIII

Écriture Automatique

1

Il attendit que Liz fût couchée avant de gagner son bureau. Il s'arrêta auparavant une minute devant la porte de leur chambre, et écouta le flux et reflux régulier de sa respiration, s'assurant qu'elle dormait bien. Rien ne lui prouvait que ce qu'il allait tenter avait une chance de marcher mais, si oui, ce pouvait être dangereux. Extrêmement dangereux.

Son bureau, un ancien grenier de grange, en fait, était une vaste pièce, divisée en deux zones : la « salle de lecture », avec ses rayonnages de livres, un canapé, un fauteuil inclinable et une rampe d'éclairage, et, à l'autre bout, son « atelier de travail ». Au milieu de cette deuxième zone trônait un bureau démodé tiré d'un vieux polar en noir et blanc, sans la moindre chose pour racheter son exceptionnelle laideur. Meuble couturé de cicatrices, cabossé mais fondamentalement fonctionnel. Thad le possédait depuis ses vingt-six ans, et Liz disait parfois aux gens qu'il ne s'en séparerait jamais car il croyait secrètement détenir là sa Fontaine de Mots Privée. Tous deux souriaient alors, comme s'il s'agissait d'une simple plaisanterie.

Une suspension à trois globes surplombait ce dinosaure, et lorsque Thad n'allumait pas d'autre éclairage, comme en ce moment, les violents cercles de lumière qui s'entrecroisaient sur le paysage irrégulier du plan de travail donnaient l'impression qu'il était sur le point de se lancer dans une étrange partie de billard... Impossible de dire quelles pouvaient être les règles du jeu sur une surface aussi tourmentée ; mais, au cours de la nuit qui suivit l'accident de Wendy, la tension qui durcissait son visage aurait suffi à convaincre un observateur que l'enjeu de la partie était élevé au plus haut point, quelles que fussent les règles.

Thad aurait été d'accord à cent pour cent. Il lui avait fallu, après tout, plus de vingt-quatre heures pour trouver le courage d'attaquer la partie.

Il regarda quelques instants la Remington Standard, forme bosselée sous sa capote, le levier de retour en acier dépassant du côté gauche comme un pouce d'auto-stoppeur. Il resta assis devant la machine, tambourina nerveusement pendant quelques secondes sur le bord du bureau, puis ouvrit le tiroir qui se trouvait à gauche de la machine.

Un tiroir haut et profond, où il commença par prendre son journal avant de l'ouvrir complètement. Le pot en grès dans lequel il rangeait les Berol Beauties avait roulé jusqu'au fond, dispersant son contenu. Il le prit, le posa à sa place habituelle, ramassa les crayons et les remit dedans.

Puis il referma le tiroir et regarda le pot. Il l'avait jeté dans le tiroir après sa première transe, celle pendant laquelle il s'était servi d'un Berol pour écrire LES MOINEAUX VOLENT DE NOUVEAU sur le manuscrit de *The Golden Dog*. Jamais il n'avait envisagé de réutiliser l'un de ces crayons... et cependant, il en avait manipulé un deux nuits auparavant, et voici qu'ils étaient de nouveau devant lui, à l'endroit qu'ils avaient occupé pendant les quelque douze années où Stark avait vécu avec lui, vécu *en* lui. Pendant de longues périodes, Stark restait tranquille ; à peine s'il sentait sa présence. Puis une idée le frappait, et ce vieux renard de George pointait brusquement le museau comme un diable fou qui sort de sa boîte. *Badaboum!* Me voici, Thad! Allons-y, vieille noix! En selle!

Après quoi tous les jours, pendant les trois mois suivants, Stark jaillissait ainsi à dix heures du matin, sept jours sur sept. Il jaillissait, s'emparait d'un crayon Berol, et se mettait à écrire ses absurdités délirantes — absurdités délirantes qui permettaient à Thad de payer des factures que, sinon, il n'aurait pu honorer par son autre travail. Une fois le livre achevé, George disparaissait de nouveau, comme le vieil homme fou qui tressait de la paille en or pour Rapunzel.

Thad saisit l'un des crayons, regarda les légères empreintes de dents qui marquaient le fût de bois, et le laissa retomber dans le pot, où il produisit un petit *clic!*

« Ma moitié de ténèbres », dit-il tout bas.

Mais George Stark était-il cela? Avait-il jamais été *lui*? En dehors de ses transes, ou de ses états seconds (peu importait le nom), il ne s'était jamais servi de l'un de ces crayons, même pas pour prendre une note, depuis qu'il avait écrit le mot *Fin* au bas de la dernière page du dernier Stark, *Riding to Babylon*.

Rien n'avait nécessité qu'il s'en servît, après tout; c'étaient les crayons de George Stark et George Stark était mort... ou du moins l'avait-il cru. Il supposait qu'il aurait fini par les jeter, au bout d'un certain temps.

Mais maintenant, en fin de compte, il lui semblait qu'il en avait l'usage.

Il tendit la main vers le pot de grès, puis la retira comme s'il venait de l'approcher de la gueule d'un fourneau rayonnant d'une chaleur intime, profonde et jalouse.

Pas encore.

Il prit la pointe Scripto de sa poche de chemise, ouvrit son journal, décapuchonna le stylo, hésita, puis écrivit.

Si William pleure, Wendy pleure. Mais j'ai découvert que leur lien est beaucoup plus profond et fort que cela. Hier, Wendy est tombée dans l'escalier et s'est fait un bleu, un bleu qui ressemble à un champignon violacé. Lorsque les jumeaux se sont réveillés de leur sieste, William en avait également un. Même endroit, même forme.

Thad passa au style questions-réponses qui caractérisait une bonne partie de son journal. Ce faisant, il se rendit compte que cette habitude — ce moyen de trouver le chemin qui le conduisait à ce qu'il pensait réellement — suggérait une autre forme de dualité... ou peut-être ne s'agissait-il que d'un autre aspect d'une même coupure de son esprit, quelque chose d'à la fois fondamental et mystérieux.

Question : Si l'on prenait des diapositives des bleus de chacune des cuisses et si on les superposait, les images se confondraient-elles ?

Réponse : Oui, il me semble. Je pense qu'elles sont comme les empreintes digitales. Comme les empreintes vocales.

Thad resta un moment sans rien ajouter, tapotant de l'autre extrémité du stylo contre la page du journal, plongé dans ses réflexions. Puis il se pencha de nouveau, et se mit à écrire plus vite.

Question : William sait-il qu'il a un bleu ?

Réponse : Non, je ne crois pas.

Q : Est-ce que je sais ce que sont les moineaux, ou ce qu'ils signifient ?

R : Non.

Q : Je sais cependant qu'il existe des moineaux. Je sais au moins cela, non ? Quoi que croie Alan Pangborn ou n'importe qui d'autre, je sais que ces moineaux existent, et je sais qu'ils volent de nouveau, non ?

R : Oui.

La pointe, maintenant, courait sur la page. Cela faisait des mois qu'il n'avait pas écrit si rapidement, d'une manière aussi inconsciente de soi.

Q : Stark sait-il que les moineaux existent ?

R : Non. C'est ce qu'il dit, et je le crois.

Q : Suis-je bien sûr de le croire ?

Il s'arrêta de nouveau, brièvement, puis reprit :

Stark sait qu'il y a quelque chose. Mais William doit aussi savoir qu'il y a quelque chose ; si sa jambe a un bleu, elle doit lui faire mal. Mais Wendy lui a passé le bleu quand elle est tombée. William sait seulement qu'il a mal à la cuisse.

Q : Stark sait-il qu'il a un endroit qui lui fait mal ? Un endroit vulnérable ?

R : Oui, je le crois.

Q : Les oiseaux sont-ils à moi ?

R : Oui.

Q : Cela signifie-t-il que lorsqu'il a écrit les mots : LES

MOINEAUX VOLENT DE NOUVEAU, chez Clawson et chez Miriam, il ne savait pas ce qu'il faisait et qu'il ne se rappelait plus ensuite l'avoir fait ?

R : Oui.

Q : Qui a écrit ? Qui a écrit avec le sang ?

R : Celui qui sait. Celui à qui appartiennent les moineaux.

Q : Qui est celui qui sait ? Qui possède les moineaux ?

R : Je suis celui qui sait et qui possède les moineaux.

Q : Étais-je présent ? Présent quand il les a assassinés ?

Sa plume resta un instant suspendue, puis il écrivit :

R : Oui. Puis : Non. Les deux. Je n'ai pas eu de transe lorsque Stark a tué Gamache et Clawson, du moins pas que je me souvienne. Je pense que ce que je sais... ce que je VOIS... est en train de croître, peut-être.

Q : Est-ce qu'il te voit ?

R : Je ne sais pas. Mais...

« Il doit bien me voir », murmura-t-il.

Il doit me connaître. Il doit me voir. S'il a réellement écrit les romans, il me connaît depuis longtemps. Et ce qu'il sait et voit croît aussi. Tout ce bazar d'écoutes téléphoniques et d'enregistrement a laissé froid ce vieux renard de George, non ? Absolument, bien entendu. Parce que ce vieux renard de George savait qu'il y serait. On ne passe pas près de dix ans à écrire des romans policiers sans avoir le sens de ce genre de chose. C'est l'une des raisons pour lesquelles ça l'a laissé froid. Mais l'autre est encore mieux, non ? Quand il a voulu me parler, me parler en privé, il a su exactement où il me trouverait et comment me joindre, non ?

Oui. Stark l'avait appelé à la maison quand il avait voulu être entendu par des témoins, et au Dave's Market quand il avait voulu ne pas en avoir. Pourquoi avoir voulu être entendu par des témoins, la première fois ? Parce qu'il avait un message à faire parvenir à la police, et qu'il savait que la police écoutait : qu'il n'était pas George Stark et qu'il le savait... mais aussi qu'il en avait terminé avec les assassinats, et qu'il ne chercherait pas à nuire à Thad et à sa famille. Sans compter encore une raison supplémentaire : il voulait que Thad vît les empreintes vocales, sachant qu'elles seraient relevées. Il n'ignorait pas que la police ne croirait jamais à ces preuves, aussi flagrantes qu'elles pussent paraître... mais que Thad, lui, y croirait.

Q : Comment savait-il où je me trouverais ?

Ça, c'était une sacrée bonne question, non ? Dans la lignée de questions comme : Deux hommes peuvent-ils avoir les mêmes empreintes digitales ? Les mêmes empreintes vocales ? Deux bébés peuvent-ils présenter des bleus identiques ? Surtout si un seul d'entre eux s'est cogné ?

Il savait néanmoins que l'on disposait d'informations sérieuses et reconnues sur des mystères de ce genre, au moins dans des cas de jumeaux ; le lien entre jumeaux identiques était même encore plus surnaturel. Il était tombé sur un article consacré à ce phénomène dans une revue, un an auparavant, environ ; étant donné le rôle des jumeaux dans sa propre vie, il l'avait lu attentivement.

On y parlait d'un cas de jumeaux identiques séparés par un continent ; l'un d'eux s'était cassé la jambe gauche, et l'autre avait ressenti d'intolérables douleurs dans sa propre jambe gauche alors qu'il ignorait tout de l'accident de son frère. Du cas de deux jumelles identiques ayant mis au point leur propre langue, langue totalement inconnue sur terre et qu'elles étaient seules à parler. Ces jumelles n'avaient jamais appris l'anglais, en dépit de leur quotient intellectuel très élevé. Quel besoin avaient-elles de l'anglais ? Elles s'avaient mutuellement... et elles ne désiraient rien d'autre. Il y avait aussi, disait l'article, ces jumeaux séparés à la naissance et qui, se retrouvant à l'âge adulte, s'aperçurent qu'ils s'étaient tous les deux mariés le même jour de la même année, avec des femmes ayant le même prénom et un aspect extrêmement semblable. En outre, les deux couples avaient donné le même prénom à leur premier garçon : Robert. Les deux Robert étaient nés le même mois de la même année.

Moitié-moitié.

Bonnet blanc et blanc bonnet.

« Rose et Marie-Rose pensent la même chose », grommela Thad.

Il encercla la dernière ligne qu'il avait rédigée :

Q : Comment savait-il où je me trouverais?

R : Parce que les moineaux volent de nouveau. Et parce que nous sommes jumeaux.

Il tourna la page de son journal et posa le stylo de côté. Le cœur battant fort, la peur lui donnant la chair de poule, il tendit une main tremblante vers le pot de grès et prit un crayon Berol. Il semblait dégager la désagréable chaleur d'un feu intérieur entre ses doigts.

Il était temps de se mettre au travail.

Thad se pencha sur la feuille blanche, resta un instant immobile, puis écrivit en caractères d'imprimerie, tout en haut, LES MOINEAUX VOLENT DE NOUVEAU.

2

Mais qu'avait-il exactement l'intention de faire avec le crayon?

Cela aussi, il le savait. Essayer de répondre à la dernière question, celle qui paraissait tellement évidente qu'il n'avait même pas pris la peine de la rédiger : pouvait-il provoquer à volonté l'état de transe? Pouvait-il faire voler les oiseaux?

L'idée comportait une forme de contact psychique sur laquelle il avait lu certaines choses, mais dont il n'avait jamais vu la démonstration : l'écriture automatique. La personne voulant contacter l'âme d'un mort (ou d'un vivant) par cette méthode tenait une plume ou un crayon à la main, d'une manière lâche, la pointe sur une feuille de papier blanc, et attendait que l'esprit — le jeu de mots est on ne peut plus volontaire — se manifestât. Thad avait aussi lu que l'on faisait souvent de l'écriture automatique, susceptible d'être également pratiquée à l'aide d'une planchette Ouija, un thème de blague, de jeu de société, même, ce qui pouvait se révéler extrêmement dangereux; celui qui s'y livrait risquait de se trouver démuni contre certaines formes de possession.

Thad était sans opinion devant ce phénomène; il lui semblait aussi étranger à sa propre vie que l'adoration des idoles païennes ou la trépanation comme thérapeutique des maux de tête. Mais maintenant, il lui paraissait posséder sa propre logique mortelle. Il devrait néanmoins appeler les moineaux.

Il y pensa. Il essaya d'évoquer l'image de tous ces oiseaux, de ces milliers de passereaux, posés sur les toits et les lignes du téléphone sous un doux soleil de printemps, attendant le signal télépathique pour s'envoler.

Et l'image vint... mais elle était plate, dépourvue de substance, sorte de peinture mentale sans vie. Lorsqu'il commençait à écrire, il en allait souvent ainsi — un exercice sec et stérile. Non, pire que ça. Comme embrasser un cadavre à pleine bouche.

Mais il avait appris que s'il s'obstinait, s'il s'entêtait à aligner les mots sur la page, quelque chose d'autre se mettait en route, quelque chose d'à la fois merveilleux et effrayant. En tant qu'unités individuelles, les mots commençaient à disparaître. Les personnages jusqu'ici raides et sans vie se mettaient à s'assouplir comme s'il leur avait fait passer la nuit dans un placard étroit, et qu'ils devaient faire des exercices musculaires avant de pouvoir entamer leur danse compliquée.

Et quelque chose commença de se produire dans son cerveau ; il sentait presque s'opérer la transformation des ondes cérébrales, qui abandonnaient le pas de l'oie guindé et discipliné avec lequel elles se propageaient pour adopter le mode ramolli et flasque des ondes delta, celles du rêve pendant le sommeil.

Thad se pencha sur son journal, le crayon à la main, et essaya de faire apparaître le phénomène. Au fur et à mesure que passait le temps sans que rien se produisît, il se sentait devenir de plus en plus idiot.

Une phrase tirée du vieux dessin animé *Rocky and Bullwinkle* lui vint à l'esprit et refusa de disparaître : *Am-stram-gram, pique et pique et colégram, les esprits vont nous parler !*

Qu'est-ce qu'il allait bien pouvoir raconter à Liz, si jamais elle le trouvait ici et lui demandait ce qu'il fabriquait, un crayon à la main, une feuille blanche devant lui, quelques minutes avant minuit ? Qu'il essayait de dessiner le lapin de la boîte d'allumettes et de gagner une scolarité gratuite à l'école des Artistes célèbres de New Haven ? Bon Dieu, il n'avait même pas l'une de ces boîtes d'allumettes !

Il eut un geste pour reposer le crayon, mais le suspendit. Il avait un peu bougé sur sa chaise et regardait maintenant par la fenêtre, à gauche de son bureau.

Un oiseau était posé sur le rebord et le regardait de ses petits yeux noirs.

Un moineau.

Un deuxième vint le rejoindre, sous ses yeux.

Un troisième.

« Oh, mon Dieu », dit-il d'une voix tremblante et mouillée.

Jamais il n'avait été aussi terrifié de sa vie... et soudain, la sensation de *partir* le remplit de nouveau. Comme lorsqu'il avait parlé avec Stark au téléphone, mais en plus fort, beaucoup plus fort.

Un autre oiseau se posa, bousculant les trois autres pour se faire de la place ; au-delà, il aperçut toute une brochette de moineaux alignés sur le faîte de la remise où ils rangeaient le matériel de jardin et la voiture de Liz. L'antique girouette, sur l'unique pignon de la construction, en était couverte et oscillait sous leur poids.

« Oh, mon Dieu », répéta-t-il — entendant sa voix comme si elle lui parvenait d'un million de kilomètres, une voix remplie d'horreur et d'un terrible émerveillement : « Oh, mon Dieu, ils sont réels, *les moineaux sont réels*. »

Dans tous ses fantasmes, jamais il ne l'avait imaginé... mais il ne disposait pas de temps pour réfléchir là-dessus, ni même d'un esprit avec lequel réfléchir. Le bureau venait soudain de disparaître, et il se retrouva dans le quartier Ridgeway de Bergenfield, le lieu où il avait grandi. Il était aussi silencieux et désert que la maison du cauchemar avec Stark ; il parcourait des yeux la banlieue pétrifiée d'un monde mort.

Elle n'était cependant pas entièrement morte, car des moineaux pépiant s'alignaient sur chaque faîte de toit ; les antennes de télé croulaient sous eux ; ils remplissaient les arbres ; ils débordaient des fils du téléphone, il y en avait sur les toits des automobiles, sur la grosse boîte aux lettres bleue au coin de Duke Street et de Marlborough Lane, et même sur le râtelier à bicyclettes devant chez Duke Street Convenience Store, le magasin où il allait acheter le pain et le lait pour sa mère, quand il était petit.

L'univers était rempli de moineaux, attendant l'ordre de s'envoler.

Thad Beaumont se laissa tomber dans son fauteuil de bureau, un peu d'écume au coin des lèvres, les pieds agités de tressaillements aléatoires ; des moineaux s'entassaient maintenant à toutes les fenêtres du bureau et le regardaient comme autant d'étranges spectateurs ailés. Il laissa échapper un long gargouillis ; ses yeux roulèrent sous ses paupières, ne laissant plus voir que leur blanc, exorbité, brillant.

Le crayon toucha le papier et commença à écrire.

griffonna-t-il sur la ligne supérieure. Il sauta deux lignes, fit l'alinéa caractéristique en forme de L que Stark apposait au début de chaque paragraphe et continua :

L La femme commença par s'éloigner de la porte. Elle le fit presque immédiatement, avant même que le battant eût achevé son court déplacement vers l'intérieur, mais il était déjà trop tard. Ma main surgit de l'obscurité, jaillissant comme une flèche dans l'entrebâillement, pour venir s'agripper à son poignet.

Les moineaux s'envolèrent.

Ils prirent tous en même temps leur vol : ceux dans sa tête, venus du Bergenfield de jadis, et ceux qui se tenaient à l'extérieur de sa maison de Ludlow... les vrais.

Ils s'élevèrent, les uns dans un ciel clair du printemps de 1960, les autres dans un sombre ciel d'été de 1988.

Ils s'envolèrent, et disparurent dans un assourdissant bruissement d'ailes.

Thad se redressa... mais il avait toujours la main clouée au crayon, comme tirée par lui.

Le Berol écrivait tout seul.

J'ai réussi, pensa-t-il, encore étourdi, essuyant de la main gauche la salive et l'écume qui lui coulaient sur le menton. *J'ai réussi... et j'aurais mieux fait de m'abstenir. Qu'est-ce que c'est que ça ?*

Il regarda les mots qui dévalaient de son poing, le cœur cognant tellement fort qu'il sentait son pouls dans sa gorge, rapide et violent. Les phrases qui se déversaient sur les lignes bleues étaient de sa propre écriture — mais de toute façon, *tous* les romans de Stark étaient rédigés avec son écriture. *Avec les mêmes empreintes digitales et vocales, un goût pour les mêmes cigarettes, le contraire serait étonnant*, pensa-t-il.

Son écriture, exactement comme les autres fois, d'accord ; mais d'où lui venaient les mots ? Pas de sa propre tête, c'était certain ; pour l'instant, elle n'était que terreur au sein d'un assourdissant chaos. Et il ne sentait même plus sa main. Son bras droit lui donnait l'impression de s'arrêter à quelques centimètres avant le poignet. Pas même la plus lointaine sensation de pression dans ses doigts, alors qu'il étreignait le Berol de telle façon que son pouce, son index et son majeur avaient l'extrémité toute blanche. On aurait dit qu'il venait de recevoir une dose carabinée de novocaïne.

Il atteignit le bas de la première page. Sa main insensible la tourna brutalement, sa paume insensible l'aplatit en écrasant le pli et ses doigts insensibles se remirent à écrire.

> « Miriam Cowley ouvrit la bouche pour crier. Je me tenais juste de l'autre côté de la porte, où je l'avais patiemment attendue plus de quatre heures, sans boire un café, sans fumer une cigarette. (J'en aurais bien grillé une, et je n'allais pas tarder à le faire, quand tout ceci serait terminé, mais l'odeur aurait pu l'alerter). Je me dis de ne pas oublier de lui fermer les yeux après lui avoir tranché le gorge

Avec un effroi grandissant, Thad se rendit compte qu'il lisait le compte rendu de l'assassinat de Miriam Cowley... et cette fois-ci, il ne s'agissait pas d'une bouillie confuse de mots sans suite, mais du récit cohérent et brutal d'un homme qui était, à sa manière (épouvantable), un écrivain extrêmement efficace ; assez efficace, en tout cas, pour que des millions de personnes eussent acheté ses romans.

Les débuts de George Stark dans le récit vécu, pensa-t-il, malade.

Il avait parfaitement réussi dans ce qu'il avait entrepris : établir le contact, puiser directement dans l'esprit de Stark, comme Stark lui-même avait dû, d'une manière ou d'une autre, puiser dans l'esprit de Thad. Mais qui aurait pu soupçonner les forces inconnues et monstrueuses qu'il allait ainsi réveiller ? Qui ? L'histoire des moineaux — et la prise de conscience de leur réalité — avait été terrible ; mais ceci était pire. N'avait-il pas ressenti une impression de chaleur en touchant le crayon et le carnet de notes ? Pas étonnant. L'esprit de cet homme était une putain de fournaise.

Et maintenant — Seigneur Jésus ! Ça coulait de sa propre main serrée en poing ! Seigneur Jésus !

« Tu t'imagines que tu peux me casser la tête avec ce machin, peut-être ? lui demandai-je. Alors laisse-moi te dire un truc. Ce n'est pas une bonne idée, ça. Et tu sais ce qui arrive aux gens qui perdent leurs bonnes idées, évidemment ?

Les larmes coulaient maintenant le long de ses joues.

Qu'est-ce qui ne va pas, George ? Perdrais-tu quelques-unes de tes bonnes idées ?

Pas étonnant, si ce salopard sans cœur était resté un moment paralysé lorsqu'il lui avait dit cela. Si vraiment les choses s'étaient passées ainsi, alors Stark avait utilisé la même expression avant de tuer Miriam.

J'étais branché sur son cerveau pendant le meurtre, oui, je l'étais ! C'est pour cela que j'ai utilisé cette phrase pendant notre conversation, au Dave's Market.

Et voici Stark qui obligeait Miriam à appeler Thad, puis faisait le numéro pour elle, car, trop terrifiée, elle ne s'en souvenait plus alors que certaines semaines, elle avait dû le composer une demi-douzaine de fois. Thad trouva cet oubli et la manière dont Stark l'avait compris à la fois horribles et convaincants. Et maintenant Stark prenait son rasoir pour...

Mais ça, il ne voulait pas le lire, il ne le lirait pas. Il tira sur son bras, soulevant en même temps la masse de plomb insensible qu'était devenue sa main. Dès l'instant où fut rompu le contact du crayon et de la page, les sensations refluèrent dans ses doigts ; ses muscles étaient courbatus, et son index douloureux. Le crayon y avait laissé un creux qu'une rougeur envahissait.

Il contemplait la page griffonnée, partagé entre un sentiment d'horreur et une forme stupide d'émerveillement. La dernière chose au monde qu'il avait envie de faire, maintenant, était bien de poser de nouveau le crayon sur la feuille afin de rétablir ce circuit obscène entre lui et Stark... mais il ne s'était pas lancé là-dedans uniquement pour lire le récit de l'assassinat de Miriam Cowley, tel que l'avait vécu son meurtrier lui-même, non ?

Et si les oiseaux revenaient ?

Mais ils ne reviendraient pas. Ils avaient rempli leur office. Le circuit était branché et fonctionnait encore, intact. Comment il savait cela, il n'en avait pas la moindre idée, mais il en était absolument sûr.

Où es-tu, George ? pensa-t-il. *Comment se fait-il que je ne te sente pas ? Est-ce que c'est parce que tu n'as pas davantage conscience de ma présence que moi de la tienne ? Ou pour une autre raison ? Où es-tu donc, bordel ?*

Il garda cette idée bien en tête, s'efforçant de se la représenter comme une enseigne au néon rutilante. Puis il étreignit de nouveau le crayon et l'abaissa vers le journal.

Dès que la pointe du crayon eut touché le papier, sa main s'éleva de nouveau pour tourner une nouvelle page, qu'elle aplatit de la paume comme elle avait fait pour la précédente. Puis le Berol se reposa sur le papier et écrivit :

> « "Pas d'importance, dit Machine à Jack Rangely. Tous les endroits sont pareils. (Il se tut un instant.) Sauf la maison, peut-être. Et je le saurai quand j'y arriverai." »

Tous les endroits sont pareils. Il reconnut cette phrase, puis le reste de la citation. Elle provenait du premier chapitre du premier roman de Stark, *Machine's Way*.

Le crayon s'était arrêté tout seul, cette fois. Il leva la main et regarda les mots griffonnés, glacé, le poil hérissé. *Sauf la maison, peut-être. Et je le saurai quand j'y arriverai.*

Dans le roman, il s'agissait de la maison de Flatbush Avenue, où Alexis Machine avait passé son enfance, à balayer le salon de billard que tenait son père alcoolique. Mais dans cette histoire-ci, de quelle maison était-il question ?

Où se trouve la maison ? demanda-t-il au crayon en l'abaissant lentement vers le papier.

Le Berol exécuta une série de formes molles en M. Il s'arrêta, puis repartit.

> La maison se trouve au commencement.

écrivit-il en dessous des oiseaux.

Un jeu de mots. Signifiait-il quelque chose ? Le contact était-il toujours maintenu, ou bien se racontait-il maintenant des histoires ? Il ne s'en était pas raconté avec les oiseaux, et il ne s'en était pas raconté pendant la première fournée frénétique de mots. Il en était sûr ; les impressions de chaleur et d'impérieuse nécessité semblaient cependant s'être estompées. Il avait toujours la main engourdie, mais cela tenait peut-être à la manière dont il étreignait le crayon — violemment, à voir la marque sur le côté de son doigt. N'avait-il pas lu, dans le même article sur l'écriture automatique, que les gens se mystifiaient eux-mêmes avec la planchette Ouija ? Que, dans la plupart des cas, les mouvements n'étaient pas guidés par quelque esprit, mais par les pensées et les désirs inconscients du manipulateur ?

La maison se trouve au commencement. Si c'était bien toujours Stark, et si l'énigme avait le moindre sens, elle signifiait bien dans cette maison-ci, n'est-ce pas ? Car c'était ici qu'était né George Stark.

Soudain, une partie du foutu article de *People* revint flotter dans son esprit.

J'ai glissé une feuille de papier dans la machine... puis je l'ai sortie. J'ai tapé tous mes livres, mais apparemment, George Stark n'aimait pas les machines à écrire. Peut-être parce qu'ils ne possèdent pas de machines à écrire dans les hôtels aux fenêtres étroites où il passe le plus clair de son temps.

Subtil. Très subtil. Mais ça n'avait qu'un rapport de cousinage au deuxième degré avec la véritable situation, n'est-ce pas ? Ce n'était pas la première fois que Thad racontait une histoire qui n'avait que les rapports les plus ténus avec la réalité, et il se doutait bien que ce ne serait pas la dernière — en supposant qu'il survécût à cela, bien entendu. Il ne s'agissait pas exactement de mensonge ; on ne peut même pas dire qu'il enjolivait la réalité, à strictement parler. C'était une manière presque inconsciente de romancer sa propre vie, et Thad ne connaissait pas un auteur de fiction qui ne le fît. Pas pour apparaître comme meilleur qu'on ne l'avait réellement été dans une situation donnée ; il pouvait même arriver de relater des événements jetant sur soi un éclairage douteux, voire comique ou grotesque. Quel était donc ce film dans lequel un journaliste disait : « Quand vous avez le choix entre la légende et la vérité, publiez la légende » ? *L'Homme qui tua Liberty Valance*, peut-être. Précepte pouvant déboucher sur des reportages bidon ou immoraux, mais aussi sur de superbes histoires inventées. L'afflux d'événements romancés est en quelque sorte un effet secondaire, une déformation professionnelle des auteurs de fiction — comme le cal aux doigts d'un joueur de guitare ou la toux d'un fumeur invétéré.

La réalité, quant à la naissance de Stark, se distinguait nettement de la version publiée par *People*. Il n'y avait eu aucune décision mystique de la part de Thad d'écrire ces romans à la main même si, avec le temps, ce procédé était devenu un rituel. Et en matière de rituel, les écrivains sont tout aussi superstitieux que les athlètes professionnels. On a vu des joueurs de base-ball porter la même paire de chaussettes match après match, ou des joueurs de tennis se signer avant d'entrer sur un court ; les écrivains, lorsqu'ils connaissent le succès, ont tendance à suivre les mêmes schémas, jusqu'à ce que ceux-ci deviennent des rituels, dans le but de s'éviter l'équivalent littéraire du « petit bras »... à savoir le blocage devant la feuille blanche.

George Stark avait pris l'habitude d'écrire à la main tout simplement parce que Thad Beaumont avait oublié d'apporter des rubans neufs pour l'Underwood, sa machine à écrire dans leur maison d'été de Castle Rock. Sans ruban de machine, il avait cependant trouvé l'idée trop riche et prometteuse pour attendre, et avait donc farfouillé dans les tiroirs du petit bureau qu'il avait là-bas, jusqu'à ce qu'il eût trouvé un crayon et un carnet de notes. Puis...

A cette époque, nous nous rendions habituellement plus tard l'été au bord du lac, parce que je donnais alors un cours accéléré sur trois semaines — c'était quoi, déjà ? Ah oui — Modes créatifs. Quelle ânerie ! On était à la fin juin, cette année-là, et je me souviens d'être monté au bureau et d'avoir découvert l'absence de tout ruban. Bon Dieu, je me rappelle même que Liz ronchonnait parce qu'il n'y avait pas non plus de café !

La maison se trouve au commencement.

Lorsqu'il avait raconté au journaliste de *People*, Mike Donaldson, la genèse à demi fictive de George Stark, il l'avait transposée dans la maison de Ludlow sans même y penser — sans doute, supposait-il, parce que c'était à Ludlow qu'il avait écrit l'essentiel de son œuvre, et qu'il était parfaitement normal d'y placer l'événement — en particulier si on faisait une mise en scène de cet événement, si on le pensait à la manière dont on aurait pensé un récit de fiction. Mais ce n'était pas ici que George Stark avait fait ses débuts ; ce n'était pas ici qu'il avait pour la première fois utilisé l'œil de Thad afin d'observer le monde, même si c'était à Ludlow qu'il avait rédigé la plupart de ses livres, sous son nom comme sous celui de Stark, et qu'ils vivaient leur étrange existence dédoublée.

La maison se trouve au commencement.

Dans ce cas, « la maison » signifiait donc Castle Rock. Castle Rock où se trouvait également, comme par hasard, le cimetière Homeland, où, du point de vue de Thad (Alan Pangborn ne le partageait pas), s'était pour la première fois manifestée la meurtrière incarnation physique de George Stark, il y avait environ deux semaines.

Alors, comme s'il s'agissait de la suite la plus logique et naturelle du monde (et pourquoi pas, pour ce qu'il en savait ?), une autre question fondamentale lui vint à l'esprit, avec tellement de spontanéité qu'il s'entendit la murmurer à demi-voix, comme un admirateur timide rencontrant pour la première fois son auteur favori :

« Pourquoi tiens-tu tellement à écrire un autre livre ? »

Il abaissa la main, et la pointe du crayon toucha le papier. L'engourdissement envahit de nouveau ses doigts, lui donnant l'impression de les avoir plongés dans un courant d'eau transparente et glacée.

Une fois de plus, sa main commença par tourner la page et par bien l'écraser au milieu pour l'aplatir... mais ce coup-ci, il ne se mit pas tout de suite à écrire. Thad eut le temps de se dire que le contact, quel qu'il fût, venait d'être rompu en dépit de la sensation d'engourdissement — puis le crayon bondit dans ses doigts comme s'il était vivant... vivant, mais sérieusement blessé. Il tressauta, forma une espèce de virgule assoupie, tressauta encore, traçant un trait irrégulier, puis écrivit

324

avant de venir se reposer comme un mécanisme au bout du rouleau.

Oui. Tu peux écrire ton nom. Et tu peux nier l'existence des moineaux. Parfait. Mais pourquoi tiens-tu tant à te remettre à écrire? Pourquoi est-ce si important pour toi? Important au point de tuer des gens?

C Simon, je veux

écrivit le Berol.

« Que veux-tu dire? » murmura Thad, qui sentit une sauvage bouffée d'espoir lui monter à la tête.

La réponse pouvait-elle être aussi simple? Il se disait au fond que oui, en particulier pour un écrivain dont l'existence était purement fictive. Bon Dieu, il y avait suffisamment d'écrivains qui ne pouvaient exister que s'ils écrivaient, ou du moins en éprouvaient la conviction... et dans le cas de personnages comme Hemingway, cela revenait exactement au même, non?

Le crayon trembla, puis tira un long trait irrégulier sous le dernier message. Il ressemblait étrangement au tracé de l'empreinte vocale.

« Allons, murmura Thad, qu'est-ce que tu veux dire, bon Dieu? »

je tombe en MORCEAUX

écrivit le crayon. Les lettres étaient raides, tracées à contrecœur. Le Berol s'agitait et oscillait entre ses doigts d'une blancheur de cire. *Si j'exerce trop de pression, il va tout simplement péter.*

Soudain, son bras s'envola. En même temps, ses doigts engourdis firent virevolter le crayon avec l'agilité d'un prestidigitateur manipulant une carte, si bien qu'il se retrouva le maintenant non pas vers la pointe, mais à pleine main, par l'autre extrémité, comme un poignard.

Perds . je perds la raison collision (Y'a pas d'oiseaux. Y'A PAS DE putains D'OISEAUX! espèce de fils de pute tire-toi de ma tête!

Sa main retomba — Stark la fit retomber — et brutalement le crayon s'enfonça dans la partie charnue qui reliait le pouce et l'index de sa main gauche. La pointe de graphite, plus ou moins usée par ce que Stark avait écrit, la traversa presque. Le Berol se brisa. Une brillante goutte de sang vint emplir la dépression creusée dans sa chair par le crayon, et l'énergie qui s'était emparée de lui disparut soudain. Une douleur brûlante monta de sa main gauche, posée sur le bureau avec le fragment de bois qui en dépassait.

L'écrivain rejeta la tête en arrière et serra les dents pour ne pas pousser le hurlement de douleur qui cherchait à s'échapper de sa gorge.

3

Un petit cabinet de toilette jouxtait le bureau, et Thad se sentit capable de s'y rendre avec sa main d'où irradiaient de monstrueux élancements, pour examiner la plaie à la dure lumière du tube fluorescent. On aurait dit une blessure par balle : un trou parfaitement rond, bordé d'un dépôt noirâtre flamboyant. Ce dépôt faisait penser à de la poudre plus qu'à du graphique. Il retourna la main et vit un point rouge brillant, de la taille d'une tête d'épingle, tendre la peau de l'autre côté. La pointe du crayon.

Un poil de plus, et ça traversait.

Il fit couler de l'eau froide sur la blessure jusqu'à sentir sa main gagnée par l'engourdissement, puis il prit la bouteille d'eau oxygénée dans l'armoire à pharmacie. Il n'arriva pas à la tenir de la main gauche, et dut donc la coincer avec son bras gauche contre son corps pour en enlever le bouchon. Puis il versa le désinfectant sur la blessure et, tandis qu'il grinçait des dents pour lutter contre la douleur, vit le liquide mousser en écume.

Il remit l'eau oxygénée en place, puis prit un à un les quelques flacons de médicaments qui se trouvaient dans l'armoire à pharmacie, examinant leur étiquette. Il avait éprouvé de fortes douleurs lombaires deux ans auparavant, à la suite d'une chute en ski de fond, et le bon vieux Dr Hume lui avait fait une ordonnance pour du Percodan. Mais il n'en avait pris que quelques pilules ; elles perturbaient son cycle de sommeil et lui rendaient pénible d'écrire.

Il finit par retrouver le flacon de plastique derrière une bombe de crème à raser vieille d'au moins mille ans. Il fit sauter le bouchon avec les dents, et tomber l'une des pilules sur le bord du lavabo. Il hésita à en prendre une deuxième, puis y renonça. Leur effet était puissant.

Et si jamais elles étaient abîmées ? Peut-être vas-tu finir cette nuit de plaisirs sauvages par une bonne convulsion et un petit tour à l'hôpital — qu'est-ce que t'en dis ?

Il décida cependant de courir le risque. En fait, il était difficile de faire autrement — la douleur était immense, insupportable. Quant à ce qui était de l'hôpital... il regarda de nouveau la blessure et pensa : *Je devrais probablement y aller et faire examiner ce truc, mais que je sois pendu si je le fais. Il y a assez de gens comme ça qui me regardent comme si j'étais cinglé, depuis quelques jours.*

Il récupéra quatre autres Percodan, les fourra dans la poche de son pantalon et remit le flacon à sa place, sur l'étagère. Puis il couvrit la blessure d'un pansement adhésif. L'un des modèles ronds fit l'affaire. *En voyant ce petit morceau de plastique, songea-t-il, on n'imaginerait pas à quel point ça peut faire mal. Il a placé un piège à loup sur mon passage. Un piège à loup dans son esprit, et j'ai marché droit dedans.*

Était-ce bien ainsi que les choses s'étaient passées ? Thad ne le savait pas avec certitude, mais il y avait une chose dont il était sûr : il n'avait aucune envie de recommencer l'expérience.

4

Lorsqu'il eut repris le contrôle de lui-même — ou quelque chose d'approchant — Thad replaça son journal dans le tiroir du bureau, éteignit, et descendit au premier. Il fit halte sur le palier et tendit un moment l'oreille. Les jumeaux étaient silencieux. Liz aussi.

Apparemment encore actif, le Percodan commença à faire effet et la douleur parut s'estomper un peu dans la main de Thad. S'il avait le malheur de plier les doigts par inadvertance, les élancements sourds se mettaient à hurler ; mais s'il faisait attention, ça restait supportable.

Ouais, mais tu vas voir demain matin, mon pote... et qu'est-ce que tu vas dire à Liz ?

Il ne savait pas trop. Sans doute la vérité... ou une partie de la vérité, de toute façon. Elle était devenue d'une redoutable habileté en tant que détecteur de mensonges.

La douleur s'était affaiblie, mais les effets secondaires du choc brutal — de tous les chocs brutaux — se faisaient encore sentir, et il pensa qu'il lui faudrait un certain temps pour s'endormir. Il continua jusqu'au rez-de-chaussée et jeta un coup d'œil, entre les rideaux tirés de la grande baie vitrée du séjour, au véhicule de patrouille de la police, garé dans l'allée. Il aperçut le brasillement de deux cigarettes.

Ils sont là assis, frais comme des gardons, pensa-t-il. *Les oiseaux ne les ont pas le moins du monde ennuyés, et peut-être bien n'y en a-t-il eu aucun, sauf dans ma tête. Après tout, ces types sont payés pour écluser les ennuis.*

L'idée était tentante, mais le bureau se trouvait de l'autre côté de la maison. On ne pouvait voir ses fenêtres depuis l'allée. Pas plus que depuis la remise. Si bien que de toute façon, les flics n'avaient pas pu voir les oiseaux. Du moins, pas quand ils s'étaient posés.

Oui, mais quand ils se sont tous envolés? Tu vas me raconter qu'ils n'ont pas remarqué ça? Tu en as vu au moins cent, sinon deux ou trois cents!

Thad sortit. Il avait à peine eu le temps de pousser la moustiquaire de la cuisine que les deux Troopers jaillissaient de leur voiture, un de chaque côté. C'étaient deux grands gaillards, qui se déplaçaient vite et en silence, comme des ocelots.

« Il a rappelé, monsieur Beaumont? » demanda celui qui était sorti du côté du conducteur.

Il s'appelait Stevens.

« Non, il ne s'agit pas de ça. J'étais en train d'écrire dans mon bureau lorsque j'ai cru entendre tout un paquet d'oiseaux qui s'envolaient. Ils m'ont un peu fichu la frousse. Vous ne les avez pas remarqués? »

Thad ne connaissait pas le nom du deuxième flic. Il était jeune, blond, avec l'une de ces bonnes bouilles rondes qui trahissent une excellente nature.

« Remarqués? Et comment, avec le raffut qu'ils ont fait. » Il montra le ciel, où la lune, entre les premier et deuxième quartiers, était suspendue au-dessus de la maison. « On les a vus voler juste devant la lune. Des moineaux. Un sacré vol. Il est rare de les voir voler la nuit.

— Ils venaient d'où, à votre avis? demanda Thad.

— Pour tout vous dire, répondit Bouille-ronde, je n'en sais rien. J'ai feinté la classe de surveillance des oiseaux. »

Il rit, mais l'autre Trooper ne l'imita pas.

« Un peu nerveux ce soir, monsieur Beaumont? » demanda-t-il.

Thad le regarda sans broncher.

« Oui, répondit-il. Je me sens nerveux tous les soirs, depuis quelques jours.

— Pouvons-nous faire quelque chose pour vous, maintenant, monsieur?

— Non. Je ne crois pas. Je voulais juste savoir si je n'avais pas rêvé. Bonne nuit, les gars.

— Bonne nuit », répondit Bouille-ronde.

Stevens se contenta d'un signe de tête. Sous le rebord de son Stetson d'uniforme, son regard brillait, dépourvu d'expression.

Celui-là me croit coupable, pensa Thad en remontant l'allée. *De quoi? Il l'ignore. Et probablement qu'il s'en fiche. Mais il a la tête d'un homme qui croit que tout le monde est coupable de quelque chose. Qui sait? Il a peut-être raison.*

Il referma la porte de la cuisine derrière lui et donna un tour de clé. Puis il se rendit dans le séjour et regarda de nouveau par la fenêtre. Bouille-ronde s'était réfugié dans le véhicule, mais Stevens se tenait toujours debout près de sa portière, et pendant un instant, Thad eut l'impression que le flic le regardait directement dans les yeux. C'était évidemment impossible ; avec les légers rideaux de voilage tirés, Stevens, dans le meilleur des cas, n'aurait pu deviner qu'une forme indistincte... et sans doute ne voyait-il rien.

Mais cependant, l'impression persistait.

Thad tira les doubles rideaux par-dessus le voilage et alla jusqu'au meuble faisant office de bar. Il en sortit une bouteille de Glenlivet, qui avait toujours été son scotch préféré. Il la contempla un long moment, puis la remit en place. Il avait une envie désespérée de boire, mais il n'aurait pu choisir pire moment pour se remettre à l'alcool.

Il passa dans la cuisine et se versa un verre de lait, prenant bien soin de ne pas plier les doigts de sa main gauche. Il s'en dégageait une sensation de fragilité et de chaleur.

Il arrive par vagues, pensa-t-il tandis qu'il sirotait son lait. *Ça ne dure pas longtemps — il s'est rebiffé si vite que c'en était effrayant — mais il se présente par vagues. Je crois qu'il dormait. Il aurait aussi pu rêver de Miriam, mais je ne le pense pas. Il y avait trop de cohérence là où j'ai puisé pour qu'il s'agisse d'un rêve. J'ai sans doute tapé dans la Galerie des Souvenirs inconscients de George Stark, là où tout est parfaitement noté, enregistré et classé. Et s'il se branchait sur mon inconscient, ce qu'il a peut-être fait, je me dis qu'il y découvrirait le même genre de choses.*

Il but un peu de lait et regarda la porte de la resserre.

Je me demande si je pourrais me brancher sur ses pensées éveillées... ses pensées conscientes.

A son avis, la réponse était oui, mais il pensait aussi qu'il en deviendrait lui-même plus vulnérable. Et la prochaine fois, il ne se planterait pas forcément un crayon dans la main. Ce pourrait être un coupe-papier dans la gorge.

Il ne peut pas. Il a besoin de moi.

Ouais, mais il est cinglé. Les cinglés ne se comportent pas toujours au mieux de leurs intérêts.

Il regardait la porte de la resserre, songeant que de la petite pièce, il était possible de sortir de l'autre côté de la maison.

Pourrais-je lui faire faire quelque chose? A la manière dont lui m'a fait agir?

Impossible de répondre, cette fois-ci. En tout cas, pas pour le moment. Et une expérience ratée pourrait être mortelle.

Thad finit son lait et rinça le verre qu'il plaça sur le séchoir de l'évier. Puis il passa dans la resserre. Là, entre les étagères de boîtes de conserve de droite et les étagères de produits emballés de papier à gauche, s'ouvrait une porte hollandaise en deux pans, donnant sur la grande pelouse qu'ils appelaient la cour de derrière. Il la déverrouilla, poussa les deux pans de bois; la table de pique-nique et le barbecue étaient là, montant une garde silencieuse. Il emprunta l'allée asphaltée qui courait le long de la maison et gagna finalement l'allée principale, en façade.

L'allée avait des reflets de verre noir dans la lumière incertaine de la demi-lune. Il apercevait des taches plus claires, ici et là.

Des fientes, autrement dit de la merde de moineau, pour parler crûment, pensa-t-il.

Il avança lentement sur l'allée, jusqu'à ce qu'il fût directement sous les fenêtres de son bureau. Un gros poids lourd franchit la crête, à l'horizon, et dévala la Route 15 en direction de la maison; ses phares balayèrent brièvement de leur éclat la pelouse et l'allée goudronnée. Thad eut le temps d'apercevoir, cependant, deux cadavres de moineaux gisant sur l'allée — deux minuscules boules de plumes d'où dépassaient des pattes trifides. Puis le camion disparut. Au clair de lune, les oiseaux redevinrent ce qu'ils étaient auparavant, deux petites ombres irrégulières à peine distinctes, rien de plus.

Ils étaient bien réels, songea-t-il de nouveau. *Les moineaux étaient bien réels.* Il fut repris de ce sentiment d'horreur aveugle qui le faisait se sentir souillé. Il voulut serrer les poings, mais sa main gauche réagit par un douloureux élancement. Le peu de soulagement que lui avait apporté le Percodan commençait à disparaître.

Ils étaient là. Ils étaient bien réels. Comment est-ce possible?

Il l'ignorait.

Les avait-il appelés, ou bien les avait-il créés à partir du néant?

Cela aussi, il l'ignorait. Il se sentait sûr d'une chose, cependant : les moineaux qui étaient venus cette nuit, les moineaux bien réels arrivés juste avant qu'il fût emporté par la transe, ne constituaient qu'une faible partie de tous les moineaux possibles. Peut-être même qu'une fraction microscopique.

Jamais plus... je vous en prie, jamais plus.

Il soupçonnait seulement que ce qu'il pouvait bien vouloir n'importait pas. Là était la véritable horreur; il avait trouvé l'accès à quelque terrible talent paranormal en lui-même, sans être capable de le contrôler. La seule idée d'un contrôle, dans cette affaire, relevait de la plaisanterie.

Il avait la conviction qu'ils seraient de retour avant que tout ça fût fini.

Thad frissonna et revint dans la maison. Il se glissa chez lui comme un voleur, referma la porte hollandaise derrière lui et alla se coucher, la main gauche pulsant d'élancements réguliers, non sans avoir auparavant avalé un deuxième Percodan qu'il fit passer avec l'eau du robinet.

Liz ne se réveilla pas lorsqu'il s'allongea auprès d'elle. Un moment plus tard, il se réfugiait pour trois heures dans un sommeil rugueux et troublé, dans lequel les cauchemars l'encerclaient de leurs voltes, toujours un peu hors de portée.

XIX

Stark Fait Un Achat

1

Son réveil ne fut pas un réveil.

En y songeant, il se rendit compte qu'il avait l'impression de n'avoir à aucun moment été ou endormi ou réveillé, du moins ainsi qu'on l'entend d'ordinaire. D'une certaine manière, c'était comme s'il dormait toujours et ne faisait que se déplacer d'un rêve à l'autre. Ainsi conçue, sa vie — le peu qu'il s'en souvenait — était comme un jeu de poupées russes n'en finissant jamais, ou comme s'il s'était placé entre deux miroirs se faisant face.

Ce rêve-là était un cauchemar.

Il sortit lentement du sommeil, sachant qu'il n'avait absolument pas dormi. Thad Beaumont avait réussi, il ne savait comment, à le capturer pendant un petit moment. Avait réussi, pendant un petit moment, à le plier à sa volonté. Avait-il dit des choses, en avait-il révélé, pendant que Beaumont le contrôlait? Quelque chose lui disait que oui... mais il éprouvait aussi la conviction que l'écrivain ne saurait pas les interpréter, ni faire la part entre ce qui était important et insignifiant dans ce qu'il avait pu dire.

En sortant du sommeil, il retrouva aussi la douleur.

Il avait loué un deux pièces en meublé dans l'East Village, à deux pas de l'Avenue B. Lorsqu'il ouvrit les yeux, ce fut pour se trouver assis à la table bancale de la cuisine, un carnet de notes ouvert devant lui. Une petite rigole de sang brillant s'étalait sur la toile cirée élimée qui recouvrait la table, ce qui n'avait rien de bien surprenant : une pointe Bic dépassait du dos de sa main droite.

Le rêve commença alors à lui revenir.

C'était donc ainsi qu'il avait été capable de chasser Beaumont de son esprit, la seule façon dont il avait pu rompre le lien que ce froussard merdeux avait réussi à établir entre eux. Froussard ? Oui. Mais il était aussi rusé, et ce serait une mauvaise idée de l'oublier. Une très mauvaise idée, même.

Stark se rappelait vaguement avoir rêvé que Thad était avec lui, dans son lit ; ils bavardaient à voix basse, ce qui lui avait tout d'abord semblé agréable et étrangement apaisant, comme on bavarde avec son frère une fois la lumière éteinte.

Sauf qu'ils avaient fait autre chose que bavarder, n'est-ce pas ?

Et quoi donc ? Ils avaient échangé des secrets... ou plutôt, Thad lui avait posé des questions et Stark lui avait répondu. Il avait trouvé agréable de répondre, réconfortant de répondre. Mais ça l'avait aussi inquiété. Tout d'abord, à cause des oiseaux ; pourquoi Thad ne cessait-il de lui parler d'oiseaux ? Il n'y avait pas d'oiseaux. Jadis, peut-être... il y avait très, très long-temps... mais plus maintenant. C'était juste un jeu de l'esprit, une misérable tentative pour lui ficher les boules. Puis, peu à peu, son sentiment d'inquiétude se mit à vibrer en harmonie avec ce qu'il avait de mieux affûté en lui, son instinct de survie — pour devenir de plus en plus aigu et spécifique au fur et à mesure qu'il luttait pour se réveiller. Impression qu'on lui maintenait la tête sous l'eau, qu'on le noyait...

C'est ainsi, dans cet état entre veille et rêve, qu'il s'était rendu dans la cuisine, avait ouvert le carnet de notes et pris le stylo à bille. Thad n'avait fait aucune allusion à cela ; pourquoi le mentionner, d'ailleurs ? N'écrivait-il pas lui-même, à huit cents kilomètres de là ? Le stylo à bille ne convenait pas — l'impression dans sa main était elle-même bizarre — mais il ferait l'affaire. Pour le moment.

Je tombe EN MORCEAUX, s'était-il vu écrire. A cet instant-là, il se trouvait très proche du miroir magique qui sépare le sommeil de la veille, et il lutta pour imposer ses pensées au stylo, pour imposer sa volonté sur ce qui devait et ne devait pas apparaître sur la page blanche, mais c'était dur, bon Dieu de bon Dieu, c'était si foutrement dur !

Il avait acheté la pointe Bic et une demi-douzaine de carnets de notes dans une papeterie, peu après son arrivée à New York, avant même de louer son meublé minable. Il y avait des crayons Berol dans la boutique, mais il s'était abstenu d'en acheter après l'avoir un instant envisagé. Car peu importait quel était celui des deux esprits qui avait choisi ces crayons ; c'était la main de Thad qui les tenait, et il avait besoin de savoir si c'était là un lien qu'il pouvait rompre. Il avait donc renoncé aux Berol au profit d'une pointe Bic.

S'il arrivait à écrire, et à écrire de lui-même, tout irait bien, et il n'aurait plus besoin de la misérable créature geignarde qui se terrait dans le Maine. Mais le stylo s'était révélé inutilisable pour lui. En dépit de tous ses efforts de concentration, il n'arrivait pas à griffonner autre chose que son propre nom. Il l'avait écrit et réécrit sans fin : George Stark, George Stark, George Stark — jusqu'à ce que, à la fin de la page, ne subsistassent plus que des mots méconnaissables et les gribouillis échevelés d'un élève de maternelle.

Hier, il s'était rendu dans un département spécial de la Bibliothèque municipale de New York et avait loué une heure l'une des sinistres IBM électriques grises de la salle d'écriture. L'heure lui avait paru durer cent mille ans. Il était assis dans une cabine fermée sur trois côtés et, les doigts tremblant au-dessus des touches, il avait tapé son nom, cette fois-ci en lettres capitales : GEORGE STARK, GEORGE STARK, GEORGE STARK.

Arrête ça ! s'était-il écrié pour lui-même, *Tape quelque chose d'autre, n'importe quoi, mais arrête ça !*

Il avait donc essayé. Il s'était penché sur le clavier, en sueur, et avait tapé : *Le vif renard brun bondit sur le chien paresseux.*

Sauf que lorsqu'il vérifia sur la feuille de papier, il

constata qu'il avait en fait écrit : *Le george George Stark georgestarka sur le stark starkeux.*

Il avait éprouvé le violent besoin d'arracher l'IBM à la table sur laquelle elle était boulonnée et de bondir dans la salle, la tenant comme la massue d'un moderne barbare, pour fracasser les têtes et rompre les échines : s'il ne pouvait créer, qu'il détruisît !

Au lieu de cela, au prix d'un violent effort, il avait recouvré son contrôle et était sorti de la bibliothèque, roulant la feuille inutile en boule avant de la jeter, un peu plus loin, dans une corbeille à papier du trottoir. Il se souvenait maintenant, la pointe Bic à la main, de la phénoménale fureur aveugle qu'il avait ressentie en découvrant que sans Beaumont, il était incapable d'écrire autre chose que son propre nom.

Et de la peur.

Et de la panique.

Mais il tenait toujours Beaumont, non ? Beaumont pouvait bien s'imaginer que c'était le contraire, mais peut-être... peut-être l'écrivain ne se doutait-il pas de la putain de grosse surprise qui l'attendait.

Perds, écrivit-il, et bon Dieu, il ne pouvait en dire davantage à Beaumont — ce qu'il avait déjà écrit était suffisamment catastrophique. Il se concentra de toutes ses forces pour contrôler la main traîtresse. Pour *se réveiller.*

Nécessaire COHÉSION, écrivit-elle, comme pour donner plus d'ampleur à la pensée précédente ; et soudain, Stark se vit poignarder la main de Beaumont avec le crayon. Il pensa : *Et je peux le faire, aussi. Je ne crois pas que tu pourrais le faire, toi, Thad, parce que lorsqu'on en arrive à ce stade, tu n'es plus rien qu'une mauviette, pas vrai ? Par contre, quand c'est moi qui en arrive à ce stade... je suis à la hauteur de la situation, espèce de salopard. Il est temps que tu l'apprennes, je crois.*

Du coup, alors même qu'il se sentait comme un rêve dans un rêve, alors même que le saisissait l'impression horrible et vertigineuse de perdre tout contrôle de lui-même, une partie de sa sauvage et inébranlable confiance en soi lui revint et lui permit de rompre la carapace du sommeil. Dans ce moment de triomphe où il creva la surface avant que Beaumont ne le noyât, il prit le contrôle de la pointe… et réussit finalement à écrire quelque chose avec.

Pendant un instant, un bref instant, sensation de *deux* mains étreignant deux instruments à écrire. Sensation trop nette, trop réelle pour être autre chose que telle.

Il n'y a pas d'oiseaux, écrivit-il, première phrase qu'il eût jamais rédigée en tant qu'être physique. Terriblement dur, d'écrire ; seule une créature dotée d'une détermination surnaturelle pouvait endurer les souffrances d'un tel effort. Mais une fois ces premiers mots formés, il sentit son contrôle se renforcer. La poigne de cette autre main s'affaiblit, et Stark s'engouffra dans la brèche, sans la moindre miséricorde ou hésitation.

Tu veux boire la tasse ? On va voir comment toi, tu vas aimer ça…, pensa-t-il.

Avec une bouffée de plaisir plus violente et plus satisfaisante que l'orgasme le plus puissant, il écrivit : *Y'a pas de putains d'oiseaux ! Espèce de fils de pute tire-toi de ma TÊTE !*

Alors, sans avoir pris le temps d'y réfléchir (réfléchir aurait pu se traduire par une hésitation fatale), il fit décrire à la pointe Bic un arc raccourci et plat. La pointe d'acier plongea dans sa main droite… et, à des centaines de kilomètres au nord, il sentit que Thad Beaumont avait fait un geste identique et venait d'enfoncer un Berol Black Beauty dans sa main gauche.

C'est alors qu'il se réveilla — qu'ils se réveillèrent réellement tous les deux — pour de vrai.

2

La douleur fut fulgurante et cataclysmique, mais aussi libératrice. Stark hurla et enfonça sa figure en sueur contre son bras afin d'étouffer le cri, un cri qui contenait autant de joie et de jubilation que de souffrance.

Il sentit Beaumont qui contenait son propre hurlement dans son bureau, là-haut dans le Maine. Le contact établi par Beaumont ne se rompit pas ; il se comportait plutôt comme une attache nouée à la hâte, se défaisant sous la traction d'un ultime et fantastique effort. Stark sentit (il aurait presque dit qu'il vit !) la sonde que ce salopard sournois avait jetée dans sa tête pendant son sommeil, et qui maintenant s'éloignait en se tortillant comme un ver coupé en deux.

Il tendit une main, non pas physique mais mentale, pour saisir l'extrémité de cette sonde psychique qui se rétractait. Stark se la représentait d'ailleurs comme un ver, comme un asticot gros et gras, bourré jusqu'au délire de détritus et de charogne.

Il songea à forcer Beaumont à saisir un autre crayon dans le pot en grès, pour qu'il le retournât contre lui-même — dans l'œil, cette fois. Ou peut-être dans l'oreille, profondément, pour qu'il se crevât le tympan et s'enfonçât dans la tendre matière grise au-delà. Il entendait presque Thad crier. Celui-là, il ne pourrait pas l'étouffer.

Puis il s'arrêta. Il ne voulait pas tuer l'écrivain.

Du moins, pas encore.

Pas tant qu'il ne lui aurait pas appris comment vivre par ses propres moyens.

Stark détendit lentement son poing, et sentit le poing dans lequel il retenait l'essence de Beaumont — le poing mental, qui s'était avéré aussi rapide et impitoyable que le poing physique — s'ouvrir aussi. Il sentit l'asticot rebondi et blanc qu'était l'écrivain, gluant, lui glisser des doigts, non sans vociférer et gémir.

« C'est tout pour le moment », murmura-t-il.

Puis il se tourna vers ce qu'il avait à faire d'urgent. Il referma la main gauche autour de la pointe qui dépassait de la droite, et retira délicatement le stylo. Puis il le jeta dans la corbeille à papier.

3

Une bouteille de Glenlivet était posée sur le séchoir à vaisselle en acier Inox de l'évier. Stark la prit et se rendit dans la salle de bains. Sa main droite se balançait au rythme de ses pas et projetait des gouttelettes de sang,

338

de la taille d'une pièce de cinq cents, sur le lino fané et plissé. Le trou, dans sa main, était situé à environ deux centimètres avant les premières articulations des doigts et légèrement à droite de la troisième. Il était parfaitement rond. La tache laissée par l'encre noire mêlée au sang et aux chairs traumatisées, autour du trou, lui donnait l'aspect d'une blessure par balle. Il essaya de fléchir les doigts; ceux-ci bougèrent, mais la vague de douleur à vomir qui monta en lui fut trop forte, et il renonça à pousser plus loin l'expérience.

Il tira sur la chaînette qui commandait l'éclairage, au-dessus de l'armoire à pharmacie, et la lampe de soixante watts sans abat-jour s'alluma. Il se servit du bras droit pour bloquer la bouteille de whisky contre lui, afin d'en dévisser le bouchon. Puis il tendit sa main blessée au-dessus de la cuvette. Beaumont faisait-il la même chose, dans le Maine? Il en doutait. Il ne le croyait pas capable de nettoyer ses cochonneries. Il devait déjà être en route pour l'hôpital.

Stark renversa du whisky sur la blessure et un éclair de douleur pure, métallique, lui bondit dans le bras, jusqu'à l'épaule. Il vit l'alcool faire des bulles dans la blessure, de petits filets sanguinolents dans son ambre, et dut de nouveau enfouir le visage dans la transpiration de sa chemise, au creux de son bras.

Il se dit que jamais la douleur ne s'estomperait, mais il se trompait, et elle finit par diminuer.

Il voulut poser la bouteille de whisky sur l'étagère boulonnée au carrelage, en dessous de l'armoire à pharmacie. Mais sa main tremblait trop violemment pour avoir une chance de réussir cette manœuvre, et il la déposa en fin de compte dans le bac à douche en étain. Il aurait envie d'un verre d'ici une minute ou deux.

Il éleva la main devant la lumière et regarda dans le trou. Il devinait vaguement l'ampoule à travers, comme s'il y avait eu un filtre rouge encrassé de mucosités. La pointe ne lui avait pas complètement traversé la main, mais il s'en était fallu de bigrement peu. Beaumont avait peut-être fait mieux encore.

Il pouvait toujours l'espérer.

Il laissa l'eau froide du robinet lui couler sur la main,

tendant les doigts pour écarter le plus possible les lèvres de la plaie, mobilisé de tout son corps contracté contre la douleur. Ça lui fit tout d'abord très mal — il dut retenir encore un cri entre ses mâchoires crispées et ses lèvres serrées au point de se réduire à une ligne blanche —, puis l'engourdissement le gagna et il sentit moins sa main. Il s'obligea à la maintenir pendant trois minutes sous l'eau. Enfin il ferma le robinet et la présenta de nouveau à la lumière.

Il aperçut encore la lueur de l'ampoule, mais plus ténue et distante. La plaie se refermait. Son corps paraissait posséder de stupéfiantes facultés de régénération, ce qui était plutôt amusant dans la mesure où, en même temps, il tombait en morceaux. Il perdait sa cohésion, comme il l'avait écrit. Et c'était assez bien dit.

Il se regarda fixement dans le miroir inégal et tacheté de l'armoire à pharmacie, pendant trente secondes, sinon davantage ; puis il tressaillit violemment, comme quelqu'un qui se secoue pour retourner à la réalité. Contempler son visage, qu'il connaissait si bien et qui était en même temps pour lui si neuf et si étrange, lui donnait toujours l'impression qu'il allait tomber dans une transe hypnotique. Et il se disait que c'était exactement ce qui arriverait s'il se regardait trop longtemps.

Il ouvrit alors la petite porte à miroir et fit pivoter de côté l'image, fascinante et répugnante à la fois, de sa figure. Il y avait une curieuse collection d'articles à l'intérieur de l'armoire : deux rasoirs jetables, dont l'un avait servi ; des flacons de maquillage ; un poudrier ; plusieurs morceaux d'une éponge à grain fin, couleur ivoire là où ils n'avaient pas été salis d'une nuance plus foncée par la poudre de riz ; et des cachets d'aspirine ordinaire. Pas de pansements adhésifs. Les pansements adhésifs, pensa-t-il, c'est comme les flics, jamais là quand on en a vraiment besoin. Sans importance, de toute façon ; il désinfecterait la plaie avec encore un peu de whisky (après s'être désinfecté le gosier avec une bonne rasade, bien entendu) et il enroulerait un mouchoir autour de sa main. Il ne pensait pas risquer l'infection ; il paraissait même immunisé contre elle. Amusant, ça aussi.

Il déboucha le flacon d'aspirine avec les dents, recracha le bouchon dans l'évier puis se renversa une demi-douzaine de cachets dans la bouche. Il prit le whisky dans le bac à douche et engloutit les cachets d'une longue rasade. La gnôle dégringola dans son estomac où elle s'épanouit en une réconfortante fleur de chaleur. Puis il s'en versa un peu sur la main.

Stark passa ensuite dans la chambre et ouvrit le tiroir du haut d'une commode qui avait connu des jours meilleurs — bien meilleurs. Avec le canapé-lit, elle constituait tout le mobilier de la pièce.

Ce tiroir était le seul qui contînt autre chose qu'un calfeutrage de feuilles du *Daily News* punaisées : trois paires de caleçons encore dans leur emballage d'origine, deux paires de chaussettes avec la bande du fabricant autour, une paire de Levi's et un Hav-a-Hank, également emballé. Il déchira la cellophane et enroula le mouchoir autour de sa main. Le whisky ambré déteignit à travers le tissu fin, puis une petite fleur de sang s'ajouta à la tache. Stark attendit, pour voir si elle allait s'agrandir, mais elle ne bougea pas. Bonne chose. Très bonne chose.

Beaumont avait-il pu recueillir quelques données sensorielles ? se demanda-t-il. Savait-il que George Stark se terrait actuellement dans un petit meublé minable de l'East Village, au fond d'un immeuble pourri où les cafards étaient de taille à emporter votre chèque de l'aide sociale ? Il ne le pensait pas, mais il était absurde de courir un risque quelconque, si l'on pouvait faire autrement. Il avait donné un délai d'une semaine à Thad, et même s'il savait maintenant de manière formelle que l'écrivain n'envisageait absolument pas de reprendre la plume sous le nom de Stark, il respecterait ce délai.

Après tout, c'était un homme de parole.

Beaumont allait avoir besoin d'un peu d'inspiration. L'une de ces petites lampes à souder au propane que l'on trouve dans toutes les quincailleries dirigée pendant quelques secondes sur les pieds de ses mômes devrait faire l'affaire, pensa Stark, mais cela, c'était pour plus tard. Pour le moment, il allait jouer les prolongations...

et pourquoi pas, histoire de passer le temps, en partant sans se presser vers le Nord ? Afin de se donner l'avantage du terrain, pourrait-on dire. Après tout, il avait sa voiture, la Toronado noire. Elle était dans un garage, mais il n'était pas obligé de l'y laisser. Il pouvait quitter New York demain matin. Auparavant, il avait néanmoins un achat à faire... après une petite séance de maquillage dans la salle de bains, toutefois.

4

Il prit l'un des petits pots de fond de teint liquide, la poudre, les éponges, mais avala une confortable rasade de whisky avant de commencer. Ses mains ne tremblaient plus, mais la droite l'élançait douloureusement. Cela ne le bouleversait pas particulièrement ; si sa main l'élançait, Beaumont devait être en train de hurler.

Il se regarda dans le miroir, toucha la peau en demi-lune sous son œil gauche, puis fit courir un doigt le long de sa joue, jusqu'à la commissure des lèvres. « Je perds ma cohésion », murmura-t-il ; et bon Dieu ! c'était bien la vérité.

Lorsque Stark avait vu son visage pour la première fois — agenouillé à l'extérieur du cimetière Homeland, se reflétant dans une flaque dont la surface immobile et bourbeuse était éclairée par la lune ronde et blanche du lampadaire le plus proche —, il avait ressenti de la satisfaction. Exactement comme il lui apparaissait dans ses rêves, lorsqu'il était emprisonné dans l'oubliette utérine de l'imagination de Beaumont. Il avait vu un homme aux traits agréables mais conventionnels, des traits toutefois trop massifs pour vraiment parler de beauté et attirer l'attention. Sans ce front un peu trop haut, ces yeux un peu trop écartés, il aurait eu le genre de visage sur lequel les femmes ont un regard plus appuyé. Un visage banal au point d'être indescriptible (s'il en existe) peut attirer l'attention simplement parce que aucun de ses traits n'arrête l'œil, et qu'il faut un deuxième examen pour vérifier que tant de banalité est possible. Le visage que Stark avait découvert pour la première fois dans la flaque n'atteignait pas, loin de là, ce degré. Il l'avait trouvé parfait, du genre que personne ne serait capable de décrire par la suite. Des yeux bleus... un bronzage qui était la seule chose susceptible de paraître un peu bizarre pour quelqu'un d'aussi blond... et c'était tout ! Le témoin se verrait alors obligé de parler de la largeur de ses épaules, son seul véritable caractère distinctif... cependant, les hommes taillés en armoire à glace ne manquaient pas, de par le monde.

Mais tout avait changé, maintenant ; son visage était devenu franchement étrange... et s'il ne se mettait pas à écrire rapidement, il allait le devenir encore plus. Il allait devenir grotesque.

Je perds ma cohésion, pensa-t-il à nouveau. *C'est toi qui vas arrêter ça, Thad. Quand tu commenceras le livre sur le véhicule blindé, le processus va s'inverser. Je ne sais pas comment je le sais, mais j'en suis sûr.*

Cela faisait deux semaines qu'il s'était vu pour la première fois dans la flaque, et son visage avait subi une dégradation régulière depuis. Dégradation tout d'abord subtile, au point qu'il avait pu se convaincre, au début, qu'elle était imaginaire... mais la transformation s'était accélérée, et cette position était rapidement devenue intenable. Si l'on avait comparé une photo prise quinze jours auparavant à ce qu'il était maintenant, on aurait tout de suite pensé qu'il avait été exposé à quelque bizarre rayonnement ou inondé d'un acide corrosif. On aurait dit que George Stark subissait l'effondrement spontané et concomitant de tous ses tissus mous.

Les pattes-d'oie de ses yeux, marques ordinaires de l'âge mûr telles qu'il les avait vues dans la flaque, s'étaient creusées en profonds sillons. Ses paupières s'étaient affaissées et avaient pris la texture cornée de la peau de crocodile, comme ses joues qui apparaissaient craquelées. Le bord rougi de ses paupières lui donnait cet air mélancolique d'un homme ne sachant pas qu'il est grand temps de renoncer à la bouteille. De profondes rides lui crevassaient la peau, entre le coin des lèvres et la mâchoire, donnant à sa bouche cet aspect déconcertant de menton monté sur charnière qu'ont les marionnettes de ventriloques. Ses cheveux blonds, déjà naturellement fins, s'étaient encore éclaircis et reculaient sur son crâne dont ils laissaient voir la peau rose. Des taches de cholestérol avaient fait leur apparition sur le dos de ses mains.

Il aurait pu supporter tout cela sans avoir recours au maquillage. Il paraissait vieux, après tout, et être vieux n'avait rien de remarquable. Sa vigueur semblait par ailleurs intacte. De plus, il éprouvait l'inébranlable certitude qu'une fois que Beaumont se serait remis à écrire — à écrire sous le nom de George Stark, cela va de soi — le processus s'inverserait.

Mais il atteignait le stade où ses dents branlaient dans ses gencives. Et il y avait aussi les plaies.

Il avait remarqué la première, au creux de son coude droit, trois jours auparavant ; une tache rouge avec une broderie de peau blanche et morte autour. Le genre d'ulcération qui lui rappelait la pellagre, encore endémique dans le Sud profond dans les années soixante. Avant-hier, il s'en était découvert une deuxième au cou, au-dessous du lobe de l'oreille gauche ; et deux autres hier, une à la poitrine, entre les seins, et la dernière au-dessous du nombril.

Aujourd'hui, c'était son visage qui en arborait une, à la tempe droite.

Ces plaies ne faisaient pas mal. Elles provoquaient bien une sourde et profonde démangeaison, mais c'était tout... du moins, pour ce qui était de la sensation. En revanche, elles s'étendaient rapidement. Son bras droit était maintenant d'un rouge malsain et gonflé, du pli du coude jusqu'à mi-biceps. Il avait commis l'erreur de se gratter, et la chair s'était détachée avec une écœurante facilité. Un mélange de sang et de pus jaunâtre s'était infiltré dans les sillons laissés par ses ongles, et l'ulcère avait dégagé une épouvantable odeur de gaz. Ce n'était pourtant pas une infection. Il l'aurait juré. Cela faisait davantage penser à... de la putréfaction.

A le regarder, même quelqu'un du corps médical aurait diagnostiqué un mélanome, du type de ceux que provoque une exposition prolongée à des radiations dangereuses.

Ces plaies, pourtant, ne l'inquiétaient pas outre mesure. Il supposait qu'elles finiraient par se multiplier, s'étendre, se rejoindre et le dévorer vivant... s'il ne faisait rien. Mais étant donné qu'il n'avait pas l'intention de rester les bras croisés, il n'avait aucune raison de s'inquiéter. Simplement, il perdrait de son anonymat si son visage se transformait en un volcan en éruption. D'où le maquillage.

Il appliqua avec soin la base liquide avec l'une des éponges, l'étendant du menton aux tempes : il recouvrit la rougeur qui s'était formée à côté de son sourcil droit ainsi que la nouvelle plaie qui venait juste de sortir à sa pommette gauche. Un homme maquillé à la truelle ne ressemblait à rien sur la terre du bon Dieu, avait découvert Stark, sinon à un homme maquillé à la truelle. C'est-à-dire soit à un acteur de série télévisée à la gomme, soit à un invité du *Donahue Show*. Mais tout valait mieux que de laisser les ulcères à vif, et son bronzage atténuait un peu l'effet général. Dans la pénombre, ou sous éclairage artificiel, à peine le remarquait-on. Du moins était-ce ce qu'il espérait. Il avait d'ailleurs d'autres raisons d'éviter la lumière du soleil ; il soupçonnait qu'elle ne faisait qu'accélérer la désastreuse réaction chimique dont il était le théâtre. Il devenait presque un vampire. Mais c'était très bien ; en un sens, il en avait toujours été un. *Et puis, je suis un oiseau de nuit, depuis toujours : c'est dans ma nature.*

Cette idée le fit sourire et exhiber des dents comme des crocs.

Il revissa le couvercle du maquillage liquide et commença à se poudrer. *Je commence à sentir mon odeur*, pensa-t-il, *et les autres ne vont pas tarder à la sentir aussi... C'est une odeur lourde, désagréable, celle d'un morceau de viande ayant passé la journée au soleil. Pas bon ça, les aminches. Pas bon du tout.*

« Thad, tu écriras », dit-il en se regardant dans la glace. « Mais avec un peu de chance, tu n'auras pas à le faire longtemps. »

Il élargit son sourire ; l'une de ses incisives était noire et morte.

« J'apprends vite. »

A dix heures et demie, le lendemain, un libraire de Houston Street vendit trois boîtes de crayons Berol Black Beauty à un homme de haute taille et large d'épaules, habillé d'une chemise à carreaux, d'un jean et de lunettes de soleil énormes. L'homme avait également le visage tartiné de maquillage, remarqua le libraire — sans doute les restes d'une nuit passée à courir les bars sado-maso. Et aux effluves qu'il dégageait, se dit-il aussi, il avait dû non pas s'asperger d'eau de Cologne, mais se baigner dedans, sans pourtant que le parfum parvînt à dissimuler l'ignoble odeur que dégageait cette armoire à glace. Le libraire pensa fugitivement — très fugitivement — à lancer une vanne, puis se retint. Le type puait mais n'avait pas l'air d'une mauviette. Et grâce à Dieu, la transaction fut courte. Après tout, la tapette n'achetait que des crayons, pas une Rolls.

Autant lui foutre la paix.

Stark ne fit qu'un court arrêt au meublé de l'East Village pour fourrer ses quelques affaires dans le sac de marin qu'il avait acheté dans un magasin de surplus militaires, lors de son premier jour dans la vieille Grosse Pomme véreuse. S'il n'y avait pas eu la bouteille de scotch, il n'aurait sans doute pas pris la peine de revenir.

En escaladant les trois marches du porche, il passa à côté de trois cadavres de moineaux, sans les remarquer.

Il quitta l'Avenue B à pied, mais n'eut pas à marcher longtemps. Un homme déterminé, avait-il découvert, peut toujours trouver un moyen de locomotion, s'il en a vraiment besoin.

XX

Délai Expiré

1

On se serait cru à la fin juillet plutôt qu'au milieu du mois de juin, le jour où arriva à son terme le délai fixé à Thad Beaumont. Il parcourut les vingt-huit kilomètres qui le séparaient de l'université du Maine sous un soleil de chrome embrumé, l'air conditionné à fond en dépit de son incidence catastrophique sur la consommation d'essence de la Suburban. Une Plymouth de couleur sombre le suivait. Jamais à moins de deux véhicules de distance, jamais à plus de cinq. Si une voiture se glissait dans leur convoi, à un carrefour ou dans une zone scolaire, comme à Veazie, la Plymouth sombre la doublait rapidement ; et si ce n'était pas immédiatement faisable, l'un des anges gardiens de Thad enclenchait le gyrophare. Quelques éclairs suffisaient.

Thad conduisait essentiellement avec sa main droite, ne se servant de la gauche qu'en cas de nécessité absolue. Cette dernière allait mieux maintenant, mais elle lui faisait souffrir le martyre s'il pliait les doigts trop brusquement, et il se prit à compter les dernières minutes de la dernière heure entre deux prises de Percodan.

Liz aurait préféré qu'il n'allât pas à l'université, aujourd'hui, tout comme les Troopers assignés à sa garde. Pour ces derniers, la raison était simple : ils ne voulaient pas scinder leur équipe de surveillance. Pour Liz, les choses étaient un peu plus complexes. Elle lui avait parlé de sa main : la plaie pouvait se rouvrir pendant qu'il conduirait. Mais dans ses yeux, il y avait un message différent. Dans ses yeux, on lisait un nom — George Stark.

Mais pourquoi diable faut-il que tu ailles à la boutique précisément aujourd'hui ? avait-elle protesté — et c'était une question à laquelle il avait dû se préparer, car le semestre était fini, depuis même un certain temps, et il n'assurait aucun cours d'été, cette année. L'argument qu'il avait finalement choisi, c'était les dossiers des candidats à la licence. Soixante étudiants s'étaient inscrits dans le cours d'écriture créative débouchant sur ce diplôme. Deux fois plus que ceux qui s'y étaient inscrits à l'automne précédent, mais (élémentaire, mon cher Watson) le monde (y compris ceux qui postulaient aux diplômes de l'université du Maine), à l'automne dernier, ignorait que Thad Beaumont, cette vieille barbe, se trouvait être également George Stark, ce peu recommandable individu.

Il avait donc dit à Liz qu'il voulait retirer ces dossiers et commencer à les éplucher, afin de sélectionner quinze étudiants sur les soixante — le maximum qu'il pouvait prendre (soit probablement quatorze de plus que l'idéal) dans un cours d'écriture créative.

Elle avait évidemment voulu savoir pour quelle raison il ne pouvait remettre ce travail à plus tard, au moins jusqu'en juillet, et lui avait rappelé (toujours évidemment) qu'il avait attendu la mi-août l'an dernier pour le faire. Il avait alors argué du nombre considérable des demandes, ajoutant, drapé dans son sens du devoir, ne pas vouloir faire une habitude de sa paresse de l'été dernier.

Elle avait fini par renoncer à protester, non point parce que ses arguments l'avaient convaincue, il s'en doutait bien, mais parce qu'elle avait compris qu'il était décidé à y aller, de toute façon. En outre, elle savait aussi bien que lui qu'il faudrait bien un jour ou l'autre recommencer à sortir ; rester à la maison jusqu'à ce que l'on ait tué ou capturé George Stark ne leur souriait guère. Mais dans les yeux de Liz, il avait lu peur, inquiétude, tristesse.

Thad les avait embrassés, elle et les enfants, puis était

parti rapidement. Elle avait eu l'air sur le point de fondre en larmes, et s'il avait été encore à la maison quand la première avait coulé, il serait resté.

Ce n'était évidemment pas les dossiers d'inscription. Mais l'expiration du délai.

Il s'était réveillé, ce matin-là, plein d'une peur sourde, une sensation aussi désagréable que des crampes d'estomac. George Stark l'avait appelé le 10 juin au soir et lui avait donné une semaine pour se mettre au roman sur l'attaque du fourgon blindé. Il n'en avait pas écrit la première ligne... mais il voyait de plus en plus clairement comment il pourrait construire le livre au fur et à mesure que les jours passaient. Il en avait même rêvé une ou deux fois. Ce qui l'avait changé agréablement du cauchemar dans lequel il visitait sa propre maison déserte, faisant exploser tous les objets qu'il touchait. Ce matin, néanmoins, sa première pensée avait été de se dire, *Le délai. Le délai expire aujourd'hui.*

Ce qui signifiait qu'il était temps de parler de nouveau avec George, aussi peu qu'il en eût envie. Qu'il était temps de mesurer à quel point George serait en colère. Heu... Il pensait connaître la réponse à cette question. Mais il était également possible que s'il se montrait très en colère, en colère au point de ne plus se contrôler, et que si Thad réussissait à le piquer et à le rendre fou de rage, ce vieux renard de George commît une faute, laissât échapper un mot de trop.

Perdre sa cohésion.

Quelque chose disait à Thad que George avait déjà commis un faux pas lorsqu'il avait laissé la main de l'écrivain faire intrusion dans son journal. Faux pas révélateur, à condition que Thad ne se trompât pas dans l'interprétation de ce qu'il avait écrit. Il avait bien une idée... mais il n'en était pas sûr. Et la moindre erreur, sur ce point, pouvait signifier plus que sa propre mort.

C'est ainsi qu'il s'était retrouvé en route pour l'université, en route pour rejoindre son bureau du bâtiment où étaient réunis mathématiques et anglais. Non pas pour y récupérer des dossiers de candidature — il les prendrait néanmoins — mais parce qu'il y avait un téléphone dans son bureau. Parce que ce téléphone n'était pas sur écoute. Parce qu'il fallait faire quelque chose. Parce que le délai venait d'expirer.

Jetant un coup d'œil sur sa main gauche, posée sur le volant, il pensa (ce n'était pas la première fois au cours de cette longue, trop longue semaine) que le téléphone n'était pas le seul moyen d'entrer en contact avec George. Il se l'était prouvé... mais à quel prix ! Pas seulement le prix de l'abominable douleur ressentie quand il avait plongé un crayon taillé dans sa propre main ou l'horreur d'être spectateur dans un acte d'auto-mutilation, alors que son corps était passé sous le contrôle de Stark — ce vieux renard de George, qui semblait être le fantôme d'un homme n'ayant jamais existé. Non, c'est avec son esprit qu'il avait payé le prix fort ; la venue des oiseaux avait été le prix fort — sa terreur, lorsqu'il avait compris que les forces en jeu étaient bien plus grandes et incompréhensibles que le seul phénomène de George Stark.

Les moineaux, il en était de plus en plus sûr, signifiaient la mort. Mais pour qui ?

Il était terrifié à l'idée de devoir affronter les moineaux afin d'entrer de nouveau en contact avec George.

Et il pouvait les voir arriver ; arriver à ce point médian mystique de ce qui les reliait, ce lieu où il aurait inévitablement à combattre George Stark pour le contrôle de l'âme qu'ils se partageaient.

Et il redoutait de savoir qui gagnerait le combat, en un tel lieu.

2

Alan Pangborn se trouvait dans son bureau — le bureau du shérif du comté de Castle Rock, dans une aile des bâtiments municipaux de la ville. Pour lui aussi la semaine avait été longue et stressante... ce qui n'avait rien de nouveau. Une fois que l'été commençait, dans le secteur, c'était toujours comme ça. Le maintien de l'ordre entre le Memorial Day et le Labour Day tenait toujours du délire, avec l'arrivée des vacanciers.

Tout avait commencé par un superbe accident impliquant quatre voitures sur la Route 117, cinq jours auparavant ; le carnage (motif : ivresse au volant) avait fait deux morts et quelques blessés. Deux jours plus tard, Norton Briggs frappait sa femme avec une poêle à frire, l'étendant pour le compte sur le sol de la cuisine. Norton avait fichu d'innombrables raclées à son épouse au cours de leurs vingt années (agitées) de mariage, mais il avait apparemment cru l'avoir tuée, ce jour-là. Il rédigea une courte note, bourrée de plus de fautes d'orthographe que de remords, puis se suicida d'un coup de revolver. Lorsque sa femme, pas vraiment très futée non plus elle-même, s'était réveillée et avait trouvé le cadavre à demi refroidi de son bourreau à côté d'elle, elle n'avait rien trouvé de mieux que de tourner le robinet du gaz et de mettre la tête dans le four. Les services d'urgence d'Oxford l'avaient tirée de là — de justesse.

Deux gosses de New York s'étaient éloignées de la villa de vacances louée par leurs parents, à Castle Lake, et avaient fini par se perdre dans les bois, exactement comme Hansel et Gretel. On les avait retrouvés huit heures plus tard, apeurés mais sains et saufs. John LaPointe, le deuxième adjoint d'Alan, était hors service et couché chez lui, le corps en feu, pour s'être involontairement frotté au cours des recherches à du sumac vénéneux, plante à côté de laquelle les orties font de vraies caresses. Bagarre entre deux vacanciers se disputant le dernier exemplaire du *New York Times* chez le marchand de journaux ; autre bagarre dans le parking du Mellow Tiger (cause indéterminée) ; un pêcheur peu doué s'était arraché la moitié de l'oreille gauche en voulant faire un lancer acrobatique dans le lac ; trois affaires de vol à l'étalage ; et une petite affaire de drogue à l'Universe, le salon de billard faisant aussi arcade de jeux vidéo de Castle Rock.

Autrement dit, une semaine typique de juin, une sorte de grande fête de lancement pour l'été. Ça promettait. Alan avait tout juste eu le temps de boire une tasse de café à chaque fois qu'il s'était assis. Ce qui ne l'avait pas empêché de penser et repenser à Thad et Liz Beaumont... ainsi qu'à l'homme qui les hantait. L'homme qui avait tué Homer Gamache. Alan avait appelé les flics de New York à plusieurs reprises — il y avait un certain lieutenant Reardon qui devait le maudire, à l'heure actuelle — mais ils n'avaient rien eu de nouveau à lui signaler.

En arrivant, Alan avait trouvé son bureau exceptionnellement calme, cet après-midi. Sheila Brigham n'avait aucun message des patrouilles à lui communiquer, et Norris Ridgewick s'offrait une petite sieste dans son fauteuil, les pieds sur le bureau, à l'extérieur de la cellule de garde à vue. Alan aurait dû le réveiller — si jamais Danforth Keeton, le conseiller municipal chargé des finances, le trouvait comme ça, il allait en faire une maladie — mais il ne s'en sentit pas le cœur. Norris avait eu une semaine chargée, lui aussi. C'était lui qui avait eu la responsabilité de faire évacuer les crapauds écrasés de la route 117, après l'accident, et il avait fait un sacré bon boulot, en dépit d'un estomac ayant tendance à jouer au yo-yo.

Assis derrière son bureau, Alan faisait des ombres chinoises dans une tache de soleil qui se promenait sur le mur... et ses pensées revinrent une fois de plus à Thad Beaumont. Après avoir reçu le feu vert de l'écrivain, le Dr Hume avait appelé Alan pour lui dire que les examens neurologiques de Thad étaient négatifs. Rien de spécial. Du coup, le shérif était une fois de plus revenu au Dr Hugh Pritchard, l'homme qui avait opéré Thaddeus Beaumont, alors âgé de onze ans et à encore un bon bout de chemin de la célébrité.

Un lapin passa en sautillant dans la tache de soleil. Il fut suivi par un chat; un chien vint chasser le chat.

Laisse tomber. C'est délirant.

Délirant? Aucun doute. Et bien entendu, il pouvait laisser tomber. Il n'allait pas tarder à se produire une nouvelle crise; pas besoin d'être parapsychologue pour le prévoir. Ainsi allait la vie à Castle Rock, pendant l'été. On était tellement occupé, la plupart du temps, qu'on n'avait même plus une seconde pour penser. Et parfois, c'était une chance de ne pas penser.

A la suite du chien vint un éléphant dont la trompe était l'index gauche de Pangborn.

« Et merde », dit-il en attirant le téléphone à lui, tandis que de son autre main il retirait son portefeuille de sa poche-revolver. Il appuya sur le bouton qui faisait automatiquement le numéro de la police, à Oxford, et demanda au standardiste si Henry Payton, le chef du service de police judiciaire, était là. Il y était. Alan eut tout juste le temps de penser que la journée était peut-être calme aussi pour eux, et Henry fut en ligne.

« Qu'est-ce que je peux faire pour vous, Alan ?

— Je me demandais », répondit celui-ci, « si vous ne pourriez pas appeler les Rangers chargés de la surveillance du parc, à Yellowstone, pour moi. Je peux vous donner le numéro. »

Il regarda le bristol, légèrement surpris. Cela faisait presque une semaine que l'assistance à l'annuaire lui avait communiqué ce numéro ; il l'avait noté sur le dos d'une carte de visite, et ses doigts avaient pêché celle-ci presque d'eux-mêmes.

« Yellowstone ? » fit Henry, d'un ton amusé. « C'est pas le coin où traîne Yogi le gentil nounours ?

— Non, ça c'est à Disneyland et de toute façon, ce n'est pas l'ours qui est soupçonné. Du moins, pour autant que je sache. J'ai besoin de parler à un type qui y fait du camping en ce moment, Henry. Heu... je ne sais pas si j'en ai vraiment *besoin*, mais ça me mettrait l'esprit en repos. J'ai comme une impression de boulot inachevé.

— Quelque chose à voir avec Homer Gamache ? »

Alan changea le combiné d'oreille, et se mit à jouer machinalement avec la carte de visite qui portait le numéro de téléphone du chef des Rangers de Yellowstone.

« Oui », finit-il par répondre, « mais si vous me demandez de vous expliquer pour quelle raison, vous allez me prendre pour un cinglé.

— Une vague intuition, c'est ça ?

— Oui. » Et il fut surpris de découvrir qu'il avait bien une intuition — sauf qu'il ne savait pas très bien de quoi. « L'homme à qui je veux parler est un chirurgien à la retraite du nom de Hugh Pritchard. Il campe avec sa femme. Le chef des Rangers doit sans doute savoir dans quel coin ils se trouvent : si j'ai bien compris, il faut donner son identité à l'entrée. A mon avis, ils ne doivent pas être très loin d'un téléphone ; ils ont plus de soixante-dix ans tous les deux. Si vous, vous appeliez le chef des Rangers, il leur transmettrait probablement le message.

— En d'autres termes, vous pensez qu'un chef des Rangers prendra plus au sérieux le responsable d'une brigade criminelle de la police d'État que le shérif de Trifouillis-les-Oies.

— On ne peut plus diplomatique comme formule, mon cher Henry. »

Henry Payton eut un rire ravi.

« Je ne vous le fais pas dire, n'est-ce pas ? Bon, eh bien je vais vous dire, Alan. D'accord pour vous donner un petit coup de main, dans la mesure où ça en reste là, et tant que vous...

— Non, c'est tout », le coupa Alan, mais avec gratitude. « Je ne désire rien d'autre.

— Attendez une minute, je n'ai pas fini. Tant que vous comprendrez que je ne peux pas appeler sur le réseau de la police. Le capitaine regarde ça de près, mon vieux. De très près. Et s'il tombe sur cet appel, il va vouloir savoir pour quelle raison je dépense l'argent des contribuables pour faire bouillir votre marmite. Vous me suivez ? »

Alan poussa un soupir résigné.

« Vous pourrez vous servir de mon numéro personnel de carte de crédit. Et dire au chef des Rangers de ne pas faire payer l'appel à Pritchard. Je le réglerai sur mon compte personnel. »

Il y eut un silence à l'autre bout du fil, et Henry prit un ton plus sérieux pour répondre :

« C'est quelque chose de vraiment important pour vous, n'est-ce pas, Alan ?

— Oui. Je ne sais pas pourquoi, mais c'est important. »

Deuxième silence. Alan devinait que Henry Payton faisait un gros effort pour ne pas lui poser de questions ; finalement, ce fut le bon Payton qui l'emporta — ou peut-être tout simplement, pensa Pangborn, le Payton pratique.

« D'accord, dit-il, je vais faire cet appel. Je dirai au chef des Rangers que vous voulez parler à ce Hugh Pritchard à propos d'une enquête criminelle en cours dans le comté de Castle, Maine. Quel est le nom de sa femme ?

— Helga.

— D'où sont-ils ?

— De Fort Laramie, dans le Wyoming.

— Très bien, shérif. Et maintenant, le plus dur : quel est le numéro de votre carte de crédit téléphonique ? »

Avec un soupir, Alan le lui donna.

Une minute plus tard, le défilé d'ombres chinoises reprenait dans la tache de soleil, sur le mur.

Jamais ce type ne va rappeler, pensa-t-il. *Et s'il rappelle, il ne sera pas fichu de me dire le moindre truc utile. Et comment le pourrait-il ?*

Henry Payton, cependant, avait eu raison sur un point ; il avait une intuition. Une intuition de *quelque chose*. Et elle ne voulait pas s'en aller.

3

Pendant cet échange des deux policiers, Thad Beaumont se garait dans le parking de l'université et descendait de voiture en prenant bien soin de ne pas heurter sa main gauche. Il resta immobile pendant quelques instants, humant l'air du jour et l'inhabituelle ambiance paisible et somnolente qui régnait sur le campus.

La Plymouth foncée se rangea à côté de la Suburban, et les deux armoires à glace qui en descendirent dissipèrent aussitôt le rêve de tranquillité auquel il était sur le point de s'abandonner.

« Je monte simplement quelques minutes dans mon bureau, leur dit Thad. Vous pouvez rester ici en bas, si vous voulez. »

Il eut un coup d'œil en direction de deux filles qui passaient d'un pas nonchalant, se rendant sans doute au bâtiment administratif en vue d'une inscription aux cours d'été. L'une portait un débardeur et un short, et l'autre une minijupe dont l'ourlet s'arrêtait à un battement (affolé) de cœur d'homme des fesses.

« Pourriez profiter du spectacle. »

Les deux Troopers s'étaient tournés pour suivre les filles des yeux, comme s'ils avaient eu la tête montée sur un invisible pivot. Puis le responsable de la patrouille — Ray Garrison ou Roy Harriman, Thad ne savait pas très bien — revint à Thad et répondit, d'un ton de regret :

« On ne détesterait pas ça, monsieur, mais il vaut mieux que nous vous accompagnions.

— Vous savez, c'est juste au premier…

— Nous attendrons dans le couloir.

— Vous ne vous imaginez pas à quel point tout ça commence à me déprimer, les gars, dit Thad.

— Les ordres », répliqua Garrison-ou-Harriman. Il était clair que pour lui, la dépression — ou le bonheur — de Thad comptait pour moins que rien.

« Ouais, fit Thad. Les ordres. »

Il se dirigea vers la porte latérale. Les deux flics le suivirent à une distance de douze pas, environ, ayant encore plus l'air de flics, dans leurs habits civils, que s'ils avaient été en uniforme, songea Thad.

Après l'air chaud et humide mais calme de l'extérieur, l'atmosphère climatisée frappa Thad comme une gifle. Il eut instantanément l'impression que sa chemise gelait contre sa peau. Le bâtiment, si animé et grouillant de vie pendant l'année académique, de septembre à mai, avait quelque chose d'une maison hantée par cet après-midi de week-end de fin de printemps. Il retrouverait une partie de son activité lundi, avec le début de la première session intensive de trois semaines ; mais pour aujourd'hui, Thad se sentait presque soulagé d'avoir ses deux gardes du corps avec lui. Il se dit que le premier étage, où se trouvait son bureau, risquait d'être entièrement désert, ce qui aurait au moins l'avantage de ne pas avoir à expliquer la présence de ses deux encombrants et attentifs amis.

L'étage, en fait, ne se révéla pas complètement désert, mais il s'en sortit bien tout de même. Rawlie DeLesseps regagnait son bureau, arrivant sans doute de la salle des profs du département d'anglais. Il déambulait à sa manière habituelle, c'est-à-dire comme un type qui vient de recevoir un solide coup de massue entre les deux oreilles ayant mis à mal sa mémoire et son contrôle moteur. Il se déplaçait avec de paresseux zigzags d'un bord à l'autre du corridor, examinant au passage les dessins humoristiques, les poèmes ou les annonces punaisés au tableau d'affichage des bureaux fermés de ses collègues. Il se rendait peut-être à son bureau, il avait l'air de se rendre à son bureau, mais quelqu'un qui l'aurait bien connu aurait probablement refusé de parier un dollar là-dessus. Ses mâchoires mordaient le tuyau d'une grosse pipe jaune ; il avait les dents moins jaunes que son brûle-gueule, mais de peu. La pipe était éteinte, et cela depuis la fin de 1985, lorsque son médecin lui avait interdit le tabac à la suite d'une petite crise cardiaque. *De toute façon*, expliquait Rawlie de sa voix douce au ton distrait, lorsqu'on lui demandait le pourquoi de cette pipe, *je n'ai jamais tellement aimé fumer. Mais si je ne sentais pas le tuyau entre mes dents… eh bien, je serais aussi perdu qu'un aveugle sans son chien.* Ce qui ne l'empêchait pas de donner l'impression, la plupart du temps, de ne pas savoir où il allait ni ce qu'il allait y faire, comme aujourd'hui. Certaines personnes avaient mis des années à découvrir que Rawlie n'était pas le doux dingue érudit qu'il avait l'air d'être. D'autres ne s'en aperçurent jamais.

« Salut, Rawlie », dit Thad, tandis qu'il cherchait la bonne clé sur son trousseau.

Rawlie cilla, regarda quelques instants les deux hommes qui se tenaient derrière Thad, décida de les ignorer et revint sur son collègue.

« Salut, Thaddeus, répondit-il. Je croyais que vous ne donniez pas de cours d'été, cette année.

— Je n'en donne pas.

— Mais alors, quelle mouche vous a piqué de choisir, entre tous les endroits possibles, de venir passer cette première journée de canicule dans votre bureau ?

— Je viens simplement prendre les dossiers d'inscription de licence, répondit Thad. Je ne vais pas rester ici plus longtemps qu'il ne faut, croyez-moi.

— Qu'est-ce que vous vous êtes fait à la main ? Elle est toute bleue jusqu'au poignet !

— Eh bien... », commença Thad, un peu gêné.

Il avait l'air d'un ivrogne ou d'un idiot, sinon des deux, avec cette histoire... mais elle restait néanmoins infiniment plus facile à faire passer que la vérité. Il avait eu l'amer plaisir de constater que la police l'avait avalée aussi aisément que Rawlie le faisait en ce moment — personne ne lui avait demandé comment il avait pu être maladroit au point de se coincer lui-même la main dans la porte d'un placard.

Il avait trouvé instinctivement la bonne histoire à raconter — même au comble de la douleur, il savait déjà ce qu'il dirait. La maladresse faisait partie de son personnage, et on n'en attendait pas moins de lui. Même démarche que lorsqu'il avait raconté au journaliste de *People* que George Stark était né à Ludlow au lieu de Castle Rock, et qu'il écrivait à la main pour ne jamais avoir appris à taper à la machine.

Il n'avait même pas essayé de mentir à Liz... mais exigé, en revanche, qu'elle gardât le silence sur ce qui s'était réellement passé, ce qu'elle avait accepté. A condition — elle avait été très ferme là-dessus — qu'il ne tentât pas de contacter Stark de nouveau. Il lui avait volontiers fait cette promesse, sachant toutefois qu'il ne serait peut-être pas en mesure de la tenir. Il soupçonnait que tout au fond d'elle-même, Liz s'en doutait plus ou moins.

Rawlie le regardait maintenant avec un véritable intérêt.

« Dans une porte de placard ! s'étonna-t-il. Merveilleux. Vous jouiez à cache-cache, sans doute ? Ou bien était-ce quelque étrange rite sexuel ? »

Thad sourit.

« J'ai renoncé aux étranges rites sexuels en 1981, sur le conseil des médecins. En réalité, je ne prêtais pas attention à ce que je faisais. J'avoue qu'on se sent un peu bête, dans ces cas-là.

— Je veux bien le croire », répondit Rawlie avec un clin d'œil.

Un clin d'œil à peine perceptible, léger cillement d'une paupière gonflée et plissée par l'âge... mais d'un clin d'œil bien réel tout de même. Croyait-il avoir berné Rawlie ? Quand les poules auront des dents...

Soudain, une idée traversa l'esprit de Thad.

« Dites-moi, Rawlie, dirigez-vous toujours ce séminaire sur les mythes et le folklore ?

— Tous les automnes, Thaddeus. Comment, vous ne lisez pas le répertoire de votre propre département ? Baguettes de sourciers, sorcières, panacées, sortilèges et mauvais œil. Il est toujours aussi couru. Pourquoi cette demande ? »

Il existait une réponse sur mesure à ce genre de questions, avait découvert Thad. L'avantage unique d'être écrivain était de pouvoir répondre à toutes les formes d'inquisition :

« Oh, j'ai une idée de scénario pour un livre », dit-il, ajoutant : « Je n'en suis qu'au stade préparatoire, mais je tiens peut-être quelque chose.

— Que voulez-vous savoir ?

— Est-ce que, à votre connaissance, les moineaux ont une signification quelconque dans les superstitions ou les mythes folkloriques américains ? »

Le front de Rawlie se plissa jusqu'à évoquer le relief de quelque planète étrangère peu favorable à la vie humaine. Il mordilla le tuyau de sa pipe.

« Rien ne me vient à l'esprit, pour le moment, Thaddeus... mais je me demande si c'est bien pour cette raison que ça vous intéresse. »

Les poules n'ont toujours pas de dents, pensa de nouveau Thad.

« Eh bien, peut-être pas, Rawlie, peut-être pas. Disons que je n'ai pas le temps d'expliquer pour quelle raison cette question m'intéresse. (Il eut un bref coup d'œil en direction de ses chiens de garde.) Je suis un peu pressé, aujourd'hui. »

Le plus fugitif des sourires vint effleurer de son tremblement les lèvres de Rawlie.

« Je crois comprendre. Les moineaux... des oiseaux pourtant tellement communs. Trop pour avoir de profondes connotations magiques, je dirais. Pourtant... maintenant que j'y pense... il y a quelque chose. Sauf que je l'associe avec l'engoulevent. Laissez-moi vérifier. Restez-vous ici un moment ?

— Pas plus d'une demi-heure, j'en ai peur.

— Oh, je vais peut-être trouver quelque chose tout de suite dans le Barringer. *Foklore of America*. Il ne vaut guère mieux qu'un livre de recettes de superstitions, mais il reste assez pratique. Je peux toujours vous appeler.

— Oui, bien entendu.

— Délicieuse soirée que vous nous avez donnée avec Liz, pour le départ de Tom Carroll. Évidemment, c'est toujours chez vous que se donnent les meilleures soirées. Votre femme est vraiment trop charmante pour n'être qu'une femme, Thaddeus. Elle devrait être votre maîtresse.

— Trop aimable. C'est peut-être vrai.

— Gonzo Tom », continua Rawlie avec émotion. « C'est dur de se dire que Gonzo Tom Carroll vogue maintenant sur les eaux grises de la retraite. Plus de vingt ans que je l'entendais lâcher des pets fracassants dans le bureau à côté. Je suppose que son successeur sera plus silencieux. Ou au moins plus discret. »

Thad éclata de rire.

« Wilhelmina s'est aussi beaucoup amusée », continua Rawlie avec un plissement d'yeux espiègle.

Il savait parfaitement bien les sentiments que Liz et Thad éprouvaient pour « Appelez-moi-tout-simplement-Billie ».

« Eh bien, c'est parfait », concéda Thad, même s'il trouvait que « s'amuser » et « Billie Burks » étaient des concepts s'excluant mutuellement. Mais comme elle et Rawlie leur avaient valu l'alibi en béton dont il avait eu le plus grand besoin, il aurait dû s'estimer content qu'elle fût venue. « Et si jamais vous trouvez quelque chose sur ce truc...

— Oui, les moineaux et leur place dans le monde invisible », le coupa Rawlie avec un signe de tête vers les deux policiers, qui n'avaient pas bronché : « Bonne journée, messieurs. »

Il les contourna et reprit la direction de son bureau, d'une démarche un peu plus décidée. Enfin, légèrement plus décidée.

Thad le regarda s'éloigner, amusé.

« Qu'est-ce que c'est que *ça* ? demanda Garrison-ou-Harriman.

— DeLesseps, murmura Thad. Agrégé de grammaire et folkloriste amateur.

— M'a l'air du genre de type qui a besoin d'une carte et d'une boussole pour rentrer chez lui », remarqua l'autre flic.

Thad s'avança jusqu'à la porte de son bureau et mit la clé dans la serrure.

« Il est plus éveillé qu'il n'en a l'air », répondit-il en ouvrant la porte.

Il ne se rendit compte que Garrison-ou-Harriman était à côté de lui, une main dans la veste de son costume à la coupe spéciale « grand gabarit », que lorsqu'il eut allumé le plafonnier. Thad ressentit une bouffée de peur rétrospective, mais son bureau était vide, bien entendu. Vide et si impeccablement net, après l'amoncellement d'une année, régulier et paisible, de dossiers et de livres, qu'il en paraissait mort.

Sans la moindre raison apparente, il éprouva brusquement une puissante bouffée nostalgique pour la maison — une douloureuse sensation de manque, un véritable chagrin de ne pas être avec les siens. C'était comme dans un rêve. Comme s'il était venu ici faire ses adieux.

Arrête de faire l'idiot comme ça, se tança-t-il lui-même, tandis qu'une autre partie de son esprit répondait calmement : *Le délai est expiré, et je crois que tu as commis une très grave erreur en n'essayant pas au moins de faire ce que ce type voulait que tu fasses. Un soulagement temporaire vaut mieux que pas de soulagement du tout, non ?*

« Si vous voulez du café, dit Thad, vous en trouverez à la salle des profs. La cafetière sera pleine, je connais Rawlie.

— Où, cette salle ? » demanda le collègue de Garrison-ou-Harriman.

« De l'autre côté du corridor, à deux portes d'ici », répondit Thad, qui déverrouilla son classeur. Il se tourna vers les flics et leur adressa un sourire qu'il sentit rien de moins que crispé. « Je crois que vous m'entendrez si je crie.

— Arrangez-vous pour crier, si quelque chose arrive, répliqua Garrison-ou-Harriman.

— Je le ferai.

— Je pourrais envoyer Manchester chercher le café, mais j'ai comme l'impression que vous préféreriez être seul.

— Eh bien oui. Maintenant que vous le dites.

— Très bien, monsieur Beaumont. » Le policier regardait Thad, l'air sérieux, et l'écrivain se souvint soudain que son nom était Harrison. Comme l'ex-Beatle. Comment avait-il pu l'oublier ? « Tout ce que je vous demande, c'est de bien vous souvenir comment tous ces gens, à New York, sont morts d'une overdose de solitude. »

Oh ? Et moi qui croyais que Phyllis Myers et Rick Cowley étaient morts en compagnie de policiers. Il faillit faire cette réponse à voix haute, mais s'en abstint. Ces deux hommes, après tout, ne faisaient que leur devoir.

« Détendez-vous, sergent Harrison, dit-il. Le bâtiment est tellement calme, aujourd'hui, qu'on entendrait un Sioux marcher pieds nus.

— D'accord. Nous serons de l'autre côté, dans la salle-comme-vous-dites.

— La salle des profs.

— Oui. »

Ils quittèrent le bureau, et Thad ouvrit le tiroir du classeur marqué ADM. LIC. Il revoyait Rawlie DeLesseps lui adresser ce clin d'œil rapide et discret, sans cesser d'entendre la voix qui lui rappelait l'expiration du délai. Qu'il était maintenant passé du côté des ténèbres. Celui où rôdent les monstres.

4

Le téléphone ne sonnait toujours pas.

Allez, *vas-y*, lui intimait-il mentalement tout en empilant les dossiers de candidature à côté de sa machine à écrire, une IBM Selectric fournie par l'université. *Mais vas-y donc, vas-y, tu vois bien que je suis ici à côté d'un téléphone qui n'est pas sur écoute, George, appelle, donne-moi un coup de fil, donne-moi les dernières nouvelles.*

Mais l'appareil gardait le silence.

Il prit conscience d'examiner un tiroir de classeur dans lequel il avait fait mieux que le tri : il était entièrement vide. Dans sa préoccupation, il avait pris tous les dossiers, et pas seulement ceux des candidats à la licence en écriture créative. Il avait même sorti les photocopies des candidats au Certificat de grammaire transformationnelle, *Les Évangiles selon Noam Chomsky*, traduits par le Doyen-à-la-Pipe-Éteinte, Rawlie DeLesseps lui-même.

Thad alla jusqu'à sa porte et regarda dans le couloir. Harrison et Manchester se tenaient dans l'encadrement de celle de la salle des profs, une tasse de café à la main. Dans leurs paluches comme des jambonneaux, les récipients avaient l'air de tasses à moka italiennes. Thad leva la main ; Harrison en fit autant et lui demanda s'il en avait encore pour longtemps.

« Cinq minutes », répondit Thad.

Les deux flics acquiescèrent.

Il revint à son bureau, tria les dossiers qui le concernaient et commença à replacer les autres dans le tiroir du classeur, aussi lentement que possible, pour donner au téléphone le temps de sonner. Mais l'appareil restait muet. Il entendit bien une sonnerie, un peu plus loin dans l'aile, bruit étouffé par la porte fermée — et inquiétant dans le silence inhabituel qui régnait. *George a peut-être un mauvais numéro*, pensa-t-il, laissant échapper un petit rire. Le fait était que George n'allait pas appeler. Le fait était que lui, Thad, avait tout faux. Apparemment, ce vieux renard de George planquait un autre tour dans sa manche. Pourquoi s'en étonner ? Les tours (mauvais de préférence) étaient *la spécialité de la maison** de George. Et pourtant, il avait été sûr, absolument sûr...

« Thaddeus ? »

Il sursauta, manquant de renverser le contenu de la demi-douzaine de dossiers qu'il tenait encore à la main. Il ne se retourna que lorsqu'il fut certain qu'aucun ne lui échapperait. Rawlie DeLesseps se tenait sur le seuil de la porte, sa grande pipe en avant, comme un périscope horizontal.

« Désolé, dit Thad. Vous m'avez fait peur, Rawlie. J'avais l'esprit à mille kilomètres d'ici.

— Quelqu'un vous appelle sur ma ligne, fit aimablement Rawlie. Il devait avoir un mauvais numéro. Coup de chance, que j'aie été là. »

Thad sentit son cœur se mettre à battre à coups lents et puissants — comme s'il avait eu une caisse claire dans la poitrine, et que quelqu'un s'était mis à battre une implacable mesure dessus.

« Oui, dit Thad, un coup de chance. »

Rawlie lui jeta un regard évaluateur. Les yeux bleus, sous les paupières bouffies aux bords légèrement rougis, avaient quelque chose de tellement vif et inquisiteur qu'ils en étaient presque grossiers ; son regard détonnait, en tout cas, avec son allure habituelle de joyeux Pr Nimbus.

« Est-ce que tout va bien, Thaddeus ? »

Non, Rawlie. En ce moment, il y a quelque part un tueur fou qui est en partie moi-même, un mec apparemment capable de prendre possession de mon corps et de lui faire faire des choses désopilantes comme se planter un crayon dans la main, et je considère chaque jour qui se termine sans que je sois devenu fou comme une victoire. Un peu décalée, la réalité, mon pote.

« Comment ça ? Pour quelles raisons quelque chose n'irait-il pas ?

— J'ai l'impression de détecter l'odeur encore légère mais indubitablement métallique de l'ironie, Thad.

— Vous vous trompez.

— Vraiment ? Alors comment se fait-il que vous ayez l'air d'un daim pris dans les phares d'une voiture ?

— Rawlie !

— Et l'homme qui vient d'appeler me fait tout à fait penser au genre de vendeur que l'on préfère joindre par téléphone pour être bien sûr de ne pas le voir débarquer chez soi.

— Mais non, ce n'est rien, Rawlie.

— Très bien. »

Le grammairien n'avait pas l'air convaincu. Thad sortit de son bureau pour rejoindre celui de Rawlie.

« Où allez-vous ? demanda Harrison.

— Rawlie a reçu un coup de téléphone pour moi dans son bureau, expliqua-t-il. Les numéros se suivent, ici, et le type a dû se tromper d'un chiffre.

— Et il a eu tout de même la chance de tomber sur le seul autre professeur présent à la faculté ? » répliqua Harrison, sceptique.

Thad haussa les épaules et continua à marcher.

Le bureau de Rawlie DeLesseps était encombré, agréable et encore imprégné de l'odeur de sa pipe — deux ans d'abstinence n'arrivaient apparemment pas à effacer quelque trente ans de pratique. Contre un mur, la cible d'un jeu de fléchettes s'ornait du portrait de Ronald Reagan. Sur le bureau, était ouvert un volume de taille encyclopédique, le *Folklore of America* de Franklin Barringer. Le combiné était décroché et posé sur une pile de cahiers d'examen vierges. En le voyant, Thad sentit une terreur maintenant familière l'envelopper de ses plis étouffants. L'impression d'être prisonnier d'une couverture imprégnée d'une crasse ignoble. Il tourna la tête, convaincu qu'il allait voir les trois hommes — Rawlie, Harrison et Manchester — alignés sur le seuil comme des moineaux sur un fil du téléphone. Mais non : il n'y avait personne, et le murmure de la voix voilée de Rawlie, atténuée par la distance, parvenait jusqu'à lui. Le grammairien avait alpagué les chiens de garde. Thad doutait que ce fût par accident.

Il ramassa le téléphone et dit :

« Salut, George.

— Tu as eu ta semaine », fit une voix à l'autre bout du fil. Celle de George Stark. Mais Thad se demandait si les empreintes vocales seraient encore identiques, aujourd'hui. Son timbre était devenu rauque et rude, comme celui d'un supporter qui a hurlé pendant tout un match de football. « Tu as eu ta semaine, et t'as fait que dalle.

— Tout juste, Auguste », répondit Thad. Il se sentait glacé et devait faire un effort de volonté pour ne pas frissonner. Le froid semblait provenir du téléphone lui-même. Sortir des petits trous de l'écouteur comme de minuscules glaçons. Mais il était aussi dans un état de colère extrême. « Je ne le ferai pas, George. Une semaine, un mois, une année, c'est du pareil au même pour moi. Pourquoi ne pas l'accepter? Tu es mort, mort tu resteras.

— Tu te fourres le doigt dans l'œil, vieille noix. Et si tu ne veux pas qu'il y rentre jusqu'au coude, tu vas t'y mettre tout de suite.

— Tu sais à quoi me fait penser ta voix, George? Je vais te le dire. On dirait que tu tombes en morceaux. C'est pour ça que tu tiens tant à ce que je commence tout de suite, hein? Tu perds ta cohésion, comme tu l'as si bien écrit. Tu es un produit biodégradable en pleine dégradation, pas vrai? Dans pas longtemps, tu vas tomber en poussière, comme un vieux brancard.

— T'as pas à t'occuper de ça, Thad », répliqua la voix enrouée. Elle passa d'un timbre au ronronnement rugueux à celui, plus râpeux encore, d'un chargement de gravier tombant d'un camion à benne, pour finir sur un murmure crissant. Comme si ses cordes vocales étaient devenues complètement hors d'usage en une ou deux phrases. Puis le ronronnement rugueux reprit : « Rien de ce qui m'arrive ne te regarde. C'est tout juste bon à te distraire, mon vieux. Ou tu te mets au boulot dès ce soir, ou tu vas passer ta vie à regretter de ne pas l'avoir fait, mon salaud. Et tu ne seras pas le seul.

— Je ne... »

Clic! George Stark avait raccroché. Thad regarda la fourche de l'appareil pendant un moment, songeur, puis reposa le combiné dessus. Lorsqu'il se retourna, Harrison et Manchester se tenaient dans l'embrasure de la porte du bureau.

5

« Qui était-ce? demanda Manchester.

— Un étudiant », répondit Thad. Au point où il en était, il ne savait même plus exactement pour quelle raison il mentait. La seule chose qu'il éprouvait comme une certitude incontournable était les effrayantes sensations qui lui tordaient les entrailles. « Rien qu'un étudiant, comme je le pensais.

— Et comment savait-il que vous étiez là ? » demanda à son tour Harrison. « Et pour quelle mystérieuse raison appeler sur le téléphone de ce monsieur ?

— J'avoue tout », répondit humblement Thad. « Je suis un agent russe infiltré. Une taupe. En fait, je parlais avec mon contact. Je ne ferai pas d'histoires. »

Harrison n'était pas en colère ; ou, s'il l'était, il ne le laissa pas paraître. Et le regard qu'il lança à Thad, du style léger reproche fatigué, eut beaucoup plus d'effet.

« Monsieur Beaumont, nous nous efforçons de vous donner un coup de main, à vous et votre femme. Je sais bien qu'il n'y a rien de plus casse-pieds, au bout d'un moment, que d'avoir deux flics en remorque partout où l'on va, mais nous essayons *réellement* de vous aider. »

Thad se sentit honteux... mais pas au point, toutefois, de leur dire la vérité. Les mauvaises sensations étaient toujours là, sensations que les choses allaient mal tourner, qu'elles avaient peut-être déjà mal tourné. Et quelque chose d'autre, aussi. Une impression papillonnante sur sa peau, ou juste en dessous ; oui, en dessous, une agitation vermicellienne. De la pression aux tempes. Ce n'étaient pas les moineaux ; du moins, il ne lui semblait pas. Toujours est-il qu'un baromètre dont il n'avait jamais eu conscience, au fond de lui-même, était en train de dégringoler vers tempête. Pourtant, il avait déjà connu ces impressions, la fois où il s'était rendu au Dave's Market, huit jours auparavant, mais elles avaient été moins fortes et nettes. Il avait commencé à les ressentir dans son bureau, lorsqu'il avait entrepris de trier les dossiers. Un ensemble de sensations sourdes, tout en tressaillements.

C'est Stark. Il est avec toi, d'une manière ou d'une autre. En toi. Si tu dis ce qu'il ne faut pas, il le saura. Et quelqu'un en pâtira.

« Je vous fais mes excuses », dit-il. Il venait d'apercevoir DeLesseps derrière les deux policiers, qui le regardait d'un œil calme et curieux. Il allait devoir commencer à mentir, dorénavant. Mais les mensonges lui venaient si naturellement et facilement à l'esprit que, pour ce qu'il en savait, ils auraient très bien pu être l'invention de George Stark lui-même. Il n'était pas absolument sûr que Rawlie les goberait, mais il était trop tard pour s'inquiéter de ce détail. « Je suis à cran, c'est tout.

— C'est bien compréhensible », fit Harrison, conciliant. « Je voudrais simplement que vous compreniez que nous ne sommes pas l'ennemi dans cette histoire, monsieur Beaumont.

— L'étudiant qui m'a téléphoné sortait de la librairie quand je suis passé devant en voiture, expliqua Thad. Il voulait savoir si je ne donnais pas un cours d'été en écriture. L'annuaire de l'université est divisé en départements, et les membres du département sont inscrits dans l'ordre alphabétique. Il est en plus imprimé en petits caractères, comme peuvent en témoigner tous ceux qui l'ont consulté.

— Il est assez mal fichu de ce point de vue », confirma Rawlie sans lâcher la pipe des dents.

Les deux policiers se retournèrent pour le regarder, surpris. Le grammairien les gratifia d'un hochement de tête solennel assez hibouesque.

« Rawlie DeLesseps me suit dans cette liste ; il se trouve que cette année, nous n'avons personne dont le nom commence par un C. » Il jeta un coup d'œil appuyé au grammairien, mais celui-ci tenait la pipe dans sa main et en inspectait le fourneau charbonneux avec le plus grand soin. « Le résultat est qu'on nous appelle régulièrement l'un à la place de l'autre. J'ai dit à l'étudiant qu'il n'avait pas de chance, et que je ne reprenais mes cours qu'en automne. »

Bon, ça tenait à peu près debout. Il avait l'impression d'en avoir légèrement trop fait, mais la seule question importante était de savoir à quel moment de sa conversation avec George Stark les deux policiers étaient arrivés sur le seuil de la porte. Il est tout à fait exceptionnel de dire à un étudiant cherchant à s'inscrire qu'il est biodégradable et ne va pas tarder à tomber en poussière.

« Ah, que j'aimerais ne reprendre le boulot qu'à l'automne », se laissa aller à rêver Manchester. « Avez-vous bientôt terminé, monsieur Beaumont ? »

Thad lâcha un soupir de soulagement intérieur et répondit :

« Il ne me reste qu'à remettre en place les dossiers dont je n'ai pas besoin...

(Et à rédiger le mot pour le secrétariat, le mot pour le secrétariat !)

— Et bien sûr à faire une note pour notre secrétaire, Mme Fenton », s'entendit-il dire. Pas la moindre idée de ce qui l'avait poussé à sortir ça. « La secrétaire du département d'anglais.

— Avons-nous le temps de prendre une autre tasse de café ? demanda Manchester.

— Bien sûr. N'hésitez pas à vous servir de biscuits, si les hordes barbares en ont laissé », ajouta-t-il.

Le sentiment que les choses étaient décalées, qu'elles tournaient de plus en plus mal était de retour, plus puissant que jamais. Laisser une note à Mme Fenton ? Doux Jésus, c'était trop drôle. Rawlie devait s'étouffer avec sa pipe.

Au moment où Thad allait quitter son bureau, Rawlie lui demanda :

« Est-ce que je peux vous parler une minute, Thaddeus ?

— Bien sûr. »

Thad aurait voulu dire à Harrison et Manchester de les laisser seuls, qu'il arrivait dans une minute, mais dut reconnaître, à contrecœur, que ce n'était pas exactement le genre de remarque à faire quand on voulait éviter de créer des soupçons. Et Harrison, au moins, avait toutes ses antennes déployées, ou presque.

Le silence fut plus efficace. Comme il se tournait vers Rawlie, Harrison et Manchester s'éloignèrent tranquillement dans le corridor. Harrison dit quelques mots à son collègue, lequel partit à la recherche des biscuits pendant que lui-même restait dans l'encadrement de la porte de la salle des profs. D'où il se tenait, le Trooper les voyait mais ne les entendait sans doute pas, estima Thad.

« Une histoire à dormir debout, le coup de l'annuaire de l'université », attaqua Rawlie en remettant l'embout mâchonné de sa pipe à la bouche. « Je me dis que vous avez énormément d'affinités avec la fillette de *The Open Window* de Saki, Thaddeus. Improviser des fables semble être votre spécialité.

— Ce n'est pas ce que vous croyez, Rawlie.

— Mais je n'ai pas la moindre idée de ce que c'est », répondit doucement le grammairien. « Et si j'admets me sentir dévoré par une curiosité tout humaine, je ne suis cependant pas tout à fait sûr d'avoir envie de le savoir. »

Thad esquissa un sourire.

« De plus, je ne peux m'empêcher de me dire que c'est volontairement que vous avez oublié notre bon vieux Gonzo Tom Carroll. Certes, il a pris sa retraite, mais la dernière fois que j'ai consulté l'annuaire, il figurait en bonne place entre vous et moi.

— Je crois qu'il vaut mieux que j'y aille, Rawlie.

— En effet, vous avez une note à rédiger pour Mme Fenton. »

Thad sentit une légère chaleur lui monter aux joues. Althea Fenton, secrétaire du département d'anglais depuis 1961, était morte d'un cancer de la gorge en avril dernier.

« Je ne vous ai retenu que pour une seule raison, reprit Rawlie. Pour vous dire que j'ai peut-être trouvé ce que vous cherchiez. A propos des moineaux. »

Thad sentit son pouls s'accélérer.

« Qu'est-ce que vous voulez dire ? »

Rawlie ramena Thad dans le bureau et prit le *Folklore of America* de Barringer.

« Les moineaux, les butors et surtout les engoulevents sont des psychopompes », annonça-t-il non sans une petite note de triomphe dans la voix. Je savais bien qu'il y avait quelque chose sur les engoulevents.

— Des psychopompes ? » demanda Thad, l'air de ne pas avoir bien saisi.

— Un terme qui vient du grec. Ceux qui conduisent les âmes des morts ; dans ce cas, ceux qui conduisent les âmes humaines entre la terre des vivants et la terre des morts. D'après Barringer, butors et engoulevents escortent les vivants ; on dit qu'ils se rassemblent près d'un endroit où quelqu'un va bientôt mourir. Ce ne sont pas des oiseaux de mauvais augure. Leur fonction est de guider l'âme récemment passée de vie à trépas vers l'endroit qui lui est réservé dans l'au-delà. »

Il regarda Thad, une expression calme sur le visage.

« Les rassemblements de moineaux sont davantage

inquiétants, au moins d'après Barringer. On dit qu'ils escortent les morts.

— Ce qui signifie...

— Ce qui signifie que leur fonction est de guider les âmes perdues dans la terre des vivants. Ils sont l'avant-garde, en d'autres termes, des morts-vivants. »

Rawlie sortit la pipe de sa bouche et regarda Thad, l'air solennel.

« J'ignore quelle est votre situation, Thaddeus, mais je suggérerais la prudence. Une extrême prudence. Vous m'avez l'air de quelqu'un de pris dans de sérieux embêtements. Si je peux faire quoi que ce soit, dites-le-moi.

— J'apprécie, Rawlie, j'apprécie. Vous avez déjà fait plus que je ne pouvais espérer en ne disant rien, tout à l'heure.

— Là-dessus, mes étudiants seraient d'accord avec vous. C'est quand je ne dis rien que je suis le meilleur. » Il plaisantait, mais il y avait de l'inquiétude en plus de la douceur dans ses yeux. « Vous ferez attention à vous ?

— Oui.

— Et si ces hommes qui vous suivent partout sont supposés vous aider dans votre entreprise, Thaddeus, il serait peut-être judicieux de les mettre dans la confidence. »

Il aurait été merveilleux de pouvoir le faire, mais de se confier à eux il n'était pas question. Si jamais il ouvrait la bouche, ils n'auraient plus la moindre confiance en lui. Et même s'il avait suffisamment fait confiance à Harrison et Manchester pour leur parler, jamais il n'aurait osé le faire tant qu'il aurait eu ces sensations de grouillement à fleur de peau. Car George Stark l'observait. Et le délai était expiré.

« Merci, Rawlie. »

Le grammairien acquiesça, lui répéta de faire attention à lui et s'assit derrière sa table.

Thad retourna dans son propre bureau.

6

Et bien entendu, il faut que je laisse une note à Mme Fenton, notre secrétaire.

Il interrompit son geste (il remettait en place les

derniers dossiers qu'il avait pris par erreur) et se mit à contempler l'IBM Selectric beige. Depuis peu, il paraissait fasciné, presque jusqu'à l'hypnotisme, par tout ce qui était instrument d'écriture, grand ou petit. Plus d'une fois il s'était demandé, au cours de la semaine qui venait de s'écouler, s'il n'y avait pas une version différente de Thad Beaumont à l'intérieur de chacun, comme de mauvais génies tapis au fond d'un tas de bouteilles.

Écrire une note à Mme Fenton...

Il aurait sans doute mieux valu utiliser une planchette Ouija qu'une machine à écrire électrique pour entrer en contact avec feu la grande Fenton, qui faisait un café si fort que la cuillère tenait debout toute seule dedans — mais pourquoi avait-il dit ça, au juste ? Mme Fenton était bien la dernière personne à laquelle il pouvait penser, en ce moment.

Thad laissa tomber le dernier dossier dans le compartiment, referma le classeur et regarda sa main gauche. Sous le pansement, le réseau de chair, entre le pouce et l'index, s'était soudain mis à le démanger et à le brûler. Il frotta la main le long de son pantalon, ce qui eut pour résultat de rendre la démangeaison encore pire. Puis les élancements commencèrent et la sensation de chaleur ne fit que s'intensifier.

Il regarda par la fenêtre de son bureau.

De l'autre côté de Bennett Boulevard, les moineaux s'alignaient sur la ligne téléphonique. Il y en avait d'autres sur le toit de l'infirmerie, et un nouveau vol vint atterrir sous ses yeux sur l'un des courts de tennis.

Tous paraissaient le regarder.

Des psychopompes. L'avant-garde des morts-vivants.

Encore une autre volée descendit en tourbillonnant comme un cyclone de feuilles mortes, pour aller se poser sur le toit de Bennett Hall.

« Non », fit Thad d'une voix étranglée et tremblante.

La chair de poule lui hérissait le dos. Sa main le démangeait et le brûlait.

La machine à écrire.

Il ne pourrait se débarrasser des moineaux et de l'insupportable brûlure à la main qu'en se servant de la machine à écrire.

L'instinct qui le poussait à s'asseoir devant était trop puissant pour être nié. Obtempérer paraissait horriblement naturel, d'une certaine manière, comme d'avoir envie de tremper sa main dans l'eau froide lorsqu'on vient de se brûler.

Il faut que je laisse une note à Mme Fenton.

Ou tu te mets au boulot dès ce soir, ou tu vas passer ta vie à regretter de ne pas l'avoir fait, mon salaud. Et tu ne seras pas le seul.

La sensation de démangeaison et de grouillement, sous sa peau, devenait de plus en plus lancinante. Elle rayonnait en ondes successives depuis sa main. Impression d'avoir les globes oculaires pulsant au même rythme. Et, dans l'œil de l'esprit, la vision des moineaux qui s'intensifiait. Il était dans le quartier de Ridgeway, à Bergenfield, en 1960, et le monde entier était mort à l'exception de ces horribles oiseaux si communs, ces psychopompes ; ils prirent leur vol pendant qu'il regardait. Le ciel devint noir, tant était vaste la masse tournoyante. Les moineaux volaient de nouveau.

A l'extérieur de la fenêtre du bureau, les moineaux sur les fils, sur l'infirmerie et sur Bennett Hall s'envolèrent brusquement vers le ciel dans un ronflement d'ailes. Quelques étudiants qui passaient s'arrêtèrent pour observer le vol virer sur la gauche et disparaître à l'ouest.

Cela, Thad ne le vit pas. Il ne vit que le quartier de son enfance, mystérieusement transformé en l'étrange contrée morte d'un rêve. Il s'assit devant la machine à écrire, s'enfonçant d'autant plus profondément dans le monde crépusculaire de sa transe. Une pensée, cependant, n'était pas ébranlée. Ce vieux renard de George pouvait bien l'obliger à s'asseoir et à tripoter l'IBM, d'accord, mais il n'écrirait pas le livre, il pouvait toujours courir... et s'il n'en démordait pas, ce vieux renard de George tomberait en morceaux ou se dissiperait comme une flamme de bougie que l'on souffle, tout simplement. Il le savait. Il le sentait.

Les élancements, dans sa main, étaient maintenant comme les coups d'un pilon et il était sûr que s'il avait pu la voir, elle aurait ressemblé à la patte d'un personnage de dessin animé — celle de Wile E. Coyote, par exemple

— passée sous un rouleau compresseur. Ce n'était pas exactement douloureux, mais plutôt une sensation genre je-vais-devenir-cinglé, comme lorsque l'on n'arrive pas à se gratter, dans le milieu du dos, le point qui justement vous démange. Non pas un fourmillement superficiel, mais de profonds élancements nerveux à faire grincer des dents.

Mais même cela lui paraissait lointain et sans importance.

Il décapota la machine à écrire.

7

Au moment où il mit la machine en route, la démangeaison s'évanouit... et avec elle la vision des moineaux.

La transe se maintint, cependant, avec en son cœur un impératif violent : quelque chose avait besoin d'être écrit et il sentait tout son corps qui lui hurlait de s'y mettre, de le faire, d'en terminer. D'une certaine manière, c'était encore pire que la vision des moineaux ou la démangeaison dans la main. Comme si l'irritation montait d'un lieu enfoui au plus profond de son esprit.

Il glissa une feuille dans la machine, resta quelques instants immobile, se sentant loin, perdu. Puis il mit les mains en position de dactylo en attente, au milieu des rangées de touches, alors que ça faisait des années qu'il regardait ses doigts au lieu d'employer la frappe orthodoxe.

Ses doigts, qui tremblèrent quelques instants. Puis tous se rétractèrent, sauf les deux index. Apparemment, lorsque Stark tapait à la machine, il le faisait de la même manière que Thad : viser-frapper.

Il y eut une lointaine sensation de douleur lorsqu'il bougea les doigts de la main gauche, mais ce fut tout. Ses deux index tapaient lentement, mais il ne fallut pas longtemps au message pour se former sur la feuille. Il était d'une glaçante brièveté. Les caractères gothiques de la boule frappèrent en lettres majuscules :

L'univers, de flou et distant qu'il était, retrouva sa précision et sa netteté. Jamais il n'avait ressenti une telle épouvante ni une telle horreur de toute sa vie. Mon Dieu, bien sûr! C'était tellement évident, tellement logique!

Cette espèce de salopard appelle de la maison! Il tient Liz et les jumeaux!

Il commença à se lever, sans savoir où il voulait aller. Il ne se rendit d'ailleurs compte de son mouvement que lorsqu'un violent élancement douloureux flamboya dans sa main, comme une torche brasillante que l'on aurait lancée en l'air pour en raviver la flamme mourante. Ses lèvres se retroussèrent sur ses dents et il émit un grognement bas, puis se laissa retomber dans la chaise, en face de l'IBM. Avant d'avoir repris ses esprits, ses mains, revenues à tâtons au-dessus des touches, s'étaient mises de nouveau à taper.

La phrase était un peu plus longue, cette fois.

DIS-LE À QUELQU'UN ET ILS SONT TOUS MORTS.

Il regarda les mots s'inscrire d'un œil éteint. Dès que la dernière lettre fut tapée, tout se coupa d'un seul coup — comme s'il avait été une lampe et que quelqu'un eût retiré la prise. Plus la moindre douleur dans la main. Plus de démangeaisons. Plus de fourmillements sous sa peau.

Les oiseaux avaient disparu. L'obscure sensation de transe? Évanouie. Et Stark avec.

Sauf qu'il n'était pas réellement parti, ne nous faisons pas d'illusions. Stark gardait la maison quand Thad n'était pas là. Ils avaient laissé deux bons policiers, des Troopers de l'État du Maine, pour surveiller la baraque, mais peu importait. Quel idiot il avait fait! Quel incroyable idiot! Croire que deux flics feraient une différence! Un escadron de Bérets verts n'y aurait pas suffi. George Stark n'était pas un homme, mais un char d'assaut nazi modèle Super-Tiger qui, par hasard, avait une apparence humaine.

« Comment ça se passe? » demanda Harrison derrière lui.

Thad bondit comme si quelqu'un lui avait piqué une épingle dans le cou… ce qui le fit penser à Frederick Clawson, Frederick Clawson qui avait mis le nez là où il n'aurait pas dû… et qui s'était suicidé en racontant ce qu'il savait.

DIS-LE À QUELQU'UN ET ILS SONT TOUS MORTS.

Depuis la feuille de papier toujours dans la machine, les mots lui sautaient à la figure.

Il tendit la main, arracha la feuille du rouleau et la froissa en boule. Il le fit sans regarder autour de lui pour voir où se trouvait Harrison — ce qui aurait été une grave erreur. Il s'efforça de prendre un air détaché. Mais il ne se sentait pas détaché : il se sentait fou. Il s'attendait que Harrison lui demandât ce qu'il avait écrit, et pour quelle raison il avait si précipitamment arraché la feuille de la machine. Comme le policier ne disait rien, ce fut Thad qui parla :

« Je crois que j'ai fini. Au diable cette note. J'aurai ramené ces dossiers avant même que Mme Fenton ne se soit aperçue de leur disparition, de toute façon. »

Ça, au moins, c'était vrai… à moins que la pauvre Althea ne le regardât du haut du ciel. Il se leva, priant pour que ses jambes ne le trahissent pas, et fut soulagé de voir que Harrison se tenait sur le seuil de la porte, sans même l'observer. Dix secondes avant, il aurait juré avoir senti le souffle de son haleine sur la nuque ; mais le Trooper grignotait un biscuit et suivait des yeux, par la fenêtre, un groupe d'étudiants qui traversaient tranquillement la cour.

« Bon sang, cette fac est vraiment morte », remarqua le flic.

Ma famille le sera peut-être aussi avant que je sois de retour à la maison.

« Et si on y allait ? » demanda-t-il à Harrison.

« C'est parfait pour moi. »

Thad se dirigea vers la porte. Harrison le regarda, amusé.

« Mince, tout de même ! Il y a peut-être quelque chose de vrai, dans ces histoires de profs dans la lune. »

Thad cligna nerveusement des yeux, puis se rendit compte qu'il tenait toujours la boule de papier dans la main. Il la jeta vers la corbeille, mais son énervement le trahit. Elle heurta le bord et rebondit à l'extérieur. Avant qu'il eût le temps de faire un mouvement, Harrison était passé devant lui, ramassait la boule, et se mettait à jongler négligemment avec.

« Vous partez sans les dossiers que vous êtes venu chercher? » demanda-t-il avec un geste en direction de la pile, posée à côté de la machine, avec un gros élastique rouge autour.

Puis il se remit à faire sauter la boule de papier d'une main à l'autre. La boule avec les deux derniers messages de Stark inscrits dessus, droite-gauche, gauche-droite, et que je te la suis des yeux. Sur un bout de papier froissé, Thad apercevait même quelques lettres : TOUS MOR.

« Ah oui! Merci. »

Thad ramassa les dossiers et faillit les laisser échapper. Harrison allait défroisser la boule. Il allait faire ça, et même si Stark ne regardait pas pour le moment — Thad en était à peu près convaincu —, il ne tarderait pas à vérifier. Et à ce moment-là, il saurait. Et lorsqu'il saurait, il ferait quelque chose d'indescriptible à Liz et aux jumeaux.

« Il n'y a pas de quoi. » Harrison jeta finalement la boule de papier dans la corbeille. Elle roula sur le bord, un tour presque complet, et tomba dedans.

« Deux points », commenta-t-il, sortant dans le couloir pour laisser Thad fermer la porte à clé.

8

Au moment où il s'engageait dans l'escalier avec son escorte policière en remorque, Rawlie jaillit de son bureau et lui souhaita de bonnes vacances, au cas où ils ne se reverraient pas. Thad lui rendit la politesse d'une voix qui, du moins à ses propres oreilles, parut parfaitement naturelle. Il avait l'impression d'être en pilotage automatique, impression qui dura jusqu'à ce qu'il eût regagné la Suburban. Tandis qu'il jetait la pile de dossiers sur le siège du passager, il aperçut la cabine téléphonique, de l'autre côté du parking.

« Je vais appeler ma femme, dit-il à Harrison. Au cas où elle aurait besoin que je lui ramène quelque chose.

— Pourquoi ne pas l'avoir fait là-haut ? remarqua Manchester. Vous auriez économisé une communication.

— J'ai oublié. Il doit y avoir quelque chose de vrai, dans ces histoires de profs dans la lune. »

Les deux flics échangèrent un regard amusé et s'installèrent dans la Plymouth, où ils pouvaient brancher l'air conditionné tout en le surveillant à travers le pare-brise.

Thad avait l'impression que dans son corps, ses organes n'étaient plus qu'un enchevêtrement de verre. Il pêcha une pièce de vingt-cinq cents au fond de sa poche et la laissa tomber dans la fente. Sa main tremblait, et il se trompa sur le deuxième chiffre. Il raccrocha, attendit le retour de sa pièce et recommença. *Seigneur, c'est exactement comme le soir où Miriam est morte. Ça recommence exactement comme cette nuit-là.*

C'était le genre d'impression de *déjà-vu** dont il se serait bien passé.

La deuxième tentative fut la bonne, et il attendit, le combiné pressant si fort son oreille qu'il lui faisait mal. Il dut faire un effort de volonté pour se décrisper un peu. Il ne fallait pas laisser les deux Troopers se douter que quelque chose allait de travers — surtout pas. Mais il ne savait plus comment on détendait un muscle bandé.

Stark décrocha à la première sonnerie.

« Thad ?

— Qu'est-ce que tu leur as fait ? »

Sensation de cracher des boulettes de charpie sèches. Et en arrière-plan, les jumeaux qui hurlaient à pleins poumons. Il trouva leurs cris étrangement réconfortants. Ce n'étaient pas les braillements rauques qu'avait eus Wendy après sa chute dans l'escalier, mais des cris d'effroi, des cris de colère peut-être. Sûrement pas des cris de douleur.

Liz, pensa-t-il. *Où est Liz ?*

« Absolument rien, comme tu l'entends toi-même,

répliqua Stark. Je n'ai pas touché à un seul cheveu de leurs précieuses petites têtes. Pas encore.

— Liz », dit Thad. Une terreur blanche l'engloutit brutalement. Comme si un rouleau d'écume, froid et n'en finissant pas, venait de le submerger.

« Quoi, Liz ? »

Le ton, taquin, était grotesque, insupportable.

« Passe-la-moi ! aboya Thad. Si tu veux avoir la moindre chance que j'écrive un jour une ligne sous ton nom, passe-la-moi. »

Il y eut tout de même une partie de son esprit, apparemment insensible même à un tel degré d'épouvante, qui l'avertit : *Surveille-toi, Thad. Tu es de trois quarts par rapport aux flics. On ne hurle pas au téléphone pour demander à sa femme si elle n'a pas besoin d'une douzaine d'œufs.*

« Thad ! Thad ! Vieille noix ! » Stark avait pris un ton outragé, mais avec une certitude absolue et affolante, Thad savait que le salopard souriait. « Tu as une foutue mauvaise opinion de moi, mon coco. C'est vraiment minable, vieux ! Calme-toi, je te la passe.

— Thad ? Tu es là, Thad ? »

Elle paraissait tourmentée et effrayée, mais pas paniquée. Pas tout à fait.

« Oui, ma chérie, Ça va ? Tu n'as rien ? Et les petits ?

— Oui, ça va, tous les trois. Nous... » Elle s'interrompit. Thad entendait le salopard lui dire quelque chose, sans cependant distinguer ses paroles. Elle lui répondit oui, d'accord, puis revint au téléphone. Elle semblait maintenant sur le point de fondre en larmes. « Il faut que tu fasses ce qu'il dit, Thad.

— Oui, je le sais.

— Mais il veut que je te dise que tu ne peux pas le faire ici. La police ne va pas tarder à arriver. Il... Thad, il dit qu'il a tué les deux qui surveillaient la maison. »

Thad ferma les yeux.

« Je ne sais pas comment il a fait, mais il dit qu'il l'a fait et je... je... je le crois. »

Elle pleurait, maintenant. S'efforçant de retenir ses larmes, sachant qu'elle allait le bouleverser et sachant qu'il risquait de faire quelque chose de dangereux s'il était bouleversé. Il s'agrippa au téléphone, se le vrilla à l'oreille, et tâcha de prendre un air désinvolte.

Stark murmura encore quelque chose en retrait. Et Thad saisit l'un des mots. *Collaboration*. Incroyable. Foutrement incroyable.

« Il va nous emmener avec lui, reprit-elle. Il dit que tu sauras où. Tu te souviens de tante Martha ? Il dit que tu dois t'arranger pour semer les hommes qui sont avec toi. Il dit qu'il sait que tu en es capable, parce que lui le pourrait. Il veut que tu nous rejoignes ce soir, à la tombée de la nuit. Il dit... » Elle émit un sanglot apeuré. Un autre voulut suivre, mais elle réussit à l'étouffer. « Il dit que tu vas collaborer avec lui et qu'en travaillant tous les deux dessus, ce sera le meilleur livre jamais écrit. Il ... »

Murmures, murmures.

Oh ! comme il aurait aimé enfoncer ses doigts dans le cou immonde de George Stark pour l'étouffer, et serrer, serrer, jusqu'à ce que ses doigts crèvent la peau et se rejoignent dans la gorge de ce salopard !

« Il dit que Alexis Machine est revenu d'entre les morts, plus formidable que jamais. » Puis, sur un ton aigu : « Je t'en supplie, fais ce qu'il dit, Thad ! Il a des revolvers ! Et une lampe à souder ! Une petite lampe à souder ! Il dit que si t'essaies de faire le mariolle...

— Liz...

— Je t'en supplie, Thad fais ce qu'il dit ! »

Ses dernières paroles lui parvinrent de loin ; Stark avait repris le combiné.

« Dis-moi quelque chose, Thad », fit Stark, sans la moindre ironie dans la voix, cette fois. Il était mortellement sérieux. « Dis-moi quelque chose, et arrange-toi pour être sincère et crédible, mon coco, ou ce sont eux qui paieront pour toi. Tu me suis bien ?

— Oui.

— Tu en es bien sûr ? Parce qu'elle disait la vérité, à propos de la lampe à souder, tu sais.

— Oui, je sais, bordel !

— Qu'est-ce qu'elle a voulu dire lorsqu'elle a parlé de tante Martha ? Qu'est-ce que c'est que cette connerie ? Un code entre vous ou quoi ? Est-ce qu'elle a essayé de se payer ma tête ? »

Thad se rendit soudain compte que la vie de sa femme et de ses enfants ne tenait plus qu'à un fil, un fil très fin. Un fil d'un bleu de banquise, fin comme de la toile d'araignée, à peine visible au milieu de l'éternité. Tout se réduisait maintenant à deux choses : ce qu'il allait dire, ce que Stark allait croire.

« Le matériel d'écoute est débranché ?

— Évidemment ! aboya Stark. Non, mais tu me prends pour qui ?

— Liz le savait-elle quand tu me l'as passée ? »

Il y eut un bref silence, puis l'homme répondit :

« Elle avait juste à regarder. Les fils traînent par terre.

— Mais est-ce qu'elle l'a fait ? Est-ce qu'elle a regardé ?

— Arrête de tourner autour du pot, Thad !

— Elle essayait de me faire savoir où vous alliez sans dire les mots », expliqua alors Thad. Il s'efforçait de prendre un ton didactique — patient, mais un peu protecteur. Il n'aurait su dire s'il y arrivait ou non, mais supposa que George le lui ferait savoir d'une manière ou d'une autre, et dans pas longtemps. « Elle voulait parler de la maison d'été. Celle de Castle Rock. Martha Tellford est la tante de Liz. Nous ne l'aimons pas beaucoup. A chaque fois qu'elle appelle et nous annonce sa visite, on se dit pour s'amuser qu'on devrait filer se cacher à Castle Rock jusqu'à sa mort. Bon, maintenant, je l'ai dit, et s'ils ont un matériel d'enregistrement radio sur notre téléphone, c'est ta faute, George. »

Il attendit, couvert de transpiration, pour voir si Stark allait gober ça... ou bien si le fil ténu qui séparait ceux qu'il aimait de l'éternité n'allait pas se rompre.

« Ils n'en ont pas », finit par dire Stark, dont la voix semblait de nouveau détendue.

Thad dut faire un effort pour ne pas se laisser aller contre la paroi de la cabine et fermer les yeux, de soulagement. *Si jamais je te revois, Liz, je te tords le cou pour avoir pris un risque aussi insensé.* Sauf qu'il savait bien qu'au lieu de cela, il la couvrirait de baisers à l'étouffer.

« Ne leur fais pas de mal », dit-il dans le téléphone. « Je t'en prie, ne leur fais pas de mal. Je ferai tout ce que tu voudras.

— Oh ! je sais. Je sais que tu le feras, Thad. Et nous allons même le faire ensemble. Du moins, pour commencer. Maintenant, tu te bouges le cul. Tu sèmes tes chiens de garde et tu rappliques à Castle Rock. Aussi vite que possible, mais pas de manière à attirer l'attention. Ce serait une erreur. Tu pourrais envisager de changer de voiture, mais à toi de décider ; après tout, tu es un type inventif, non ? Arrive là-bas avant la nuit, si tu veux les trouver vivants. Ne fais pas l'andouille. Tu piges ? Ne fais pas l'andouille et n'essaie pas de jouer au plus malin.

— Promis.

— J'aime mieux ça. Ce que tu vas faire, vieille noix, c'est jouer le jeu. Si tu déconnes, tout ce que tu trouveras en arrivant, ce sera trois cadavres et un enregistrement où t'entendras ta femme te maudire avant de mourir. »

Il y eut un cliquetis. Le contact était rompu.

9

Tandis qu'il regagnait la Suburban, Manchester abaissa la vitre côté passager de la Plymouth et lui demanda si tout allait bien à la maison. Thad se rendit bien compte, au regard de l'homme, que la question n'était pas de pure courtoisie. Son attitude devait trahir quelque chose. Bon, très bien ; il se sentait capable de faire avec. Après tout, c'était lui, le type inventif, non ? Son esprit lui donnait l'impression de foncer en silence et à une vitesse surnaturelle, comme ce super-train japonais. La question se présenta de nouveau : mentir, ou dire la vérité ? Et comme la fois précédente, la réponse ne fit pas de doute.

« Tout va bien », répondit-il. Il avait parlé d'un ton de voix naturel et détaché. « Les gosses sont énervés, c'est tout. Et du coup, Liz l'est aussi. » Il prit une intonation plus dure. « Dites, les gars, vous m'avez l'air aussi un peu nerveux, depuis que nous avons quitté la maison. Se passerait-il quelque chose que je devrais savoir ? »

Il lui restait encore assez de conscience morale, même

dans cette situation désespérée, pour ressentir une légère pointe de culpabilité en disant cela. Il se passait bien quelque chose, mais c'était lui qui le savait et qui se taisait.

« Pas du tout, intervint Harrison, se penchant sur le volant pour lui parler. « Nous n'arrivons pas à joindre Chatterton et Eddings à la maison, c'est tout. Ils sont peut-être dedans.

— Liz m'a dit qu'elle vient de préparer du thé glacé », mentit Thad, pris de vertige.

« Alors c'est ça », dit Harrison. Il sourit à Thad, qui ressentit une nouvelle bouffée, plus forte, de mauvaise conscience. « Peut-être qu'il en restera quand nous arriverons, hein ?

— Tout est possible. »

Thad fit claquer la porte de la Suburban et glissa la clé dans le barillet du contact, l'impression d'avoir la main aussi insensible qu'un bout de bois. Des questions tourbillonnaient dans sa tête, dansant une gavotte compliquée qui n'avait rien de gracieux. Stark et sa famille étaient-ils déjà en route pour Castle Rock ? Il l'espérait. Il fallait absolument qu'ils fussent loin d'ici avant que la nouvelle de leur enlèvement ne courût le long des réseaux de communication de la police. S'ils étaient dans la voiture de Liz et si quelqu'un la repérait, ou s'ils se trouvaient encore à Ludlow ou dans les environs, le pire était à craindre. Le pire. Il y avait quelque chose d'horriblement ironique à souhaiter que Stark réussît une évasion sans bavure, mais il en était pourtant exactement là.

Au fait, à propos d'évasion, comment lui-même allait-il se débarrasser de Harrison et Manchester ? Encore une bonne question, non ? Sûrement pas en les semant avec la Suburban. La Plymouth avait l'air d'un gros chien de garde placide, avec sa couche de poussière, mais le ralenti agressif du douze cylindres trahissait un moteur de compétition sous le capot. Il supposait qu'il pouvait les semer — il avait déjà sa petite idée sur la façon d'opérer — mais comment empêcher de se faire repérer sur les deux cent cinquante kilomètres qui le séparaient de Castle Rock ?

Il n'en avait pas la moindre idée. Il savait seulement qu'il faudrait trouver une solution.

Tu te souviens de tante Martha?

Il avait sorti tout un boniment à Stark là-dessus, et Stark l'avait avalé. Le salopard n'avait donc qu'un accès limité à son esprit. Martha Tellford était bien la tante de Liz, et ils avaient plaisanté (au lit, en général) sur l'idée de fuir vers des endroits exotiques comme Aruba ou Tahiti... parce que tante Martha n'ignorait rien de la maison d'été de Castle Rock. Elle leur y avait rendu visite bien plus souvent qu'à Ludlow. Et l'endroit favori de tante Martha, à Castle Rock, était la décharge publique. Elle était affiliée en bonne et due forme à la National Rifle Association, autrement dit l'Amérique porte-flingue, et son grand plaisir était de tirer les rats qui écumaient les tas d'ordures.

« Si tu veux qu'elle fiche le camp », se souvenait d'avoir dit Thad à Liz, « c'est à toi de lui dire. » Cette conversation avait aussi eu lieu au lit, vers la fin de l'interminable visite de tante Martha pendant l'été 79 ou 80 — peu importait, d'ailleurs. « Elle est *ta* tante et non la mienne. En plus, si c'est moi qui fais la commission, elle est bien capable de m'aligner avec sa Winchester.

— Je ne suis pas sûre que les liens du sang la rendraient... moins sanguinaire, avait répondu Liz. Elle a quelque chose dans les yeux... » Elle avait fait semblant de frissonner contre lui, puis elle avait pouffé en lui bourrant les côtes. « Vas-y, toi. Dieu a les froussards en horreur. Dis-lui que nous sommes des amis des bêtes, même des rats d'égout. Tu vas droit sur elle, Thad, et tu lui balances : "Tirez-vous, tante Martha ! Vous venez de tuer votre dernier rat à la décharge ! Bouclez vos valises et tirez-vous !" »

Bien entendu, ni l'un ni l'autre n'avaient dit à Martha de se tirer, et elle avait continué ses expéditions quotidiennes à la décharge publique, où elle tuait les rats par douzaines (voire quelques mouettes, la soupçonnait Thad, lorsque les rats se planquaient). Finalement, arriva le jour béni où Thad la reconduisit à l'aéroport de Portland pour la mettre dans l'avion d'Albany. A la porte, elle l'avait gratifié d'une virile et déconcertante poignée de main — comme si, au lieu de se faire des adieux, ils venaient de conclure un marché — et lui avait dit qu'elle envisageait de leur faire l'honneur de sa visite, l'année suivante. « Sacrée bonne chasse, avait-elle dit. J'ai bien descendu sept ou huit douzaines de ces petits sacs à microbes. »

Elle n'était cependant jamais revenue, même s'il y avait eu une alerte rouge, une année (la catastrophe ayant été évitée au dernier moment par une invitation à se rendre dans l'Arizona où, les avait informés tante Martha par téléphone, le coyote pullulait encore).

Au cours des années : « Souviens-toi de tante Martha » était devenu une phrase codée entre eux. Elle signifiait que l'un des deux devait aller chercher la carabine, rangée dans la remise, et tuer l'invité trop barbant, comme tante Martha avait tué les rats. Maintenant qu'il y pensait, Thad croyait se souvenir que Liz avait employé l'expression au cours des séances de photos avec les journalistes de *People*. Elle s'était tournée vers lui et avait murmuré : « Je me demande si cette Myers se souvient de tante Martha, Thad. »

Puis elle avait caché un fou rire derrière sa main.

Très amusant.

Sauf que ce n'était plus une plaisanterie, maintenant.

Et qu'il ne s'agissait plus de descendre les rats de la décharge.

A moins de se tromper sur toute la ligne, Liz lui avait dit de venir et de tuer George Stark. Et si Liz le voulait, elle qui pleurait lorsqu'elle entendait dire que l'on piquait les animaux abandonnés à la fourrière de Derry, c'est qu'elle considérait qu'il n'y avait aucune autre solution. Que le choix était entre la mort de Stark ou la mort pour elle et les jumeaux.

Harrison et Manchester le regardaient avec curiosité, et Thad se rendit compte qu'il avait dû rester une bonne minute derrière le volant de la Suburban, le moteur tournant au ralenti, perdu dans ses pensées. Il leva la main, esquissa un petit salut, fit marche arrière et s'engagea dans Maine Avenue afin de quitter le campus. Il essaya de penser à la façon dont il allait se débarrasser de ces deux-là avant qu'ils entendissent parler de ce qui était arrivé à leurs collègues sur la fréquence de la police. Il essaya, mais il n'arrêtait pas d'entendre la voix de Stark lui disant que s'il déconnait, il ne trouverait en arrivant à Castle Rock que trois cadavres et un enregistrement de Liz le maudissant avant de mourir.

Et il ne cessait de voir Martha Tellford, épaulant sa Winchester, laquelle était bougrement plus grosse que la carabine 22 entreposée dans le hangar fermé de la maison d'été, et visant les rats replets qui détalaient entre les tas d'ordures de la décharge. Il prit soudain conscience qu'il désirait abattre Stark, et pas avec une 22 long rifle.

Ce vieux renard de George méritait quelque chose de mieux.

Un obusier devrait faire l'affaire.

Les rats, bondissant devant l'éclat galactique des bouteilles cassées et des boîtes de conserve écrasées, le corps tordu, puis écrabouillé, les tripes à l'air.

Oui, voir arriver quelque chose comme ça à George Stark serait délicieux.

Il serrait trop violemment le volant, et sa main gauche lui faisait mal. Comme un profond gémissement montant de ses os et de ses articulations.

Il se détendit — il essaya, en tout cas — et tâtonna dans sa poche de chemise pour récupérer l'un des Percodan qu'il avait pris avec lui. Il l'avala à sec.

Il commença à penser au carrefour de la zone scolaire de Veazie. Celui avec des panneaux stop aux quatre coins.

Puis il commença à penser aussi à ce que Rawlie DeLesseps lui avait dit. A propos des psychopompes, comme il les appelait.

Les émissaires des morts-vivants.

XXI

Stark Prend
Les Commandes

1

Il n'eut aucun problème à mettre au point ce qu'il voulait faire ni la méthode à employer, même s'il n'avait jamais mis les pieds à Ludlow de sa vie.

Stark s'y était trouvé suffisamment souvent dans ses rêves.

Il quitta la route avec la Honda Civic déglinguée qu'il avait volée et s'engagea sur une aire de repos située à environ trois kilomètres de la maison des Beaumont. Thad s'était rendu à l'université : parfait. Parfois il lui était impossible de dire ce que Thad faisait ou pensait, même s'il arrivait presque toujours, au prix d'un effort, à saisir l'essence de ses émotions.

S'il trouvait très difficile d'entrer en contact avec Thad, il se contentait de tripoter l'un des crayons Berol qu'il avait achetés à la papeterie de Houston Street.

Ça l'aidait.

Aujourd'hui, ce serait facile. D'autant plus facile que, indépendamment de ce qu'il avait pu raconter à ses chiens de garde, il s'était rendu à l'université pour une raison et une seule : parce que le délai était expiré et qu'il supposait que Stark voudrait entrer en contact avec lui. Ce qui était l'intention de Stark. Précisément son intention.

Si ce n'est qu'il avait son plan, lequel n'était pas ce à quoi Thad s'attendait.

De même qu'il ne s'attendait sûrement pas à être appelé de là où il allait l'appeler.

Bientôt midi. Quelques pique-niqueurs étaient installés sur l'aire de repos, mais ils se trouvaient tous autour des tables, sur l'herbe, ou auprès des petits barbecues de pierre, près de la rivière. Personne ne fit attention à Stark quand il descendit de la Civic et s'éloigna. Il valait mieux, parce que s'ils l'avaient remarqué, ils s'en seraient souvenus.

S'en souvenir, oui.

Quant à le décrire — vraiment pas.

Tandis qu'il traversait à grands pas le parking et s'engageait à pied sur la route qui menait chez les Beaumont, Stark ressemblait énormément à l'Homme Invisible du regretté H.G. Wells. Une large bande velpeau lui couvrait le front, des cheveux aux sourcils ; une autre, tout aussi large, lui dissimulait tout le bas du visage ; il avait une casquette de base-ball des New York Yankees enfoncée sur le crâne, des lunettes de soleil, une veste matelassée et des gants noirs aux mains.

Les bandages étaient tachés d'une matière jaune délétère qui s'infiltrait progressivement dans la gaze de coton, comme des larmes poisseuses. Il en dégouttait également d'en dessous des lunettes de soleil Foster Grant. Il s'essuyait de temps en temps la joue avec les gants, une médiocre imitation de chevreau. La paume et les doigts en étaient tout gluants. Sous les bandages, une bonne partie de sa peau s'était dissoute. Ce qui en restait n'était pas précisément de la chair humaine, mais un magma sombre et spongieux qui suintait presque en permanence. Ce magma avait l'aspect du pus mais dégageait une odeur noire, déplaisante — combinaison de café corsé et d'encre de Chine.

Il marchait la tête légèrement penchée en avant. Les occupants des rares voitures qui venaient vers lui ne voyaient qu'un homme en casquette de sport, tête baissée pour éviter l'éclat de la lumière, les mains au fond des poches. L'ombre de la visière faisait obstacle aux regards les plus insistants, et les curieux, s'ils avaient pu l'observer de plus près, n'auraient vu que des bandages. Quant aux véhicules qui arrivaient derrière lui, roulant vers le nord, ils n'avaient que son dos à voir, évidemment.

S'il s'était trouvé plus près des villes jumelles de Bangor et Brewer, cette marche aurait présenté davantage de difficultés, avec la banlieue et ses lotissements. Les Beaumont habitaient dans une partie de Ludlow encore suffisamment éloignée dans la campagne pour pouvoir être qualifiée de communauté rurale — pas la cambrousse, mais certainement pas la ville non plus. Les maisons s'élevaient sur des espaces de terrain qui étaient parfois de véritables champs, non pas séparées par ces petites haies mesquines qui sont l'apanage des banlieues, mais par d'étroits bosquets ou, de temps en temps, par de sinueux murs de pierre. Ici et là, des paraboles de réception par satellite se détachaient sur les hauteurs, menaçantes, semblables aux éléments précurseurs d'une invasion d'extraterrestres.

Stark avança à grands pas sur l'accotement jusqu'à ce qu'il eût dépassé la maison des Clark. La suivante était celle des Beaumont. Stark coupa par l'angle le plus éloigné de la pelouse de façade des Clark — plutôt du foin que du gazon. Les stores étaient baissés, à cause de la chaleur, et la porte soigneusement fermée ; la maison avait un aspect un peu abandonné, comme si elle était inoccupée depuis quelque temps. Aucune pile de journaux, derrière la porte-moustiquaire, ne trahissait une absence prolongée des propriétaires, mais quelque chose disait à Stark que les Clark avaient dû prendre leurs vacances tôt, ce qui était parfait pour lui.

Il pénétra dans le bosquet qui séparait les deux propriétés, franchit ce qui restait d'un mur qui s'était effondré et s'accroupit, un genou en terre. Il contemplait pour la première fois directement la maison de son entêté de jumeau. Un véhicule de la police était garé dans l'allée, et les deux flics qui allaient avec fumaient et bavardaient à l'ombre d'un arbre proche. Parfait.

Il savait ce qu'il voulait savoir ; le reste, c'était de la gnognotte. Il s'attarda toutefois encore quelques instants. Il ne se croyait pas particulièrement doué d'imagination — du moins en dehors des pages des livres à la création desquels il avait pris une part vitale — ni de beaucoup de sensibilité, et il fut donc un peu surpris de sentir rougeoyer au fond de ses tripes les braises à demi étouffées de la rage et de la haine.

De quel droit son salopard de frère le refusait-il ? De quel putain de droit ? Parce qu'il avait été le premier à devenir réel ? Parce que Stark ignorait comment, pourquoi et quand il l'était lui-même devenu ? Des conneries, tout ça. En ce qui concernait George Stark, l'antériorité ne valait pas tripette dans cette affaire. Comment, il aurait fallu qu'il se couchât et crevât sans un murmure de protestation, comme Thad Beaumont semblait penser qu'il aurait dû faire ? Il avait une responsabilité vis-à-vis de lui-même : survivre. Mais ce n'était pas tout.

Il fallait bien aussi qu'il songe un peu à ses fidèles admirateurs, non ?

Regardez-moi cette baraque. Non mais regardez-moi ça ! Du plus pur style colonial Nouvelle-Angleterre, juste un poil trop petit pour qu'on ne parle pas de manoir. Vaste pelouse, arrosage automatique tourbillonnant pour la garder bien verte. Une barrière en pieux de bois courant le long d'un des côtés de l'allée noire impeccable conduisant au garage — le genre de barrière que l'on devait qualifier de « pittoresque », songea Stark. Il y avait un coupe-vent entre la maison et le garage — un *coupe-vent*, je vous demande un peu ! Et à l'intérieur, le mobilier était également de style colonial pour s'harmoniser avec l'extérieur — longue table de chêne massif dans la salle à manger, hautes commodes ventrues dans les chambres du premier, et chaises en bois tourné plaisantes à l'œil sans être trop précieuses, des chaises que l'on pouvait admirer sans avoir peur de s'asseoir dessus. Des murs non pas recouverts de papier peint mais laqués et décorés au pochoir. Stark avait vu tout cela, il avait vu toutes ces choses dans les rêves que Beaumont ne savait même pas avoir faits quand il écrivait sous le nom de George Stark.

Il eut soudain l'envie irrépressible de voir flamber la jolie maison jusqu'aux fondations. Y porter une allumette, ou mieux, la lampe à souder au propane qui lestait la poche de sa veste, et qu'il n'en reste rien. Mais pas tant qu'il n'aurait pas été à l'intérieur. Pas tant qu'il n'aurait pas brisé le mobilier, chié sur le tapis du salon et barbouillé de ses excréments brunâtres les murs finement décorés au pochoir. Pas tant qu'il n'aurait pas pris une hache pour réduire en allume-feu les si ravissantes commodes.

Quel droit Beaumont avait-il d'avoir des enfants ? Une jolie femme ? Quel droit avait au juste Thad Beaumont de vivre dans la lumière et d'être heureux tandis que son frère des ténèbres — lequel l'avait rendu riche et célèbre alors qu'il aurait dû vivre pauvre et mourir obscur — crevait dans la nuit comme un corniaud malade dans une contre-allée ?

Aucun, bien entendu. Aucun droit. Le fait était simplement que Beaumont avait *cru* en ce droit et qu'en dépit de tout, il continuait à y croire. Mais c'était cette croyance, et non George Stark d'Oxford, dans le Mississippi, qui relevait de la fiction.

« Le moment est venu de ta première grande leçon, vieille noix », murmura Stark entre les arbres. Il détacha les agrafes qui retenaient le bandage autour de son front, et les fourra dans sa poche. Puis il commença à dérouler le bandage lui-même, qui devenait de plus en plus humide à chaque tour, au fur et à mesure qu'il approchait de sa chair bizarre. « Une que tu n'oublieras jamais, mon vieux, jamais. Je te le garantis. »

2

Il n'avait pas été chercher plus loin qu'une variante de la supercherie à la canne blanche qui avait si bien marché avec les flics de New York : mais pour Stark, c'était parfait. Il croyait fermement que lorsqu'on tenait un bon gag, il fallait le resservir jusqu'à plus soif. Ces flics ne devraient d'ailleurs lui causer aucun problème, pourvu qu'il fît attention ; cela faisait plus d'une semaine qu'ils montaient la garde, de plus en plus sûrs chaque jour que le cinglé avait dit la vérité lorsqu'il avait proclamé son intention de ramasser ses billes et de rentrer chez lui. Le seul risque était Liz. Si jamais elle regardait par la fenêtre au moment où il truciderait la flicaille, ça pourrait compliquer les choses. Mais il était presque midi ; elle et les jumeaux devaient faire la sieste ou se préparer à la faire. Il ne savait pas exactement comment, mais quelque chose lui disait que ça allait marcher.

En fait, il en était sûr.

L'amour trouverait bien un moyen.

3

Chatterton leva un pied botté pour écraser son mégot, avec l'intention de le ramasser ensuite pour le mettre dans le cendrier de la voiture ; il n'était pas dans les habitudes de la police de l'État du Maine de saloper les voies privées des payeurs de taxes. Lorsqu'il releva les yeux, l'homme à la figure pelée était là, s'avançant d'un pas pesant dans l'allée. Une main s'agita mollement dans sa direction et celle de Jack Eddings, comme pour demander de l'aide ; il gardait l'autre, qui avait l'air cassée, repliée dans le dos.

Chatterton en eut presque une attaque cardiaque.

« Jack ! » s'exclama-t-il.

Eddings se retourna et resta boucha bée.

« Aidez-moi... », croassa l'homme à la figure pelée.

Les deux policiers se précipitèrent vers lui.

Auraient-ils survécu, ils auraient pu raconter à leurs collègues qu'ils avaient cru que le type sortait d'un accident de voiture, ou venait d'être brûlé par un retour de flamme d'une lampe au gaz ou au kérosène, ou encore qu'il était tombé tête la première dans l'un de ces engins agricoles qui décident, de temps en temps, de se déchaîner contre leur propriétaire à coups de lame, de hachoir ou de mécanismes tourbillonnants.

Oui, ils auraient pu leur expliquer tout cela, mais sur le moment, ils ne pensèrent à rien du tout. L'horreur leur avait vidé l'esprit, comme d'un bon coup d'éponge. Le côté gauche de l'homme donnait presque l'impression de bouillir ; on aurait dit qu'après lui avoir arraché la peau, quelqu'un avait versé une solution concentrée d'acide phénique sur la chair à vif. Un liquide gluant innommable suintait des masses charnues et dévalait dans des crevasses noirâtres, débordant parfois en d'immondes inondations éclairs.

Ils ne pensèrent à rien ; ils réagirent, simplement.

Telle était la splendeur du coup de la canne blanche.

« *Aidez-moi...* »

Stark s'emmêla les pieds et fit mine de s'effondrer. Criant quelque chose d'incohérent à son collègue, Chatterton tendit la main pour saisir le blessé avant qu'il ne tombât. Stark passa le bras droit autour du Trooper et dégagea le gauche de derrière son dos. Il y avait une surprise dans sa main. Et la surprise était un rasoir à manche de nacre. La lame brillait de reflets malsains dans l'air humide. Stark la projeta vers l'œil de Chatterton, et le globe oculaire éclata avec un petit bruit de fruit mûr. Le policier hurla et porta une main à son visage. Stark le saisit par les cheveux, lui renversa la tête en arrière et lui trancha la gorge d'une oreille à l'autre. Un puissant jet de sang jaillit de son cou musculeux. Tout cela n'avait pas pris quatre secondes.

« Quoi ? » s'enquit Eddings d'un ton de voix bas et bizarrement étudié. Il se tenait campé sur ses deux jambes à moins d'un mètre derrière Chatterton et Stark. « Quoi ? »

L'une de ses mains pendait à hauteur de la crosse de son arme de service, mais un seul coup d'œil suffit à Stark pour le convaincre que le flic avait autant conscience de la présence du revolver que du fait que la population du Mozambique était sous-alimentée. Ses yeux étaient de plus en plus exorbités. Il ne comprenait pas ce qu'il voyait, il ne savait qui saignait. *Non, c'est pas vrai*, pensa Stark, *il croit que c'est moi. Il reste là planté à me regarder zigouiller son collègue, mais il pense que c'est moi qui saigne parce qu'il me manque la moitié du visage, mais ce n'est même pas ça — c'est moi qui saigne, il faut que ce soit moi, parce que lui et son collègue, ils sont de la police. Ce sont eux les héros du film.*

« Hé, tiens-le-moi, tu veux ? » dit-il en repoussant le corps agonisant de Chatterton sur l'autre.

Eddings émit un petit cri suraigu. Il tenta un pas de côté, mais il était trop tard. Les quatre-vingt-dix kilos de chair bientôt mortes qui étaient Tom Chatterton l'envoyèrent valser contre la voiture de patrouille. Le sang giclait de la tête renversée comme l'eau d'une pomme de douche cassée. Eddings cria et se débattit sous le poids du corps, lequel pivota lentement sur lui-même, tandis que, dans un ultime effort, il tentait de s'accrocher à l'aveuglette au véhicule. La main gauche du mourant heurta le capot, sur lequel elle laissa une empreinte toute en éclaboussures. La main droite s'accrocha sans force à l'antenne de radio, qui cassa. Puis il tomba dans l'allée, la tenant devant son œil restant comme un savant qui a trouvé un spécimen trop rare pour le lâcher, même à l'article de la mort.

La vision brouillée, Eddings aperçut l'homme au visage pelé qui fonçait vivement sur lui et voulut reculer; il se cogna à la voiture.

Stark porta un coup de taille vers le haut qui ouvrit l'uniforme beige du Trooper à hauteur de l'aine; il entama le sac scrotal et fit remonter la lame en un long coup qui donnait l'impression qu'elle s'enfonçait dans du beurre. Les couilles d'Eddings, soudain libérées, retombèrent contre l'intérieur de ses cuisses comme des glands à l'extrémité d'une ceinture qui se déroule. Du sang se mit aussitôt à imbiber le tissu à hauteur de sa braguette. Pendant un instant, il eut l'impression qu'on venait de lui balancer une grosse crème glacée dans l'entrejambe... puis la douleur arriva, brûlante, toute en dents déchiquetées. Il hurla.

Stark joua du rasoir et porta un coup sec et vicieux à la gorge d'Eddings; mais celui-ci réussit à lever une main et la lame ne fit que lui entailler la paume. Il voulut rouler vers la gauche, mais il découvrit ainsi le côté droit de son cou.

La lame nue, reflet d'argent pâle dans la lumière brumeuse du jour, siffla de nouveau dans l'air, et cette fois atteignit son but. Eddings tomba à genoux, les mains entre les jambes. Ses pantalons beiges étaient d'un rouge éclatant sur toute la hauteur des cuisses. Sa tête retomba. Il ressemblait maintenant à la victime de quelque sacrifice païen.

« Amuse-toi bien, espèce d'enculé », lui dit Stark d'un ton parfaitement mondain.

Il se pencha sur lui, prit sa tignasse à pleine poignée et lui renversa la tête, découvrant le cou pour le geste final.

Il ouvrit la porte arrière de la voiture, souleva Eddings par le col de sa chemise et le fond ensanglanté de son pantalon, et le jeta à l'intérieur comme un sac de blé, avant de recommencer l'opération avec Chatterton. Ce dernier devait approcher les cent kilos, avec sa ceinture équipée et le gros colt 45 qui en pendait, mais Stark le manipula comme s'il n'en pesait pas la moitié. Puis il claqua la portière et jeta à la maison un regard que dévorait la curiosité.

Tout était calme. Les seuls bruits provenaient des grillons dans les hautes herbes, au-delà de l'allée, et des chuintements mouillés et réguliers — *whick! whick! whick!* — du système d'arrosage. A cela vint s'ajouter le ronflement d'un camion-citerne qui s'approchait, aux couleurs d'Orinco. Il passa dans un grondement, au moins à cent à l'heure. Stark eut un instant de tension et se courba le long de la voiture de police lorsqu'il vit les gros feux de freinage du poids lourd s'allumer pendant un instant. Puis il émit un unique grognement qui se voulait un rire lorsqu'ils s'éteignirent ; le camion accéléra et disparut derrière la colline. Le chauffeur avait aperçu le véhicule de la police d'État garé dans l'allée des Beaumont, vérifié son compteur de vitesse et conclu : « radar ». Tout ce qu'il y avait de plus naturel. Il n'aurait pas dû s'inquiéter. Ce radar-là ne fonctionnerait plus jamais.

Il y avait beaucoup de sang sur l'allée, mais les flaques, sur le goudron noir et brillant, pouvaient passer pour de l'eau... à moins de regarder de très près. C'était donc parfait. Et si ça ne l'était pas, faudrait faire avec.

Stark replia le rasoir, le garda dans sa main poisseuse et se dirigea vers la porte. Il ne vit ni les quelques moineaux morts qui gisaient près du perron, ni ceux, vivants, qui s'alignaient maintenant sur le toit de la maison ou se posaient dans le pommier, près du garage, et le regardaient en silence.

Une minute après, Liz Beaumont descendait du premier, encore à moitié endormie à cause de sa sieste, pour répondre à la sonnerie de la porte.

Elle ne hurla pas. Le cri était pourtant prêt à jaillir, mais la figure pelée qui la dévisagea lorsqu'elle ouvrit la porte le pétrifia au fond de sa gorge, le nia, l'annula, l'ensevelit à jamais. Contrairement à Thad, elle n'avait aucun rêve de George Stark dont elle se souvenait — mais elle aurait pu tout aussi bien en avoir d'enfouis au plus profond de son inconscient, car cette tête qui la foudroyait d'un regard terrible, en dépit de toute son horreur, avait cet aspect indéfinissable de la chose à laquelle on s'attendait.

« Hé, ma petite dame, vous voulez pas m'acheter un tapis ? » demanda Stark à travers la moustiquaire.

Il sourit, exposant une bouche pleine de dents. La plupart étaient pourries. Ses lunettes de soleil lui faisaient des yeux comme deux grandes orbites vides. Du pus coulait de sa joue et de sa mâchoire et dégouttait sur sa veste.

Trop tard, elle voulut fermer la porte. Stark fit éclater le grillage de la moustiquaire de son poing ganté et la rouvrit. Liz recula en trébuchant, essayant de crier. Impossible. Elle avait toujours la gorge paralysée.

Stark entra et referma la porte derrière lui.

Liz le regarda qui se dirigeait lentement vers elle. Il avait l'air d'un épouvantail resté vingt ans dans un champ avant de se mettre soudain à bouger. Le pire, c'était son sourire : sa lèvre supérieure ne paraissait pas simplement en décomposition, mais comme dévorée. Elle voyait se découvrir les dents noirâtres et les trous dans la mâchoire qui avait perdu les leurs.

La main gantée se tendit vers elle.

« Salut, Beth », dit-il avec son épouvantable sourire. « Excuse-moi de débarquer à l'improviste, mais je passais dans le coin et je me suis dis : Tiens, si j'allais leur dire bonjour ? Je suis George Stark. Ravi de faire ta connaissance. Encore plus ravi que tu pourras jamais l'imaginer. »

L'un des doigts effleura son menton... le caressa. Sous le cuir noir, la chair donnait une impression molle et spongieuse. A ce moment-là, elle pensa aux jumeaux, endormis au premier, et sa paralysie disparut. Elle fit demi-tour et bondit vers la cuisine. Quelque part, dans le chaos rugissant de ses pensées, elle se voyait décrochant le couteau à découper de son support magnétique, au-dessus du comptoir, et le plongeant de toutes ses forces dans cette caricature humaine obscène.

Elle l'entendit qui bondissait derrière elle, rapide comme l'éclair.

La main gantée effleura le dos de sa blouse, à la recherche d'une prise, mais glissa.

On passait dans la cuisine par une porte battante, maintenue ouverte par un coin de bois. Sans s'arrêter, elle donna un coup de pied au coin, sachant que si elle le manquait ou ne réussissait pas à le dégager complète-ment, elle n'aurait pas une deuxième chance. Mais elle le heurta de plein fouet du bout de sa pantoufle (bref éclair de douleur dans les orteils) et le morceau de bois fila sur le sol de la cuisine, si impeccablement ciré que toute la pièce s'y reflétait à l'envers. Elle sentit Stark tenter de l'attraper à nouveau. Sans regarder derrière elle, elle saisit le battant et le lança. Elle entendit le coup sourd quand son poursuivant se cogna dedans. Il poussa un hurlement, furieux et surpris, mais nullement diminué. Elle tendit la main vers les couteaux...

... et Stark l'empoigna aux cheveux et par le dos de sa blouse. Il la tira violemment en arrière en la faisant tourner sur elle-même. Il y eut un craquement rêche de tissu qui se déchire, et elle pensa, affolée, *Si jamais il me viole oh mon Dieu si jamais il me viole je deviens folle...*

Elle martela le visage grotesque de ses deux poings, ce qui mit les lunettes de soleil de travers puis les fit tomber. Les chairs, en dessous de l'œil gauche, pen-daient et s'effilochaient comme une bouche morte, lais-sant voir tout le globe oculaire injecté de sang.

Et il *riait*.

Il lui saisit les mains et l'obligea à les baisser. Elle en dégagea une et lui griffa le visage avec. Ses doigts laissèrent de profonds sillons dans lesquels du sang et du pus mêlés commencèrent à s'infiltrer paresseusement. Aucune impression de résistance ou presque : autant s'attaquer à une masse de viande avariée. Liz, à ce moment-là, réussit à produire une manifestation sonore ; elle aurait voulu crier, mais elle ne parvenait qu'à émettre une série de petits râles comme des aboiements de détresse.

Il rattrapa la main qu'elle avait dégagée, la rabaissa et la réunit à l'autre derrière son dos, la maintenant ainsi d'une seule des siennes. Spongieuse, peut-être, mais aussi ferme qu'une paire de menottes. Il porta son autre main à hauteur de la blouse de Liz et la mit en coupe sous son sein. Sa chair se rétracta à ce contact. Elle ferma les yeux et tenta de reculer.

« Oh, arrête donc ça », dit-il. Il ne souriait plus intentionnellement, mais le côté gauche de sa bouche souriait tout seul, pétrifié dans le rictus dessiné par la décomposition. « Arrête ça, Beth, tu veux bien ? Pour ton propre bien. Ça m'excite quand tu te bagarres. Et pas question que tu m'excites. Garanti. Je crois que nous devrions avoir une relation platonique, toi et moi. Au moins pour le moment. »

Il serra le sein plus fort et elle sentit la force brutale sous la pourriture — comme une armature de tiges d'acier articulées entourée de plastique mou.

Comment peut-il être aussi fort ? Comment peut-il être aussi fort alors qu'il est dans cet état ?

Mais la réponse s'imposait, évidente. Parce qu'il n'était pas humain. Elle ne le croyait même pas réellement vivant.

« A moins que tu ne veuilles y goûter, peut-être ? » demanda-t-il. « C'est ça ? T'en as envie ? T'en as envie tout de suite ? »

Sa langue, une chose noirâtre aux taches jaunes et rouges, à la surface grêlée de trous et crevassée comme un sol craquelé par la sécheresse, s'étira hors de la bouche ricanante au sourire figé et s'agita dans la direction de Liz.

Elle arrêta instantanément de se débattre.

« C'est mieux, reprit Stark. Bon, maintenant, je vais te lâcher, ma chère petite Bethie, mon doux cœur. Mais quand je vais faire ça tu vas être reprise du besoin soudain de courir le cent mètres en cinq secondes. C'est tout à fait naturel ; à peine nous connaissons-nous, et je suis bien conscient de ne pas être très présentable, en ce moment. Mais avant que tu fasses quelque chose d'idiot, je voudrais que tu penses aux deux flics, là dehors. Ils sont morts. Et que tu penses aussi aux bambinos, qui dorment tranquillement dans leur chambre. Les enfants ont besoin de se reposer, pas vrai ? En particulier les tout petits enfants, les tout petits enfants *sans défense*, comme les tiens. M'as-tu bien compris ? M'as-tu bien suivi ? »

Elle hocha bêtement la tête. Son odeur lui parvenait, maintenant. D'horribles effluves charnels. *Il pourrit*, se dit-elle. *Il est là, devant moi, en train de pourrir*.

Les raisons pour lesquelles il tenait si désespérément à ce que Thad écrivît de nouveau étaient parfaitement claires.

« Vous êtes un vampire », dit-elle d'une voix étranglée. « Une saloperie de vampire. Et il vous a mis au régime. Alors vous vous ramenez ici. Vous me terrorisez et vous menacez mes bébés. Vous n'êtes qu'une ordure de trouillard, George Stark. »

Il la lâcha et retendit les gants sur ses doigts, une main après l'autre. Un geste précieux devenu soudain étrangement sinistre.

« Ce n'est vraiment pas juste, Beth, vraiment pas. Que ferais-tu, toi, à ma place ? Que ferais-tu, si tu te trouvais larguée sur une île déserte sans rien à boire ni à manger ? Prendrais-tu une pose alanguie en poussant de petits soupirs ? Ou est-ce que tu te bagarrerais ? Est-ce que tu me condamnes simplement parce que je veux tout bêtement vivre ? »

— Oui ! aboya-t-elle.

— Réponse d'un bon petit partisan… mais tu changeras peut-être d'avis. Vois-tu, le coût de tant de parti pris peut s'élever beaucoup plus que tu ne le penses en ce moment, mon cœur. Quand on a affaire à une opposition intelligente et bien décidée, le prix peut devenir carrément astronomique. Tu risques d'éprouver un enthousiasme, à l'idée de notre collaboration, que tu n'imagines même pas.

— Continue de rêver, espèce de fumier ! »

Le côté droit de sa bouche se releva, le côté gauche au

sourire éternellement figé monta d'un cran, et il lui fit la faveur d'une œillade frankensteinesque supposée la faire fondre. Sa main, ignoble comme de la gelée bourrée dans des gants de plastique, à travers le cuir fin, lui caressa l'avant-bras. Un doigt pesa un instant de manière suggestive dans sa paume — puis il s'interrompit.

« Ce n'est pas un rêve, Beth, je t'assure. Thad et moi nous allons collaborer sur un nouveau roman de Stark... pendant un certain temps. Si tu préfères, Thad va me donner un petit coup de pouce. Je me trouve dans le cas d'une voiture qui vient de tomber en panne sèche. Mais moi, c'est pas une panne d'essence, mais d'encre. C'est tout. C'est le seul problème, à mon avis. Une fois le réservoir rempli, je redémarre, passe la première et hop ! Je me tire !

— Vous êtes cinglé, murmura-t-elle.

— Ouaip ! Tolstoï aussi était cinglé. Et Richard Nixon était cinglé. Ce qui ne les a pas empêchés d'élire ce chien galeux président des États-Unis. »

Stark tourna la tête vers la fenêtre et regarda. Liz n'entendait rien, mais lui paraissait tendre l'oreille avec toute son attention, comme s'il s'efforçait de recueillir un bruit lointain, à la limite de l'audible.

« Qu'est-ce que vous...

— Ferme-la une minute, tu veux ? Mets ton mouchoir dedans. »

Elle détecta le son atténué d'un envol d'oiseaux. Un son incroyablement distant, incroyablement beau. Incroyablement libre.

Elle restait debout, immobile, le cœur battant trop fort, incapable de détacher les yeux de ce... de cette chose, se demandant si elle avait une chance de lui échapper. Il n'était pas exactement en transe, ni quoi que ce soit de semblable, mais son attention était indiscutablement tournée ailleurs. Elle pouvait peut-être s'enfuir, trouver une arme et...

Une main en décomposition vint se refermer sur l'un de ses poignets.

« Je peux rentrer dans la tête de ton mec et regarder avec ses yeux, tu sais. Je peux le sentir penser. Ça, je ne peux pas le faire avec toi, mais je suis tout de même capable de deviner certaines choses, rien qu'à regarder ta tête. Peu importe à quoi tu penses en ce moment, mon cœur. Simplement, n'oublie pas les deux flics... et tes mômes. C'est tout ce que t'as à faire, Beth, et tu ne commettras pas d'erreur d'appréciation.

— Pourquoi vous m'appelez tout le temps comme ça?

— Comme ça quoi? Beth? » Il éclata de rire. Un bruit immonde, comme s'il avait eu du gravier coincé dans le gosier. « C'est *comme ça* qu'il devrait t'appeler, s'il était assez intelligent pour cela, tu sais.

— Vous êtes cin...

— Cinglé, je sais. Tout ça c'est bien mignon, mon cœur, mais il faut remettre à plus tard cette intéressante discussion sur mon état de santé mentale. Trop de choses arrivent en ce moment. Écoute : il faut que j'appelle Thad, mais pas à son bureau. Le bigophone est peut-être sur écoute, là-bas. Lui ne le croit pas, mais les flics l'ont peut-être branché sans lui en parler. Plutôt le genre confiant, ton bonhomme. Pas comme moi.

— Comment pouvez-vous... »

Stark se pencha vers elle et lui parla très lentement, avec la plus grande application, comme un instituteur s'adressant à un débutant légèrement retardé : « Écoute-moi bien, Beth. Je veux que t'arrêtes un peu de me casser les pieds et que tu répondes à mes questions. Parce que si tu continues à ne pas me donner ce que je te demande, je crois pouvoir l'obtenir à l'aide des jumeaux. D'accord, ils ne peuvent pas encore parler, mais je pourrais peut-être leur apprendre. Un bon petit stimulant peut faire des merveilles. »

Il portait une veste matelassée par-dessus sa chemise, en dépit de la chaleur, un genre de modèle plein de poches à fermetures à glissière comme les aiment les chasseurs et les randonneurs. Il porta la main à l'une d'elles que déformait la présence d'un objet cylindrique. Et en sortit une petite lampe à souder à gaz.

« Même si ça ne leur apprend pas à parler, ça pourrait leur apprendre à chanter. Je parie que je suis capable de les faire chanter aussi bien que deux rossignols. Bien que je me demande si cette musique te plairait, Beth. »

Elle essaya de détourner les yeux de la torche, sans y parvenir. Ils la suivaient, impuissants, tandis que Stark la faisait passer d'une main gantée à l'autre. Comme si elle avait les prunelles vissées sur l'embout.

« Je vous dirai tout ce que vous voudrez savoir », dit-elle à voix haute. Et intérieurement elle ajouta : *pour le moment.*

« Voilà qui est beaucoup mieux », répondit-il en remettant la lampe à souder dans sa poche. La veste s'entrouvrit légèrement sous le poids, et elle vit la crosse d'un très gros revolver. « Et très intelligent, aussi, Beth. Maintenant, écoute bien. Il y a un autre type là-bas, aujourd'hui, au département d'anglais. Je le vois aussi clairement que je te vois en ce moment. Un petit bonhomme, les cheveux blancs, une pipe à la bouche presque aussi grosse que lui. Quel est son nom ?

— On dirait Rawlie DeLesseps », répondit-elle sèchement.

Elle se demanda comme il pouvait savoir que Rawlie se trouvait à la fac ce jour-là... puis décida qu'au fond, elle préférait rester dans l'ignorance.

« Pourrait-il s'agir de quelqu'un d'autre ? »

Liz réfléchit un instant puis secoua la tête.

« Ce doit être Rawlie.

— Où est l'annuaire de l'université ?

— Dans le tiroir de la table du téléphone. Dans le séjour.

— Parfait. » Il était passé devant elle avant même qu'elle se fût rendu compte qu'il avait bougé — la grâce féline et onctueuse avec laquelle se déplaçait ce tas de viande avariée lui donnait vaguement la nausée — et saisi l'un des couteaux les plus longs accrochés à la plaque magnétique. Elle se raidit. Stark lui jeta un coup d'œil, et repartit de son petit rire où roulaient des graviers. « Ne t'en fais pas, je ne vais pas te toucher. Tu es ma bonne petite fée, n'est-ce pas ? Allez, suis-moi. »

Puissante, mais désagréablement spongieuse, la main gantée entoura de nouveau son poignet. Lorsque Liz voulut se dégager, la main ne fit que serrer davantage. Elle arrêta aussitôt de tirer et se laissa conduire.

« Bien », dit-il.

Il l'entraîna dans la salle de séjour, où elle s'assit sur le canapé, genoux au menton. Stark lui jeta un coup d'œil, approuva d'un hochement de tête et se tourna vers le téléphone. Quand il eut vérifié qu'il n'y avait aucun signal d'alarme — quels amateurs, ces flics, tout de même! — il coupa le branchement effectué par la police : le cordon qui le reliait au système de repérage d'appel, celui qui allait jusqu'au magnétophone à déclenchement vocal, dans la cave.

« Je vois que t'as compris comment il fallait te comporter, et c'est très important », déclara Stark à la tête inclinée de Liz. « Maintenant, écoute-moi bien. Je vais essayer de trouver ce Rawlie DeLesseps et d'avoir un petit tête-à-tête avec Thad. Et pendant que je vais faire ça, toi, tu vas monter au premier et tu vas préparer les affaires dont les bébés auront besoin dans votre maison de vacances. Quand tu auras fini, tu les réveilleras et tu descendras avec.

— Mais comment saviez-vous... »

Il grimaça un sourire devant son étonnement.

« Oh, je connais votre emploi du temps. Je le connais peut-être même mieux que toi, si ça se trouve. Tu les réveilles, tu les prépares, et tu descends avec. Je connais la disposition de la maison aussi bien que votre emploi du temps, et si tu cherches à te tirer, mon cœur, je le saurai tout de suite. Inutile de les habiller; prends ce dont ils auront besoin, et qu'ils restent en couches-culottes. Tu les habilleras plus tard, pendant que nous nous baladerons.

— Castle Rock? Vous voulez aller à Castle Rock?

— Ouais-ouais. Mais tu n'as pas besoin de penser à ça pour le moment. Pour le moment, tu n'as à penser qu'à une chose : si tu mets plus de dix minutes à ma montre, je monte voir ce qui se passe, c'est clair? »

Il la regarda, impassible, et les lunettes noires ressemblaient de plus en plus à deux orbites vides, dans le magma suppurant et pelé du reste de son visage.

« Bien entendu, je monterai la lampe à souder allumée et prête à l'action. C'est bien compris?

— Je... oui.

— Et surtout, surtout, il y a une chose dont tu dois te

souvenir, Beth. Si tu coopères avec moi, tout se passera bien. Et tes enfants n'auront rien. » Il sourit de nouveau. « Comme tu es une excellente mère, je me dis que c'est quelque chose de très important pour toi. Je veux simplement être bien sûr que t'as compris une chose : pas question de jouer au plus fin avec moi. Les deux flics qui sont maintenant à l'arrière de leur bagnole en arbre de Noël, à attirer les mouches, ont eu la malchance de se trouver sur les rails au passage de mon express. Il y a tout un paquet de flics de New York qui ont connu le même genre de malchance... comme tu le sais très bien. La seule manière de faire quelque chose pour toi — pour toi et tes mômes — et pour Thad, parce que s'il fait ce que je veux tout ira bien pour lui aussi, c'est de ne pas moufter et de me donner un coup de main. Bien pigé ?

— Oui », répondit-elle, la voix étranglée.

« Tu risques d'avoir des idées. Je sais que c'est des choses qui arrivent lorsqu'on se sent le dos au mur. Mais si jamais tu en as une seule, tu me la vires. Tout de suite. Colle-toi bien ça dans le crâne, que même si j'ai pas l'air trop frais, j'ai une ouïe de chat. Si tu essaies d'ouvrir une fenêtre, je l'entendrai. Si tu essaies d'enlever une moustiquaire, je l'entendrai aussi. Je suis le genre de type, Bethie, capable d'entendre les anges chanter dans le ciel et les démons hurler dans les trous les plus profonds des enfers. Demande-toi si c'est un risque qui vaut la peine d'être couru, et tu comprendras que non, tu n'es pas idiote. Et maintenant, debout, ma grande, au boulot. »

Il regardait sa montre, bien décidé à la chronométrer. Liz se précipita vers l'escalier sur des jambes en coton.

6

Elle l'entendit qui parlait brièvement au téléphone, en bas. Il y eut un long silence, puis il recommença à parler. Sa voix changea. Elle ne savait pas à qui il s'était adressé en premier — peut-être à Rawlie DeLesseps — mais la deuxième fois, elle aurait juré que Thad était à l'autre bout du fil. Elle ne pouvait distinguer les mots et n'osait pas décrocher le poste de l'étage, mais elle avait néanmoins la conviction qu'il s'agissait de Thad. Elle n'avait pas le temps de l'espionner, de toute façon. Il lui avait demandé si le risque valait la peine d'être couru. La réponse était non.

Elle jeta des changes neufs dans un sac, des vêtements dans une valise. Elle balança tout ce qui était crème, talc, essuie-mains, épingles de nourrice et autres dans un sac à dos.

En bas, la conversation s'était achevée. Elle était sur le point d'aller réveiller les jumeaux, lorsqu'il l'appela :

« Beth, c'est l'heure !

— J'arrive ! »

Elle souleva Wendy, qui commença à pleurer sur un mode ensommeillé.

« Je veux que tu rappliques ici en bas. J'attends un coup de téléphone, et j'ai besoin de toi pour le bruitage. »

Mais c'est à peine si elle entendit cette dernière réflexion. Elle avait les yeux fixés sur une corbeille posée sur la commode des jumeaux.

A côté, était posée une paire de ciseaux de couturière.

Elle replaça Wendy dans son berceau, jeta un coup d'œil en direction de la porte et alla vivement jusqu'au meuble. Elle prit les ciseaux et deux épingles de nourrice qu'elle se mit dans la bouche comme une couturière qui monte une robe, puis défit la fermeture de sa jupe. Elle épingla les ciseaux à l'intérieur de sa culotte et remonta la glissière. Les ciseaux et les épingles de nourrice déformaient un peu sa jupe. Elle ne pensait pas qu'un homme ordinaire l'aurait remarqué, mais George Stark était tout, sauf un homme ordinaire. Elle laissa la blouse pendre par-dessus la jupe. Bien mieux.

« Beth ! » s'impatienta Stark, une pointe de colère dans la voix. Plus grave, cette voix lui parvenait du milieu des escaliers et elle ne l'avait absolument pas entendu monter, alors qu'elle aurait juré qu'il était impossible de grimper plus de deux marches de cette antiquité sans produire toutes sortes de craquements.

Juste à ce moment-là, le téléphone sonna.

« *Tu rappliques tout de suite !* » lui cria-t-il.

Elle se précipita pour réveiller William. Elle n'eut pas le temps de le faire en douceur, si bien qu'elle avait un moutard braillant la sono à fond à chaque bras quand elle descendit enfin.

Stark était au téléphone et elle s'attendait à le voir encore plus furieux avec le bruit. Mais au contraire, il paraissait tout à fait ravi... puis elle comprit qu'il avait toutes les raisons de l'être, s'il parlait à Thad. Il aurait pu difficilement mieux faire avec un enregistrement de bruitages fait d'avance.

Le moyen de pression ultime, pensa-t-elle, ressentant une bouffée exacerbée de haine pour cette créature en pleine putréfaction, qui n'avait aucune raison d'exister mais refusait de disparaître.

Stark tenait un crayon dans une main et tapotait doucement la tablette du téléphone du bout portant la gomme. Elle eut un léger choc en reconnaissant un Berol Black Beauty. *L'un des crayons de Thad. Aurait-il été dans son bureau ?*

Non — bien sûr que non. Il n'y avait pas été, et ce n'était pas l'un des crayons de Thad. Ils n'avaient d'ailleurs jamais été les crayons de Thad, à proprement parler ; il en achetait simplement quelques-uns de temps en temps. Les Berol appartenaient à Stark. Il s'en était servi pour écrire quelque chose en lettres bâtons au dos de l'annuaire de l'université. Elle se rapprocha et put lire deux phrases. DEVINE D'OÙ J'APPELAIS, THAD ? disait la première. La seconde était plus brutalement directe. DIS-LE À QUELQU'UN ET ILS SONT TOUS MORTS.

Comme pour confirmer cela, Stark répondait justement :

« Absolument rien, comme tu l'entends toi-même. Je n'ai pas touché à un seul cheveu de leurs précieuses petites têtes. »

Il se tourna vers Liz et lui adressa un clin d'œil. La chose la plus immonde qu'il pût faire. Comme s'ils étaient complices, tous les deux. Stark faisait tourner ses lunettes entre le pouce et l'index de sa main gauche. Ses globes oculaires saillaient dans son visage comme deux billes dans une statue de cire en train de fondre.

« Pas encore », ajouta-t-il.

Il écouta, puis sourit. Même si ce visage ne s'était pas quasiment décomposé sous ses yeux, un tel sourire l'aurait frappée par sa malveillance vicieuse.

« Quoi, Liz ? » fit Stark d'une voix qui était presque joyeuse. C'est à ce moment-là que sa colère fut plus forte que sa peur et qu'elle pensa aux rats de tante Martha. Elle aurait bien voulu que tante Martha fût présente, en ce moment, pour prendre soin de ce gaspard-là. Elle avait bien les ciseaux, mais cela ne signifierait pas que l'occasion se présenterait de s'en servir. Mais Thad... Thad connaissait l'histoire de tante Martha. Une idée germa dans son cerveau.

7

La conversation terminée, Stark raccrocha et Liz lui demanda ce qu'il avait l'intention de faire.

« Allez très vite, répondit-il, c'est ma spécialité. » Il lui tendit les bras. « Donne-moi l'un des mômes. N'importe lequel. »

Elle eut un mouvement de recul, avec le réflexe de serrer les deux jumeaux contre sa poitrine. Ils s'étaient maintenant calmés, mais se remirent à geindre et à se tortiller sous l'effet de son geste convulsif.

Stark la regarda patiemment.

« Je n'ai pas le temps de discuter, Beth. Ne m'oblige pas à te persuader avec ça. » Il tapota le cylindre qui déformait la poche de sa veste de chasse. « Je n'ai pas l'intention de faire mal à ton gosse. D'une certaine manière marrante, je suis aussi un peu leur papa.

— *Je vous interdis de dire ça !* » hurla-t-elle, reculant encore d'un pas.

Elle tremblait, prête à s'enfuir.

« On se calme tout de suite, ma petite dame. »

Il avait parlé sans hausser le ton, sans appuyer sur un seul mot, mais d'une voix mortellement froide. Elle avait l'impression d'avoir été giflée par une serviette mouillée.

« Mets-toi dans le coup, mon cœur. Je dois sortir pour

planquer la voiture des flics dans votre garage. Je ne veux pas risquer de te voir filer dans l'autre direction pendant ce temps-là. Mais si j'ai un des mômes avec moi, disons en tant que collatéral, je n'aurai plus à m'inquiéter. Je suis sérieux quand je dis que je ne vous veux aucun mal, ni à toi ni aux jumeaux... et même si c'était le cas, en quoi est-ce que ça arrangerait mes affaires de faire souffrir un des gosses ? J'ai besoin de ta coopération, ce ne serait pas la bonne manière de l'obtenir. Bon, maintenant tu m'en passes un, ou je leur fais mal à tous les deux — je ne les tuerai pas mais ils vont en baver, je te le promets — et ce sera ta faute. »

Il tendit de nouveau les bras. Son visage ravagé affichait une expression sinistre et décidée. Liz vit qu'aucun argument ne pourrait l'ébranler, qu'aucune supplication ne le ferait changer d'avis. Il n'écouterait même pas : il agirait comme il avait menacé de le faire.

Elle s'avança vers lui, mais lorsqu'il voulut prendre Wendy elle ne put s'empêcher de se raidir de nouveau, lui résistant un instant. Wendy se mit à pleurer plus fort. Liz laissa alors aller la fillette et commença elle-même à pleurer. Elle le regarda dans les yeux.

« Si vous lui faites quoi que ce soit, je vous tuerai.

— Je sais que tu essaierais », répondit gravement Stark. « J'ai le plus grand respect pour la maternité, Beth. Tu penses que je suis un monstre, et tu as peut-être raison. Mais les véritables monstres ne sont jamais totalement dépourvus de sentiments. Je crois qu'en fin de compte c'est ça, et non pas leur aspect, qui les rend si effrayants. Je ne vais faire aucun mal à la petite, Beth. Elle est en parfaite sécurité avec moi... tant que tu feras ce que je te dirai de faire. »

Liz tenait maintenant William à deux bras... et le cercle qu'ils faisaient ne lui avait jamais paru aussi vide. Jamais, au cours de sa vie, elle n'avait été aussi convaincue d'avoir commis une erreur. Mais qu'aurait-elle pu faire d'autre ?

« Et en plus... regarde ! » s'écria Stark — et il y avait quelque chose dans sa voix qu'elle ne pouvait pas admettre, qu'elle refusait d'admettre. La note de tendresse qu'elle avait décelée ne pouvait être que simulée, elle n'était qu'une autre manière de se moquer d'elle. Mais il avait les yeux baissés sur Wendy, et on y lisait une profonde et perturbante attention... Quant à Wendy, elle avait le visage levé vers lui et le regardait, fascinée, ne pleurant plus. « La petite ne sait rien de la tête que j'ai. Elle n'a pas peur de moi, Beth. Absolument pas peur. »

Elle le regarda, paralysée par l'horreur, qui levait sa main droite. Il avait enlevé ses gants et elle voyait un épais bandage de gaze, exactement au même endroit où Thad en avait un sur sa main gauche. Stark ouvrit le poing, le referma, l'ouvrit. Il était manifeste, à la manière dont sa mâchoire se serrait, que ce geste le faisait souffrir, mais il le faisait tout de même.

Thad fait comme ça, il fait exactement comme ça, oh mon Dieu, exactement de la même manière!

Wendy paraissait maintenant parfaitement calme. Elle regardait Stark, l'étudiant avec attention, ses yeux gris pleins de fraîcheur ne quittant pas ceux d'un bleu bourbeux de l'homme. Avec la peau des paupières inférieures complètement avachie, on aurait dit que ses globes oculaires étaient sur le point de tomber et de rester suspendus au bout du nerf optique.

Et Wendy lui rendit le salut de sa menotte.

Ouvrant la main, fermant la main.

Un salut à la Wendy.

Liz sentit un mouvement dans ses bras, baissa les yeux et vit William qui observait George Stark avec la même fascination que sa sœur. Il souriait.

La main de William s'ouvrit, puis se referma, s'ouvrit...

Un salut à la William.

« Oh non », gémit-elle, d'un ton de voix presque inaudible. « Oh mon Dieu, non, ne laissez pas cela arriver...

— Tu vois? » dit Stark, se tournant vers elle. Il lui adressait son sourire sardonique pétrifié — le plus terrible étant qu'elle se rendait compte qu'il s'efforçait d'être gentil... sans y parvenir. « Tu vois? Ils m'aiment bien, Beth. Ils m'aiment bien. »

Stark, après avoir remis ses lunettes de soleil, gagna l'allée avec Wendy dans les bras. Liz courut à la fenêtre et le regarda, folle d'anxiété. Une partie d'elle-même était sûre qu'il avait l'intention de sauter dans la voiture de la police et de s'enfuir avec le bébé sur le siège avant et les deux Troopers morts à l'arrière.

Mais pendant quelques instants, il resta sans rien faire, debout dans la lumière brumeuse à côté de la portière du conducteur, tête baissée, le bébé niché au creux du bras. Il garda l'immobilité pendant quelque temps, comme s'il parlait sérieusement à Wendy, ou comme s'il priait. Plus tard, lorsque Liz en sut davantage, elle devina qu'il avait de nouveau essayé d'entrer en contact avec Thad pour lire dans ses pensées, et deviner s'il avait l'intention de faire ce que Stark voulait qu'il fît ou s'il avait tiré d'autres plans.

Au bout d'une trentaine de secondes, il releva la tête, la secoua vigoureusement comme pour l'éclaircir, puis monta dans le véhicule dont il lança le moteur. *Les clés étaient dessus*, pensa-t-elle, navrée. *Il n'a même pas eu besoin de bricoler les fils ou de faire je ne sais quoi. Ce type a une chance diabolique.*

Stark fit rouler le véhicule jusque dans le garage et coupa le moteur. Puis elle entendit le claquement de la portière et il ressortit, ralentissant au passage pour appuyer sur le bouton de la porte électrique, qui s'ébranla avec un grondement sourd.

Un instant plus tard, il était de retour dans la maison et lui rendait Wendy.

« Tu vois ? Elle va très bien. Bon, maintenant, parle-moi de tes voisins. Les Clark.

— Les Clark ? » demanda-t-elle, se sentant complètement stupide. « Qu'est-ce que vous leur voulez, aux Clark ? Ils sont en Europe pour tout l'été. »

Il sourit. D'une certaine manière, c'était ce qu'il y avait de plus horrible ; dans des circonstances plus normales, en effet, on l'aurait décrit comme un sourire de plaisir non dissimulé... un sourire de triomphe, aussi, soupçonna-t-elle. Et n'avait-elle pas ressenti une pointe d'attirance? Pendant un monstrueux éclair? Dément, bien entendu, mais pouvait-elle pour autant le nier? Elle ne le pensait pas, et elle comprenait même d'où cela provenait. Après tout, elle avait épousé le plus proche parent de ce... personnage.

« Merveilleux! s'exclama-t-il. Pouvait pas tomber mieux! Ont-ils une voiture? »

Wendy commença à pleurer. Liz tourna les yeux vers sa fille et la vit qui regardait l'homme au visage pourri et aux yeux en billes de loto exorbitées, lui tendant ses petits bras potelés. Elle ne pleurait pas parce qu'elle avait peur de lui, mais au contraire parce qu'elle voulait retourner dans ses bras.

« Si c'est pas mignon, dit Stark, elle veut revenir dans les bras de papa.

— La ferme, espèce de monstre », cracha Liz.

Ce vieux renard de George Stark renversa la tête en arrière et éclata de rire.

9

Il lui donna cinq minutes de plus pour empaqueter d'autres affaires pour elle et les jumeaux. Elle lui dit qu'il n'y avait pas moyen d'en rassembler la moitié en si peu de temps et il rétorqua en lui demandant de faire au mieux.

« T'as déjà de la chance que je te donne ces cinq minutes, Beth, étant donné les circonstances. Il y a deux macchabs de flics dans ton garage, et ton mari est au courant de ce qui se passe. Si tu veux perdre ces cinq minutes à débattre la question avec moi, ça te regarde. Il ne reste plus que... » Il regarda sa montre, puis lui sourit... « quatre minutes trente ».

Elle fit donc ce qu'elle put, s'arrêtant à un moment donné d'entasser les petits pots de nourriture pour bébé dans un sac de commissions pour regarder ses enfants. Ils étaient assis côte à côte sur le sol, jouant paresseusement à se taper et observant Stark. Elle redoutait d'avoir deviné à quoi ils pensaient.

Si c'est pas mignon...

Non. Pas question d'y penser. Elle ne voulait pas y penser, mais elle n'arrivait pas à penser à autre chose : Wendy, en train de pleurer et de tendre ses petits bras dodus. De les tendre vers le monstre assassin.

Elle veut revenir dans les bras de papa...

Il se tenait dans l'encadrement de la porte de la cuisine et la regardait, souriant ; elle n'avait qu'une envie, lui plonger les ciseaux dans le corps, sur-le-champ. Impression de n'avoir jamais rien désiré de sa vie aussi ardemment.

« Pouvez pas me donner un coup de main ? » lui lança-t-elle d'un ton de colère, avec un geste en direction des deux sacs et de la glacière portative qu'elle venait de remplir.

« Avec plaisir, Beth », répondit-il.

Il prit l'un des sacs, mais garda l'autre main, la gauche, libre.

10

Ils traversèrent la pelouse latérale, franchirent la ceinture de végétation qui séparait les deux propriétés et gagnèrent l'allée privée des Clark. Stark l'obligeait à marcher vite et elle arriva hors d'haleine devant la porte fermée du garage. Il avait proposé de prendre l'un des jumeaux, mais elle avait refusé.

Il posa la glacière et prit dans une de ses poches un petit morceau de métal, terminé en pointe, qu'il introduisit dans la serrure de la porte. Il tourna tout d'abord à droite, puis à gauche, l'oreille tendue. Il y eut un cliquetis et il sourit.

« Parfait. Même des serrures de Mickey peuvent être la merde à forcer, sur les garages. Gros ressorts. Difficile à faire basculer. Mais celle-là est aussi fatiguée que la chatte d'une pute au petit jour. Nous avons du pot. »

Il tourna la poignée et poussa. La porte s'ouvrit en grondant sur ses rails.

Il faisait une chaleur de grange dans le garage, et le

break Volvo des Clark était encore plus étouffant à l'intérieur. Stark se pencha sous le tableau de bord, exposant l'arrière de son cou. Elle eut des fourmis dans les doigts. Il ne lui aurait fallu qu'une ou deux secondes, d'où elle était, à la place du passager, pour libérer les ciseaux — mais c'était encore trop long. Elle avait vu à quelle vitesse il réagissait devant l'inattendu. Elle n'était pas réellement surprise de lui trouver les réflexes d'un animal sauvage, puisque animal sauvage il était.

Il ramena un paquet de fils de derrière le tableau de bord, puis sortit un rasoir ensanglanté de l'une de ses poches. Elle fut parcourue d'un bref frisson et dut déglutir rapidement par deux fois pour retenir un haut-le-cœur. Il ouvrit la lame, se pencha de nouveau, dénuda deux des fils et les fit se toucher. Il y eut une petite étincelle bleue, et le moteur se mit à tousser. Un instant plus tard, il tournait normalement.

« Eh bien, c'est parfait ! croassa Stark. En route, mauvaise troupe ! »

Les jumeaux gloussèrent et lui lancèrent des bonjours de la main Stark leur répondit joyeusement sur le même mode. Tandis qu'il faisait marche arrière pour sortir du garage, Liz passa furtivement la main sous Wendy, assise sur ses genoux, et toucha les deux cercles que formait la poignée des ciseaux, à travers sa jupe. Pas maintenant, mais bientôt. Elle n'avait aucune intention d'attendre Thad. Elle était trop anxieuse sur ce que cette créature des ténèbres pourrait décider de faire aux jumeaux entre-temps.

Aux jumeaux, ou à elle.

Dès qu'il serait suffisamment occupé et distrait, elle avait l'intention de dégager les ciseaux et de les lui planter dans la gorge.

III

L'apparition des psychopompes

« Les poètes parlent de l'amour », dit Machine, faisant aller et venir le coupe-chou sur la lanière de cuir à un rythme régulier et hypnotique. « Et je trouve ça très bien. L'amour existe. Les politiciens te parlent de devoir, et c'est aussi très bien. Le devoir, ça existe aussi. Eric Hoffer parle du post-modernisme, Hugh Hefner parle de sexe, Hunter Thompson parle de drogue et Jimmy Swaggart parle de Dieu le Père tout-puissant, qui a fait la terre et le ciel. Tout ça existe et c'est très bien. Tu comprends ce que je veux dire, Jack ?

— Ouais, je crois », répondit Jack Rangely. Il n'avait rien compris, strictement rien compris, mais lorsque Machine était dans cet état d'esprit, seul un cinglé aurait eu l'idée de le contredire.

Machine redressa soudain la lame et d'un seul geste, coupa le cuir en deux. Un long morceau retomba sur le sol de la salle de billard, comme une langue tranchée.

« Mais moi, c'est du destin fatal que je parle, reprit-il. Parce que en dernière analyse, il n'y a que le destin qui compte. »

Riding to Babylon
GEORGE STARK

XXII

Thad En Cavale

1

Imagine que tu es en train d'écrire un livre, se dit-il en s'engageant dans College Avenue, laissant derrière lui le campus de l'université. *Et imagine-toi comme l'un des personnages de ce livre.*

C'était une pensée magique. Son esprit, jusqu'ici, avait été submergé par une panique échevelée — une sorte de cyclone mental dans lequel des fragments de plans plus ou moins possibles tourbillonnaient comme des fragments arrachés de paysage. Mais à l'idée de « faire semblant », de « faire comme si » ce n'était qu'une fiction inoffensive, à l'idée qu'il pouvait non seulement agir lui-même comme il l'entendait, mais faire agir les autres personnages de l'histoire (des personnages comme Harrison et Manchester, par exemple) comme, en tant qu'auteur, il manipulait ses personnages sur le papier, dans le calme de son bureau, sous l'éclairage de la suspension, avec une bouteille bien fraîche de Pepsi ou une tasse de thé bien chaud à portée de la main… à cette idée, on aurait dit que l'ouragan qui lui hurlait entre les oreilles venait soudain de s'évaporer. Avec toute la merde qui n'avait rien à y faire : les morceaux de son plan gisaient là, épars, et il n'y avait rien de plus facile que de les recoller. Il découvrit qu'il tenait même quelque chose qui pouvait marcher.

Il vaut mieux que ça marche. Sinon, tu te retrouves enfermé pour ta propre sécurité, et Liz et les mômes ont toutes les chances de se retrouver morts.

Mais et les moineaux, là-dedans ? Qu'est-ce que les moineaux venaient faire ?

Il l'ignorait. Rawlie lui avait dit ce qu'ils étaient : des psychopompes, les précurseurs des morts-vivants, et ça cadrait très bien, non ? Oui. Jusqu'à un certain point, au moins. Parce que si ce vieux renard de George vivait de nouveau, ce vieux renard de George était aussi mort... mort et en pleine décomposition. C'est comme ça que les moineaux cadraient... mais pas complètement. Si les moineaux avaient ramené George de *(du pays des morts)* peu importe d'où, comment se faisait-il que George en ignorât à ce point l'existence ? Comment se faisait-il qu'il eût oublié avoir rédigé cette phrase, LES MOINEAUX VOLENT DE NOUVEAU, sur les murs de deux appartements ?

« Parce que c'est moi qui l'ai écrite », grommela Thad, tandis qu'il revenait en esprit aux choses qu'il avait jetées dans son journal alors qu'il était au bord de la transe, assis à son bureau.

Question : Les oiseaux sont-ils miens ?

Réponse : Oui.

Question : Qui a écrit à propos des moineaux ?

Réponse : Celui qui sait... et je suis celui qui sait. Je suis celui qui les possède.

Soudain toutes les réponses frémirent, presque à sa portée — les terribles, les impensables réponses. Il entendit un long gémissement tremblotant sortir de sa propre bouche.

Question : Qui a rendu George Stark à la vie ?

Réponse : Le maître des oiseaux. Celui qui sait.

« Je ne voulais pas ! » s'écria-t-il.

Mais était-ce vrai ? Tout à fait vrai ? N'y avait-il pas toujours eu en lui un Thad aimant passionnément la nature simple et violente de George Stark ? Un Thad qui admirait George, un homme qui ne se prenait jamais les pieds dans les tapis ni ne se cognait aux objets, un homme qui n'avait jamais l'air faible ou idiot, un homme qui n'aurait jamais besoin d'avoir peur des démons confinés derrière les portes fermées du bar, un homme qui n'avait à se soucier ni d'une femme, ni d'enfants, sans la moindre attache sentimentale risquant de le ligoter ou de le ralentir, un homme qui n'avait jamais pataugé dans un essai merdique d'étudiant, qui n'était jamais mort d'ennui lors des discussions du comité budgétaire, un homme qui disposait d'une réponse immédiate et efficace à toutes les questions les plus difficiles de l'existence...

Un homme qui n'avait pas peur des ténèbres car il était maître des ténèbres.

« Oui, mais c'est un beau salopard ! » hurla Thad dans la cabine surchauffée de son intelligent petit quatre-quatre made in America.

C'est vrai, mais il y a un Thad qui trouve ça tout à fait séduisant, n'est-ce pas ?

Peut-être n'était-ce pas lui, Thad Beaumont, qui avait réellement créé George... Mais ne se pouvait-il pas que quelque coin nostalgique enfoui au fond de lui-même eût laissé Stark se recréer ?

Question : Si je suis le maître des moineaux, puis-je les utiliser ?

Aucune réponse ne lui vint à l'esprit. Pourtant, il y en avait une qui cherchait à se frayer un chemin : il la sentait s'agiter. Mais elle virevoltait juste hors de portée et Thad prit soudain peur — peur qu'une partie de lui-même aimant Stark ne la retînt ainsi. Une partie de lui-même qui ne voulait pas voir mourir George.

Je suis celui qui sait. Je suis le maître. Je suis le convoyeur.

Il s'arrêta au feu rouge d'Orono, puis prit la Route n° 2, celle de Bangor et de Ludlow au-delà.

Rawlie faisait partie de son plan — de la partie de son plan qu'au moins il comprenait. Qu'allait-il faire s'il arrivait réellement à semer les flics qui le suivaient pour s'apercevoir que Rawlie venait de quitter son bureau ?

Il l'ignorait.

Et que ferait-il, si Rawlie refusait de l'aider ?

Il l'ignorait tout autant.

Je brûlerai ces ponts lorsque j'y serai parvenu. Si j'y parviens.

Mais il n'allait pas tarder à y parvenir.

Sur sa droite, défilait maintenant le périmètre de chez

Gold's, avec son long bâtiment tubulaire fait de sections préfabriquées en alu. Il était peint dans une nuance particulièrement immonde de jaune et entouré par trois ou quatre hectares de voitures à la casse. Les pare-brise brillaient, dans la brume dorée par le soleil, en une galaxie d'étoiles blanches. On était samedi après-midi — depuis vingt minutes, maintenant. Liz et son sinistre kidnappeur devaient être en route pour la maison d'été. Et même s'il devait bien y avoir deux ou trois employés occupés à vendre des pièces de rechange à des mécaniciens du dimanche dans le bâtiment en préfabriqué, Thad pouvait raisonnablement espérer que la partie en plein air réservée aux épaves ne serait pas gardée. Avec quelque chose comme près de vingt mille bagnoles dans un état de délabrement plus ou moins avancé, disposées en plusieurs douzaines d'allées sommaires et zigzagantes, il n'aurait pas de mal à cacher la Suburban... et il fallait la cacher. Haute sur pattes, cubique, grise avec des flancs d'un rouge éclatant, elle se voyait comme le nez au milieu de la figure.

RALENTIR ZONE SCOLAIRE, lisait-on sur le panneau. Thad sentit comme un fer brûlant lui fouailler les entrailles. L'heure de vérité arrivait.

Il jeta un coup d'œil dans le rétroviseur et vit que la Plymouth était toujours à deux longueurs derrière lui. Ce n'était pas le rêve, mais c'était avec cette réalité-là qu'il lui faudrait probablement se débrouiller. Pour le reste, tout dépendrait de l'effet de surprise et de la chance. Ils ne s'attendaient pas qu'il cherchât à s'enfuir. Il n'avait pas la moindre raison de vouloir le faire, à leurs yeux. Et pendant un instant, il songea à renoncer. Et s'il s'arrêtait, au lieu de cela ? Et si, lorsque les flics se seraient garés derrière lui, il répondait à Harrison, venu aux nouvelles savoir ce qui n'allait pas : *Rien ne va. Stark s'est emparé de ma famille. Les moineaux volent toujours, vous comprenez ?*

« *Thad, il dit qu'il a tué les deux qui surveillaient la maison. Je ne sais pas comment il a fait, mais il dit qu'il l'a fait... et je... et je le crois.* »

Thad le croyait aussi sans peine. C'était bien là l'horreur. Et la raison pour laquelle il ne pouvait s'arrêter et tout bêtement demander de l'aide. S'il tentait de faire le mariolle, Stark le saurait. Il ne croyait pas Stark capable de lire dans ses pensées, en tout cas pas à la manière dont les extraterrestres des bandes dessinées et des films de science-fiction lisent dans les pensées des gens, mais il arrivait, d'une manière ou d'une autre, à « se brancher » sur Thad... et à se faire une assez bonne idée de ce qui se passait. Il serait peut-être capable de préparer une petite surprise pour George, s'il arrivait à clarifier ses pensées à propos des foutus oiseaux, mais pour le moment, il entendait bien respecter le scénario à la lettre.

Si du moins c'était possible.

Il arriva au carrefour de l'école avec ses quatre stops. C'était la pagaille, comme d'habitude ; depuis des années, on avait froissé des tôles à cette intersection, tout simplement parce que la plupart des gens n'arrivaient pas à se mettre dans la tête que chacun devait attendre son tour avant de s'engager, et, au lieu de cela, fonçaient dans le tas. Après chaque accident, la mairie recevait quelques douzaines de lettres, dues pour la plupart à des parents inquiets, exigeant la mise en place d'un système de feux. Sur quoi, le conseiller municipal responsable de la voirie, à Veazie, publiait un bulletin disant que le projet était « à l'étude »... puis la question tombait dans l'oubli jusqu'à l'accident suivant.

Thad se mit dans la file de voitures attendant de prendre la direction du sud, vérifia que la Plymouth brune se trouvait toujours à la même distance, puis observa le petit jeu de « après-vous-je-vous-en-prie » auquel se livraient les automobilistes à hauteur du carrefour. Il vit une voiture pleine de dames aux cheveux bleus manquer de peu un jeune couple dans une Datsun Z, puis la fille de la Datsun lever un majeur insolent au nez des dames aux cheveux bleus ; il se rendit alors compte qu'il allait devoir effectuer sa traversée nord-sud juste avant qu'un gros camion-citerne (transport de lait) ne traversât d'est en ouest. Une occasion inespérée.

La voiture qui le précédait s'élança et Thad se retrouva en première ligne. Le fer brûlant lui tritura de nouveau les entrailles. Il jeta un ultime coup d'œil dans le rétroviseur. Harrison et Manchester étaient toujours à deux voitures de distance.

Deux véhicules se croisèrent devant lui. Sur sa gauche, la citerne de lait vint se placer en position. Thad prit une profonde inspiration et engagea la Suburban à petite vitesse sur le carrefour. Une camionnette pick-up, cap au nord sur Orono, le croisa au milieu.

Une fois au-delà du centre du croisement, il fut saisi d'un besoin quasi irrépressible de se mettre debout sur l'accélérateur et de lancer la Suburban pleins gaz. Au lieu de cela, il continua d'avancer à la vitesse, parfaitement légale dans une zone scolaire, de vingt-cinq kilomètres à l'heure, les yeux collés au rétroviseur. La Plymouth était toujours dans sa file, deux voitures en arrière, attendant son tour.

Hé, le mec à la citerne de lait ! pensa-t-il, concentré comme s'il pouvait le faire bouger par la seule force de sa pensée... c'est-à-dire comme il faisait avec les personnages de ses romans. *A mon tour, la citerne !*

Et le camion-citerne argenté s'engagea sur le carrefour, avec la lenteur pleine de dignité d'une opulente douairière mécanisée.

A l'instant où il lui bloqua la vue de la Plymouth dans le rétroviseur, Thad enfonça l'accélérateur jusqu'au plancher.

2

A un demi-pâté de maisons de là, une rue prenait à droite. Thad s'y engagea et la remonta à soixante à l'heure, priant le ciel qu'aucun galopin ne choisît cet instant précis pour courir après sa balle.

Il eut une ou deux secondes très pénibles lorsqu'il crut que la rue se terminait en cul-de-sac, puis il vit qu'il pouvait de nouveau tourner à droite — l'intersection était en partie dissimulée par l'exubérance d'une haie de jardin, appartenant à la maison de l'angle.

Il fit un arrêt californien à la hauteur du carrefour, et les pneus gémirent légèrement quand il tourna à droite. Cent soixante mètres plus loin il tournait encore une fois à droite et ramenait la Suburban à l'intersection de la rue avec la Route n° 2. Il se trouvait maintenant à quatre cents mètres au nord du croisement de l'école. Si, comme il l'espérait, le camion de lait l'avait masqué lorsqu'il avait quitté la route principale, la Plymouth brune devait foncer sur la Route n° 2, plein sud. Peut-être ne soupçonnaient-ils encore rien... bien que Thad doutât sérieusement que Harrison fût bête à ce point. Manchester, à la rigueur ; Harrison, sûrement pas.

Il prit à gauche, fonçant dans un trou de la circulation si étroit que le conducteur d'une Ford dut donner un coup de freins. L'homme montra le poing à Thad quand les deux véhicules se croisèrent. Mais déjà Thad écrasait l'accélérateur en direction de Gold's, l'épaviste. Si un flic en maraude le trouvait non pas en train de dépasser la limitation de vitesse mais de la pulvériser, tant pis. Il n'avait pas les moyens de traîner. Il fallait faire disparaître de la circulation, au sens propre, ce véhicule trop gros et trop voyant.

Il n'y avait même pas un kilomètre à parcourir jusqu'à la casse de Gold's. Thad parcourut une bonne partie de la distance l'œil collé au rétroviseur, s'attendant à chaque instant à voir surgir la Plymouth. Mais elle n'avait pas réapparu lorsqu'il s'engagea sur le terrain du casseur.

Il franchit lentement la barrière ouverte dans la clôture de grillage. Un panneau, lettres rouges délavées sur un fond blanc crasseux, disait : EMPLOYÉS SEULEMENT AU-DELÀ DE CE POINT ! En semaine, on l'aurait immédiatement repéré, mais on était samedi et en outre au beau milieu de l'heure du déjeuner.

Thad se dirigea vers une allée formée d'épaves de voitures empilées par deux ou même trois. Celles d'en dessous avaient perdu toute forme reconnaissable et semblaient se dissoudre lentement dans le sol. La terre était tellement noire d'huile que l'on aurait cru que rien ne pouvait y pousser ; pourtant, de luxuriantes touffes d'herbe bien verte et des tournesols hochant la tête en silence faisaient ici et là des îlots irréguliers de verdure, semblables aux survivants d'un holocauste nucléaire. Un grand tournesol avait poussé à travers le pare-brise d'un camion de boulanger retourné sur le dos comme un chien crevé. La tige velue de la plante s'était enroulée comme un poing autour du moyeu d'une roue, puis avait fait un deuxième enroulement autour de l'insigne de capot d'une vieille Cadillac posée sur le camion. La fleur donna à Thad l'impression d'être scruté par l'œil noir et jaune d'un cyclope mort.

Il se trouvait dans une nécropole mécanique, et ça lui fichait les boules.

Il tourna à droite, puis à gauche. Soudain, il vit des moineaux partout, perchés sur les toits, les capots, les moteurs graisseux amputés de pièces. Il vit un trio de passereaux se baigner dans un enjoliveur de roue rempli d'eau. Ils ne s'envolèrent pas à son approche mais s'immobilisèrent et le regardèrent de leurs yeux comme des perles noires. Une brochette de moineaux s'alignait sur le haut d'un pare-brise posé contre le flanc d'une vieille Plymouth. Il passa à moins d'un mètre d'eux. Les oiseaux battirent nerveusement des ailes mais ne décollèrent pas.

L'avant-garde des morts-vivants. La main de Thad monta jusqu'à la petite cicatrice blanche de son front et se mit à la frotter nerveusement. Son regard tomba en passant sur ce qui était apparemment un trou de météore dans le pare-brise d'une Datsun; de l'autre côté une flaque de sang séché barbouillait le tableau de bord.

Ce n'est pas un météore qui a fait le trou, songea-t-il, tandis que son estomac se contractait lentement et lui donnait le tournis.

Une congrégation de moineaux était posée sur le haut du siège avant de la Datsun.

« Mais qu'est-ce que vous me voulez? » demanda-t-il d'une voix étranglée. « Au nom du ciel, qu'est-ce que vous attendez de moi? »

Et dans son esprit, il lui semblait vaguement entendre une réponse; dans son esprit, il lui semblait entendre la voix unique et suraiguë de leur intelligence avienne : *Non, Thad, c'est toi : qu'est-ce que tu nous veux, toi? C'est toi le maître. C'est toi le convoyeur. C'est toi qui sais.*

« J'en sais foutre rien », marmonna-t-il.

A la fin de cette rangée, un espace était disponible en

face d'une Cutlass Supreme dernier modèle — amputée de tout l'avant. Il gara la Suburban en marche arrière et descendit du véhicule. Dans cette allée étroite, Thad se sentit un peu comme un rat dans un labyrinthe ; il y régnait une forte odeur d'huile à laquelle se mêlait celle, plus agressive et âcre, des liquides de transmission. En dehors du lointain grondement venant de la circulation sur la Route n° 2, on n'entendait aucun bruit.

Les moineaux l'observaient, juchés partout — synode silencieux de petits passereaux brun et noir.

Puis, brusquement, ils s'envolèrent tous ensemble ; ils étaient des centaines, un millier peut-être. Le ronflement saccadé de leurs ailes remplit l'air pendant quelques instants. Ils restèrent groupés en vol, puis virèrent à l'ouest, en direction de Castle Rock. Et, tout aussi brusquement, il ressentit cette impression de grouillement à fleur de peau — pas dessus, mais juste en dessous.

Alors, vieux renard, on cherche à se renseigner ?

Dans sa barbe, il commença à fredonner une chanson de Bob Dylan :

« John Wesley Harding... était l'ami des pauvres... il allait, un revolver dans chaque main... »

La sensation de grouillement parut croître ; elle se déplaça et finit par se centrer sur le trou de sa main gauche. Peut-être se trompait-il complètement et prenait-il ses désirs pour des réalités, mais Thad crut déceler des sentiments de colère... et de frustration.

« Sur toutes les lignes de télégraphe... son nom courait... », fredonna-t-il de nouveau.

Devant lui, gisant sur le sol huileux comme les restes tordus et rouillés de quelque statue d'acier que personne ne se serait donné la peine de vraiment examiner, se trouvait un morceau de châssis-moteur. Thad le ramassa et revint à la Suburban, sans cesser de fredonner des fragments de « John Wesley Harding ». S'il arrivait à camoufler la Suburban en la bosselant un peu, s'il arrivait ainsi à gagner encore deux heures, cela pouvait signifier une différence vitale, au sens propre, pour Liz et les jumeaux.

« Partout dans les campagnes... Désolé, mon gros, ça me fait plus mal qu'à toi... il ouvrit plus d'une porte... »

Il lança la lourde pièce métallique contre la portière du conducteur, où elle creusa une dépression irrégulière de la taille d'une bassine. Puis, revenant à l'avant du véhicule après avoir ramassé le châssis, il le jeta contre la calandre, se faisant mal à l'épaule dans l'effort. Des morceaux de plastique volèrent en tous sens. Il déverrouilla le capot et le souleva un peu, donnant au quatre-quatre ce sourire d'alligator crevé qui semblait la signature *haute couture** des bagnoles revues et corrigées par Gold's.

« ... mais jamais il ne s'en est pris à un honnête homme... »

Il souleva de nouveau le châssis, remarquant au passage que du sang frais était venu tacher le bandage de sa main blessée. Il ne pouvait rien y faire, pour le moment.

« ... avec sa femme à ses côtés, il prit... »

Une dernière fois il lança la pièce métallique contre le pare-brise qui s'effondra avec un craquement bruyant ; il eut beau trouver ça ridicule, il ressentit un petit pincement au cœur.

Il estima que la Suburban avait maintenant suffisamment l'air d'une épave comme les autres pour passer inaperçue.

Il repartit alors dans l'allée, tourna à droite à la première intersection et prit la direction du portail et des ateliers où l'on vendait les pièces détachées. Il avait aperçu un taxiphone près de la porte en arrivant. A mi-chemin il s'immobilisa et arrêta de chantonner, tête inclinée. Il avait l'air de tendre l'oreille pour saisir un bruit à peine perceptible. En fait, c'était à l'écoute de son propre corps qu'il était.

La sensation de grouillement et de démangeaison avait disparu.

Les moineaux aussi avaient disparu, ainsi que George Stark, du moins pour le moment.

Esquissant un sourire, il repartit d'un pas plus vif.

3

Au bout de la deuxième sonnerie, Thad commençait déjà à transpirer. Si Rawlie était encore dans son bureau, il aurait déjà dû décrocher. Les bureaux des profs de lettres n'étaient pas si grands que ça… Qui d'autre aurait-il pu appeler? Qui d'autre, bon sang, aurait pu répondre présent? Aucun nom ne lui venait à l'esprit.

C'est au milieu de la troisième sonnerie que Rawlie décrocha :

« DeLesseps, bonjour. »

Thad ferma les yeux en entendant cette voix enrouée au tabac et s'appuya contre la paroi métallique fraîche de l'atelier.

« Allô?

— Salut, Rawlie. C'est Thad.

— Salut, Thad. » Rawlie n'avait pas l'air extraordinairement surpris d'entendre sa voix. « Vous avez oublié quelque chose?

— Non, Rawlie. Je suis dans le pétrin.

— Oui. »

Le grammairien répondit simplement cela, qui n'était pas une question, puis attendit.

« Vous savez ces deux… », Thad hésita un instant, « … ces deux types qui étaient avec moi?

— Oui », répondit calmement Rawlie, « l'escorte de police.

— Je les ai semés. » En disant cela, Thad ne put s'empêcher de jeter un coup d'œil par-dessus son épaule, au bruit d'une voiture qui roulait dans l'allée desservant le parking de Gold's réservé à la clientèle. Il fut un instant tellement convaincu qu'il s'agissait d'une Plymouth marron qu'il en vit une… mais c'était un véhicule étranger, et ce qu'il avait pris pour du marron était un rouge foncé que la poussière rendait plus éteint encore. Puis la voiture s'éloigna. « Du moins j'espère que je les ai semés. » Il marqua un temps d'arrêt. C'était le moment ou jamais de se jeter à l'eau, et il n'avait pas le temps de peser le pour et le contre. Mais en fait, ce n'était pas une question de décision : il n'avait pas le choix. « J'ai besoin d'un coup de main, Rawlie. Il me faut une voiture qu'ils ne connaissent pas. »

Rawlie garda le silence.

« Vous m'avez dit que si j'avais besoin de quelque chose, je n'avais qu'à demander.

— Je m'en souviens parfaitement », répondit doucement Rawlie.. « Je me rappelle aussi avoir dit que si ces
deux hommes qui vous suivaient partout avaient pour
fonction de vous protéger, il serait peut-être sage de les
aider, autant que faire se pouvait. » Un silence. « Je
crois que je peux en déduire que vous avez choisi de ne
pas suivre mon conseil. »

Thad se sentit sur le point de lui répondre : *Je ne
pouvais pas, Rawlie. L'homme qui détient ma femme et
mes enfants n'hésiterait pas à les tuer*. Ce n'était pas qu'il
n'aurait pas osé expliquer à Rawlie ce qui se passait ; il
ne craignait pas que le grammairien le prît pour un fou ;
les professeurs de collège et d'université ont des vues
beaucoup plus larges que la plupart des autres mortels
sur la question de la démence. Il leur arrive même de ne
pas avoir de vues du tout et de préférer classer les gens
en pas-très-malins (mais sains d'esprit), assez excentriques (mais sains d'esprit), ou très excentriques (mais
cependant parfaitement sains d'esprit, mon gars !). Thad
n'ajouta rien car Rawlie DeLesseps était un personnage
tellement tourné vers lui-même qu'il n'aurait rien pu
dire qui pût le faire changer d'avis... en fait, ses arguments n'auraient fait que renforcer le grammairien dans
son opinion. Mais introverti ou pas, Rawlie avait bon
cœur et, à sa manière, ne manquait pas de courage. En
outre, Thad le soupçonnait d'être rien moins qu'intéressé dans ce qui lui arrivait — le témoignage dans
l'affaire Gamache, l'escorte de police, son soudain intérêt pour les moineaux. En fin de compte il croyait
simplement — ou espérait — que garder le silence était
la meilleure tactique.

C'était cependant dur d'attendre.

« Très bien », finit par dire Rawlie. « Je vais vous
prêter ma voiture, Thad. »

Thad ferma de nouveau les yeux et dut serrer les
genoux pour rester debout. Il se passa la main sous le
menton ; il était inondé de sueur.

« Mais j'espère que vous aurez la décence de prendre
en charge d'éventuelles réparations si vous me la rendez... endommagée, reprit Rawlie. Si vous êtes recherché par la police, je doute que mon assurance veuille
payer. »

Recherché par la police? Parce qu'il avait faussé compagnie aux deux flics qui de toute façon n'auraient pu le protéger? Il ne savait pas si cela faisait de lui un homme « recherché par la police ». Question intéressante, d'accord, mais qu'il lui faudrait examiner un peu plus tard. A un moment où il ne serait pas à moitié fou d'inquiétude et de peur.

« Vous savez bien que je le ferai.

— Je pose une autre condition », dit Rawlie.

Cette fois-ci, c'est la frustration qui fit fermer les yeux à Thad.

« Quelle condition?

— Je veux que vous me racontiez tout, quand ça sera terminé. Je veux savoir pourquoi vous vous intéressez tant à la signification folklorique des moineaux, pourquoi vous êtes devenu blanc quand je vous ai expliqué ce qu'étaient des psychopompes et leur rôle supposé.

— Je suis devenu blanc?

— Comme un linge.

— Vous aurez droit à la version intégrale, Rawlie, lui promit Thad. Peut-être même en croirez-vous une partie.

— Où vous trouvez-vous? »

Thad le lui dit, et lui demanda de faire aussi vite que possible.

4

Il raccrocha le téléphone, retraversa la barrière ouverte dans le grillage et alla s'asseoir sur le gros pare-chocs d'un bus scolaire qui, pour quelque mystérieuse raison, était coupé en deux. L'endroit en valait un autre pour attendre, puisqu'il n'avait rien d'autre à faire : il était caché de la route, mais il avait vue sur le parking — il lui suffisait de se pencher. Il chercha des moineaux des yeux, sans en apercevoir un seul ; il n'y avait qu'un gros corbeau bien gras picorant sans conviction des morceaux de chrome brillant dans l'une des allées d'épaves. L'idée que sa dernière conversation avec George Stark s'était terminée un peu plus d'une demi-heure auparavant lui donnait une légère impression d'irréalité. On aurait dit que cela faisait des heures. En dépit du fort niveau d'anxiété dans lequel il était maintenu, il se sentait pris de sommeil, comme s'il était l'heure de se coucher.

La sensation de grouillement à fleur de peau l'envahit à nouveau environ un quart d'heure après sa conversation avec Rawlie. Il chanta les bribes de « John Wesley Harding » dont il se souvenait encore, et au bout d'une minute ou deux la sensation disparut.

C'est peut-être psychosomatique, pensa-t-il, tout en sachant que c'était idiot. Impression que George essayait de forcer une serrure dans son esprit et que plus Thad en avait conscience, plus il y devenait sensible. Il soupçonnait que cela devait fonctionner aussi dans l'autre sens ; et que, tôt ou tard, il pourrait se trouver obligé de faire fonctionner le mécanisme dans cet autre sens... ce qui signifiait essayer d'appeler les oiseaux, et ce n'était pas une expérience qu'il avait envie de renouveler. Il ne fallait pas oublier, en outre, que la dernière fois qu'il avait tenté de s'immiscer dans les pensées de George Stark, il s'était retrouvé avec un crayon planté dans la main gauche.

Les minutes s'écoulaient avec une exquise lenteur. Au bout de vingt-cinq, Thad commença à craindre que Rawlie n'eût changé d'avis. Il quitta le pare-chocs du bus démembré et vint se placer dans le portail qui séparait le cimetière d'épaves du parking, sans se soucier d'être vu ou non de la route. Il se demanda même s'il ne devait pas envisager de partir en stop.

Il décida plutôt de rappeler le bureau de Rawlie et il se dirigeait déjà vers les ateliers en préfabriqué, lorsqu'une Volkswagen Coccinelle poussiéreuse s'engagea dans l'allée de Gold's. Il la reconnut immédiatement et s'élança au pas de course, non sans une petite pointe d'amusement à l'idée des inquiétudes manifestées par Rawlie pour son assurance. Thad avait l'impression que s'il achevait la VW, un lot de bouteilles consignées suffirait à payer les réparations.

Rawlie s'arrêta à l'une des extrémités du bâtiment et descendit. Thad fut un peu surpris de voir sa pipe allumée larguer de gros nuages de ce qui aurait été une fumée asphyxiante dans tout endroit clos.

« Je croyais qu'il vous était interdit de fumer, Rawlie », fut la première chose qu'il trouva à dire.

« Je croyais qu'il vous était interdit de prendre la poudre d'escampette », répliqua Rawlie avec le plus grand sérieux.

Ils se regardèrent quelques secondes et éclatèrent d'un rire de surprise simultané.

« Comment allez-vous rentrer ? » demanda Thad.

Maintenant que le moment était venu — le moment de sauter dans la petite voiture de Rawlie et d'entamer la longue et sinueuse route jusqu'à Castle Rock — il avait l'impression de ne plus avoir que des rossignols dans sa boutique à sujets de conversation.

« Je vais appeler un taxi, j'imagine », répondit Rawlie. Il se tourna vers le paysage de vallées et de collines formé par les épaves. « Je me dis qu'ils doivent souvent venir ici, récupérer les types qui rejoignent le club des piétons.

— Permettez que je vous donne cinq dollars... »

Thad sortit son portefeuille, mais Rawlie lui fit un signe de dénégation de la main.

« Je suis en fonds, pour un prof de lettres en vacances, Thaddeus. Vous vous rendez compte, je dois avoir au moins quarante dollars sur moi. C'est un miracle que Billie ne m'ait pas fait escorter par une garde armée. » Il tira une bouffée de sa pipe avec un plaisir manifeste, enleva le tuyau de sa bouche et sourit à Thad. « Mais je me ferai faire un reçu par le chauffeur et vous le présenterai le moment voulu, ne vous inquiétez pas.

— Je commençais à me dire que vous n'alliez pas venir.

— Je me suis arrêté au five-and-ten. Pour prendre deux ou trois trucs qui vont peut-être vous être utiles, Thaddeus. »

Il se pencha par la portière ouverte (la Coccinelle accusa le coup, sans doute trahie par une suspension au bord de l'effondrement) et, après avoir farfouillé quelque temps non sans grommeler et éjecter de nouveaux nuages chargés de pollution, il se redressa avec un sac en papier kraft à la main qu'il tendit à Thad. Celui-ci y découvrit une paire de lunettes de soleil et une casquette de base-ball aux couleurs des Red Sox de Boston qui dissimulerait parfaitement sa tignasse. Il regarda le grammairien, bêtement touché.

« Merci, Rawlie. »

Rawlie eut de nouveau son geste de la main et adressa à Thad un petit sourire matois en biais.

« C'est peut-être moi qui devrais vous remercier, dit-il. Voilà dix mois que je cherche une excuse pour rallumer ce vieux fourneau puant. Il y a bien eu quelques alertes, le divorce de mon plus jeune fils, la nuit où j'ai perdu cinquante dollars dans une partie de poker chez Tom Carroll, mais rien ne m'a paru assez... apocalyptique.

— Apocalyptique ? Vous ne croyez pas si bien dire », répondit Thad avec un frisson. Il regarda sa montre. Presque treize heures. Stark avait au moins une heure d'avance sur lui. « Il faut que j'y aille, Rawlie.

— Oui... c'est urgent, n'est-ce pas ?

— J'en ai bien peur.

— J'ai une dernière chose pour vous. Je l'ai mise dans la poche de ma veste pour être sûr de ne pas la perdre. Elle ne vient pas du five-and-ten, celle-là, mais de mon bureau. »

Rawlie se mit à tâter les différentes poches de la veste de sport à carreaux qu'il portait hiver comme été.

« Au fait, si le voyant d'huile s'allume, trouvez une station-service et abreuvez-la d'un bidon de Sapphire », dit-il, continuant son exploration. C'est une huile recyclée. « Ah, ça y est ! Je commençais à croire que je l'avais oublié, en fin de compte. »

Il exhiba un morceau de bois cylindrique creux, de la longueur d'un index. On avait pratiqué une entaille à une extrémité. L'objet avait l'air ancien.

« Qu'est-ce que c'est ? » demanda Thad en le prenant de ses mains.

Mais il le savait déjà, et il sentit se mettre en place un nouveau bloc de l'inimaginable construction à laquelle il travaillait à l'aveuglette.

« Une chanterelle », répondit Rawlie, le scrutant du

regard par-dessus les brasillements de la pipe. « Si vous pensez qu'elle peut vous être utile, prenez-la.

— Merci. » Thad plaça le sifflet à oiseaux dans sa poche de poitrine d'une main qui n'était pas tout à fait ferme. « J'en aurai peut-être l'usage, en effet. »

Sous les broussailles de ses sourcils, les yeux de Rawlie s'agrandirent, et il retira la pipe de sa bouche.

« En vérité, je n'en suis pas si sûr.

— Quoi?

— Regardez derrière vous. »

Thad se retourna, ayant déjà compris ce que Rawlie venait de voir.

Ce n'était plus par centaines ou par milliers que se comptaient maintenant les moineaux ; les épaves des voitures et des camions empilées sur les quelques hectares du cimetière de Gold's (Rachat d'Épaves, Pièces Détachées) étaient littéralement tapissées de passereaux. Il y en avait partout... et Thad n'en avait pas entendu un seul venir.

Les deux hommes regardèrent les oiseaux. Les oiseaux les regardèrent avec dix mille, peut-être vingt mille paires d'yeux. Ils ne faisaient pas un bruit. Ils restaient juchés sur les capots, les portières, les toits, les pots d'échappement, les calandres, les blocs-moteurs, les joints universels ou les châssis.

« Seigneur Jésus », fit Rawlie d'une voix rauque. « Les psychopompes! Qu'est-ce que ça signifie, Thaddeus? Qu'est-ce que ça signifie?

— Je crois que je commence à peine à comprendre.

— Mon Dieu... », soupira le grammairien.

Il leva les deux mains au-dessus de la tête et les frappa bruyamment. Les moineaux ne bougèrent pas. Rawlie ne les intéressait absolument pas; c'était Thad Beaumont qu'ils regardaient.

« Allez trouver George Stark », dit Thad d'une voix calme — à peine plus forte qu'un murmure. « George Stark. Trouvez-le. Envolez-vous! »

Les moineaux s'élevèrent comme un nuage noir sur le ciel bleu légèrement brumeux, dans un ronflement d'ailes semblable à un roulement de tonnerre réduit à de la très fine dentelle, et pépiant à plein gosier. Deux hommes, qui se trouvaient dans l'embrasure d'une porte des ateliers, sortirent en courant pour regarder. Au-dessus des têtes, l'unique masse noire s'inclina et, comme le premier vol plus petit qu'avait vu Thad, vira vers l'ouest.

Thad les contemplait, et pendant un instant, cette réalité se confondit avec la vision qui annonçait le début de ses transes ; pendant cet instant, passé et présent ne firent plus qu'un, entremêlés en une étrange et somptueuse tresse.

Les moineaux avaient disparu.

« Dieu Tout-Puissant ! » s'exclama un homme en salopette grise de mécano. « Non, mais vous avez vu tous ces oiseaux ? Mais d'où peuvent-ils venir, ces salopiots ?

— J'ai une meilleure question », dit Rawlie en regardant Thad. Il avait repris le contrôle de lui-même, mais comme quelqu'un qui vient d'être manifestement secoué. « Où vont-ils ? Vous le savez, Thad, n'est-ce pas ?

— Oui, bien sûr », murmura Thad en ouvrant la portière de la VW. « Il faut que j'y aille, Rawlie. Il le faut absolument. Jamais je ne pourrai assez vous remercier.

— Soyez prudent, Thaddeus. Soyez extrêmement prudent. Aucun homme ne peut contrôler les agents qui viennent de l'autre rive de la vie. En tout cas, pas pour longtemps. Et il y a toujours un prix à payer.

— Je serai aussi prudent qu'il me sera possible. »

Le levier de vitesses de la VW protesta, puis finit par céder et s'enclencher. Thad, avant d'embrayer, mit les lunettes de soleil et la casquette de base-ball, salua Rawlie de la main et démarra.

Au moment où il s'engageait sur la Route n° 2, il vit Rawlie se diriger vers le même taxiphone que celui qu'il avait utilisé et songea : *A partir de maintenant, il faut tenir Stark au large. Parce que j'ai un secret. Je ne suis peut-être pas capable de contrôler les psychopompes, mais ils m'appartiennent — ou je leur appartiens — au moins pour un bout de temps, et ça, il ne doit pas le savoir.*

Il trouva la seconde, et la Coccinelle de Rawlie

DeLesseps commença à pénétrer, non sans force vibrations et pétarades, dans l'univers pour elle encore largement inexploré des vitesses supérieures à cinquante kilomètres à l'heure.

XXIII

Deux Appels
Du Shérif Pangborn

1

Le premier des deux coups de fil qui renvoyèrent Alan Pangborn droit au cœur des choses arriva juste après trois heures, alors que Thad, dans une station-service d'Augusta, déversait deux litres d'huile Sapphire dans la Coccinelle assoiffée de Rawlie. Alan lui-même s'apprêtait à aller prendre une tasse de café chez Nan's.

Sheila Brigham passa la tête par la fenêtre de son local et cria :

« Alan ? Un appel en PCV pour vous ! Connaissez-vous quelqu'un du nom de Hugh Pritchard ? »

Alan fit brusquement demi-tour.

« Oui ! Acceptez l'appel ! »

Il se précipita dans son bureau et cueillit le téléphone au moment même où Sheila donnait son accord à l'opératrice.

« Docteur Pritchard ? C'est bien le docteur Pritchard ?

— Oui, lui-même. »

La liaison était excellente, mais Alan éprouva un instant de doute. La voix de cet homme n'était pas celle d'un septuagénaire ; d'un homme de quarante ou cinquante ans, peut-être, mais pas de soixante-dix.

« Vous êtes bien le docteur Hugh Pritchard qui exerçait à Bergenfield, dans le New Jersey ?

— A Bergenfield, à Tenafly, à Hackensack, à Englewood, à Englewood Heights... Bon Dieu, j'ai ouvert des crânes jusqu'à Paterson. Êtes-vous le shérif Pangborn qui essaye de me joindre ? Ma femme et moi, on était au diable vauvert dans le parc... On arrive juste. Même mes douleurs ont mal.

— Oui, je suis désolé. Je vous suis très reconnaissant d'avoir appelé, docteur. Vous avez une voix beaucoup plus jeune que ce à quoi je m'attendais.

— Ah, c'est gentil ! ça. Mais vous devriez voir le reste. J'ai l'air d'un alligator qui marche sur deux pattes. Qu'est-ce que je peux faire pour vous ? »

Alan y avait déjà pensé et décidé de choisir une approche prudente. Il coinça le téléphone entre l'oreille et l'épaule, s'enfonça dans son siège, et la parade des ombres chinoises commença à défiler sur le mur.

« J'enquête sur un meurtre qui a été commis ici, à Castle Rock, dans le Maine », dit-il pour débuter. « La victime était quelqu'un du pays, Homer Gamache. Il se peut qu'il y ait un témoin important dans cette affaire, mais je suis dans une situation délicate vis-à-vis de cet homme, docteur Pritchard. Et pour deux raisons. La première est sa célébrité. La deuxième est qu'il manifeste des symptômes qui vous étaient autrefois familiers. Je dis cela parce que vous l'avez opéré il y a vingt-huit ans. Il avait une tumeur au cerveau. Si jamais celle-ci était revenue, son témoignage pourrait devenir sans val...

— Thaddeus Beaumont », l'interrompit aussitôt Pritchard. « Et quels que soient les symptômes qu'il présente, je doute fort que ce soit une nouvelle poussée de l'ancienne tumeur.

— Comment avez-vous compris qu'il s'agissait de Beaumont ?

— Parce que je lui ai sauvé la vie en 1960 », répliqua Pritchard qui ajouta, avec un orgueil inconscient : « Sans moi, il n'aurait jamais écrit un seul livre, car il serait mort avant son douzième anniversaire. J'ai suivi sa carrière avec intérêt depuis le jour où il a failli gagner le National Book Award pour son premier roman. Il m'a suffi d'un regard à la photo, au dos du livre, pour voir que c'était bien lui. Le visage avait changé, mais les yeux étaient les mêmes. Rêveurs, pourrait-on dire. Et, bien entendu, je savais qu'il vivait dans le Maine, à cause du récent article de *People*. Il est sorti le jour même où nous partions en vacances. »

437

Il se tut un instant, puis ajouta quelque chose de tellement stupéfiant — mais d'un ton tellement ordinaire — que Alan resta un moment sans réagir.

« Vous dites qu'il a peut-être été le témoin d'un meurtre ? Vous êtes sûr de ne pas le soupçonner d'en avoir commis un ?

— Eh bien... je...

— Je me posais simplement la question, parce qu'il arrive que les gens ayant des tumeurs au cerveau fassent souvent des choses très particulières. L'étrangeté de leurs actes semble augmenter en proportion de l'intelligence de ceux qui en sont affectés. Mais il y a un hic, voyez-vous : ce garçon n'avait aucune tumeur au cerveau, en tout cas pas au sens conventionnel du terme. Il s'agissait d'un cas inhabituel. Extrêmement inhabituel. J'ai lu des articles sur trois cas similaires depuis 1960, dont deux depuis que j'ai pris ma retraite. A-t-il passé les examens neurologiques classiques ?

— Oui.

— Et ?

— Négatifs.

— Ça ne m'étonne pas. » Pritchard se tut quelques instants puis ajouta : « Vous n'êtes pas tout à fait honnête avec moi, jeune homme, n'est-ce pas ? »

Alan arrêta de faire des ombres chinoises et se redressa sur son siège.

« Non, pas tout à fait. Mais j'ai terriblement besoin de savoir ce que vous voulez dire quand vous m'expliquez que Thad Beaumont n'avait pas une tumeur "au sens conventionnel du terme". Je n'ignore rien des règles du secret professionnel qui lie médecins et patients, et je ne sais pas si vous pouvez faire confiance à un homme à qui vous parlez pour la première fois — et par téléphone, en plus — mais j'espère que vous me croirez si je vous dis que je suis du côté de Thad dans cette affaire, et que je suis sûr qu'il voudrait que vous répondiez à mes questions. Et je n'ai même pas le temps de faire en sorte qu'il vous appelle pour vous donner son feu vert, docteur. J'ai besoin de savoir tout de suite. »

Alan découvrit avec surprise que c'était vrai — ou bien s'en persuada. Une curieuse tension s'était furtivement installée en lui, l'impression qu'il se passait certaines choses. Des choses qu'il ignorait... mais pas pour longtemps.

« Je n'ai aucun problème à vous parler de ce cas », répondit calmement Pritchard. « J'ai moi-même pensé à plusieurs reprises que je devrais entrer en contact avec Beaumont, ne serait-ce que pour lui dire ce qui s'était passé à l'hôpital peu après la fin de l'opération. Je pense que ça pourrait l'intéresser.

— Et c'était quoi ?

— Je vais y venir, je vais y venir. Je n'ai pas révélé à ses parents ce que l'opération avait permis de découvrir parce que c'était sans importance — d'un point de vue pratique — et que je ne voulais plus avoir affaire à eux. Ou du moins à son père. Ce type aurait dû naître il y a trente mille ans au fond d'une caverne et chasser le mammouth laineux. Sur le moment, j'ai donc décidé de leur dire ce qu'ils voulaient entendre, et de m'en débarrasser le plus vite possible. Puis le temps, évidemment, est devenu en lui-même un élément. On perd contact avec ses patients. J'ai envisagé de lui écrire lorsque Helga m'a montré son premier livre, et j'ai repensé à lui à plusieurs reprises depuis; mais j'avais aussi l'impression qu'il risquait de ne pas me croire... ou qu'il s'en ficherait... ou qu'il me prendrait pour un vieux cinglé. Je ne connais aucune célébrité, mais elles me font pitié; j'imagine qu'elles doivent mener une existence désorganisée et effrayante, constamment sur la défensive. Il semblait plus facile de laisser courir. Et maintenant, ceci. Comme disent mes petits-enfants, ça prend la tête !

— Qu'est-ce qui n'allait pas, chez Thad ? Pourquoi est-on venu vous consulter ?

— Maux de tête. État de fugue. Hallucinait des bruits. Et finalement...

— Hallucinait des bruits ?

— Oui. Mais laissez-moi procéder à ma manière, shérif. »

De nouveau cette note d'orgueil dans la voix.

« Excusez-moi.

— Finalement, il a eu une crise. Les problèmes provenaient tous d'une petite masse dans son cerveau, à

hauteur du lobe préfrontal. Nous avons opéré, en supposant qu'il s'agissait d'une tumeur. Il s'avéra que la
tumeur en question était le jumeau de Thad Beaumont.

— *Quoi!*

— Oui, exactement », dit Pritchard. On aurait dit
qu'il trouvait plutôt amusante la réaction d'incrédulité
d'Alan. « Il ne s'agit pas d'un phénomène rarissime ;
souvent, les jumeaux sont absorbés *in utero* et, dans
quelques cas, l'absorption est incomplète ; c'est l'emplacement, ici, qui était inhabituel, tout comme la soudaine
poussée de tissus étrangers. De tels tissus restent pratiquement toujours inertes. Je pense que ce sont les
prémisses de la puberté qui ont pu provoquer le problème de Thad.

— Attendez, attendez un instant », l'interrompit
Alan. Il avait lu à deux ou trois reprises l'expression
« avoir des pensées chaotiques » dans des livres, mais
c'était la première fois qu'il comprenait que l'image
n'était pas trop forte. « Êtes-vous en train de me dire
que Thad avait un jumeau, mais que... d'une certaine
manière, il... d'une certaine manière il a *dévoré* son
frère ?

— Ou sa sœur. Mais je soupçonne qu'il s'agissait d'un
frère, car tout laisse à penser que les phénomènes
d'absorption sont beaucoup plus rares dans les cas de
jumeaux non identiques. Il s'agit là d'une donnée statis-
tique, pas d'une certitude, mais c'est ce que je crois. Et
comme les jumeaux identiques sont toujours du même
sexe, la réponse à votre question est oui. Je crois que le
fœtus Thad Beaumont a mangé son frère dans le sein de
sa mère.

— Seigneur Jésus », souffla Alan.

Jamais il n'avait entendu raconter quelque chose de si
horrible — ou de si peu humain — de toute sa vie.

« Vous paraissez révolté », reprit joyeusement le
Dr Pitchard, « mais il n'y a aucune raison, une fois que
vous replacez les choses dans leur contexte. Il ne s'agit
pas de Caïn assommant Abel à coups de pierre. Il n'y a
pas eu meurtre ; c'est d'un impératif biologique que nous
ne comprenons pas qu'il est question ici. Un mauvais
signal, peut-être déclenché par le système endocrinien

de la mère. Il ne s'agit même pas de fœtus, à proprement parler ; au moment de l'absorption, on aurait trouvé deux conglomérats de tissus dans l'utérus de Mme Beaumont, et ils n'auraient même pas eu forme humaine. Des sortes d'amphibiens, si vous voulez. Et l'un d'eux — le plus gros, le plus fort — s'est mis à essaimer autour du plus faible... il l'a enveloppé et incorporé.

— C'est foutrement répugnant, balbutia Alan.

— Vous trouvez ? Oui, un peu, je l'admets. Toujours est-il que l'absorption n'a pas été complète. Une partie de l'autre jumeau a conservé son intégrité. Cette matière étrangère — je ne vois pas comment appeler cela autrement — s'est trouvée emmêlée aux tissus qui ont formé le cerveau de Thad Beaumont. Et pour quelque raison, elle est redevenue active peu après le onzième anniversaire du garçon. Elle s'est remise à croître. Mais l'auberge était pleine. Il était donc nécessaire de l'évacuer, comme une simple verrue. Ce que nous avons fait, avec le plus grand succès.

— Comme une verrue », répéta Alan, écœuré et fasciné.

Toutes sortes d'idées lui traversaient l'esprit. Des idées noires, aussi noires que des chauves-souris dans un clocher désert. Une seule présentait un semblant de cohérence : *Il est deux hommes à la fois. Il a TOUJOURS été deux hommes. Ce doit être le cas de tous ceux, hommes ou femmes, qui gagnent leur vie en racontant des histoires. Celui qui existe dans le monde normal... et celui qui crée d'autres mondes. Ils sont deux. Toujours au moins deux.*

« Je me serais souvenu d'un cas aussi inhabituel s'il n'y avait eu que ça, continua Pritchard. Mais il s'est passé quelque chose, juste avant le réveil du garçon, d'encore plus inhabituel, peut-être. Un phénomène qui n'a cessé de me laisser perplexe.

— Et quoi donc ?

— Le petit Beaumont entendait des oiseaux avant chacune de ses crises de migraine. En soi, cela n'avait rien d'anormal ; c'est une manifestation que l'on connaît bien dans les cas de tumeur au cerveau ou d'épilepsie. On appelle ça le syndrome précurseur sensoriel. Mais peu après l'opération, il y eut un étrange incident avec de *véritables* oiseaux. L'hôpital du comté de Bergenfield, pour tout dire, a été attaqué par des moineaux.

— Quoi ?

— Ça a l'air absurde, n'est-ce pas ? » Pritchard avait l'air ravi de l'effet produit. « Ce n'est pas le genre de chose que je me risquerais à raconter sans preuves, mais l'événement a eu de multiples témoins et a même fait l'objet d'une première page dans le *Bergenfield Courier*, avec photos à l'appui. Juste après deux heures, l'après-midi du 28 octobre 1960, un vol de moineaux d'une taille considérable s'est abattu sur l'aile ouest du bâtiment. L'aile où se trouvait à l'époque l'unité de soins intensifs, c'est-à-dire, évidemment, l'endroit où le petit Beaumont avait été transporté après l'opération.

De nombreuses fenêtres furent brisées et le personnel de l'entretien a ramassé plus de trois cents cadavres d'oiseaux après l'incident. Le *Courier* interrogea un ornithologue et, si je me souviens bien, sa théorie était que presque toute la façade ouest de l'hôpital étant en verre, les oiseaux avaient pu être attirés par le reflet brillant du soleil.

— C'est idiot, dit Alan. Les oiseaux ne se cognent aux vitres que lorsqu'ils ne les voient pas.

— Il me semble que c'est exactement ce que le journaliste a objecté ; et l'ornithologue a alors fait remarquer que les oiseaux qui volent en groupe paraissent sous l'effet d'une sorte de lien télépathique unissant tous les cerveaux — si on peut dire que les oiseaux ont un cerveau — pour n'en faire plus qu'un. Un peu comme les fourmis. Il a dit que si l'un des oiseaux de ce vol avait décidé de se jeter sur les vitres, les autres s'étaient probablement contentés de le suivre. Je n'étais pas à l'hôpital lorsque c'est arrivé — j'avais terminé l'opération du petit Beaumont, et après avoir vérifié ses SV…

— Ses SV ?

— Ses signes vitaux, shérif… j'étais parti jouer au golf. Mais j'ai bien vu que ces oiseaux avaient flanqué une trouille monstre à tous ceux qui se trouvaient dans l'aile ouest. Deux personnes avaient été blessées par des éclats de verre. Je pouvais à la rigueur accepter la théorie de l'ornithologue, mais je n'ai pas pu m'empêcher de penser à quelque chose... Voyez-vous, je connaissais les signes précurseurs du jeune Beaumont. Il ne s'agissait pas simplement d'oiseaux, mais d'oiseaux bien spécifiques : des moineaux.

— Les moineaux volent de nouveau », murmura Pangborn, d'un ton de voix distrait et horrifié à la fois.

« Je vous demande pardon ?

— Non, rien. Continuez.

— Je l'ai interrogé sur ses symptômes un jour plus tard. On assiste parfois à un phénomène localisé d'amnésie concernant les précurseurs sensoriels, après une opération qui en a fait disparaître la cause, mais pas dans son cas. Il s'en souvenait parfaitement bien. Non seulement il entendait les oiseaux, mais il les voyait. Des oiseaux partout, m'a-t-il dit, sur toutes les maisons, sur les pelouses, sur les chaussées de tout Ridgeway, le quartier de Bergenfield où il habitait.

Cette histoire m'intéressait au point que j'ai fait des vérifications. Le vol de moineaux s'est jeté sur l'hôpital à environ deux heures cinq. Le gosse s'est réveillé à deux heures dix. Peut-être même un peu plus tôt. » Pritchard se tut un instant, puis reprit : « En fait, l'une des infirmières des soins intensifs m'a dit qu'elle pensait que c'était le bruit du verre brisé qui l'avait réveillé.

— Bon sang !

— Comme vous dites. Ça faisait des années que je n'avais pas parlé de cette affaire, shérif Pangborn. Est-ce que cela peut vous aider ?

— Je n'en sais rien », répondit honnêtement Alan. « C'est possible. Mais peut-être que vous ne la lui aviez pas entièrement enlevée, docteur Pritchard... Je veux dire, la... chose s'est peut-être remise à pousser.

— Vous m'avez dit qu'il avait passé des examens. A-t-il eu un scanner ?

— Oui.

— Et une radio classique, évidemment.

— En effet.

— Si ces examens sont négatifs, c'est qu'il n'y a rien. Pour ma part, je suis convaincu que nous l'avons entièrement enlevée.

443

— Je vous remercie, docteur Pritchard. »

Il éprouvait des difficultés à former ses mots, comme s'il avait eu les lèvres engourdies.

« Me raconterez-vous plus en détail ce qui s'est passé, lorsque l'affaire sera résolue, shérif Pangborn ? Je me suis montré très franc avec vous, et je crois pouvoir vous demander cette petite faveur. Je suis très curieux de nature.

— Certainement, si je le peux.

— C'est tout ce que je demande. Et maintenant, je vais vous laisser retourner à votre travail ; quant à moi, je vais retourner à mes vacances.

— J'espère que vous et votre femme passez de bons moments. »

Pritchard soupira :

« A mon âge, il est de plus en plus dur de passer ne serait-ce que de médiocres moments, shérif. On adorait le camping, autrefois. Mais je crois que l'année prochaine, nous allons rester à la maison.

— J'apprécie beaucoup, croyez-le bien, que vous ayez pris le temps de me rappeler.

— Ce fut un plaisir pour moi. Mon travail me manque, shérif Pangborn. Non pas la mystique de la chirurgie — un truc qui ne m'a jamais excité — mais son *mystère*, le mystère de l'esprit. Ça, c'était vraiment excitant.

— Je veux bien vous croire », admit Alan, se disant qu'il serait bien content s'il y avait un peu moins de mystères psychiques dans sa vie, en ce moment. « Je reprendrai contact dès que les choses se seront clarifiées... si elles se clarifient jamais.

— Merci, shérif. » Le médecin marqua une pause avant d'ajouter : « C'est une affaire d'une grande importance pour vous, n'est-ce pas ?

— Oui, en effet.

— Le gamin dont je me souviens était bien sympathique. Effrayé, mais sympathique. Quel genre d'homme est-il devenu ?

— Quelqu'un de bien, à mon avis. Un peu froid, peut-être, mais quelqu'un de bien. » Et il répéta : « A mon avis.

« — Merci, je ne vous retiens pas davantage. Au revoir, shérif Pangborn. »

Il y eut un cliquetis, et Alan reposa lentement le combiné sur la fourche. Il s'enfonça dans son fauteuil, fit jouer ses doigts souples, et dessina un grand oiseau noir aux lents battements d'ailes en ombre chinoise, dans la tache de soleil du mur. Une réplique du *Magicien d'Oz* lui vint à l'esprit et se mit à le harceler : « Je crois aux fantômes, je crois aux fantômes, je crois, je crois, je crois aux fantômes ! » Il devait s'agir de Lion-Peureux, non ?

La question était : et lui, que croyait-il vraiment ?

Il lui était plus facile de penser aux choses auxquelles il ne croyait pas. Il ne croyait pas, par exemple, que Thad Beaumont eût tué qui que ce fût. Il ne croyait pas davantage qu'il fût l'auteur des phrases sibyllines écrites sur les murs des victimes.

Mais comment étaient-elles apparues ?

Simple. Le vieux Dr Pritchard avait pris un avion depuis Fort Laramie, tué Frederick Clawson, écrit : LES MOINEAUX VOLENT DE NOUVEAU sur le mur, pris un autre avion pour New York, ouvert la serrure de Miriam Cowley avec son bon vieux scalpel, et refait la même chose chez elle. Tout ça parce que le mystère de la chirurgie cérébrale commençait à lui manquer sérieusement.

Non, évidemment. Mais Pritchard n'était pas le seul à être au courant des précurseurs sensoriels de Thad, pour employer son expression. D'accord, il n'en avait pas été question dans l'article de *People*, mais...

Tu oublies les empreintes vocales et digitales, mon vieux. Tu oublies avec quel calme et quelle certitude Thad et Liz ont affirmé que Stark était bien réel ; qu'il ne commet ses meurtres que pour rester réel. Et maintenant, tu te démènes comme un beau diable pour ne pas envisager le fait que tu commences à croire que tout ça pourrait être vrai. Tu leur as toi-même dit à quel point tu trouverais délirant de croire non pas à un fantôme vengeur, mais au fantôme d'un homme qui en fait n'a jamais existé. Mais les écrivains INVITENT les fantômes, peut-être ; comme les acteurs et les artistes, ils sont les seuls médiums que notre société accepte totalement. Ils créent des mondes qui n'ont jamais existé, et nous invitent à participer à leurs fantasmes. Or c'est bien ce que nous faisons, et volontiers, non ? Et nous PAYONS *même pour ça !*

Alan se noua les mains en un bloc serré, tendit deux doigts roses et envoya un oiseau beaucoup plus petit voler sur le mur. Un moineau.

Il n'est pas plus possible d'expliquer ce vol de moineaux venu s'abattre sur l'hôpital de Bergenfield il y a trente ans qu'il n'est possible d'expliquer comment deux hommes ont les mêmes empreintes digitales et vocales ; mais maintenant, tu sais au moins que Thad Beaumont, à un moment donné, n'a pas été seul dans le sein de sa mère. Qu'il y a eu quelqu'un d'autre avec lui.

Hugh Pritchard avait fait allusion au début de la puberté.

Alan Pangborn se demanda soudain si la nouvelle poussée de ce tissu étranger n'avait pas coïncidé avec quelque chose d'autre.

Avec, par exemple, le moment où Thad Beaumont s'était mis à écrire.

2

Sur son bureau, la sonnerie de l'intercom retentit, le faisant sursauter. C'était de nouveau Sheila.

« J'ai Fuzzy Martin en ligne, shérif. Il voudrait vous parler.

— Fuzzy ? Et que diable me veut-il ?

— Je ne sais pas, il n'a rien voulu me dire.

— Seigneur, j'avais bien besoin de ça aujourd'hui ! »

Fuzzy possédait une propriété assez considérable à environ six kilomètres de Castle Lake. A l'époque où on appelait Fuzzy par son nom de baptême, Albert, et où c'était lui qui tenait la bouteille et non le contraire, comme maintenant, la ferme avait connu une certaine prospérité avec l'élevage de vaches laitières. Ses enfants avaient grandi, sa femme l'avait laissé tomber et aujourd'hui Fuzzy restait le seul maître d'une douzaine d'hectares de prés, retournant lentement mais régulièrement à l'état sauvage. La maison et la grange se trouvaient sur le côté ouest de la route sinueuse conduisant au lac. La grange, au-dessous de laquelle l'étable avait autrefois compté quarante vaches, était un énorme bâtiment dont le toit s'incurvait profondément, dont la peinture s'écaillait, et où de plus en plus de cartons remplaçaient les vitres cassées. Depuis au moins quatre ans, Alan et Trevor Hartland, responsable des pompiers de Castle Rock, s'attendaient que la grange, ou la ferme, ou les deux bâtiments brûlassent.

« Est-ce que vous voulez que je lui dise que vous n'êtes pas là ? demanda Sheila. Clut vient juste d'arriver. Je pourrais le lui passer. »

Alan envisagea cette possibilité, puis soupira et secoua la tête.

« Non, je vais lui parler, Sheila, merci. »

Il prit le combiné qu'il se coinça entre l'oreille et l'épaule.

« Chef Pangborn ?

— C'est le shérif, oui.

— Fuzzy Martin, de la route du lac. Pourrait y avoir un problème ici, chef.

— Ah ? » Alan rapprocha de lui le deuxième téléphone posé sur le bureau : une ligne directe vers les autres bureaux du bâtiment municipal. Le bout de son doigt resta suspendu au-dessus du cadran de numéros ; il n'avait qu'à faire le 4 pour avoir Trevor Hartland. « Et quel genre de problème ?

— Eh bien, chef, je veux bien sauter tout nu dans la fosse à purin si je le sais. Je dirais bien qu'il s'agit d'un vol de bagnole, si c'était une bagnole que je connaissais. Mais j' l'avais jamais vue. Ça ne l'a pas empêchée de sortir tout de même de ma grange. »

Fuzzy parlait avec ce fort accent du Maine aux intonations curieuses, qui transformaient un simple mot comme *grange* en quelque chose voisin d'un braiment : *gra'ange*.

Alan repoussa l'interphone à sa place habituelle. Il y a un Dieu pour les fous et les ivrognes — proverbe dont Alan avait eu le loisir de vérifier la sagesse au cours de nombreuses années passées dans la police — et il semblait donc que la maison et la grange de Fuzzy fussent toujours debout en dépit de l'habitude que leur propriétaire avait de jeter des mégots non éteints ici et là, voire n'importe où quand il était ivre. *Bon, tout ce qu'il me reste à faire*, songea Alan, *c'est de rester assis ici à démêler la nature de son problème. Il s'agit de savoir avant tout si les choses se sont passées dans le monde réel ou dans sa tête.*

Il se surprit à faire voler encore un moineau sur le mur, et s'interrompit aussitôt.

« Qu'est-ce que c'est que cette histoire de bagnole sortie de votre grange, Albert ? » demanda patiemment Alan.

Presque tout le monde à Castle Rock (l'intéressé y compris) appelait Albert « Fuzzy », et peut-être Alan parviendrait-il à s'y faire s'il restait shérif encore dix ans. Ou vingt.

« Viens de vous le dire, l'avais jamais vue avant », répliqua Fuzzy d'un ton sous-entendant « espèce de demeuré » de manière si nette qu'il aurait aussi bien pu le dire à voix haute. « C'est pour ça que je vous appelle, chef. C'était pas l'une des miennes. »

Un tableau finit par se présenter à l'esprit d'Alan. Ne possédant plus ni vaches, ni femme, ni gosses, Fuzzy Martin n'avait pas besoin de beaucoup d'argent pour vivre ; aucun emprunt ou hypothèque ne pesait sur la terre, héritée de son père, et il n'avait que les impôts locaux à payer. Le peu d'argent qui passait par les poches de Fuzzy provenait de sources diverses. Alan soupçonnait — en fait, il en était pratiquement certain — que tous les deux ou trois mois un ballot de marijuana allait se confondre avec son stock de foin ; ce n'était que l'une des petites entourloupes de Fuzzy. Il avait bien envisagé une ou deux fois de faire un sérieux effort pour prendre Fuzzy en flagrant délit (possession illégale avec intention de vendre), mais non seulement Fuzzy ne fumait pas (la bouteille lui suffisait) mais encore Alan ne le croyait pas assez brillant pour être capable de commercialiser ce produit. Sans doute devait-il toucher de temps en temps cent ou deux cents dollars pour le conserver dans sa remise. Et même dans un petit patelin comme Castle Rock, il y avait des choses plus importantes à faire qu'arrêter un vieil ivrogne pour possession d'herbe.

Mais la grange de Fuzzy servait aussi d'entrepôt pour autre chose — de manière tout à fait légale, cette fois : les estivants y laissaient leur voiture pour la mauvaise saison. Lorsque Alan était venu occuper son poste de shérif, cette activité était florissante ; on pouvait voir jusqu'à quinze véhicules dans la grange, appartenant pour la plupart à des gens ayant une maison au bord du lac, et rangées là où les vaches, naguère, passaient l'hiver. Fuzzy avait démoli les séparations, et les voitures s'empilaient pour les longs mois d'automne et d'hiver, dans les ombres parfumées au foin, pare-chocs contre pare-chocs, tandis que la poussière qui tombait régulièrement du grenier atténuait l'éclat des carrosseries.

Avec les années, cette petite activité de gardiennage avait radicalement décru. Alan supposait que les gens s'étaient passé le mot à propos de son habitude de jeter ses mégots. Personne ne tenait à perdre sa voiture dans un incendie de grange, même s'il ne s'agissait que d'un vieux tacot servant à faire les courses pendant la belle saison. La dernière fois qu'il était passé chez Fuzzy, Alan n'avait vu que deux véhicules dans la grange : La Thunderbird 59 d'Ossie Brannigan — une voiture qui aurait été une pièce de collection si elle n'avait pas été si rouillée et mal en point — et la vieille Ford Wagon de Thad Beaumont.

Encore lui.

Aujourd'hui, tous les chemins semblaient mener à Thad Beaumont.

Alan se redressa sur son siège et, d'un geste inconscient, rapprocha le téléphone de lui.

« Vous êtes sûr que ce n'était pas la vieille Ford de Thad Beaumont ? » demanda-t-il à Fuzzy.

« 'videmment, j'en suis sûr. C'était pas une Ford, et sûrement pas la Woody de Beaumont. C'était une Toronado noire. »

Un autre signal d'alarme s'alluma dans sa tête... mais il ne savait trop ce qu'il signifiait. Quelqu'un lui avait parlé d'une Toronado noire, tout récemment. Il n'arrivait pas à se rappeler qui ni quand, pour le moment, mais ça allait lui revenir.

« Je me trouvais justement dans la cuisine, en train de me servir une limonade bien fraîche, poursuivit Fuzzy, quand j'ai vu cette bagnole sortir en marche arrière de ma grange. Première chose que je me suis dite, jamais je les range comme ça. La deuxième chose que je me suis dite, mais au fait comment le type est rentré là-dedans, alors qu'il y a un gros cadenas Kreig sur la porte et que la seule clé est accrochée à mon trousseau?

— Et les gens qui remisent leur voiture chez vous? Ils n'en ont pas un double?

— Jamais d' la vie! » Fuzzy paraissait offensé à cette seule idée.

« Vous n'avez pas eu le temps de lire le numéro de plaques, par hasard?

— Et comment, que j' l'ai lu! s'exclama Fuzzy, J'ai toujours ma vieille paire de jumelles posée sur le rebord de la fenêtre, vous savez bien. »

Alan, qui avait inspecté à plusieurs reprises la grange avec Trevor Hartland, mais n'avait jamais mis les pieds dans la cuisine de Fuzzy (et n'avait aucune intention de les y mettre pour le moment, merci!), répondit :

« Ah oui, les jumelles. J'avais oublié.

— Eh bien, pas moi », rétorqua Fuzzy avec une joyeuse truculence. « Vous avez un crayon?

— Évidemment, Albert.

— Pourquoi qu'vous m'appelez pas Fuzzy comme tout le monde, chef? »

Alan soupira.

« D'accord, Fuzzy. Et tant qu'on y est, pourquoi ne m'appelez-vous pas shérif, comme tout le monde?

— Comme vous voudrez. Vous voulez ce numéro, ou non?

— Allez-y.

— Tout d'abord, c'était une plaque du Mississippi », dit Fuzzy avec une note de triomphe dans la voix. « Qu'est-ce que vous dites de ça, hein? »

Alan ne savait trop ce qu'il aurait pu en dire, ce qui n'empêcha pas un troisième signal d'alarme de s'allumer dans sa tête, plus fort et brillant que les autres. Une

Toronado. Immatriculée dans le Mississippi. Quelque chose à propos du Mississippi. Et d'une ville. Oxford ? N'était-ce pas Oxford ? Comme l'une des deux villes qu'ils avaient dans le coin ?

« Je ne sais pas trop », dit Alan ; puis, supposant que c'était ce que Fuzzy voulait entendre, il ajouta : « Ça paraît louche, tout de même.

— Et vous avez bougrement raison ! » trompeta Fuzzy. Puis il continua, d'un ton plus sérieux : « Bon. Plaques du Mississippi, numéro 62284. Vous l'avez, chef ?

— 62284.

— 62284, exact. Allez donc mettre ça bien au chaud à la banque. Paraît louche ! Oh, ouais ! Exactement ce que je me disais. Alors, qu'est-ce que vous allez faire, chef ? »

Je vais commencer par essayer d'achever cette conversation en gardant toute ma tête. Ça, c'est la première chose. Et je vais essayer de me rappeler qui a mentionné –

Et ça lui revint tout d'un coup, en un éclair glacé qui hérissa l'épiderme de ses bras de chair de poule et lui raidit les muscles du dos, des reins à la nuque, comme une peau de tambour.

Thad. Par téléphone. Peu de temps après l'appel du cinglé depuis l'appartement de Miriam Cowley. La nuit où le massacre avait vraiment commencé.

Il se rappela Thad lui disant : *Il a quitté le New Hampshire avec sa mère pour Oxford, dans le Mississippi... il a tout perdu, sauf une trace de son accent du Sud.*

Qu'est-ce que Thad lui avait dit d'autre, en décrivant George Stark au téléphone ?

Qu'il conduisait une Toronado noire ; qu'il n'en connaissait pas l'année ; une vieille, avec un moteur d'avion sous le capot ; noire ; qu'il aurait eu des plaques du Mississippi, mais qu'il les avait probablement changées.

« Il devait sans doute être un peu trop occupé pour prendre le temps de faire ça », marmonna Alan.

Les mille pieds minuscules de la chair de poule continuaient à se balader sur son corps.

« Vous dites, chef ?

— Rien, Albert. Je me parlais.

— Ma mère disait que c'était signe qu'on allait toucher de l'argent. J' devrais commencer. »

Alan se souvint soudain que Thad avait ajouté quelque chose d'autre, un ultime détail.

« Albert ?

— Appelez-moi Fuzzy, chef, je vous l'ai dit.

— Oui, Fuzzy. N'y avait-il pas un autocollant sur cette voiture que vous avez vue ? Vous avez peut-être remarqué...

— Comment fichtre le savez-vous ? Elle vous dit quelque chose cette bagnole, pas vrai ? » demanda Fuzzy tout excité.

« C'est moi qui pose les questions, Fuzzy. Ça regarde la police. Avez-vous lu ce qui était écrit ?

— 'videmment », répliqua Fuzzy Martin. « SALOPARD DE FRIMEUR, non, mais vous vous rendez compte ? »

Alan raccrocha lentement, se rendant parfaitement compte, en effet, non sans se dire cependant que ça ne prouvait rien... sauf peut-être que Thad Beaumont était fou à lier. Il était parfaitement ridicule d'imaginer que ce que Fuzzy avait vu prouvait que quelque chose... enfin, quelque chose de *surnaturel*, à défaut de meilleur mot... que quelque chose se passait.

Puis il repensa aux empreintes digitales et vocales, aux centaines de moineaux s'écrasant contre les vitres de l'hôpital de Bergenfield, et se trouva submergé par une irrépressible crise de tremblements qui dura au moins une minute.

3

Alan Pangborn n'avait rien de l'arriéré craintif et superstitieux qui se signe contre le mauvais œil en voyant un chat noir ou qui tient sa femme enceinte éloignée du lait frais de peur qu'elle ne le fasse tourner ; il n'avait rien non plus du cul-terreux naïf capable de se laisser monter le cou par un baratineur de la ville voulant lui vendre le pont de Brooklyn ; il n'était pas né de la dernière pluie. Il croyait en la logique, il croyait aux explications rationnelles. Il attendit donc que passent les frissons qui le secouaient, puis tira à lui son Rolodex où il trouva le numéro de téléphone de Thad. Avec un amusement sarcastique, il remarqua qu'il correspondait à celui qu'il avait en mémoire. Apparemment, le distingué « personnage célèbre du cru » était resté plus solidement implanté dans quelque recoin de sa mémoire qu'il ne l'aurait pensé.

Ce ne pouvait être que Thad, dans cette Toronado. L'hypothèse délirante exceptée, quelle autre explication reste possible ? Il me l'a décrite. Comment s'appelait-elle, cette vieille émission de radio, déjà ? Trouvez le nom de l'objet.

L'hôpital du comté de Bergenfield, pour tout dire, a été attaqué par des moineaux.

Et il y avait d'autres questions sans réponse. Beaucoup trop.

Thad et sa famille se trouvaient sous la protection de la police d'État du Maine. S'ils avaient décidé de plier bagage pour venir passer le week-end ici, les Troopers lui auraient passé un coup de fil — en partie pour l'avertir, en partie par courtoisie. Mais les flics auraient commencé par tenter de dissuader Thad de faire un tel déplacement, maintenant qu'ils avaient un système de surveillance en place à Ludlow. Et s'il s'était agi d'une décision de dernière minute, ils auraient insisté encore plus fermement pour qu'il y renonçât.

Il y avait en outre ce que Fuzzy n'avait pas vu : à savoir le ou les véhicules que l'on aurait mis en remorque aux Beaumont s'ils avaient néanmoins persisté à vouloir partir... comme on ne pouvait l'exclure : après tout, ils n'étaient pas des détenus, ni même assignés à résidence.

Les gens ayant des tumeurs au cerveau font souvent des choses très particulières.

S'il s'agissait de la Toronado de Thad, et si Thad avait été la chercher chez Fuzzy, *et* s'il avait été seul, tous ces « si » conduisaient à une conclusion que Alan trouvait très déplaisante, car il s'était pris d'affection pour l'écri-

453

vain. Cette conclusion était que Thad avait délibérément semé sa protection et abandonné sa famille.

Mais si c'était le cas, les Troopers m'auraient appelé. Ils auraient lancé un mandat d'amener, et ils se seraient bien doutés qu'il risquait de rappliquer par ici.

Il composa le numéro des Beaumont. On décrocha dès la première sonnerie. C'est une voix qu'il ne connaissait pas qui répondit. Ou plus exactement, une voix sur laquelle il ne pouvait mettre un nom : car dès la première syllabe, il avait compris qu'il parlait à un officier de police.

« Résidence Beaumont, j'écoute. »

Sur ses gardes. Prêt à balancer un paquet de questions si le correspondant était le bon... ou le mauvais.

Qu'est-ce qui s'est passé ? se demanda Pangborn, puis, tout de suite : *Ils sont morts. La chose, là, le monstre a tué toute la famille, aussi rapidement, aussi facilement et avec aussi peu de miséricorde que pour les autres. La protection, les interrogatoires, le matériel d'écoute... tout ça n'avait servi à rien.*

Sa voix ne trahit absolument rien de ces pensées lorsqu'il répondit.

« Alan Pangborn », fit-il d'un ton sec. « Shérif, comté de Castle. Je voudrais parler à Thad Beaumont. A qui ai-je l'honneur ? »

Il y eut un silence, puis la voix répondit :

« Steve Harrison, shérif. Police d'État du Maine. J'allais vous appeler. J'aurais dû le faire au moins depuis une heure. Mais les choses ici... c'est le bordel sur toute la ligne. Puis-je vous demander pourquoi vous appelez ? »

Sans seulement s'arrêter pour réfléchir — sa réaction n'aurait certainement pas été la même — Alan mentit. Il le fit sans se demander pour quelle raison. Il verrait plus tard.

« J'appelais pour reprendre contact avec Thad. Ça faisait un moment, et je voulais savoir comment les choses se passaient. Si j'ai bien compris, il y a eu un pépin.

— Un pépin, le mot est faible, répondit Harrison d'un ton sinistre. Deux de mes hommes sont morts. Nous

454

sommes pratiquement sûrs que c'est Beaumont qui a fait le coup. »

Nous sommes pratiquement sûrs que c'est Beaumont qui a fait le coup.

L'étrangeté de leurs actes semble augmenter en proportion de l'intelligence de ceux qui en sont affectés.

L'impression de *déjà-vu**, loin de s'infiltrer subrepticement en lui, faisait une entrée fracassante. Thad, on en revenait toujours à Thad. Évidemment. Il était intelligent, il était particulier, et, de son propre aveu, il souffrait de symptômes qui suggéraient une tumeur au cerveau.

Il n'avait aucune tumeur au cerveau...

Si les examens sont négatifs, c'est qu'il n'a rien...

Oublie la tumeur. C'est aux moineaux qu'il faut penser maintenant, parce que les moineaux volent de nouveau.

« Qu'est-ce qui s'est passé ? » demanda-t-il au Trooper Harrison.

« Il a mis en pièces ou à peu près Tom Chatterton et Jack Eddings à coups de rasoir, voilà ce qui s'est passé ! » cria le policier avec dans la voix une rage qui fit sursauter Alan. « Il a embarqué sa famille avec lui, et je veux choper ce salopard !

— Que... comment s'est-il éclipsé ?

— Je n'ai pas le temps de vous donner les détails. C'est une putain de sale histoire, shérif. Il était au volant d'une Chevrolet Suburban gris et rouge, genre baleine à bosse sur quatre roues, mais il nous a semés je ne sais comment et a dû changer de véhicule. Il a une maison d'été du côté de chez vous. Je suppose que vous connaissez la disposition des lieux ?

— Oui, bien sûr », répondit Alan. Les pensées se bousculaient dans son esprit. Il jeta un coup d'œil à l'horloge murale et vit qu'il était près de quinze heures quarante. L'heure. Tout dépendait de l'heure. Il se rendit alors compte qu'il n'avait pas demandé à Fuzzy Martin à quelle heure il avait vu la Toronado sortir de la grange. Sur le moment, ça ne lui avait pas paru important. Maintenant, si.

« A quelle heure l'avez-vous perdu, Trooper Harrison ? »

Il voyait d'ici le policier se mettre à fulminer, mais ce dernier répondit sans se mettre en colère ou sur la défensive.

« Vers midi trente. Il a dû lui falloir un certain temps pour changer de véhicule, si c'est bien ce qu'il a fait, puis revenir à sa maison de Ludlow...

— Mais où vous trouviez-vous quand vous l'avez perdu ? Loin de chez lui ?

— J'aimerais bien répondre à toutes vos questions, shérif, mais on n'a pas le temps. Sachez simplement que s'il est parti pour Castle Rock — ce qui semble improbable, mais le gars est cinglé, alors on ne sait jamais — il ne peut pas être encore arrivé. Mais il ne saurait tarder. Lui et toute sa foutue famille. Ce serait très bien si vous et deux de vos hommes étiez là pour l'accueillir. S'il se pointe, vous appelez Henry Payton par radio à Oxford, et ils vous enverront plus de renforts que vous n'en avez vu de toute votre vie. *N'essayez en aucun cas de l'appréhender vous-même.* On suppose qu'il a pris sa femme en otage, si elle n'est pas déjà morte, sans parler des mioches.

— Oui, il a dû obliger sa femme à le suivre de force s'il a tué les Troopers en service », approuva Alan, non sans songer, *Mais vous la mettriez volontiers dans le coup, non ? Parce que votre religion est faite et que vous ne risquez pas d'en changer. Bon Dieu, mec, tu ne vas même pas réfléchir un instant, froidement ou pas, tant que le sang de tes copains n'aura pas séché.*

Il y avait une douzaine de questions qu'il aurait aimé poser, et leurs réponses en auraient sans doute provoqué quatre douzaines de plus, mais Harrison avait raison sur un point. Ils n'avaient pas le temps.

Il hésita un instant, tant il aurait voulu poser à Harrison la question la plus importante de toutes, la question à décrocher le gros lot : Harrison était-il vraiment sûr que Thad avait eu le temps d'aller jusque chez lui, de tuer les deux hommes de garde et d'embarquer toute sa famille avant que n'arrivent les premiers renforts ? Mais la poser n'aurait fait que retourner le couteau dans la douloureuse plaie que Harrison essayait maintenant de traiter, car à l'arrière-plan de cette question il y avait ce jugement irréfutable, valant condamnation : *Vous l'avez perdu. Peu importe comment, il vous a largués. Vous aviez un boulot à faire, et vous l'avez salopé.*

« Puis-je compter sur vous, shérif ? » demanda Harrison.

Il n'y avait plus de colère dans sa voix, seulement de la fatigue et de l'exténuation, et Alan se sentit ému.

« Bien sûr. Je vais tout de suite faire mettre la maison sous surveillance.

— Je vous remercie. Et vous vous mettrez en liaison avec Oxford ?

— Affirmatif. Henry Payton est un ami.

— Beaumont est dangereux, shérif. Extrêmement dangereux. S'il se pointe, planquez-vous.

— Entendu.

— Et tenez-moi au courant. »

Harrison raccrocha sans même dire au revoir.

4

Son esprit — du moins la part qui en lui se souciait de protocole — protesta et se mit à soulever des objections... ou du moins, à essayer. Alan décida que ce n'était pas le moment de se soucier de protocole. En aucune manière. Il allait simplement garder ouvertes le plus d'options possibles et agir. Son sentiment était qu'au point où il se trouvait, certaines de ces options ne tarderaient pas à tomber d'elles-mêmes.

Appelle au moins quelques-uns de tes hommes.

Mais il ne se sentait pas davantage prêt à faire ça non plus. Norris Ridgewick, celui qu'il aurait aimé avoir avec lui, n'était pas de service et ne se trouvait pas en ville. John LaPointe était toujours au lit, la peau en feu. Thomas était quelque part en patrouille. Il y avait bien Andy Clutterbuck dans le bureau à côté, mais Clut était un béjaune, et c'était du sale boulot qui l'attendait.

Il allait travailler en solo, au moins pour un moment.

T'es cinglé ! lui criait Protocole dans sa tête.

« Ça se pourrait bien », dit-il à voix haute.

Il chercha le numéro de Martin dans l'annuaire et le rappela pour lui poser la question qu'il aurait dû lui soumettre la première fois.

5

« Quelle heure était-il quand vous avez vu la Toronado sortir en marche arrière de votre grange, Fuzzy ? » demanda-t-il à Martin, non sans se dire. *Il ne va pas savoir. Bon Dieu, je ne suis même pas sûr qu'il sache lire l'heure*.

Mais Fuzzy lui prouva instantanément qu'il le sous-estimait.

« A trois heures, passées d'un poil de cul, chef... euh, s' cusez-moi.

— Et vous ne m'avez appelé que vers... » Alan jeta un coup d'œil sur la main courante où il avait noté, sans même y penser, l'appel de Fuzzy. « ... vers trois heures vingt-huit.

— Ben, l'a fallu que je réfléchisse, répondit Fuzzy. Faut toujours regarder avant de sauter, chef, non ? En tout cas, c'est mon avis. Avant de vous appeler, j'ai été voir dans la grange s'il n'y avait pas eu de grabuge. »

Du grabuge... tu parles. Tu as été vérifier si le ballot de marijuana était toujours planqué au milieu du foin, n'est-ce pas, Fuzzy ?

« Et y en avait-il eu ?

— De quoi ?

— Eh bien, du grabuge.

— Non, non. Rien de spécial.

— Comment était le cadenas ?

— Ouvert », répondit Fuzzy d'un ton penaud.

« Cassé ?

— Non. Il pendait au bout de sa chaîne, ouvert.

— Une clé, alors ?

— J' sais pas où ce fils de pute a pu en dégotter une. Je pense qu'il l'a forcé avec un passe.

— Était-il seul dans la voiture ? demanda Alan. Pouvez-vous me dire ça ? »

Fuzzy garda quelques instants de silence, réfléchissant.

« Je peux pas dire à coup sûr », finit-il par répondre. « Je sais bien ce que vous vous dites, chef. Puisque j'ai été assez malin pour lire le numéro des plaques et l'autocollant, je devrais être capable de dire combien ils étaient, là-dedans. Mais il y avait du soleil dans les vitres, et d'ailleurs ce n'était pas des vitres ordinaires. Colorées comme qui dirait des lunettes de soleil. Pas beaucoup, mais un peu.

— D'accord, Fuzzy, merci. On va vérifier tout ça.

— Oh, y'a beau temps qu'il a fichu le camp d'ici », réagit Fuzzy, qui ajouta, illuminé soudain par l'esprit de déduction : « Mais il faut bien qu'il soit quelque part.

— Rien n'est plus vrai. »

Alan promit à Fuzzy de lui dire comment « ça tournerait », et raccrocha. Il s'éloigna d'une poussée de son bureau, et regarda l'horloge.

Trois heures, avait dit Fuzzy. *Passées d'un poil de cul. S' cusez-moi.*

A moins d'avoir voyagé en fusée, Alan ne voyait pas comment Thad aurait pu venir de Ludlow à Castle Rock en trois heures, si l'on tenait compte du détour par la maison, détour pendant lequel, soit dit en passant, il aurait eu le temps de descendre deux Troopers et de kidnapper sa femme et ses gosses. Si encore il était venu directement de Ludlow... mais dans ces conditions, non, impossible.

Si maintenant on supposait que quelqu'un d'autre avait tué les Troopers chez les Beaumont et enlevé le reste de la famille ? Quelqu'un qui n'avait perdu de temps ni à semer une escorte de police, ni à changer de véhicule, ni à faire de petits détours. Quelqu'un qui aurait fait embarquer Liz et les jumeaux dans une voiture et pris la direction de Castle Rock illico ? Ils auraient pu arriver à trois heures chez Fuzzy Martin. Sans même devoir forcer beaucoup.

La police — le Trooper Harrison, en tout cas, pour le moment — pensait qu'il s'agissait forcément de Thad, mais Harrison et ses acolytes ignoraient tout de la Toronado.

Des plaques du Mississippi, avait dit Fuzzy Martin.

George Stark était natif de l'État du Mississippi, d'après la biographie fictive de Thad. Si Thad était assez schizo pour se prendre pour Stark, au moins de temps en temps, il avait pu tout aussi bien se procurer une Toronado noire pour parfaire l'illusion, ou le fantasme, ou ce que vous voudrez... mais pour se procurer les plaques, il fallait non seulement aller dans le Mississippi, mais y résider.

Idiot. Il a pu tout aussi bien voler des plaques du Mississippi. Ou racheter des plaques anciennes[1]. Fuzzy n'a pas mentionné si elles étaient ou non de l'année. Depuis la maison, et même avec les jumelles, il n'aurait pu la déchiffrer, de toute façon.

Mais ce n'était pas la voiture de Thad. Impossible. Liz aurait été au courant, non ?

Peut-être pas. S'il est suffisamment cinglé, peut-être pas.

Il y avait aussi l'histoire du cadenas. Comment Thad aurait-il pu entrer dans la grange sans rompre le cadenas ? C'était un écrivain et un prof, pas un perceur de coffres.

Un double de la clé, lui souffla son esprit, mais Alan n'y crut pas. Si Fuzzy planquait du tabac pas très orthodoxe dans sa remise, il devait tout de même faire attention à ne pas laisser traîner ses clés n'importe où, même s'il avait tendance à ne pas faire attention à ses mégots de cigarettes.

Enfin, dernière question, celle qui fichait tout par terre : comment se faisait-il que Fuzzy n'eût jamais vu la Toronado noire auparavant dans sa grange, si elle s'y était trouvée ? Ça, c'était une bonne question.

Essaie cette réponse, lui dit une voix venue du fond de son crâne tandis qu'il prenait son chapeau et quittait le bureau. *Tu verras, elle est assez marrante, Alan. Tu vas rire. Et si Thad Beaumont avait eu raison dès le début ? Supposons qu'il y ait réellement un monstre du nom de*

---

1. Aux États-Unis et au Canada, on change de plaque tous les ans ; les couleurs changent aussi, ce qui permet de vérifier tout de suite que le changement a été fait (et la taxe payée). L'année est inscrite en petits caractères *(N.d.T.)*.

George Stark battant la campagne dans le secteur... et que les éléments de sa vie, les éléments créés par Thad, se mettent à exister dès qu'il en a besoin? QUAND il en a besoin, mais peut-être pas toujours OÙ il en a besoin. Parce qu'ils font leur apparition dans les lieux en rapport avec la vie de son créateur. C'est pourquoi Stark ne pouvait avoir son véhicule remisé qu'à l'endroit où Thad remisait le sien, tout comme il avait dû partir de la tombe factice où il l'avait symboliquement enterré. Pas mal, mon explication, non? Vraiment marrante, tu trouves pas?

Non, elle ne lui plaisait pas, elle ne le faisait pas marrer. Elle n'était même pas vaguement amusante. Elle tirait un trait hideux non seulement sur tout ce qu'il croyait, mais sur la façon dont on lui avait toujours appris à penser.

Il se souvint alors de quelque chose que lui avait dit Thad. *Je ne sais pas qui je suis quand j'écris.* Ce n'était peut-être pas exactement ses mots, mais pas loin. *Et ce qui est le plus surprenant, c'est qu'il ne m'est jamais venu à l'esprit de me le demander jusqu'à aujourd'hui.*

« Vous étiez *lui*, n'est-ce pas? » dit doucement Alan. « Vous étiez lui, il était vous, et c'est ainsi qu'est né et qu'a grandi le tueur, que le renard a été lâché dans le poulailler. »

Il fut pris d'un frisson au moment où Sheila Brigham levait les yeux de son bureau de standardiste.

« Ce n'est pas normal, par cette chaleur, Alan. Vous devez nous couver un refroidissement.

— Oui, je crois bien que je couve quelque chose. Ne quittez pas le téléphone, Sheila. Transmettez les broutilles à Thomas. Et relayez-moi tout ce qui est important. Où se trouve Clut?

— Je suis là! » fit une voix derrière la porte des toilettes.

« Je devrais être de retour dans trois quarts d'heure », fit Alan en élevant la voix. « C'est vous qui tenez la boîte en attendant!

— Où allez-vous, Alan? »

Clut ressortit du côté « Messieurs » en rentrant les pans de sa chemise kaki dans son pantalon.

461

« Au lac », répondit vaguement le shérif, qui partit avant que Clut ou Sheila ne pussent poser davantage de questions... ou avant d'avoir réfléchi à ce qu'il faisait.

Partir sans donner de destination précise dans une situation comme celle-ci était une très mauvaise idée. Ça revenait à chercher les ennuis ; à chercher à se faire tuer.

Mais ce qu'il s'était fourré dans la tête

(*les moineaux volent de nouveau*)

ne pouvait tout simplement pas être vrai. *Ne le pouvait pas*. Il devait y avoir une explication plus rationnelle.

Il était encore en train d'essayer de s'en convaincre tout en dirigeant son véhicule de patrouille hors de la ville, vers les ennuis les plus sérieux de toute sa vie.

6

Il y avait une aire de repos sur la Route n° 5, à environ huit cents mètres de la propriété de Fuzzy Martin. Alan s'y engagea, un peu par intuition, un peu par caprice. L'intuition était toute simple : Toronado noire ou pas, ils n'étaient pas venus de Ludlow jusqu'ici sur un tapis volant, mais en voiture. Ce qui signifiait qu'un véhicule abandonné devait se trouver quelque part. L'homme qu'il poursuivait avait abandonné la camionnette de Homer Gamache dans un parking de bord de route quand il n'en avait plus eu besoin, et les criminels ont tendance à refaire les mêmes choses.

Trois véhicules y étaient garés. Un camion de bière, une Ford Escort dernier modèle et une Volvo couverte de poussière.

Au moment où il descendait du véhicule de patrouille, un homme en treillis vert sortit des toilettes pour hommes et se dirigea vers la cabine du camion de livraison. Il était petit, les épaules étroites et brun. Rien du gabarit de George Stark.

« Capitaine », dit-il avec un petit salut à Alan ; ce dernier le lui rendit avant de se diriger vers les dames d'un certain âge assises à l'une des tables de pique-nique, autour d'une thermos de café.

« Bonjour, capitaine, dit l'une d'elles. Pouvons-nous faire quelque chose pour vous ? » *Avons-nous commis quelque infraction ?* disait son regard, momentanément anxieux.

« Je voulais simplement savoir si la Ford et la Volvo sont bien à vous, mesdames.

— La Ford est à moi, et nous voyageons ensemble, dit une deuxième dame. Je ne sais pas à qui appartient la Volvo. Est-ce que c'est pour cette histoire d'autocollant d'assurance ? Il s'est encore décollé ? En principe c'est mon fils qui s'en occupe, mais il est tellement tête en l'air ! Quarante-trois ans, et il faut encore que je lui dise...

— Non, ce n'est pas l'autocollant, ma'ame », fit Alan avec son meilleur sourire Le-Policier-Est-Votre-Ami. « L'une d'entre vous n'aurait pas vu les gens qui sont arrivés en Volvo, par hasard ? »

Les trois dames secouèrent la tête.

« Auriez-vous vu quelqu'un, au cours des minutes passées, à qui elle aurait pu appartenir ?

— Non », fit la troisième vieille dame. Elle le regardait avec de petits yeux brillants de gerboise. « Êtes-vous sur une piste, capitaine ?

— Pardon ?

— Sur la piste d'un criminel, je veux dire ?

— Oh », fit Alan. Il sentit un moment d'irréalité. Que faisait-il au juste ici ? Quel raisonnement, exactement, l'avait poussé à venir sur cette aire de repos ? « Non ma'ame, j'aime bien les Volvo, c'est tout. »

Bon Dieu, ça, c'était une réponse intelligente... une réponse vraiment super-géniale.

« Ah, fit la première dame. Eh bien, nous n'avons vu personne. Voulez-vous une tasse de café, capitaine ? Il doit nous en rester une bonne, je crois.

— Non, je vous remercie. Mesdames, passez une bonne journée.

— Vous aussi, capitaine », répondirent-elles en chœur avec une harmonie presque parfaite.

La sensation d'irréalité devint plus forte encore.

Il retourna à la Volvo. Essaya d'ouvrir la portière côté passager. Elle céda. L'intérieur de la voiture dégageait une chaude odeur de grenier. Cela devait faire un moment qu'elle était là. Il regarda à l'arrière et vit un paquet de petite taille sur le plancher. Il se baissa entre les sièges et le ramassa.

Des essuie-mains jetables. Il eut l'impression qu'on venait de lui laisser tomber une boule de bowling dans l'estomac.

Ça ne veut rien dire, protesta immédiatement la voix de Protocole & Raison. *En tout cas, pas obligatoirement. Je sais ce que tu penses : tu penses à des bébés. Mais bon Dieu, Alan, on en distribue dans toutes les baraques à frites de bord de route, si tu vas par là !*

Tout de même…

Alan fourra le paquet d'essuie-mains dans l'une des poches de son uniforme et sortit de la voiture. Il était sur le point de fermer la portière lorsqu'il se pencha de nouveau ; il voulut regarder sous le tableau de bord, mais fut obligé de s'agenouiller pour cela. Une autre boule de bowling lui tomba au fond de l'estomac. Il émit un grognement étouffé, comme quelqu'un qui vient d'encaisser un coup puissant.

Les fils de l'allumage pendaient, leurs extrémités dénudées et en tortillons. En tortillons, parce qu'on les avait tressés ensemble. Un branchement sauvage, fort bien fait, en outre. Le conducteur n'avait eu qu'à tirer sur les fils pour couper le contact quand il s'était garé ici.

Ainsi, c'était vrai… au moins dans une certaine mesure. Quelle mesure exactement, telle était la grande question. Il avait de plus en plus l'impression d'être sur le point de faire une chute potentiellement mortelle.

Il revint à la voiture de patrouille, lança le moteur et dégagea le micro de sa fourche.

Qu'est-ce qui est vrai ? murmurèrent Protocole & Raison. Bon Dieu, cette voix le rendait fou. *Qu'il y a quelqu'un dans la maison des Beaumont, au bord du lac ? Oui, c'est tout à fait possible. Que quelqu'un du nom de George Stark est sorti de la grange de Fuzzy Martin au volant de la Toronado noire ? Allons, voyons, Alan !*

Deux pensées lui vinrent simultanément à l'esprit. La première était que si jamais il contactait Henry Payton aux locaux de la police d'État d'Oxford, comme Harrison le lui avait recommandé, il ne saurait peut-être jamais la vérité. Lake Lane, où se trouvait la maison d'été des Beaumont, était une voie sans issue. La police d'État lui dirait de ne pas s'en approcher seul, surtout pas, dans la mesure où elle soupçonnait l'homme qui détenait Liz et les jumeaux d'être l'auteur d'une douzaine de meurtres. On lui demanderait d'interdire l'accès routier, et *rien de plus*, en attendant l'envoi d'une flottille de voitures, d'un hélicoptère, et pourquoi pas de quelques destroyers et avions de combat.

La deuxième pensée concernait Stark.

Ils ne pensaient pas à Stark ; ils ne savaient même pas qu'il y avait un Stark.

Et si jamais Stark était bien réel ?

Dans ce cas, Alan estimait qu'envoyer un bataillon de Troopers ignorant tout des lieux reviendrait à les faire marcher à l'abattoir.

Il remit le micro sur sa fourche. Il allait y aller, et seul. Il se trompait peut-être, probablement, même, mais c'était néanmoins ce qu'il allait faire. Il pouvait survivre à l'idée qu'il avait été stupide ; Dieu sait que ça lui était déjà arrivé. Mais il ne supporterait pas de vivre avec l'idée qu'il avait provoqué la mort d'une femme et de deux bébés pour avoir passé un appel radio demandant des renforts, alors qu'il ignorait tout de la nature réelle de la situation.

Il quitta l'aire de repos et prit la direction de Lake Lane.

XXIV

La Venue Des Moineaux

1

Thad évita d'emprunter l'autoroute (Stark l'avait fait prendre à Liz, et avait donc gagné une demi-heure), ce qui l'obligeait soit à passer par Lewiston-Auburn, soit par Oxford. L. A., comme disaient les gens du pays, était une agglomération beaucoup plus importante, mais les locaux de la police d'État se trouvaient à Oxford.

Il choisit donc Lewiston-Auburn.

Il attendait à un feu rouge d'Auburn et vérifiait une fois de plus qu'aucune voiture de police ne le suivait dans son rétroviseur, lorsque l'idée qui l'avait frappé, claire et precise, pendant qu'il parlait avec Rawlie dans le cimetière de voitures, lui revint de nouveau brutalement à l'esprit. Cette fois-ci, ce ne fut pas une simple démangeaison, mais plutôt comme un coup puissant, porté main ouverte.

Je sais. Je possède. Je pourvois.

C'est à de la magie que nous avons affaire ici, et tout magicien digne de ce nom a besoin d'une baguette magique. N'importe qui sait cela. Heureusement, je sais fort bien où l'on peut se procurer cet ustensile. Où, en fait, on le vend à la douzaine.

La papeterie la plus proche était sur Court Street, et Thad obliqua dans cette direction. Il était sûr qu'il restait des Berol Black Beauty dans la maison de Castle Rock, et il était également sûr que Stark avait constitué sa propre réserve, mais il n'en voulait pas. Il tenait à disposer de crayons que Stark n'avait jamais touchés, qu'ils eussent auparavant appartenu ou non à Thad.

Thad trouva à se garer à une centaine de mètres de la papeterie, coupa le moteur de la VW (qui protesta à coups d'auto-allumages asthmatiques) et descendit. Agréable de s'éloigner du fantôme odorant de la pipe de Rawlie et de respirer un peu d'air frais, pendant un moment.

Il acheta une boîte de Berol Black Beauty. Le vendeur accepta obligeamment de le laisser utiliser le gros taille-crayon fixé sur le mur ; il en aiguisa six, qu'il mit dans sa poche de poitrine, alignés les uns à côté des autres. Les têtes en mine de plomb pointaient comme les charges de petits missiles mortels.

Presto et abracacadabra... que les réjouissances commencent !

Il retourna à la voiture, dans laquelle il resta assis un moment, en sueur à cause de la chaleur, et chantonnant « John Wesley Harding » à voix basse. Presque toutes les paroles lui étaient revenues. Stupéfiant ce que pouvait l'esprit humain, soumis à certaines pressions.

Ça pourrait être très, très dangereux, songea-t-il. Il se rendit compte que ce n'était pas pour lui qu'il avait peur. C'était lui, après tout, qui avait accouché de George Stark, et il supposait qu'il en était du coup responsable. Il n'arrivait pas à trouver cela tout à fait juste ; il ne croyait pas avoir créé George avec de mauvaises intentions. Il n'arrivait pas non plus à se voir comme l'un de ces sinistres médecins, les Docteurs Jekyll et Frankenstein, en dépit de tout ce qui pouvait arriver à sa femme et à ses enfants. Il ne s'était pas dit qu'il allait écrire des histoires qui lui rapporteraient beaucoup d'argent, et il s'était encore moins dit qu'il allait créer un monstre. Il avait simplement cherché un moyen de contourner le blocage qui lui barrait la route de l'écriture. Il n'avait fait que chercher un autre moyen d'écrire une bonne histoire, car écrire de bonnes histoires le rendait heureux.

Au lieu de cela, il avait contracté une maladie en quelque sorte surnaturelle. Et bien des maladies s'installent dans les organismes sans demander l'avis de leurs propriétaires — des maladies aussi marrantes que les hémorragies cérébrales qui vous laissent paralysés, la myopathie, l'épilepsie ou la maladie d'Alzheimer. Une fois qu'on les a contractées, il faut bien faire avec.

Ça pouvait être extrêmement dangereux pour Liz et les mômes, ne pouvait s'empêcher d'insister, à juste titre, un coin de son esprit.

Oui. La chirurgie du cerveau pouvait aussi être dangereuse. Mais si on a une tumeur de la tête, quel choix reste-t-il ?

Il va falloir regarder. Espionner. Les crayons, très bien : il sera peut-être même flatté. Mais s'il soupçonne ce que tu envisages de faire avec, ou s'il découvre la raison d'être de la chanterelle... ou s'il devine, pour les moineaux... bon Dieu, s'il devine seulement qu'il y a quelque chose à deviner... alors tu seras dans la merde jusqu'au cou, mon vieux.

Mais ça pourrait marcher, intervint une autre partie de lui-même. *Bon Dieu de Dieu, ça doit pouvoir marcher !*

Oui. Il le savait. Et parce que cette partie plus profonde de son esprit insistait sur l'idée que de toute façon, il n'y avait rien d'autre à faire, il appuya sur le démarreur de la VW et prit la direction de Castle Lake.

Quinze minutes plus tard, il laissait Auburn derrière lui et roulait de nouveau dans la campagne, prenant en direction de l'ouest, vers la région des lacs.

2

Pendant les soixante derniers kilomètres, Stark ne cessa de parler de *Steel Machine*, le livre auquel il allait collaborer avec Thad. Il aida Liz en s'occupant des enfants — non sans garder une main libre et assez proche du revolver pour l'empêcher d'avoir des idées — tandis qu'elle ouvrait la maison d'été et les faisait entrer. Elle avait espéré apercevoir des véhicules garés dans quelques-unes des allées privées donnant sur Lake Lane, ou entendre des bruits de voix ou de tronçonneuse, mais elle n'avait perçu que le bourdonnement hypnotique des insectes et le ronflement puissant du moteur de la Toronado. Cet enfant de salaud avait, semblait-il, une chance diabolique.

Pendant tout le temps qu'ils déchargèrent, Stark continua de parler. Il ne s'arrêta même pas quand il prit son rasoir pour décapiter toutes les prises téléphoniques, n'en gardant qu'une intacte. Le livre avait l'air bien. C'était ce qu'il y avait de plus horrible : le livre avait l'air très bien. Aussi bon que *Machine's Way*, peut-être même meilleur.

« Il faut que j'aille aux toilettes », dit-elle une fois que les bagages furent à l'intérieur, l'interrompant en pleine phrase.

« Très bien », répondit-il doucement. Il avait retiré ses lunettes de soleil en arrivant, et c'était elle maintenant qui devait détourner les yeux. Ce regard qui foudroyait et brûlait était plus qu'elle ne pouvait supporter.
« Je t'accompagne.

— Je préfère me soulager dans l'intimité, protesta-t-elle. Pas vous ?

— D'une manière ou d'une autre, ça m'est égal », répliqua Stark avec une gaieté sereine.

Il était de cette humeur depuis le moment où ils avaient quitté l'autoroute à Gates Falls — il avait cet air, auquel on ne peut se tromper, d'un homme qui sait que les choses tournent comme il le veut.

« Mais ça ne m'est pas égal, à moi », insista-t-elle, comme si elle parlait à un enfant particulièrement obtus.

Elle sentit ses doigts se recroqueviller en griffes. Elle se vit brusquement arracher ces globes oculaires fixes... et lorsqu'elle risqua un coup d'œil vers lui et qu'elle vit son expression amusée, elle comprit qu'il savait ce qu'elle pensait et ressentait.

« Je me contenterai de rester dans l'encadrement de la porte », dit-il avec fausse humilité. « Je serai très galant. Je ne regarderai pas. »

Les bébés, très affairés, allaient et venaient à quatre pattes sur le tapis du salon. Ils étaient joyeux, bruyants, repus de haricots. Ils paraissaient ravis de se trouver ici ; ils n'y étaient venus qu'une fois, au cours d'un long week-end d'hiver.

« On ne peut pas les laisser seuls, ergota Liz. La salle de bains donne dans la chambre de maître. Si on les laisse ici, il peut leur arriver quelque chose.

— Aucun problème, Beth. » Il se baissa et, sans effort, prit un bébé sous chaque bras. La veille encore, elle aurait cru que si quelqu'un, en dehors de Thad et d'elle-même, avait essayé de faire ça, William et Wendy se seraient mis à hurler à pleins poumons. Mais non, ils gloussèrent joyeusement, comme si c'était le comble de la drôlerie. « Je vais les emmener dans la chambre, et c'est moi qui les surveillerai à ta place. » Il se retourna et la regarda, soudain glacial. « Je suis capable de faire ça très bien, moi aussi. Je ne veux pas qu'il leur arrive la moindre chose, Beth. Je les aime bien. S'il leur arrive quoi que ce soit, ce ne sera pas ma faute. »

Elle alla dans la salle de bains et il resta sur le seuil, comme il le lui avait promis, surveillant les jumeaux. Elle espéra, tandis qu'elle soulevait sa jupe et baissait sa culotte, qu'il était homme de parole. Elle n'en mourrait pas, s'il se retournait et la voyait accroupie sur les chiottes... par contre, s'il apercevait les ciseaux de couturière, le risque devenait beaucoup plus grand.

Et, comme d'habitude, alors que son besoin était pressant, sa vessie ne voulait rien savoir. *Vas-y, mais vas-y donc*, se disait-elle, mi-apeurée, mi-irritée. *Qu'est-ce qui t'arrive ? Tu crois que t'as intérêt à garder ta pisse ?*

Ouf, enfin. Soulagement.

« Mais lorsqu'ils tentent de sortir de la grange, disait Stark, Machine met le feu à l'essence qu'ils ont versée dans la tranchée, pendant la nuit. C'est pas génial ? Il y a de quoi faire un film là-dedans, Beth. Ces enfoirés qui font les films adorent les incendies. »

Elle utilisa le papier de toilette et remonta soigneusement sa culotte, ne détachant pas un instant son œil du dos de Stark tandis qu'elle ajustait ses vêtements et priait qu'il ne se retournât pas. Il n'en fit rien ; il était profondément absorbé par sa propre histoire.

« Westerman et Rangely se planquent à l'intérieur, avec l'intention de se servir de la voiture pour foncer à travers le feu. Mais Ellington panique et... »

Il s'interrompit soudain, la tête légèrement inclinée de côté. Puis il se retourna vers elle, au moment même où elle ajustait sa jupe.

« Sors », dit-il sèchement, toute bonne humeur disparue. « Magne-toi de sortir d'ici !

— Qu'est-ce... »

Il la saisit par un bras avec un déploiement de force brutale et la lança dans la chambre. Puis il entra dans la salle de bains et ouvrit l'armoire à pharmacie.

« On a de la compagnie. Ça ne peut pas être Thad. C'est trop tôt.

— Je n'ai rien...

— Moteur de voiture », la coupa-t-il, laconique. « Moteur puissant. Pourrait être une bagnole de police. T'as pas entendu ? »

Stark fit claquer la porte de l'armoire à pharmacie et ouvrit violemment le tiroir qui se trouvait à côté du lavabo. Il trouva un rouleau de tissu adhésif Red Cross et en fit sauter l'anneau protecteur.

Elle n'entendait rien et le lui dit.

« C'est pas un problème, je peux entendre pour deux. Les mains dans le dos.

— Qu'est-ce que vous...

— Ferme-la, et mets les mains dans le dos ! »

Elle obéit, et ses poignets se trouvèrent immédiatement attachés. Il entrecroisa l'adhésif en huit serrés, deux, trois, cinq fois.

« Le moteur vient juste de s'arrêter. A environ quatre ou cinq cents mètres d'ici. Un type qui essaie de jouer au petit malin. »

Elle crut avoir entendu un moteur, au dernier moment, mais ce pouvait être l'effet de suggestion. Elle savait qu'elle n'aurait rien entendu du tout, si elle n'avait pas écouté avec toute sa concentration. Bon sang, une ouïe aussi fine, c'était impensable.

« Faut que je coupe l'adhésif, dit-il. Pardonne-moi ce geste d'intimité, Beth. Pas le temps d'être poli. »

Et avant qu'elle eût compris ce qu'il voulait faire, il avait plongé la main sous la ceinture de sa jupe. L'instant suivant, il en détachait les ciseaux de couturière. Il ne la piqua même pas avec les épingles.

Il ne lui jeta qu'un coup d'œil avant de repasser dans son dos et de couper la bande de tissu adhésif. Il paraissait de nouveau amusé.

« Vous les aviez vus, dit-elle. Vous aviez vu la déformation de ma jupe.

— Les ciseaux ? » (Il eut un petit rire.) « Ce sont eux que j'ai vus, pas la jupe déformée. Je les ai vus dans tes yeux, Beth chérie. Déjà là-bas à Ludlow. Je l'ai su dès l'instant où tu es revenue au rez-de-chaussée. »

Il s'agenouilla devant elle avec l'adhésif à la main, l'air — c'était absurde et inquiétant — d'un prétendant qui demanderait sa main. Puis il leva les yeux vers elle.

« Oublie toutes ces idées de me donner un coup d'une manière ou d'une autre, Beth. Je ne suis pas absolument sûr, mais je crois que c'est un flic. Et je n'ai pas le temps de jouer à colin-tampon avec toi, même si ça me ferait bien plaisir. Alors tiens-toi tranquille.

— Mais les enfants…

— Je vais fermer les portes. Ils ne sont pas encore assez grands pour atteindre les poignées, même debout. Ils boufferont peut-être quelques moutons restés sous le lit, mais je crois que c'est le pire qui pourra leur arriver. Je vais revenir très vite. »

L'adhésif dessinait maintenant des huit autour de ses chevilles. Il en coupa l'extrémité et se redressa.

« Sois bien sage, Beth. Et surtout, ne cherche pas à faire la maligne. Garde tes petites idées pour toi. Sinon tu les paieras cher… mais je t'obligerai à les regarder payer, avant. »

Sur quoi il ferma la porte de la salle de bains, celle de la chambre et s'en alla. Ou plutôt disparut, à la vitesse d'un magicien dans un tour d'escamotage.

Elle pensa à la carabine de 22 rangée dans l'appentis. Avaient-ils des cartouches, au moins ? Oui, elle était à peu près sûre qu'il restait une demi-boîte de Winchester 22 long rifle, sur une étagère en hauteur.

Liz commença à se tordre les poignets d'avant en arrière. Il avait entrelacé très habilement l'adhésif, et pendant un moment, elle eut l'impression qu'elle n'arriverait même pas à le détendre un peu, sans parler de s'en dégager.

Puis elle finit par sentir un peu de mou et se remit à travailler des poignets plus vigoureusement, haletant.

William arriva à quatre pattes, posa les mains sur les jambes de sa mère et la regarda, une expression interrogative sur le visage.

« Tout va aller très bien », lui dit-elle avec un sourire.

Il lui rendit son sourire et partit, toujours à quatre pattes, à la recherche de sa sœur. Liz repoussa d'un coup sec de la tête une mèche de cheveux qui pendait devant ses yeux, trempée de sueur, et reprit son laborieux travail des poignets.

3

Pour autant que Pangborn pouvait en juger, Lake Lane était déserte... au moins, déserte jusqu'à l'endroit où il avait osé s'avancer. A savoir à hauteur de la sixième des allées qui donnaient sur la route. Il pensait qu'il aurait pu pousser un peu plus loin sans prendre de risques — impossible d'entendre le bruit du moteur depuis chez les Beaumont, alors que deux lignes de crêtes le séparaient encore de leur maison — mais il valait mieux être prudent. Il roula vers le cottage — une modeste bicoque au toit à deux pentes qui appartenait aux Williams, lesquels venaient de Lynns (Massachusetts) passer l'été —, et se gara sur un sol tapissé d'aiguilles, en dessous d'un pin chenu. Il coupa le moteur et descendit.

C'est alors qu'il regarda autour de lui et vit les moineaux.

Ils étaient posés sur le faîte du toit des Williams. Sur les hautes branches des arbres qui entouraient la maison. Sur les rochers, près du lac. Ils se bousculaient pour se faire une place sur le ponton des Williams — en tel nombre qu'on ne voyait plus le bois. Il y en avait des centaines et des centaines.

Ils étaient extraordinairement silencieux et le regardaient de leurs minuscules yeux noirs.

« Jésus », souffla-t-il.

Des grillons chantaient dans les hautes herbes qui poussaient au pied de la maison ; le clapotis léger des vaguelettes contre le ponton montait du lac ; un avion zonzonnait, loin, cap à l'ouest, vers le New Hampshire. Sinon, le calme le plus complet. Même pas le vrombissement agressif d'un seul hors-bord sur le lac.

Rien que ces oiseaux.

Tous ces oiseaux.

Une épouvante profonde et lisse s'infiltra jusque dans les os du policier. Il avait déjà vu des moineaux se rassembler, au printemps ou à l'automne, par deux cents ou trois cents à la fois, mais jamais un spectacle comme celui-ci.

Étaient-ils venus pour Thad... ou pour Stark ?

Il regarda de nouveau le micro de sa radio, se demandant si, après tout, il ne ferait pas mieux d'appeler. C'était trop délirant, la situation lui échappait trop.

Et s'ils s'envolent tous en même temps ? S'il est dans le coin, et s'il est aussi éveillé que le prétend Thad, il l'entendra, c'est sûr.

Il commença à marcher. Les oiseaux ne bronchèrent pas... mais un nouveau vol fit son apparition et vint se poser dans les arbres. Il en avait maintenant tout autour de lui, l'observant comme un jury au cœur de pierre un assassin dans le box des accusés. Sauf derrière lui, le long de la route ; les bois qui bordaient Lake Lane étaient encore dégagés.

Il décida de repartir par là.

Une pensée inquiétante lui vint à l'esprit, presque une prémonition : qu'il allait commettre la faute la plus grave de toute sa vie professionnelle.

Je vais simplement effectuer une reconnaissance des lieux. Si les oiseaux ne s'envolent pas — et ils n'ont pas l'air de vouloir s'envoler — ça devrait aller. Je vais remonter cette allée, traverser Lake Lane, et gagner la maison Beaumont à travers bois. Si la Toronado est là, je la verrai. Si je la vois, je le verrai peut-être, lui. Et dans ce cas, je saurai au moins à qui j'ai affaire. Je saurai s'il s'agit de Thad ou... de quelqu'un d'autre.

Mais il eut aussi une autre pensée. Une pensée sur laquelle il osait à peine s'attarder, parce qu'elle pourrait lui porter malheur. Au cas où il verrait le propriétaire de la Toronado, il pourrait se trouver en position de le descendre ; de le surprendre, et de mettre un terme à sa carrière, sur-le-champ. Si jamais les choses se passaient comme ça, il fallait s'attendre à un sacré savon de la part de la police d'État pour avoir agi contre leurs ordres... mais Liz et les mômes seraient en sécurité, et pour le moment, c'était ce qui lui importait le plus.

Une nouvelle fournée de moineaux s'abattit silencieusement. Ils recouvraient complètement l'allée asphaltée des Williams. L'un d'eux atterrit à un mètre des bottes d'Alan. Il simula un coup de pied — geste qu'il regretta instantanément, s'attendant à voir l'oiseau s'envoler, et tout le vol monstrueux avec lui.

Le moineau sautilla de côté. Ce fut tout.

Un autre moineau se posa sur l'épaule d'Alan. Il n'arrivait pas à y croire, et pourtant il était là. Il voulut le chasser de la main, et l'oiseau sauta dedans. Son bec plongea, comme s'il s'apprêtait à lui picorer la paume... puis il interrompit son mouvement. Le cœur battant, Alan abaissa la main. L'oiseau en sauta, ouvrit les ailes et atterrit sur l'allée après un seul battement, au milieu des autres. La bestiole le regardait de ses yeux brillants et inexpressifs.

Alan déglutit. Il y eut un *clic !* très net au fond de sa gorge.

« D'où sortez-vous ? marmonna-t-il. D'où diable sortez-vous donc ? »

Les moineaux continuèrent de le fixer. Maintenant, tous les pins et tous les érables qu'il apercevait de ce côté-ci de Castle Lake étaient couverts d'oiseaux. Il entendit une branche craquer, quelque part, sous l'accumulation de leur poids.

Leurs os sont creux. Ils ne pèsent pratiquement rien. Combien en faut-il pour faire craquer une branche ?

Il l'ignorait. Ne voulait pas le savoir.

Alan fit sauter l'attache qui maintenait la crosse de son .38 et remonta la forte pente de l'allée des Williams, se tenant éloigné des moineaux. Le temps d'atteindre Lake Lane — une simple route blanche avec de l'herbe poussant entre les traces laissées par les pneus — il avait le visage luisant de sueur et sa chemise, moite, lui collait dans le dos. Il regarda derrière lui. Il y avait des moineaux partout, y compris sur le toit, le capot et le coffre de sa voiture, mais aucun devant lui.

Comme s'ils ne voulaient pas s'approcher davantage… du moins pour le moment. Comme s'ils se rassemblaient sur une base de départ.

Il jeta un coup d'œil dans les deux directions du chemin, caché (du moins il l'espérait) par un haut sumac buissonnant. Pas une âme en vue. Rien que les moineaux, à perte de vue le long de la pente sur laquelle s'élevait le petit cottage des Williams. Et toujours pas un bruit, sinon les stridulations des grillons et le zonzonnement d'un moustique autour de son visage.

Bon.

Alan franchit la route au pas de gymnastique, courbé comme un soldat en territoire ennemi, la tête rentrée dans les épaules, sauta de l'autre côté par-dessus le fossé qu'obstruaient des pierres et de hautes herbes, et disparut dans les bois. Une fois dissimulé, il s'attacha à se rapprocher de la maison d'été des Beaumont aussi silencieusement et rapidement que possible.

4

La rive orientale du lac de Castle s'étend au pied d'une colline formant une longue et forte pente. Lake Lane se trouve à mi-pente, et la plupart des maisons s'élevaient tellement en contrebas que le policier, d'où il se tenait, à une vingtaine de mètres au-dessus de la route, ne voyait que le haut de leurs toits. Dans certains cas, elles étaient même complètement invisibles. Il apercevait cependant la route, ainsi que les allées privées qui donnaient dessus, et tout irait bien tant qu'il n'en perdrait pas le compte.

Lorsqu'il eut atteint le cinquième carrefour depuis celui des Williams, il s'arrêta. Il regarda derrière lui pour voir si les moineaux le suivaient. L'idée était bizarre, sans qu'il pût la refréner. Il n'en découvrit aucun, et se demanda s'il n'avait pas tout imaginé, tant son esprit était soumis à forte pression.

Oublie ça. Tu n'as rien imaginé. Ils étaient bien là-bas derrière, et ils y sont toujours.

Il regarda dans la direction de l'allée des Beaumont, mais sa position ne lui permettait d'en découvrir que le début. Il commença à redescendre, se déplaçant lentement, en position accroupie. Il ne faisait pas le moindre bruit et s'en félicitait intérieurement à l'instant même où George Stark posa le canon d'un revolver contre son oreille gauche et lui dit :

« Un pas de plus, mon vieux, et ta cervelle va faire un tas sur ton épaule droite. »

5

Il tourna la tête lentement, lentement, lentement.

Ce qu'il vit lui fit regretter de n'être pas né aveugle.

« Je parie qu'ils ne voudront jamais de moi en couverture de *Vogue*, c'est bien ça, hein ? » demanda Stark.

Il souriait. Un sourire qui découvrait plus de dents et de gencives (sans compter les trous des dents manquantes) que le plus gigantesque des sourires aurait dû en découvrir. Son visage était couvert de plaies purulentes et la peau semblait se détacher des tissus sous-jacents. Mais ce n'était pas tout ; ce n'était pas ce qui le révulsait au point de lui donner des haut-le-cœur. On aurait dit qu'il y avait quelque chose d'anormal dans la structure de la figure de l'homme. Comme si non seulement il se décomposait, mais *mutait*, de quelque horrible manière.

Il n'en savait pas moins qui était l'homme au revolver.

Ses cheveux, aussi inertes qu'une vieille perruque collée sur la tête de paille d'un épouvantail, étaient blonds. Il avait les épaules presque aussi larges que celles d'un joueur de football américain avec ses rembourrages. Il se tenait avec une sorte de grâce arrogante et légère, alors même qu'il ne bougeait pas, et regardait Alan, l'air de bonne humeur.

C'était donc là l'homme qui ne pouvait exister, qui n'avait jamais existé.

M. George Stark, le salopard de frimeur d'Oxford, dans le Mississippi.

Tout était vrai.

« Bienvenue au carnaval, vieille noix », dit Stark d'un ton plein de douceur. « Tu te déplaces rudement bien pour un type de ta corpulence. J'ai failli te manquer, tout d'abord, alors que je te cherchais. Descendons à la maison. Je veux te présenter à la petite dame. Et si tu fais le moindre faux mouvement, tu es mort, elle aussi, et les mignons petits bébés. Je n'ai absolument rien à perdre. Rien. Est-ce bien clair ? »

Le visage en décomposition et horriblement aberrant lui sourit. Les grillons continuaient de chanter dans l'herbe. Loin sur le lac, un butor poussa son cri aigu et nostalgique. Alan se prit à souhaiter violemment être cet oiseau, car lorsqu'il plongeait le regard dans les yeux fixes de Stark, il n'y voyait qu'une chose : la mort... et rien d'autre.

Il prit conscience, avec une soudaine et parfaite clarté, qu'il n'allait jamais revoir sa femme et ses enfants.

« Parfaitement clair, répondit-il.

— Alors laisse tomber ton flingue dans les broussailles et allons-y. »

Alan s'exécuta aussitôt. Stark lui emboîta le pas lorsqu'il commença à descendre vers la route. Ils la traversèrent et s'engagèrent dans l'allée des Beaumont. La maison s'élevait à flanc de colline, juchée sur de gros pilotis, un peu comme les maisons de bord de mer à Malibu. Pour autant que le policier pouvait en juger, il n'y avait pas un seul moineau dans le secteur.

La Toronado était garée près de la porte, tarentule noire et brillante dans le soleil de la fin de l'après-midi. Elle faisait penser à un obus. Alan déchiffra l'étrange formule de l'autocollant, avec une légère sensation interloquée. Toutes ses sensations, d'ailleurs, lui parvenaient étrangement assourdies, étrangement adoucies, comme s'il était plongé dans un rêve dont il allait bientôt s'éveiller.

Ne commence pas à te raconter ce genre de truc, c'est la meilleure façon de se retrouver mort.

Réflexion presque comique : il était déjà mort, non ? Une minute avant il s'avançait à pas de Sioux vers cette maison, avec l'intention de traverser la route comme une ombre, de scruter tous les environs et de se faire une idée de la situation, mon nom Grand Chef futé, mon surnom, l'Invisible... et il s'était retrouvé avec le canon du pétard de Stark collé sur l'oreille, obligé de larguer son artillerie, sans avoir rien vu, rien entendu...

Non seulement je n'ai rien vu ni rien entendu, mais je n'ai même pas eu l'intuition de sa présence... Les gens trouvent que je me déplace comme un Indien, mais à côté de lui, j'ai l'air d'avoir deux pieds gauches.

« Elle te plaît, ma caisse ? demanda Stark.

— En ce moment, elle doit plaire à tous les officiers de police du Maine, répondit Alan, car ils courent tous après. »

Stark eut un petit rire amusé.

« Tiens, tu m'en diras tant ! » Du canon de son arme il poussa Alan dans le bas du dos. « Entre là-dedans, mon pote. Nous allons attendre Thad. Lorsqu'il sera arrivé, je crois que la fiesta pourra commencer. »

Les yeux d'Alan tombèrent sur la main libre de Stark, et le policier découvrit une chose tout à fait étrange : il ne voyait ni lignes ni plis dans cette main. Rien.

6

« Alan ! s'exclama Liz. Vous n'avez rien ?

— Eh bien, répondit Alan, s'il est possible pour un homme de se sentir le dernier des tarés, et d'être tout de même content de lui, je n'ai rien, en effet.

— Tu ne pouvais pas y croire, c'est bien naturel », remarqua doucement Stark. Il lui indiqua les ciseaux qu'il avait retirés des dessous de Liz et posés sur l'une des tables de nuit qui flanquaient le grand lit double, hors de portée des jumeaux. « Dégage-lui les jambes, shérif Pangborn. Inutile de te fatiguer avec les poignets ; on dirait qu'elle y est déjà presque arrivée toute seule. Shérif, c'est bien ça, non ?

— Shérif, oui. » Et en lui-même il pensa, *Il sait cela. Il me connaît parce que Thad me connaît. Mais même quand il a la situation en main, il ne dit pas tout ce qu'il sait. Il est aussi rusé qu'une belette dans un poulailler.*

Et pour la deuxième fois, il fut submergé par la certitude de sa propre mort prochaine. Il essaya de penser aux moineaux, car ils étaient le seul élément de ce cauchemar que George Stark, croyait-il, ignorait. Puis il se morigéna. L'homme était trop fort. S'il se laissait aller à l'espoir, Stark le verrait dans son regard... et se demanderait ce que cela signifiait.

Alan prit les ciseaux et coupa l'adhésif qui paralysait les chevilles de Liz, alors que la jeune femme dégageait sa main droite et commençait à défaire celui qui entourait ses poignets.

« Vous allez me battre ? » demanda-t-elle à Stark d'un ton plein d'appréhension.

Elle leva les mains, comme si les marques rouges laissées sur ses poignets par le ruban adhésif avaient une chance de l'en dissuader.

« Non », dit-il avec une esquisse de sourire. « Peux pas te blâmer de faire ce qu'il est naturel de faire, n'est-ce pas, Beth chérie ? »

Elle lui lança un regard où la révolte le disputait à la peur, puis alla regrouper les jumeaux. Elle demanda à Stark si elle pouvait les amener à la cuisine et leur donner quelque chose à manger. Ils avaient dormi jusqu'au moment où Stark avait garé la Volvo volée sur l'aire de repos, et ils étaient maintenant bien réveillés et pleins d'entrain.

« Tout ce que tu veux », dit Stark. Il paraissait d'humeur joyeuse et tonique... mais il tenait toujours son revolver et ses yeux ne cessaient d'aller et venir entre Liz et Alan. « On n'a qu'à y aller tous ensemble. J'ai besoin de parler avec le shérif. »

Ils partirent vers la cuisine à la queue leu leu, et Liz commença à préparer le repas des enfants. Alan surveilla les jumeaux pendant ce temps. C'étaient des mômes adorables, mignons comme deux petits chats, et les observer lui rappela un temps où lui et Annie étaient beaucoup plus jeunes, un temps où Toby, qui terminait maintenant le lycée, était encore en couches-culottes et où Todd n'était même pas encore en route.

Ils allaient à quatre pattes ici et là, joyeusement, et il devait de temps en temps intervenir pour éviter qu'il (ou elle) ne renversât une chaise ou ne se cognât contre le dessous de la table en formica du coin cuisine.

Stark lui parla pendant qu'il jouait les baby-sitters.

« Tu penses que je vais te tuer, shérif. Pas la peine de le nier, je le lis dans tes yeux et c'est un regard qui m'est familier. Je pourrais te mentir, te dire que non, mais je pense que tu ne me croirais pas. Tu as une certaine expérience de ces choses toi-même, n'est-ce pas ?

— Je suppose, répondit Alan. Mais ce qui se passe est un peu... un peu en dehors des affaires courantes de la police. »

Stark rejeta la tête en arrière et éclata de rire. Les jumeaux regardèrent vers lui et éclatèrent aussi de rire. Alan jeta un coup d'œil à Liz et lut la terreur et la haine sur son visage. Et quelque chose d'autre aussi, lui sembla-t-il. De la jalousie. Alan se demanda, au passage, si ce n'était pas quelque chose que George Stark ignorait. S'il savait à quel point cette femme pouvait être dangereuse pour lui.

« On ne saurait mieux dire ! » s'exclama Stark, qui riait toujours. Puis il reprit son sérieux et se pencha vers Alan, qui sentit l'odeur de fromage avarié de sa chair en décomposition : « Mais les choses ne doivent pas se passer nécessairement ainsi, shérif. Tu as une chance sur cent de sortir vivant de cette affaire, je te l'accorde, mais cette chance existe. J'ai quelque chose à faire ici. Un peu d'écriture. Thad va m'aider. Il va amorcer la pompe, en quelque sorte. Je pense que nous allons probablement travailler toute la nuit, lui et moi, mais lorsque le soleil se lèvera demain matin, je devrai avoir remis de l'ordre dans mes affaires.

— Il veut que Thad lui apprenne à écrire par lui-même », intervint Liz depuis le fourneau. « Il dit qu'ils vont collaborer à un livre.

— Ce n'est pas tout à fait juste », dit Stark. Il l'observa quelques instants, et une vaguelette d'ennui passa sur la surface jusqu'ici parfaitement lisse de sa bonne humeur.

« Il me doit bien ça, vous comprenez ? Peut-être savait-il écrire avant que je n'arrive, mais c'est *moi* qui lui ai appris *à lui* comment écrire des trucs que les gens auraient envie de lire. Et à quoi sert d'écrire, si personne ne veut vous lire ?

— Évidemment, c'est quelque chose que vous ne pouvez pas comprendre, fit Liz.

— Ce que j'attends de lui », reprit Stark en se tournant vers Alan, « c'est une sorte de transfusion. On dirait que j'ai... une sorte de glande qui s'est arrêtée de fonctionner. Temporairement. Je crois que Thad saura comment la remettre en marche. Il a intérêt, car il a d'une certaine manière cloné la sienne sur la mienne, si tu vois ce que je veux dire. Je pourrais même ajouter que c'est lui qui a édifié l'essentiel de mon équipement. »

Oh non ! mon coco, songea Alan. Ce n'est pas vrai. Peut-être l'ignores-tu, mais ce n'est pas vrai. Vous avez fabriqué ça ensemble, tous les deux, parce que toi, tu as toujours été là, bien présent. Thad a essayé de te supprimer avant ta naissance, sans y parvenir complètement. Puis, onze ans plus tard, le Dr Pritchard s'y est mis à son tour et ça a marché, au moins pendant un certain temps. Finalement, Thad t'a invité à revenir. Il l'a fait sans savoir ce qu'il faisait... parce qu'il ne te connaissait pas, TOI. Pritchard ne lui a jamais parlé de toi. Et tu as rappliqué illico, n'est-ce pas ? Tu es le fantôme de son frère mort... mais vous êtes tous les deux à la fois beaucoup plus et beaucoup moins que cela.

Alan rattrapa Wendy, qui s'était rapprochée de la cheminée, avant qu'elle ne tombât à la renverse dans la réserve de bois.

Stark eut un coup d'œil pour William et Wendy, puis revint sur Alan.

« Thad et moi avons une longue histoire de jumelage, tu sais. Et bien entendu, je suis venu au monde à la suite de la mort de jumeaux qui auraient été les aînés de ceux-ci. Appelle ça une sorte d'acte d'équilibre transcendantal, si tu veux.

— J'appelle ça du délire, dit Alan.

— En vérité, moi aussi », fit Stark en riant. « Mais c'est arrivé. La parole s'est faite chair, pourrait-on dire.

Peu importe la manière dont ça s'est passé. C'est que je sois ici qui importe. »

Tu te trompes, pensa Alan. *La manière dont ça s'est passé est peut-être la seule chose qui compte, à l'heure actuelle. Pour nous, sinon pour toi... car c'est peut-être le seul moyen de nous sauver.*

« Une fois que les choses sont arrivées à un certain point, je me suis créé moi-même, continuait Stark. Et il n'est pas bien étonnant que j'aie eu quelques problèmes d'écriture, non ? Se créer soi-même... c'est une sacrée dépense d'énergie. Ce n'est pas le genre de chose qui arrive tous les jours, hein, vieille noix ?

— Dieu nous en garde », s'écria Liz.

Elle avait tapé dans le mille, ou pas loin. La tête de Stark se tourna vers elle à la vitesse de celle d'un cobra qui attaque, et cette fois-ci c'était plus qu'une vaguelette d'ennui qu'on pouvait lire sur son visage.

« Je pense que tu ferais mieux de fermer un peu ton clapet, Beth », dit-il doucement, « si tu ne veux pas que quelqu'un qui n'est pas capable de parler pour soi ne commence à avoir des ennuis. Quelqu'un ou quelqu'une. »

Liz abaissa les yeux sur la casserole posée sur le feu. Alan crut voir qu'elle avait pâli.

« Amenez-les-moi, Alan, voulez-vous ? » demanda-t-elle d'un ton calme. « C'est prêt. »

Elle-même prit Wendy sur ses genoux, et Alan prit William. Stupéfiant comme la technique revenait vite, songea-t-il en donnant la becquée au petit garçon joufflu. Introduire la cuillère, l'incliner, puis un petit coup sur la lèvre inférieure et le menton, en douceur, pour empêcher le surplus de dégouliner — dans la mesure du possible. William ne cessait de vouloir attraper la cuillère, apparemment convaincu qu'il était assez âgé pour se prendre en charge, merci m'sieur. Alan réussit à le décourager en douceur, et le bébé ne songea bientôt plus qu'à s'empiffrer.

« Le fait est que tu peux m'être utile, shérif », reprit Stark. Il s'était appuyé contre le comptoir de la cuisine et faisait glisser machinalement le canon de son pistolet le long de sa veste matelassée, ce qui produisait une sorte de sifflement aigre. « Est-ce que la police de l'État t'a demandé de venir faire un tour ici, voir ce qui se passait ? »

Alan songea à mentir, débattit le pour et le contre, et décida qu'il serait plus sûr de dire la vérité, essentiellement parce qu'il avait la certitude que cet homme — s'il s'agissait d'un homme — avait quelque part un détecteur de mensonges très efficace sous son crâne.

« Pas exactement », répondit-il, avant de parler du coup de téléphone de Fuzzy Martin.

Stark acquiesçait déjà avant qu'il eût achevé.

« J'avais cru voir un reflet dans la fenêtre de cette ferme », dit-il avec un petit gloussement, comme s'il venait de retrouver toute sa bonne humeur. « Tiens, tiens ! Ces culs-terreux sont comme qui dirait un peu fouineurs, n'est-ce pas, shérif Pangborn ? Ils ont telle-ment peu de boulot que le contraire serait étonnant. Alors, qu'est-ce que tu as fait, après avoir raccroché ? »

Alan le lui dit aussi, sans davantage mentir, car il croyait que Stark avait déjà deviné l'essentiel : le simple fait qu'il fût ici était en soi une réponse à la plupart des questions. Alan se dit qu'en réalité, Stark voulait savoir s'il serait assez stupide pour lui sortir un mensonge.

Lorsqu'il eut terminé, Stark conclut :

« D'accord, c'est très bien. Tu as une chance de plus de vivre pour retarder encore d'un jour ta descente aux enfers, shérif Pangborn. Maintenant, tu vas m'écouter, et je vais te dire ce que nous allons exactement faire une fois que ces nourrissons auront mangé. »

7

« Tu es bien sûr que tu sais ce que tu as à dire ? » répéta Stark.

Ils se tenaient tous les deux dans le hall d'entrée, près du téléphone, le seul qui fût encore en état de marche dans toute la maison.

« Oui.

— Et tu ne vas pas essayer de faire passer quelque petit message secret à ta standardiste ?

— Non.

— C'est bon. C'est bon, parce que ce serait le pire moment pour oublier que t'es maintenant une grande personne et qu'il ne s'agit pas de se mettre à jouer aux pirates de *L'Ile au trésor*. Quelqu'un en subirait certainement les conséquences.

— J'aimerais que vous arrêtiez ces menaces, au moins pour quelque temps. »

Le sourire de Stark s'élargit, devenant quelque chose d'une splendeur pestilentielle. Il avait pris William avec lui pour s'assurer de la bonne conduite de Liz et chatouillait le bébé au bras.

« J'aurais du mal à faire ça, dit-il. Un homme qui va à l'encontre de sa nature finit par être constipé, shérif Pangborn. »

Le téléphone était posé sur une table, à côté d'une grande fenêtre. En soulevant le combiné, Alan jeta un coup d'œil sur le bois en pente, au-delà de l'allée, à la recherche des moineaux. Pas un seul en vue. Pour l'instant, en tout cas.

« Qu'est-ce que tu cherches, vieille noix ?

— Hein ? »

Alan se tourna vers Stark, dont les yeux l'observaient sans ciller au milieu d'orbites en décomposition.

« Tu m'as bien entendu. » Il fit un geste en direction de l'allée et de la Toronado. « Tu n'as pas regardé par cette fenêtre comme un type qui jette juste un coup d'œil parce qu'il y a une fenêtre sous son nez. Tu avais la tête d'un type qui s'attend à voir quelque chose. Je veux savoir quoi. »

Alan sentit un flux glacial de terreur s'infiltrer dans son dos.

« Pas quelque chose mais quelqu'un. Thad », s'entendit-il répondre avec calme. « Je regardais s'il n'arrivait pas. Comme vous. Il ne devrait pas tarder, maintenant.

— Il vaudrait mieux que ce soit toute la vérité, rien que la vérité, tu crois pas ? » lui lança Stark en soulevant un peu plus William.

Il se mit à faire glisser le canon du revolver sur la poitrine agréablement replète du bébé, le chatouillant avec. William gloussa et tapota doucement la joue en lambeaux de Stark, comme pour lui dire : Assez, assez... mais pas vraiment, parce que c'était aussi amusant.

« J'ai bien compris », dit Alan, déglutissant avec peine.

Stark fit glisser le canon jusqu'à la fossette du menton de William. Le bébé gloussa de nouveau.

Si jamais Liz vient jusqu'ici et qu'elle voit ça, elle va devenir folle, pensa Alan calmement.

« Vous êtes bien sûr que vous m'avez tout dit, shérif Pangborn ? Vous ne me cachez rien ?

— Non », répondit Alan. *Simplement qu'il y a des myriades de moineaux tout autour de la maison des Williams.* « Je ne vous cache rien.

— D'accord, je te crois. Pour le moment, au moins. Et maintenant, à toi de jouer. »

Alan composa le numéro de son propre bureau. Stark se rapprocha — au point que ses effluves de fruit largement trop mûr lui donnèrent envie de vomir — et tendit l'oreille.

Sheila Brigham répondit dès la première sonnerie.

« Salut, Sheila. C'est Alan. Je suis du côté du lac de Castle. J'ai essayé d'appeler par radio, mais vous savez comment sont les transmissions, dans ce coin.

— Nulles », dit-elle en riant.

Stark sourit.

8

Dès qu'ils furent hors de vue dans le hall, Liz ouvrit le tiroir de la cuisine et prit le plus gros des couteaux à découper qui s'y trouvaient. Elle jeta un coup d'œil vers l'entrée, sachant qu'à tout moment Stark risquait de passer la tête par la porte pour vérifier ce qu'elle faisait. Mais jusque-là, tout allait bien. Elle les entendait qui parlaient. Stark disait quelque chose à Alan sur la manière qu'il avait eue de regarder par la fenêtre.

Il faut que je le fasse, et il faut que je le fasse toute seule. Il surveille Alan comme un chat surveille une souris, et même si je pouvais avertir Thad, les choses seraient encore pires... parce qu'il a accès à l'esprit de Thad.

Tenant Wendy dans le creux du bras, elle se débarrassa de ses chaussures et, d'un pas vif, revint pieds nus dans le salon. Le canapé y était disposé de telle façon qu'on pouvait voir le lac une fois assis dessus. Elle glissa le couteau à découper sous le volant... mais pas trop loin dessous. Il fallait qu'il restât à portée de main.

Et s'ils s'asseyaient côte à côte, ce vieux renard de George et elle, lui aussi serait à portée de main.

Je dois pouvoir me débrouiller pour lui donner envie de faire ça, pensa-t-elle tout en retournant précipitamment dans la cuisine. *Oui, je dois pouvoir y arriver. Je lui plais. Et c'est horrible... mais ce n'est pas horrible au point de ne pas essayer.*

Elle revint dans la cuisine, s'attendant à y trouver Stark lui souriant de toutes ses gencives édentées — de ce sourire épouvantable, en décomposition. Mais la cuisine était vide, et elle entendit Alan qui parlait au téléphone. Elle imaginait Stark debout à côté de lui, attentif. De ce côté-là, ça marchait donc. *Avec un peu de chance, Stark sera mort à l'arrivée de Thad.*

Elle voulait éviter leur rencontre. Elle ne comprenait pas elle-même toutes les raisons pour lesquelles cette idée lui répugnait tant, mais en saisissait au moins une : elle redoutait que leur collaboration ne s'avérât efficace, et plus encore les conséquences de son éventuel succès.

En fin de compte, une seule personne pouvait prétendre régner sur la double nature Thad Beaumont/ George Stark. Une seule personne physique pouvait survivre à une telle scission primitive. Si jamais Thad arrivait à donner à Stark la décharge électrique dont il avait besoin, si jamais Stark se mettait à écrire de lui-même, est-ce que ses plaies et ses blessures n'allaient pas commencer à guérir ?

Liz pensait que si. Elle croyait même que Stark pourrait finir par prendre l'aspect et les traits de son époux.

Ensuite de quoi, combien de temps faudrait-il (en supposant encore que Stark les laissât en vie et eût réussi son évasion), avant que n'apparaissent les premières plaies sur le visage de Thad ?

Pas très longtemps, à son avis. Et elle avait toutes les raisons de douter que Stark s'intéressât à empêcher Thad de se décomposer, pour commencer, puis de s'anéantir, toutes ses bonnes idées définitivement disparues.

Elle remit ses chaussures et commença à nettoyer les reliefs de repas laissés par les jumeaux. *Espèce de salopard*, pensa-t-elle, donnant un coup de torchon sur le comptoir avant de remplir l'évier d'eau chaude. *Tu n'es que le nom de plume, un personnage bidon, pas mon mari.* Elle envoya une giclée de Joy dans l'évier puis alla jeter un coup d'œil à Wendy, dans le salon. Celle-ci, à quatre pattes, allait et venait, probablement à la recherche de son frère. Au-delà des portes-fenêtres coulissantes, le soleil de l'après-midi jetait sur l'eau bleue du lac un chemin doré, rectiligne et chatoyant.

Tu n'es pas de ce monde. Tu es une abomination, un cauchemar pour l'œil comme pour l'esprit.

Elle regarda vers le canapé, sous la jupe duquel gisait le long couteau effilé, à portée de main.

Mais je peux arranger ça. Et si Dieu me le permet, j'arrangerai ça.

9

L'odeur de Stark devenait de plus en plus insupportable (il se sentait sur le point de vomir d'un moment à l'autre), mais Alan s'efforça de ne pas trahir sa répulsion.

« Norris Ridgewick n'est pas encore revenu, Sheila ? »

A côté de lui, l'homme avait recommencé à chatouiller William avec le canon du .45.

« Non, pas encore, Alan, désolée.

— Quand il arrivera, dites-lui qu'il prenne les commandes au bureau. Jusque-là, c'est Clut qui tient la baraque.

— Mais son quart...

— Je sais, il n'est plus en service. La ville devra lui payer des heures supplémentaires et Keeton va me tomber dessus, mais qu'est-ce que je peux faire ? Je suis coincé ici avec la radio en panne et une voiture qui fait du vapor-lock chaque fois qu'on la regarde. J'appelle depuis chez les Beaumont. La police d'État voulait que je vérifie, mais j'ai fait chou blanc.

— C'est trop bête. Est-ce que vous voulez que je transmette le message aux Troopers ? »

Alan regarda Stark qui, en apparence complètement absorbé, chatouillait un William gloussant et gigotant. Il hocha la tête d'un air absent vers Alan.

« Oui. Appelez Oxford pour moi. Je crois que je vais aller prendre un casse-croûte au poulet frit quelque part et revenir vérifier. Si j'arrive à faire repartir la voiture, évidemment. Sinon, je serai obligé de voir si les Beaumont n'ont pas laissé des conserves. Vous voudrez bien me faire une note, Sheila ? »

Il sentit davantage qu'il ne vit Stark se tendre légèrement à côté de lui. La gueule du canon s'immobilisa à la hauteur du nombril de William. Alan sentit une lente coulée de sueur froide descendre le long de ses côtes.

« Bien sûr, Alan.

— En principe, ce type possède un esprit inventif. Je crois qu'il pourrait trouver un meilleur endroit pour planquer sa clé que sous le paillasson. »

Sheila éclata de rire.

« Bien reçu. »

A côté de lui, le canon du .45 recommença à bouger et William à glousser. Alan se détendit un peu.

« Est-ce que c'est Henry Payton que je dois demander, Alan ?

— Oui. Ou bien Danny Eamons si Payton n'est pas là.

— Entendu.

— Merci, Sheila. Un peu plus de paperasserie de l'État, c'est tout. Faites attention à vous.

— Et vous aussi, Alan. »

Il raccrocha lentement le téléphone et se tourna vers Stark.

« Ça allait ?

— Parfaitement. J'ai particulièrement aimé le coup de la clé sous le paillasson. Une petite touche d'authenticité qui en disait très long.

— Quel taré vous faites ! » répliqua Alan.

Étant donné les circonstances, ce n'était pas très malin de dire ça, mais il fut dépassé par sa propre colère. La réaction de Stark le surprit également : il rit.

« Personne ne m'aime beaucoup, n'est-ce pas, shérif Pangborn ?

— Non, en effet.

— Eh bien, c'est parfait. Je m'aime moi-même suffisamment comme ça. De ce point de vue, je suis vraiment le prototype de l'homme de demain. L'important, c'est que les choses se présentent particulièrement bien ici. Je suis sûr que tout va se passer à la perfection. »

Il saisit d'une main le fil du téléphone et l'arracha de la prise.

« Je le pense aussi », répondit Alan.

Mais il n'en était pas si convaincu. Tout ne tenait qu'à un cheveu — beaucoup plus que Stark, qui croyait peut-être que tous les flics au nord de Portland étaient une bande d'abrutis, ne paraissait en avoir conscience. Dan Eamons, à Oxford, laisserait ça passer, sauf si quelqu'un d'Orono ou Augusta l'asticotait un peu ; mais Henry Payton ? Il était bien moins sûr que Payton avale sans broncher l'histoire d'Alan parti vaguement vérifier si le meurtrier de Homer Gamache n'était pas par hasard chez lui, avant d'aller se chercher une aile de poulet au Cluck-Cluck-Tonite du coin. Henry risquait de trouver que quelque chose clochait.

A regarder Stark chatouiller le bébé avec le canon de son revolver, Alan se demandait s'il avait envie ou non que Henry flairât quelque chose ; il se rendit compte qu'il n'en savait rien.

« Et maintenant ? » demanda-t-il.

Stark prit une profonde inspiration et regarda en direction des bois baignés de lumière avec une évidente satisfaction.

« On va demander à Bethie si elle veut bien nous préparer un petit quelque chose. Je meurs de faim. La vie à la campagne, c'est quelque chose, non, shérif ? Bon Dieu !

— Très bien », dit Alan.

Il voulut partir en direction de la cuisine, mais l'autre le prit par un bras.

490

« Cette vanne à propos du vapor-lock... ça ne voulait pas dire quelque chose de particulier, par hasard ?

— Non. C'était simplement... une de ces petites touches d'authenticité qui en disent si long, comme vous dites. Plusieurs de nos véhicules ont eu ce genre d'ennuis, depuis un an.

— Vaudrait mieux que ce soit vrai », répliqua Stark en le regardant de ses yeux morts. Un pus épais coulait du coin intérieur de chacun de ses yeux et glissait le long de son nez pelé, comme des larmes résineuses de crocodile. « Ce serait un scandale d'être obligé de faire mal à l'un de ces mômes parce que Monsieur aurait voulu faire le malin. Thad ne travaillera pas moitié aussi bien s'il apprend que j'ai massacré l'un de ses chers petits pour te faire tenir tranquille, shérif Pangborn. » Il sourit, et enfonça le canon du revolver au creux du bras de William, qui derechef gloussa et se tortilla. « Il est aussi mignon qu'un petit chaton, tu trouves pas ? »

Alan déglutit, l'impression d'avoir une grosse boule de coton hydrophile sec dans la gorge.

« Vous pouvez pas savoir comme ça me rend nerveux, quand vous faites ça, mon vieux.

— Eh bien, tu n'as qu'à continuer à rester nerveux », répliqua Stark avec un sourire. « Je suis le genre de type qui aime bien sentir les gens nerveux autour de lui. Allons manger, shérif Pangborn. J'ai l'impression que sa petite sœur commence à lui manquer, à celui-là. »

Liz fit chauffer pour Stark un bol de soupe dans le four à micro-ondes. Elle lui avait tout d'abord proposé un plat congelé, mais il avait secoué la tête, amusé, puis mis deux doigts dans sa bouche et retiré une dent. Elle s'était détachée de la gencive avec une répugnante facilité.

Elle avait détourné la tête, lèvres serrées, le visage même de la répulsion, tandis qu'il la jetait dans la poubelle.

« Ne t'inquiète pas », avait-il ajouté d'un ton serein. « Elles vont aller mieux d'ici peu. Tout va aller mieux d'ici peu. Papa ne va pas tarder à débarquer. »

Il n'avait pas encore fini sa soupe que Thad arrivait, quelques minutes plus tard, au volant de la VW de Rawlie.

XXV

Steel Machine

1

La maison d'été des Beaumont était à un bon kilomètre et demi de la Route n° 5, mais Thad s'était arrêté au bout d'une centaine de mètres après avoir tourné dans Lake Lane, ouvrant un œil exorbité et incrédule.

Il y avait des moineaux partout.

Chaque branche de chaque arbre, chaque rocher, chaque bout de sol dégagé était tapissé de moineaux. Il avait devant lui un monde grotesque, hallucinatoire : comme si des plumes s'étaient mises à pousser sur cette portion du Maine. Devant lui, la route avait disparu. Complètement disparu. A sa place, se trouvait un chemin de moineaux silencieux et luttant pour se faire une place entre les arbres surchargés.

Quelque part, une branche cassa. Le seul autre bruit provenait du moteur de la VW de Rawlie. Le pot d'échappement n'était déjà pas excellent lorsque Thad avait mis cap à l'ouest ; c'était maintenant une vraie passoire. Il rugissait, pétait, et de temps en temps pétaradait sous l'effet d'un retour de flamme ; ce tapage aurait dû faire immédiatement décoller le vol monstrueux, mais pas un oiseau ne bougeait.

Leur armée commençait à moins de cinq mètres de l'endroit où il avait immobilisé la voiture, passant au point mort. La ligne de démarcation était tellement nette qu'on l'aurait dite tracée au cordeau.

Personne n'a jamais vu un tel vol d'oiseaux depuis des

années. Pas depuis l'extermination des pigeons voya-
geurs, à la fin du siècle dernier... et encore. On dirait
quelque chose sorti tout droit de ce bouquin de Daphné
du Maurier.

Un moineau vint se poser sur le capot de la VW ; il
avait l'air de l'observer. Thad décela une effrayante
curiosité, dépourvue de passion, dans les petits yeux
noirs de l'oiseau.

*Jusqu'où y en a-t-il ? Jusqu'à la maison ? Dans ce cas
George les a vus... et on va payer le prix fort pour ça, si ce
n'est pas déjà fait. Et même s'ils ne vont pas jusque-là,
comment suis-je supposé avancer ? Ils ne sont pas seulement sur la route ; ils SONT la route !*

Mais bien entendu, il connaissait la réponse à cette
question. S'il avait l'intention d'aller à la maison, il
devait rouler dessus.

Non ! protesta son esprit dans ce qui était presque un
gémissement. *Ce n'est pas possible.* Son imagination lui
faisait voir d'horribles images, jets de sang soulevés par
les roues se chargeant peu à peu d'une couronne de
plumes détrempées, crépitements des petits corps écrasés par milliers.

« Je vais tout de même le faire, maugréa-t-il. Je vais le
faire parce que je le dois. »

Une espèce de sourire forcé déforma son visage en
une féroce grimace de folle concentration. Il se mit du
coup à ressembler de manière surnaturelle à George
Stark. Il poussa le levier de vitesses en première et
commença à fredonner « John Wesley Harding ». La
VW de Rawlie hoqueta, faillit caler et commença à
rouler.

Le moineau perché sur le capot s'envola, et Thad
retint son souffle, s'attendant qu'ils en fissent tous
autant, comme lors des visions de ses transes ; un grand
nuage sombre montant dans le ciel avec un vacarme
d'ouragan dans une bouteille.

Au lieu de cela, la surface de la route, devant la VW,
se mit à onduler et bouger. Les moineaux — du moins
certains d'entre eux — s'écartaient, laissant voir deux
bandes dégagées de chaussée... des bandes qui corres-
pondaient exactement à l'écartement des roues du véhicule.

« Doux Jésus », murmura Thad.

Puis il se retrouva au milieu. Il venait de passer d'un seul coup du monde qu'il avait toujours connu à un autre, étranger, uniquement peuplé de ces sentinelles assignées aux frontières entre l'univers des vivants et celui des morts.

Oui, c'est ici que je me trouve, maintenant, pensa-t-il tandis qu'il avançait au ralenti sur les bandes jumelles de chaussée que lui libéraient les oiseaux. *J'avance dans l'univers des morts-vivants, que Dieu me vienne en aide.*

Le chemin continuait de s'ouvrir devant ses roues. Il y avait toujours environ quatre mètres de dégagés. Entre les deux pistes, la caisse du véhicule passait au-dessus des moineaux, mais il lui semblait n'en tuer aucun ; du moins ne vit-il pas le moindre cadavre en jetant un coup d'œil dans son rétroviseur. C'était cependant difficile d'être trop affirmatif, car les oiseaux refermaient la piste derrière lui, recréant aussitôt le tapis intégral de plumes.

Il en sentait aussi l'odeur, une odeur légère de poussière d'os. Une fois, alors qu'il était enfant, il avait plongé la tête dans un sac de peaux de lapin et respiré profondément ; l'odeur était semblable. Non pas répugnante, mais entêtante. Et étrangère. Il commença à se troubler à l'idée que cette gigantesque masse d'oiseaux consommait tout l'oxygène de l'air et qu'il allait suffoquer avant d'arriver à destination.

Il entendit alors de légers tac-tac-tac au-dessus de sa tête ; il imagina les moineaux posés sur le toit de la VW, communiquant avec leurs congénères, les guidant, leur disant comment s'écarter pour permettre l'ouverture de la double piste et quand ils pouvaient se remettre en place. Il franchit la première colline de Lake Drive et regarda vers la vallée de moineaux : des moineaux partout, des moineaux qui couvraient chaque objet, chaque arbre et transformaient le paysage en une vision cauchemardesque — quelque chose qui allait au-delà des possibilités de son imagination, au-delà même de ses possibilités de compréhension.

Thad se sentit glisser vers l'évanouissement et se donna une claque bien sentie sur la joue. Elle fit un petit bruit, comparée à la pétarade du moteur, mais il vit une vaste ondulation parcourir la mer d'oiseaux… une ondulation comme un frisson.

Je ne peux pas descendre là au milieu, je ne peux pas.

Il le faut. Tu es celui qui sait, celui qui détient, celui qui pourvoit.

Et de plus, que pouvait-il faire d'autre ? Il se souvint de Rawlie, l'avertissant d'être prudent. *Aucun homme ne peut contrôler les agents qui viennent de l'autre rive de la vie. En tout cas, pas pour longtemps.* Et s'il tentait de retourner à la Route n° 5 ? Les oiseaux avaient ouvert un chemin devant lui… il ne pensait pas, cependant, qu'ils en ouvriraient un derrière. Il avait la certitude que les conséquences d'un changement d'avis seraient incalculables.

Il commença à descendre lentement la pente… et les oiseaux, de nouveau, s'écartèrent pour lui laisser la place.

Il ne put jamais se souvenir précisément du reste du chemin ; son esprit l'ensevelit miséricordieusement au fond de sa mémoire dès qu'il fut achevé. Il se rappelait seulement avoir pensé répétitivement, *Ce ne sont que des* MOINEAUX, *bon sang… pas des tigres ou des piranhas… rien que des* MOINEAUX !

C'était vrai, certes, mais d'en voir autant à la fois, d'en voir absolument partout, entassés sur la moindre branche, se bagarrant pour prendre place sur le moindre bout d'espace… cela produisait un effet sur l'esprit. Lui faisait mal.

A la sortie du virage serré qui marquait le fond de la vallée, il se trouva en vue de Schoolhouse Meadow, sur la gauche… sauf que Schoolhouse Meadow avait disparu. Schoolhouse Meadow était noire de moineaux.

Ça fait mal à l'esprit.

Combien ? Combien de millions ? Ou bien devait-on parler de milliards ?

Une autre branche cassa et s'abattit dans les bois avec un grondement de tonnerre lointain. Il dépassa la maison des Williams, mais le petit cottage n'était plus qu'un monticule informe sous le poids des moineaux. Il ne se rendit absolument pas compte que le véhicule de Pangborn était garé dans l'allée : il se réduisait à un grand tas de plumes.

Il passa devant chez les Saddler, les Massenburg et les Paynes. Il ne savait pas le nom des autres, ou ne s'en souvenait plus. Puis, alors qu'il restait environ quatre cents mètres à parcourir avant d'arriver chez lui, il n'y eut plus d'oiseaux. A un point donné le monde entier était un tapis d'oiseaux ; vingt centimètres plus loin, il n'y en avait pas un seul. Encore une fois, comme si quelqu'un avait tiré un trait au cordeau en travers de la route. Les derniers moineaux sautillèrent et voletèrent pour s'écarter des roues, et il s'engagea sur la chaussée de terre nue retrouvée de Lake Lane.

Une fois là, il s'arrêta brusquement, ouvrit la portière et vomit sur le sol. Il poussa un gémissement, et essuya du revers de la main la sueur malsaine qui perlait à son front. Devant lui, s'étendaient les bois, de part et d'autre de la route, et sur sa gauche lui parvenaient les éclats d'un bleu éblouissant du lac.

Il regarda derrière lui et vit un monde noir, silencieux, en attente.

Les psychopompes. Que Dieu me vienne en aide si ça tourne mal, si, d'une manière ou d'une autre, il prend le contrôle de ces oiseaux. Dieu nous vienne à tous en aide.

Il claqua la portière et ferma les yeux.

Reprends-toi, Thad, tu n'as pas franchi toutes ces épreuves pour flancher maintenant. Tu te reprends. Et tu oublies les moineaux.

Mais je ne peux pas les oublier ! gémit une partie de lui-même. Il était horrifié, offensé, vacillant aux limites de la folie. Je *ne peux pas ! JE NE PEUX PAS !*

Il le pouvait, cependant. Il le fallait.

Les moineaux attendaient. Lui aussi attendrait. Jusqu'à ce que ce fût le bon moment. S'il ne pouvait le faire pour lui, il le ferait pour Liz et les jumeaux.

Fais comme si c'était une histoire. Une simple histoire que tu écrirais. Une histoire dans laquelle il n'y aurait pas d'oiseaux.

« D'accord, murmura-t-il. D'accord, je vais essayer. »

Il démarra. En même temps, se remit à fredonner « John Wesley Harding ».

Thad coupa le contact — le moteur s'arrêta sur un ultime et pétaradant retour d'allumage. Il descendit lentement de la petite voiture. S'étira. George Stark se présenta à la porte, Wendy dans les bras, et s'avança sur le porche, lui faisant face.

Stark s'étira aussi.

Liz, qui se tenait derrière Alan, sentit un cri monter, non dans sa gorge, mais dans sa tête. Elle aurait voulu, plus que tout, détourner les yeux des deux hommes, mais en était incapable.

A les regarder, on avait l'impression de voir un homme faisant des exercices d'assouplissement devant un miroir.

Ils ne se ressemblaient absolument pas, même si l'on ne tenait pas compte de l'état de décomposition de Stark. Thad était mince, la peau mate, alors que Stark avait les épaules larges et gardait un teint de blond en dépit de son bronzage (du moins, pour ce qu'il en restait). Ils étaient néanmoins des images en miroir l'un de l'autre. Leur similitude avait quelque chose de surnaturel justement parce qu'il n'y avait rien à quoi l'œil, malgré ses protestations horrifiées, pouvait s'accrocher. Une similitude *sub rosa*, profondément enfouie entre les lignes, mais si réelle qu'elle hurlait : cette manière de croiser les pieds en s'étirant, de tirer sur les doigts coincés dans les cuisses, le petit plissement des yeux.

Ils s'arrêtèrent en même temps.

« Hello, Thad », fit Stark d'un ton presque intimidé.

« Hello, George », répondit sèchement Thad. « La famille ?

— Elle va très bien, merci. Tu as l'intention de le faire ? Tu es prêt ?

— Oui. »

Derrière eux, en direction de la Route n° 5, une branche craqua.

« Qu'est-ce que c'était ? demanda Stark.

— Une branche. Il y a eu une tornade dans la région, il y a quatre ans. Les branches mortes continuent de tomber. Tu sais bien. »

Stark acquiesça.

« Comment vas-tu, vieille noix ?

— Très bien.

— Tu m'as l'air un peu pâlot. »

Les yeux de Stark fouillaient le visage de Thad — qui sentait ses efforts pour détecter les pensées qu'il abritait.

« Tu n'as pas l'air tellement en forme toi-même. »

Stark éclata de rire, mais d'un rire qui n'avait rien d'amusé.

« Je m'en doute un peu.

— Tu les laisseras tranquilles ? reprit Thad. Si je fais ce que tu veux, tu leur ficheras la paix ?

— Oui.

— Donne-moi ta parole.

— Très bien. Tu as ma parole. La parole d'un homme du Sud, une chose qui ne se donne pas à la légère. »

Son faux accent méridional aux intonations presque burlesques avait complètement disparu. Il s'exprimait avec une dignité simple, épouvantable. Les deux hommes se faisaient face dans la lumière de la fin de l'après-midi, si brillante et dorée qu'elle semblait irréelle.

« D'accord », dit Thad au bout d'un long moment, pensant à part soi, *Il ne sait pas. Il ne sait vraiment pas. Les moineaux... lui sont toujours dissimulés. Ce secret m'appartient.* « D'accord, on y va. »

3

Pendant que les deux hommes étaient sur le pas de la porte, Liz se rendit compte qu'elle venait d'avoir une occasion parfaite pour parler à Alan du couteau caché sous le canapé... et qu'elle l'avait laissé passer.

Peut-être pas trop tard.

Au moment où elle se tournait vers le policier, Thad l'appela.

« Liz ? »

Le ton était sec, avec une nuance autoritaire qu'il n'employait que rarement, et on aurait presque dit qu'il avait compris ce qu'elle était sur le point de faire... et qu'il ne voulait pas qu'elle fît. C'était évidemment impossible. N'est-ce pas ? Elle l'ignorait. A l'heure actuelle, elle n'avait plus aucune certitude.

Elle le regarda, et vit Stark qui tendait le bébé à Thad. Thad serra Wendy contre lui, et celle-ci passa les bras autour du cou de son père du même geste familier qu'elle avait eu avec Stark.

Maintenant ! hurla un coin de l'esprit de Liz. *Dis-lui maintenant de s'enfuir ! Maintenant, pendant que nous avons les jumeaux !*

Stark, toutefois, avait un revolver, et aucun d'entre eux n'était assez rapide pour aller plus vite qu'une balle. En outre, elle connaissait très bien Thad : elle ne l'aurait jamais dit à voix haute, mais il lui vint soudain à l'esprit qu'il était capable de s'emmêler les pieds.

Et maintenant, Thad était tout près d'elle ; impossible de se faire croire qu'elle ne déchiffrait pas le message de son regard.

Ne t'occupe pas de ça, Liz, ce sont mes affaires.

Puis il passa son bras libre autour des épaules de sa femme et toute la famille se trouva réunie en une étreinte à quatre, maladroite mais fervente.

« Liz », dit-il, posant un baiser sur ses lèvres fraîches, « Liz, Liz... je suis navré pour ça, complètement navré. A aucun moment je n'ai voulu une chose pareille. Je pensais que ce n'était... qu'un jeu. Inoffensif. »

Elle se serra plus fort contre lui et lui rendit son baiser, sentant ses lèvres se réchauffer au contact des siennes.

« N'en parle plus, Thad. Ça va aller, n'est-ce pas, Thad ?

— Oui. » Il se recula un peu pour pouvoir la regarder. « Ça va aller. »

Il l'embrassa à nouveau, puis regarda Alan.

« Salut, Alan, dit-il. Alors, vous n'avez pas changé d'opinion sur certaines questions ?

— Si, sur plusieurs. J'ai parlé à l'une de vos vieilles connaissances, aujourd'hui même. » Il se tourna vers Stark. « L'une des vôtres aussi, d'ailleurs. »

Stark souleva ce qui lui restait de sourcils.

« Je ne crois pas que Thad et moi ayons des amis communs, shérif Pangborn.

« — Oh, vous avez eu pourtant une relation très étroite avec cet homme. En réalité, il vous a déjà même tué une fois.

— Que voulez-vous dire ? » demanda Thad d'un ton vif.

« C'est au Dr Pritchard que j'ai parlé. Il se souvient très bien de vous deux. Voyez-vous, ce fut une intervention peu banale. Savez-vous ce qu'il vous a sorti de la tête, Thad ? *Lui* », fit-il avec un geste de la tête en direction de Stark.

« Mais de quoi parlez-vous ? » demanda Liz, dont la voix se brisa sur les derniers mots.

Alan leur expliqua alors ce que Pritchard lui avait confié... mais au dernier moment, il renonça à parler de l'épisode des moineaux fonçant en piqué sur l'hôpital. Il s'en abstint parce que Thad n'avait rien dit lui-même des moineaux... alors qu'il était forcément passé devant la maison des Williams pour arriver jusqu'ici. Ce qui suggérait deux possibilités : soit les moineaux avaient disparu avant l'arrivée de Thad, soit Thad ne voulait pas que Stark soupçonnât leur présence.

Alan regarda Thad attentivement. *Quelque chose se prépare. Il a une idée. Prions Dieu qu'elle soit bonne.*

Lorsque Alan eut terminé, Liz parut abasourdie. Thad hochait la tête. Stark — que Alan s'était attendu à voir réagir le plus vigoureusement — ne semblait affecté ni dans un sens, ni dans l'autre. La seule expression que le policier arrivait à déchiffrer sur ce visage en décomposition était de l'amusement.

« Voilà qui explique beaucoup de choses, dit Thad. Merci, Alan.

— Moi, ça ne m'explique pas la moindre foutue chose ! » s'exclama Liz d'un ton tellement hystérique que les jumeaux se mirent à pleurnicher.

Thad regarda George Stark.

« Tu es un fantôme. Un genre très bizarre de fantôme. Nous sommes tous là en train de regarder un fantôme. Est-ce que ce n'est pas stupéfiant ? Ce n'est pas un simple incident psycho-quelque chose. Non, une véritable épopée !

— Pour moi c'est sans importance », dit Stark sans se

démonter. « Raconte-leur donc l'histoire de William Burroughs, Thad. J'étais à l'intérieur, bien sûr... mais j'écoutais. »

Liz et Alan adressèrent un regard interrogatif à Thad.

« Sais-tu de quoi il parle ? demanda Liz.

— Bien sûr. J'étais — ou je ferais peut-être mieux de dire nous étions — à la fin d'une conférence de William Burroughs, en 1981, à New York. Quelqu'un lui demanda s'il croyait à la vie après la mort. Burroughs a dit que oui, qu'il pensait que nous la vivions tous.

— Et c'est un type brillant », ajouta Stark avec un éclat de rire qui eut le don d'arrêter les pleurs des bébés et de les faire rire à leur tour, « pas capable de tenir un pistolet, mais brillant. Bon, vous voyez ? Vous voyez à quel point c'est sans importance ? »

Erreur, se dit Alan, étudiant attentivement le visage de Thad. *Ça a beaucoup d'importance au contraire : je le lis sur la figure de Thad... et c'est ce que disent aussi les moineaux dont tu ignores tout.*

Ce que savait Thad était encore plus dangereux qu'il ne le soupçonnait lui-même, songea Alan. Mais c'était peut-être tout ce qu'il avait à sa disposition. Il conclut qu'il avait bien fait de taire l'épisode des moineaux que lui avait rapporté Pritchard... mais il avait l'impression d'être sur une corde raide, en train de jongler avec trop de torches à la fois.

« Bon, les mondanités, ça suffit, Thad », dit Stark.

L'écrivain acquiesça.

« Oui, ça suffit. » Il regarda Liz et Alan. « Je ne veux pas que vous tentiez quoi que ce soit qui... qui ne soit pas prévu. Je vais faire ce qu'il veut que je fasse.

— Non, Thad ! Tu ne peux pas !

— Chut » Il mit un doigt devant ses lèvres. « Non seulement je peux, mais je vais le faire. Pas de tour de prestidigitation, pas d'effets spéciaux. Des mots jetés sur le papier l'ont créé, et des mots sur le papier sont la seule chose qui nous débarrassera de lui. » Il se tourna vers Stark. « Croyez-vous qu'il sache si ça va marcher ? Il n'en sait rien. Il l'espère, c'est tout.

— Exact, dit Stark, l'espoir fait vivre, c'est le cas de le dire ! » Il éclata de rire. Un rire dément, halluciné ; Alan

501

comprit que le fantôme, aussi, jonglait avec des torches en feu, sur une corde raide.

Du coin de l'œil, il crut soudain percevoir un mouvement semblable à un tressaillement. Le policier tourna légèrement la tête et vit un moineau qui venait de se poser sur la rambarde du balcon, de l'autre côté de la baie vitrée, à l'ouest. Un second le rejoignit, puis un troisième. Alan revint sur Thad et aperçut un léger mouvement dans les yeux de ce dernier. Avait-il vu quelque chose, lui aussi ? Alan en avait l'impression. Il avait donc eu raison : Thad savait, mais ne voulait pas que Stark, lui, fût au courant.

« Nous allons tous les deux noircir quelques pages d'écriture et nous dire au revoir », déclara Thad. Ses yeux se portèrent sur la figure en lambeaux de Stark. « C'est bien ce que nous allons faire, n'est-ce pas, Gèorge ?

— Tout juste, Auguste.

— Alors il faut que tu me dises, Liz. Me caches-tu quelque chose ? As-tu une idée, un plan quelconque ? »

Elle restait paralysée, scrutant le visage de son mari d'un regard désespéré, sans se rendre compte qu'entre eux deux, William et Wendy se tenaient les mains sans se quitter des yeux, comme deux proches qui ne se sont pas vus depuis longtemps.

Tu ne parles pas sérieusement, Thad ? disait le regard de Liz. *C'est un subterfuge, n'est-ce pas ? Un subterfuge pour l'abuser, pour endormir ses soupçons ?*

Non, répondaient les yeux gris de Thad. *Je suis on ne peut plus sérieux. C'est ce que je veux.*

Et n'y avait-il pas autre chose, en plus ? Quelque chose de si profond et de si caché qu'elle était peut-être la seule à le déceler ?

Je vais m'occuper de ce zigoto, Liz. Je sais comment m'y prendre. J'en suis capable.

Oh, Thad, j'espère que tu ne te trompes pas.

« Il y a un couteau sous le canapé », dit-elle lentement, le regardant dans les yeux. « Je l'ai apporté de la cuisine lorsque Alan et... et lui... étaient au téléphone, dans l'entrée.

— Seigneur, Liz ! » s'exclama Alan, si brusquement que les bébés sursautèrent.

En réalité, il n'était pas aussi bouleversé qu'il essayait de le faire croire. Il commençait à comprendre que si cette affaire devait s'achever autrement que dans un bain de sang pour tous, ce ne pourrait être que par l'entremise de Thad. Il avait fabriqué Stark ; il lui revenait de le renvoyer au néant.

Elle se tourna vers Stark et vit surnager, sur ce qui restait de son visage, un sourire de haine.

« Je sais ce que je fais, dit Thad. Faites-moi confiance, Alan. Reprends ce couteau, Liz, et fais-le disparaître. »

J'ai un rôle à jouer ici, se dit le policier. *Un rôle secondaire mais rappelle-toi ce que le type disait au cours d'art dramatique : il n'y a pas de petits rôles, il n'y a que de petits acteurs.*

« Parce que vous croyez qu'il va nous laisser comme ça ? » demanda Alan, incrédule. « Qu'il va partir en trottinant et en faisant des cabrioles sur la colline, comme le petit agneau de Mary ? Vous êtes cinglé, mon vieux.

— Cinglé, moi ? Bien sûr », répondit Thad en éclatant de rire. Un son aussi surnaturel que celui qu'avait produit Stark, le rire d'un homme qui danse sur l'extrême limite de l'abîme. « Lui l'est bien, et il vient de moi, non ? Comme un démon au rabais sorti du front d'un Zeus de troisième catégorie. Mais je sais ce que j'ai à faire. » Il se tourna alors vers Alan, qu'il regarda pour la première fois bien en face, l'expression de nouveau grave. « Je sais ce que j'ai à faire », répéta-t-il en insistant sur les mots. « Vas-y, Liz. »

Alan émit un son grossier de dégoût et lui tourna le dos, comme s'il se dissociait du couple.

Avec l'impression de vivre un rêve, Liz traversa le séjour, s'agenouilla et récupéra le couteau sous le canapé.

« Fais bien attention avec ce truc-là, Beth », dit Stark. On le sentait sur ses gardes et mortellement sérieux. « Tes mômes te diraient la même chose s'ils pouvaient parler. »

Elle se tourna vers lui, chassa les cheveux qui retombaient sur son visage et vit que le revolver était pointé sur Thad et William.

« Je fais attention ! » protesta-t-elle d'une voix chargée de reproches et proche des larmes.

Elle fit glisser la porte-fenêtre sur son rail et s'avança sur le balcon. Il y avait maintenant une demi-douzaine de moineaux sur la rambarde. Ils se séparèrent en deux groupes de trois quand elle s'approcha, mais ne s'envolèrent pas.

Alan décela sa légère hésitation en les découvrant, tandis qu'elle gardait le manche du couteau maintenu entre deux doigts, la pointe tournée vers le plancher comme un fil à plomb. Il jeta un coup d'œil à Thad et vit que l'écrivain la regardait avec intensité. Et finalement, le policier observa Stark.

Le fantôme ne quittait pas Liz des yeux, mais il n'y avait aucune expression d'étonnement ou de suspicion sur son visage, et une pensée folle traversa soudain l'esprit d'Alan Pangborn. *Il ne les voit pas ! Il ne se souvient pas de ce qu'il a écrit sur le mur des appartements, et maintenant, il ne les voit pas ! Il ne sait même pas qu'ils sont là !*

Puis il s'aperçut tout d'un coup que Stark lui rendait son regard et l'étudiait de ses yeux déliquescents, dépourvus d'expression.

« Qu'as-tu à m'observer comme ça ?

— Je veux être sûr de bien me souvenir de ce qu'est la laideur, répondit Alan. Histoire de raconter ça un jour à mes petits-enfants.

— Si tu ne fermes pas ta grande gueule, tu n'auras jamais à t'occuper de tes petits-enfants, rétorqua Stark. Jamais. Alors tu vas arrêter de me lorgner comme ça, shérif Pangborn. C'est un peu trop risqué. »

Liz lança le couteau de boucher par-dessus la rambarde. Lorsqu'elle l'entendit tomber dans les buissons, quelque huit mètres plus bas, elle se mit à pleurer.

4

« Allons tous au premier, dit Stark. Dans le bureau de Thad. Je suppose que tu vas vouloir ta machine à écrire, vieille noix ?

— Pas pour ça, non. Tu le sais bien. »

Un sourire effleura les lèvres craquelées de Stark.

« Tu crois ? »

Thad montra les crayons qui s'alignaient dans sa poche de poitrine.

« C'est de ça que je me sers quand je reprends contact avec Alexis Machine et Jack Rangely. »

Le fantôme parut absurdement ravi.

« Ouais, c'est bien ça, c'est bien ça. Je me disais que cette fois, tu préférerais peut-être faire autrement.

— Pas du tout, George.

— J'ai apporté les miens. Trois boîtes. Montre-toi bon garçon, shérif Pangborn, cours les chercher dans ma voiture. Ils sont dans la boîte à gants. Pendant ce temps nous garderons les enfants. » Il regarda Thad, partit de son rire de butor, et secoua la tête. « Espèce d'animal !

— Exact, George. Je suis un animal. Comme toi », répondit-il avec un petit sourire. « Et ce n'est pas à un vieux singe que l'on apprend à faire des grimaces.

— Tu te sens en forme pour le faire, on dirait, non, vieille noix ? Peu importe ce que tu racontes, il y a quelque chose en toi qui meurt d'envie de s'y mettre.

— Oui », répondit simplement Thad.

Alan se dit qu'il ne devait pas mentir.

« Alexis Machine... », reprit Stark.

Ses yeux jaunes et suppurants pétillaient.

« Exact », fit Thad, dont les yeux brillaient aussi. « "Coupe-moi ce gros lard pendant que je regarde."

— Tu as toujours la main ! » s'écria Stark avec un petit rire. « "Je veux voir le sang couler. Ne me le fais pas dire deux fois". »

L'écrivain et son double riaient maintenant tous les deux.

Liz regarda Thad, puis Stark, puis de nouveau son époux et sentit le sang refluer de son visage : elle n'aurait plus su dire qui était qui.

Tout d'un coup, le bord du précipice se trouva plus près que jamais.

Alan partit chercher les crayons. Il ne resta qu'un instant à l'intérieur de la Toronado, mais cet instant lui parut s'éterniser et il fut trop heureux d'en ressortir. Le véhicule dégageait une odeur lourde et répugnante qui le laissa légèrement étourdi. Fouiller dans la voiture de Stark donnait l'impression d'avancer la tête dans un grenier où quelqu'un aurait cassé une bouteille de chloroforme.

Si c'est ça l'odeur des rêves, je préfère ne plus en faire un seul, se dit Alan.

Il resta un instant debout à côté de la voiture noire, les boîtes de Berol à la main, regardant l'allée.

Les moineaux étaient arrivés.

L'allée privée disparaissait progressivement sous un tapis de plumes. De nouveaux oiseaux atterrirent sous ses yeux. Et les bois en étaient pleins. Ils se contentaient de se poser et de le regarder, dans un silence spectral, vaste énigme vivante.

Ils viennent pour toi, mon petit George, pensa-t-il en repartant vers la maison. A mi-chemin il s'arrêta brusquement, frappé par une idée très pénible.

A moins que ce ne soit pour nous ?

Il regarda de nouveau les oiseaux, un long moment, mais ils ne lui confièrent aucun secret et il rentra dans la maison.

6

« Allez, en haut, dit Stark. Tu passes le premier, shérif Pangborn. Va au fond de la chambre d'amis. Tu y trouveras une vitrine avec des photos, des presse-papiers de verre et des petits souvenirs. Si tu pousses cette vitrine sur le côté gauche, elle pivote sur elle-même autour d'un axe central. Le bureau de Thad se trouve de l'autre côté. »

Alan regarda Thad, qui acquiesça.

« Vous en savez fichtrement long sur cette maison, pour un type qui y vient pour la première fois, remarqua Alan.

« — Mais j'y suis *déjà* venu », répondit Stark d'un ton grave. « Souvent, dans mes rêves. »

Deux minutes plus tard, ils étaient tous rassemblés devant l'unique et bizarre porte du petit bureau de Thad. La vitrine pivota, créant deux entrées séparées par sa propre épaisseur. Il n'y avait aucune fenêtre dans la pièce ; donne-moi une jolie vue sur le lac, avait dit une fois Thad à Liz et j'écrirai deux mots, puis contemplerai le paysage pendant deux heures.

Une lampe à col de cygne équipée d'une puissante ampoule halogène jetait un cercle de lumière blanche sur le bureau. Un siège de dactylo et une chaise pliante de camping étaient placés derrière, côte à côte, en face de deux carnets de notes vierges posés sous le rond de lumière. Sur chacun des carnets trônaient deux crayons Berol aiguisés. L'IBM électrique dont Thad se servait parfois ici gisait dans un coin, débranchée.

Thad avait lui-même apporté la chaise pliante, et la pièce exprimait ainsi une dualité que Liz trouvait à la fois choquante et extrêmement désagréable. D'une certaine manière, il s'agissait d'une autre version de la créature en miroir qu'elle avait un instant imaginée lorsque Thad était arrivé. Deux chaises se trouvaient là où il n'y en avait jamais eu qu'une ; deux petits postes de rédaction, côte à côte, et non pas un. Le matériel avec lequel il écrivait d'ordinaire et qu'elle associait avec le

(meilleur)

Thad normal avait été remisé dans un coin et lorsqu'ils s'assirent, Stark sur le siège de dactylo et Thad sur la chaise pliante, l'effet de désorientation fut total. Elle en avait presque le mal de mer.

Chacun avait l'un des jumeaux sur ses genoux.

« Combien faudra-t-il de temps, d'après vous, avant que quelqu'un ne commence à trouver ça louche et décide de venir vérifier sur place ? » demanda Thad à Alan, debout sur le seuil de la porte à côté de Liz.

« Répondez en conscience, de manière aussi précise que possible. Vous devez me croire quand je vous dis que c'est la seule chance que nous ayons.

— Mais regarde-le, Thad ! » éclata Liz avec une soudaine violence. « Il ne veut pas seulement que tu l'aides à écrire un livre ! Il veut te voler TA VIE ! Ne le comprends-tu pas ?

— Chuttt ! Je sais ce qu'il veut. Je crois que je le sais depuis le début. C'est la seule manière. Je sais ce que je fais. Alors, Alan, combien de temps ? »

Alan réfléchit attentivement. Il avait dit à Sheila qu'il allait prendre un repas à emporter, et il venait d'appeler ; il faudrait un certain temps avant qu'elle ne devînt nerveuse. Les choses auraient pu aller plus vite si Norris Ridgewick avait été dans le secteur.

« Sans doute jusqu'au moment où ma femme appellera pour savoir ce que je fabrique. Peut-être un peu plus longtemps. Cela fait un moment qu'elle est l'épouse d'un flic. Les longues heures d'attente et les nuits en pointillé, elle connaît. »

Il n'aimait pas s'entendre dire ces choses. Ce n'était pas ainsi que l'on était supposé jouer à ce jeu ; c'était même exactement le contraire.

Le regard de Thad l'obligea à poursuivre. Stark ne paraissait pas écouter du tout ; il avait saisi le presse-papiers en ardoise posé sur une pile de feuilles manuscrites en désordre et jouait avec.

« Je crois qu'on peut compter encore quatre heures. » Puis, à contrecœur, il ajouta : « Peut-être toute la nuit. J'ai laissé Andy Clutterbuck au bureau, et Andy n'est pas exactement un enfant prodige. Si quelqu'un doit flairer quelque chose d'anormal, ce sera ce Harrison que vous avez semé, ou bien un officier que je connais au quartier général de la police d'État, à Oxford. Un type du nom de Henry Payton. »

Thad regarda Stark.

« Est-ce que ça suffira ? »

Les yeux de Stark, deux gemmes brillant dans son visage en ruine, restaient distants, embrumés. Sa main bandée jouait machinalement avec le presse-papiers. Il le reposa et sourit à Thad.

« Et toi, qu'est-ce que tu en penses ? Tu en sais autant que moi, là-dessus. »

Thad réfléchit. *Nous savons tous les deux de quoi nous parlons, mais je crois que ni l'un ni l'autre nous ne pourrions l'exprimer par des mots. En réalité, ce n'est pas d'écrire qu'il s'agit. Ou plutôt, l'écriture n'est que le rituel. Il s'agit de transmettre une sorte de relais. D'un échange de pouvoirs. Ou, d'une manière plus précise, d'un marchandage : la vie de Liz et des jumeaux en contrepartie de... de quoi ? De quoi, au juste ?*

Mais évidemment, il le savait. Le contraire aurait été bizarre, car il avait médité sur cette question précise quelques jours à peine auparavant. C'était son œil que Stark voulait — non, exigeait. Cet étrange troisième œil qui, étant enfoui dans son cerveau, n'avait qu'un grand regard intérieur.

Il éprouva de nouveau la sensation de grouillement à fleur de peau, et la combattit. *Ce n'est pas de jeu de tricher, George. Tu disposes de la puissance de feu ; moi, tout ce que j'ai, c'est un paquet d'oiseaux hirsutes. On ne regarde pas dans le jeu de son voisin.*

« Je pense que ça devrait suffire. Nous le saurons bien, le moment venu, non ?

— Oui.

— Comme ces balançoires... quand l'un des côtés monte, l'autre descend.

— Qu'est-ce que tu me caches, Thad ? »

Il y eut quelques instants de silence chargés d'électricité dans la pièce, une pièce qui paraissait soudain beaucoup trop petite pour contenir les émotions qui y tourbillonnaient.

« Je pourrais te poser la même question », finit par répondre Thad.

« Non. Moi, toutes mes cartes sont sur la table. Allez, dis-moi, Thad. » Stark s'était exprimé avec lenteur. Sa main froide et pourrissante vint encercler le poignet de Thad avec la force inexorable de menottes d'acier. « *Qu'est-ce que tu me caches ?* »

Thad se força à se tourner et à regarder le fantôme dans les yeux. La sensation de grouillement montait de partout, maintenant, mais elle restait centrée sur le trou de sa main.

« Est-ce que tu veux faire ce livre, oui ou non ? » demanda-t-il.

Pour la première fois, Liz vit changer l'expression sous-jacente, dans ce qui restait du visage de Stark — pas sur le visage, mais à l'intérieur. Soudain, elle y lut une incertitude. Et de la peur ? Peut-être, peut-être pas. Mais même sans cela, la peur n'était pas loin, n'attendait que de se manifester.

« Je ne suis pas venu ici pour partager tes céréales, Thad.

— Alors tu n'as qu'à trouver », répliqua l'écrivain.

Liz entendit un brusque hoquet de surprise — et se rendit compte que c'était elle qui l'avait laissé échapper. Stark la regarda brièvement, puis revint sur Thad.

« N'essaie pas de m'embobiner », dit-il doucement. « Surtout, n'essaie pas de m'embobiner, vieille noix. »

Thad éclata de rire. Un rire froid, désespéré... mais pas entièrement dépourvu d'humour. C'était d'ailleurs le pire. Il n'était pas entièrement dépourvu d'humour, et Liz crut entendre George Stark dans ce rire, tout comme elle avait cru voir Thad Beaumont dans les yeux du fantôme, lorsqu'il avait joué avec les enfants.

« Et pourquoi pas, George ? Je sais ce que j'ai à perdre, moi. Tout est sur la table, aussi. Alors, tu veux écrire ou tu veux bavarder ? »

Stark observa Thad pendant un long moment, son regard vide d'expression et sinistre à la fois détaillant les moindres traits de son visage. Puis il dit :

« Et puis merde. Allons-y. »

Thad sourit.

« Pourquoi pas ?

— Toi et le flic vous vous tirez », dit Stark à Liz. « C'est une affaire entre nous, maintenant. On en est là.

— Je prends les jumeaux », s'entendit dire Liz, ce qui eut le don de faire rire Stark.

« Très drôle, Beth. Ah-ah. Les mômes, c'est mon assurance. Comme le système de protection d'une disquette, n'est-ce pas, Thad ?

— Mais, commença Liz.

— C'est d'accord, intervint Thad. Il n'y aura pas de problème. George les surveillera lorsque je serai lancé. Ils l'aiment bien. Tu n'as pas remarqué ?

— Bien sûr, j'ai remarqué », répondit-elle d'une voix étranglée, pleine de haine.

« Et toi », fit Stark à l'adresse d'Alan, « n'oublie pas qu'ils sont ici avec nous. Garde ça bien présent à l'esprit, shérif Pangborn. Surtout, pas d'initiative. Si jamais tu tentes de faire le malin, ça va être comme à Jones Town, tu te souviens, le massacre de la secte ? On sortira tous les pieds devant. Bien pigé ?

— Bien pigé, répondit Alan.

— Et fermez la porte en sortant », ajouta Stark, en se tournant vers Thad. « C'est le moment.

— Tout juste », répondit l'écrivain. Il prit un crayon. Il se tourna vers Liz et Alan, et les yeux de George Stark les regardèrent depuis le visage de Thad Beaumont. « Allez, sortez. »

8

Liz s'arrêta au milieu de l'escalier. Alan faillit la heurter. Elle regardait par la porte-fenêtre, à l'autre bout de la pièce.

Un monde d'oiseaux. Le balcon avait disparu et, dans la lumière déclinante, la pente qui descendait jusqu'au lac en était complètement noire. Au-dessus du lac, le ciel s'assombrissait des vols nouveaux qui venaient, de l'ouest, se joindre à ceux qui entouraient déjà la maison Beaumont.

« Oh, mon Dieu », dit Liz.

Alan la saisit par le bras.

« Taisez-vous, taisez-vous », lui ordonna-t-il. « Surtout qu'il ne vous entende pas.

— Mais qu'est-ce... »

Il l'entraîna jusqu'en bas de l'escalier, sans la lâcher. Lorsqu'ils furent dans la cuisine, Alan lui raconta le reste de ce que lui avait confié le Dr Pritchard au début de l'après-midi, c'est-à-dire mille ans avant.

« Mais qu'est-ce que ça veut dire ? » murmura-t-elle. La pâleur donnait une nuance grisâtre à son visage. « J'ai tellement peur, Alan... »

Le policier passa un bras autour de ses épaules et ne put s'empêcher de se rendre compte, en dépit de l'angoisse qu'il éprouvait lui-même, que c'était une femme munie de tous ses attributs qu'il serrait contre lui.

« Je l'ignore, répondit-il. Je sais seulement qu'ils sont ici parce que soit Thad, soit Stark les a appelés. Je suis à peu près sûr qu'il s'agit de Thad. Car il n'a pas pu ne pas les voir en arrivant. Il les a vus, mais il n'en a pas parlé.

— Il n'est plus le même, Alan.

— Une partie de lui-même aime Stark. Une partie de lui-même aime... aime la noirceur de Stark.

— Je sais. »

Ils allèrent à la fenêtre du hall d'entrée, à côté du téléphone, et regardèrent dehors. L'allée était couverte de moineaux, comme les bois et le petit terrain qui entouraient l'appentis où la carabine se trouvait toujours remisée. La VW de Rawlie disparaissait sous les passereaux.

Il n'y avait cependant pas un seul moineau sur la Toronado de Stark, et la voiture était entourée d'un cercle dégagé, comme si elle avait été mise en quarantaine.

Un moineau vint heurter la fenêtre avec un bruit mat. Liz laissa échapper un petit cri. Les autres oiseaux se mirent à bouger nerveusement — comme une grande vague d'agitation qui aurait remonté la colline — puis retrouvèrent leur calme.

« Même s'ils sont à Thad, il est capable de ne pas s'en servir contre Stark. Il y a quelque chose de dément en lui, Alan. Il y a toujours eu quelque chose de dément en lui. Il... Ça lui plaît. »

Alan ne répondit pas, mais elle ne lui avait rien appris ; il avait déjà ressenti cette impression.

« Tout ça ressemble à un affreux cauchemar, reprit Liz. Je voudrais bien pouvoir me réveiller. Me réveiller et trouver les choses comme elles étaient avant. Non pas comme elles étaient avant Clawson, mais comme elles étaient avant Stark. »

Alan acquiesça.

Elle leva les yeux vers lui.

« Alors, qu'est-ce que nous faisons, maintenant ?

— Le plus difficile, répondit-il. Nous attendons. »

512

La soirée paraissait ne jamais vouloir s'achever ; la lumière s'atténua lentement dans le ciel, puis le soleil fit sa sortie au-delà des montagnes, sur la rive ouest du lac, les montagnes dont la chaîne se prolongeait jusqu'au New Hampshire.

A l'extérieur, les derniers vols de moineaux arrivèrent et se fondirent au milieu des autres. Alan et Liz sentaient leur présence sur le toit, au-dessus d'eux, un vrai tumulus d'oiseaux, mais ils gardaient le silence. Ils attendaient.

Lorsque Liz et Alan se déplaçaient dans la pièce, leurs têtes se tournaient comme des radars de poursuite branchés sur eux. C'était cependant le bureau qu'ils écoutaient ; mais ce qu'il y avait de plus insupportable était le fait qu'aucun son n'émanait de derrière la porte camouflée en vitrine. Liz n'entendait même pas les bébés gazouiller et se roucouler des tendresses. Elle espérait qu'ils s'étaient endormis, mais elle n'arrivait pas à faire taire la voix qui, en elle, lui disait que Stark les avait tués, ainsi que Thad.

En silence.

Avec ce rasoir qu'il avait sur lui.

Elle se disait que s'il s'était passé quelque chose, les moineaux l'auraient su, auraient agi, et cette pensée l'aidait, mais un peu seulement. Les moineaux étaient une vaste chose inconnue entourant la maison, une torture pour l'esprit. Dieu seul savait ce qu'ils allaient faire… et quand.

Le crépuscule laissait peu à peu la place à la nuit noire, lorsque soudain Alan dit :

« Ils vont échanger leurs places si ça dure assez longtemps, non ? Thad va commencer à être malade… et Stark à aller mieux. »

Elle tressaillit à cette remarque au point qu'elle faillit lâcher la tasse de café amer qu'elle tenait.

« Oui… je le crois. »

Un butor lança son cri sur le lac — appel douloureux plein d'un sentiment de déréliction. Alan pensa aux quatre êtres, là-haut, aux deux couples de jumeaux, dont l'un se reposait tandis que l'autre était engagé dans une lutte sans merci, aux frontières incertaines et crépusculaires de leur imagination commune.

A l'extérieur, les oiseaux regardaient et écoutaient dans la nuit.

La balançoire est en mouvement, songea Alan. *Le côté de Thad remonte, le côté de Stark descend.* Là-haut, derrière la porte qui ménageait deux entrées lorsqu'on l'ouvrait, la transformation avait commencé.

Ce sera bientôt fini, se dit Liz de son côté. *D'une manière ou d'une autre.*

Et comme si cette pensée avait suffi à le provoquer, elle entendit un vent se lever, dans un étrange bruissement. Le lac, pourtant, était aussi lisse qu'un miroir.

Elle se redressa, les yeux agrandis, et porta les mains à sa gorge. Elle regardait à l'extérieur, par la grande baie vitrée. *Alan,* voulut-elle dire, mais pas un son ne franchit ses lèvres. Sans importance.

De l'étage, leur parvenait un son sifflant et bizarre, comme la note de quelque flûte primitive. Stark s'écria soudain :

« Thad ? Qu'est-ce que tu fais ? Mais qu'est-ce que tu fais ? »

Il y eut une détonation étouffée, comme celle d'une arme munie d'un silencieux, puis Wendy se mit à pleurer.

Et à l'extérieur, dans la nuit presque totale, un million de moineaux étirèrent leurs ailes, se préparant à l'envol.

XXVI

Les Moineaux Volent De Nouveau

1

Lorsque Liz eut refermé la porte et laissé les deux hommes, Thad ouvrit son carnet de notes et contempla la page blanche pendant quelques instants. Puis il prit l'un des crayons aiguisés.

« Je vais commencer par le gâteau.

— Oui », répondit Stark, son visage trahissant une impatience pleine de désir. « C'est bien. »

Thad posa la pointe du crayon sur la page. C'était, de tous, le meilleur moment — juste avant la première attaque. De la chirurgie, en quelque sorte, et même si, à la fin, le patient mourait presque toujours, on intervenait tout de même. Il le fallait, parce que c'était pour cela qu'il était fait. Uniquement pour cela.

Rappelle-toi, surtout. Rappelle-toi ce que tu fais.

Mais une partie de lui-même — celle qui avait véritablement envie d'écrire *Steel Machine* — protesta.

Thad se pencha sur la page et commença à souiller l'espace vierge.

STEEL MACHINE
George Stark

Chapitre 1 : le mariage

Alexis Machine n'était pas porté sur les pensées frivoles, et en avoir une précisément dans la situation où il se trouvait ne lui était encore jamais arrivé. Et cependant, cette idée idiote lui vint à l'esprit : sur tous les habitants de la planète — combien au juste ? Quatre, cinq milliards ? — je suis actuellement le seul à me trouver coincé dans un gâteau de mariage baladeur, une mitraillette Heckler & Koch 223 dans les mains.

Jamais il n'avait été enfermé dans un espace aussi restreint. L'air était devenu vicié presque instantanément, mais de toute façon, il n'aurait pu inspirer à fond. La décoration de sucre glace du gâteau de Troie était bien réelle, mais en dessous, il n'y avait rien de plus qu'une couche d'un dérivé du gypse appelé Nartex — un genre de super-carton. S'il avait rempli ses poumons, le couple de mariés juché sur le haut de l'édifice en pâtisserie se serait sans doute effondré. Le glaçage se serait craquelé et...

Il écrivit ainsi pendant près de quarante minutes, prenant de la vitesse, son esprit se remplissant peu à peu des images, des bruits et des odeurs du repas de mariage qui allait se terminer tragiquement.

Finalement, il reposa le crayon, dont la mine était complètement usée.

« Donne-moi une cigarette », dit-il.

Stark souleva un sourcil.

« Oui », fit Thad.

Il y avait un paquet de Pall Mall sur le bureau. Stark en fit tomber une et Thad la prit. La sensation de la cigarette dans sa bouche était étrange, après tant d'années — elle lui faisait l'effet d'être trop grosse. Mais c'était bon. Impression d'une chose à sa place.

Stark fit craquer une allumette et la tendit à Thad, qui inhala profondément. Comme autrefois, la fumée lui brûla impitoyablement et inexorablement les poumons. La tête lui tourna sur-le-champ, mais ça lui était complètement égal.

Maintenant, j'aurais besoin d'un verre. Et si jamais, à la fin, je suis encore en vie et debout, c'est la première chose que je vais prendre.

« Je croyais que tu avais arrêté », remarqua Stark.

Thad acquiesça.

« Moi aussi. Qu'est-ce que tu veux que je te dise,

George ? Je m'étais trompé. » Il tira une deuxième bouffée qu'il laissa échapper en volutes par le nez. Il poussa le carnet de notes vers Stark. « A ton tour. »

Le fantôme se pencha sur le cahier et lut le dernier paragraphe que Thad avait écrit ; à la vérité, il était inutile d'en lire davantage. L'un et l'autre savaient comment se déroulait l'histoire.

Dans la maison, Jack Rangely et Tony Westerman se tenaient dans la cuisine, tandis que Rollick devait maintenant se trouver à l'étage. Tous trois étaient armés d'un semi-automatique Steyr-Aug, la seule bonne mitraillette fabriquée en Amérique ; et même si l'un des gardes du corps déguisés en invités était très rapide, les trois hommes avaient les moyens de produire un tir de barrage suffisamment nourri pour couvrir leur retraite. Laissez-moi donc sortir de ce gâteau, pensait Machine, c'est tout ce que je demande.

Stark alluma une Pall Mall pour lui-même, prit l'un des Berol, ouvrit son propre carnet... et resta figé. Il regarda Thad, une expression de sincérité absolue sur le visage.

« J'ai la frousse, vieille noix. »

Thad ressentit une puissante vague de sympathie pour le fantôme — en dépit de tout ce qu'il savait sur lui. *Évidemment, tu as la frousse. Il n'y a que les débutants, les mômes, qui ne l'ont pas. Les années passent, et les mots ne deviennent pas plus noirs sur la page... mais les blancs deviennent encore plus blancs, ça oui. La frousse ? Tu serais encore plus cinglé que tu ne l'es si tu ne la ressentais pas.*

« Je m'en doute bien, dit-il. Et tu sais comment ça doit se terminer. Le seul moyen de s'en sortir est de s'y mettre. »

Stark acquiesça et se pencha sur le carnet. Deux fois, il relut le dernier paragraphe que Thad avait écrit... puis commença à tracer lui-même des mots.

Machine... ne s'était jamais... demandé...

Longue pause, puis d'un seul jet :

l'effet que lui ferait d'avoir de l'asthme, mais si jamais quelqu'un lui demandait après ça...

Une pause plus courte, puis :

... il se souviendrait de l'affaire Scoretti.

Il relut ce qu'il avait écrit puis regarda Thad, incrédule.

Thad acquiesça.

« Ça se tient, George. »

Il se tapota le coin de la bouche, d'où lui venait une impression soudaine de picotement, et sentit une petite plaie qui venait de s'y ouvrir. Il regarda Stark, et vit qu'une plaie semblable commençait à disparaître de ses lèvres.

Ça marche. Ça marche vraiment.

« Allez, vas-y, George, casse la baraque ! »

Mais Stark s'était déjà de nouveau penché sur le cahier, écrivant maintenant d'une main plus sûre.

2

Stark écrivit pendant près d'une demi-heure et finalement reposa le crayon avec un petit soupir de satisfaction.

« C'est bon », dit-il à voix basse, d'un ton méchamment réjoui. « Ça ne pourrait pas être meilleur. »

Thad prit le cahier et commença à lire — et, contrairement à Stark, il ne sauta pas de pages. Ce qu'il cherchait apparaissait dès la troisième des neuf que le fantôme avait écrites.

Machine entendit des bruits de frottement et se raidit, tandis que ses mains étreignaient la Heckler & Moineau ; puis il comprit ce qui se passait. Les invités — ils étaient dans les deux cents — rassemblés autour des longues

tables sous la marquise de toile aux rayures bleues et jaunes repoussaient leurs moineaux pliants sur le plancher que l'on avait posé pour protéger le gazon de chaussures de femmes à moineaux hauts. Les invités étaient tout simplement en train d'applaudir debout le moineau gâteau.

Il ne se rend compte de rien. Il écrit le mot moineau partout à toutes les sauces et ne s'en rend... absolument pas compte... absolument pas.

Au-dessus de lui, il les entendait s'agiter de plus en plus impatiemment, et les jumeaux avaient également levé les yeux à plusieurs reprises avant de s'endormir : c'est donc qu'ils les avaient aussi remarqués.

Mais pas George.

Pour George, les moineaux n'existaient pas.

Thad revint au manuscrit. Le mot commençait à s'immiscer à un rythme de plus en plus fréquent et, au dernier paragraphe, c'était toute la phrase qui faisait son apparition.

Machine découvrit plus tard que les moineaux volaient de nouveau et que les seuls types sur lesquels il pouvait compter dans son équipe de moineaux étaient Jack Rangely et Lester Rollick. Tous les autres, des moineaux avec lesquels il volait pourtant depuis dix ans, ne valaient rien. Des moineaux. Et ils commencèrent à voler avant même que Machine ait crié dans son moineau-talkie.

« Eh bien ? » demanda Stark lorsque Thad reposa le manuscrit. « Qu'est-ce que tu en penses ?

— Que c'est bon. Mais tu le savais déjà, non ?

— Oui... mais j'avais envie de te l'entendre dire, vieille noix.

— Je trouve aussi que tu as l'air d'aller beaucoup mieux. »

Ce qui était exact. Pendant que George s'était perdu dans le monde emporté et violent d'Alexis Machine, il avait commencé à guérir.

Les plaies cicatrisaient. Sa peau en lambeaux et en cours de putréfaction redevenait rose ; les zones saines

519

s'étendaient en direction les unes des autres, et certaines se rejoignaient déjà. Ses sourcils, disparus dans une bouillie de chair pourrie, se redessinaient. Les filets de pus qui avaient transformé le col de sa chemise en une immonde éponge jaunâtre et détrempée commençaient à sécher.

Thad porta la main à la tempe gauche, à l'endroit où une plaie venait de s'ouvrir, puis examina un instant le bout de ses doigts. Ils étaient humides. Il toucha alors son front. La peau était lisse. La petite cicatrice blanche, témoignage de l'opération pratiquée l'année où sa véritable vie avait commencé, venait de disparaître

Un des côtés de la balançoire montait, l'autre descendait. Une simple loi de la nature, mon gros. Une simple loi de la nature.

Faisait-il déjà noir, dehors ? Thad supposa que oui — noir ou presque. Il regarda sa montre, mais en vain : elle s'était arrêtée à quatre heures moins le quart. Le temps importait peu. Il allait devoir agir bientôt.

Stark écrasa une cigarette dans le cendrier qui débordait.

« Tu veux continuer, ou on fait une pause ?

— Pourquoi ne continuerais-tu pas, toi ? Je crois que tu le peux, répondit Thad.

— Ouais, je le crois. » Il ne regardait pas l'écrivain ; il n'avait d'yeux que pour les mots, les mots, les mots. Il passa la main dans ses cheveux blonds, en train de retrouver leur lustre. « Oui, je crois que je le peux. J'en suis sûr, même. »

Il se remit à griffonner. Il leva brièvement les yeux lorsque Thad quitta sa chaise pour aller au taille-crayon mural, puis revint à son cahier. Thad aiguisa l'un des Berol de manière à obtenir la pointe la plus effilée possible. Et en se tournant, il prit dans sa poche la chanterelle que Rawlie lui avait confiée. Il referma la main dessus et s'assit de nouveau, regardant le cahier posé devant lui.

On y était. Le moment était venu. Il le savait avec une absolue certitude. Une seule question restait : allait-il avoir assez de cran pour le faire ?

Quelque chose en lui y répugnait — la partie de

lui-même qui avait encore envie d'écrire le livre. Mais il eut la surprise de découvrir que ce sentiment n'était pas aussi fort qu'au moment où Liz et Alan avaient quitté le bureau, et il crut savoir pour quelle raison. Une séparation avait lieu. Une sorte de naissance obscène. Ce n'était plus son livre. Alexis Machine se trouvait maintenant avec celui qui en avait été le maître depuis le début.

Tenant toujours la chanterelle cachée dans sa main gauche, Thad se pencha sur son carnet.

Je suis celui qui pourvoit, écrivit-il.

Au-dessus de sa tête, s'interrompit l'incessant remue-ménage des oiseaux.

Je suis celui qui sait, ajouta-t-il.

Le monde entier parut se calmer, attentif.

Je suis celui qui détient.

Il s'arrêta et jeta un coup d'œil aux deux bébés endormis.

Cinq mots de plus, pensa-t-il. *Rien que cinq.*

Et il se rendit compte qu'il avait envie de les écrire plus que tout ce qu'il avait pu avoir envie d'écrire au cours de toute sa vie.

Certes, il voulait écrire des histoires... mais plus que cela, plus que du désir de jouir des merveilleuses visions que lui procurait parfois le troisième œil, il voulait être libre.

Cinq mots de plus.

Il amena la main gauche à hauteur de ses lèvres et prit le sifflet entre ses dents, comme un cigare.

Ne lève pas les yeux tout de suite, George. Ne regarde pas, ne te tourne pas hors du monde que tu fabriques. Pas pour le moment. Mon Dieu, je vous en prie, faites qu'il ne regarde pas dans le monde des choses réelles.

Sur la page blanche posée devant lui, il écrivit le mot PSYCHOPOMPES en froids caractères d'imprimerie. Il l'encercla. Puis il traça une flèche en dessous, et, sous la flèche, écrivit : LES MOINEAUX VOLENT DE NOUVEAU.

A l'extérieur, un vent commença de souffler ; un vent qui n'était pas un vent, mais la rumeur de millions et de millions de plumes qui s'ébouriffaient. Et il était aussi dans la tête de Thad. Soudain, le troisième œil s'ouvrit dans son esprit, s'ouvrit plus grand qu'il ne s'était jamais ouvert et il vit Bergenfield, dans le New Jersey, les maisons vides, les rues désertes, le ciel léger de printemps. Il vit des moineaux partout, plus qu'il n'en avait jamais vu. Le monde dans lequel il avait grandi s'était transformé en une gigantesque volière.

Sauf que ce n'était pas Bergenfield.

Mais Terminusville.

Stark arrêta d'écrire. Ses yeux s'agrandirent, pleins d'une inquiétude arrivant trop tard.

Thad prit une profonde inspiration et siffla. La chanterelle que lui avait donnée Rawlie DeLesseps émit un son étrange et suraigu.

« Thad ? Qu'est-ce que tu fais ? Mais qu'est-ce que tu fais ? »

Stark voulut s'emparer du sifflet à oiseaux. Avant qu'il eût pu le toucher, il y eut une détonation et il se fendit en deux dans la bouche de l'écrivain, le coupant aux lèvres. Le bruit réveilla les jumeaux. Wendy se mit à pleurer.

A l'extérieur, le bruissement léger se transformait en rugissement.

Ils volaient.

3

Liz s'était précipitée vers l'escalier lorsqu'elle avait entendu Wendy pleurer. Alan resta un instant sur place, immobile, paralysé par le spectacle de ce qu'il voyait à l'extérieur. La terre, les arbres, le lac, le ciel, tout avait disparu. Les moineaux s'élevaient en un immense rideau ondulant et leur masse remplissait la baie vitrée de haut en bas et de gauche à droite.

Au moment où les premiers petits corps commencèrent à se cogner au verre renforcé, sa paralysie cessa.

« Liz ! hurla-t-il. Liz, descendez ! »

Mais elle n'allait pas descendre ; son bébé pleurait et elle était obnubilée par ça.

Alan bondit à travers la pièce, se déplaçant avec cette vitesse surnaturelle qui lui était si particulière, et la rattrapa à l'instant précis où le vaste mur de verre s'écroulait à l'intérieur, sous le poids de deux cent mille moineaux. Et ils s'engouffraient maintenant par dizaines de milliers, en vagues successives. Il ne fallut que quelques secondes pour que le séjour en fût plein. Ils étaient partout.

Alan se jeta sur Liz et l'entraîna sous le canapé. Ils entendirent les autres fenêtres exploser. Toutes les autres. La maison tremblait sous les minuscules coups de boutoir des oiseaux suicides. Alan jeta un coup d'œil entre les pieds du canapé et ne vit rien, sinon une furieuse mêlée de brun et noir.

Les détecteurs de fumée se déclenchèrent lorsque les moineaux s'écrasèrent sur eux. Il y eut une violente détonation quand la télévision implosa, quelque part. Les tableaux tombaient avec fracas des murs, et il y eut un furieux arpège de xylophone métallique quand les moineaux dévalèrent sur la batterie de cuisine, qui dégringola au sol.

Tout cela ne l'empêchait pas d'entendre encore les bébés pleurer et Liz hurler.

« Laissez-moi ! Laissez-moi y aller ! Mes bébés ! Il faut que j'aille chercher mes bébés ! »

Elle réussit à sortir à moitié du canapé en se tortillant, mais tout son buste et sa tête furent immédiatement recouverts d'oiseaux. Ils se prenaient dans ses cheveux et se débattaient, affolés. Elle chercha à s'en débarrasser, à grands gestes frénétiques. Alan la rattrapa et la ramena à lui. Dans les tourbillons qui emplissaient la pièce, il eut le temps de voir une énorme spirale noire de moineaux remontant l'escalier, en direction du bureau.

4

Stark porta la main sur Thad au moment où les premiers oiseaux se heurtèrent à la porte camouflée. De l'autre côté de la paroi, Thad entendait les chocs étouffés des presse-papiers qui dégringolaient et les tintements du verre brisé. Les deux jumeaux pleuraient, maintenant.

Leurs cris s'élevaient, se mêlaient aux piaillements insupportables des moineaux, et le tout composait une sorte d'harmonie infernale.

« Arrête ça ! hurla Stark. Arrête ça ! Je ne sais pas ce que tu fabriques, mais arrête tout de suite ! »

Il prit son revolver, et Thad lui plongea dans le cou le crayon qu'il venait d'aiguiser.

Le sang jaillit aussitôt. Stark se tourna vers lui, s'étouffant, les mains crispées sur le crayon qui montait et descendait, suivant les efforts qu'il faisait pour déglutir. Il l'étreignit finalement d'une main et l'arracha.

« Qu'est-ce que tu fais ? croassa-t-il. Qu'est-ce que c'est ? »

Il entendait les oiseaux, maintenant ; il ne les comprenait pas, mais il les entendait. Pour la première fois, Thad lut une terreur véritable dans son regard.

« Je suis en train d'écrire la fin, George », fit Thad d'un ton de voix trop bas pour être audible par Alan et Liz, toujours en bas. « Je suis en train d'écrire la fin dans le monde réel.

— Très bien, répondit Stark. Alors écrivons-la pour tous. »

Il se tourna vers les jumeaux, le crayon ensanglanté d'une main et son revolver de l'autre.

5

Il y avait une couverture repliée à l'extrémité du canapé. Alan tendit la main pour l'attraper, et fut récompensé par l'impression d'avoir reçu une douzaine de piqûres d'aiguilles incandescentes.

« Bon Dieu ! » cria-t-il en retirant la main.

Liz essayait toujours de lui échapper en se tortillant. Le monstrueux ronflement semblait maintenant remplir tout l'univers, et Alan n'arrivait plus à entendre les bébés... mais Liz Beaumont les entendait, elle. Elle se tordait, tirait et poussait. Alan l'empoigna par le col de son chemisier, et sentit le tissu qui se déchirait.

« Attendez une minute ! » lui mugit-il dans l'oreille,

mais c'était inutile. Rien de ce qu'il pouvait dire n'aurait pu l'arrêter alors qu'elle entendait ses bébés pleurer. Annie aurait fait la même chose. Alan tenta une nouvelle sortie avec la main droite, ignorant cette fois les coups de bec, et récupéra la couverture. Elle se déplia en tombant du canapé. Depuis la chambre de maître leur parvint le fracas d'un meuble qui s'effondrait ; la commode, peut-être. L'esprit désemparé d'Alan, soumis à trop de choses, se prit à se demander combien il fallait de moineaux pour renverser une commode — et ne put l'imaginer.

Combien faut-il d'oiseaux pour visser une ampoule ? continua-t-il à s'interroger, délirant. *Trois pour tenir l'ampoule et trois millions pour faire tourner la maison !* Il poussa un ululement démentiel de rire, et c'est alors que la grande suspension, au milieu du séjour, explosa comme une bombe. Liz hurla et se recroquevilla un instant, ce qui donna au policier le temps de jeter la couverture sur sa tête. Lui-même la rejoignit en dessous, mais ils n'y étaient pas seuls ; une demi-douzaine de moineaux s'y trouvaient prisonniers avec eux. Il sentit des ailes duveteuses lui caresser les joues, puis un bec pointu lui percer douloureusement la tempe, et il se flanqua une taloche à travers la couverture. Le coupable roula sur son épaule et tomba sur le sol.

Il serra Liz contre lui et lui hurla de nouveau dans l'oreille :

« On va marcher, Liz, marcher ! Sous la couverture ! Si vous essayez de courir, je vous assomme ! Faites oui de la tête si vous avez compris ! »

Elle essaya de se dégager. La couverture se tendit. Des moineaux atterrirent aussitôt dessus, rebondirent comme sur un trampoline, puis s'envolèrent de nouveau. Alan l'attira de nouveau contre lui et la secoua par les épaules. La secoua sans ménagement.

« *Hochez la tête si vous avez compris, nom de Dieu !* »

Il sentit ses cheveux lui chatouiller la joue lorsqu'elle obtempéra. Ils rampèrent d'en dessous du canapé. Alan la tenait fermement par les épaules, craignant de la voir détaler. Et lentement, ils entreprirent de se déplacer au milieu de l'infernal grouillement, au milieu du nuage d'oiseaux piaillant à devenir fou. Ils avaient l'air de clowns mimant un animal dans un cirque.

La salle de séjour de la maison était spacieuse, avec un haut plafond : il semblait cependant ne plus rester d'air. Ils marchaient dans l'épaisseur d'un magma inconsistant et gluant d'oiseaux.

Les meubles se fracassaient. Les moineaux heurtaient les murs, les plafonds, les objets. Le monde se réduisait à une puanteur d'oiseaux et à d'étranges percussions.

Ils atteignirent enfin l'escalier et commencèrent à l'escalader, oscillant sous la couverture, déjà alourdie de fientes et de plumes collées dessus. A ce moment-là un coup de revolver retentit dans le bureau.

Maintenant, Alan pouvait de nouveau entendre les jumeaux : ils hurlaient à pleins poumons.

6

Thad avança une main sur le bureau pendant que Stark pointait son arme sur William, et tomba sur le presse-papiers avec lequel le fantôme avait joué un peu plus tôt. Il s'agissait d'un gros bloc d'ardoise gris-noir, plat sur un côté. Il l'écrasa sur le poignet de Stark, un infime instant avant que celui-ci n'appuyât sur la détente, lui cassant les os du poignet et dirigeant l'arme vers le sol. La balle laboura le plancher à trois centimètres du pied gauche de William, faisant voler des éclats de bois sur son pyjama bleu en pilou. Les jumeaux se mirent à hurler, et au moment où Thad se jeta sur Stark, il eut le temps de les voir se prendre dans les bras l'un de l'autre en un geste spontané de mutuelle protection.

Hansel et Gretel, pensa-t-il tandis que Stark réussissait à lui enfoncer son crayon dans l'épaule.

Thad hurla de douleur et repoussa violemment le fantôme, qui trébucha sur la machine à écrire avant de s'effondrer contre le mur. Il essaya de changer son revolver de main... et le laissa tomber.

Le bruit des oiseaux faisait comme un roulement de tonnerre régulier contre la porte... qui commença à pivoter lentement sur son axe. Un moineau, l'aile en sang, réussit à passer pour tomber sur le sol, pris d'ultimes tressaillements.

Stark porta la main à sa poche arrière... et en sortit le rasoir, dont il ouvrit la lame avec les dents. Au-dessus de l'acier, ses yeux brillaient, insensés.

« C'est ça que tu veux, vieille noix ? » demanda-t-il à Thad, qui observa le retour massif, comme un tas de briques qui s'effondre, du processus de décomposition sur le visage du grand blond. « C'est vraiment ça que tu veux ? D'accord. Tu vas l'avoir. »

7

A mi-chemin de l'escalier, Liz et Alan se trouvèrent dans l'incapacité de faire un pas de plus. Ils se heurtaient à un mur suspendu et élastique d'oiseaux, dans lequel il était impossible de progresser. L'air n'était plus qu'un vrombissement d'ailes battantes. Liz hurla de terreur et de rage.

Les oiseaux ne se retournaient pas contre eux, ne les attaquaient pas ; ils se contentaient de les empêcher d'avancer. Tous les moineaux du monde, aurait-on dit, avaient été convoqués ici, au premier étage de la maison d'été des Beaumont, à Castle Lake.

« Baissons-nous ! lui hurla Alan. Nous pourrons peut-être ramper en dessous ! »

Ils se laissèrent tomber à genoux. Ils purent tout d'abord avancer, mais ça n'avait rien d'agréable : ils rampaient sur un tapis d'oiseaux qui saignaient et qu'ils écrasaient, un tapis d'au moins quarante centimètres d'épaisseur. Puis ils se heurtèrent de nouveau au mur élastique. Par-dessous le bord de la couverture, Alan aperçut une masse confuse et mouvante défiant toute description. Les moineaux posés sur les marches étaient écrasés sous les nouvelles couches qui se débattaient et étaient à leur tour écrasées par d'autres ; un peu plus haut, c'est-à-dire à moins d'un mètre au-dessus, les moineaux voletaient dans une zone de trafic suicidaire, se heurtant et tombant, certains s'envolant de nouveau, d'autres se débattant dans la masse de leurs congénères déjà morts ou mourants, pattes et ailes rompues. Les moineaux, se souvint Alan, ne peuvent guère faire de surplace.

De quelque part au-dessus d'eux, d'au-delà de cette barrière grotesque, leur parvint un hurlement d'homme.

Liz agrippa le policier, l'attira à elle.

« Que faire, Alan ? Que faire ? »

Il ne répondit pas, car la réponse était : « Rien. » Ils ne pouvaient *rien* faire.

8

Stark s'avança sur Thad, tenant le rasoir de sa main droite. L'écrivain, sans quitter la lame des yeux, recula vers la porte qui pivotait lentement. En passant à côté du bureau, il s'empara d'un autre crayon.

« Si tu crois que c'est avec ça que tu t'en sortiras, vieille noix », dit Stark qui, soudain, tourna les yeux vers la porte.

Elle venait de s'ouvrir un peu plus, et les moineaux se déversèrent à l'intérieur comme une rivière qui déborde... qui débordait sur George Stark.

Une expression d'horreur se peignit sur son visage... immédiatement suivie de compréhension.

« Non ! » hurla-t-il, en commençant à donner des coups de rasoir avec le coupe-chou d'Alexis Machine. « Non ! Pas question ! Je n'y retournerai pas ! Vous pouvez pas m'obliger ! »

Il coupa proprement en deux l'un des moineaux qui tomba, un morceau de chaque côté, ailes encore battantes. Il taillait et tailladait l'air autour de lui.

Et Thad comprit soudain

(Je n'y retournerai pas)

ce qui se passait ici.

Les psychopompes étaient venus, évidemment, pour servir d'escorte à George Stark jusqu'à Terminusville. Jusqu'au pays des morts.

Thad lâcha le crayon et battit en retraite vers ses enfants. La petite pièce grouillait maintenant de moineaux. La porte était presque complètement ouverte, et la rivière se transformait en un fleuve en pleine crue.

Des moineaux se posèrent sur les larges épaules du fantôme. Sur ses bras, sur sa tête. Des moineaux vinrent le frapper à la poitrine, tout d'abord par douzaines, puis par centaines. Il se contorsionnait dans un nuage de plumes et de becs agressifs, essayant de rendre coup pour coup.

Ils couvrirent bientôt le rasoir ; son diabolique reflet argenté disparut, enfoui dans les plumes collées sur la lame.

Thad regarda ses enfants. Ils avaient cessé de pleurer. Ils avaient la tête tournée vers ce bouillonnement dense de l'air qu'ils regardaient avec des expressions identiques d'émerveillement et de ravissement. Ils avaient les mains levées, comme tendues vers la pluie. Des moineaux étaient posés sur leurs doigts minuscules, qu'ils tenaient écartés, mais sans leur donner le moindre coup de bec.

Ils picoraient rudement Stark, en revanche.

Du sang jaillit de son visage à cent endroits différents. L'un de ses yeux bleus se creva. Un moineau atterrit sur le col de sa chemise et enfonça le bec dans le trou que Thad lui avait fait à la gorge avec le crayon — à trois reprises, comme une rafale de mitraillette, avant que Stark ne l'arrachât de son cou d'une main tâtonnante et ne le réduisît en pièces.

L'écrivain s'accroupit près des enfants, et les oiseaux se posèrent aussi sur lui. Mais là aussi, sans lui donner de coups de bec. Ils se contentaient de rester là.

Et de regarder.

Stark avait disparu. Transformé en une sculpture ondulante faite d'oiseaux. Du sang coulait entre les ailes tressautantes et les plumes. De quelque part en dessous de lui, parvint à Thad un bruit fracassant d'éclatement : du bois qui se fend.

Ils se sont ouvert un passage dans la cuisine, songeat-il. Il évoqua brièvement les conduites de gaz qui alimentaient le fourneau, mais c'était une pensée lointaine et dépourvue d'importance.

Il commença alors à entendre les bruits mous et humides de la chair vivante arrachée aux os de George Stark.

« Ils sont venus pour toi, George », s'entendit-il murmurer. « Ils sont venus pour toi. Dieu te vienne en aide, maintenant. »

9

Alan eut de nouveau une impression d'espace dégagé au-dessus de lui et regarda à travers l'un des trous décoratifs, en pointe de diamant, qui bordaient la couverture. Un amas de fiente lui coula sur la joue, et il l'essuya du revers de la main. Les oiseaux remplissaient toujours l'escalier, mais en une masse moins compacte. La plupart de ceux qui vivaient semblaient avoir atteint leur but.

« Venez », dit-il à Liz.

Ils reprirent leur progression sur le répugnant tapis de cadavres d'oiseaux. Ils avaient réussi à atteindre le palier du premier étage, lorsqu'ils entendirent Thad hurler :

« *Emportez-le ! Emportez-le ! Ramenez-le chez lui, en enfer !* »

C'est alors que le ronflement d'ailes se transforma en ouragan.

10

Stark eut un ultime sursaut pour tenter de se dégager. Il n'avait nulle part où aller, nulle part où se réfugier, mais il n'essaya pas moins. C'était dans son style.

La colonne d'oiseaux qui l'enveloppait se déplaça avec lui ; des bras boursouflés de plumes, de têtes et de becs s'élevèrent, se dressèrent, frappèrent son torse, s'élevèrent de nouveau, puis se croisèrent contre sa poitrine. Des oiseaux, les uns blessés, les autres morts, tombèrent au sol et pendant un instant, Thad eut droit à une vision qui devait le hanter jusqu'à la fin de ses jours.

Les moineaux dévoraient George Stark vivant. Il n'avait plus d'yeux ; à leur place, s'ouvraient deux orbites, vastes et noires. Son nez se réduisait à un débris sanguinolent. Son front et ses cheveux avaient disparu, révélant les os du crâne couverts de mucosités. Le col de sa chemise entourait encore son cou, mais le reste du tissu avait disparu. Les côtes saillaient hors de sa peau, blanches et obscènes. Les oiseaux lui avaient ouvert le ventre. Posés sur ses pieds, une brochette de moineaux gardaient la tête levée et se disputaient les lambeaux d'entrailles qui en dégoulinaient.

Il vit aussi quelque chose d'autre.

Les moineaux essayaient de le soulever. Ils essayaient... et n'allaient pas tarder à y parvenir, lorsqu'ils l'auraient suffisamment allégé.

« *Emportez-le ! Emportez-le ! Ramenez-le chez lui, en enfer !* »

Les hurlements de Stark s'étranglèrent dans sa gorge, désintégrée par des centaines de coups de bec pointus. Des moineaux s'étaient regroupés sous ses bras, et pendant une seconde, ses pieds se soulevèrent du tapis ensanglanté.

Il ramena ses bras — ou ce qu'il en restait — contre ses flancs d'un geste violent et sauvage, écrasant les passereaux par douzaines... mais des douzaines et des douzaines d'autres venaient prendre leur place.

Le bruit de planches qui se fendaient et se brisaient, à la droite de Thad, devint de plus en plus fort et creux. Il regarda dans cette direction, et vit que la paroi est du bureau se désintégrait comme du papier. Pendant un instant, il aperçut mille becs jaunes exploser d'un seul coup à travers — sur quoi il prit les jumeaux contre lui et se roula en boule sur eux pour les protéger, dans un geste qui, peut-être pour la seule et unique fois de sa vie, fut plein de grâce.

Le mur s'effondra vers l'intérieur dans un nuage de poussière et de débris de bois. Thad ferma les yeux et serra un peu plus ses enfants contre lui.

Il n'en vit pas davantage.

11

Mais Alan et Liz, si.

Ils avaient repoussé la couverture sur leurs épaules, le nuage d'oiseaux qui les entourait de partout s'étant effiloché. Liz avança la première en trébuchant dans la chambre d'ami, vers la porte ouverte du bureau, suivie d'Alan.

Pendant quelques instants, elle ne put rien distinguer dans la petite pièce ; elle ne voyait qu'un grouillement frénétique brun et noir. Puis elle reconnut une forme — une forme horriblement rembourrée. Stark. Il était couvert d'oiseaux, dévoré vif, et cependant vivait encore.

D'autres oiseaux arrivèrent, et d'autres encore. Alan pensa que leurs insupportables pépiements suraigus allaient le rendre fou. Puis il comprit ce qu'ils faisaient.

« Alan ! hurla Liz. Alan, ils le soulèvent ! »

La chose qui avait été George Stark, une chose qui n'était plus que vaguement humaine, maintenant, s'éleva dans les airs sur un coussin de moineaux ; elle se déplaça dans le bureau, faillit tomber, puis se redressa une fois de plus, chancelante, et se rapprocha de l'énorme trou, entouré de planches déchiquetées, qui s'était ouvert dans la paroi est.

D'autres oiseaux arrivèrent par l'ouverture, et ceux qui se trouvaient encore dans la chambre se précipitèrent dans le bureau.

La chair tombait du squelette de Stark agité de tressaillements en une pluie de débris immondes.

Le corps flotta à travers le trou, entouré de moineaux qui arrachaient les derniers morceaux attachés à ses os.

Alan et Liz se précipitèrent maladroitement, sur le tapis d'oiseaux morts, vers le bureau. Thad se remettait lentement debout, un jumeau en pleurs à chaque bras. Liz courut à lui et prit les enfants. Elle les examina sous toutes les coutures, à la recherche de blessures.

« Ils vont bien, dit Thad. Je crois qu'ils n'ont rien. »

Alan s'avança jusqu'au trou déchiqueté, regarda dehors, et découvrit une scène digne de quelque conte de fées malsain. Le ciel était noir d'oiseaux ; pourtant, en un point, ce noir était encore plus noir, ébène, comme si une ouverture venait d'être pratiquée dans la trame de la réalité.

Ce trou noir présentait la forme, parfaitement reconnaissable, d'un homme qui se débattait.

Les oiseaux l'emportèrent plus haut, encore plus

haut ; la forme atteignit le sommet des arbres et parut marquer une pause. Alan crut discerner un cri inhumain et suraigu en provenance du centre de ce nuage. Puis les moineaux reprirent leur déplacement. D'une certaine manière, on avait l'impression de voir un film à l'envers. Des flots noirs de moineaux s'écoulaient en bouillonnant de toutes les fenêtres cassées de la maison : des tourbillons montaient de l'allée, des arbres et du toit bombé de la Volkswagen de Rawlie.

Tous volaient en direction des ténèbres centrales.

La tache noire en forme d'homme bougea de nouveau... passa au-dessus des arbres... s'enfonça dans le ciel nocturne... puis disparut à la vue.

Liz était assise dans un coin, berçant les jumeaux contre elle et les réconfortant — mais ni l'un ni l'autre ne paraissaient tellement émus. Ils regardaient, la mine joyeuse, le visage hagard et larmoyant de leur mère. Wendy la tapota de sa menotte, comme pour la réconforter. William tendit la main, détacha une plume de ses cheveux et l'examina attentivement.

« Il est parti », dit bêtement Thad d'une voix étranglée.

Il avait rejoint Alan à côté du trou dans la paroi du bureau

« Oui », répondit Alan, qui éclata tout d'un coup en sanglots.

Il ne s'y était absolument pas attendu ; les larmes coulaient, simplement. Thad voulut passer un bras autour de ses épaules, mais le policier s'écarta, ses bottes produisant des craquements secs comme il piétinait les cadavres d'oiseaux.

« Non, dit-il, ça va aller. »

Thad regarda de nouveau par le trou, dans la nuit noire. Un moineau en surgit brusquement, et vint se poser sur son épaule.

« Merci, lui dit Thad, mer... »

Le moineau lui donna un coup de bec, imprévu et vicieux, le faisant saigner juste en dessous de l'œil.

« Pourquoi ? » demanda Liz. Elle regardait Thad, l'air stupéfait. « Pourquoi a-t-il fait ça ? »

Thad ne réagit pas, mais il pensait connaître la

réponse. Rawlie DeLesseps l'aurait sue, lui aussi. Ce qui venait de se passer relevait certes de la magie... mais n'avait rien d'un conte de fées. Peut-être le dernier moineau avait-il été animé par une force qui estimait devoir rappeler ce détail à Thad. Le lui rappeler vigoureusement.

Soyez prudent, Thaddeus... Aucun homme ne peut contrôler les agents qui viennent de l'autre rive de la vie. En tout cas, pas pour longtemps. Et il y a toujours un prix à payer.

Quel prix aurai-je à payer? se demanda-t-il froidement. Puis : *Et la facture... quand arrivera-t-elle?*

Mais c'était une question pour plus tard, pour un autre jour. Et il pouvait toujours se dire qu'elle avait déjà été payée.

Qui sait si les choses, en fin de compte, ne s'équilibraient pas?

« Est-il mort? » demanda Liz d'une voix qui était presque une supplication.

« Oui, répondit Thad. Il est mort, Liz. Au troisième charme. Le livre s'est refermé sur George Stark. Venez, vous autres. Allons-nous-en d'ici. »

Ce qu'ils firent.

Épilogue

Henry n'embrassa pas Mary Lou ce jour-là, mais il ne partit cependant pas sans lui avoir dit un mot, comme il aurait pu le faire. Il la vit, soutint sa colère et attendit qu'elle s'atténuât pour se transformer en ce silence boudeur qu'il connaissait si bien. Il était venu pour admettre devant elle que les chagrins qu'elle éprouvait lui appartenaient en propre, et qu'il ne convenait ni de les partager, ni même d'en discuter. Mary Lou avait toujours mieux dansé seule.

Finalement, ils traversèrent le champ et allèrent regarder la salle de théâtre où Evelyn était morte, trois ans auparavant. Ce n'était qu'un bien piètre au revoir, mais ils ne pouvaient rien faire de mieux. Henry estimait que cela suffisait.

Il posa les petites ballerines en papier dessinées par Evelyn dans les hautes herbes, près du perron en ruine, sachant que le vent ne tarderait pas à les emporter. Puis lui et Mary Lou quittèrent cet ancien lieu pour la dernière fois. Ce n'était pas parfait, mais c'était juste. Tout à fait juste. Il n'était pas homme à croire aux fins heureuses. Le peu de sérénité qu'il avait venait essentiellement de là.

The Sudden Dancers

THADDEUS BEAUMONT

Les rêves des gens — leurs rêves véritables, par opposition à ces hallucinations nées du sommeil qui se produisent ou non, au gré d'une fantaisie qui nous échappe — s'achèvent à des moments différents. Le rêve que Thad Beaumont avait fait de George Stark prit fin à neuf heures et quart, le soir où les psychopompes entraînèrent sa part de ténèbres au loin, vers le lieu, quel qu'il fût, qui lui était assigné. Il prit fin avec la Toronado, la noire tarentule dans laquelle lui et George revenaient sans fin à cette maison, dans son cauchemar récurrent.

Liz et les jumeaux se tenaient à l'endroit où l'allée débouchait sur Lake Lane ; Thad et Alan se trouvaient à côté de la voiture noire de Stark, laquelle n'était d'ailleurs plus noire, tant elle était recouverte de fientes grisâtres.

Alan aurait bien voulu regarder autre chose, mais il n'arrivait pas à détacher les yeux de la maison. Elle n'était plus que ruines. La façade est — celle du bureau — avait subi le gros des dégâts, mais toute la maison avait souffert. De grands trous béaient un peu partout. La rambarde pendait du balcon de bois, plongeant vers le lac comme une échelle. Des oiseaux morts s'amoncelaient partout, en tas étirés comme des feuilles poussées par une bourrasque. Les cadavres s'accumulaient dans le repli du toit et engorgeaient les gouttières. La lune s'était levée, et ses rayons argentés faisaient scintiller les éclats de verre éparpillés partout. Des étincelles de cette même lumière de farfadet couvaient au fond des yeux vitreux des oiseaux morts.

« Vous êtes sûr d'être d'accord avec ça ? » demanda Thad.

Le shérif acquiesça.

« Je vous pose la question, parce qu'il ne s'agit ni plus ni moins que d'une destruction de preuve. »

Alan éclata d'un rire dur.

« Vous figurez-vous que quelqu'un croirait que votre preuve prouve quelque chose ?

— Je suppose que non. » Il se tut un instant et reprit : « Vous savez, il y a eu un moment où j'ai eu l'impression que vous aviez de la sympathie pour moi, en un certain sens. Je ne la ressens plus. Plus du tout. Je ne comprends pas. Me tenez-vous pour responsable de... de tout cela ?

— J'en ai rien à foutre », répondit brutalement Alan. « C'est terminé, et c'est la seule chose dont j'aie quelque chose à foutre, monsieur Beaumont. En ce moment, c'est la seule chose au monde dont j'aie quelque chose à foutre. »

Il vit une expression blessée apparaître sur le visage épuisé de l'écrivain, et fit un grand effort.

« Écoutez, Thad. C'est trop. Trop à la fois. Je viens juste de voir un type emporté dans le ciel par un énorme vol de moineaux. Laissez-moi souffler, vous voulez bien ? »

Thad acquiesça.

« Je comprends. »

Non, vous ne comprenez pas, pensa Alan. *Vous ne comprenez pas ce que vous êtes, et vous ne le comprendrez sans doute jamais. Votre femme, elle, pourrait à la rigueur le comprendre... bien que je me demande si les choses pourront jamais redevenir ce qu'elles étaient entre vous, après une telle épreuve, si elle va jamais vouloir vous comprendre, ou oser de nouveau vous aimer. Vos enfants, peut-être un jour... mais vous, certainement pas, Thad. Quand on est à côté de vous, on a l'impression de se trouver à l'entrée d'une caverne d'où une créature de cauchemar risque de surgir à chaque instant. Le monstre a beau avoir disparu, on ne peut s'empêcher d'éprouver une appréhension. Des fois qu'il y en aurait un autre. Probablement pas ; rationnellement, on le sait, mais affectivement, c'est une autre histoire, non ? Bon Dieu...*

Et même si la caverne est définitivement vide, il reste les rêves. Et les souvenirs. Celui de Homer Gamache, par exemple, battu à mort avec son propre bras artificiel. A cause de vous, Thad. Tout ça à cause de vous.

Il y avait quelque chose de déloyal dans ce raisonnement, et Alan le savait bien, d'une certaine manière. Thad n'avait pas demandé à avoir un frère jumeau ; il n'avait pas tenté de détruire ce jumeau dans le ventre de leur mère par méchanceté (*Il ne s'agit pas de Caïn assommant Abel à coups de pierre*, lui avait déclaré le Dr Pritchard) ; il ignorait quel genre de monstre le guettait lorsqu'il avait commencé à écrire sous le nom de George Stark.

Néanmoins, ils avaient été jumeaux.

Et il ne pouvait oublier la manière dont George et Thad avaient ri, ensemble.

De ce rire dément, avec cette expression étrange dans le regard.

Il se demanda si Liz pourrait jamais l'oublier.

Une petite brise se leva, et amena jusqu'à eux l'odeur désagréable du gaz domestique.

« Brûlons-la », fit abruptement Alan. « Brûlons tout. Je me fiche de ce que l'on dira plus tard. Le vent est très faible ; les pompiers seront ici avant que le feu ait pu beaucoup s'étendre. S'il détruit une partie des bois environnants, c'est encore mieux.

— Je vais le faire, dit Thad. Allez rejoindre Liz pour l'aider avec les ju...

— Nous allons le faire ensemble, le coupa Alan. Donnez-moi vos chaussettes.

— Quoi ?

— Vous avez bien entendu. Vos chaussettes. »

Alan ouvrit la portière de la Toronado et regarda à l'intérieur. Oui, un changement de vitesses manuel, comme il s'y attendait. Un macho comme George Stark ne pouvait se satisfaire d'une boîte automatique ; c'était bon pour des Tartempion pères de famille comme Thad Beaumont.

Laissant la porte ouverte, il se tint sur un pied et enleva sa chaussure, puis sa chaussette droites. Thad le regarda et l'imita au bout d'un instant. Alan remit sa chaussure droite et recommença l'opération avec son pied gauche. Il n'avait surtout pas l'intention d'enfoncer son pied nu au milieu de la masse des oiseaux morts, ne serait-ce que pour une seconde.

Cela fait, il noua ensemble les chaussettes de coton, y ajoutant ensuite celles de Thad. Il passa de l'autre côté de la Toronado, les carcasses des moineaux s'écrasant sous ses chaussures avec un bruit de journaux froissés, et ouvrit l'accès au réservoir d'essence. Il dévissa le capuchon, puis y glissa la mèche improvisée. Lorsqu'il la retira, elle était imbibée d'essence. Il replaça le cordon de chaussettes dans l'autre sens, laissant pendre le bout imprégné le long de la carrosserie constellée de taches de guano. Puis il se tourna vers Thad, qui l'avait suivi et l'observait. Il porta la main à une poche de sa chemise d'uniforme et en retira une pochette d'allumettes — un modèle publicitaire, comme on en reçoit en cadeau quand on achète un paquet de cigarettes. Il avait oublié d'où provenait celle-ci, mais il y avait une pub pour collectionneurs de timbres dessus.

Un oiseau figurait sur le timbre reproduit.

« Mettez le feu à la mèche lorsque la voiture commencera à rouler, dit Alan. Mais pas avant, vous avez bien compris ?

— Oui.

— Elle va s'enflammer d'un seul coup. La maison va prendre feu, puis les bouteilles de gaz, derrière. Lorsque les inspecteurs de la brigade incendie viendront faire le constat, on aura l'impression que votre ami a perdu le contrôle de son véhicule. Il est entré en collision avec la maison, et la voiture a explosé. Enfin... j'espère que c'est comme cela qu'ils verront les choses.

— D'accord. »

Alan refit le tour de la Toronado.

« Qu'est-ce qui se passe, là en bas ? leur lança Liz d'un ton énervé.

— Juste une minute ! » lui répondit Thad.

Alan se pencha dans la cabine à l'odeur écœurante et déverrouilla le frein à main.

« Attendez bien qu'elle roule ! lança-t-il par-dessus son épaule.

— Ne vous inquiétez pas. »

Du pied, Alan enfonça la pédale d'embrayage et passa au point mort.

La Toronado se mit aussitôt à rouler.

Il s'effaça de côté, et crut un instant que Thad n'avait pas rempli sa partie... puis une flamme violente et brillante fusa de l'arrière du véhicule.

Il roula lentement sur les cinq derniers mètres de l'allée goudronnée, franchit d'une secousse le trottoir bas et alla longer paresseusement le petit porche arrière de la maison, avant de venir heurter le mur et de s'arrêter. A la lumière orangée des flammes qui montaient de la mèche improvisée, Alan arrivait à déchiffrer le mystérieux autocollant : SALOPARD DE FRIMEUR.

« Tu ne frimeras plus, salopard, murmura-t-il.

— Pardon ?

— Faites pas attention. Reculez. La voiture va exploser. »

Ils avaient parcouru une dizaine de pas lorsque la Toronado se transforma en boule de feu. Les flammes montèrent le long du mur déchiqueté de la maison, côté est, faisant du trou dans la paroi du studio une orbite noire et fixe.

« Suivez-moi, dit Alan. Allons à la voiture de patrouille. Maintenant que c'est fait, il faut donner l'alarme. Inutile que quelqu'un d'autre perde sa maison dans le secteur. »

Mais Thad s'attarda encore quelques instants, et Alan ne put s'empêcher d'en faire autant. La maison, construite en bois bien sec sous ses bardeaux de cèdre, prit très rapidement feu. Les flammes s'élevèrent, échevelées, dans le trou où se trouvait naguère le bureau de Thad, sous leurs yeux, des feuilles de papier, aspirées par l'appel d'air créé par la chaleur, se mirent à voleter en tous sens dans la pièce. On devinait, à la lueur de l'incendie, qu'elles étaient couvertes de texte — d'un texte écrit à la main. Les feuilles de papier se recroquevillèrent, prirent feu, se carbonisèrent et noircirent. Bientôt, elles s'élevèrent au-dessus des flammes, comme un escadron tournoyant d'oiseaux des ténèbres.

Une fois qu'elles furent au-dessus de la colonne d'air chaud, Alan songea que des brises plus normales allaient s'en emparer. S'en emparer et les emporter bien loin, peut-être même à l'autre bout de la terre.

Parfait, se dit-il, se décidant à remonter l'allée, tête baissée, vers Liz et les bébés.

Derrière lui, Thad Beaumont leva lentement les mains et les posa sur son visage.

Il resta longtemps ainsi.

3 novembre 1987-16 mars 1989

Postface

Ce n'est pas moi qui suis à l'origine du nom d'Alexis Machine. Les lecteurs de *Dead City*, de Shane Stevens, auront reconnu celui du gangster, héros de ce roman. Ce nom résumait tellement bien le caractère de George Stark, ainsi que celui du chef de la pègre qu'il avait imaginé, que je l'ai adopté pour l'ouvrage que vous venez de lire... mais aussi en *hommage* à M. Stevens, qui a également écrit *Rat Pack, By Reason of Insanity*, et *The Anvil Chorus*. Ces romans, dans lesquels ce que l'on appelle un « esprit criminel » s'entremêle à des états de psychose inguérissables, créent leur propre système clos dans lequel règne le mal absolu ; ils comptent à mon sens parmi les plus remarquables jamais écrits sur le côté noir du rêve américain. Ils sont, à leur manière, aussi frappants que *McTeague* de Frank Norris ou *Sister Carrie* de Dreiser. Je les recommande donc sans réserve... mais seuls des lecteurs à l'estomac de bronze et aux nerfs solides doivent s'y frotter.

S. K.

Achevé d'imprimer en décembre 1992
sur les presses de l'Imprimerie Bussière
à Saint-Amand (Cher)

PRESSES POCKET - 12, avenue d'Italie - 75627 Paris Cedex 13
Tél. : 44-16-05-00

— N° d'imp. 3551. —
Dépôt légal : janvier 1993.
Imprimé en France